TIF EXTRA

David Eddings

IL CICLO DI BELGARIAD VOL. 1

IL SEGNO DELLA PROFEZIA
LA REGINA DELLA STREGONERIA

romanzi

Traduzione dall'inglese
di Ilaria M. Orsini

FANUCCI EDITORE

Dello stesso autore abbiamo pubblicato:

Belgariad vol.2 (La valle di Aldur – Il castello incantato)
Belgariad vol. 3 (La fine del gioco)

Seconda edizione Tif Extra: ottobre 2011
Prima edizione Tif Extra: maggio 2003
Prima ristampa: giugno 2006
Titolo originale: *Pawn of Prophecy – Queen of Sorcery*

via delle Fornaci 66, 00165 Roma
tel. 06.39366384 – email: info@fanucci.it
Indirizzo internet: www.fanucci.it

Stampato in Italia – Printed in Italy

Progetto grafico: Grafica Effe
La mappa è stata realizzata da Daniele Colaiacomo

David Eddings

IL CICLO DI BELGARIAD VOL. 1

MARE
DEI VENTI
CHEREK
Fiume Dused
Paludi Drasniane
Foresta di Nadrak
Fiume Alorn
Val Alorn
DRASNIA
Isola dei Venti
Veils
Riva
Strazio di Cherek
Seline
Golfo di Cherek
Kotu
Fiume Mrin
Boktor
Marcite del Mrin
Yar Gurak
Palude
GAR OG
NADRAK
Yar Nadrak
Yar Turak
Aldur Fens
Darine
Sendar
Grande via sett.
Praterie
Sulturn
SENDARIA
Camaar
Muros
Thul Zelik
Yar Marak
ALGARIA
Foresta Arendiana
Fiume Aldur
MISHRAK
AC THULL
Fiume Astur
ULGOLAND

Regni di Alorn e Angarak
TOLNEDRA
Tol Vordue
Tol Honeth
Tol Borune
Fiume Nedrane
Tol Horb
Tol Rane
Mar Turin
Bosco delle Driadi
Fiume dei Boschi
Sthiss Tor
Fiume del Serpente
NYISSA
Strada carovaniera meridionale
Distretto dei Marag
Rovine
Terre desolate di Murgos
Rakcthol
Tarn di Cthock
CTHOL MURGOS
Taur Sett.
Rak. Goska
Fiume Taur Merid.
Paludi di Murgos

Per Theone, che mi narrava storie,
ma non ha potuto ascoltare le mie.
E per Arthur, che mi ha mostrato la strada per diventare uomo,
e che ancora mi guida.

David Eddings

IL SEGNO DELLA PROFEZIA

romanzo

Prologo

Storia della Guerra degli dèi e delle vicende di Belgarath il Mago.
adattamento dal *Libro degli Alorn.*

Quando il mondo era appena nato, i Sette Dèi dimoravano in armonia, e le razze degli uomini erano un unico popolo. Belar, il più giovane fra gli dèi, era il prediletto degli Alorn. Abitò in mezzo a loro e di loro si prese cura. Anche gli altri dèi radunarono dei popoli, e ciascuno si prendeva cura del proprio. Ma Aldur, il fratello maggiore di Belar, era un dio senza popolo. Viveva lontano da uomini e dèi, fino al giorno in cui un bambino vagabondo lo trovò e spezzò la sua solitudine. Aldur accettò il bimbo come discepolo e gli diede nome Belgarath. Belgarath imparò il segreto della volontà e della parola e divenne un mago. Negli anni che seguirono, altri andarono in cerca del dio solitario. Si riunirono in una fratellanza per imparare sotto la guida di Aldur e il tempo non poté toccarli.

Ora, accadde che Aldur sollevò una pietra a forma di sfera, non più grande del cuore di un bambino, e andò rigirandosela fra le mani fin quando divenne un'anima vivente. Il potere di quel gioiello, che gli uomini chiamarono Globo di Aldur, era molto grande, e il dio lo usava per compiere prodigi.

Fra tutti gli dèi, Torak era il più bello, e gli Angarak erano il suo popolo. Compivano sacrifici in suo onore e lo chiamavano Signore degli Dèi, e Torak trovava che l'odore dei sacrifici fosse dolce, così come le parole di venerazione. Giunse però il giorno in cui udì parlare del Globo di Aldur e dal quel momento non conobbe più pace.

Alla fine, mascherando le proprie intenzioni, Torak si recò

da Aldur. «Fratello mio,» disse «non è bene evitare la nostra compagnia e il nostro consiglio. Metti da parte questo gioiello che ha sedotto la tua mente e ti ha allontanato dalla nostra amicizia.»

Aldur scrutò nell'anima del fratello e lo biasimò: «Perché cerchi il potere e il dominio, Torak? Angarak non è abbastanza per te? Non cercare il Globo per orgoglio, perché esso ti potrebbe uccidere.»

Grande fu la vergogna di Torak alle parole di Aldur, ed egli alzò la mano sul fratello e lo colpì. Prese il gioiello e si dileguò.

Gli altri dèi implorarono Torak di restituire il Globo, ma egli rifiutò. Allora le razze degli uomini si sollevarono e mossero contro gli eserciti degli Angarak e fecero loro guerra. Le battaglie degli dèi e degli uomini infuriarono in ogni dove fino a che, nei pressi degli altipiani di Korim, Torak sollevò il Globo e congiunse a esso la propria volontà per spaccare in due la terra. Le montagne furono spianate e le acque del mare inondarono le pianure. Ma Belar e Aldur unirono il loro volere e diedero un confine al mare. E fu così che le razze degli uomini vennero separate le une dalle altre, e così si separarono anche gli dèi.

Ora, quando Torak sollevò il Globo vivente contro la terra, madre del gioiello, quello si svegliò e cominciò a splendere di una luce sacra. Il volto di Torak fu bruciato dal fuoco azzurro. Per il dolore si gettò dalle montagne; per l'angoscia aprì uno squarcio nel terreno; per l'agonia, accolse le acque del mare. La sua mano sinistra si incendiò e si ridusse in cenere, la carne sul lato sinistro del volto si sciolse come cera, e l'occhio arse dentro l'orbita. Con un possente grido si gettò nel mare per spegnere quell'incendio, ma la sua era una pena senza fine.

Quando Torak emerse dalle acque, la sua metà destra era ancora di bell'aspetto, ma la sinistra era bruciata dal fuoco del Globo e sfregiata da orribili cicatrici. Con dolore infinito condusse il suo popolo a oriente, dove costruirono una grande città nella piana di Mallorea, che chiamarono Cthol Mishrak, Città della Notte, perché Torak nascose la sua deformità nelle tenebre. Gli Angarak innalzarono al loro dio una Torre di Ferro e, nella stanza più alta, posarono il Globo in una teca, anch'essa di ferro. Spesso Torak stava in piedi di fronte alla teca, poi fuggiva urlando, perché temeva che il desiderio di guardare il Globo si impadronisse di lui e che quella visione finisse con l'ucciderlo.

I secoli trascorsero nelle terre degli Angarak, e il popolo prese a chiamare quel suo dio deforme Kal Torak, dio e re.

Belar aveva condotto gli Alorn verso nord. Di tutti gli uomini essi erano i più arditi e bellicosi, e il dio instillò nei loro cuori un odio eterno verso gli Angarak. Con spade e asce imperversarono crudelmente nel Nord, fino ai campi dei ghiacci eterni, cercando una via per giungere dai loro antichi nemici.

Così fu fino al tempo in cui Cherek Spalle d'Orso, il più grande fra i re degli Alorn, si recò nella valle di Aldur in cerca di Belgarath il Mago. «La via verso nord è aperta» disse. «I segni e i presagi sono propizi. Il tempo è maturo per scoprire la via verso la Città della Notte e per riprendere il Globo dalle mani dell'Orbo.»

Poledra, moglie di Belgarath, stava per dare alla luce un figlio e il Mago non voleva lasciarla sola. Ma Cherek lo convinse. Se ne andarono in seguito una notte e si unirono ai figli di Cherek, Dras Collo di Toro, Algar Passo Lesto e Riva Morsa d'Acciaio.

Un inverno crudele ghermiva le terre del settentrione e la brughiera, ghiacciata e grigia come l'acciaio, riluceva sotto le stelle. Per trovare la via, Belgarath fece un incantesimo e assunse le fattezze di un grande lupo. Con passo silenzioso strisciò attraverso foreste innevate dove gli alberi si spezzavano e scricchiolavano nel freddo pungente. Una brina selvaggia riluceva argentea sul collo e sulle spalle del lupo, e da quell'istante in poi i capelli e la barba di Belgarath rimasero grigi come l'argento.

Attraverso la neve e la foschia superarono Mallorea e giunsero infine a Cthol Mishrak. Trovarono un passaggio segreto per la città e Belgarath li condusse ai piedi della Torre di Ferro. In silenzio salirono le scale arrugginite che non avevano conosciuto passo umano per venti secoli. Timorosi attraversarono la stanza dove Torak si agitava nel suo sonno di dolore, il volto sfigurato nascosto dietro una maschera d'acciaio. Con passo furtivo strisciarono oltre il dio dormiente nell'oscurità che ardeva senza fiamma. Alla fine giunsero alla camera dove era custodita la teca in cui riposava il Globo vivente.

Cherek fece cenno a Belgarath di prendere il gioiello, ma il mago rifiutò. «Non voglio toccarlo» disse «perché temo mi possa distruggere. Un tempo la mano dell'uomo o del dio gli era bene accetta, ma il suo volere si è rafforzato da quando Torak lo ha sollevato contro sua madre. Mai più potrà essere usato a quello scopo. Esso legge nell'anima. Solo colui che non ha intenti malvagi, che è puro di cuore, può prenderlo e portarlo con sé benché a rischio della vita. Solo a chi non ha alcuna brama di potere o possesso è consentito toccarlo.»

«Quale uomo non ha traccia di intento malvagio nel silenzio della sua anima?» chiese Cherek. Ma Riva Morsa d'Acciaio aprì la teca e prese il Globo fra le mani. Il fuoco brillò fra le sue dita, ma non lo bruciò.

«Così sia, Cherek» disse Belgarath. «Il tuo figlio minore è puro. Sarà destino suo e di tutti i suoi discendenti portare e proteggere il Globo.» Allora il Mago sospirò profondamente, poiché sapeva quale fardello poneva sulle spalle di Riva.

Questi avvolse il Globo nel mantello e lo nascose sotto la propria tunica. Strisciarono di nuovo attraverso la camera del dio deforme, giù per le scale arrugginite e lungo il passaggio segreto verso le porte della città e nella desolazione che si stendeva oltre.

Ben presto, Torak si destò dal sonno e, come sempre, andò nella Camera del Globo. Ma la teca era aperta e il Globo scomparso. Terribile fu la collera del dio. Prese la sua enorme spada, si precipitò giù dalla Torre di Ferro, si voltò, la colpì una sola volta e quella cadde. Agli Angarak gridò con voce di tuono: «Poiché siete indolenti e non vegliate, e poiché avete lasciato entrare un ladro che mi ha tolto ciò per cui avevo pagato un così caro prezzo, io distruggerò la vostra città e vi disperderò in ogni direzione. Gli Angarak andranno raminghi per la terra fino a che Chtrag Yaska, la Pietra Ardente, mi sarà di nuovo restituita.» Quindi rase al suolo la Città della Notte e scacciò intere orde di Angarak nella terra desolata. Cthol Mishrak non esisteva più.

Tre leghe più a nord, Belgarath udì i lamenti della città e seppe che Torak si era destato. «Ora muoverà contro di noi» disse «e solo il potere del Globo può salvarci. Ascolta, Morsa d'Acciaio! Quando i nemici ci saranno di fronte, sollevalo in alto perché lo possano vedere.»

Gli eserciti degli Angarak giunsero, con Torak stesso nell'avanguardia, ma Riva tenne il Globo in vista, perché il dio e i suoi lo vedessero. Il Globo conosceva il suo nemico. L'odio arse con rinnovato vigore e il cielo si illuminò della sua furia. Torak urlò e fuggì via. Le prime file degli eserciti angarak furono consumate dal fuoco e tutti gli altri scapparono in preda al terrore.

Fu così che Belgarath e i suoi lasciarono Mallorea e passarono di nuovo attraverso le paludi del Nord, portando ancora una volta il Globo di Aldur nei regni dell'Ovest.

Ora, gli dèi, a conoscenza di quanto era accaduto, tennero consiglio e Aldur disse loro: «Se dichiariamo guerra a nostro fratello Torak, questo scontro distruggerà il mondo. Perciò è meglio abbandonare la terra affinché nostro fratello non ci trovi. Non più in carne e ossa, ma solo nello spirito resteremo per guidare e proteggere i nostri popoli. Per il bene del mondo deve essere così. Il giorno in cui ci faremo di nuovo guerra, tutto sarà distrutto.»

Gli dèi piansero perché dovevano separarsi. Ma Chaldan, il dio toro degli Arend, chiese: «Ma mentre noi saremo lontani, Torak non otterrà il dominio sul mondo?»

«No» rispose Aldur. «Fino a quando il Globo rimarrà ai discendenti di Riva Morsa d'Acciaio, Torak non prevarrà.»

Così fu che gli dèi si separarono e solo Torak rimase sulla terra. Ma sapere che il Globo nelle mani di Riva gli impediva di dominare il mondo gli corrompeva l'anima.

Quindi Belgarath parlò a Cherek e ai suoi figli. «È giunto il momento di separarci. Dobbiamo sorvegliare il Globo e prepararci all'arrivo di Torak. Che ognuno vada e si prepari come ho detto.»

«Lo faremo, Belgarath» giurò Cherek Spalle d'Orso. «Da questo giorno in avanti Aloria non esiste più, ma gli Alorn contrasteranno il dominio di Torak fin quando anche uno solo di essi avrà vita.»

Belgarath sollevò il capo. «Ascoltami, Torak l'Orbo!» gridò. «Il Globo vivente è stato messo al sicuro, e tu non lo potrai conquistare. Nel giorno in cui ti scontrerai con noi, io ti muoverò guerra. Ti sorveglierò giorno e notte e sarò pronto a combatterti fino alla fine dei tempi.»

Nelle terre desolate di Mallorea, Kal Torak udì la voce di Belgarath e si dimenò in preda alla furia perché sapeva che il Globo vivente sarebbe stato per sempre lontano dalle sue mani.

Allora Cherek abbracciò i suoi figli per l'ultima volta e si allontanò. Dras si diresse a nord e dimorò nelle marcite del fiume Mrin. A Boktor costruì una città e chiamò la sua terra Drasnia. Lui e i suoi discendenti presidiarono le paludi settentrionali dagli attacchi del nemico. Algar si diresse a sud con il suo popolo e nelle grandi pianure del fiume Aldur trovò mandrie di cavalli. Il popolo li domò e imparò a cavalcarli per la prima volta nella storia dell'uomo: così comparvero i primi cavalieri. Chiamarono il loro paese Algaria e divennero nomadi al seguito delle loro mandrie. Cherek tornò con tristezza a Val Alorn e ribattezzò il suo regno Cherek, perché ora egli era solo e senza figli. Con ferocia costruì navi poderose e pattugliò i mari per negarli al nemico.

Sul portatore del Globo, tuttavia, ricadde il fardello del viaggio più lungo. Con il suo popolo Riva raggiunse la costa occidentale di Sendaria. Qui costruì delle navi e la sua gente attraversò il mare fino all'Isola dei Venti. Bruciarono i vascelli e costruirono una fortezza, e attorno a essa una città dalle alte mura. La città fu chiamata Riva e la fortezza fu il Palazzo dei Re di Riva. Allora Belar, dio degli Alorn, fece cadere due stelle di ferro dalla volta celeste. Riva le raccolse e con la prima forgiò una lama e con l'altra un'elsa e in quest'ultima incastonò il Globo a guisa di pomo. Così grande era la spada che nessuno tranne Riva poteva sollevarla. Nelle terre desolate di Mallorea, Kal Torak sentì nella propria anima che la spada veniva forgiata e per la prima volta conobbe la paura.

La spada fu posata contro la roccia nera dietro il trono regale, con il Globo nel punto più alto, e la lama unita alla pietra così che nessuno tranne Riva potesse portarla via. Il Globo ardeva di un fuoco gelido quando il re sedeva sul trono. E quando prendeva la spada e la alzava essa si mutava in una grande lingua di fuoco.

La meraviglia più grande di tutte fu però il segno dell'erede di Riva. In ogni generazione, un fanciullo nella stirpe del re recava sul palmo della mano la traccia del Globo. Il bimbo con questo segno veniva portato nella sala del trono e la sua mano posta sul Globo affinché esso lo conoscesse. A ogni tocco di bambino, il Globo aumentava in lucentezza, e il legame fra il Globo vivente e il lignaggio di Riva si rafforzava a ogni unione.

Dopo essersi separato dai suoi compagni, Belgarath si affrettò verso la valle di Aldur. Ma laggiù trovò che sua moglie Poledra aveva partorito due gemelle e poi era morta.

In preda al dolore chiamò la figlia maggiore Polgara. Aveva i capelli neri come le ali di un corvo. Alla maniera dei maghi Belgarath distese in avanti la mano e la pose sulla fronte della piccola. A quel tocco una ciocca di capelli si fece bianca come brina. Belgarath si turbò, perché la ciocca bianca era il segno della stregoneria e Polgara era la prima donna a portare quel segno.

La figlia minore aveva la pelle chiara e i capelli biondi. Belgarath non le impose alcun segno. Le fu dato il nome di Belderan. Il padre e la sorella dai capelli corvini l'amavano più di ogni altra cosa e facevano a gara l'un con l'altra per avere il suo affetto.

Ora, quando Polgara e Belderan raggiunsero il sedicesimo anno d'età, lo spirito di Aldur visitò Belgarath in sogno e gli disse: «Mio discepolo diletto, voglio unire la tua casa con quella dei guardiani del Globo. Scegli, dunque, quale delle tue due figlie darai in sposa al re di Riva per essere la madre della sua discendenza. In questa nuova stirpe, infatti, risiede la sola speranza del mondo contro cui il potere oscuro di Torak, forse, non potrà prevalere.»

Nel silenzio profondo della propria anima Belgarath fu tentato di scegliere Polgara. Ma, sapendo quale fardello pesava sulla casa di Riva, decise di mandare Belderan, e quando sua figlia se ne andò, egli pianse. Anche Polgara pianse, a lungo e con dolore, perché sapeva che la sorella era destinata a invecchiare e morire. Eppure, con il trascorrere del tempo, padre e figlia si diedero conforto l'un l'altra e così impararono a conoscersi.

Unirono le loro forze per sorvegliare Torak. E alcuni fra gli uomini affermano che essi stiano ancora di guardia e veglino attraverso i secoli senza fine.

Parte prima

Sendaria

1

La prima cosa che il giovane Garion ricordava era la cucina della fattoria di Faldor. Per tutto il resto della vita avrebbe conservato questo affetto per le cucine e quei suoni e profumi particolari che sembravano in qualche modo fondersi in una specie di serietà indaffarata che significava amore, cibo, comodità e sicurezza, ma soprattutto casa. Non importa quanta fortuna avrebbe avuto nella vita, Garion non dimenticò mai che i suoi primi ricordi erano nati in quella cucina.

La cucina, alla fattoria di Faldor, era una stanza ampia e poco illuminata, tutta stipata di fornelli e pentoloni e grandi colonne di fumo che si avvolgevano entro cappe di camini simili a grotte. C'erano lunghi e massicci tavoli da lavoro dove si impastava la farina per farne pagnotte e dove venivano tagliati i polli, dove le carote e il sedano erano fatti a dadini con un movimento veloce e guizzante del coltello ricurvo. Quando era molto piccolo, Garion giocava sotto questi tavoli e aveva imparato presto a non farsi pestare le dita delle mani e dei piedi dagli sguatteri che andavano e venivano. A volte, nel tardo pomeriggio, quand'era stanco, si metteva sdraiato in un angolo e fissava uno di quei fuochi luccicanti che si riflettevano nelle padelle lucide e nei coltelli e nei mestoli che pendevano dai ganci lungo le pareti imbiancate. Allora, tutto divertito, si abbandonava a un sonno pacifico e sereno in perfetta armonia con il mondo che lo circondava.

Zia Pol era il cuore della cucina e di tutto quello che vi accadeva. Aveva la capacità di materializzarsi ovunque in un batter d'occhio. Era sempre suo il tocco di maestria per l'anatra arrosto, la rifinitura del pane lievitato o il condimento finale del prosciutto fumante appena tolto dal forno. Anche se in cucina lavoravano parecchie altre persone, non c'era pagnotta, stufato, zuppa o arrosto che zia Pol non avesse toccato almeno una volta. Capiva dal sapore, o dall'odore, o forse per un qualche altro istinto più nobile, qual era l'ingrediente che mancava per perfezionare ogni piatto e li insaporiva tutti con un pizzico di aromi qua e una presa di erbe là, oppure con una spolverata distratta di spezie prelevate da uno dei tanti vasetti di terracotta. Era come se avesse qualcosa di magico, un sapere e un'abilità superiori a quelli della gente comune. Eppure, anche quando era più indaffarata, sapeva perfettamente dove si trovava Garion. Anche mentre toglieva una torta dalla teglia, mentre decorava un dolce particolare o cuciva un pollo ripieno, zia Pol era in grado, senza neppure guardare, di stendere una gamba e toglierlo, con un colpetto della caviglia o del tallone, da sotto i piedi degli altri.

Una volta cresciuto, la cosa era quasi diventata un gioco. Garion la teneva d'occhio per trovare il momento in cui era troppo affaccendata per notarlo. Poi, ridendo, si metteva a correre con le sue gambotte paffute verso una porta. Ma lei lo acciuffava sempre. E il bambino rideva e le gettava le braccia al collo riempiendola di baci. Poi se ne tornava sotto il tavolo in attesa di un'altra occasione per svignarsela.

In quegli anni, Garion era assolutamente convinto che zia Pol fosse la donna più importante e più bella del mondo. Per un solo motivo: era più alta di tutte le altre donne della fattoria – quasi quanto un uomo – e il suo volto era sempre severo, addirittura arcigno, tranne che con lui, è ovvio. Aveva i capelli lunghi e molto scuri, quasi neri, fatta eccezione per un ricciolo candido come la neve proprio sul sopracciglio sinistro. Di notte, quando nella stanza privata sopra la cucina gli rimboccava le coperte del lettino vicino al suo, il piccolo stendeva la mano e toccava quel ricciolo. La zia sorrideva e gli accarezzava il viso con delicatezza. Poi Garion si addormentava, contento di sapere che lei era là a vegliare su di lui.

La fattoria di Faldor era situata quasi al centro di Sendaria, un regno nebbioso che confinava a ovest con il mare dei Venti e a est con il golfo di Cherek. Come tutte le fattorie in quel tempo e luogo, quella di Faldor non era costituita solo da un paio di cascine. Si trattava piuttosto di un grande complesso di solide stalle e granai, di pollai e piccionaie costruite attorno a una corte centrale, con un imponente cancello all'ingresso. Al secondo piano c'erano le stanze, alcune spaziose, altre minuscole. Qui vivevano i contadini che coltivavano, seminavano e diserbavano i vasti campi oltre le mura. Anche Faldor viveva lì, negli appartamenti del torrione quadrato sopra la sala da pranzo principale, dove i lavoranti si riunivano tre volte al giorno – a volte quattro, nel periodo del raccolto – per fare onore ai banchetti cucinati da zia Pol.

Tutto considerato, era un posto felice e armonioso. Padron Faldor era un buon fattore. Era un uomo alto e serio con un naso lunghissimo e una mascella ancora più lunga. Anche se non rideva spesso, anzi a malapena sorrideva, era gentile con i suoi contadini e sembrava più preoccupato del loro benessere e della loro salute piuttosto che di farli lavorare sodo. Per molti aspetti era più che un padrone: per le oltre sessanta persone che vivevano nella sua fattoria, Faldor era un padre. Mangiava con loro, cosa insolita, visto che molti fattori della zona si davano arie di superiorità nei confronti dei lavoranti, e la sua presenza a capotavola esercitava un'influenza moderatrice sui giovani più turbolenti. Era un uomo devoto, e con parole semplici invocava a ogni pasto la benedizione degli dèi. La gente della fattoria, che lo sapeva, si metteva decorosamente in fila per entrare nella sala e poi si sedeva con un'aria timorata prima di lanciarsi all'attacco dei mucchi di piatti e delle montagne di scodelle piene di cibo che zia Pol e i suoi aiutanti avevano messo loro davanti.

Grazie al buon cuore di Faldor (e al tocco magico di zia Pol), la fattoria era rinomata in tutta la zona ed era considerata il più bel posto in cui vivere nel raggio di venti leghe. Nella taverna del vicino paese di Alto Gralt si passavano serate intere a descrivere con minuzia i pasti prodigiosi che venivano serviti regolarmente nella sala di Faldor. Dopo aver bevuto parecchi boccali di birra gli uomini meno fortunati, quelli cioè che lavoravano in altre fattorie, avevano dato spettacolo di sé e si erano messi a piangere sentendo la descrizione dell'anatra arrosto di zia Pol. E così la fama della fattoria andava crescendo in tutta la regione.

L'uomo più importante della fattoria, a parte Faldor, era Durnik il fabbro. Man mano che Garion cresceva gli fu concesso di sottrarsi allo sguardo vigile della zia. E così, inevitabilmente, trovò la strada per la bottega di Durnik. Il metallo lucente che usciva dalla fucina aveva su Garion quasi un potere ipnotico. Il fabbro era un uomo d'aspetto comune con i capelli castani lisci e una faccia alla buona, arrossata dal calore delle fornaci. Non era né alto né basso, né esile né robusto. Era sobrio e tranquillo e, come molti di coloro che facevano la sua professione, era straordinariamente forte. Indossava sempre un giustacuore di pelle e un grembiule, di pelle anch'esso. Portava anche una calzamaglia attillata e degli stivaloni morbidi come si usava in quelle parti di Sendaria. All'inizio si rivolgeva a Garion solo per dirgli di tenere le mani lontane dalla fucina e dal metallo incandescente. Col tempo, comunque, divennero buoni amici e Durnik si fece meno taciturno.

«Finisci sempre quel che hai cominciato» gli consigliava. «Il ferro si rovina se lo metti da parte a raffreddare e poi lo ritempri nel fuoco più del necessario.»

«Perché?» chiedeva Garion.

Ma Durnik scrollava le spalle e rispondeva: «È così e basta.»

«Fai sempre del tuo meglio» diceva altre volte mentre dava gli ultimi tocchi di lima alle parti in ferro di un carretto.

«Ma quel pezzo va sotto!» protestava Garion. «Nessuno lo vedrà mai.»

«Ma io so che è lì» spiegava Durnik continuando a lisciare il metallo. «Se non lo faccio per bene, mi vergognerò ogni volta che vedrò questo carro, cioè tutti i santi giorni.»

Le cose andavano così. Senza farci caso, il buon Durnik insegnava a Garion le solide virtù di Sendaria: il lavoro, la parsimonia, la sobrietà, le buone maniere e il senso pratico, la vera spina dorsale della società.

All'inizio zia Pol era preoccupata del fascino che la fucina esercitava su Garion, perché ne temeva gli ovvi pericoli. Ma dopo aver sbirciato dalla porta, capì che Durnik era prudente quanto lei e smise di crucciarsi.

«Se il ragazzo comincia a dar fastidio, mastro Durnik, mandalo via» disse al fabbro una volta che aveva portato alla fucina una pignatta di rame da riparare. «Oppure dimmelo e lo terrò con me in cucina.»

«Non dà fastidio, signora Pol» rispose Durnik sorridendo. «È un ragazzo di buon senso e sa come non disturbare.»

«Sei troppo buono, Durnik, amico mio» sorrise zia Pol. «Il ragazzo fa un sacco di domande. Rispondi a una e ne fa altre cento.»

«I ragazzi sono fatti così.» Durnik scrollò le spalle, mentre versava con cura del metallo fuso nell'anellino d'argilla che aveva posto attorno al foro della pignatta. «Anch'io ero curioso alla sua età. Mio padre e il vecchio Barl, il mio maestro di bottega, avevano abbastanza pazienza da rispondermi, per quel che potevano. Non sarebbe giusto se io avessi meno pazienza di loro con Garion.»

Garion, che stava seduto lì vicino, aveva trattenuto il respiro per tutta la durata della conversazione. Sapeva che una sola parola sbagliata da parte di uno dei due avrebbe voluto dire l'esilio immediato e perpetuo dalla bottega del fabbro. Mentre zia Pol attraversava il cortile stipato di vecchie cose e faceva ritorno alla cucina, Garion si accorse di come Durnik la guardava e nella sua mente cominciò a farsi strada un'idea. Era un'idea molto semplice, ma il bello era che tutti avevano da guadagnarci.

«Zia Pol» disse quella notte, tirandosi indietro mentre lei gli lavava un orecchio con uno straccio ruvido.

«Sì?» rispose la donna, mentre gli ispezionava il collo.

«Perché non sposi Durnik?»

Lei si fermò. «Cosa?» chiese.

«Penso che sarebbe proprio una gran bella idea.»

«Ah, davvero?» La sua voce aveva un tono aspro. Garion capì di essere su un terreno pericoloso.

«Gli piaci» rivelò per difendersi.

«Immagino abbia già discusso la cosa con lui, giusto?»

«No» rispose. «Ho preferito parlarne prima a te.»

«Be', almeno questa è stata una buona idea.»

«Se vuoi posso dirglielo domani mattina.»

Zia Pol lo prese per un orecchio e gli fece ruotare completamente la testa. Garion aveva l'impressione che la zia maneggiasse le sue orecchie con troppa disinvoltura.

«Che non ti salti in mente di riferire una sola parola di queste sciocchezze né a Durnik né a chiunque altro!» disse zia Pol con gli occhi scuri che bruciavano dentro ai suoi come mai era accaduto prima.

«Era solo un'idea» si affrettò a dire lui.

«Una cattiva idea. D'ora in avanti lascia che siano gli adulti a pensare.» Stringeva ancora l'orecchio di Garion fra le dita.

«Come vuoi tu» rispose in un lampo il ragazzo.

Più tardi quella notte, mentre se ne stavano distesi nel letto tranquilli al buio, Garion prese l'argomento alla larga.

«Zia Pol?»

«Sì?»
«Visto che non sposi Durnik, chi vorresti sposare?»
«Garion...» replicò lei.
«Sì?»
«Chiudi la bocca e dormi.»
«Credo di avere il diritto di saperlo.»
«Garion!»
«Uffa. D'accordo, buonanotte. Però non sei onesta.»
Pol fece un profondo respiro. «Molto bene» si arrese. «Non ho intenzione di sposarmi. Non ci ho mai pensato e francamente non credo che lo farò mai. Ho cose troppo importanti di cui occuparmi per pensare a sciocchezze del genere.»
«Non preoccuparti zia» disse lui per tranquillizzarla. «Quando divento grande ti sposo io.»
Pol si mise a ridere, una risata sonora e profonda. Tese una mano e toccò il viso del nipote nell'oscurità. «Oh no, mio piccolo Garion» disse. «C'è ben altra sposa in serbo per te.»
«Chi?» chiese.
«Lo scoprirai» disse in tono misterioso. «Adesso dormi.»
«Zia Pol?»
«Sì?»
«Dov'è la mia mamma?» Era una domanda che voleva fare già da molto tempo.
Ci fu una lunga pausa di silenzio, poi zia Pol sospirò. «È morta» disse con tono pacato.
Garion provò una fitta straziante, un'angoscia intollerabile. Cominciò a piangere.
Pol gli stava accanto. Si inginocchiò sul pavimento al suo capezzale e lo abbracciò. Alla fine, dopo un lungo momento, dopo che lo aveva portato nel suo letto e stretto a sé finché il dolore era passato, Garion le chiese all'improvviso: «Che aspetto aveva? Com'era mia madre?»
«Era bionda» raccontò zia Pol «e molto giovane. Era bellissima, aveva una voce gentile ed era molto felice.»
«Mi voleva bene?»
«Più di quanto tu riesca a immaginare.»
E a quel punto Garion pianse ancora, ma di un pianto sommesso, più carico di tristezza che di dolore. Zia Pol lo strinse forte a sé finché si addormentò.

C'erano anche altri bambini alla fattoria di Faldor, cosa più che naturale in una comunità di circa sessanta persone. I più grandi lavoravano già, ma ce n'erano tre più o meno dell'età di Garion. Erano i suoi amici e compagni di gioco.

Il più grande si chiamava Rundorig. Aveva un anno o due più di Garion ed era decisamente più alto. Essendo il maggiore, normalmente avrebbe dovuto essere il capo, ma dato che era un Arend non era molto sveglio e quindi erano i più piccoli a comandare. Sendaria, a differenza degli altri regni, era abitato da una grande varietà di popoli e razze. Cherek, Algar, Drasnian, Arend e persino un certo numero di Tolnedran si erano fusi insieme per formare i Sendar. Gli Arend, ovviamente, erano molto coraggiosi, ma erano altrettanto noti per essere un po' duri di comprendonio.

Il secondo amichetto di Garion si chiamava Doroon, un ragazzino minuto e svelto con antenati di tutte le razze, in altre parole un vero Sendar. Quello che colpiva di Doroon era che correva sempre. Se appena poteva, invece di camminare si metteva a correre. Anche il cervello, come i piedi, ogni tanto incespicava per la fretta, e così pure la lingua. Parlava di continuo a folle velocità ed era sempre su di giri.

Il capo indiscusso dei quattro piccoletti era la ragazza, Zubrette, una ammaliatrice dai capelli biondi che inventava giochi, raccontava storie e li istigava a rubare mele e susine per portarle a lei. Li governava come una piccola regina, li metteva l'uno contro l'altro e li stuzzicava fino a farli litigare. Era senza cuore e a volte i ragazzi la odiavano, pur rimanendo schiavi impotenti di ogni suo più piccolo capriccio.

D'inverno andavano alla collina dietro la fattoria e, usando delle ampie tavole di legno come slitte, si lanciavano giù dal crinale per poi tornare a casa fradici e coperti di neve, con le mani screpolate e le guance in fiamme, mentre le ombre rossastre della sera avanzavano sulla distesa innevata. Oppure, dopo che Durnik aveva controllato il ghiaccio e dichiarato che era solido e sicuro, si mettevano a pattinare per ore sulla superficie scintillante dello stagno che si trovava nella valletta verso Alto Gralt. E se faceva troppo freddo, oppure si avvicinava la primavera e le piogge e i venti tiepidi avevano fatto diventare la neve una poltiglia e lo stagno pericoloso, i ragazzi si trovavano nel granaio e giocavano a buttarsi nel fieno soffice, riempiendosi i capelli di pagliuzze e il naso della polvere che odorava d'estate.

In primavera davano la caccia ai girini sulla riva fangosa dello stagno. Poi si arrampicavano sugli alberi per guardare le piccole uova celesti che gli uccellini avevano deposto nei nidi costruiti fra i rami più alti e sottili.

Naturalmente fu Doroon che cadde dall'albero e si ruppe un braccio in una bella mattina di primavera, quando Zubrette gli chiese di arrampicarsi fino ai rami più alti degli alberi attorno allo stagno. Dal momento che Rundorig se ne era rimasto lì a bocca aperta confuso sul da farsi (e visto che Zubrette se ne era corsa via ancora prima che Doroon cascasse per terra), toccò a Garion occuparsi della faccenda. Con il giovane visetto serio nascosto sotto il ciuffo biondo, studiò attentamente la situazione per qualche istante. Il braccio era senza dubbio rotto e Doroon, pallido e spaventato, si mordeva le labbra per non piangere.

Garion intravide un movimento con la coda dell'occhio e si girò a guardare. Poco distante, un uomo con un pastrano scuro, in sella a un grande cavallo nero, lo stava osservando. Quando i loro sguardi si incrociarono, Garion sentì un brivido gelido e si ricordò di aver già visto quell'uomo, e pensò che in realtà quella figura oscura aleggiava ai confini del suo sguardo da tempo immemorabile. Non parlava mai, ma gli occhi erano sempre fissi su di lui. C'era, in quell'esame minuzioso, una specie di fredda animosità, curiosamente mista a quella che poteva quasi definirsi paura. A quel punto Doroon mugolò e Garion si voltò verso di lui.

Fasciò con cura il braccio rotto e lo sostenne con l'aiuto della cinta. Poi, insieme a Rundorig, aiutò il ragazzo ferito ad alzarsi.

«Almeno poteva darci una mano» borbottò Garion con tono di rimprovero.

«Chi?» domandò Rundorig guardandosi attorno.

Garion stava per indicare l'uomo in nero, ma il cavaliere era scomparso.

«Non ho visto nessuno» disse Rundorig.

«Fa male» si lamentò Doroon.

«Non preoccuparti,» disse Garion «zia Pol lo steccherà.»

E, difatti, così fece. Quando i tre comparvero sulla soglia le bastò un'occhiata per capire cos'era successo.

«Portatelo qui» disse con voce per nulla agitata. Piazzò il ragazzino pallido e tremante sopra uno sgabello vicino al forno e preparò un infuso di erbe miste prese dai barattoli sullo scaffale più alto della dispensa.

«Bevi questo» ordinò porgendo a Doroon una tazza fumante.

«Mi farà guarire il braccio?» chiese lui guardando con sospetto l'infuso dal pessimo odore.

«Tu bevi» replicò la donna predisponendo assicelle e bende di lino.

«Che schifo! Ha un saporaccio orrendo!» protestò Doroon con una smorfia.

«È così che deve essere» rispose la zia. «Bevilo tutto.»

«Non mi va più» disse il ragazzo.

«Molto bene» fece Pol. Poi spostò le assicelle e prese un enorme coltellaccio che pendeva da un gancio.

«Che cosa vuole fare con quello?» chiese il ragazzino in preda ai tremori.

«Dato che non vuoi la medicina,» spiegò lei con dolcezza «vorrà dire che te lo taglierò.»

«Lo taglierà?» squittì Doroon con gli occhi fuori dalle orbite.

«Più o meno a partire da qui» disse lei toccando con fare pensieroso il braccio all'altezza del gomito con la punta del coltello.

Con gli occhi inondati dalle lacrime Doroon trangugiò il resto del liquido e qualche minuto dopo ciondolava sullo sgabello sul punto di addormentarsi. Cacciò un urlo quando la zia rimise a posto l'osso, ma dopo che il braccio fu steccato e bendato, si appisolò di nuovo. Zia Pol parlò brevemente con la madre del ragazzo cercando di tranquillizzarla, poi chiese a Durnik di metterlo a letto.

«Non glielo avresti tagliato per davvero il braccio, giusto zia?» domandò Garion.

Zia Pol lo guardò senza cambiare espressione.

«Dici?» ribatté. Garion non fu più così sicuro. «Adesso è il momento di dire due parole alla signorina Zubrette» aggiunse lei.

«È corsa via quando Doroon è cascato dall'albero» raccontò Garion.

«Trovala.»

«Si è nascosta» protestò Garion. «Si nasconde sempre quando qualcosa non va. Non saprei dove cercarla.»

«Garion,» disse zia Pol «non ti ho chiesto se sai dov'è. Ti ho chiesto di trovarla e portarla qui da me.»

«E se non vuole venire?» chiese il ragazzo cercando di proteggersi.

«Garion!» C'era un non so che di definitivo nella voce di zia Pol. Garion corse fuori.

«Con questa storia non ho nulla a che fare» mentì spudoratamente Zubrette quando Garion la portò in cucina da zia Pol.

«Tu,» ordinò la donna indicando un panchetto «siediti lì!»

Zubrette si lasciò cadere sul sedile con la bocca aperta e gli occhi spalancati.

«E tu,» disse poi a Garion zia Pol «fuori di qui!»

Lui se ne andò in gran fretta.

Dieci minuti dopo, una ragazzina in lacrime ruzzolava fuori dalla cucina. Zia Pol era in piedi sulla soglia e la seguiva con occhi di ghiaccio.

«L'hai picchiata?» chiese Garion speranzoso.

Zia Pol lo pietrificò con lo sguardo. «Ovviamente no» disse. «Non si picchiano le ragazzine.»

«Io l'avrei fatto» dichiarò Garion deluso. «Allora cos'è successo?»

«Non hai altro di cui occuparti?» chiese zia Pol.

«No,» rispose Garion «in effetti no.» Dire così fu senza dubbio un grosso errore.

«Bene» fece zia Pol afferrando una delle sue orecchie. «È tempo che cominci a guadagnarti da vivere, mio caro. Nel retro della cucina troverai una pila di piatti sporchi. Gradirei che fossero lavati.»

«Non capisco perché sei arrabbiata con me» obiettò Garion dimenandosi. «Non l'ho fatto salire io Doroon su quell'albero.»

«In cucina, Garion» ordinò. «Subito.»

Il resto della primavera e la prima parte dell'estate trascorsero tranquilli. Doroon, naturalmente, non poté giocare con gli altri fino a che il braccio non fu del tutto guarito e Zubrette era rimasta così scossa da quanto le aveva detto zia Pol che evitava accuratamente gli altri due ragazzi. A Garion rimase solo Rundorig con cui giocare e Rundorig non era abbastanza sveglio per essere davvero divertente. E visto che in realtà non c'era un granché da fare i ragazzi andavano spesso nei campi a veder lavorare i braccianti e ad ascoltare le loro chiacchiere.

Caso volle che quell'estate gli uomini della fattoria di Faldor parlassero della battaglia di Vo Mimbre, la tragedia più grande della storia dell'intero Occidente. Garion e Rundorig ascoltavano rapiti mentre i contadini raccontavano di come le orde di Kal Torak avessero invaso l'Ovest più di cinquecento anni prima.

Tutto era cominciato nel 4865, secondo il calendario di Sendaria, quando vaste moltitudini di Murgo, Nadrak e Thull avevano oltrepassato le scarpate dei monti orientali ed erano entrate in Drasnia. Dietro di loro, in interminabili ondate, erano arrivati gli innumerevoli Mallorean.

Dopo che Drasnia era stata brutalmente sconfitta, gli Angarak si erano diretti a sud verso le vaste praterie di Algaria e avevano posto l'assedio a quel gigantesco castello che era la Fortezza di Algaria. L'assedio era durato otto anni fin quando Kal Torak, disgustato, aveva abbandonato la posizione. Solo quando il dio diresse il suo esercito a ovest contro la terra degli Ulgo gli altri regni capirono che le sue mire espansionistiche non erano rivolte contro i soli Alorn ma contro tutto l'Occidente. Nell'estate del 4875 Kal Torak aveva dilagato nella pianura degli Arend davanti alla città di Vo Mimbre, ed era proprio lì che lo aspettavano gli eserciti riuniti dell'Ovest.

I Sendar che presero parte alla battaglia erano sotto il comando di Brand, il Custode di Riva. L'esercito, formato da Rivan, Sendar e Arend Asturian, assalì la retroguardia degli Angarak dopo che l'ala sinistra era stata attaccata dagli Algar, dai Drasnian e dagli Ulgo e la destra dai Tolnedran e dai Cherek. Il fronte subì la leggendaria carica degli Arend di Mimbre. La battaglia infuriò per ore, fino a che, nel centro della pianura, Brand affrontò Kal Torak in singolar tenzone. Da quel duello dipendeva l'esito della battaglia.

Anche se erano passate venti generazioni da quello scontro fra titani, il ricordo era ancora vivo nella mente dei Sendar che lavoravano alla fattoria di Faldor, come se fosse accaduto solo il giorno prima. Venne raccontato ogni colpo, ogni finta e ogni parata. Al momento culminante, quando oramai sembrava destinato alla sconfitta, Brand aveva tolto la copertura al suo scudo e Kal Torak, distratto da quel gesto, aveva abbassato la guardia ed era stato colpito all'istante.

La descrizione della battaglia bastava a far ribollire il sangue arend di Rundorig. Garion, invece, trovava che alcuni fatti non erano stati del tutto chiariti dal racconto.

«Perché lo scudo di Brand era coperto?» chiese a Cralto, uno dei braccianti più anziani.

Cralto scrollò le spalle. «Era coperto e basta» rispose. «Tutti quelli con cui ho parlato sono concordi sul fatto.»

«Era uno scudo magico?» continuò Garion.

«Può darsi,» disse Cralto «ma non l'ho mai sentito dire da nessuno. Tutto ciò che so è che quando Brand tolse la copertura allo scudo, Kal Torak fece cadere il suo e Brand gli infilzò la spada nella testa, attraverso l'occhio, mi è stato detto.»

Garion scosse il capo con testardaggine. «Non capisco» insisté. «Com'è possibile che Kal Torak si spaventasse per una cosa del genere?»

«Non saprei» disse l'anziano bracciante. «Nessuno ne ha mai dato una spiegazione.»

Anche se non era del tutto soddisfatto della storia, Garion non esitò ad accettare la proposta di Rundorig di rimettere in scena il duello fra loro due. Dopo un paio di giorni passati ad assumere pose e a incrociare bastoni, Garion decise che per rendere il gioco più divertente occorreva un equipaggiamento migliore. Dalla cucina di zia Pol scomparvero misteriosamente due marmitte e due coperchi grossi, e Garion e Rundorig, ora armati di elmi e scudi, si ritirarono in un luogo appartato per farsi la guerra.

Andava tutto a meraviglia finché Rundorig, che era più grande, più alto e più forte, diede una gran legnata sulla testa di Garion con la spada. Il bordo della marmitta tagliò il sopracciglio di Garion e il sangue cominciò a sgorgare. Le orecchie del ragazzo si misero a fischiare e una specie di esaltazione gli ribollì nelle vene mentre si rialzava da terra.

Non riuscì mai a ricordare del tutto ciò che accadde dopo. Rammentava solo immagini frammentarie in cui sfidava Kal Torak con parole che gli sgorgavano dalle labbra senza che ne capisse il significato. La faccia familiare e stolida di Rundorig aveva lasciato il posto a un altro viso, orrendo e orribilmente deturpato. Posseduto dalla furia, Garion colpì quel volto ripetutamente con il fuoco che gli bruciava il cervello.

E poi finì. Il povero Rundorig era disteso ai suoi piedi, incosciente per l'insensato attacco. Garion era sconvolto per ciò che aveva fatto, ma allo stesso tempo gustava il sapore ardente della vittoria.

Più tardi in cucina, dove andavano di solito tutti i feriti della fattoria a fasi medicare, zia Pol curò i tagli senza fare commenti. Rundorig non sembrava troppo malmesso, anche se la faccia, livida in vari punti, gli si stava gonfiando e il ragazzo non riusciva bene a mettere a fuoco le cose. Qualche panno bagnato sulla testa e un intruglio di zia Pol lo rimisero presto in piedi.

Il taglio sul sopracciglio di Garion richiese maggiori attenzioni. La zia chiese a Durnik di tenere fermo il ragazzo, poi prese ago e filo e ricucì la lacerazione con la stessa calma con cui riparava i buchi nelle maniche delle camicie, ignorando per tutto il tempo gli ululati del suo paziente. In effetti sembrava più preoccupata delle ammaccature sulla marmitta e sui coperchi che non delle ferite di guerra dei due ragazzi.

Quando tutto fu finito, Garion aveva il mal di testa e fu portato di sopra.

«Almeno ho sconfitto Kal Torak» disse alla zia nel dormiveglia.

Lei lo guardò all'improvviso. «Dove hai sentito parlare di Torak?»

«Si dice Kal Torak, zia,» spiegò Garion con pazienza «non Torak e basta.»

«Rispondimi.»

«I contadini raccontavano delle storie, il vecchio Cralto e gli altri, su Brand e Vo Mimbre e Kal Torak e tutto il resto. Però non ce l'ho fatta a scoprire lo scudo. Rundorig mi ha dato una botta in testa prima che arrivassimo a quel punto.»

«Ora voglio che tu mi ascolti, Garion» disse zia Pol. «E che ascolti attentamente. Non devi mai più pronunciare il nome di Torak.»

Poi gli diede uno schiaffo, cosa che non aveva mai fatto prima. La sberla sulla bocca lo sorprese più che fargli male, perché la zia non aveva colpito con forza. «Tu non pronuncerai mai più il nome di Torak. Mai!» intimò la donna. «È importante Garion. La tua sicurezza dipende da questo. Tu me lo devi promettere.»

«Non devi arrabbiarti così tanto» protestò lui in tono offeso.

«Prometti.»

«D'accordo, prometto. Ma è stato solo un gioco.»

«Un gioco stupido» gli fece notare zia Pol. «Potevi uccidere Rundorig.»

«E io allora?»

«Tu non sei mai stato davvero in pericolo» gli disse. «Adesso fila a letto.»

Mentre si assopiva, con la testa leggera per la ferita e per la strana bevanda amara che gli aveva dato la zia, gli parve di sentire, a tratti, la sua voce profonda e corposa che diceva: «Garion, mio Garion, sei ancora troppo piccolo.» Più tardi, risvegliandosi dal sonno come un pesciolino che sale alla superficie argentea dell'acqua, gli sembrò che la zia chiamasse: «Padre, ho bisogno di te.» Poi Garion si immerse di nuovo in un sonno agitato, in cui lo perseguitava la figura oscura dell'uomo a cavallo che osservava ogni suo movimento con fredda animosità e quasi con paura. E dietro quella sagoma che Garion aveva sempre saputo essere presente anche se non l'aveva mai ammesso neppure con zia Pol, incombeva il volto deturpato e orribile che aveva intravisto, o forse solo immaginato, mentre combatteva con Rundorig, simile al frutto mostruoso di un indicibile albero del male.

2

Non molto tempo dopo, nell'eterno meriggio della gioventù di Garion, il cantastorie apparve ancora una volta ai cancelli della fattoria di Faldor. Il cantastorie, che non aveva un nome vero e proprio come le altre persone, era un vecchio dall'aspetto logoro e stracciato. Aveva una calzamaglia rattoppata alla ginocchia, e dalla punte delle scarpe, una diversa dall'altra, si vedevano sbucare le dita dei piedi. Portava un tunica di lana a maniche lunghe che teneva legata in vita con una corda, mentre il cappuccio (un bizzarro indumento che non si usava di solito a Sendaria ma che Garion trovava decisamente bello, con quel tessuto spiovente che copriva le spalle, il petto e il dorso) era inzaccherato da macchie di cibo e bevande. Solo il mantello sembrava abbastanza nuovo. L'uomo aveva i capelli corti e anche la barba era ben tenuta. I lineamenti del volto erano marcati, quasi spigolosi, ma non rivelavano indizi sul suo popolo di appartenenza. Non somigliava a un Arend e tanto meno a un Cherek, non sembrava Algar né Drasnian e neppure Rivan o Tolnedran. Pareva invece che discendesse da una stirpe a lungo dimenticata. Gli occhi erano di un blu profondo e gioioso, come quelli di un giovane monello.

Di tanto in tanto il cantastorie faceva la sua apparizione alla fattoria di Faldor ed era sempre il benvenuto. In realtà era un vagabondo senza radici che tirava a campare raccontando storie. Non sempre erano nuove, ma sentirle raccontare da lui era un incanto. Faceva rimbombare la voce come il fragore del tuono oppure la assottigliava come un alito di zefiro. Riusciva a imitare più di una dozzina di voci umane per volta, fischiava come gli uccellini, che giungevano a frotte ad ascoltarlo. Ma quando imitava l'ululato del lupo, faceva rizzare i peli sulla nuca dei suoi ascoltatori e si fermava nei loro cuori raggelandoli come i rigidi inverni di Drasnia. Riusciva a ripetere il rumore della pioggia e il soffio del vento e addirittura (vero miracolo!) il suono della neve che cade. Le sue storie, così piene di suoni e rumori, prendevano vita e, grazie alle parole con cui intesseva le sue trame, le immagini, gli odori, le sensazioni di tempi e luoghi sconosciuti, diventavano reali per i suoi ascoltatori stregati.

Tutta questa meraviglia la regalava generosamente in cambio di qualche buon pasto, un buon numero di boccali di birra e un cantuccio caldo nel fienile dove poter dormire.

Fra il cantastorie e zia Pol sembrava ci fosse una conoscenza segreta. Pol accettava il suo arrivo con la rassegnazione beffarda di chi sa che i tesori più preziosi della dispensa non sarebbero stati più al sicuro con lui nelle vicinanze.

Pagnotte e torte trovavano il modo di svanire quando il vecchio era in giro, e appena Pol voltava le spalle, con tre rapidi colpi dell'agile coltello che teneva sempre a portata di mano, l'uomo era in grado di privare la più succulenta anatra arrosto delle cosce e di una generosa fetta di petto. La zia lo chiamava Vecchio Lupo e quando lo vedeva alla porta della fattoria riprendeva un gioco che era evidentemente andato avanti per anni. Il vecchio la adulava in modo spudorato, anche mentre rubacchiava in cucina. Se Pol gli offriva dei biscotti o del pane nero, lui rifiutava con galanteria per poi sgraffignarne mezzo piatto prima che il tutto venisse riposto nella credenza. Il vecchio si deliziava a rubacchiare, e se la zia lo pietrificava con lo sguardo, non aveva alcuna difficoltà ad assoldare una dozzina di complici disposti a saccheggiare la cucina in cambio di una sola delle sue storie.

Purtroppo uno dei suoi allievi più abili era il giovane Garion. Spesso, esasperata dalla necessità di tener d'occhio un vecchio ladro e uno in erba, zia Pol si armava di scopa e li scacciava entrambi dalla cucina con parole e colpi di ramazza. Così il vecchio scappava ridendo con il ragazzo e, trovato un angolo tranquillo, facevano baldoria coi frutti del furto e il cantastorie, sorseggiando con una certa frequenza il vino o la birra rubati, elargiva al suo discepolo storie del passato più antico.

I racconti migliori, naturalmente, erano tenuti in serbo per il salone da pranzo quando, tolte le stoviglie dopo il pasto serale, il vecchio si alzava dal suo posto e trasportava gli ascoltatori in un mondo di magie e incantesimi.

«Raccontaci degli inizi, caro amico» disse il pio Faldor una sera. «E degli dèi.»

«Degli inizi e degli dèi» ripeté il vecchio cercando l'ispirazione. «Un argomento nobile, Faldor, ma arido e trito.»

«Vecchio Lupo, ho notato che per te tutti gli argomenti sono aridi e triti» osservò zia Pol mentre si avviava alla botte per spillargli un buon boccale di birra schiumosa.

L'uomo accettò il boccale con un inchino maestoso. «È uno dei rischi del mio mestiere, madama Pol» spiegò. Dopo qualche bella sorsata allontanò il boccale. Chinò il capo un istante per raccogliere le idee, poi, almeno così parve, guardò dritto in faccia Garion. Quindi fece una cosa strana, una cosa che non aveva mai fatto quando raccontava le storie nel salone. Si raccolse nel proprio mantello e si alzò, imponente, in piedi.

«Vedete,» disse con voce squillante e sonora «all'inizio dei giorni gli dèi crearono il mondo e gli oceani e le terre. Nel cielo notturno essi mandarono le stelle e posero il sole con la sua consorte, la luna, nelle altezze celesti affinché dessero luce al mondo.

«E gli dèi fecero sì che la terra generasse gli animali, e che nelle acque germogliassero i pesci e che nei cieli fiorissero gli uccelli.

«Ed essi crearono anche gli uomini, e li divisero in popoli.

«Ora, gli dèi erano in numero di sette ed erano tutti eguali e i loro nomi erano Belar, Chaldan, Nedra, Issa, Mara, Aldur e Torak.»

Garion conosceva bene la storia. Tutti la conoscevano a Sendaria, perché la storia era di origine alorn, e le terre ai tre lati di Sendaria erano regni alorn. Ma anche se la narrazione era familiare Garion non l'aveva mai sentita raccontare a quel modo. La sua mente si librava in alto e nelle sua immaginazione vedeva gli dèi camminare per quel mondo perduto e lontano quando la terra fu creata, ma ogni volta che sentiva il nome proibito di Torak diventava tutto un brivido.

Ascoltò con attenzione mentre il cantastorie descriveva come ogni dio avesse scelto un popolo – Belar gli Alorn, Issa i Nyassan, Chaldan gli Arend, Nedra i Tolnedran, Mara i Marag che non esistono più, e Torak gli Angarak. E ascoltò di come il dio Aldur prese dimora solitaria e contemplasse gli astri in solitudine e accettasse pochi fra gli uomini perché fossero suoi allievi e discepoli.

Garion diede un'occhiata agli altri che stavano ascoltando. I loro volti erano rapiti. Gli occhi di Durnik erano spalancati e le mani del vecchio Cralto stringevano con forza il bordo del tavolo di fronte a lui. Faldor era sbiancato in volto, e aveva gli occhi colmi di lacrime. Zia Pol era in piedi in fondo alla stanza. Anche se non faceva freddo, si era stretta nel mantello e si ergeva diritta con lo sguardo fisso e attento.

«Accadde poi» continuò il cantastorie «che il dio Aldur forgiò un gioiello a forma di sfera perfetta, e guardate, il gioiello era formato dalla luce degli astri che brillano a settentrione. E grande fu la magia del gioiello a cui gli uomini diedero il nome di Globo di Aldur, perché attraverso il Globo Aldur poteva vedere ciò che era stato, ciò che era e ciò che ancora non aveva avuto corso.»

Garion si accorse che stava trattenendo il respiro perché era tutto immerso nel racconto. Ascoltò con meraviglia la storia di Torak che aveva sottratto il Globo e della guerra che gli altri dèi avevano mosso contro di lui. «Torak usò il Globo per dilaniare la terra e farla inondare dalle acque dell'oceano, fino a che il Globo si ribellò a quell'uso malvagio sciogliendo come cera la parte sinistra del suo volto e distruggendo l'occhio e la mano sinistra del dio.»

Il vecchio fece una pausa e scolò il contenuto del boccale. Zia Pol, con il mantello ancora stretto attorno a sé, gliene portò un altro con un gesto imponente e con gli occhi in fiamme.

«Non ho mai sentito raccontare la storia a questo modo» disse Durnik sottovoce.

«È il Libro degli Alorn[1]. Viene letto solo alla presenza dei re» disse Cralto con voce altrettanto sottile. «Una volta ho conosciuto un tale che l'aveva sentita alla corte di Sendar e se ne ricordava alcuni pezzi. Io però non l'avevo mai udita tutta prima.»

Il racconto andava avanti, narrando di Belgarath il Mago e di come avesse condotto Cherek e i suoi tre figli alla riconquista del Globo duemila anni più tardi, e di come le terre occidentali vennero messe in guardia e protette contro la venuta di Torak. Gli dèi, lontani dal mondo, lasciarono Riva a guardia del Globo nella sua fortezza nell'Isola dei Venti. In quel luogo egli forgiò una spada e pose il Globo nella sua elsa. Fin quando il

---

[1] Esistevano molte altre versioni della storia, simili all'adattamento utilizzato nel Prologo. Taluni ritengono che anche il Libro degli Alorn sia la riduzione di un documento assai più antico.

Globo rimaneva in quel luogo e la discendenza di Riva sedeva sul trono, Torak non avrebbe prevalso.

Poi Belgarath mandò la sua figlia prediletta a Riva perché diventasse madre di re mentre la sorella restò col padre e imparò l'arte della magia, perché il segno dei maghi era su di lei.

Ora che il racconto volgeva al termine la voce del vecchio cantastorie era divenuta delicata. «E i due,» disse «Belgarath e la figlia, la maga Polgara, compirono incantesimi per vigilare sul ritorno di Torak. E alcuni dicono che continueranno a stare all'erta fino alla fine dei tempi perché la profezia afferma che Torak il Deforme muoverà contro i regni dell'Ovest per reclamare il Globo che gli era costato così caro. E la battaglia divamperà fra Torak e gli eredi di Riva e il suo esito deciderà le sorti del mondo.»

A quel punto il vecchio tacque e si lasciò cadere il mantello dalle spalle, volendo così indicare che la storia era finita.

Nella grande sala ci fu un lungo silenzio profondo, interrotto solo dal crepitio delle braci morenti e dal canto senza fine delle rane e dei grilli nella notte estiva.

Alla fine Faldor si schiarì la gola e si alzò facendo scricchiolare rumorosamente la panca sul pavimento di legno. «Ci hai reso un grande onore questa sera, vecchio amico» disse con voce rotta dall'emozione. «Questo è un evento che ricorderemo tutta la vita. Ci hai narrato una storia da re, una storia che non viene sprecata spesso per la gente comune.»

A questo punto il vecchio sogghignò con gli occhi blu che luccicavano. «È da un po' che non frequento sovrani, Faldor.» Si mise a ridere. «Sono tutti troppo occupati per dar retta ai vecchi racconti, ma le storie devono essere raccontate di tanto in tanto perché altrimenti vanno perdute. E, d'altra parte, chi può dire di questi tempi dove potrebbe nascondersi un re?»

Tutti risero a quella battuta e spinsero indietro le panche perché si era fatto tardi per gente che doveva alzarsi alle prime luci dell'alba.

«Porteresti una lanterna nel posto dove dormo, ragazzo?» chiese il vecchio.

«Volentieri» rispose Garion balzando in piedi e correndo in cucina. Prese una lanterna di vetro, accese la candela all'interno con uno dei tizzoni che ardevano nel camino e tornò nel salone.

Faldor stava parlando con il cantastorie. Quando si voltò per andarsene, Garion vide il vecchio e zia Pol, ancora in piedi in fondo alla sala, scambiarsi una strana occhiata.

«Siamo pronti, ragazzo?» domandò l'uomo quando Garion gli fu vicino.

«Certo» rispose lui, e i due si voltarono e lasciarono il salone.

«Perché non hai finito la storia?» chiese Garion che scoppiava dalla curiosità. «Perché ti sei fermato prima che si scoprisse cos'era successo quando Torak incontrò il re di Riva?»

«Quella è un'altra storia» spiegò il vecchio.

«Me la racconterai un giorno?» insisté Garion.

Il vecchio si mise a ridere. «Torak e il re di Riva non si sono ancora incontrati,» disse «perciò non saprei proprio cosa raccontarti, giusto?»

«È solo una storia» obiettò Garion. «Non è vero?»

«Ah sì?» Il vecchio tolse un fiasco di vino da sotto la tunica e bevve una lunga sorsata. «Chi può dire se è solo una storia o se è non la verità camuffata da favola?»

«È solo una storia» insisté Garion testardo. All'improvviso si sentì un vero Sendar, ostinato e con i piedi per terra.

«Non può essere vera. Perché altrimenti il mago Belgarath avrebbe... dunque non so quanti anni. La gente non vive così tanto.»

«Settemila anni» contò il vecchio.

«Cosa?»

«Belgarath il Mago ha settemila anni. Forse anche qualcuno di più.»

«È impossibile» affermò Garion.

«Ah, davvero? E tu quanti anni hai?»

«Nove, la prossima Erastide.»

«E in nove anni hai imparato cosa è possibile e cosa è invece impossibile? Sei una ragazzino davvero dotato, giovane Garion.»

Garion diventò rosso in viso. «Bene,» disse con tono non molto sicuro «l'uomo più vecchio che conosco è Weldrik della fattoria di Mildrin. Durnik dice che ha più di novant'anni e che è il più anziano di tutta la regione.»

«Ed è una regione molto grande, questo è certo» ribatté il vecchio con solennità.

«Quanti anni hai?» chiese Garion che non voleva cedere.

«Abbastanza» rispose il cantastorie.

«Resta comunque una storia e basta» continuò Garion.

«Molti bravi uomini di solidi princìpi direbbero lo stesso» gli disse il vecchio guardando il cielo stellato. «Uomini che vivranno credendo solo in ciò che si può vedere e toccare. Ma c'è un altro mondo al di là di ciò che si può toccare e vedere. E ha le sue leggi. Quello che può risultare impossibile nel mondo di tutti i giorni diventa possibile nell'altro. E talvolta i confini fra i due mondi scompaiono, e allora chi può dire cos'è possibile o impossibile?»

«Credo di preferire il mondo di tutti i giorni» decise Garion. «Quell'altro mi sembra complicato.»

«Non sempre si può scegliere, Garion» lo avvertì il cantastorie. «Non sorprenderti se un giorno di questi l'altro mondo ti sceglierà per compiere una qualche impresa, qualcosa di nobile e grandioso.»

«Scegliere me?»

«Sono capitate cose anche più strane. Va' a dormire, ragazzo. Io sto qui un po' a guardare le stelle. Io e le stelle siamo amici da lungo tempo.»

«Le stelle?» chiese Garion alzando involontariamente lo sguardo. «Sei un vecchio proprio strano, se posso dirlo.»

«Certo che puoi» assentì il vecchio. «Il più strano che si possa incontrare.»

«Però mi piaci lo stesso» si affrettò ad aggiungere Garion, che aveva paura di averlo offeso.

«Questo mi rincuora, ragazzo» disse il vecchio. «Ora va' a letto. Tua zia sarà in pensiero.»

Più tardi, Garion dormì un sonno agitato da sogni inquieti. La figura oscura di Torak si profilava in mezzo alle ombre e creature mostruose lo inseguivano attraverso territori ricurvi dove il possibile e l'impossibile si fondevano e dove l'altro mondo si protendeva verso di lui per reclamarlo.

3

Qualche mattina più tardi, quando zia Pol aveva già cominciato a guardarlo male per i suoi ripetuti agguati in cucina, il vecchio se ne andò con la scusa di dover portare un messaggio nel vicino villaggio di Alto Gralt.

«Bene» disse zia Pol, con fare abbastanza scortese. «Almeno la mia dispensa sarà al sicuro mentre sei via.»

Lui fece un inchino beffardo, gli occhi che scintillavano. «Avete forse bisogno di qualcosa, madama Pol?» chiese. «Qualche sciocchezzuola che vi posso comperare lungo la strada?»

Zia Pol ci pensò un momento. «Sono un po' a corto di spezie,» disse «e in vicolo del Finocchietto c'è un mercante di spezie tolnedran, appena più a sud della taverna cittadina. Sono sicura che non avrai problemi a trovarla.»

«Il viaggio mi renderà senz'altro la gola secca» ammise il vecchio. «E mi sentirò anche solo. Dieci leghe senza nessuno con cui parlare sono molte.»

«Parla agli uccelli» suggerì brusca zia Pol.

«Gli uccelli ascoltano volentieri,» annuì il vecchio «ma la loro conversazione è ripetitiva e stanca in fretta. Non posso portarmi il ragazzo come compagnia?»

Garion trattenne il respiro.

«Ha già preso abbastanza cattive abitudini per suo conto» disse zia Pol caustica. «Preferirei che non le perfezionasse con l'aiuto di un esperto.»

«Andiamo, madama Pol,» obiettò il vecchio sgraffignando di soppiatto una ciambella «siete ingiusta. D'altra parte, cambiare aria farà bene al giovanotto. Gli allargherà gli orizzonti, se così si può dire.»

«I suoi orizzonti sono larghi a sufficienza, grazie mille» disse zia Pol.

Garion ebbe un tuffo al cuore.

«Tuttavia,» continuò lei «forse lui non si dimenticherà di comprarmi le spezie e non si ubriacherà di birra al punto da confondere i grani di pepe con i chiodi di garofano, o la cannella con la noce moscata. Molto bene, il ragazzo può venire con te. Ma bada bene, non voglio che lo porti in qualche locale lurido e malfamato.»

«Madama Pol!» esclamò il vecchio fingendosi indignato. «Pensate forse che io frequenti posti del genere?»

«Ti conosco fin troppo bene, Vecchio Lupo» disse lei seccamente. «Ti tuffi nel vizio e nella corruzione con la stessa naturalezza con cui una papera nuota in uno stagno. Se sento dire che l'hai portato in qualche bettola disgustosa dovrai vedertela con me.»

«Allora dovrò fare le cose in gran segreto, giusto?»

Zia Pol gli lanciò un occhiataccia. «Vado a controllare quali spezie mi servono» concluse.

«Mi farò prestare un cavallo e un carretto da Faldor» disse il cantastorie rubando un'altra ciambella.

In men che non si dica Garion e il vecchio stavano trottando di buon passo lungo la strada per Alto Gralt. Era una luminosa mattina d'estate, il cielo era solcato da nubi soffici a forma di ranuncoli e sotto le siepi si stendevano lunghe ombre azzurrine. Dopo qualche ora, però, il sole si fece caldo e gli scossoni del carretto sulla strada resero il viaggio più stancante. «Quanto manca?» chiese Garion per la terza volta.

«Ancora un po'» disse il vecchio. «Dieci leghe sono una bella distanza.»

«Ci sono già stato una volta» gli raccontò Garion con tono fintamente distratto. «Certo, allora ero solo un bambino, per cui non mi ricordo quasi niente. Mi sembrava un bel posto.»

Il vecchio si strinse nelle spalle. «È un paese» disse «non diverso da tutti gli altri.» Sembrava avere l'aria preoccupata.

Garion, che sperava di convincerlo a raccontare una storia per rendere il viaggio meno noioso, cominciò a fare domande.

«Come mai non hai un nome, se posso chiedertelo?»

«Ho molti nomi» replicò l'uomo strofinandosi la barba. «Tanti quanti sono gli anni che mi porto sulle spalle.»

«Io ho un nome solo.»

«Per ora.»

«Cosa?»

«Per ora hai solo un nome» spiegò il vecchio. «Col tempo forse ne avrai un altro, o magari anche più di uno. Alcune persone fanno collezione di nomi mano a mano che invecchiano. A volte i nomi si logorano, proprio come gli abiti.»

«Zia Pol ti chiama Vecchio Lupo» disse Garion.

«Lo so» confermò il vecchio. «Tua zia e io ci conosciamo da tanto, tanto tempo.»

«Perché ti chiama così?»

«Chi può dire perché una donna come tua zia faccia qualcosa?»

«Posso chiamarti messer Lupo?» chiese Garion. I nomi erano molto importanti per lui, e il fatto che il vecchio cantastorie non ne avesse uno gli dava parecchio fastidio. Quel suo essere senza nome lo rendeva in qualche modo incompleto, non finito.

Il vecchio lo guardò serio per un istante poi scoppiò a ridere. «Messer Lupo, davvero! Molto appropriato. Penso che sia il nome più bello che abbia avuto da molti anni.»

«Allora posso?» chiese Garion. «Posso chiamarti messer Lupo?»

«Penso che vada bene, Garion. Mi piace davvero molto.»

«E adesso mi racconteresti una storia, messer Lupo?» lo supplicò Garion.

Il tempo e la strada si misero a scorrere più veloci quando messer Lupo cominciò a tessere per Garion trame di avventure gloriose e oscuri tradimenti tratte dai secoli lunghissimi e bui delle guerre civili degli Arend.

«Perché gli Arend sono fatti a quel modo?» chiese Garion alle fine di un racconto particolarmente truce.

«Gli Arend sono un popolo assai nobile» spiegò Lupo appoggiandosi allo schienale con le redini lente in una mano. «La nobiltà è un tratto del carattere su cui non sempre si può fare affidamento, perché a volte fa agire per ragioni misteriose.»

«Rundorig è un Arend» disse Garion. «A volte mi sembra, be', non troppo sveglio, capisci cosa voglio dire?»

«È l'effetto di tutta quella nobiltà» spiegò Lupo. «Gli Arend passano così tanto tempo a concentrasi sulla loro nobiltà che non gliene avanza per pensare ad altre cose.»

Arrivarono sulla sommità di un'ampia collina. Nella valle sottostante si stendeva il villaggio di Alto Gralt. A Garion quel minuscolo grappolo di case in pietra grigia coi tetti spioventi sembrò davvero troppo piccino. Ne fu deluso. Due strade, bianche per la polvere spessa, si intersecavano nel mezzo, e ai lati c'erano solo poche stradine tortuose. Le case erano quadrate e massicce, ma viste dall'alto sembravano quasi dei giocattoli. Al di là, l'orizzonte era interrotto dalle cime frastagliate della Sendaria orientale e, anche se era estate, le vette erano ancora avvolte dalla neve.

Il loro cavallo, ormai stanco, scendeva lento giù dalla collina e gli zoccoli sollevavano piccole nuvole di polvere a ogni passo. Ben presto si trovarono a calpestare i ciottoli delle strade del centro del villaggio. Senza dubbio gli abitanti del paese si ritenevano troppo importanti per prestare attenzione a un vecchio e a un ragazzo su un carro di contadini. Le donne indossavano abiti ampi e cappelli a punta e gli uomini, invece, portavano giubbe e berretti flosci di velluto. Avevano espressioni altezzose e guardavano con palese disprezzo i pochi campagnoli che si facevano da parte con rispetto per farli passare.

«Sono eleganti, vero?» osservò Garion.

«Loro lo pensano senz'altro» disse Lupo, con l'aria vagamente divertita. «Non credi che sia ora di mettere qualcosa sotto i denti?»

Non appena il vecchio menzionò la faccenda, Garion si accorse di avere una gran fame. «Dove andiamo?» chiese. «Sembrano tutti così belli. Credi che ci farebbero sedere alla loro tavola?»

Lupo si mise a ridere e fece tintinnare il portamonete che teneva alla cintura.

«Non avremo difficoltà a fare amicizia» assicurò. «Ci sono posti in cui si può comperare da mangiare.»

Comperare da mangiare? Garion non aveva mai sentito parlare di una cosa del genere. Tutti quelli che si presentavano ai cancelli di Faldor venivano sempre invitati a condividere il pranzo. Era un fatto normale. Il mondo del villaggio era ovviamente diverso da quello della fattoria di Faldor. «Ma io non ho soldi» fece notare Garion.

«Ne ho abbastanza io per entrambi» assicurò Lupo, e fermò il cavallo di fronte a un edificio basso che aveva appesa alla porta un'insegna con l'immagine di un grappolo d'uva. C'era scritto qualcosa sull'insegna ma Garion, ovviamente, non sapeva leggere.

«Cosa c'è scritto, messer Lupo?» chiese.

«C'è scritto che dentro si può comprare da bere e da mangiare» gli disse l'uomo mentre scendeva dal carro.

«Deve essere bello saper leggere» sospirò Garion malinconico.

Il vecchio lo guardò con stupore. «Non sai leggere?» chiese incredulo.

«Nessuno me lo ha mai insegnato.» Garion si strinse nelle spalle. «Faldor sa leggere, penso, ma credo che sia il solo in tutta la fattoria.»

«Che stupidaggine» sbuffò Lupo. «Dovrò parlarne assolutamente con tua zia. Sta trascurando i suoi doveri. Avrebbe dovuto insegnarti a leggere già anni fa.»

«Zia Pol sa leggere?» Garion sgranò gli occhi, con aria stupefatta.

«Ma certo!» rispose Lupo entrando nella taverna. «Dice che non le serve a molto. Sono già parecchi anni che abbiamo avuto una discussione a riguardo.» Il vecchio sembrava turbato dalla mancanza di istruzione di Garion.

Il ragazzo, invece, era molto più interessato all'interno fumoso della taverna, e non gli prestò attenzione. La stanza era ampia, con il soffitto basso e le travi a vista. Il pavimento di pietra era tutto coperto di paglia. Anche se fuori non faceva freddo, nel mezzo della sala c'era un camino con il fuoco acceso e il fumo saliva a spirale verso una cappa sostenuta da quattro colonne di pietra. Candele di sego colavano in piatti d'argilla disposti sui lunghi tavoli sporchi, e nell'aria c'era puzza di vino e di birra rancida.

«Cosa avete da mangiare?» chiese Lupo a un uomo scontroso e sciatto che portava un grembiule punteggiato di patacche di unto.

«È rimasto un pezzo di manzo arrosto» disse quello indicando uno spiedo appoggiato a un lato del camino. «È solo di due giorni fa. Poi c'è la farinata d'avena con carne e pane vecchio di non più di una settimana.»

«Molto bene» disse Lupo mettendosi a sedere. «Io prendo un boccale della vostra miglior birra chiara. E del latte per il ragazzo.»

«Latte?» protestò Garion.

«Latte» ripeté Lupo con fermezza.

Poi fece tintinnare la borsa e il vecchio acido si addolcì improvvisamente.

«Perché quell'uomo laggiù sta dormendo?» chiese Garion, indicando un signore che russava con la testa riversa su uno dei tavoli.

«Ubriaco» disse Lupo quasi senza girarsi a guardare.

«Qualcuno non si dovrebbe occupare di lui?»

«Lui preferisce di no.»

«Lo conosci?»

«Conosco lui,» disse Lupo «e molti altri dello stesso tipo. A volte è capitato anche a me.»

«Perché?»

L'arrosto era asciutto e troppo cotto, la farinata era acquosa e insipida e il pane raffermo, ma Garion aveva troppa fame per accorgersene. Pulì per bene il suo piatto, come gli era stato insegnato, poi rimase lì seduto mentre Lupo si attardava con un secondo boccale di birra.

«Davvero splendido» disse senza convinzione. Tutto sommato, Alto Gralt non era all'altezza delle sue aspettative.

«Adeguato.» Lupo si strinse nelle spalle. «Le taverne di paese sono uguali in tutto il mondo. Di rado ne ho vista una che mi facesse venir voglia di entrare. Andiamo?» Buttò sul tavolo un paio di monete che il vecchio acido acchiappò al volo e poi uscì con Garion nel sole del pomeriggio.

«Forza, cerchiamo il mercante di spezie per tua zia» disse «e poi vediamo di trovare un alloggio per la notte e una stalla per il cavallo.» Si incamminarono lungo la via lasciando cavallo e carretto di fianco alla taverna.

La casa del mercante tolnedran era un edificio alto e stretto proprio nella strada accanto. Due uomini corpulenti dalla carnagione olivastra, vestiti con tuniche corte, gironzolavano davanti al portone vicino a un cavallo nero dall'aspetto fiero con un strana sella corazzata. I due uomini fissavano con occhi vacui e disinteressati i passanti nel vicolo.

Quando messer Lupo li vide, si fermò.

«C'è qualcosa che non va?» chiese Garion.

«Thull» disse Lupo con calma, ma senza distogliere lo sguardo dai due uomini.

«Cosa?»

«Quei due sono Thull» disse il vecchio. «Di solito lavorano come facchini dei Murgo.»

«Murgo?»

«Sì, gli abitanti di Cthol Murgos» spiegò in fretta il vecchio. «Angarak del Sud.»

«Quelli che abbiamo battuto alla battaglia di Vo Mimbre?» chiese Garion. «E cosa ci fanno qui?»

«I Murgo si sono dati al commercio» raccontò Lupo aggrottando le sopracciglia. «Non mi aspettavo di incontrarli in un paesino così remoto. Possiamo entrare lo stesso. I Thull ci hanno visti e darebbe nell'occhio se ce ne andassimo via. Stai vicino a me, ragazzo, e non aprire bocca.»

Passarono oltre i due uomini corpulenti ed entrarono nella bottega di spezie.

Il Tolnedran era un uomo magro e calvo. Portava un abito marrone lungo fino a terra e stretto in vita da una cintura. Stava soppesando nervosamente vari pacchetti di polvere dall'odore pungente appoggiati sul bancone davanti a lui.

«Buongiorno a voi» disse rivolto a Lupo. «Vogliate pazientare. Sarò presto da voi.» Parlava con un leggero accento che Garion trovava strano.

«Non c'è fretta» disse Lupo con voce stridula e affannosa. Garion si voltò di colpo a guardarlo e rimase sorpreso nel vedere l'amico a capo chino che ciondolava come uno sciocco.

«Occupatevi di loro» disse l'altro uomo nel negozio. Era tarchiato e dalla pelle scura, e indossava una cotta di maglia con uno spadino legato in vita. Aveva zigomi alti e il volto solcato da parecchie cicatrici selvagge. Aveva occhi curiosamente piccoli e stretti, e una voce sgradevole dall'accento sguaiato.

«Non c'è fretta» ripeté Lupo con voce chioccia.

«I miei affari richiedono tempo» disse il Murgo freddo «e preferisco occuparmene con calma. Di' al mercante quello che ti serve, vecchio.»

«I miei ringraziamenti, allora» chiocciò Lupo. «Devo avere una lista da qualche parte.» Cominciò a frugarsi nelle tasche in modo ridicolo. «L'ha scritta il mio padrone. Spero che sappiate leggerla, amico mercante, perché io non sono capace.» Alla fine trovò la lista e la porse al Tolnedran.

Il mercante diede un'occhiata all'elenco di spezie, poi disse al Murgo: «Ci vorrà solo un attimo.»

Il Murgo fece un cenno con il capo e rimase in piedi a fissare Lupo e Garion con occhi di pietra.

Poi gli occhi si restrinsero lievemente e l'uomo mutò espressione. «Sei un giovane dall'aspetto decoroso, ragazzo» disse a Garion. «Come ti chiami?»

Fino a quel momento, durante tutta la sua vita, Garion era

sempre stato onesto e sincero, ma i modi di Lupo avevano dischiuso davanti ai suoi occhi un mondo intero fatto di sotterfugi e inganni. Da qualche parte, dal fondo della sua mente, sentì giungere una vocina tranquilla che lo consigliava di fare attenzione perché la situazione era pericolosa. Occorreva proteggersi. Esitò un solo istante prima di dire la sua prima, vera menzogna. Lasciò cascare la mascella in un'espressione di vacua ottusità e bofonchiò: «Rundorig, vostra signoria.»

«È un nome arend» replicò il Murgo con uno sguardo ancora più penetrante. «Non hai l'aspetto di un Arend.»

Garion lo guardò a bocca aperta.

«Sei un Arend, Rundorig?» insisté il Murgo.

Garion aggrottò le sopracciglia fingendo di sforzarsi a pensare. La vocina secca gli suggerì diverse alternative.

«Mio padre lo era,» disse lui alla fine «ma mia madre è Sendar e la gente dice che ho preso da lei.»

«Hai detto 'era'?» chiese subito il Murgo. «Allora tuo padre è morto?» Il volto solcato da rughe era attento.

Garion, con espressione ottusa, fece cenno di sì con la testa. «Stava tagliando un albero e quello gli è caduto addosso» mentì. «È successo tanto tempo fa.»

Il Murgo perse all'improvviso ogni interesse. «Eccoti un centesimo di rame, giovanotto» disse lanciando una monetina sul pavimento davanti a Garion. «Sopra è raffigurato il dio Torak. Forse ti porterà fortuna, o almeno un po' di intelligenza.»

Lupo si chinò velocemente e prese la monetina. Ma quella che diede a Garion era un comune centesimo sendar.

«Ringrazia il brav'uomo, Rundorig» sibilò.

«I miei ringraziamenti, signore» disse Garion nascondendo la monetina che teneva stretta in mano.

Il Murgo scrollò le spalle e guardò da un'altra parte.

Lupo pagò le spezie al mercante tolnedran e uscirono dal negozio.

«Quello era un giochetto pericoloso, ragazzo» disse Lupo quando furono fuori dalla portata di ascolto dei due Thull.

«Mi pareva che tu non volessi far sapere chi siamo» spiegò Garion. «Non sapevo perché, ma ho creduto fosse meglio fare come te. Ho sbagliato?»

«Sei molto sveglio» approvò Lupo. «Forse siamo riusciti a ingannare il Murgo.»

«Perché hai scambiato le monete?» chiese Garion.

«A volte il denaro degli Angarak non è quel che sembra» disse Lupo. «Meglio non averne addosso. Andiamo a prendere il cavallo e il carro. Ci aspetta un lungo viaggio di ritorno.»

«Pensavo che ci saremmo fermati per la notte.»

«Le cose sono cambiate, adesso. Andiamo, figliolo. Dobbiamo partire.»

Il cavallo era molto stanco e avanzava lentamente sulla collina fuori da Alto Gralt. Il sole di fronte a loro tramontava.

«Perché non mi hai lasciato tenere la moneta angarak, messer Lupo?» continuò Garion. L'argomento lo lasciava ancora perplesso.

«Ci sono molte cose al mondo che sembrano una cosa ma in realtà sono un'altra» dichiarò Lupo con severità. «Non mi fido degli Angarak e soprattutto dei Murgo. Ho pensato fosse meglio che tu non possedessi monete con l'effige di Torak.»

«Ma la guerra fra l'Ovest e gli Angarak è finita più di cinquecento anni fa» obiettò Garion. «Lo dicono tutti.»

«Non tutti» precisò Lupo. «Ora prendi il mantello e copriti. Tua zia non mi perdonerà se ti buschi un raffreddore.»

«Se vuoi lo prendo,» disse Garion «ma non ho né freddo né sonno. Ti farò compagnia.»

«Mi sarà di conforto, ragazzo» rispose il cantastorie.

«Messer Lupo,» disse Garion dopo un po' «conoscevi mia madre e mio padre?»

«Sì» rispose Lupo con tranquillità.

«Anche mio padre è morto, vero?»

«Temo di sì.»

Garion sospirò profondamente. «Lo sospettavo» disse. «Vorrei averli conosciuti. Zia Pol dice che ero solo un bambino quando...» Non riuscì a finire la frase. «Non riesco a ricordarmi il volto di mia madre. Ho provato, ma non ci riesco.»

«Eri molto piccolo» disse Lupo.

«Che aspetto avevano?» chiese.

Il vecchio si grattò la barba. «Normale» disse. «Così normale che non li avresti notati affatto.»

Garion si offese per quella frase. «Zia Pol dice che mia mamma era bellissima» obiettò.

«Lo era.»

«E allora perché dici che era normale?»

«Non era appariscente o vistosa» spiegò Lupo. «E neppure tuo padre. A vederli erano solo due semplici abitanti del villaggio. Un uomo giovane e sua moglie con il bambino: questo era quello si vedeva. O almeno così si sperava.»

«Non capisco.»

«È molto complicato.»

«Com'era mio padre?»

«Corporatura media,» cominciò a descrivere Lupo «capelli scuri. Un giovane molto serio. Mi piaceva molto.»

«Amava la mamma?»

«Più di ogni altra cosa al mondo.»

«E voleva bene anche a me?»

«Certo.»

«E dove abitavano?»

«In un paesino,» disse Lupo «un piccolo villaggio vicino alle montagne, lontano da posti frequentati. Avevano una casetta in fondo alla via, piccola e solida. L'aveva costruita tuo padre da solo. Era un tagliapietre. Ogni tanto mi fermavo da loro, quando passavo da quelle parti.» La voce del vecchio ronzava monotona mentre descriveva il villaggio e la casetta dove un tempo abitavano i genitori di Garion. Questi rimase a sentire, poi, senza accorgersene, si addormentò.

Doveva essere molto tardi, quasi l'alba. Mentre era ancora mezzo addormentato, il ragazzo sentì che lo sollevavano dal carretto e lo portavano su per una rampa di scale. Il vecchio era sorprendentemente forte. Zia Pol era là. Lui lo sapeva anche senza aprire gli occhi. Aveva un profumo particolare e Garion l'avrebbe riconosciuto anche al buio.

«Mettigli addosso solo una coperta» disse messer Lupo, sottovoce, a zia Pol. «Meglio non svegliarlo proprio ora.»

«Cosa è successo?» chiese lei, con la voce sottile come quella del vecchio.

«C'era un Murgo in città, dal tuo mercante di spezie. Faceva domande e ha cercato di dare al ragazzo una monetina angarak.»

«Ad Alto Gralt? Sei sicuro che fosse solo un Murgo?»

«È impossibile dirlo. Neppure io so distinguere fra un Murgo e un Grolim con assoluta certezza.»

«Dov'è finita la moneta?»

«L'ho presa io. Al ragazzo ho dato una moneta sendar. Se il nostro Murgo era un Grolim lasceremo che mi segua. Lo terrò occupato per un paio mesi.»

«Allora te ne vai?» La voce di zia Pol sembrava un po' triste.

«È ora» disse Lupo. «Per adesso il ragazzo è al sicuro qui e io devo andare. Ci sono cose di cui mi devo occupare fuori da questa regione. Quando i Murgo compaiono in luoghi remoti bisogna preoccuparsi. Abbiamo una grande responsabilità e non possiamo trascurarla in alcun modo.»

«Starai via a lungo?» chiese zia Pol.

«Forse qualche anno. Ci sono molte cose che devo approfondire e molte persone che devo incontrare.»

«Mi mancherai» mormorò zia Pol sottovoce.

Il vecchio rise. «Fai la sentimentale?» disse in tono sarcastico. «Si addice poco al tuo carattere.»

«Sai quel che voglio dire. Non sono adatta per questo compito che tu e gli altri mi avete affidato. Cosa ne so di come si cresce un ragazzino?»

«Te la stai cavando bene» disse Lupo. «Non perderlo mai d'occhio il ragazzo e non lasciare che la sua natura ti faccia diventare matta. Stai attenta. È un campione a raccontare bugie.»

«Garion?» esclamò sorpresa.

«Ha mentito al Murgo così bene che anch'io ne sono rimasto colpito.»

«Garion?»

«Ha anche cominciato a far domande sui genitori» la avvertì Lupo «Che cosa gli hai raccontato?»

«Molto poco. Solo che erano morti.»

«Per ora è sufficiente. Non c'è ragione di dirgli cose che è troppo giovane per capire.»

Continuarono a parlare, ma Garion scivolò di nuovo nel sonno ed era quasi sicuro che fosse tutto un sogno.

Ma il mattino dopo, quando si svegliò, messer Lupo era partito.

4

Le stagioni si susseguivano com'è giusto che sia. L'estate maturava nell'autunno; il chiarore dell'autunno moriva nell'inverno; l'inverno di malavoglia si arrendeva all'entusiasmo della primavera, e la primavera fioriva di nuovo nell'estate. Con il passare delle stagioni passavano anche gli anni e Garion, a poco a poco, cresceva.

E come lui crescevano anche gli altri bambini, tutti eccetto il povero Doroon, che sembrava destinato a rimanere basso e ossuto per tutta la vita. Rundorig era germogliato come un albero e ben presto divenne grande e grosso come tutti gli altri uomini della fattoria. Zubrette, ovviamente, non divenne così alta ma si sviluppò in modi che i ragazzi cominciarono a trovare interessanti.

Era l'inizio d'autunno, solo pochi giorni prima del quattordicesimo compleanno di Garion, quando il ragazzo giunse molto vicino alla propria fine. In risposta a certi istinti primordiali, comuni a tutti i bambini che hanno a disposizione una palude e una riserva di tronchi, la compagnia si mise a costruire una zattera.

La zattera non era né grande né ben fatta. Tendeva ad affondare da una parte se il peso a bordo era distribuito male e, nei momenti meno adatti, si sfasciava.

Ovviamente, in quella particolare giornata d'autunno, a bordo della zattera c'era proprio Garion quando, senza alcun preavviso, l'imbarcazione decise, una volta per tutte, di fare ritorno al suo stato originale. I lacci si sciolsero e i tronchi presero ognuno una direzione diversa.

Compreso il pericolo solo all'ultimo momento, Garion fece

uno sforzo disperato per remare fino a riva, ma la fretta rese la disintegrazione del vascello ancora più rapida. Alla fine si ritrovò in piedi su un unico tronco, con le braccia che si agitavano selvaggiamente nello sforzo inutile di mantenere l'equilibrio. Gli occhi, che cercavano disperati un aiuto, perlustravano la riva dello stagno. Poco lontano, sulla collina alle spalle dei suoi amici, vide l'immagine familiare dell'uomo sul cavallo nero. Indossava un mantello scuro e, con occhi infuocati, osservava la scena. A quel punto il tronco dispettoso scivolò da sotto i piedi di Garion, il ragazzo vacillò e cadde in acqua con un tonfo fragoroso.

Nell'istruzione di Garion, purtroppo, non erano state previste lezioni di nuoto e, anche se l'acqua non era molto profonda, per lui lo era più che a sufficienza.

Il fondo della palude era assai sgradevole, una sorta di fluido oscuro e viscido abitato da rane, tartarughe e da un'anguilla dall'aspetto disgustoso che, quando Garion si inabissò come un sasso in mezzo al canneto, strisciò via come un serpente. Garion si dimenò, ingoiò una sorsata d'acqua e si diede una spinta per ritornare in superficie. Emerse come una balena che sbuffa, boccheggiando e ansimando. Poi udì le grida dei suoi compagni. La figura nera sulla collina non si era mossa e, in quell'istante, ogni dettaglio di quel pomeriggio luminoso rimase inciso, come un'acquaforte, nella mente del ragazzo. Riuscì perfino a notare che, nonostante il cavaliere si trovasse all'aperto e in pieno sole, né lui né il suo cavallo producevano ombra alcuna. Mentre la mente lottava con quel pensiero impossibile, Garion sprofondò di nuovo verso il fondale tenebroso.

Intento a combattere fra le erbacce per non affogare, gli venne in mente che lanciandosi verso il tronco poteva afferrarlo e tenersi a galla. Scacciò con una manata una rana che lo guardava sbigottita e si spinse di nuovo in alto. Disgraziatamente riemerse proprio sotto il tronco. Il colpo gli fece vedere tutto bianco e le orecchie si misero a ronzare. Stava di nuovo andando giù, inerme, con le erbacce che sembravano allungarsi per afferrarlo.

Poi arrivò Durnik. Garion si sentì tirare per i capelli verso la superficie e trascinare verso la spiaggia. Il fabbro stese il ragazzo sulla banchina, lo girò e gli salì con i piedi sulla schiena per far uscire l'acqua dai polmoni.

Le costole di Garion scricchiolavano. «Basta, Durnik» ansimò alla fine. Si mise a sedere. Il sangue che gli sgorgava dal bel taglio sulla fronte gli finì negli occhi. Si pulì la faccia e si guardò attorno per trovare il cavaliere senza ombra: la figura era scomparsa. Cercò di alzarsi, ma il mondo all'improvviso si mise a girargli attorno e lui cadde svenuto.

Quando si svegliò, era nel suo letto con la testa bendata.

Zia Pol era lì accanto, con gli occhi che le bruciavano dalla rabbia. «Stupido ragazzo!» gridò. «Cosa stavi facendo in quello stagno?»

«Ero sulla zattera» disse Garion, fingendo un tono tranquillo e naturale.

«Zattera?» ripeté zia Pol. «Andare su una zattera? Chi ti ha dato il permesso?»

«Be'...» disse lui incerto. «Noi stavamo solo...»

«Solo... che cosa?»

Garion si guardò intorno disorientato.

Poi la zia, con un grido, lo prese fra le braccia e lo strinse fino quasi a soffocarlo.

Per un attimo Garion pensò di raccontarle della strana figura senza ombra che lo aveva osservato lottare nel laghetto. Ma quella vocina secca, che a volte parlava alla sua mente, gli disse che non era il momento. La faccenda fra lui e l'uomo sul cavallo nero era molto personale. Un giorno o l'altro si sarebbero affrontati a viso aperto. Era inevitabile. Ma parlarne adesso a zia Pol significava coinvolgerla, e Garion non lo desiderava. Non ne sapeva esattamente il motivo, ma era certo che la figura nera fosse un nemico e quel pensiero, anche se gli faceva un po' paura, era eccitante. Non voleva che zia Pol si occupasse dello sconosciuto, perché se l'avesse fatto, Garion avrebbe perso qualcosa di molto privato e prezioso. Per questo non disse nulla.

«Non è stato poi così pericoloso, zia Pol» disse invece, senza risultare convincente. «Stavo quasi imparando a nuotare. Sarebbe andato tutto bene se non avessi battuto la testa contro il tronco.»

«Però la testa l'hai battuta» puntualizzò la zia.

«Be', sì, ma non è poi così grave. Mi sarei ripreso in un minuto o due.»

«Date le circostanze, non sono sicura che tu avessi a disposizione un minuto o due» disse brusca.

«Be'...» balbettò lui. Poi decise di lasciar perdere.

Questo incidente segnò la fine della libertà di Garion. Zia Pol lo confinò nel retro della cucina. Il ragazzo arrivò a conoscere intimamente ogni graffio e ammaccatura di ogni pignatta.

Una volta si mise anche a calcolare che lavava ciascuna padella ventuno volte alla settimana. In un apparente tripudio di disordine, zia Pol non era più in grado neppure di far bollire dell'acqua senza sporcare almeno tre o quattro pentolini che Garion, poi, avrebbe dovuto scrostare. Era una situazione odiosa e lui cominciò a pensare sul serio di scappare via.

Mano a mano che ci si inoltrava nell'autunno il tempo si guastava. Anche gli altri ragazzini dovevano restare alla fattoria, e le cose cominciarono ad andare meglio. Rundorig stava poco con loro. Dato che era grande e grosso, anche più di Garion, doveva dare una mano con il lavoro.

Non appena poteva, Garion sgattaiolava via per stare con Zubrette e Doroon. Ma saltare nel fieno o rincorrersi nelle stalle e nei granai non era più divertente come una volta. Avevano raggiunto un'età in cui gli adulti facevano in fretta a notare se oziavano, e affidavano subito loro qualcosa da fare per tenerli occupati. Spesso se ne stavano seduti in qualche angolino appartato a parlare. O per meglio dire, Garion e Zubrette stavano seduti ad ascoltare il fiume incessante di chiacchiere di Doroon. Il ragazzino, incapace di tacere e di stare seduto tranquillo, poteva andare avanti per ore a parlare di una sciocchezza qualsiasi, e le parole gli ruzzolavano fuori dalla bocca senza dargli il tempo di tirare il fiato.

«Cos'è quella cicatrice sulla mano, Garion?» chiese Zubrette in una giornata piovosa, interrompendo la voce gorgogliante di Doroon.

Garion si guardò la macchia bianca e rotonda sul palmo della mano destra.

«Anch'io l'ho notata» disse Doroon, cambiando argomento a metà frase. «Ma Garion è cresciuto nelle cucine, non è vero? Forse si è bruciato quando era piccolo. Ha allungato la mano e, prima che qualcuno lo fermasse, si è scottato. Scommetto che zia Pol è andata su tutte le furie, perché riesce ad arrabbiarsi più in fretta di chiunque altro, e a volte riesce proprio...»

«L'ho sempre avuta» disse Garion, seguendo con l'indice sinistro il contorno della cicatrice. Non l'aveva mai guardata da vicino. Copriva tutto quanto il palmo della mano e, sotto una certa luce, aveva anche un leggero luccichio argenteo.

«Forse è una voglia» suggerì Zubrette

«Scommetto di sì» disse svelto Doroon. «Una volta ho visto un uomo che ne aveva una gigantesca color porpora su un lato della faccia, uno di quei carrettieri che viene a prendere il raccolto di rape quando è autunno... e comunque il segno gli copriva tutta la faccia e io ho pensato che fosse un livido ma, come ha appena detto Zubrette, era una voglia. Chissà perché vengono.»

Quella sera, dopo essersi preparato per la notte, Garion ne parlò con zia Pol.

«Cos'è questo segno, zia?» chiese, tenendo in alto la mano con il palmo in fuori.

La zia smise di spazzolarsi la lunga chioma e si voltò. «Niente di cui preoccuparsi» gli disse.

«Non sono preoccupato» affermò Garion. «Mi chiedevo solo cosa fosse. Zubrette e Doroon pensano che sia una voglia. È così?»

«Qualcosa del genere» disse la zia.

«Anche i miei genitori avevano questo segno?»

«Tuo padre l'aveva. È una caratteristica di famiglia da molto tempo.»

All'improvviso Garion ebbe uno strano pensiero. Senza sapere perché, allungò la mano e toccò il ricciolo bianco sulla fronte della zia. «È la stessa cosa della tua ciocca di capelli bianchi?» chiese.

Sentì un formicolio sulla mano e nella sua mente si aprì come una finestra. All'inizio ebbe solo la sensazione dello scorrere di anni innumerevoli, come un mare vasto di nubi che rotolavano pesanti, e poi, più affilato di un coltello, sentì il dolore di perdite senza fine.

Quindi, più vicino nel tempo, vide il proprio volto, e dietro a esso c'erano altri visi, vecchi, giovani, regali o contadini, e dietro ancora, senza ombra alcuna di allegria, c'era il volto di messer Lupo. Ma più di ogni altra cosa poteva percepire la consapevolezza di un potere che non era né umano né terrestre, la certezza di una volontà incorruttibile.

Zia Pol si spostò con naturalezza. «Non farlo più, Garion» disse, e la finestra nella mente si chiuse.

«Che cos'era?» chiese il ragazzo, che bruciava dalla curiosità e voleva riaprire la finestra.

«Solo un trucchetto» disse.

«Voglio vedere come hai fatto.»

«Non ancora, Garion mio» disse lei stringendogli il volto fra le mani. «Non ancora. Non sei ancora pronto. Adesso vai a letto.»

«Tu resti qui?» chiese il ragazzo un po' spaventato.

«Io sarò sempre qui» disse zia Pol, rimboccandogli le coperte. Poi tornò a spazzolarsi la chioma corvina canticchiando sottovoce una strana melodia. A quel suono, lui si addormentò.

Dopo quella volta neppure Garion riuscì a vedersi il segno sulla mano molto spesso. All'improvviso una quantità di lavori sporchi faceva in modo che non solo le mani, ma anche tutto il resto, fosse perennemente sudicio.

La festa più importante a Sendaria, e in tutti gli altri regni dell'Ovest, era Erastide. Vi si celebrava il giorno in cui, centinaia d'anni prima, le sette divinità avevano unito i loro sforzi per creare il mondo con una sola parola. La festa di Erastide aveva luogo in pieno inverno, e dato che non c'era molto da fare alla fattoria in quella stagione, per tradizione i festeggiamenti duravano due settimane con banchetti e doni e decorazioni nel salone principale e con piccole rappresentazioni allegoriche che onoravano gli dèi.

Tutto questo, ovviamente, era una conseguenza della devozione del fattore. Faldor, nonostante fosse un uomo buono e semplice, non si faceva illusioni sulla religiosità degli altri uomini della fattoria. Pensava, comunque, che far mostra di un po' di fede fosse in armonia con la stagione. E, dal momento che era un padrone così buono, la gente della fattoria sceglieva di compiacerlo.

Questa era anche l'epoca in cui, purtroppo, la figlia sposata di Faldor, Anhelda, veniva con suo marito Eilbrig a visitare come di consueto il padre, per rimanere in buoni rapporti.

Anhelda non aveva alcuna intenzione di mettere in pericolo i suoi diritti sull'eredità comportandosi con indifferenza. Le sue visite, comunque, erano una dura prova per Faldor, che guardava con disprezzo malcelato il marito della figlia, un borioso funzionario di basso livello in una casa commerciale che aveva sede nella capitale di Sendar, sempre vestito in modo troppo vistoso.

Il loro arrivo, comunque, segnava l'inizio delle festività alla fattoria. Per questo, anche se a nessuno importava di loro personalmente, li salutavano con un certo entusiasmo.

Il tempo quell'anno era stato particolarmente inclemente, anche per Sendaria. Era cominciato a piovere presto e subito dopo era seguito un periodo di neve pesante, non i fiocchi friabili e leggeri che cadevano in pieno inverno, ma una poltiglia umida che si scioglieva subito. A Garion, i cui doveri in cucina gli impedivano di unirsi ai suoi amici nel tradizionale entusiasmo della vigilia, questa festa sembrava stantia e piatta. Aveva nostalgia dei vecchi tempi e spesso sospirava con rimpianto. Se ne stava a ciondolare in cucina con il muso lungo e sembrava una nuvola di sventura dai capelli biondi.

Anche le decorazioni tradizionali del salone dove si festeggiava di solito Erastide gli sembravano decisamente volgari. I rami di pino che adornavano le travi del soffitto parevano meno verdi dell'anno precedente, e le mele lustre legate ai rami parevano più piccole e non altrettanto rosse. Si mise a sospirare ancora un po', crogiolandosi nel cattivo umore.

Zia Pol comunque non era affatto impressionata, e il suo atteggiamento non era per nulla comprensivo. Tutti i giorni controllava che non avesse la febbre e poi gli propinava il tonico dal sapore più disgustoso che riusciva ad architettare. Garion doveva stare attento a fare il broncio in privato e a sospirare senza farsi sentire. Quella vocina segreta e secca dentro di lui lo aveva avvertito che era ridicolo, ma lui scelse di non darle ascolto. Quella voce era più vecchia e saggia di lui e sembrava decisa a togliergli tutto il divertimento della vita.

La mattina di Erastide, arrivarono al cancello un Murgo e cinque Thull con un carro e chiesero di vedere Faldor. Garion, che aveva già da tempo imparato che nessuno presta attenzione a un ragazzo e che molte cose interessanti si imparano origliando, si diede da fare con qualche lavoretto vicino al cancello.

Il Murgo, con la faccia sfregiata come quello di Alto Gralt, stava seduto sul carro con aria d'importanza, e la sua cotta di maglia tintinnava a ogni movimento. Indossava un mantello scuro col cappuccio e la spada era bene in vista. Gli occhi si muovevano incessantemente, registrando ogni particolare. I Thull, con stivali di feltro infangati e mantelli pesanti, stavano appoggiati contro il carro, all'apparenza indifferenti al vento pungente che sferzava i campi innevati.

Faldor, col suo farsetto migliore (dopotutto era Erastide) attraversò il cortile seguito da vicino da Anhelda ed Eildrig.

«Buongiorno amico,» disse al Murgo «ti auguro una gioiosa Erastide.»

Il Murgo grugnì. «Siete voi Faldor il fattore?» chiese con il suo accento pesante.

«Sì» confermò Faldor.

«Ho inteso dire che avete una grande quantità di prosciutti affumicati da vendere.»

«I maiali hanno reso bene quest'anno» rispose Faldor con modestia.

«Li compro tutti» annunciò il Murgo, facendo tintinnare il portamonete.

Faldor si inchinò. «Sarà la prima cosa di cui mi occuperò domattina» disse.

Il Murgo lo fissò.

«Questa è una casa devota» spiegò Faldor. «Non offendiamo gli dèi infrangendo la santità di Erastide.»

«Padre,» scattò Anhelda «non siate sciocco. Questo nobile mercante ha fatto una lunga strada per portare a termine il suo affare.»

«Non a Erastide» ripeté Faldor, testardo, con l'espressione decisa.

«Nella città di Sendar» disse Eilbrig con voce acuta e nasale «non lasciamo che il sentimentalismo interferisca con gli affari.»

«Questa non è la città di Sendar» rispose Faldor categorico. «Questa è la fattoria di Faldor e nella fattoria di Faldor, a Erastide, non si lavora e non si fanno affari.»

«Padre!» protestò Anhelda. «Il nobile mercante ha dell'oro. Oro, padre mio, oro!»

«L'argomento è chiuso» annunciò Faldor. Si girò verso il Murgo e disse: «Voi e i vostri servi siete i benvenuti. Unitevi alle nostre celebrazioni, amico. Vi daremo alloggio e vi offriremo uno dei pranzi migliori di tutta Sendaria. Potrete così rendere onore agli dèi in questo giorno speciale. Nessuno si impoverisce santificando le feste.»

«Non abbiamo questa festività a Cthol Murgos» disse con freddezza lo sfregiato. «Come dice la nobile signora, ho fatto un lungo viaggio per questo affare e non mi posso trattenere. Sono certo che gli altri contadini del distretto potranno fornirmi la mercanzia di cui ho bisogno.»

«Padre!» gemette Anhelda.

«Conosco i miei vicini» disse Faldor con calma. «Avrete poca fortuna oggi, temo. L'osservanza di questo giorno è un'antica tradizione in questa zona.»

Il Murgo pensò per un momento. «Forse è come dite» disse alla fine. «Accetterò l'invito a patto che domani mattina presto si concluda l'affare.»

Faldor si inchinò. «Sarò a disposizione alle prime luci dell'alba, se questo è il vostro desiderio.»

«Bene, allora» acconsentì il Murgo, scendendo dal carro.

Il banchetto fu allestito nel pomeriggio, nel salone. Gli sguatteri, e una mezza dozzina di altre persone che erano state chiamate per l'occasione, andavano avanti e indietro dalla cucina portando arrosti fumanti, prosciutti al vapore e oche sfrigolanti, pungolati dalla voce di zia Pol. Mentre lottava con un gigantesco lombo di bue, Garion pensò, irritato, che il divieto di Faldor di lavorare a Erastide si fermava sulla soglia della cucina.

Tutto fu pronto in tempo. Le tavole erano apparecchiate, i fuochi nei camini bruciavano vivaci, dozzine di candele riempivano il salone di una luce dorata, e le torce splendevano i loro anelli sulle colonne di pietra. La gente di Faldor, vestita a festa, aveva l'acquolina in bocca.

Quando tutti furono seduti, il fattore si alzò dalla sua panca a capotavola. «Cari amici,» disse sollevando il boccale «consacro questo banchetto agli dèi.»

«Agli dèi!» Le gente rispose all'unisono, alzandosi in piedi in segno di rispetto.

Faldor bevve un sorso e tutti lo seguirono. «Ascoltatemi, o dèi,» pregò «vi ringraziamo umilmente per le ricchezze di questo mondo meraviglioso che avete creato in questo giorno e ci consacriamo al vostro servizio per l'anno che verrà.» Per un momento sembrò che il discorso dovesse andare avanti, ma Faldor riprese posto. Il fattore spendeva molte ore a preparare le preghiere per queste occasioni, ma l'agonia di parlare in pubblico gli cancellava, senza eccezione, tutte le parole dalla mente. Le preghiere quindi, erano sempre molto sincere e assai brevi.

«Mangiate, amici cari» diede ordine. «Non lasciate che il cibo si freddi.»

Tutti incominciarono. Anhelda ed Eildrig, che si erano uniti al banchetto solo per l'insistenza di Faldor, dedicarono i loro sforzi a conversare con il Murgo, dal momento che era l'unico nella stanza degno della loro attenzione.

«Da tempo penso di visitare Cthol Murgos» affermò Eilbrig in tono pomposo. «Non siete d'accordo, amico mercante, che tenere contatti sia l'unico modo per superare quei sospetti reciproci che hanno danneggiato le nostre relazioni in passato?»

«Noi Murgo preferiamo starcene per conto nostro» disse in fretta lo sfregiato.

«Ma voi siete qui, amico» fece notare Eilbrig. «Non credete che gli scambi possano essere di reciproco beneficio?»

«Sono qui per dovere,» disse il Murgo «non in viaggio di piacere.» Si guardò attorno. «La tua gente è tutta qui?» chiese a Faldor.

«Ogni singola anima» rispose l'uomo.

«Credevo che ci fosse anche un vecchio qui, coi capelli bianchi e la barba.»

«No, amico» disse Faldor. «Io stesso sono il più anziano, e come puoi vedere, i miei capelli sono lungi dall'essere bianchi.»

«Uno del mio popolo ha incontrato quel vecchio anni fa» raccontò il Murgo. «Era accompagnato da un ragazzo arend. Credo che il suo nome fosse Rundorig.»

Garion, seduto al tavolo accanto, teneva la faccia sul piatto e ascoltava con così grande attenzione che sentì le orecchie allungarsi.

«C'è un ragazzo di nome Rundorig qui» confermò Faldor. «È quel giovane alto in fondo al tavolo, laggiù.» Glielo indicò.

«No» disse il Murgo, guardando bene Rundorig. «Non è quello il ragazzo che mi è stato descritto.»

«Rundorig non è un nome insolito fra gli Arend» disse Faldor. «Molto probabilmente il vostro amico ha incontrato due persone di un'altra fattoria.»

«Dev'essere così» convenne il Murgo con l'aria di voler cambiare argomento. «Questo prosciutto è squisito» disse indicando il piatto con la punta del pugnale che usava come forchetta. «I prosciutti del vostro essiccatoio sono buoni come questo?»

«Oh no, caro amico!» rise Faldor. «Non riuscirete a farmi parlare di lavoro con questi trucchetti.»

Il Murgo fece un rapido sorriso e quell'espressione era strana sul volto sfregiato. «Vale sempre la pena di provare» disse. «Comunque, vorrei fare i miei complimenti alla cuoca.»

«Un complimento per te, signora Pol» disse Faldor alzando un poco la voce. «Il nostro amico da Cthol Murgos trova la tua cucina di suo gradimento.»

«E io lo ringrazio» disse zia Pol, secca.

Il Murgo la guardò e gli occhi gli si spalancarono come se l'avesse riconosciuta. «Un pranzo da re, magnifica signora» ribadì facendo un leggero inchino nella sua direzione. «La vostra cucina è un luogo di magia.»

«No,» precisò zia Pol con tono sprezzante «non di magia. Cucinare è un'arte che tutti possono imparare con la pazienza. La magia è tutt'altra cosa.»

«Anche la magia è un'arte, magnifica signora» disse il Murgo.

«Molti la pensano così,» annuì zia Pol «ma la vera magia viene da dentro e non è il risultato di mani agili che ingannano gli occhi.»

Il Murgo la fissava, con espressione severa, e la donna restituì lo sguardo con occhi freddi come acciaio. A Garion, che era seduto lì accanto, sembrò che i due si scambiassero qualcosa che andava oltre le parole, una sorta di sfida che aleggiava nell'aria.

Terminato il pasto, fu l'ora della piccola recita allegorica che era una tradizione di Erastide. Sette anziani contadini che se ne erano sgattaiolati via prima, fecero la loro apparizione sulla porta indossando lunghi mantelli col cappuccio e maschere intagliate su cui erano dipinti con cura i volti degli dèi.

I costumi erano vecchi e mostravano le grinze dell'anno passato in soffitta. Con passi lenti, le figure mascherate e incappucciate avanzarono nel salone e si misero in fila ai piedi del tavolo di Faldor. Poi ciascuna, a turno, recitò un breve pezzo che identificava il dio rappresentato.

«Io sono Aldur,» la voce di Cralto giungeva da dietro la prima maschera «il dio che dimora in solitudine, e ordino a questo mondo di esistere.»

«Io sono Belar,» disse un'altra voce familiare da dietro la seconda maschera «il dio orso degli Alorn, e ordino a questo mondo di esistere.»

E così andò avanti lungo tutta la fila, Chaldan, Issa, Nedra, Mara e infine l'ultima figura, che a differenza delle altre aveva un mantello nero e una maschera d'acciaio al posto di quelle di legno dipinto.

«Io sono Torak,» la voce di Durnik giunse cupa da dietro la maschera «il dio drago degli Angarak, e ordino a questo mondo di esistere.»

«Date ascolto alle parole degli dèi» declamò Faldor. «Benvenuti siano gli dèi nella dimora di Faldor.»

«Le benedizioni degli dèi cadano sulla tua casa» risposero i sette «e su coloro che vi abitano.» Quindi si voltarono tutti e, lentamente com'erano entrati, uscirono dal salone.

Poi fu la volta dei regali. Era la cosa più emozionante perché i doni erano tutti di Faldor, e il bravo fattore si impegnava tutto l'anno per trovare a ciascuno quello più appropriato: nuove tuniche, pantaloni, abiti e scarpe. Quest'anno Garion fu davvero sopraffatto dall'emozione quando, aprendo un pacchetto avvolto nella stoffa, trovò un pugnale lucente e ben affilato.

«È quasi un uomo,» spiegò Faldor a zia Pol «e un uomo ha sempre bisogno di una buona lama.»

Garion, com'è naturale, saggiò immediatamente la punta del regalo e, con vera prontezza, riuscì a tagliarsi un dito.

«Penso che fosse inevitabile» disse zia Pol. Ma se stesse parlando del taglio, del regalo o del fatto che Garion stava crescendo, non era del tutto chiaro.

Il Murgo comprò i suoi prosciutti la mattina successiva e lui e i cinque Thull se ne andarono. Pochi giorni dopo anche Anhelda ed Eildrig fecero i bagagli e tornarono alla città di Sendar. La fattoria di Faldor tornò alla normalità.

L'inverno trascorreva lento. La neve giunse e se ne andò, e la primavera fece ritorno, come sempre accade. L'unico evento di quella primavera fu l'arrivo di Brill, il nuovo bracciante. Uno dei contadini più giovani si era sposato, aveva preso in affitto un piccolo podere lì vicino e si era trasferito, carico di arnesi e buoni consigli avuti in dono da Faldor. Brill lo avrebbe rimpiazzato.

Garion trovò che Brill fosse un acquisto ben poco affascinante per la fattoria di Faldor. Aveva la tunica e i pantaloni macchiati e pieni di toppe, i capelli neri e la barba incolta erano sempre arruffati, e un occhio guardava nella direzione opposta dell'altro. Era un uomo scontroso, solitario e per nulla pulito. Attorno a lui, come un miasma, aleggiava il fetore pungente di sudore stantio. Dopo qualche tentativo di conversazione, Garion si arrese e cercò di evitarlo.

Il ragazzo comunque aveva altre cose con cui occupare la mente durante la primavera e l'estate. Anche se fino a quel momento l'aveva sempre considerata più una seccatura che una compagna di giochi, all'improvviso Garion cominciò a notare Zubrette. Aveva sempre saputo che era carina, ma fino a quell'estate il fatto non era stato di alcun interesse, e aveva sempre preferito la compagnia di Rundorig e Doroon. Ora le cose erano cambiate. Notò che anche gli altri due ragazzi avevano cominciato a prestare attenzione alla fanciulla, e per la prima volta Garion sentì i pruriti della gelosia.

Zubrette, dal canto suo, amoreggiava senza ritegno con tutti e tre, e quando vedeva i ragazzi lanciarsi occhiate furiose, si illuminava tutta. Il lavoro teneva Rundorig nei campi per la maggior parte del tempo, ma Doroon era una vera preoccupazione per Garion. Diventò alquanto nervoso, e trovava sempre scuse per gironzolare nella fattoria e assicurarsi così che Doroon e Zubrette non fossero da soli insieme.

La sua strategia era deliziosamente semplice: cercò di corromperla. Come tutte le ragazzine, Zubrette era ghiotta di caramelle e Garion aveva libero accesso alla cucina. In breve tempo i due avevano stabilito un accordo. Garion avrebbe rubato le caramelle dalla cucina per la sua bionda amica, e lei in cambio si sarebbe lasciata baciare.

Forse le cose avrebbero potuto anche andare oltre se zia Pol, in un soleggiato pomeriggio estivo, non li avesse scoperti nella solitudine del granaio nel bel mezzo di uno di quegli scambi.

«Adesso basta» annunciò con fermezza dalla soglia.

Garion si scostò da Zubrette con un balzo colpevole.

«Ho qualcosa nell'occhio» mentì in fretta Zubrette. «Garion stava cercando di togliermelo.»

Il ragazzo, rosso come il fuoco, si alzò in piedi.

«Ah, davvero?» disse zia Pol. «Molto interessante. Vieni con me Garion.»

«Io...» balbettò lui.

«Adesso, Garion.»

Quella fu la fine. Garion passò tutto il resto del tempo in cucina e zia Pol non smetteva di sorvegliarlo nemmeno per un istante. Il ragazzo vagava con l'aria trasognata preoccupandosi di Doroon, che ora aveva un'espressione odiosamente compiaciuta. Ma zia Pol non abbassava la guardia e lui rimaneva in cucina.

5

A metà autunno, quello stesso anno, quando il vento ormai aveva spazzato dagli alberi le foglie accartocciate, che cadevano come una neve rossa e ocra, e le serate si erano rinfrescate e il fumo dei camini saliva dritto e azzurrino verso le prime stelle gelide nel cielo color porpora, Lupo ritornò. Arrivò dalla strada in un pomeriggio ventoso, sotto un basso cielo autunnale, con le foglie cadute che gli mulinavano attorno e con l'ampio mantello scuro che svolazzava nel vento.

Garion, che aveva appena dato gli avanzi di cucina in pasto ai maiali, lo vide avvicinarsi e gli corse incontro. Il vecchio era stanco e sporco per il viaggio, e il volto, sotto il cappuccio scuro, era severo. Il solito atteggiamento gioviale aveva lasciato il posto a un umore cupo che Garion non aveva mai visto prima.

«Garion!» esclamò Lupo, in segno di saluto. «Sei cresciuto, vedo.»

«Sono passati cinque anni» disse il giovane.

«Così tanto?»

Garion assentì con il capo e si mise a camminare accanto all'amico.

«Stanno tutti bene?» chiese Lupo.

«Oh, sì,» assicurò Garion «qui è rimasto tutto uguale, a eccezione di Breldo, che si è sposato ed è andato via. E poi, l'estate scorsa è anche morta la vecchia mucca bruna.»

«Mi ricordo quella bestia» disse Lupo. Poi aggiunse: «Devo parlare con tua zia Pol.»

«Non è di buonumore oggi» avvertì Garion. «Sarebbe meglio che restassi in uno dei fienili. Posso rubacchiarti io qualcosa da mangiare e da bere.»

«Dovremo sfidare il suo cattivo umore» insisté Lupo «Ciò che devo dirle non può aspettare.»

Oltrepassarono il cancello e attraversarono il cortile fino alla porta della cucina.

Zia Pol stava aspettando. «Ancora tu?» disse caustica, con le mani sui fianchi. «La cucina non si è ancora ripresa dalla tua ultima visita.»

«Madama Pol» salutò Lupo facendo un inchino. Poi fece una cosa strana. Con le dita tracciò un piccolo disegno intricato nell'aria davanti al proprio petto. Garion era certo che quei gesti venivano fatti di nascosto.

Gli occhi di zia Pol si spalancarono leggermente, poi si restrinsero, e il volto si fece assai grave. «Come vuoi...» mormorò. Riprese subito un certo contegno. «Garion,» disse in tono tagliente «ho bisogno di un po' di carote. Ce ne sono ancora nell'orto. Prendi un secchio e una vanga e portamene qualcuna.»

«Ma...» protestò il giovane. Però, messo in guardia dell'espressione della zia, uscì in fretta. Prese una vanga e un secchio da un capanno lì vicino e poi si mise a girellare vicino alla porta della cucina. Origliare, com'è ovvio, non è cosa educata, e in Sendaria era considerato il peggiore esempio di cattive maniere. Ma Garion aveva capito molto tempo addietro che, se veniva mandato via, la conversazione sarebbe stata interessante e con ogni probabilità lo avrebbe riguardato da vicino. Aveva lottato un po' con la sua coscienza, ma alla fine, visto che non ci vedeva nulla di male in quell'esercizio, purché non spifferasse ciò che aveva sentito, le buone maniere si arresero alla curiosità.

Le orecchie di Garion erano molto fini, e impiegò solo qualche istante a isolare le voci familiari dagli altri rumori della cucina.

«Non lascerà alcuna traccia» stava dicendo zia Pol.

«Non ne ho bisogno» rispose Lupo. «Sarà la cosa stessa che mi svelerà la strada. La seguirò come una volpe segue le tracce di un coniglio.»

«Dove lo porterà?» chiese.

«Chi può dirlo. La sua mente è chiusa per me. Suppongo che andrà a nord, verso Boktor. È la via più breve per arrivare a Gar o a Nadrak. Lui sa che lo seguo e vorrà attraversare le terre degli Angarak il più in fretta possibile. Il furto non sarà completo finché rimarrà nell'Ovest.»

«Quando è successo?»

«Quattro settimane fa.»

«Potrebbe già essere nei regni degli Angarak.»

«È improbabile. Le distanze sono grandi, ma se è così dovrò seguirlo. Ho bisogno del tuo aiuto.»

«Come faccio a venire via?» chiese zia Pol. «Devo occuparmi del ragazzo.»

Garion moriva dalla curiosità. Si avvicinò ancora di più alla porta.

«Il ragazzo sarà al sicuro qui» la rassicurò Lupo. «Questa è una faccenda urgente.»

«No» lo contraddisse zia Pol. «Nemmeno questo posto è sicuro. La scorsa Erastide un Murgo e cinque Thull sono venuti qui. Lui era travestito da mercante, ma ha fatto troppe domande. Chiedeva di un vecchio e un ragazzo di nome Rundorig che erano stati visti ad Alto Gralt qualche anno fa. Forse mi ha riconosciuta.»

«È più grave di quanto credessi, allora» disse Lupo pensieroso. «Dovremo spostare il ragazzo. Possiamo lasciarlo altrove in mani amiche.»

«No» obiettò di nuovo zia Pol. «Se vengo con te, verrà anche il ragazzo. Ha un'età in cui va sorvegliato con grande attenzione.»

«Non dire stupidaggini» disse Lupo, secco.

Garion era sbalordito. Nessuno parlava a zia Pol in quel modo.

«Sono io che decido» insisté lei con veemenza. «Eravamo tutti d'accordo che restasse sotto la mia custodia fino all'età adulta. Non parto senza di lui.»

Il cuore di Garion sobbalzò.

«Pol,» disse Lupo in tono tagliente «pensa ai luoghi in cui forse dovremo andare. Non puoi lasciare che il ragazzo cada in quelle mani.»

«Sarebbe più sicuro a Cthol Murgos o nella stessa Mallorea che non qui da solo» dichiarò zia Pol. «La scorsa primavera l'ho trovato nel granaio con una ragazza della sua età. Come ti ho detto, ha bisogno di sorveglianza.»

Lupo si mise a ridere, una risata ricca e sonora. «È tutto qui?» disse. «Ti preoccupi troppo.»

«Che diresti allora se tornando qui lo trovassimo sposato e in procinto di diventare padre?» chiese zia Pol con tono acido. «Diventerebbe un bravissimo contadino. Cosa importa se poi dovremo aspettare centinaia d'anni perché le circostanze siano di nuovo propizie?»

«Di certo non sono arrivati fino a quel punto. Sono solo dei ragazzi.»

«Sei cieco, Vecchio Lupo» sentenziò zia Pol. «Questa è la provincia di Sendaria e il ragazzo è stato cresciuto per comportarsi da gentiluomo. La ragazza è una sfacciatella dagli occhi furbi che matura troppo in fretta perché io possa restare tranquilla. La piccola affascinante Zubrette, per il momento, è un pericolo più grande di qualsiasi Murgo. O il ragazzo viene con noi, o io resto qui. Tu hai le tue responsabilità, io le mie.»

«Non c'è tempo per discutere» tagliò corto Lupo. «Se dev'essere così, così sia.»

Garion stava soffocando per l'emozione. Ebbe una passeggera fitta di dolore al pensiero di lasciare sola Zubrette. Si girò e guardò esultante le nuvole che correvano rapide attraverso il cielo della sera. E, dal momento che dava le spalle alla porta, non si accorse che stava arrivando zia Pol.

«L'orto, se ben ricordo, è lungo il muro meridionale» fece notare lei.

Garion sussultò con aria colpevole.

«Come mai non hai raccolto le carote?» domandò zia Pol.

«Ho dovuto cercare una vanga» disse lui in modo poco convincente.

«Davvero? Vedo che l'hai trovata alla fine.» La donna aggrottò le sopracciglia con aria minacciosa.

«Solo ora.»

«Splendido. Carote, Garion... adesso!»

Garion afferrò la vanga e il secchio e si mise a correre. Quando ritornò era il crepuscolo. Vide zia Pol salire gli scalini che portavano alle stanze di Faldor. Poteva seguirla, ma un movimento lieve vicino alla porta di un capanno lo convinse a nascondersi nell'ombra del cancello. Una figura furtiva si dirigeva ai piedi delle scale che zia Pol aveva appena salito, e si mise a strisciare in silenzio sui gradini non appena lei fu entrata nelle stanze di Faldor. C'era poca luce e Garion non riuscì a vedere bene chi avesse seguito la zia. Appoggiò il secchio per terra e, afferrando la vanga come un'arma, entrò nel cortile interno, tenendosi sempre nell'ombra.

Si sentì un rumore che proveniva dalla camera al piano di sopra, e la figura alla porta si raddrizzò in fretta e scappò giù per le scale. Garion fece un passo indietro, tenendo la vanga pronta. Non appena la figura lo oltrepassò, Garion sentì un odore di muffa e sudore rancido. Certo come se l'avesse visto in faccia, Garion capì che l'uomo che aveva seguito zia Pol era Brill, il nuovo bracciante.

La porta in cima alle scale si aprì e Garion sentì la voce della zia. «Mi dispiace, Faldor, ma è una questione di famiglia e devo partire subito.»

«Ti pagherò di più, Pol.» La voce del fattore era quasi spezzata per l'emozione.

«Non è una questione di denaro» rispose zia Pol. «Tu sei un brav'uomo, Faldor, e la tua fattoria è stata il rifugio di cui avevo bisogno. Te ne sono grata, più di quanto tu possa immaginare, ma devo andare.»

«Forse quando questa faccenda sarà risolta tornerai...» Faldor la stava quasi supplicando.

«No, Faldor.» Zia Pol scosse il capo. «Temo proprio di no.»

«Ci mancherai, Pol» disse l'uomo con voce incrinata.

«Anche tu mi mancherai, caro Faldor. Non ho mai incontrato un uomo con un cuore più generoso. Sarebbe gentile da parte tua non fare parola della mia partenza fino a quando non sarò lontana. Non mi piacciono le spiegazioni né gli addii sentimentali.»

«Qualsiasi cosa desideri, Pol.»

«Non fare quella faccia da funerale, vecchio amico mio» disse zia Pol sottovoce. «I miei aiutanti sono ben addestrati. Il loro modo di cucinare è uguale al mio. Il tuo stomaco non sentirà la differenza.»

«Ma il mio cuore sì» ammise Faldor.

«Non essere sciocco» disse lei gentilmente. «Ora devo preparare la cena.»

Garion si allontanò rapidamente dalle scale. Rimise a posto la vanga nel capanno e, preoccupato, andò a prendere il secchio di carote che aveva lasciato al cancello.

Rivelare alla zia che aveva visto Brill origliare alla porta significava sollevare tutta una serie di domande sulle sue attività. Garion preferì evitarlo. Probabilmente Brill era solo curioso. In ciò che aveva fatto non c'era niente di minaccioso o disdicevole. Tuttavia, aver osservato quel disgustoso di Brill alle prese con il proprio innocente passatempo, mise Garion a disagio. Provò vergogna per sé stesso.

Benché fosse troppo emozionato per mangiare, la cena di quella sera non fu diversa dalle altre. Garion osservava di nascosto il volto scontroso di Brill, ma sembrava che il discorso che si era dato tanta pena per origliare lo avesse lasciato indifferente.

Al termine della cena, com'era consuetudine quando messer Lupo visitava la fattoria, gli fu chiesto di raccontare una storia. Lui si alzò in piedi e, per qualche istante, rimase assorto nei suoi pensieri mentre il vento gemeva nel camino e le torce scintillavano nei loro anelli sulle colonne del salone.

«Come tutti sanno,» cominciò poi il cantastorie «il popolo dei Marag non esiste più, e lo spirito di Mara piange da solo nella terra desolata e geme fra le rovine ricoperte di muschio di Maragor. Ma tutti sanno anche che le colline e i ruscelli di quella terra sono carichi di oro giallo. Fu quel metallo prezioso, è ovvio, la causa della distruzione dei Marag. Quando un regno vicino venne a sapere di quella ricchezza, la tentazione divenne troppo grande, e il risultato – come quasi sempre accade quando il profitto si frappone tra due regni – fu la guerra. Il pretesto fu il fatto lamentevole che i Marag erano cannibali. Anche se questa usanza è ripugnante per l'uomo civilizzato, se a Maragor non ci fosse stato l'oro si sarebbe di certo chiuso un occhio.

«La guerra, comunque, fu inevitabile, e i Marag furono trucidati. Ma lo spirito di Mara e i fantasmi di tutti gli uomini uccisi restarono nella città di Maragor, come presto scoprirono coloro che si recarono in quel regno maledetto.

«Ora, accadde che in quel tempo vivessero nella città di Muros tre avventurieri e questi, avendo sentito di tutto quell'oro, decisero di compiere un viaggio fino a Maragor per reclamarne una parte. Gli uomini, come ho detto, erano dei coraggiosi avventurieri, e si facevano beffe dei racconti di fantasmi...

«Il viaggio fu lungo, perché Muros dista da Maragor parecchie centinaia di leghe, ma il profumo del metallo giallo li trascinava avanti. E così accadde, in un'oscura notte di tempesta, che attraversarono furtivi i confini di Maragor, superando le pattuglie che dovevano impedire il passaggio a quelli come loro. Com'è ovvio, quel regno vicino, che aveva sopportato le spese e gli inconvenienti della guerra, era decisamente riluttante a condividere la ricchezza con il primo che passava.

«Durante la notte gli avventurieri strisciavano, bruciando per la sete dell'oro. Lo spirito di Mara gemeva attorno a loro, ma erano uomini valorosi e non avevano paura degli spiriti – e, inoltre, si dissero che quel suono non era davvero uno spirito, ma solo il gemito del vento fra gli alberi.

«Quando il mattino, fievole e nebbioso, filtrò da dietro le colline, essi sentirono, non molto lontano, il rumore impetuoso di un fiume. Come tutti sanno, l'oro si trova più facilmente lungo gli argini dei corsi d'acqua e così si diressero da quella parte a gran velocità.

«A quel punto uno di loro abbassò lo sguardo e, attraverso la nebbia, vide che il terreno sotto i suoi piedi era disseminato d'oro: grossi pezzi e belle pepite. Sopraffatto dall'avidità, non disse niente e rallentò il passo fino a rimanere da solo. Poi si gettò a terra e cominciò a racimolare oro come un bambino raccoglie fiori.

«Udì un rumore alle sue spalle e si girò. Cosa vide è meglio non dirlo. Lasciò cadere tutto e fuggì via.

«Ora, il fiume che avevano sentito scorreva in fondo a una gola, e gli altri due compagni si stupirono assai nel vedere il terzo amico buttarsi nel burrone. Anche perché, mentre precipitava, ancora non smetteva di correre dando calci all'aria. Poi si voltarono e videro ciò che lo stava inseguendo.

«Uno di loro impazzì e balzò, con un grido disperato, nel burrone, ma il terzo avventuriero, il più coraggioso e valoroso, pensò che i fantasmi che l'avevano circondato non potevano realmente far del male a un vivo, e rimase al suo posto. Quello, di sicuro, fu il suo errore più grave.»

Messer Lupo fece una pausa e bevve un sorso dal boccale. «E poi,» continuò il vecchio cantastorie «dal momento che anche i fantasmi hanno fame, se lo spartirono e mangiarono tutto.»

La conclusione del racconto di Lupo fece i rizzare capelli in testa a Garion. Poteva quasi sentire gli altri al suo tavolo che rabbrividivano. Non era certo il tipo di storia che si erano aspettati di ascoltare.

Durnik il fabbro, che era seduto lì vicino, aveva un'espressione perplessa. Alla fine parlò. «Per niente al mondo metterei in dubbio l'autenticità della tua storia,» disse a Lupo, cercando le parole giuste «ma se l'hanno mangiato – i fantasmi, intendo dire – che fine ha fatto? Cioè, se i fantasmi sono fatti di aria, e non c'è dubbio in proposito, allora non hanno lo stomaco, non è vero? E poi, con che cosa l'avrebbero morso?»

L'espressione di Lupo si fece astuta e misteriosa. Alzò un

dito come se stesse per dare qualche risposta criptica alla domanda perplessa di Durnik. Invece, all'improvviso, scoppiò a ridere.

All'inizio il fabbro aveva l'aria seccata, ma poi, quasi timidamente, si mise anch'egli a ridere. Le risate si diffusero lentamente man mano che tutti comprendevano la storiella.

«È una beffa eccellente, vecchio amico,» disse Faldor ridendo come gli altri «una storiella da cui si può imparare molto. L'avidità è una brutta cosa, ma la paura è ancora peggio. Nel mondo ci sono già abbastanza pericoli, anche senza spauracchi immaginari.» Si poteva star certi che il fattore avrebbe interpretato anche una buona barzelletta come un sermone.

«È proprio così, buon Faldor,» confermò Lupo con tono più serio «ma ci sono cose in questo mondo che non possono essere spiegate né scacciate con una risata.»

Brill, seduto vicino al fuoco, non si era unito all'allegria generale. «Non ho mai visto un fantasma,» dichiarò con stizza «né ho mai incontrato qualcuno che l'abbia visto. Detto sinceramente, non credo nella magia, nella stregoneria o in queste sciocchezze da bambini.» Si alzò e se ne andò pestando i piedi come se la storiella fosse stata un insulto personale.

Più tardi, in cucina, mentre zia Pol rigovernava e Lupo se ne stava seduto al tavolo con un boccale di birra, il rimorso di coscienza di Garion ebbe la meglio. Quella vocina secca dentro di lui gli aveva detto con grande chiarezza che nascondere ciò che aveva visto non solo era sciocco, ma forse anche pericoloso. Appoggiò la pentola che stava scrostando e andò da loro. «Magari non è importante,» disse con cautela «ma oggi pomeriggio, mentre tornavo dall'orto, ho visto Brill che ti seguiva, zia Pol.»

La zia si voltò a guardarlo. Lupo appoggiò il boccale sul tavolo. «Va' avanti, Garion» lo incitò zia Pol.

«È stato quando sei andata a parlare con Faldor» spiegò Garion. «Ha aspettato che salissi le scale e che entrassi. Poi è salito anche lui e si è messo a spiare dalla porta. L'ho visto quando sono andato a rimettere a posto la vanga.»

«Da quanto tempo questo Brill è alla fattoria?» chiese Lupo accigliato.

«È arrivato la scorsa primavera,» raccontò Garion «quando Breldo si è sposato ed è andato via.»

«E il mercante murgo era stato qui a Erastide solo qualche mese prima?»

Zia Pol lo guardò con occhi acuti. «Pensi...» lasciò la frase in sospeso.

«Penso che non sarebbe una cattiva idea andare a fare due chiacchiere con l'amico Brill» decise Lupo risoluto. «Sai dov'è la sua stanza, Garion?»

Il ragazzo fece cenno di sì, con il cuore che gli batteva all'impazzata.

«Mostramela.» Quando Lupo si alzò dal tavolo i suoi passi non erano più quelli di un vecchio. Era come se gli anni gli fossero scivolati di dosso all'improvviso.

«Stai attento» lo avvertì zia Pol.

Lupo ridacchiò. La sua risata aveva un suono raggelante. «Sto sempre attento. Ormai dovresti saperlo.»

Garion condusse in fretta Lupo in cortile e, una volta giunti all'altra estremità, salirono alla galleria che portava alle stanze dei braccianti. Le scarpe di pelle non facevano alcun rumore sugli scalini consunti.

«Da questa parte» Garion sussurrò, senza sapere con esattezza il perché.

Lupo annuì, e scivolarono in silenzio lungo la galleria scura.

«Qui» indicò il ragazzo fermandosi.

«Stai indietro» disse Lupo con un filo di voce. Toccò la porta con la punta delle dita.

«È chiusa?» chiese Garion.

«Non è un problema» disse Lupo sottovoce. Appoggiò la mano al chiavistello, ci fu uno scatto, e la porta si spalancò.

Lupo entrò. Garion lo seguiva da presso.

Nella stanza c'era un buio pesto e nell'aria aleggiava il fetore acre dei vestiti sporchi di Brill.

«Non è qui» disse Lupo. Si mise ad armeggiare con qualcosa che aveva alla cintura, si udì il graffio della selce sull'acciarino e, all'improvviso, ci fu un divampare di scintille. Un insieme di funi sfilacciate prese fuoco e cominciò a brillare. Lupo soffiò sulle scintille per un istante e la torcia improvvisata si accese. La alzò sopra la testa e si guardò attorno nella stanza vuota.

Sul pavimento e sul letto erano sparpagliati dei vestiti e altre cose personali. Garion capì subito che non si trattava di semplice disordine. Questo era il segno di una partenza affrettata. Non sapeva perché ne fosse tanto sicuro.

Lupo rimase fermo per un momento con la piccola torcia in mano. Aveva un'espressione vuota, come se la mente stesse cercando qualcosa.

«Le stalle» esclamò. «Svelto, ragazzo!»

Garion si girò e schizzò fuori dalla stanza con Lupo alle sue spalle. Le funi illuminarono brevemente il cortile prima che Lupo le lasciasse cadere giù dalla ringhiera.

C'era una luce nella stalla. Era fioca e in parte coperta, ma flebili raggi brillavano attraverso le assi della porta. I cavalli erano agitati.

«Stai indietro, ragazzo» lo mise in guardia Lupo aprendo la porta con uno strattone.

Brill era dentro. Stava cercando di sellare un cavallo che, innervosito dal suo fetore, scartava a destra e sinistra.

«In partenza, Brill?» lo apostrofò il cantastorie oltrepassando la soglia con le braccia incrociate.

Brill si girò di scatto e si accucciò digrignando i denti. L'occhio strabico brillava, bianchiccio, alla luce della lanterna che pendeva da una trave. Anche il dente rotto gli luccicava nella bocca aperta.

«È un'ora strana per mettersi in viaggio» continuò Lupo sarcastico.

«Non impicciarti, vecchio» lo ammonì Brill in tono minaccioso. «Te ne pentirai.»

«Mi sono pentito di molte cose nella mia vita» disse Lupo. «Penso che una in più non farà differenza.»

«Ti avevo avvertito» ringhiò Brill. Infilò la mano sotto il cappotto e ne estrasse uno spadino arrugginito.

«Non fare lo stupido» disse Lupo con tono di autentico disprezzo.

Garion, comunque, al primo apparire della spada, portò svelto la mano alla cintura, estrasse il pugnale e balzò in difesa del vecchio disarmato.

«Stai indietro, ragazzo» sbraitò Lupo.

Ma Garion era già proteso in avanti, con il pugnale lucente dritto di fronte a sé. Più tardi, quando ci ripensò, non seppe spiegarsi le ragioni di quella reazione. Un istinto primordiale si era impossessato di lui.

«Garion,» disse Lupo «togliti dai piedi!»

«Tanto meglio» fece Brill, sollevando la spada.

In quel momento arrivò Durnik. Apparve dal nulla, afferrò il giogo di un bue e con un colpo disarmò Brill. Questi si voltò verso di lui in preda all'ira, ma il secondo colpo del fabbro prese lo strabico dritto alle costole, poco sotto l'ascella. Il respiro gli uscì dai polmoni con un sibilo e cadde a terra, ansimando e contorcendosi in mezzo alla paglia.

«Per carità, Garion» disse Durnik con tono di rimprovero. «Non ho forgiato quel coltello per questo genere di cose.»

«Stava per uccidere messer Lupo» protestò il giovane.

«Non ti preoccupare» disse Lupo chinandosi sull'uomo che rantolava sul pavimento della stalla. Frugò brevemente nelle tasche di Brill e tirò fuori un portamonete tintinnante da sotto la tunica. Avvicinò la lanterna e lo aprì.

«È mio quello» disse Brill cercando di alzarsi. Durnik sollevò il giogo del bue e quello cadde di nuovo.

«Una bella sommetta per un bracciante, amico Brill» osservò Lupo versando a una a una le monete nella propria mano. «Come l'hai avuta?»

Brill lo fissava.

Gli occhi di Garion si spalancarono alla vista delle monetine. Non aveva mai visto dell'oro prima.

«In realtà non c'è bisogno di rispondere, amico Brill» disse Lupo esaminando il denaro. «L'oro parla per te.» Rovesciò di nuovo le monete nel borsellino di pelle e lo gettò all'uomo sul pavimento. Brill lo afferrò rapido e se lo infilò sotto la tunica.

«Dovrò riferire questa storia a Faldor» osservò Durnik.

«No» disse Lupo.

«È una faccenda seria» protestò il fabbro. «Una rissa e qualche pugno è un conto, ma quando si arriva alle armi... è tutt'altra cosa.»

«Non c'è tempo per questo» tagliò corto Lupo prendendo una briglia da un chiodo sul muro. «Legagli le mani dietro la schiena. Lo metteremo in uno dei granai. Lo troveranno domani mattina.»

Durnik lo stava fissando.

«Fidati di me, buon Durnik» disse Lupo. «La faccenda è urgente. Legalo e nascondilo. Poi vieni in cucina. Garion, con me!» Si girò e uscì dalle stalle.

Zia Pol camminava nervosa su e giù per la stanza. «Ebbene?» domandò.

«Stava cercando di fuggire» raccontò Lupo. «L'abbiamo fermato.»

«Lo hai...» E lasciò le parole in sospeso.

«No. Ha sguainato una spada ma, per fortuna, Durnik passava di lì e gli ha raffreddato i bollenti spiriti con un pugno. È arrivato al momento giusto. Il tuo cucciolotto stava per dare battaglia. Quel pugnale è proprio un oggetto carino, ma non regge il confronto con una spada vera.»

Zia Pol si voltò verso Garion con gli occhi pieni di rabbia. Il ragazzo fece un passo indietro e uscì dalla portata delle sue sberle.

«Non c'è tempo per questo» disse Lupo, riprendendo il boccale lasciato sul tavolo. «Brill aveva le tasche piene di oro angarak. I Murgo sorvegliano questo posto. Non volevo far notare la nostra partenza, ma dal momento che già ci spiano, ormai è inutile. Prendete quello che vi serve. Voglio avere qualche lega di vantaggio su Brill prima che si liberi. Non voglio guardarmi le spalle dai Murgo ovunque decida di andare.»

Durnik, che era appena arrivato in cucina, si fermò in piedi a guardarli. «Qui le cose non sono come sembrano» disse. «Che gente siete, e perché avete nemici tanto pericolosi?»

«È una lunga storia, buon Durnik,» replicò Lupo «ma temo che ora non ci sia tempo per le spiegazioni. Fai le nostre scuse a Faldor e cerca di trattenere Brill per qualche giorno. Vorrei far perdere le nostre tracce prima che lui o i suoi amici si mettano a seguirci.»

«Dovrà farlo qualcun altro» affermò Durnik calmo. «Non so di cosa si tratti, ma so per certo che siete in pericolo. Sembra che dovrò venire con voi, almeno fino a quando non sarete al sicuro.»

Zia Pol scoppiò a ridere. «Tu, Durnik? Tu intendi proteggerci?»

Il fabbro raddrizzò le spalle. «Sono spiacente, signora Pol» disse. «Non posso permettere che andiate senza scorta.»

«Non posso permettere?» ripeté lei incredula.

«Molto bene» accettò Lupo con espressione astuta.

«Hai perso completamente il cervello?» disse zia Pol girandosi verso di lui.

«Durnik ha dato prova di essere un uomo utile» le ricordò Lupo. «Se non altro, avrò qualcuno con cui scambiare due chiacchiere. La tua lingua si è fatta troppo tagliente con gli anni, Pol, e non mi stuzzica l'idea di viaggiare per centinaia di miglia sentendomi insultare tutto il tempo.»

«Vedo che ti sei rimbambito del tutto, Vecchio Lupo» disse lei acida.

«Proprio come dicevo» rispose Lupo, tranquillo. «Ora prendi quello che ti serve e andiamocene. La notte sta per finire.»

La donna lo guardò un istante con gli occhi spalancati poi uscì dalla cucina come una furia.

«Anch'io dovrò prendere qualche cosa» disse Durnik. Si voltò e uscì nella notte ventosa.

A Garion girava la testa. Le cose stavano succedendo troppo in fretta.

«Hai paura, ragazzo mio?» gli chiese Lupo.

«Be'...» borbottò Garion. «È solo che non capisco. Non capisco proprio un accidenti.»

«Capirai col tempo, Garion» promise Lupo. «Per il momento, forse, è meglio di no. Quello che stiamo facendo è pericoloso, ma non troppo. Tua zia e io, e anche il buon Durnik ovviamente, faremo in modo che non ti accada nulla di male. Adesso dammi una mano in dispensa.» Prese una lanterna e cominciò a riempire un sacco con varie forme di pane, un prosciutto, un grosso formaggio tondo e giallo e svariate bottiglie di vino.

Era quasi mezzanotte, secondo il calcolo approssimativo di Garion, quando lasciarono la cucina e attraversarono il cortile buio. Quando Durnik aprì il cancello, il debole scricchiolio sembrò terribilmente rumoroso.

Mentre uscivano Garion sentì una fitta di dolore. La fattoria di Faldor era l'unica casa che avesse mai conosciuto. Ora se ne andava, forse per sempre, e questa era una cosa importante. Provò una fitta ancora più tagliente al ricordo di Zubrette. Il pensiero di lei e Doroon da soli nel fienile stava quasi per fargli mandare tutto a monte. Ma ormai era troppo tardi.

Senza la protezione degli edifici, le raffiche di vento sferzavano il mantello di Garion. Nuvole scure coprivano la luna e la strada sembrava solo un poco meno tenebrosa dei campi circostanti. Faceva freddo, non c'era nessuno e Garion aveva non poca paura. Si avvicinò a zia Pol.

In cima alla collina si fermò e guardò indietro. La fattoria di Faldor era solo una pallida macchia sfocata nella valle alle sue spalle. Con qualche rimpianto riprese il cammino. La valle di fronte a lui era scura e anche la strada sembrava perdersi nelle tenebre.

6

Avevano camminato per miglia, ma Garion non sapeva dire con precisione quante. Il capo gli ciondolava e a volte inciampava contro pietre invisibili sulla strada buia. Desiderava dormire più di qualsiasi altra cosa. Gli bruciavano gli occhi, e le gambe tremavano per la troppa stanchezza.

In cima alla collina successiva – sembrava esserci sempre una collina successiva, perché quella zona di Sendaria aveva più pieghe di uno strofinaccio sgualcito – messer Lupo si fermò e si guardò attorno nelle tenebre opprimenti.

«Adesso abbandoniamo la strada maestra» annunciò.

«È saggio?» chiese Durnik. «Ci sono boschi tutto attorno e ho sentito dire che qui si nascondono molti banditi. E anche se non troviamo banditi, è probabile che ci perdiamo nel buio.» A malapena si intravedeva il viso preoccupato del fabbro che guardava il cielo fosco. «Se almeno ci fosse la luna!»

«Non credo sia il caso di preoccuparsi per i banditi,» disse Lupo fiducioso «e sono contento che non ci sia la luna. Non penso che ci seguano già, ma è meglio comunque non farsi vedere. L'oro dei Murgo può comperare quasi tutti i segreti.» E detto questo li condusse nei campi a lato della strada.

Per Garion i campi erano impossibili. Se lungo la strada aveva inciampato qua e là, adesso i solchi, gli affossamenti e i buchi del terreno scabro gli afferravano i piedi a ogni passo. Quando raggiunsero il nero limitare dei boschi, il ragazzo era quasi sul punto di piangere per la stanchezza. «Come facciamo a trovare la strada qui dentro?» domandò scrutando nel buio pesto della foresta.

«C'è una pista di boscaioli non molto distante» disse Lupo

indicando col dito. «Manca poco.» E ripartì seguendo i margini del bosco oscuro, con Garion e gli altri che incespicavano dietro di lui. «Sarà molto buio là dentro e il sentiero non è largo. Io vado per primo, voi seguitemi.»

«Sarò proprio dietro di te, Garion» assicurò Durnik. «Non preoccuparti. Andrà tutto bene.» Qualcosa, nella voce del fabbro, faceva pensare che pronunciasse quelle parole per dare coraggio più a sé stesso che al ragazzo.

Nel folto del bosco non faceva molto freddo. Gli alberi riparavano dalle raffiche di vento ma era così scuro che Garion non capiva come avrebbe fatto Lupo a trovare la strada. Fu colto dal terribile sospetto che il vecchio cantastorie, in realtà, non sapesse dove stava andando e girovagasse alla cieca, affidandosi alla fortuna.

«Fermi» tuonò all'improvviso una voce di fronte a loro, spaventandoli. Gli occhi di Garion, che si erano abituati al buio del bosco, videro il contorno vago di qualcosa di talmente enorme che non poteva essere umano.

«Un gigante!» urlò il giovane in preda al panico. Poi, forse per la stanchezza o forse perché ciò che era successo quella sera gli era crollato addosso tutto in una volta, i nervi gli cedettero e si mise a correre in mezzo agli alberi.

«Garion!» Zia Pol stava gridando: «Torna qui!»

Ma il panico si era impadronito di lui. Correva, inciampando su radici e cespugli, urtando gli alberi e aggrovigliandosi nei rovi. Era come un incubo senza fine, una fuga disperata. Andò a sbattere contro un ramo basso che non aveva visto. Gli occhi gli si riempirono di scintille per il colpo improvviso alla fronte. Si trovò disteso sulla terra umida: ansimava e singhiozzava, cercando di schiarirsi le idee.

Poi si sentì delle mani addosso, mani orrende e invisibili. Paure dai mille volti gli attraversavano la mente in un lampo. Combatteva disperato cercando di estrarre il pugnale.

«Oh, no» disse una voce. «Niente affatto, coniglietto mio.» Gli portarono via il pugnale.

«Vuoi mangiarmi?» balbettò Garion con voce spezzata.

Il predatore si mise a ridere. «In piedi, coniglio» disse. Garion si sentì sollevare da mani forti. Le braccia gli erano state bloccate e veniva trascinato attraverso i boschi.

Più avanti, da qualche parte, c'era una luce. Un fuoco scoppiettava fra gli alberi e sembrava che lo stessero portando in quella direzione. Doveva escogitare qualcosa, trovare il modo di scappare, ma la sua mente stordita dal terrore e dalla stanchezza si rifiutava di funzionare.

C'erano tre carri disposti a semicerchio attorno al fuoco. Durnik era là, e c'erano anche Lupo e zia Pol. Con loro c'era un uomo così gigantesco che la mente di Garion rifiutò di credere che fosse reale. Le gambe, grosse come tronchi d'albero, erano fasciate da pellicce tenute da cinghie di pelle. Indossava una cotta di maglia stretta in vita che gli arrivava alle ginocchia. Da un lato della cintura pendeva una spada poderosa e dall'altro un'ascia. I capelli erano intrecciati e aveva un'imponente barba rossa arruffata.

Quando giunsero alla luce, il ragazzo vide in faccia l'uomo che lo aveva catturato. Era piccolino, poco più alto dello stesso Garion. Sul viso dominava un lungo naso a punta. Aveva occhi piccoli e storti e i capelli dritti e neri erano tagliati in modo grossolano. Il volto non ispirava fiducia. La tunica, rattoppata e sudicia, e lo spadino dall'aria poco rassicurante non aiutavano a smentire l'impressione data dal viso.

«Ecco il nostro coniglio» annunciò l'omino con la faccia da donnola, tirando Garion vicino al fuoco. «Ho dovuto anche dargli la caccia.»

Zia Pol era furiosa. «Non farlo mai più» disse severamente a Garion.

«Non così in fretta, madama Pol,» intervenne Lupo «per ora è meglio che corra piuttosto che combattere. Finché non sarà grande, i piedi saranno i suoi migliori alleati.»

«Siamo stati catturati dai banditi?» chiese Garion con voce tremolante.

«Banditi?» rise Lupo. «Hai una bella immaginazione ragazzo. Questi sono nostri amici.»

«Amici?» chiese Garion dubbioso, mentre guardava con sospetto il gigante dalla barba rossa e l'uomo-donnola di fianco a lui. «Sei sicuro?»

Anche il gigante si mise a ridere con una voce che rimbombava come un terremoto. «Il ragazzo sembra diffidente» tuonò. «Sarà a causa della tua faccia, amico Silk.»

L'uomo più basso guardò con stizza il compagno corpulento.

«Questo è Garion» disse Lupo indicando il ragazzo. «Già conoscete madama Pol.» La voce parve sottolineare il nome di zia Pol. «E questo è Durnik, un fabbro coraggioso che ha deciso di accompagnarci.»

«Madama Pol?» disse quello piccolo, scoppiando a ridere all'improvviso senza ragione.

«Mi conoscono con questo nome» spiegò zia Pol caustica.

«Sarà con mio grande piacere che vi chiamerò così, magnifica signora» disse quello piccolo, facendo un inchino beffardo.

«Il nostro grosso amico si chiama Barak» continuò Lupo. «Fa comodo averlo vicino quando si è nei pasticci. Come vedi, non è un Sendar, ma un Cherek di Val Alorn.»

Garion non aveva mai visto un Cherek prima di allora. I racconti terribili del loro ardimento in battaglia divennero all'improvviso credibili alla presenza dell'immenso Barak.

«E io» si presentò quello piccolo con una mano sul petto «mi chiamo Silk[2]. Non è un granché come nome, lo ammetto, ma trovo che mi si addica. Vengo da Boktor in Drasnia. Sono un giocoliere e un acrobata.»

«E anche un ladro e una spia» tuonò Barak bonariamente.

«Tutti abbiamo i nostri difetti» ammise Silk con cortesia mentre si grattava i baffi incolti.

«E io, di questi tempi, mi chiamo messer Lupo» concluse il vecchio. «È un nome che mi piace molto, visto che è stato il ragazzo a darmelo.»

«Messer Lupo?» ripeté Silk mettendosi a ridere un'altra volta. «È proprio un nome allegro, vecchio mio.»

«Sono contento che ti piaccia, amico» disse Lupo apertamente.

«E allora... vada per messer Lupo» approvò Silk. «Lì accanto al fuoco, amici. Riscaldatevi mentre penso al cibo.»

Garion aveva ancora dei dubbi su quella strana coppia. Era evidente che conoscevano zia Pol e messer Lupo, ma era anche ovvio che li conoscevano sotto nomi diversi. Era molto seccante pensare che zia Pol non fosse quella che diceva di essere. Una delle pietre miliari della sua esistenza si era appena sbriciolata.

Il cibo che portò Silk era frugale: una rapa stufata insieme a grossi pezzi di carne che galleggiavano nel brodo e fette di pane tagliate in modo rozzo. Ma Garion, stupito del suo stesso appetito, mangiò come fosse stato digiuno da giorni.

Poi, con lo stomaco pieno e i piedi riscaldati dal fuoco scop-

[2] In inglese, oltre che 'seta', silk vuol dire anche 'suadente', 'soave'.

piettante del bivacco, si mise a sedere su un tronco, mezzo addormentato.

«E adesso, Vecchio Lupo?» sentì che chiedeva zia Pol. «A cosa servono quei buffi carretti laggiù?»

«È un piano brillante,» disse il vecchio «lasciamelo dire. In questo periodo dell'anno le strade di Sendaria sono affollate di carri. Bisogna portare il raccolto dal campo alla fattoria, dalla fattoria al villaggio e dal villaggio in città. Niente passa più inosservato di un carro. Sono così comuni da risultare invisibili. È così che viaggeremo. D'ora in poi saremo onesti spedizionieri di mercanzia.»

«Noi saremo... che cosa?» domandò zia Pol.

«Carrettieri» disse Lupo, spiegandosi meglio. «Gran lavoratori che trasportano le merci di Sendaria, in cerca di fortuna e di avventura, desiderosi di viaggiare, appassionati della poesia della strada.»

«Hai idea di quanto si impieghi a viaggiare con il carro?» chiese zia Pol.

«Fra le sei e le dieci leghe al giorno» le disse lui. «Si va piano, questo è certo, ma è meglio muoversi lentamente piuttosto che dare nell'occhio.»

Zia Pol scuoteva la testa, disgustata.

«Qual è la nostra prima destinazione?»

«Darine» annunciò messer Lupo. «Se quello che stiamo seguendo è andato verso nord deve essere passato per forza da Darine sulla via per Boktor.»

«E cosa staremmo trasportando a Darine?» chiese la donna.

«Rape, magnifica signora» rivelò Silk. «Ieri mattina il mio grosso amico e io ne abbiamo comperate tre carrettate nel villaggio di Winold.»

«Rape?» chiese zia Pol in tono assai eloquente.

«Sì, magnifica signora, rape» confermò Silk con solennità.

«Allora, siamo pronti?» disse Lupo.

«Siamo pronti» disse il gigante Barak, alzandosi in mezzo a uno sferragliare della cotta di maglia.

«Dovremo modificare anche il nostro aspetto» osservò Lupo guardando con attenzione Barak. «La tua armatura, amico mio, non si addice a un onesto carrettiere. Sarebbe meglio che indossassi qualcosa di lana grezza.»

Il volto di Barak aveva un'espressione offesa. «Potrei metterci sopra una tunica» suggerì.

«Quando ti muovi, si sente rumore di ferraglia» puntualizzò Silk «e l'armatura ha un odore particolare. Sottovento puzzi come un cancello arrugginito, Barak.»

«Mi sento nudo senza maglia di ferro» si lamentò Barak.

«Tutti dobbiamo fare dei sacrifici» disse Silk.

Brontolando, Barak andò a uno dei carri, tirò fuori un fagotto di vestiti e cominciò a togliersi la cotta. Sulla sottotunica di stoffa c'erano grosse macchie rosse di ruggine.

«Cambierei anche tunica» suggerì di Silk. «La tua camicia puzza quasi come l'armatura.»

Barak lo guardò torvo. «Qualcos'altro?» domandò. «Spero, per amore della decenza, che tu non voglia spogliarmi completamente.»

Silk si mise a ridere.

Barak si tolse la tunica. Aveva un torace enorme coperto di una fitta peluria rossastra.

«Sembri un tappeto» osservò Silk

«Non posso farci niente» osservò l'altro. «Gli inverni di Cherek sono freddi e devo tenermi caldo.» Si infilò una tunica pulita.

«Fa freddo come a Drasnia» disse Silk. «Sei certo che tua nonna non abbia cercato di riscaldarsi fra le braccia di qualche orso?»

«Un giorno o l'altro la tua boccaccia ti metterà nei guai, amico Silk» disse Barak.

Silk rise di nuovo. «La mia vita è tutta un guaio, amico Barak.»

«Chissà come mai» disse ironico l'energumeno.

«Ne discuteremo più tardi» tagliò corto Lupo. «Vorrei partire prima della fine della settimana.»

«Certo, caro amico» disse Silk saltando in piedi. «Io e Barak possiamo divertirci più tardi.»

Le tre coppie di cavalli erano legate lì vicino. Tutti diedero una mano ad attaccarli ai carri.

«Spengo il fuoco» disse Silk e andò a prendere due secchi d'acqua da un fiumiciattolo che gorgogliava poco distante. Il fuoco sibilò a contatto con l'acqua e grandi nuvole di vapore si alzarono verso le fronde pendenti degli alberi.

«Porteremo i cavalli al margine del bosco» decise Lupo. «Non vorrei rompermi i denti contro un ramo basso.»

Sembrava che i cavalli volessero mettersi in marcia e si mossero, senza fretta, lungo il sentiero stretto attraverso l'oscurità dei boschi. Si fermarono al margine dei campi aperti e Lupo si guardò intorno, attento, per controllare che nessuno fosse in vista.

«Non vedo nessuno» comunicò. «In marcia.»

«Cavalca accanto a me, buon fabbro» disse Barak a Durnik. «La conversazione con un uomo onesto è di gran lunga preferibile a una notte spesa a sopportare gli insulti di un Drasnian troppo arguto.»

«Come desideri, amico» accettò Durnik educatamente.

«Faccio strada» disse Silk. «Conosco bene questi viottoli e questi sentieri. Vi porterò sulla via maestra oltre Alto Gralt prima di mezzogiorno. Barak e Durnik possono fare da retroguardia. Sono sicuro che scoraggeranno chiunque voglia seguirci.»

«Molto bene» disse Lupo montando sul carro di mezzo. Tese la mano e aiutò zia Pol a salire. Garion montò in fretta sul retro, preoccupato che qualcuno lo facesse viaggiare accanto a Silk. Messer Lupo poteva anche dire che quei due erano amici, ma la paura che aveva patito nei boschi era troppo viva perché si sentisse a suo agio.

I sacchi di rape odorose di muffa erano pieni di protuberanze, ma Garion riuscì a ricavarsi un giaciglio fra zia Pol e messer Lupo. Era riparato dal vento, zia Pol era vicina, e il mantello, sopra di lui, lo teneva caldo. Era abbastanza comodo e nonostante le emozioni di quella notte ben presto si abbandonò al sonno. La vocina secca nella sua mente gli fece notare che nei boschi non si era affatto comportato bene. Ma ben presto tacque anch'essa, e Garion si addormentò.

Un rumore diverso lo svegliò. Il tonfo leggero degli zoccoli sulla strada sterrata si era trasformato in un calpestio. Erano arrivati sull'acciottolato di un villaggio che ancora dormiva nelle ultime ore della notte autunnale. Garion aprì gli occhi e guardò, mezzo addormentato, le case alte e strette con le loro piccole finestre tutte buie.

Un cane si mise ad abbaiare, ma ben presto tornò nella sua cuccia sotto le scale. Garion si chiese che paese fosse e che tipo di gente dormisse sotto quei tetti spioventi, ignara del passaggio dei tre carri.

La strada di pietra era molto stretta e lui poteva quasi toccare i muri delle case. Poi si lasciarono alle spalle il villaggio e tornarono sulla strada sterrata. Il rumore attutito degli zoccoli sul terreno lo cullò di nuovo nel sonno.

«Cosa facciamo se non è passato da Darine?» chiese sottovoce zia Pol a messer Lupo.

A Garion venne in mente che, in tutta quella eccitazione, non aveva ancora scoperto chi o che cosa stessero seguendo. Tenne gli occhi chiusi, ma restò in ascolto.

«Non cominciare con i tuoi se» disse Lupo irritato. «Stare seduti a ripetere 'se' non ci porterà da nessuna parte.»

«Stavo solo chiedendo» disse zia Pol.

«Se non è passato da Darine andremo a sud, verso Muros. Forse si è unito a una carovana per percorrere la Grande Via Settentrionale fino a Boktor.»

«E se non è passato da Muros?»

«Allora andremo a Camaar.»

«E poi?»

«Decideremo quando saremo a Camaar.» Il suo tono era definitivo come se non volesse più discutere della questione. Zia Pol respirò a fondo come se fosse stata sul punto di dare una rispostaccia. Ma alla fine cambiò idea e si sistemò più comoda sul sedile del carro.

Verso est, di fronte a loro, le prime luci dell'alba toccavano le nuvole basse. a bordo dei carri, loro stavano attraversando gli ultimi brandelli della notte ventosa in cerca di qualcosa di così importante da sradicare tutta la vita di Garion in un sol giorno.

7

Ci vollero quattro giorni per raggiungere Darine, sulla costa settentrionale. Il primo giorno andò abbastanza bene perché, anche se il cielo era coperto e il vento continuava a soffiare, l'aria era secca e le strade erano in buone condizioni. Lungo la via avevano incontrato cascine tranquille e, di tanto in tanto, dei contadini chini in mezzo ai campi. Inevitabilmente smettevano di lavorare e li guardavano passare. Alcuni li salutavano, altri no.

E poi c'erano i villaggi, ammassi di edifici alti annidati nelle valli. Quando loro passavano, i bambini uscivano di casa e si mettevano a correre dietro ai carri, gridando per l'eccitazione. Gli abitanti guardavano, resi curiosi dall'ozio, fin quando capivano che non si sarebbero fermati e, sbuffando, tornavano a occuparsi dei loro affari.

Quando il pomeriggio di quel primo giorno volgeva ormai verso la sera, Silk li condusse in un boschetto al lato della strada, e si prepararono per la notte. Mangiarono gli ultimi avanzi del prosciutto e del formaggio che Lupo aveva rubacchiato dalla dispensa di Faldor, poi stesero le coperte sul terreno dietro ai carri. La terra era dura e fredda, ma la sensazione eccitante di essere coinvolto in una grande avventura aiutò Garion a sopportare la scomodità.

Il mattino successiva, comunque, cominciò a piovere. All'inizio era un'acquerugiola fine e nebbiosa, sparsa dal vento, ma nel corso della mattinata diventò una pioggerella decisa. L'odore di muffa delle rape nei sacchi divenne più forte e Garion si rannicchiò nel mantello che lo avvolgeva. L'avventura, adesso, era molto meno eccitante.

La strada divenne fangosa e scivolosa e i cavalli si inerpicavano a fatica su per le colline. Bisognava farli riposare spesso. Il primo giorno avevano percorso otto leghe; poi furono fortunati se ne percorrevano anche solo cinque.

Zia Pol divenne irascibile e collerica. «Questa è un'idiozia» proclamò rivolta a messer Lupo il terzo giorno, a mezzodì.

«Tutto è un'idiozia se lo guardi sotto la giusta luce» rispose lui con filosofia.

«Perché carrettieri?» domandò la donna. «Ci sono maniere più veloci di viaggiare. Una famiglia ricca in una bella carrozza, per esempio, o messaggeri imperiali a cavallo. In entrambi i modi saremmo già arrivati a Darine.»

«E avrebbero lasciato delle tracce così profonde nel ricordo di quelli che ci vedevano passare che persino un Thull ci avrebbe potuto seguire» spiegò Lupo con pazienza. «Brill ha già da un pezzo raccontato della nostra partenza ai suoi padroni. Tutti i Murgo di Sendaria ci stanno cercando, adesso.»

«Perché ci nascondiamo dai Murgo, messer Lupo?» chiese Garion spinto dalla curiosità di capire il mistero che stava dietro alla loro fuga. «Non sono solo dei mercanti, come i Tolnedran e i Drasnian?»

«I Murgo non sono per nulla interessati al commercio» spiegò Lupo. «I Nadrak sono mercanti, ma i Murgo sono dei guerrieri. Si fingono mercanti per la stessa ragione per cui noi facciamo finta di essere carrettieri. Non vogliono dare nell'occhio. Pensare che tutti i Murgo siano spie non è poi molto lontano dalla verità.»

«Non hai di meglio da fare che star qui a fare domande?» chiese zia Pol.

«In realtà no» disse Garion. Capì immediatamente di aver commesso un errore.

«Molto bene» annuì la zia. «Dietro al carro di Barak ci sono i piatti sporchi di questa mattina. Troverai anche un catino. Prendilo, va' al ruscello, riempilo d'acqua, torna al carro e lava i piatti.»

«Con l'acqua fredda?» obiettò il ragazzo.

«Ora, Garion» ribadì con fermezza la donna.

Brontolando, lui saltò giù dal carro che procedeva con lentezza.

Nel tardo pomeriggio del quarto giorno arrivarono in cima a una collina e videro sotto di loro la città di Darine e, oltre la città, il mare plumbeo e grigio. Le mura di cinta erano alte e spesse e racchiudevano più edifici di quanti Garion ne avesse visti in tutta la vita. Ma era verso il mare che veniva attirato il suo sguardo. C'era un odore acuto nell'aria. Qualche debole zaffata era giunta con il vento già nelle ultime leghe, ma ora, inspirando profondamente, sentiva per la prima volta il profumo del mare. Il suo spirito si librò in alto.

«Finalmente» esclamò zia Pol.

Silk aveva fermato il primo carro e stava tornando indietro a piedi. Aveva scostato leggermente il cappuccio e la pioggia gli scorreva lungo il naso gocciolando dalla punta affilata. «Ci fermiamo qui o scendiamo in città?» chiese.

«Andiamo in città» disse zia Pol. «Non ho intenzione di dormire sotto un carro quando ci sono delle locande a disposizione.»

«I carrettieri onesti cercherebbero una locanda,» annuì messer Lupo «e un'osteria confortevole.»

«Ci avrei scommesso» disse zia Pol.

«Dobbiamo recitare bene.» Lupo si strinse nelle spalle.

Scesero dalla collina. Gli zoccoli dei cavalli scivolavano e franavano nello sforzo di sostenere il peso dei carri.

Alle porte della città, due guardie con le casacche sudice e gli elmetti mezzo arrugginiti uscirono dalle guardiole appena oltre i cancelli.

«Che affari vi portano a Darine?» chiese uno di loro a Silk.

«Sono Ambar di Kotu,» Silk mentì con finezza «un povero mercante di Drasnia che spera di concludere qualche buon affare nella vostra splendida città.»

«Splendida?» sbuffò una delle guardie.

«Cos'hai in quei carri, mercante?» si informò un altro.

«Rape» disse Silk in tono scontento. «La mia famiglia è stata nel commercio delle spezie per generazioni, ma io sono ridotto a fare il venditore ambulante di rape.» Sospirò. «Il mondo è sottosopra, non è vero, mio buon amico?»

«Abbiamo ordine di ispezionare i carri» disse la guardia. «Temo che ci vorrà un po' di tempo.»

«Giusto il tempo di bagnarci» disse Silk guardando di traverso nella pioggia. «Sarebbe molto più piacevole dedicare il tempo a bagnarsi la bocca in qualche buona taverna.»

«È difficile, quando non si hanno soldi» suggerì la guardia speranzosa.

«Sarei onorato se accettassi un piccolo segno di amicizia, che ti sarà di aiuto nel bagnarti la bocca» disse Silk.

«Sei molto gentile» rispose la guardia con un leggero inchino.

Ci fu un passaggio di monete e i carri entrarono in città senza essere ispezionati.

Dalla sommità della collina, Darine sembrava davvero meravigliosa, ma Garion la trovò molto meno affascinante quando il carro passò per le strade bagnate. I palazzi parevano tutti uguali, freddi e distaccati, e le vie erano sporche e piene di rifiuti. Il profumo salmastro dell'oceano era guastato dal puzzo di pesce morto, e la gente che camminava in fretta aveva un'espressione arcigna e antipatica. L'entusiasmo iniziale di Garion si andava affievolendo.

«Perché sono tutti così infelici?» chiese a messer Lupo.

«Hanno un dio severo ed esigente» rispose Lupo.

«Che dio è?» chiese Garion.

«Il denaro» disse Lupo. «Il denaro è un dio peggiore persino dello stesso Torak.»

«Non riempire di sciocchezze la testa del ragazzo» lo ammonì zia Pol. «Questa gente non è davvero infelice, Garion. Vanno solo molto di fretta. Hanno affari importanti di cui occuparsi e hanno paura di arrivare tardi. Tutto qui.»

«Non mi piacerebbe vivere qui» decise Garion. «È un posto squallido e antipatico.» Sospirò. «A volte ho nostalgia della fattoria di Faldor.»

«Ci sono posti peggiori della fattoria di Faldor» convenne Lupo.

Silk scelse una locanda vicino al molo dove l'odore del mare era molto forte. Era un edificio solido con annesse le stalle e i magazzini per le merci. Come in molte locande, l'intero primo piano era adibito a cucina e sala comune, con ampi focolari e file di tavoli. Ai piani superiori c'erano le camere per gli ospiti.

«È il posto adatto» annunciò Silk tornando ai carri, dopo avere parlato per un po' con il padrone. «Le cucine sembrano pulite e non ho visto cimici quando ho ispezionato le camere da letto.»

«L'ispezione voglio farla io» precisò zia Pol scendendo dal carro.

«Come desideri, magnifica signora» disse Silk con un inchino gentile.

Il sopralluogo di zia Pol fu molto più lungo. Era quasi buio quando ritornò in cortile. «Adeguata,» sbuffò «a malapena.»

«Non dobbiamo passarci l'inverno, Pol» disse Lupo. «Al massimo staremo qui un paio di giorni.»

Lei lo ignorò. «Ho dato ordine di mandare in camera dell'acqua bollente» annunciò. «Porterò il ragazzo a fare un bagno di sopra mentre tu gli e altri penserete ai carri e ai cavalli. Andiamo, Garion.» Si girò e rientrò nella locanda.

Garion sperava ardentemente che prima o poi smettessero di chiamarlo ragazzo. Dopotutto aveva un nome che non era nemmeno troppo difficile da ricordare. Aveva la triste convinzione che, quand'anche avesse avuto la barba bianca, avrebbero continuato imperterriti a chiamarlo ragazzo.

Dopo aver sistemato carri e cavalli ed essersi fatti il bagno, scesero nella sala comune per la cena. Il pasto non era certo all'altezza di quelli di zia Pol, ma fu un piacevole cambiamento rispetto alle rape. Garion era assolutamente certo che non sarebbe stato mai più in grado di sopportare la vista di una rapa.

Dopo cena, gli uomini si misero a chiacchierare davanti a un buon boccale di birra, mentre zia Pol li guardava con disapprovazione. «Io e Garion andiamo dormire» disse. «Cercate almeno di non cadere dalle scale quando salite.»

Lupo, Barak e Silk scoppiarono a ridere, ma Durnik, così almeno pensò Garion, sembrava un po' imbarazzato.

La mattina seguente messer Lupo e Silk uscirono presto e rimasero fuori tutto il giorno. Garion si era messo in un punto strategico nella speranza che, vedendolo, gli avrebbero chiesto di andare con loro. Ma non lo fecero. Così, quando Durnik scese per badare ai cavalli, lui lo seguì.

«Durnik,» disse dopo aver dato da mangiare e da bere agli animali e mentre il fabbro controllava che sugli zoccoli non ci fossero tagli o abrasioni «non ti sembra tutto un po' strano?»

Durnik sollevò con cautela l'arto del cavallo. «Tutto cosa, Garion?» chiese con la faccia seria.

«Tutto» rispose lui vago. «Questo viaggio, Barak e Silk, messer Lupo e zia Pol... tutto quanto. A volte parlano credendo che io non li senta. Sembra tutto così importante, ma non riesco a capire se stiamo scappando da qualcuno o cercando qualcosa.»

«Anch'io sono confuso, Garion» ammise Durnik. «Molte cose non sono come appaiono... proprio per niente.»

«Zia Pol non ti sembra diversa?» chiese Garion. «Voglio dire, tutti la trattano come se fosse una nobildonna o roba del genere e anche lei si comporta in modo diverso da quando abbiamo lasciato la fattoria di Faldor.»

«Madama Pol è una magnifica signora» disse Durnik. «L'ho

sempre saputo.» La voce aveva il solito tono rispettoso e Garion capì che era inutile cercare di convincere Durnik che nella zia c'era qualcosa di strano.

«E messer Lupo» insisté allora, cercando un'altra via. «Ho sempre pensato che fosse solo un vecchio cantastorie.»

«Non mi sembra un comune vagabondo» ammise Durnik. «Penso che siamo capitati in mezzo a persone importanti che hanno affari importanti, Garion. Forse è meglio che gente semplice come noi non faccia troppe domande, ma tenga solo gli occhi e le orecchie aperti.»

«Tornerai alla fattoria di Faldor quando tutto sarà finito?» chiese Garion con circospezione.

Durnik considerò l'ipotesi guardando attraverso la pioggia che spazzava il cortile della locanda. «No» disse alla fine con voce gentile. «Finché la signora Pol me lo consente, io la seguirò.»

D'istinto, Garion allungò una mano e diede una pacca sulla spalla del fabbro. «Tutto si risolverà per il meglio, Durnik.»

L'uomo sospirò. «Speriamo bene» disse e si girò verso i suoi cavalli.

«Durnik,» chiese Garion «conoscevi i miei genitori?»

«No» rispose il fabbro. «La prima volta che ti ho visto eri un bambino in braccio a zia Pol.»

«Che aspetto aveva allora?»

«Era arrabbiatissima» raccontò Durnik. «Non credo di aver mai visto nessuno così furioso. Ebbe un breve colloquio con Faldor e poi andò a lavorare nelle cucine. Conosci Faldor... non ha mai chiuso la porta in faccia a nessuno in tutta la sua vita. All'inizio era solo una sguattera, ma non per molto. La nostra vecchia cuoca era diventata grassa e lazzarona. Alla fine si trasferì e andò a vivere dalla figlia minore. Da quel momento fu la signora Pol a dirigere la cucina.»

«Sarà stata molto più giovane, vero?» chiese Garion.

«No» disse Durnik dopo averci pensato un po'. «La signora Pol non invecchia mai. Ha lo stesso aspetto del primo giorno.»

«Sono sicuro che è solo un'impressione» disse Garion. «Tutti invecchiano.»

«Non la signora Pol» ripeté Durnik.

Quella sera Lupo e il suo amico con il naso a punta ritornarono con le facce scure. «Niente» annunciò laconico il vecchio, grattandosi la barba bianca.

«Te l'avevo detto» sbuffò zia Pol.

Lupo le lanciò un'occhiataccia irritata, poi alzò le spalle. «Dovevamo essere sicuri» disse.

Il gigante con la barba rossa, Barak, sollevò lo sguardo dalla cotta di maglia che stava lucidando. «Nessuna traccia?» domandò.

«Nemmeno un indizio» scosse la testa Lupo. «Di qui non è passato.»

«E adesso dove andiamo?» chiese Barak, mettendo da parte la cotta.

«A Muros» disse Lupo.

Barak si alzò e andò alla finestra. «Sta smettendo di piovere,» disse «ma le strade avranno il fondo pesante.»

«Comunque non possiamo partire prima di domani» disse Silk disteso in modo scomposto su uno sgabello vicino alla porta. «Devo sbarazzarmi delle rape. Se le portiamo via partendo da Darine, sembrerà sospetto. Non vogliamo che qualcuno si ricordi di noi quando un Murgo di passaggio farà delle domande.»

«Hai ragione» convenne Lupo. «Detesto dover perdere tempo, ma non c'è scelta.»

«Le strade saranno più asciutte fra un giorno» fece notare Silk «e i carri viaggeranno più veloci una volta vuoti.»

«Sei sicuro di riuscire a venderle, amico Silk?» chiese Durnik.

«Sono di Drasnia» rispose l'altro fiducioso. «Posso vendere qualsiasi cosa. Potremmo ricavarne anche un buon guadagno.»

«Non preoccuparti di quello» disse Lupo. «Le rape hanno fatto il loro dovere. Ora dobbiamo solo sbarazzarcene.»

«È una questione di principio» precisò Silk dandosi delle arie. «Inoltre, se non cercassi di contrattare, se ne accorgerebbero. Non preoccupatevi. Non ci sarà alcun ritardo.»

«Posso venire con te, Silk?» chiese Garion speranzoso. «Non ho visto niente di Darine eccetto questa locanda.»

Silk guardò zia Pol con espressione interrogativa.

La donna ci pensò un istante. «Non credo ci sia alcun male» disse. «Così almeno potrò sbrigare qualche faccenda.»

La mattina successiva, dopo colazione, Silk e Garion partirono con una borsa piena di rape. L'omino era straordinariamente di buon umore e il suo lungo naso a punta sembrava quasi scosso da fremiti. «Il trucco» disse mentre camminavano lungo le sporche strade di pietra «è non sembrare troppo ansiosi di vendere... e ovviamente conoscere il mercato.»

«Mi sembra ragionevole» approvò Garion con educazione.

«Ieri ho preso qualche piccola informazione» continuò Silk. «Sui moli di Kotu, a Drasnia, le rape si vendono a un vincolo d'argento per mezzo quintale.»

«Un cosa?» chiese Garion.

«È una moneta del mio paese,» spiegò Silk «più o meno come un imperiale d'argento... non proprio, ma quasi. Il mercante cercherà di comprare le rape per un quarto del prezzo, ma salirà fino alla metà.»

«Come fai a saperlo?»

«È una consuetudine.»

«Quante rape abbiamo?» chiese Garion, e girò intorno a un mucchio di rifiuti che ingombrava la strada.

«Quindici quintali» disse Silk.

«In tal caso verrebbe...» il viso di Garion si contorceva nella fatica del calcolo.

«Quindici imperiali» lo aiutò Silk. «Oppure tre corone d'oro.»

«Oro?» chiese Garion. Dal momento che le monete d'oro erano così rare nelle contrattazioni di campagna, la parola sembrava quasi avere un potere magico.

Silk annuì. «È sempre preferibile» disse. «È più facile da portare. Il peso dell'argento può diventare un impiccio.»

«Quanto abbiamo pagato per le rape?»

«Cinque imperiali» disse Silk.

«Il contadino prende cinque, noi quindici e il mercante trenta?» chiese Garion incredulo. «Non mi sembra affatto onesto.»

Silk scrollò le spalle. «Le cose vanno così» disse. «Ecco la casa del mercante.» Indicò un edificio abbastanza imponente con un'ampia gradinata. «Quando entriamo farà finta di essere molto occupato e non ci presterà attenzione. Dopo un po', quando staremo contrattando, si accorgerà di te e dirà che sei uno splendido ragazzo.»

«Io?»

«Penserà che sei un mio parente, un figlio o forse un nipote, e crederà di potersi avvantaggiare adulandoti.»

«Che strana idea» considerò Garion.

«Gli dirò molte cose» continuò Silk, parlando adesso in modo molto concitato. Gli occhi sembravano scintillare e il naso si contorceva in modo davvero spasmodico. «Non badare a quel che dico e non fare la faccia sorpresa. Lui ci osserverà entrambi molto attentamente.»

«Hai intenzione di mentirgli?» Garion era scioccato.

«È previsto» dichiarò Silk. «Anche il mercante mentirà. Quello dei due che racconterà la menzogna migliore farà l'affare migliore.»

«Mi sembra tutto molto complicato» affermò Garion.

«È un gioco» spiegò Silk, con la faccia da furetto illuminata da un ghigno. «Un gioco davvero entusiasmante che si gioca in tutte le parti del mondo. I bravi giocatori diventano ricchi, gli altri no.»

«Tu sei un bravo giocatore?» chiese Garion.

«Uno dei migliori» rispose Silk con modestia. «Entriamo.» Condusse Garion lungo l'ampia scalinata fino alla casa del mercante.

L'uomo indossava una veste senza cintura orlata di pelliccia color verde pallido e un berretto stretto. Si comportò come Silk aveva previsto. Rimase seduto di fronte a un tavolo scartabellando un mucchio di fogli di pergamena. Sul viso aveva un'espressione accigliata. Silk e Garion aspettavano di essere notati.

«Molto bene, dunque» disse l'uomo alla fine. «Volete fare affari con me?»

«Abbiamo delle rape» lo informò Silk senza entusiasmo.

«Questa è una vera sfortuna, amico» disse il mercante facendo il muso lungo. «Le banchine di Kotu straripano di rape in questo periodo. Non ci guadagnerei nulla a comperartele.»

Silk alzò le spalle. «Forse i Cherek o gli Algar saranno interessati» disse. «Forse i loro mercati non sono saturi come il tuo.» Si voltò. «Andiamo, ragazzo» disse a Garion.

«Un momento, amico mio» lo fermò il mercante. «Ho capito dal tuo accento che tu e io siamo compatrioti. Potrei dare un'occhiata alle tue rape giusto per farti un favore.»

«Il tuo tempo è prezioso» disse Silk. «Se non hai mercato per le rape è inutile sprecarlo.»

«Forse posso ancora trovare un acquirente da qualche parte,» protestò il mercante «se la mercanzia è di buona qualità.» Prese la borsa dalle mani di Garion e la aprì.

Il ragazzo ascoltò affascinato mentre Silk e il mercante duellavano con garbo, ognuno cercando di passare in vantaggio.

«Ma che splendido giovane» disse all'improvviso il mercante, notando Garion per la prima volta.

«Un orfano» raccontò Silk «che è stato affidato alle mie cure.

Sto cercando di insegnargli i rudimenti del mestiere. Ma è molto lento.»

«Ah» disse il mercante con tono deluso.

Poi Silk fece un gesto curioso con le dita della mano destra.

Gli occhi del mercante si spalancarono leggermente, poi anch'egli cominciò a gesticolare.

Dopo di che Garion non capì più cosa stava succedendo. Le mani dei due uomini tessevano intricati disegni nell'aria. A volte guizzavano così veloci che lo sguardo faticava a seguirle. Il mercante non le perdeva d'occhio e la fronte gli si imperlò di sudore per la concentrazione.

«Affare fatto, allora?» disse Silk finalmente, rompendo il lungo silenzio calato nella stanza.

«Affare fatto» annuì il mercante quasi afflitto.

«È sempre un piacere fare affari con un uomo onesto» disse Silk.

«Oggi ho imparato molto» disse il mercante. «Spero che tu non voglia rimanere in affari per molto, amico. Altrimenti farò prima a darti le chiavi del magazzino e della cassaforte. Così almeno mi risparmierò l'angoscia di dover mercanteggiare con te ogni volta che vieni in città.»

Silk si mise a ridere. «Sei stato un avversario valoroso, amico mercante» si congratulò.

«Anch'io lo pensavo, all'inizio,» disse l'altro scuotendo il capo «ma non posso competere con te. Porta le rape al mio magazzino alla banchina Bedik domani mattina.» Scarabocchiò qualche riga su un pezzo di pergamena con una penna d'oca. «Il mio sovrintendente ti pagherà.»

Silk si inchinò e prese la pergamena. «Andiamo, ragazzo» esortò Garion e lo condusse fuori della stanza.

«Che cosa è successo?» chiese Garion quando furono di nuovo in mezzo alla strada affollata.

«Abbiamo ottenuto il prezzo che volevamo» disse Silk quasi compiaciuto.

«Ma non avete detto neppure una parola» protestò Garion.

«Abbiamo parlato a lungo invece, ragazzo» obiettò Silk. «Non guardavi?»

«Tutto ciò che ho visto è stato un contorcimento di dita.»

«È così che ci siamo parlati» spiegò Silk. «È un linguaggio diverso che i miei compatrioti hanno inventato migliaia di anni fa. È chiamato la lingua segreta ed è molto più veloce di quella parlata. Ci permette anche di comunicare di fronte a estranei senza essere ascoltati. Un adepto può condurre un affare anche mentre chiacchiera del tempo, se vuole.»

«Me lo insegni?» chiese Garion, affascinato.

«Ci vuole molto tempo per imparare» lo avvertì Silk.

«E il viaggio fino a Muros non richiederà forse molto tempo?» suggerì Garion.

Silk si strinse nelle spalle. «Come desideri» disse. «Non sarà facile, ma penso che ci aiuterà a svagarci.»

«Ora torniamo alla locanda?» chiese Garion.

«Non subito» disse Silk. «Abbiamo bisogno di un carico per spiegare il nostro ingresso a Muros.»

«Pensavo che avremmo lasciato i carri vuoti.»

«Infatti.»

«Ma hai appena detto...»

«Andiamo da un mercante di mia conoscenza» spiegò Silk. «Compra prodotti agricoli in tutta Sendaria. Li tiene nelle cascine fin quando il mercato è propizio in Arendia e Tolnedra. Poi li fa trasportare a Muros o a Camaar.»

«Mi sembra tutto troppo complicato.» Garion scosse la testa, dubbioso.

«In realtà non lo è» lo rassicurò Silk. «Andiamo, ragazzo mio, vedrai coi tuoi occhi.»

Il mercante era un Tolnedran che indossava una veste blu di linea morbida e aveva dipinta in viso un'espressione sprezzante. Stava parlando con un Murgo dalla faccia arcigna quando Silk e Garion entrarono nella stanza della contabilità. Il Murgo, come tutti quelli che Garion aveva visto della sua razza, aveva profonde cicatrici sul volto e un sguardo penetrante.

Entrando, Silk vide il Murgo, e allora toccò la spalla di Garion come per metterlo in guardia. Poi si fece avanti. «Perdonami, nobile mercante» disse, cercando di ingraziarselo. «Non sapevo che fossi occupato. Il mio facchino e io aspetteremo fuori fino a che ti sarai liberato.»

«Io e il mio amico saremo impegnati per tutto il giorno» disse il Tolnedran. «È qualcosa di importante?»

«Mi chiedevo solo se avessi un carico per me» rispose Silk.

«No» disse il Tolnedran in fretta. «Niente.» Si stava girando verso il Murgo, ma si fermò e guardò con occhi attenti Silk.

«Ma tu non sei Ambar di Kotu?» chiese. «Pensavo che fossi nel commercio delle spezie.»

Garion riconobbe il nome che Silk aveva dato alle guardie ai cancelli della città. Era evidente che l'aveva usato già altre volte.

«Ahimè,» sospirò Silk «il mio ultimo carico giace in fondo al mare appena oltre il promontorio di Arendia... due navi intere dirette a Tol Honeth. Una tempesta improvvisa e sono diventato povero.»

«È una storia tragica, valoroso Ambar» disse il mercante tolnedran con tono compiaciuto.

«Ora sono costretto a trasportare derrate alimentari» disse Silk malinconico. «Ho solo tre carri sgangherati. Questo è tutto quello che rimane dell'impero di Ambar di Kotu.»

«I rovesci di fortuna possono accadere a tutti» disse il Tolnedran con filosofia.

«E così questo è il famoso Ambar di Kotu» disse il Murgo con voce gentile ma accento sgradevole. Squadrò dall'alto in basso Silk con occhi indagatori. «Una felice circostanza mi ha portato qui oggi. Sono più ricco ora che ho incontrato un uomo così illustre.»

Silk si inchinò con educazione. «Siete troppo gentile, nobile signore» disse.

«Il mio nome è Asharak di Rak Goska» si presentò il Murgo. Poi si girò verso il Tolnedran. «Possiamo rimandare la nostra discussione, Mingan» disse. «Sarà un onore aiutare un mercante così famoso a recuperare una parte delle perdite.»

«Davvero troppo gentile, nobile Asharak» ringraziò Silk facendo un altro inchino.

Nella mente di Garion si agitava ogni tipo di avvertimento, ma gli occhi sottili del Murgo non gli permettevano di fare a Silk nessun segno. Mantenne il volto impassibile e lo sguardo vuoto mentre i suoi pensieri correvano.

«Ti aiuterei volentieri, amico mio,» disse Mingan «ma non ho nessun carico a Darine al momento.»

«Ho già un contratto da Darine a Medalia» disse in fretta Silk. «Tre carri di ferro cherek. Poi devo portare delle pelli da Muros a Camaar. Sono le cinquanta leghe da Medalia a Muros che mi preoccupano. I carri vuoti non danno profitto.»

«Medalia.» Mingan aggrottò le sopracciglia. «Fammi controllare i miei registri. Mi sembra di avere qualcosa da quelle parti.» Uscì dalla stanza.

«Le tue prodezze sono leggendarie nei regni dell'Est, Ambar» disse con ammirazione Asharak di Rak Goska. «L'ultima volta che sono partito da Cthol Murgos c'era una taglia principesca sulla tua testa.»

Silk rise con scioltezza. «Un piccolo malinteso, Asharak» minimizzò. «Era solo un tentativo di saggiare l'intelligenza dei Tolnedran organizzando qualche attività nel regno. Ho commesso qualche azzardo e loro mi hanno scoperto. Le accuse che mi hanno rivolto erano una montatura.»

«E come sei scappato?» chiese Asharak. «I soldati di re Taur Urga hanno quasi messo a soqquadro il regno per trovarti.»

«Ho avuto la buona sorte di incontrare una signora thull di alto rango» raccontò Silk. «Sono riuscito a convincerla a farmi scappare attraverso il confine fino a Misharak ac Thull.»

«Ah» disse Asharak con un leggero sorriso. «Le donne thull hanno fama di lasciarsi convincere con facilità.»

«Ma sono anche molto esigenti» puntualizzò Silk. «Si aspettano di essere ampiamente ripagate per i loro favori. È stato più difficile sfuggire a lei che scappare da Cthol Murgos.»

«Organizzi ancora attività per il governo?» chiese Asharak con noncuranza.

«Non mi rivolgono neppure la parola» rispose Silk con espressione cupa. «Ambar il mercante di spezie era un uomo utile, ma Ambar il carrettiere è tutt'altra cosa.»

«Capisco» assentì Asharak con un tono che indicava con chiarezza che non aveva creduto a una sola parola. Diede a Garion una rapida occhiata, apparentemente senza interesse. Il ragazzo ebbe la sorprendente sensazione di conoscere già quell'uomo. Senza sapere come, all'improvviso fu certo di conoscere da sempre Asharak di Rak Goska. C'era una certa familiarità in quell'occhiata, una familiarità che si era costruita nelle dozzine di volte in cui i loro occhi si erano incontrati durante l'infanzia di Garion. A quel tempo Asharak, sempre avvolto in un mantello nero e in groppa a un cavallo nero, si era fermato per osservarlo e poi era ripartito. Garion ricambiò lo sguardo senza espressione e un accenno leggerissimo di sorriso balenò sul volto sfigurato di Asharak.

Mingan rientrò nella stanza. «Ho dei prosciutti vicino a Medalia» annunciò. «Quando pensate di arrivare a Muros?»

«Fra quindici o venti giorni» disse Silk.

Mingan annuì. «Ti farò un contratto per portare i prosciutti a Muros» propose. «Sette nobili d'argento per carro.»

«Nobili di Tolnedra o Sendaria?» chiese Silk in fretta.

«Qui siamo a Sendaria, pregevole Ambar.»

«Noi siamo cittadini del mondo, nobile mercante» puntualizzò Silk. «Abbiamo sempre fatto affari in moneta di Tolnedra.»

Mingan sbuffò. «Sei sempre stato furbo, pregevole Ambar» disse. «Molto bene, vada per i nobili di Tolnedra... ma solo perché siamo vecchi amici e perché compiango le tue sventure.»

«Forse ci incontreremo ancora, Ambar» profetizzò Asharak.

«Forse» disse Silk. Poi si girò e insieme a Garion lasciò la stanza.

«Miserabile taccagno» farfugliò Silk quando raggiunsero la strada. «Il prezzo avrebbe dovuto essere dieci, non sette.»

«Cosa mi dici del Murgo?» chiese Garion. Ancora una volta si sentì quella strana riluttanza a parlare del legame segreto e strano che esisteva fra lui e quella figura che, almeno ora, aveva un nome.

Silk alzò le spalle. «Lui ha capito che ho in mente qualcosa, ma non sa che cosa... esattamente come io ho intuito che lui ha in mente qualcosa. Ho fatto dozzine di incontri del genere. A meno che i nostri interessi non siano in conflitto, non interferiremo l'uno con l'altro. Asharak e io siamo entrambi dei professionisti.»

«Sei una persona davvero strana, Silk» osservò Garion.

L'uomo gli fece l'occhiolino.

«Perché tu e Mingan avete discusso delle monete?» chiese Garion.

«Le monete di Tolnedra sono più pure,» spiegò Silk «e valgono di più.»

«Capisco.»

La mattina successiva salirono di nuovo sui carri e consegnarono le rape al magazzino del mercante di Drasnia. Poi, con i carri che rimbombavano vuoti, uscirono da Darine, diretti verso sud.

La pioggia era cessata ma il mattino era nuvoloso e ventoso. Sulla collina fuori città Silk si girò verso Garion che cavalcava al suo fianco. «Molto bene,» disse «cominciamo.» Mosse le dita davanti alla faccia del ragazzo. «Questo vuol dire 'buongiorno'.»

8

Dopo il primo giorno il vento smise di soffiare e il pallido sole autunnale fece di nuovo la sua comparsa. La strada verso sud costeggiava il fiume Darine, un torrente impetuoso che scorreva dalle montagne fino al golfo di Cherek. Anche se la regione era ricca di boschi e colline, con i carri vuoti i cavalli riuscivano a tenere un buon passo.

Garion prestava ben poca attenzione al paesaggio mentre passavano attraverso la valle del Darine. Il suo interesse era incatenato quasi del tutto alle dita guizzanti di Silk.

«Non gridare» istruiva Silk mentre Garion si esercitava.

«Gridare?» chiese il ragazzo, stupito.

«Fa' gesti piccoli. Non esagerarli. L'idea è che tutta la faccenda deve passare inosservata.»

«Ma sto solo facendo esercizio» protestò Garion.

«Meglio perdere subito le cattive abitudini» ammonì Silk. «E stai attento a non bofonchiare.»

«Bofonchiare?»

«Devi formare ciascuna frase con precisione. Finisci la prima, poi passi alla seconda. Non ti preoccupare della velocità. Verrà con il tempo.»

Già dopo tre giorni la loro conversazione era per metà a gesti e per metà a parole. Garion cominciò a sentirsi orgoglioso di sé stesso. Uscirono dalla strada principale e si accamparono a semicerchio in un boschetto di cedri.

«Come va l'istruzione?» chiese messer Lupo mentre scendeva dal carro.

«Fa progressi» disse Silk. «Procederemo con maggiore rapidità quando supererà una certa tendenza a usare il linguaggio dei bambini.»

Garion era demoralizzato.

Anche Barak, che pure scendeva dal carro, si mise a ridere. «Ho sempre pensato che fosse utile conoscere il linguaggio segreto,» disse «ma dita nate per afferrare una spada non sono abbastanza agili.» Stese di fronte a sé la mano gigantesca e scosse il capo.

Durnik sollevò il viso e annusò l'aria. «Fa freddo questa notte» disse. «Gelerà prima del mattino.»

Anche Barak annusò e poi fece cenno con la testa. «Hai ragione, Durnik» tuonò. «Ci servirà un buon fuoco.» Andò al carro e tirò fuori la sua ascia.

«Ci sono cavalieri in arrivo» annunciò zia Pol ancora seduta al suo posto.

Smisero di parlare e ascoltarono il debole rumore di zoccoli che arrivava dalla strada appena lasciata.

«Sono almeno tre» indovinò Barak, serio. Diede a Durnik l'ascia e andò a prendere la spada.

«Quattro» disse Silk. Scese dal carro e prese la spada da sotto il sedile.

«Siamo abbastanza lontani dalla strada» disse Lupo. «Se restiamo in silenzio, passeranno senza notarci.»

«Il bosco non ci riparerà dai Grolim» proclamò zia Pol. «Non è con gli occhi che ci stanno cercando.» Poi fece un paio di cenni a Lupo che Garion non riconobbe.

No, gesticolò Lupo in risposta. Facciamo così invece... e fece un altro cenno sconosciuto.

Zia Pol lo guardò per un momento e poi annuì.

«Restate tutti in perfetto silenzio» li istruì Lupo. Quindi si girò verso la strada con espressione attenta.

Garion trattenne il respiro. Il rumore dei cavalli al galoppo si avvicinava.

Poi accadde un fatto strano. Anche se il ragazzo sapeva che avrebbe dovuto temere l'arrivo dei cavalieri e la minaccia che portavano, una sorta di stanchezza sognante si impadronì di lui. Sembrava che la sua mente si fosse all'improvviso addormentata, lasciando il corpo in piedi a osservare senza curiosità il passaggio di quei cavalieri dal mantello nero.

Non avrebbe saputo dire per quanto tempo era rimasto in piedi, ma quando si riprese dal dormiveglia, i cavalieri se n'erano andati e il sole era già tramontato. Il cielo a est era diventato color porpora con l'avanzare della sera e c'erano ciuffi di nubi illuminate dal sole lungo l'orizzonte a ovest.

«Murgo,» affermò zia Pol con perfetta calma «e un Grolim.» Si alzò per scendere dal carro.

«Ci sono molti Murgo a Sendaria, magnifica signora,» disse Silk aiutandola a scendere «e tutti con una missione diversa.»

«I Murgo sono una cosa,» disse Lupo, arcigno «ma i Grolim sono ben altro. Penso sia meglio abbandonare le vie troppo battute. Conosci qualche stradina di campagna che ci porti a Medalia?»

«Vecchio mio,» rispose Silk con modestia «conosco stradine di campagna che portano in qualsiasi luogo tu desideri.»

«Molto bene» si rallegrò Lupo. «Inoltriamoci nella boscaglia. Non vorrei correre il rischio che il luccichio dei nostri fuochi raggiunga la via maestra.»

Garion aveva visto i Murgo solo di sfuggita. Non c'era modo di sapere se uno di loro fosse quello stesso Asharak che aveva incontrato dopo anni in cui era rimasto solo una figura oscura su un cavallo nero. Ma in qualche modo era sicuro che fosse tra loro. Asharak lo avrebbe seguito dovunque fosse andato. Era una cosa su cui scommettere.

Durnik aveva avuto ragione riguardo al gelo. La mattina dopo il terreno era bianco di brina e il respiro dei cavalli fumava nell'aria pungente. Si misero di nuovo in cammino. Si spostavano lungo stradine e sentieri poco battuti, in parte soffocati dalle erbacce. L'andatura era più lenta che sulla strada maestra, ma si sentivano molto più al sicuro.

Ci vollero cinque giorni per raggiungere il villaggio di Winold, dodici miglia a nord di Medalia. Qui, data l'insistenza di zia Pol, si fermarono per la notte in una locanda diroccata. «Mi rifiuto di dormire ancora per terra» disse lei chiaro e tondo.

Dopo aver cenato nella misera sala comune, gli uomini si dedicarono ai boccali di birra, mentre zia Pol salì nella sua stanza, dopo aver dato l'ordine che le portassero dell'acqua calda per il bagno. Garion, invece, con la scusa di controllare i cavalli uscì fuori. Non era abituato a fare le cose di nascosto, ma da quando avevano lasciato la fattoria di Faldor non aveva ancora avuto un solo momento per sé stesso. Di natura non era un ragazzo solitario, ma essere sempre in presenza di adulti lo metteva a disagio.

Il villaggio di Winold non era molto grande e lo esplorò da un capo all'altro in meno di mezz'ora, vagabondando per le strette vie di pietra nell'aria frizzante della sera. Le finestre delle case brillavano alla luce delle candele e all'improvviso Garion sentì un'ondata di nostalgia di casa.

Poi, svoltato un altro angolo della stradina tortuosa, nella luce fievole di una porta socchiusa, riconobbe una figura familiare. Non ne era completamente sicuro, ma si schiacciò contro lo scabro muro di pietra per precauzione.

L'uomo all'angolo si voltò, irritato, verso la luce e Garion incrociò il bagliore di uno dei suoi occhi. Era Brill. L'uomo sciatto uscì in fretta dal cono di luce per non farsi vedere, ovviamente. Poi si fermò. La cosa più saggia sarebbe stata sgusciare via e tornare in fretta alla locanda, ma Garion scartò subito quell'idea. Riparato all'ombra del muro si sentiva al sicuro ed era troppo curioso per andarsene senza vedere con esattezza che cosa stesse facendo Brill in quel posto.

Sembravano passate ore, ma in realtà si trattava solo di pochi minuti, quando un'altra forma arrivò frettolosa nell'ombra della strada. L'uomo era incappucciato, con il volto nascosto, ma il contorno della sua figura rivelava che era vestito con tunica, calzoni e stivali al polpaccio, come un tipico Sendar. Quando si girò, Garion vide anche la sagoma di una spada minacciosa legata in vita. Anche se non era illegale per uno Sendar portare armi, era una cosa non comune e attirò l'attenzione del ragazzo.

Cercò di avvicinarsi abbastanza per ascoltare quello che Brill diceva all'uomo con la spada, ma i due si scambiarono solo qualche parola. Ci fu un tintinnio di monete passate da una mano all'altra, poi si separarono. Brill svoltò tranquillo all'angolo mentre l'uomo con la spada si incamminava per la stradina stretta e tortuosa verso il punto in cui si trovava Garion.

Non c'erano posti per nascondersi, e non appena l'uomo incappucciato si fosse avvicinato avrebbe visto il ragazzo. Girarsi e scappare sarebbe stato ancora più pericoloso. Dal momento che non c'erano alternative, Garion si mise a camminare incontro all'uomo con fare baldanzoso.

«Chi è là?» chiese l'uomo incappucciato portando la mano all'impugnatura della spada.

«Buonasera signore» disse Garion, alzando la voce nel registro stridulo di un bambino molto giovane. «Fa freddo, non è vero?»

L'uomo incappucciato grugnì e sembrò rilassarsi.

Le gambe di Garion fremevano dal desiderio di correre. Superò l'uomo con la spada. Un formicolio gli scivolò lungo la schiena perché sentì che lo sguardo sospettoso dell'uomo lo stava seguendo.

«Ragazzo» lo apostrofò quello all'improvviso.

Garion si fermò. «Sì, signore?» disse voltandosi.

«Vivi qui?»

«Sì, signore» mentì Garion cercando di non balbettare.

«C'è una taverna qui vicino?»

Garion aveva appena esplorato la città e parlò con sicurezza. «Sì, signore» disse. «Bisogna andare giù per questa strada e al prossimo angolo girare a sinistra. Ci sono delle torce all'ingresso. Non si può sbagliare.»

«I miei ringraziamenti» disse in fretta l'uomo incappucciato e continuò a camminare per la stradina.

«Buonanotte, signore» salutò Garion alle sue spalle, reso coraggioso dal fatto che il pericolo sembrava passato.

L'uomo non rispose e Garion andò di buon passo fino all'angolo, divertito dal breve incontro. Dopo che ebbe svoltato, tuttavia, smise di fingersi un ragazzino di paese e cominciò a correre.

Quando arrivò alla locanda era senza fiato. Entrò come un ciclone nella fumosa stanza comune dove messer Lupo e gli altri erano seduti davanti al fuoco.

All'ultimo momento capì che gridare la notizia nella sala non era affatto una buona idea, perché gli altri avrebbero potuto ascoltare. Allora si sforzò di camminare con calma fino al luogo dove erano i suoi amici. Si mise in piedi davanti al fuoco, come per scaldarsi, e disse sottovoce: «Ho appena visto Brill in paese.»

«Brill?» chiese Silk. «Chi è Brill?»

Lupo aggrottò le sopracciglia. «Un contadino con troppo oro angarak nelle tasche per essere davvero onesto» rivelò. Raccontò brevemente a Silk e Barak l'avventura accaduta nelle stalle di Faldor.

«Avresti dovuto ucciderlo» brontolò il gigante dalla barba rossa.

«Questa non è Cherek» disse Lupo. «I Sendar diventano permalosi quando hanno a che fare con omicidi gratuiti.» Si girò verso Garion. «Ti ha visto?» chiese.

«No» assicurò lui. «L'ho visto prima io e mi sono nascosto in un angolo buio. Ha incontrato un altro uomo e gli ha dato del denaro, almeno credo. L'altro uomo aveva una spada.» Riferì in breve l'intero incidente.

«Questo cambia tutto» rifletté Lupo. «Domani mattina partiremo prima del previsto.»

«Non dovrebbe essere difficile fargli passare la voglia di seguirci» disse Durnik. «Potrei scovarlo e dargli qualche bastonata in testa.»

«Molto allettante» sogghignò Lupo. «Ma penso sia meglio andare via domattina presto senza fargli sapere per certo che siamo stati qui. Non abbiamo proprio il tempo di combattere con tutti quelli che incrociamo.»

«Però mi piacerebbe dare un'occhiata da vicino a questo Sendar con la spada» disse Silk alzandosi. «Se scopriamo che ci sta seguendo, vorrei sapere che aspetto ha. Non mi piace essere seguito dagli sconosciuti.»

«Agisci con discrezione» lo avvertì Lupo.

Silk si mise a ridere. «Ho mai fatto altrimenti?» domandò. «Non ci vorrà molto. Dove hai detto che si trova questa taverna, Garion?»

Il ragazzo gli spiegò la strada.

Silk annuì, con gli occhi luccicanti e il lungo naso che fremeva.

Si voltò, attraversò in fretta la stanza fumosa e uscì nel freddo pungente della notte.

«Mi chiedo,» cominciò Barak «se ci seguono così da vicino, non sarebbe meglio abbandonare i carri e il travestimento? Potremmo comprare dei cavalli e galoppare fino a Muros.»

Lupo scrollò alla testa. «Non sono sicuro che i Murgo sappiano dove siamo» disse. «Brill forse è qui per qualche altro malaffare. Sarebbe stupido scappare dalle ombre. Meglio proseguire con calma. Anche se Brill sta lavorando per i Murgo preferisco sgattaiolare via e lasciarli qui a battere le siepi nella Sendaria centrale.» Si alzò in piedi. «Vado di sopra a raccontare a Pol ciò che è successo.» Attraversò la sala comune e salì le scale.

«La faccenda continua a non piacermi» borbottò Barak, col viso scuro.

Rimasero seduti tranquilli aspettando il ritorno di Silk. Il fuoco scoppiettò e Garion ebbe un leggero sussulto. Si accorse che era molto cambiato da quando avevano lasciato la fattoria di Faldor. Allora tutto sembrava semplice, con il mondo diviso in modo netto fra amici e nemici. Da quando erano partiti, però, si era accorto di una complessità che non aveva mai immaginato prima. Era diventato sospettoso e guardingo. Aveva sempre più dato ascolto a quella voce interiore che gli consigliava prudenza e che, a volte, lo invitava a fare il furbo. Aveva anche imparato a non credere alle apparenze. Per un istante rimpianse l'innocenza perduta, ma la voce roca gli disse di non fare il bambino.

Poi messer Lupo scese dalle scale e si unì di nuovo a loro.

Dopo mezz'ora tornò anche Silk. «Un individuo dall'aspetto davvero disdicevole» disse dopo essersi piazzato al centro del camino. «La mia ipotesi è che sia un comune brigante da strada.»

«Brill cerca gente del suo livello» osservò Lupo. «Se lavora ancora per i Murgo, è probabile che stia assoldando dei furfanti per spiarci. In ogni modo, cercheranno quattro persone a piedi e non sei con dei carri. Se domani mattina riusciamo a partire da Winold abbastanza presto, credo che riusciremo a sfuggirgli.»

«Penso che io e Durnik dovremmo montare di guardia questa notte» disse Barak.

«Non è una cattiva idea» approvò Lupo. «Partiremo quattro ore dopo la mezzanotte. Vorrei mettere due o tre leghe di sentierini fra noi e questo posto prima dell'alba.»

Garion dormì molto poco quella notte. E quando si addormentava, faceva incubi orribili su di un uomo incappucciato con una spada feroce che gli dava la caccia attraverso strade strette e buie. Quando Barak lo svegliò, aveva gli occhi cisposi e la testa pesante per la stanchezza.

Zia Pol accostò con cura le imposte della stanza prima di accendere la candela. «Farà molto freddo adesso» disse aprendo un grosso fagotto che aveva portato con sé dal carro. Tirò fuori un paio di pesanti calzoni di lana e di stivali invernali rivestiti di pelo d'agnello. «Mettili,» disse a Garion «e prendi anche il mantello pesante.»

«Ma non sono più un bambino, zia Pol» protestò Garion.

«Ti piace avere freddo?»

«Be', no, ma...» si fermò perché non era capace di spiegare ciò che sentiva. Cominciò a vestirsi. Sentiva il debole mormorio degli altri che parlavano sottovoce nella camera a fianco con quel tono curioso e sommesso che ha la gente quando si alza prima del sorgere del sole.

«Siamo pronti, signora Pol» la voce di Silk arrivò attraverso la porta.

«Partiamo allora» disse lei sollevando il cappuccio della mantella.

La luna era sorta tardi quella notte e splendeva luminosa sui ciottoli nel cortile della locanda, colorati d'argento per la brina. Durnik aveva legato i cavalli ai carri e li aveva condotti fuori dalle stalle.

«Sarà meglio portare i cavalli a mano fino alla strada» suggerì Lupo sottovoce. «Non vedo la necessità di svegliare tutto il paese passando con i carri.»

Silk si mise di nuovo in testa al gruppo e uscirono lentamente dal cortile.

«Non appena saremo fuori dalla portata di orecchie indiscrete,» disse Lupo salendo sul carro «metteremo un bel po' di strada fra noi e questo posto. I carri sono vuoti e una corsetta non farà certo male ai cavalli.»

«Proprio così» assentì Silk.

Salirono tutti sui carri e partirono al passo. Le stelle luccicavano alte nel cielo terso e freddo. I campi erano bianchissimi al chiaro di luna, mentre gli alberi visti dalla strada erano macchie scure.

Appena oltrepassata la prima collina, Garion si voltò a guardare l'ammasso scuro di case nella valle dietro di lui. Un singolo bagliore di luce era balenato da una qualche finestra, una solitaria punta di spillo dorata aveva fatto la sua apparizione ed era scomparsa.

«Qualcuno è sveglio laggiù» disse a Silk. «Ho appena visto una luce.»

«Forse è una persona molto mattiniera» suggerì Silk. «O forse no.» Diede un colpo leggero alle redini e i cavalli aumentarono l'andatura. Un altro colpetto, e quelli cominciarono a trottare.

«Reggiti forte, ragazzo» gli ordinò. Poi si sporse in avanti e assestò un altro colpo di redini sulla groppa dei cavalli.

Il carro rimbalzava e sferragliava in modo pauroso e l'aria pungente sferzava il volto di Garion che stava aggrappato al sedile.

I tre carri si tuffarono nella vallata al galoppo, lanciandosi fra i campi bianchi per il gelo alla luce splendente della luna, lasciandosi alle spalle il villaggio e la sua unica lucina accesa.

Al levare del sole avevano già coperto quattro miglia buone, e Silk frenò i cavalli sbuffanti. Garion era dolorante e mal ridotto per la lunga corsa sulle strade dure come piombo. Era felice di poter riposare. Silk gli porse le redini e scese dal carro. Tornò indietro di qualche passo e parlò a messer Lupo e zia Pol, poi ritornò al carro.

«Svoltiamo al prossimo sentiero» comunicò a Garion mentre si massaggiava le dita.

Il ragazzo gli offrì le redini.

«Adesso guidi tu» gli disse Silk. «Ho le mani dure come il ghiaccio. Basta tenere i cavalli al passo.»

Garion fece uno schiocco con la bocca e diede un colpetto alle redini. Il tiro, obbediente, ripartì.

«Il sentiero gira attorno a quella collina» disse Silk indicando con il mento, visto che le mani erano infilate dentro la tunica. «All'altra estremità c'è una pineta. Ci fermeremo là a far riposare i cavalli.»

«Pensi che ci stiano seguendo?» chiese Garion.

«È il momento di scoprirlo» decretò Silk.

Girarono attorno alla collina e si diressero alla pineta che costeggiava la strada. Poi Garion fece svoltare i cavalli ed entrò nell'ombra degli alberi.

«Così andrà bene» annuì Silk scendendo. «Vieni con me.»

«Dove?»

«Voglio dare una occhiata alla strada che abbiamo appena lasciato» disse Silk. «Passeremo attraverso il bosco fino a raggiungere la cima del colle per vedere se le nostre tracce hanno attirato l'attenzione di qualcuno.» Cominciò a salire sulla collina, con passo veloce ma senza fare alcun rumore. Garion si affannava dietro di lui calpestando i rami secchi e facendoli scricchiolare in modo imbarazzante finché alla fine capì il trucco. Silk gli fece un cenno di approvazione, ma non disse nulla.

Il bosco terminava proprio alla sommità della collina e Silk si fermò in quel punto. La valle sottostante, con la strada scura che l'attraversava, era vuota fatta eccezione per due daini che, usciti dal bosco all'altra estremità, brucavano l'erba gelata.

«Aspetteremo per un po'» disse Silk. «Se Brill e i suoi mercenari ci seguono, non saranno molto lontani.»

Si mise a sedere su un ceppo con gli occhi fissi alla valle vuota.

Dopo un po' arrivò un carro a passo lento dalla parte di Winold. In lontananza sembrava minuscolo. La sua andatura nell'incavo della strada pareva lentissima.

Il sole si stava alzando e, abbagliati, Silk e Garion guardavano attraverso la luce del mattino.

«Silk» disse alla fine il giovane con tono esitante.

«Sì, ragazzo?»

«Di che si tratta?» Era una domanda sfacciata, ma Garion ormai poteva fidarsi di Silk.

«Cosa?»

«Quello che stiamo facendo. Alcune cose le ho sentite con le mie orecchie, altre le ho indovinate. Però non riesco a capirne il senso.»

«Sentiamo un po'... cosa credi di aver indovinato?» chiese Silk con gli occhietti che gli brillavano in mezzo al volto non rasato.

«È stato rubato qualcosa... qualcosa di molto importante... e messer Lupo e zia Pol, e anche tutti noi, stiamo cercando di recuperarlo.»

«Molto bene» confermò Silk. «Fin qui è tutto vero.»

«Messer Lupo e zia Pol non sono quelli che sembrano» continuò Garion.

«No» annuì Silk. «Non lo sono affatto.»

«Possono fare cose che gli altri non sono in grado di fare» disse Garion cercando le parole giuste. «Messer Lupo riesce a seguire questa cosa... qualunque cosa sia... anche senza vederla. La settimana scorsa, nei boschi, quando sono passati i Murgo... mi hanno fatto qualcosa. Non so neanche descriverlo ma è stato come se mi avessero addormentato la mente. Come ci sono riusciti? E perché?»

Silk ridacchiò. «Sei un giovanotto molto attento» lo lodò. Poi il tono di voce si fece più serio. «Stiamo vivendo in un'epoca molto importante, Garion. La storia di migliaia di anni troverà il suo esito proprio in questi giorni. Il mondo, a quanto dicono, è fatto in questo modo. Passano secoli senza che nulla accada. Poi, in pochissimi anni, succedono cose di una tale importanza da cambiare il mondo per sempre.»

«Penso che, se potessi scegliere, preferirei vivere in secoli tranquilli» dichiarò Garion tristemente.

«Oh no» disse Silk digrignando i denti in un'espressione da furetto. «È questo il tempo in cui vivere... essere testimoni della storia, farne parte. Ti fa scorrere il sangue nelle vene e ogni respiro è un'avventura.»

Garion lasciò perdere. «Cos'è questa cosa che stiamo seguendo?» domandò di nuovo.

«Meglio che tu non ne sappia il nome,» gli consigliò Silk

molto serio «né il nome di chi l'ha rubata. C'è qualcuno che cerca di fermarci. Ciò che non sai, non lo puoi rivelare.»

«Non sono abituato a parlare con i Murgo» disse Garion rigido.

«Non è necessario parlare» disse Silk. «Alcuni fra loro possono raccogliere i pensieri direttamente dalla tua testa.»

«Questo è impossibile» affermò Garion.

«Chi può dire cosa è possibile e cosa no?» chiese Silk. Garion si ricordò di una conversazione con messer Lupo in cui avevano discusso proprio del possibile e dell'impossibile.

Silk era seduto su un ceppo nella luce del sole appena sorto e guardava pensieroso la valle ancora scura: un omino dall'aspetto comune vestito con abiti comuni e con un cappuccio rivoltato sopra la testa. «Sei stato cresciuto come un Sendar, Garion,» disse «e i Sendar sono uomini solidi e pratici e non sopportano cose come la magia e la stregoneria e tutto ciò che non si può vedere o toccare. Il tuo amico, Durnik, è un Sendar perfetto. Sa riparare una scarpa, aggiustare una ruota rotta e curare un cavallo malato. Ma dubito molto che creda anche alla più piccola magia.»

«Io sono un Sendar!» obiettò Garion. L'allusione implicita nelle parole dell'uomo lo aveva colpito al centro stesso della sua identità.

Silk si girò e lo osservò attentamente. «No,» insisté «riconosco un Sendar quando lo vedo... così come vedo la differenza fra un Arend e un Cherek, o fra un Tolnedran e un Algar. C'è qualcosa nella forma della testa, un certo sguardo negli occhi dei Sendar che tu non hai. Tu non sei un Sendar.»

«E allora cosa sono?» lo sfidò Garion.

«Non lo so» confessò Silk perplesso. «E questo è davvero insolito perché mi hanno insegnato a riconoscere i vari popoli dall'aspetto. Un giorno o l'altro mi verrà in mente.»

«Zia Pol è una Sendar?» chiese Garion.

«Certo che no» rise Silk.

«Ecco allora che si spiega tutto» comprese Garion. «Io sono come zia Pol.»

Silk lo guardò attentamente.

«È la sorella di mio padre, dopotutto» disse Garion. «All'inizio credevo che fosse imparentata con mia madre, ma mi sbagliavo. Era mio padre, adesso lo so.»

«È impossibile» disse Silk senza mezzi termini.

«Impossibile?»

«Assolutamente fuori discussione. L'idea stessa è impensabile.»

«Perché?»

Silk si mordicchiò il labbro inferiore per qualche istante. «Torniamo al carro» disse in fretta.

Si voltarono e scesero dalla collina in mezzo agli alberi scuri, con il sole brillante del mattino che colpiva di sbieco le loro schiene nell'aria gelida.

Cavalcarono per sentieri secondari per tutto il resto della giornata. Nel tardo pomeriggio, quando il sole aveva cominciato a cadere dietro un banco di nubi purpuree verso ovest, arrivarono alla fattoria dove dovevano prendere in consegna i prosciutti di Mingan. Silk parlò con il robusto contadino e gli mostrò il pezzo di pergamena che il mercante gli aveva dato a Darine.

«Sono contento di disfarmene» disse il contadino. «Ho bisogno di fare spazio nel magazzino.»

«Succede spesso quando si fanno affari con i Tolnedran» osservò Silk. «Hanno il dono di ottenere più di quanto pattuito... anche se si tratta soltanto di usare i magazzini altrui senza pagare.»

Il contadino annuì con fare triste.

«Mi chiedo» disse Silk, come se quel pensiero gli avesse attraversato la mente proprio in quell'istante «mi chiedo se, per caso, non sia passato di qui un mio amico... di nome Brill. Un uomo di mezza statura con i capelli neri, la barba e un occhio storto?»

«Vestiti rattoppati e sempre di cattivo umore?» chiese il robusto contadino.

«È senz'altro lui» disse Silk.

«È stato qui attorno» raccontò il contadino. «Cercava, almeno così ha detto, un vecchio, una donna e un ragazzo. Ha raccontato che avevano rubato qualcosa a casa del suo padrone e che lui era stato mandato a cercarli.»

«Quando è stato qui?»

«Una settimana fa, più o meno» disse il contadino.

«Mi spiace averlo mancato» si rammaricò Silk. «L'avrei visto volentieri.»

«In cuor mio, non riesco proprio a capirne il perché» disse il contadino, secco. «In tutta onestà, il tuo amico non mi è piaciuto affatto.»

«Neppure a me piace molto,» assentì Silk «ma a dire il vero, mi deve dei soldi. Posso fare a meno della compagnia di Brill, ma mi sento solo senza danaro, se così posso dire.»

Il contadino si mise a ridere.

«Mi faresti cosa gradita se ti dimenticassi che ho chiesto di lui» disse Silk. «È già abbastanza difficile trovarlo così. Meglio non metterlo in guardia.»

«Conta pure sulla mia discrezione» promise l'uomo corpulento, ancora scosso dalle risate. «Ho un granaio dove tu e i tuoi carrettieri potete sistemarvi per la notte. Mi fareste un onore se cenaste con i miei braccianti nel salone laggiù.»

«I miei ringraziamenti» disse Silk, facendo un leggero inchino. «Il terreno è freddo, e da qualche tempo abbiamo mangiato solo ciò che si trovava lungo la strada.»

«È una vita d'avventura la vostra» constatò l'uomo, quasi con invidia. «Liberi come uccelli, sempre con un nuovo orizzonte oltre la prossima collina.»

«È una vita molto sopravvalutata,» gli disse Silk «e d'inverno se la passano male sia gli uccellini sia i carrettieri.»

Il contadino rise di nuovo, diede una pacca sulla spalla a Silk e gli mostrò dove sistemare i cavalli.

Il cibo della mensa era semplice, ma abbondante. Nel fienile c'era qualche spiffero, ma la paglia era soffice. Garion dormì come un ghiro. Non era la fattoria di Faldor, ma era un ambiente familiare. E poi avere dei muri attorno era una sensazione confortante. Lo facevano sentire al sicuro.

Al mattino, dopo una ricca colazione, caricarono i prosciutti salati del Tolnedran sui carri e salutarono il fattore.

La sera precedente, a ovest, si erano addensate delle nubi che, durante la notte, avevano coperto tutto il cielo. Quando partirono per Muros, cinquanta leghe a sud, il cielo era grigio e freddo.

9

Le due settimane impiegate per raggiungere Muros furono fra le più disagevoli mai trascorse da Garion. La strada fiancheggiava le colline a fondovalle e attraversava una campagna ondulata e punteggiata di fattorie. Il cielo, grigio e freddo, pesava sopra le loro teste. Di tanto in tanto c'era qualche spruzzata di neve, e le montagne si stagliavano nere contro l'orizzonte a est.

Garion temeva che non sarebbe più riuscito a riscaldarsi. Nonostante gli sforzi di Durnik per trovare legna secca ogni notte, riuscivano solo ad accendere piccoli fuocherelli, mentre il gelo attorno a loro era ogni giorno più intenso. Dormivano sempre sul terreno ghiacciato e il freddo sembrava insinuarsi fin dentro le ossa.

Garion continuava a imparare il linguaggio segreto drasnian e, anche se non era un esperto, quando oltrepassarono il lago Camaar e cominciarono la discesa per Muros riusciva a cavarsela egregiamente.

La città, nella parte centro-meridionale di Sendaria, era un luogo disordinato e per nulla attraente. Da tempo immemorabile ospitava una grande fiera annuale. Ogni anno, nella tarda estate, i cavalieri algar conducevano, lungo la Grande Via Settentrionale e attraverso le montagne, vaste mandrie di bestiame fino a Muros, dove si radunavano compratori da tutto l'Ovest che aspettavano il loro arrivo. Si facevano grandi affari e, dal momento che i membri dei clan algar comperavano lì utensili e oggetti preziosi, tutti i mercanti, fin dalle remote regioni di Nyissa, si ritrovavano in quel luogo per offrire la loro mercanzia. Un vasto pianoro a est della città era riservato ai recinti di bestiame che si stendevano per miglia, ma non era sufficiente a contenere le greggi che arrivavano durante l'alta stagione. Oltre gli stazzi c'erano gli accampamenti degli Algar, più o meno permanenti.

Ed era proprio verso quella città che Silk stava guidando i carri carichi dei prosciutti di Mingan il Tolnedran. Giunsero una mattina, verso la fine della fiera, quando i recinti del bestiame erano quasi vuoti e la maggior parte degli Algar era già partita. Erano rimasti solo i mercanti più disperati.

La consegna dei prosciutti fu portata a termine senza intoppi. Ben presto i carri fecero il loro ingresso nel cortile di una taverna nella parte nord della città.

«Questa è una locanda rispettabile, magnifica signora» affermò Silk aiutando zia Pol a scendere dal carro. «Mi sono fermato qui già altre volte.»

«Speriamo» disse lei. «Le bettole di Muros hanno una cattiva reputazione.»

«Quelle sono nella parte orientale della città» la rassicurò con delicatezza Silk. «Le conosco molto bene.»

«Ne sono certa» disse la donna inarcando un sopracciglio.

«La mia professione a volte richiede di frequentare luoghi che altrimenti eviterei» spiegò lui con cortesia.

Garion notò che la locanda era sorprendentemente pulita e che la maggior parte degli ospiti erano dei mercanti sendar.

«Pensavo che avrei trovato gente di diverse razze a Muros» disse a Silk mentre portavano i bagagli nelle camere del secondo piano.

«Infatti è così,» confermò Silk «ma ogni gruppo tende a stare per conto suo. I Tolnedran si radunano da una parte, i Drasnian da un'altra e i Nyissan in un'altra ancora. Il conte di Muros preferisce così. A volte gli animi si scaldano durante le contrattazioni ed è meglio non alloggiare sotto lo stesso tetto del proprio nemico naturale.»

Garion fece un cenno col capo per dire che aveva capito. «Sai,» proseguì mentre entravano nelle stanze «non credo di aver mai visto un Nyissan.»

«Sei stato fortunato» disse Silk con l'espressione disgustata. «Sono una razza sgradevole.»

«Sono come i Murgo?»

«No» rispose Silk. «I Nyissan venerano Issa, il dio serpente. Per il loro popolo comportarsi da serpenti è ritenuta cosa decorosa. Personalmente, lo trovo un atteggiamento ben poco piacevole. Inoltre, i Nyissan hanno assassinato il re di Riva e da quel momento gli Alorn li detestano.»

«I Rivan non hanno un re» obiettò Garion.

«Non più» precisò Silk. «Una volta ce l'avevano... fino a quando la regina Salmissra decise di farlo uccidere.»

«E quando è successo?» chiese Garion, affascinato.

«Tredici secoli fa» raccontò Silk, come se si fosse trattato solo di ieri.

«Non è un periodo troppo lungo per portare ancora rancore?» si stupì Garion.

«Alcune cose non si possono perdonare» decretò Silk tagliando corto.

Dal momento che avevano a disposizione ancora mezza giornata, Silk e Lupo uscirono dalla locanda nel pomeriggio e andarono per le strade di Muros in cerca di quelle strane tracce persistenti che il vecchio sapeva seguire e che gli avrebbero detto se la cosa che cercavano era passata di lì. Garion rimase seduto vicino al fuoco, nella stanza che divideva con zia Pol, e cercò di riscaldarsi i piedi. Anche zia Pol era seduta di fronte al fuoco. Stava rammendando una tunica e l'ago scintillante entrava e usciva dalla stoffa svolazzando.

«Chi era il re di Riva?» le chiese.

La donna posò il lavoro. «Perché mi fai questa domanda?»

«Silk mi ha raccontato dei Nyissan» disse lui. «Mi ha detto che la regina dei Nyissan ha assassinato il re di Riva. Perché lo ha fatto?»

«Sei pieno di domande oggi, o sbaglio?» Zia Pol cercò di sviare il discorso ricominciando a cucire.

«Silk e io parliamo di un mucchio di cose durante il viaggio» rivelò Garion avvicinando i piedi al focolare.

«Non bruciarti le scarpe» gli raccomandò la zia.

«Silk dice che non sono un Sendar» continuò Garion. «Dice che non sa cosa sono, ma di sicuro non un Sendar.»

«Silk parla troppo» osservò zia Pol.

«Tu non mi racconti mai niente, zia Pol» protestò Garion in tono irritato.

«Ti dirò tutto quando sarà il momento» promise la donna con calma. «In questo momento non c'è nessun bisogno che tu sappia qualcosa dei re di Riva e delle regine di Nyissa.»

«Tu vuoi farmi rimanere un bambino ignorante» disse Garion in tono insolente. «Sono quasi un uomo ormai e ancora non so cosa sono... o chi.»

«Io so chi sei» replicò lei senza alzare gli occhi dalla stoffa.

«E allora chi sono?»

«Un giovanotto che sta per dar fuoco alle sue scarpe» disse lei.

Garion spostò indietro i piedi in tutta fretta. «Non mi hai risposto» la accusò.

«Hai ragione» disse zia Pol nello stesso tono calmo che lo faceva infuriare.

«Perché non me ne vuoi parlare?»

«Non è ancora necessario che tu sappia. Quando sarà tempo te lo dirò. Non prima.»

«Non è giusto» obiettò lui.

«Il mondo è pieno di ingiustizie» sentenziò la donna. «Adesso, dal momento che ti senti così uomo, va' a prendere dell'altra legna per il fuoco. Così avrai qualcosa a cui pensare.»

Il giovane le lanciò un'occhiata carica d'odio e attraversò la stanza a grandi passi.

«Garion» lo chiamò lei.

«Cosa?»

«Non farti venire in mente di sbattere la porta.»

Quella sera, quando Lupo e Silk fecero ritorno, il vecchio, che di solito era di buon umore, sembrava irritabile e impaziente. Si sedette al tavolo della sala comune con gli occhi fissi al fuoco. «Non credo sia passato di qui» disse alla fine. «C'è ancora qualche posto da controllare, ma sono quasi certo che non è stato qui.»

«Allora proseguiamo per Camaar?» borbottò Barak, pettinandosi la barba arruffata con le dita.

«Dobbiamo» disse Lupo. «Forse ci saremmo dovuti andare fin dall'inizio.»

«Non c'era modo di saperlo» gli disse zia Pol. «Perché andrebbe a Camaar se sta cercando di portarlo nei regni degli Angarak?»

«Non so nemmeno per certo dove sta andando» disse Lupo irritato. «Forse vuole tenere la cosa per sé. L'ha sempre desiderata.» Fissò di nuovo il fuoco nel camino.

«Avremo bisogno di un carico se vogliamo andare a Camaar» fece notare Silk.

Lupo scosse il capo. «Ci rallenta troppo» disse. «Non è insolito che i carri tornino vuoti da Muros a Camaar. Siamo arrivati al punto in cui dovremo sacrificare il nostro travestimento se vogliamo essere più veloci. Fino a Camaar ci sono quaranta leghe e il tempo volge al brutto. Una tempesta di neve potrebbe bloccare del tutto i carri e non possiamo passare l'inverno impantanati nella neve.»

All'improvviso Durnik lasciò cadere il coltello e si gettò carponi.

«Cosa succede?» chiese subito Barak.

«Ho appena visto Brill» disse Durnik. «Era davanti a quell'uscio.»

«Sei sicuro?» domandò Lupo.

«Lo conosco bene» affermò serio il fabbro. «Era Brill, senza ombra di dubbio.»

Silk batté un pugno sul tavolo. «Idiota!» disse a sé stesso. «Ho sottovalutato quell'uomo.»

«Non ha importanza» tagliò corto Lupo. Nella sua voce c'era una nota di sollievo. «Ora non c'è più motivo di travestirsi. È il momento di muoversi in fretta.»

«Io penso ai carri» decise Durnik.

«No» disse Lupo. «I carri sono troppo lenti. Andremo all'accampamento degli Algar e compreremo cavalli veloci.» Si alzò di scatto.

«E cosa ne facciamo dei carri?» insisté Durnik.

«Lasciali perdere,» disse Lupo «adesso sono solo di intralcio. Andremo con i cavalli da tiro fino al campo degli Algar. Porteremo solo ciò che è strettamente necessario. Prepariamoci a partire. Vi aspetto in cortile.» Si diresse rapido alla porta e uscì nel freddo della notte.

Solo pochi minuti più tardi si incontrarono tutti vicino alla porta delle stalle, ognuno con il suo fagotto. Il gigantesco Barak tintinnava a ogni passo e Garion sentiva l'odore dell'acciaio lubrificato della sua armatura. Qualche fiocco di neve ondeggiava attraverso l'aria gelida e si posava, come una minuscola piuma, sul terreno ghiacciato.

Durnik fu l'ultimo ad arrivare. Entrò senza fiato nel cortile e spinse una manciatina di monete fra le mani di messer Lupo. «Ho fatto del mio meglio» si scusò. «Non è che la metà del valore dei carri, ma il padrone della locanda ha capito che avevo fretta e non ha voluto mercanteggiare.» Poi si strinse nelle spalle. «Almeno ce ne siamo liberati» disse. «Non è bene abbandonare cose preziose. Il pensiero ti ronza in testa e ti distrae da altri affari.»

Silk si mise a ridere. «Durnik,» disse «tu sei l'anima stessa di un Sendar.»

«Non si può andare contro la propria natura» fece notare Durnik.

«Grazie, amico mio» disse Lupo serio, facendo cadere le monete nel borsellino. «Portiamo i cavalli a mano» continuò. «Galoppare attraverso queste strade anguste di notte non farebbe che attirare l'attenzione.»

«Vado io per primo» annunciò Barak sguainando la spada. «Se ci saranno problemi, ho l'equipaggiamento giusto per risolverli.»

«Vengo con te, amico Barak» si offrì Durnik, soppesando un robusto randello di legno.

Barak approvò e, con un guizzo arcigno negli occhi, condusse il cavallo oltre il cancello con Durnik stretto al suo fianco.

Prendendo esempio dal fabbro, Garion si fermò un momento di fronte alla catasta di legna ed estrasse un bastone di quercia. Aveva un buon peso e lo brandì nell'aria un paio di volte per prendere confidenza. Poi si accorse che zia Pol lo stava osservando e la raggiunse in fretta, senza ulteriore sfoggio di abilità.

Attraversarono strade strette e scure. Adesso la neve cadeva più fitta e indugiava pigra nell'aria tranquilla come la morte. I cavalli, resi ombrosi dalla neve, avevano paura di tutto e si accalcavano l'uno sull'altro.

L'attacco fu sferrato di sorpresa. Ci fu un improvviso rumore di passi e il fragore metallico dell'acciaio contro l'acciaio mentre Barak parava il primo colpo con la spada.

Garion vedeva solo ombre stagliate contro la neve e poi le orecchie si misero a fischiare, come quella volta in cui aveva colpito l'amico Rundorig durante una finta battaglia. Il sangue gli ribolliva nelle vene e si gettò nel combattimento ignorando l'unico grido di zia Pol.

Ricevette un bel colpo secco a una spalla, fece una piroetta e attaccò col suo randello. Ebbe come risposta un grugnito sordo. Colpì di nuovo, e poi di nuovo ancora, scagliando il bastone verso quelle parti del nemico che sapeva essere più sensibili.

Ma la battaglia vera e propria si svolgeva attorno a Barak e Durnik. Il suono metallico della spada di Barak e il tonfo del randello di Durnik risuonavano nella stradina insieme ai gemiti degli assalitori.

«Ecco il ragazzo!» gridò una voce da dietro e Garion si voltò. Due uomini stavano correndo verso di lui, uno con una spada sguainata e l'altro con un coltello ricurvo. Ben sapendo di non avere speranza, Garion sollevò il bastone, ma Silk sopraggiunse in suo aiuto. L'omino si lanciò fuori dall'ombra direttamente contro i piedi dei due e tutti e tre si schiantarono a terra in un groviglio di braccia e gambe. Silk cadde in piedi come un gatto, si girò e diede un calcio proprio sotto l'orecchio a uno dei due assalitori che si dibattevano. L'uomo cadde sui ciottoli in preda alle convulsioni. L'altro, che si allontanava carponi, si alzò giusto in tempo per ricevere i tacchi di Silk in piena faccia perché il Drasnian dal muso di topo aveva fatto un balzo in aria, una capriola e lo aveva colpito con entrambe le gambe. A quel punto Silk si girò quasi con noncuranza.

«Tutto a posto?» chiese a Garion.

«Sto bene» lo rassicurò il giovane. «Sei davvero bravo in questo genere di cose.»

«Sono un acrobata» disse Silk. «È molto semplice, una volta imparato.»

«Stanno scappando» gli disse Garion.

Silk si voltò ma i due che aveva appena buttato a terra si trascinarono in un vicolo scuro.

Poi si udì il grido trionfante di Barak e Garion vide il resto degli assalitori in fuga. All'altro capo della strada, illuminato dalla luce di una piccola finestra, c'era Brill che sembrava quasi ballare per la rabbia. «Codardi!» gridava ai suoi mercenari. «Codardi!» Poi Barak si scagliò contro di lui e quello si voltò e si mise a correre.

«Stai bene zia Pol?» si preoccupò di chiedere Garion attraversando la strada.

«Ma certo» scattò lei. «E non farlo di nuovo, giovanotto. Lascia le risse da strada a quelli più bravi di te.»

«Non ho corso alcun pericolo» obiettò Garion. «Avevo il bastone.»

«Non discutere con me» disse zia Pol. «Non mi sono data la pena di crescerti per vederti finire morto in un fosso.»

«State tutti bene?» chiese Durnik ansioso, tornando verso di loro.

«Ma sicuro» scattò zia Pol con stizza. «Perché non provi ad aiutare il Vecchio Lupo con i cavalli?»

«Certamente signora Pol» disse il fabbro in tono mite.

«Un combattimento breve e delizioso» riassunse Barak

asciugando la spada e avvicinandosi. «Non molto sangue, ma nonostante tutto sono soddisfatto.»

«Sono contenta per te» disse zia Pol acida. «Non mi piacciono molto questi incontri. Ne è rimasto qualcuno?»

«Purtroppo no, cara signora» disse Barak. «C'era poco spazio per colpire e queste pietre sono troppo scivolose per avere una buona presa. Due, però, li ho visti bene in faccia. Siamo riusciti a spaccare qualche osso e ad ammaccare un paio di teste. Era un gruppo più portato alla corsa che alla battaglia.»

Silk arrivò dal vicolo dove aveva rincorso i due che avevano attaccato Garion. Aveva gli occhi incandescenti e un'espressione maligna sulla bocca. «Corroborante» disse. Poi si mise a ridere senza una ragione apparente.

Lupo e Durnik erano riusciti a calmare i cavalli imbizzarriti e li stavano portando verso Garion e gli altri. «Si è fatto male qualcuno?» domandò il vecchio.

«Siamo tutti incolumi» rombò Barak. «Non c'è stato quasi bisogno di sguainare le spade.»

I pensieri di Garion correvano all'impazzata. Nell'eccitazione parlò senza considerare il fatto che, forse, sarebbe stato meglio rifletterci un po' su. «Come mai Brill sapeva che eravamo a Muros?» chiese.

Silk lo guardò con occhi piccoli e taglienti. «Forse ci ha seguito da Winold» suggerì.

«Ma ci siamo fermati e abbiamo guardato indietro» disse Garion. «Non ci seguiva quando siamo partiti. Da allora siamo sempre stati all'erta.»

Silk si accigliò. «Va' avanti, Garion» lo esortò.

«Penso sapesse già dove eravamo diretti» esclamò Garion lottando contro uno strano impulso a non raccontare ciò che ora capiva chiaramente.

«E cos'altro pensi?» chiese Lupo.

«Qualcuno deve averglielo detto» azzardò Garion. «Qualcuno che sapeva che saremmo venuti qui.»

«Mingan lo sapeva» disse Silk. «Ma Mingan è un mercante e non parlerebbe dei suoi affari a uno come Brill.»

«Ma Asharak il Murgo era nella sala contabile di Mingan quando abbiamo discusso l'affare.» L'impulso a tacere era così forte che la lingua di Garion si era irrigidita.

Silk si strinse nelle spalle. «E in che modo dovrebbe riguardarlo? Asharak non sa chi siamo.»

«E se invece ci conoscesse?» Garion parlava a fatica. «E se non fosse un semplice Murgo, ma uno di quegli altri... come quello che ci ha sorpassati un paio di giorni dopo che eravamo partiti da Darine?»

«Un Grolim?» disse Silk, con gli occhi che gli si spalancavano. «Sì. Se Asharak è un Grolim, sa di certo chi siamo e cosa stiamo facendo.»

«E se quel Grolim che abbiamo incontrato fosse stato proprio Asharak?» Garion lottava per continuare il discorso. «Forse non stava seguendo noi. Forse andava a sud per cercare Brill e mandarlo qui ad aspettarci.»

Silk guardò Garion con grande serietà. «Molto bene» disse a bassa voce. «Davvero molto bene.» Diede un'occhiata a zia Pol. «I miei complimenti, signora Pol. Hai allevato un ragazzo non comune.»

«Che aspetto aveva questo Asharak?» chiese in fretta Lupo.

«Era un Murgo.» Silk alzò le spalle. «Ha detto di venire da Rak Goska. Ho pensato che fosse una semplice spia e che i suoi affari non ci riguardassero. Mi si è addormentato il cervello.»

«Succede quando si ha a che fare con i Grolim» gli disse Lupo.

«Qualcuno ci sta osservando,» annunciò con calma Durnik «da quella finestra lassù.»

Garion alzò rapido lo sguardo e vide una sagoma scura alla finestra del secondo piano. Era una figura familiare e ossessionante.

Messer Lupo non si voltò, ma l'espressione si fece vuota come se si stesse guardando dentro, come se la sua mente fosse alla ricerca di qualcosa. Poi si raddrizzò e guardò la figura alla finestra, con gli occhi in fiamme. «Un Grolim» disse in fretta.

«Forse un Grolim morto» disse Silk. Infilò la mano sotto la tunica e ne estrasse un pugnale affilato. Indietreggiò di qualche passo, si girò e scagliò il coltello portando il braccio sopra la spalla.

Il pugnale si schiantò rompendo la finestra. Si udì un grido sordo, poi la luce si spense. Garion sentì una strana fitta al braccio sinistro.

«Preso» disse Silk facendo una smorfia.

«Bel tiro» si congratulò Barak con ammirazione.

«Ho una discreta abilità» disse l'altro con modestia. «Se si trattava di Asharak, questa è la ricompensa per avermi ingannato da Mingan.»

«Almeno avrà qualcosa a cui pensare» borbottò Lupo. «Non c'è più ragione di strisciare per le vie della città. Sanno che siamo qui. Presto, a cavallo. Andiamo!» Montò in sella e li guidò lungo la strada di buon passo.

Lo strano impulso adesso era sparito e Garion avrebbe voluto parlare di Asharak, ma lungo la strada non ce ne fu l'occasione.

Una volta giunti fuori città condussero i cavalli al galoppo leggero. La neve cadeva più fitta ora e il terreno smosso dagli zoccoli nei recinti del bestiame era già spruzzato di bianco.

«Sarà una notte fredda» gridò Silk mentre galoppavano.

«Possiamo sempre tornare a Muros» suggerì Barak. «Un altro paio di baruffe ti scalderanno il sangue.»

Silk rise e diede di speroni al cavallo.

L'accampamento degli Algar era tre miglia a est di Muros. Era una vasta area circondata da robuste palizzate conficcate nel terreno. La neve cadeva sempre più fitta e l'accampamento aveva un aspetto indistinto e caliginoso. Il cancello, fiancheggiato da torce sibilanti, era sorvegliato da due guerrieri feroci vestiti con calzamaglia di pelle, giubbotti innevati ed elmetti tondi. Le punte delle lance brillavano alla luce delle torce.

«Fermi» ordinò uno dei due guerrieri, sollevando la lancia contro messer Lupo. «Cosa vi porta qui, a quest'ora della notte?»

«Devo parlare con urgenza con il vostro capomandria» rispose Lupo con gentilezza. «Posso scendere?»

Le due guardie confabularono fra loro per qualche istante.

«Puoi scendere» concesse uno di loro. «I tuoi compagni, però, devono indietreggiare... ma non fuori dalla luce.»

«Algar!» sbuffò Silk sottovoce. «Sempre sospettosi.»

Messer Lupo smontò da cavallo e, gettando indietro il cappuccio, si avvicinò alle guardie in mezzo alla neve.

Poi accadde un fatto strano. Il più anziano dei due fissò messer Lupo e riconobbe la barba argentea e i capelli bianchi. Gli occhi gli si spalancarono. Farfugliò qualcosa al compagno e poi fecero entrambi un inchino profondo.

«Non c'è tempo per queste cose» disse Lupo seccato. «Conducetemi dal vostro capo.»

«Immediatamente, Venerabile» disse la guardia e aprì in fretta il cancello.

«Cosa voleva dire quello?» sussurrò Garion a zia Pol.

«Gli Algar sono superstiziosi» tagliò corto la donna. «Non fare troppe domande.»

Aspettarono. La neve si posava su di loro e si scioglieva sui cavalli. Dopo circa mezz'ora il cancello si aprì e uscirono due dozzine di Algar, fieri nelle giubbe borchiate e negli elmetti d'acciaio. Portarono fuori sei cavalli sellati.

Dietro di loro camminava messer Lupo accompagnato da un uomo molto alto e con la testa tutta rasata, fatta eccezione per una singola ciocca.

«Hai onorato il nostro campo con questa visita, Venerabile» diceva l'uomo alto. «Che la velocità ti accompagni nel tuo viaggio!»

«Non temo ritardi quando viaggio con i cavalli algar» rispose Lupo.

«I miei cavalieri vi accompagneranno a una via che vi porterà fuori da Muros in poche ore» continuò l'uomo alto. «Si tratterranno un po' per assicurarsi che non siate seguiti.»

«Non so esprimerti la mia gratitudine, nobile capomandria» disse Lupo, inchinandosi.

«Sono io a ringraziarti per l'onore che mi rendi chiedendomi aiuto» disse l'uomo, inchinandosi anch'egli.

Ci volle solo un minuto per cambiare i cavalli. Con mezzo contingente algar in testa e l'altra metà alla retroguardia, si girarono e si misero a cavalcare verso ovest nella notte nevosa e scura.

10

Poco a poco, in modo quasi impercettibile, l'oscurità si schiarì e la neve che cadeva soffice rese indistinto l'arrivo del mattino. I cavalli procedevano instancabili attraverso la luce che aumentava, e il suono dei loro zoccoli sull'ampia superficie della Grande Via Settentrionale era attutito dalla neve che arrivava ai garretti. Garion si guardò indietro e vide le tracce confuse del loro passaggio stendersi in lontananza e, al limite nebbioso dello sguardo, erano già coperte di neve.

Quando fu pieno giorno, messer Lupo mise al passo il cavallo. «Quanta strada abbiamo fatto?» chiese a Silk.

L'omino con la faccia da donnola, dopo essersi scrollato la neve dalle pieghe del mantello, si guardò attorno cercando un riferimento attraverso il velo caliginoso dei fiocchi. «Dieci leghe» disse finalmente. «Forse qualcosa di più.»

«Che modo miserabile di viaggiare» rombò Barak, sobbalzando leggermente sulla sella.

«Pensa a come devono sentirsi i cavalli.» Silk fece una smorfia.

«Quanto manca a Camaar?» chiese zia Pol.

«Da Muros sono quaranta leghe» rispose Silk.

«Dovremo trovare un riparo allora» disse lei. «Non possiamo cavalcare quaranta leghe senza riposare, non importa chi abbiamo dietro.»

«Non credo ci sia bisogno di preoccuparsi degli inseguitori adesso» disse Lupo. «Gli Algar tratterranno Brill e i suoi scagnozzi, e anche Asharak, se tentano di seguirci.»

«Almeno saranno utili a qualcosa» borbottò Silk sarcastico.

«Se ricordo bene, ci dovrebbe essere un ostello imperiale

quindici leghe a ovest» disse Lupo. «Dovremmo arrivarci per mezzogiorno.»

«Ci consentiranno di alloggiare lì?» Durnik chiese dubbioso. «Non ho mai sentito parlare dell'ospitalità dei Tolnedran.»

«I Tolnedran venderebbero qualsiasi cosa per il giusto prezzo» disse Silk. «L'ostello andrà bene. Anche se Brill e Asharak sfuggissero agli Algar e ci seguissero fino a qui i legionari non permetteranno disordini dentro le mura.»

«Perché ci sono tanti soldati tolnedran a Sendaria?» chiese Garion sentendo un improvviso slancio di risentimento patriottico.

«Dove ci sono grandi strade, ci sono sempre le legioni» disse Silk. «I Tolnedran sanno scrivere trattati anche meglio di come rubano sul peso ai propri clienti.»

Messer Lupo ridacchiò. «Non sei coerente, Silk» gli fece notare. «Accetti le strade ma disprezzi gli eserciti. Non si può avere una cosa senza l'altra.»

«Non ho mai voluto essere coerente» disse con disinvoltura l'ometto con il naso a punta. «Se il nostro desiderio è di raggiungere la discutibile comodità dell'ostello imperiale entro mezzogiorno, non faremmo meglio a darci una mossa? Non vorrei privare Sua Maestà imperiale dell'opportunità di rubarmi denaro dalle tasche.»

«Molto bene,» disse Lupo «andiamo.» Diede di speroni ai fianchi del cavallo algar che già scattava per l'impazienza.

Arrivarono all'ostello nella piena luce del giorno nevoso. Si trattava di un gruppo di edifici robusti circondati da un muro ancora più solido. I legionari che lo dirigevano non erano come i mercanti tolnedran che Garion aveva visto in precedenza. A differenza degli untuosi uomini d'affari, questi avevano un aspetto severo e professionale nelle corazze lucide e negli elmetti piumati. Avevano un portamento orgoglioso, quasi arrogante. Ognuno recava su di sé la consapevolezza che tutta la potenza di Tolnedra era con lui.

Il cibo della mensa era semplice e genuino, ma terribilmente costoso. Anche le minuscole cellette erano pulite con cura, con letti stretti e duri e spesse coperte di lana, ma erano carissime. Le stalle erano in ordine, ma anche per esse Lupo dovette dar fondo al borsellino. Garion si chiese quanto costava quell'alloggio, ma Lupo pagava per tutto con apparente indifferenza, come se la sua borsa non avesse limite.

«Riposeremo qui stanotte» annunciò il vecchio dalla barba bianca quando ebbero finito di mangiare. «Forse avrà cessato di nevicare domani mattina. Non mi piace gettarmi a tentoni nella tempesta di neve. Troppe cose si possono nascondere sulla nostra strada con un tempo simile.»

Garion, intorpidito dalla stanchezza, ascoltò con riconoscenza quelle parole mentre si assopiva sul tavolo. Gli altri parlavano tranquilli, ma lui era troppo stanco per ascoltarli.

«Garion,» disse zia Pol alla fine «perché non vai a letto?»

«Sto bene, zia» assicurò lui raddrizzandosi in fretta, ancora una volta mortificato perché veniva trattato come un bamboccio.

«Adesso, Garion» ordinò lei con quel tono che lo esasperava. Sembrava che la zia non avesse fatto altro che ripetergli 'Adesso, Garion' per tutta la vita. Ma sapeva che discutere era inutile.

Si alzò e scoprì con sorpresa che le gambe gli tremavano. Anche zia Pol si alzò e lo portò fuori dal salone.

«So trovare la strada da solo» protestò lui.

«Certamente» disse la donna. «Vieni con me.»

Dopo che fu strisciato nel letto della sua celletta, la zia gli rimboccò le coperte. «Copriti» gli disse. «Non vorrai prenderti un raffreddore.» Gli posò una mano fresca sulla fronte come faceva quand'era un bambino piccolo.

«Zia Pol?» chiese lui insonnolito.

«Sì, Garion?»

«Chi erano i miei genitori? Voglio dire, come si chiamavano?»

La donna lo guardò molto seriamente. «Possiamo parlarne un'altra volta» disse.

«Io voglio sapere» insisté lui.

«Molto bene. Tuo padre si chiamava Geran e tua madre Ildera.»

Garion ci pensò un attimo. «Non sono nomi sendar» disse dopo un po'.

«Infatti» confermò zia Pol.

«Perché?»

«È una storia molto lunga e adesso sei troppo stanco per ascoltarla.»

Seguendo un impulso improvviso, Garion sfiorò la ciocca bianca della zia con il segno che aveva sul palmo della mano destra. Come già altre volte in passato, sentì un formicolio e nella sua mente si aprì una finestra. Ma questa volta la finestra si spalancò su qualcosa di molto grave. C'era rabbia e un unico volto... un volto simile a quello di messer Lupo, ma non il suo. Poi sentì che tutta la collera furiosa dell'universo era diretta contro quel viso.

Zia Pol si scostò. «Ti ho chiesto di non farlo, Garion» disse in tono molto pratico. «Non sei ancora pronto.»

«Un giorno o l'altro me ne dovrai parlare» si ostinò lui.

«Forse,» rispose Pol «ma non ora. Chiudi gli occhi e dormi.»

Poi, come se quell'ordine avesse fatto svanire la sua volontà, Garion cadde in un sonno profondo e senza sogni.

La mattina dopo aveva smesso di nevicare. Il mondo oltre le mura dell'ostello imperiale era ammantato di un bianco fitto e continuo e l'aria era velata da una foschia umida che sembrava nebbia.

«Sendaria brumosa» osservò Silk, ironico, a colazione. «A volte mi stupisco che l'intero regno non venga attaccato dalla ruggine.»

Cavalcarono tutto il giorno di buon passo e di notte si fermarono a un altro ostello imperiale, quasi identico a quello che avevano lasciato la mattina... così simile che a Garion parve di aver viaggiato tutto il giorno per tornare al punto di partenza. Ne parlò a Silk mentre sistemavano i cavalli nella stalla.

«I Tolnedran sono l'essenza della prevedibilità» disse l'uomo. «Tutti i loro ostelli sono perfettamente identici. Troverai gli stessi edifici in Drasnia, Algaria e Arendia e in tutti gli altri luoghi raggiunti dalle loro strade. È una debolezza: mancano di immaginazione.»

«Ma non si stufano di fare sempre le stesse cose?»

«Li mette a loro agio, credo» rise Silk. «Andiamo a cena.»

Il giorno dopo nevicò di nuovo, ma a mezzogiorno Garion percepì un profumo differente da quello polveroso della neve. Con la tranquillità della volta precedente, assaporò l'odore del mare e seppe che il viaggio era quasi terminato.

Camaar, la più grande città di Sendaria e il maggiore porto marittimo del Nord, era un luogo disordinato che esisteva fin dall'antichità, alla foce del Gran Fiume Camaar. Era il punto d'arrivo naturale della Grande Via Settentrionale che si stendeva fino Boktor in Drasnia, e l'altrettanto naturale estremità nord della Grande Via Orientale che, attraversando Arendia, arrivava fino a Tolnedra e alla capitale imperiale Tol Honeth. Con una certa precisione si poteva affermare che tutte le strade finissero a Camaar.

Scesero verso la città in un tardo pomeriggio freddo e nevoso. A qualche distanza dalle porte, zia Pol fermò il cavallo. «Visto che non ci fingiamo più vagabondi,» annunciò «non vedo la necessità di scegliere le locande più malfamate.»

«Non ci avevo pensato» disse messer Lupo.

«Be'... io sì» proseguì lei. «Ne ho avuto abbastanza di stazioni di posta e locande in rovina. Ho bisogno di un bagno, di un letto pulito e di cibo decente. Se non ti dispiace, sarò io a scegliere l'alloggio questa volta.»

«Ma certo, Pol» concesse Lupo dolcemente. «Facciamo come dici tu.»

«Molto bene allora» disse la donna, e cavalcò verso la porta con gli altri dietro di sé.

«Che affari avete a Camaar?» le chiese con tono maleducato una delle due guardie impellicciate al cancello.

Zia Pol spostò indietro il cappuccio e fissò l'uomo con sguardo d'acciaio. «Io sono la duchessa di Erat» annunciò con voce squillante. «Questo è il mio seguito e i miei affari riguardano solo me.»

La guardia socchiuse gli occhi e si inchinò con rispetto. «Perdonatemi, vostra Grazia» disse. «Non intendevo recare offesa.»

«Davvero?» disse zia Pol con timbro freddo e occhi pericolosi.

«Non avevo riconosciuto vostra Grazia» farfugliò il pover'uomo, imbarazzato da quello sguardo imperioso. «Posso esservi di qualche aiuto?»

«Io non credo ne siate in grado» disse zia Pol, guardandolo dall'alto in basso. «Qual è l'albergo più elegante di Camaar?»

«Il leone, credo, mia signora.»

«E...» fece lei impaziente.

«E... che cosa?» disse l'uomo confuso dalla domanda.

«Dove si trova?» domandò Pol. «Non startene lì a bocca aperta come un cretino. Parla.»

«È dietro gli edifici doganali» rispose il soldato, tutto rosso in viso. «Dovete seguire la strada fino alla piazza della Dogana. A quel punto tutti sapranno indicarvi Il leone.»

Zia Pol si calò di nuovo il cappuccio in testa. «Da' qualcosa a quest'uomo» disse girandosi indietro. Poi cavalcò verso la città senza neppure voltarsi.

«Vi ringrazio» disse la guardia mentre Lupo si chinava per allungargli una monetina. «Ammetto di non aver mai sentito parlare prima della duchessa di Erat.»

«Sei un uomo fortunato» disse Lupo.

«È una donna molto bella» dichiarò l'uomo con ammirazione.

«E ha anche un bel caratterino» gli rivelò Lupo.

«L'ho notato» disse la guardia.

«Abbiamo notato che hai notato» borbottò Silk, subdolo.

Diedero un colpetto di tacco ai cavalli e raggiunsero zia Pol.

«La duchessa di Erat?» chiese Silk con gentilezza.

«I modi di quel tizio mi hanno irritato,» spiegò zia Pol altezzosa «e sono stufa di fare la figura della poveraccia di fronte agli sconosciuti.»

Alla piazza della Dogana, Silk si avvicinò a un mercante indaffarato che camminava a fatica attraverso il selciato coperto di neve. «Tu... uomo» disse con tono di insulto e spingendo il cavallo proprio davanti al naso del mercante stupefatto. «La mia padrona, la duchessa di Erat, desidera sapere dove si trova la locanda Il leone. Sii così gentile da provvedere.»

Il mercante batté le palpebre. Il volto gli diventò paonazzo a sentire il tono arrogante dell'uomo dal muso di topo. «Su per quella strada» disse in fretta indicando col dito. «Un poco più avanti. Sulla sinistra. C'è un'insegna con un leone.»

Silk sbuffò sgarbatamente. Gettò qualche moneta in mezzo alla neve e fece una gran giravolta a cavallo. Garion vide che il mercante era oltraggiato, eppure si chinò nella neve a cercare le monetine lanciate da Silk.

«Non credo che queste persone dimenticheranno in fretta il nostro passaggio» mormorò Lupo acido mentre salivano per la strada.

«Si ricorderanno di una nobildonna arrogante» disse Silk. «Anche questo è un buon travestimento.»

Quando arrivarono alla locanda, zia Pol non chiese le consuete camere da letto, ma un intero appartamento. «Il mio ciambellano vi pagherà» disse al padrone indicando messer Lupo. «I cavalli con i bagagli sono un paio di giorni indietro con il resto dei miei servitori. Perciò avrò bisogno di una sarta e di una cameriera personale. Provvedete.» Si girò e salì le scale con passo impetuoso e altezzoso, seguendo il servo che correva avanti per farle strada.

«La duchessa ha un portamento autorevole, non è vero?» chiese il padrone della locanda mentre Lupo contava i soldi.

«Infatti» assentì lui. «È cosa saggia non contraddirla mai.»

«Seguirò senz'altro il consiglio» lo rassicurò il padrone. «La mia figlia minore è una fanciulla servizievole. Darò incarico che si occupi di sua Grazia.»

«Molte grazie, amico» gli disse Silk. «La nostra signora diventa assai irritabile quando non ha ciò che desidera. E noi siamo quelli che soffrono maggiormente per i suoi malumori.»

Marciarono su per le scale fino agli appartamenti che zia Pol aveva occupato. Entrarono nel salotto principale, una camera splendida, la più lussuosa mai vista da Garion.

I muri erano coperti di arazzi con intricati disegni ricamati nella stoffa. Una moltitudine di candele (di cera d'api e non di sego) scintillavano nei candelieri da parete e in un imponente candelabro sulla tavola lucida. Un tiepido fuoco danzava scoppiettante nel focolare e sul pavimento era steso un grande tappeto dal disegno curioso.

Zia Pol era in piedi davanti al fuoco e si scaldava le mani. «Non è forse meglio così piuttosto che qualche locanda sciatta del porto che puzza di pesce e di sudore di marinaio?» chiese.

«Se la duchessa di Erat perdonerà il mio ardire,» disse Lupo, caustico «questo non è certo il modo migliore per passare inosservati. Inoltre, il costo di questo alloggio basterebbe a sfamare un esercito per una settimana intera.»

«Vecchio Lupo, l'età ti ha reso tirchio?» ribatté lei. «Nessuno prende sul serio una nobildonna decaduta. E poi i tuoi carri non sono riusciti a tenere lontano quel disgustoso Brill. Almeno, questo è un travestimento confortevole e ci permette di viaggiare veloci.»

Lupo grugnì. «Speriamo di non pentircene» disse.

«Smettila di borbottare, vecchio.»

«Come vuoi tu.» L'uomo fece un profondo sospiro.

«Senza dubbio.»

«Come dobbiamo comportarci, signora Pol?» chiese Durnik con qualche esitazione. Quegli improvvisi modi regali lo avevano evidentemente confuso. «Non ho familiarità con i nobili.»

«È molto facile, Durnik» disse lei. Gli diede una bella occhiata e notò il suo volto semplice e affidabile e la sua solida competenza. «Ti piacerebbe essere il primo gentiluomo della Duchessa di Erat? E il suo mastro stalliere?»

Il fabbro ridacchiò a disagio. «Nomi altisonanti per il lavoro che ho fatto tutta la vita» disse. «Per il lavoro non c'è problema, ma i titoli potrebbero diventare un po' pesanti.»

«Te la caverai a meraviglia, amico Durnik» lo rassicurò Silk. «Con quella faccia onesta tutti crederanno a ciò che dici. Se avessi una faccia come la tua, potrei rubare la metà del mondo.» Si girò verso zia Pol: «E io, che ruolo devo recitare, mia signora?»

«Tu sarai il mio sovrintendente» disse lei. «La ruberia comunemente associata a questo compito ti si addice alla perfezione.»

Silk fece un inchino ironico.

«E io?» chiese Barak sorridendo a bocca aperta.

«Il mio uomo d'arme» disse. «Non saresti credibile come maestro di danza. Stai nelle vicinanze e fa' lo sguardo truce.»

«E per quanto riguarda me, zia Pol?» chiese Garion. «Cosa faccio io?»

«Tu sarai il mio paggetto.»

«Cosa fa un paggetto?»

«Va a prendermi le cose.»

«L'ho sempre fatto. È così che si chiama?»

«Non essere impertinente. Devi anche aprire la porta e annunciare le visite. E quando sono triste, mi canterai una canzone.»

«Cantare?» disse Garion incredulo. «Io?»

«È la consuetudine.»

«Non mi farai cantare, vero, zia Pol?»

«Vostra Grazia» lo corresse lei.

«Ascoltare la mia voce non ti renderà affatto graziosa» la mise in guardia Garion. «Non sono molto intonato.»

«Sarai perfetto.»

«E io sono già stato designato come ciambellano di vostra Grazia» disse Lupo.

«Il mio primo maggiordomo, amministratore dei miei possedimenti e gran dispensiere.»

«Sapevo che in qualche modo si trattava di sborsare denaro» blaterò il vecchio.

Ci fu un timido colpetto secco alla porta.

«Vai a vedere chi è, Garion» ordinò zia Pol.

Quando aprì la porta, Garion si trovò davanti una ragazzetta dai capelli castano chiaro vestita in modo sobrio, con un grembiule inamidato e una crestina. Aveva grandi occhi castani e lo guardava impaurita.

«Sì?» chiese.

«Mi hanno mandato per servire la duchessa» disse sottovoce la giovane.

«La cameriera è arrivata, vostra Grazia» annunciò Garion.

«Splendido» disse zia Pol. «Entra, bambina.»

La ragazza entrò nella stanza.

«Sei proprio una donnina deliziosa» le sorrise zia Pol.

«Grazie, mia signora» rispose lei, con una piccola riverenza e un leggero rossore sulle guance.

«E qual è il tuo nome?»

«Mi chiamo Donia, signora.»

«Un nome davvero grazioso» disse zia Pol. «E ora passiamo alle cose importanti. C'è una vasca da bagno qui?»

Il mattino dopo nevicava ancora. I tetti delle case vicine erano coperti di neve e le stradine erano ingombre.

«Credo che siamo vicini alla fine della nostra ricerca» annunciò messer Lupo mentre guardava intento attraverso il vetro istoriato della finestra della sala degli arazzi.

«È improbabile che quello che stiamo cercando rimanga a lungo a Camaar» disse Silk.

«Molto improbabile,» assentì Lupo «ma quando avremo trovato le sue tracce ci muoveremo più velocemente. Andiamo in città a vedere se ho ragione.»

Dopo che messer Lupo e Silk furono usciti, Garion sedette per un po' a parlare con Donia, che aveva più o meno la sua età. Anche se non era carina come Zubrette, Garion trovava la sua voce dolce e i grandi occhi castani molto affascinanti. Andò tutto bene fino a quando arrivò la sarta di zia Pol e fu richiesta la presenza di Donia nella camera dove la duchessa discuteva del suo nuovo abito.

Dato che Durnik, palesemente a disagio nel lusso dell'appartamento, si era rifugiato nelle stalle dopo colazione, Garion rimase in compagnia di Barak, che si dava da fare con una pietruzza per eliminare una scalfittura sulla punta della spada... un ricordino della baruffa di Muros. Garion non si era mai sentito del tutto a suo agio con il gigante dalla barba rossa. Barak parlava di rado e c'era qualcosa di minaccioso nel suo essere così grosso. Quindi Garion passò la mattinata a osservare gli arazzi della sala. Vi erano raffigurati cavalieri in armatura e castelli sulla cima delle colline e ragazze dagli sguardi acuti che oziavano nei giardini.

«È un'opera arend» disse Barak proprio alle sue spalle. Garion fece un salto. Il gigante si era avvicinato con passo così silenzioso che lui non lo aveva sentito.

«Come fai a dirlo?» chiese con gentilezza.

«Agli Arend piacciono molto gli arazzi,» tuonò Barak «e tessere la tela tiene occupate le donne quando gli uomini sono via ad ammaccarsi l'un l'altro l'armatura.»

«Si mettono addosso davvero tutta quella roba?» chiese Garion indicando un cavaliere dalla pesante corazza.

«Oh, sì.» Barak si mise a ridere. «Tutto quello e anche di più. Anche i cavalli portano l'armatura. È un modo stupido per fare la guerra.»

Garion strascicò una scarpa sul tappeto. «Anche questo è Arend?» chiese.

Barak scosse la testa. «Mallorean» disse.

«E come ha fatto ad arrivare qui da Mallorea?» chiese Garion. «Ho sentito dire che è all'altro capo del mondo.»

«Sì, è molto distante» concordò Barak. «Ma un mercante farebbe anche il doppio della strada per trarre un profitto. Merci come questa si muovono lungo la Strada Carrabile Settentrionale da Gar og Nadrak fino a Boktor. I tappeti mallorean sono molto apprezzati dalla gente ricca. A me non piacciono tanto. Non mi piace niente che riguardi gli Angarak.»

«Quanti tipi di Angarak ci sono?» si incuriosì Garion. «So che ci sono i Murgo e i Thull. Poi ho sentito delle storie sulla battaglia di Vo Mimbre, ma non ne so molto.»

«Ci sono cinque tribù» cominciò a raccontare Barak, sedendosi di nuovo al suo posto e ricominciando a lucidare la spada. «I Murgo, i Thull, i Nadrak e i Mallorean e, ovviamente, i Grolim. Vivono nei quattro paesi dell'Est: Mallorea, Gar Nadrak, Mishrak ac Thull e Cthol Murgos.»

«E i Grolim?»

«In nessun posto in particolare» rispose con decisione. «I Grolim sono i sacerdoti del dio Torak l'Orbo, e sono sparsi per tutte le terre angarak. Sono quelli che offrono i sacrifici a Torak. I pugnali dei Grolim hanno versato più sangue angarak che una dozzina di Vo Mimbre.»

Garion rabbrividì. «Perché Torak apprezza il sacrificio della sua stessa gente?» chiese.

«Chi può dirlo?» Barak si strinse nelle spalle. «È un dio contorto e malvagio. Alcuni credono che sia impazzito quando ha usato il Globo di Aldur per spaccare il mondo. Il Globo lo ha ripagato bruciandogli un occhio e consumandogli la mano.»

«Come può il mondo spaccarsi?» si stupì Garion. «Non ho mai capito quella parte della storia.»

«Il potere del Globo di Aldur è così grande che può fare qualsiasi cosa» gli spiegò Barak. «Quando Torak lo sollevò, la terra si divise in due e i mari invasero la terraferma. È una storia molto antica, ma credo che sia vera.»

«Dov'è adesso il Globo di Aldur?» chiese Garion all'improvviso.

Barak lo guardò con gli occhi azzurri come il ghiaccio e l'espressione pensierosa, ma non disse nulla.

«Sai cosa credo?» disse Garion seguendo un impulso improvviso. «Credo che il Globo di Aldur sia stato rubato. Credo che sia il Globo di Aldur ciò che messer Lupo vuole recuperare.»

«E io credo che faresti meglio a non pensare troppo a queste cose» suggerì Barak.

«Ma io voglio sapere» protestò Garion con la curiosità che lo spingeva nonostante le parole di Barak e la vocina nella mente. «Mi trattano tutti come un ragazzino stupido. Non faccio altro che venirvi dietro senza saperne la ragione. Chi è messer Lupo? Perché gli Algar si sono comportati a quel modo davanti a lui? Come fa a seguire qualcosa che non vede? Per favore, dimmelo, Barak.»

«Non posso.» L'uomo si mise a ridere. «Tua zia mi strapperebbe la barba pelo per pelo se commettessi un simile errore.»

«Non avrai paura di lei, vero?»

«Tutti gli uomini assennati hanno paura di lei» borbottò Barak alzandosi e infilando la spada nel fodero.

«Di zia Pol?» domandò incredulo Garion.

«Tu non hai forse paura di lei?» chiese Barak, cogliendo nel segno.

«No» negò Garion. Poi capì che non era del tutto vero. «Be'... non è proprio paura... è qualcosa di più...» e lasciò la frase in sospeso, perché non sapeva spiegarsi.

«Esatto» disse Barak. «E io non sono certo più temerario di te, ragazzo mio. Tu fai troppe domande alle quali è meglio non rispondere. Per queste cose devi rivolgerti a tua zia Pol.»

«Lei non parla» mormorò Garion sconsolato. «Non mi racconta mai niente. Non mi parla neppure dei miei genitori.»

Barak era perplesso. «Questo è strano» osservò.

«Non credo fossero Sendar» continuò Garion. «Non avevano nomi sendar e Silk dice che io non sono un Sendar o almeno... non lo sembro affatto.»

Barak lo guardò con attenzione. «No» disse alla fine. «Adesso che me lo dici, no. Più che a qualsiasi altro popolo tu somigli a un Rivan... ma non del tutto.»

«Zia Pol è una Rivan?»

Barak strinse leggermente gli occhi. «Stiamo tornando alle domande a cui non posso rispondere» disse.

«Un giorno o l'altro lo scoprirò» si ripromise Garion.

«Ma non oggi» disse Barak. «Vieni. Ho bisogno di movimento. Andiamo in cortile e ti insegnerò a usare una spada.»

«A me?» esclamò Garion. Al pensiero la curiosità si stemperò nell'eccitazione.

«Hai l'età in cui è bene imparare» disse Barak. «Potresti averne bisogno in qualche occasione.»

Silk e messer Lupo ritornarono nel tardo pomeriggio, quando a Garion dolevano le braccia per lo sforzo di roteare la pesante spada di Barak e quando l'idea di imparare il mestiere delle armi era diventata molto meno affascinante. Avevano gli abiti bagnati dalla neve in mezzo alla quale erano avanzati per tutta la giornata, ma gli occhi di Lupo splendevano e sul viso aveva un'espressione esultante. Li riunì tutti di sopra, nel salone.

«Di' a tua zia di raggiungerci» ordinò a Garion mentre si toglieva il mantello fradicio e si avvicinava al fuoco per riscaldarsi.

Il ragazzo capì subito che non era il momento di fare domande. Corse all'elegante porta dietro la quale zia Pol era rimasta chiusa tutto il giorno con la sarta e bussò.

«Chi è?» giunse la voce dall'interno.

«Messer... ehm... cioè, il vostro ciambellano ha fatto ritorno, mia signora» disse Garion ricordando all'ultimo istante che non era da sola. «Chiede di potervi parlare.»

«Oh, molto bene» rispose la donna. Uscì dopo un minuto, chiudendo bene la porta alle sue spalle.

Garion boccheggiò. Era così splendida nel ricco abito di velluto blu che il ragazzo rimase quasi senza fiato. La fissò, inerme e ammirato.

«Dov'è?» chiese lei. «Non rimanere lì a bocca aperta. Non è educato.»

«Tu sei bellissima zia Pol» disse Garion senza pensare.

«Sì, tesoro mio» sorrise lei dandogli un buffetto sulla guancia «Lo so. Adesso, dimmi, dov'è il Vecchio Lupo?»

«Nella sala degli arazzi» rispose Garion che ancora non era capace di distogliere gli occhi dalla zia.

«Andiamo, allora» disse, e si recò velocemente nel salotto. Quando entrarono, tutti gli altri erano davanti al fuoco.

«Ebbene?» esordì lei.

Lupo la guardò con gli occhi ancora luminosi. «Ottima scelta Pol» disse con ammirazione. «Il blu è sempre stato il tuo colore.»

«Ti piace?» chiese lei, allargando le braccia e girandosi su sé stessa come una bambina di modo che tutti potessero vedere quanto era bella. «Spero che sia di tuo gusto, vecchio, perché ti costerà molto.»

Lupo sghignazzò. «Ne ero quasi certo» disse.

L'effetto dell'abito di zia Pol su Durnik fu penosamente evidente. Al pover'uomo uscirono letteralmente gli occhi dalle orbite e la faccia diventava ora smorta ora paonazza. Alla fine si fissò in un'espressione disperata e Garion ne fu commosso.

Silk e Barak, curiosamente all'unisono, fecero un profondo inchino a zia Pol. Gli occhi della donna si illuminarono a quel silenzioso tributo.

«È stato qui» annunciò Lupo con serietà.

«Ne sei certo?» domandò zia Pol.

Lui assentì col capo. «Ho sentito il ricordo del suo passaggio dentro alle stesse pietre.»

«È venuto per mare?» chiese lei.

«No. Forse lo ha nascosto in qualche baia lungo la costa e poi sono venuti qui dalla terraferma.»

«Hanno preso un'altra nave?»

«Ne dubito» disse Lupo. «Lo conosco bene. Non gli piace viaggiare per mare.»

«E inoltre,» aggiunse Barak «se re Ahneg di Cherek ne avesse avuto sentore gli avrebbe messo alle calcagna un centinaio di navi da guerra. Nessuno può nascondersi alle navi di Cherek e lui lo sa.»

«Hai ragione» concordò Lupo. «Penso che starà alla larga dai dominii degli Alorn. Ecco perché ha deciso di non passare attraverso la Via Settentrionale nei regni di Algaria e Drasnia. Lo spirito di Belar è forte nei regni degli Alorn e nemmeno questo ladro è così avventato da rischiare un confronto diretto con il dio orso.»

«E così rimane Arendia,» disse Silk «oppure la terra degli Ulgo.»

«Credo Arendia» disse Lupo. «L'ira di Ul è anche più terribile di quella di Belar.»

«Scusate» disse Durnik con gli occhi ancora fissi su zia Pol. «Sono molto disorientato. Non credo di aver capito chi sia esattamente questo ladro.»

«Mi dispiace, buon Durnik» disse Lupo. «Pronunciare il suo nome non è una buona idea. Con i suoi poteri potrebbe riuscire a vedere ogni nostra mossa. Non dobbiamo rivelargli nulla circa la nostra posizione. Riesce a sentir pronunciare il suo nome a migliaia di leghe di distanza.»

«Un mago?» chiese Durnik incredulo.

«Non è la parola che sceglierei io» disse Lupo. «È un termine usato tra gli uomini che non comprendono quest'arte. Preferisco chiamarlo 'ladro' anche se potrei dargli nomi meno gentili.»

«Siamo sicuri che si diriga ai regni degli Angarak?» riprese perplesso Silk. «Se fosse così, non faremmo prima a prendere una nave diretta per Tol Honeth e seguire le sue tracce sulla Via Carrabile Meridionale fino a Cthol Murgos?»

Lupo scosse la testa. «Meglio rimanere su questa pista adesso che l'abbiamo trovata. Non conosciamo le sue intenzioni. Forse vuole tenersi la cosa per sé, forse non vuole consegnarla ai Grolim. Potrebbe anche cercare asilo a Nyissa.»

«Non potrebbe farlo senza la connivenza di Salmissra» sottolineò zia Pol.

«Non sarebbe la prima volta che la regina degli uomini serpente si impiccia di cose che non la riguardano» fece notare Lupo.

«Se la verità è questa,» disse zia Pol risoluta «sarà con grande piacere che mi occuperò della donna serpente una volta per tutte.»

«È troppo presto per dirlo» ammonì Lupo. «Domani compreremo delle provviste e passeremo in Arendia attraverso il fiume. Ritroverò la pista dall'altra parte. Per il momento questo è tutto ciò che possiamo fare. Una volta saputo per certo dove portano le tracce, potremo valutare le alternative.»

Dal cortile ormai buio giunse il rumore di molti cavalli.

Barak corse svelto alla finestra e diede un'occhiata fuori. «Soldati» annunciò.

«Qui?» si stupì Silk correndo anche lui verso la finestra.

«Mi sembrano del reggimento del re» dichiarò Barak.

«Non saranno qui per noi» disse zia Pol.

«A meno che non siano qualcosa di diverso da ciò che sembrano» meditò Silk. «Non è difficile procurarsi uniformi di un tipo o dell'altro.»

«Non sono Murgo» affermò Barak. «Li riconoscerei.»

«Brill non era un Murgo» disse Silk fissando il cortile.

«Proviamo a sentire ciò che dicono» suggerì Lupo.

Barak dischiuse una finestra con attenzione. Le candele baluginarono al soffio gelido del vento. Nel cortile sottostante il capitano dei soldati parlava col padrone della locanda. «È un uomo un po' più alto della media con capelli bianchi e una corta barba, anch'essa bianca. Forse viaggia insieme ad altri.»

«Ce n'è uno così, vossignoria,» disse il locandiere dubbioso «ma sono certo che non è lui quello che cercate. Questo è il capo maggiordomo della duchessa di Erat, che onora la mia locanda con la sua presenza.»

«Della duchessa di che?» chiese il capitano brusco.

«Di Erat» rispose il locandiere. «Una nobildonna di grande bellezza e di gran carattere.»

«Credete che potrei scambiare due parole con sua Grazia?» disse il capitano scendendo da cavallo.

«Chiederò se vuole ricevere vossignoria» rispose il locandiere.

Barak chiuse la finestra. «Me la sbrigo io con questo capitano impiccione» disse deciso.

«No» ribatté Lupo. «Ha troppi soldati con lui e, se sono ciò che sembrano, allora sono dei bravi uomini che non ci faranno alcun male.»

«Ci sono sempre le scale posteriori» suggerì Silk. «Potremmo essere a tre isolati da qui prima che raggiunga la porta.»

«E se avesse messo degli uomini sul retro?» osservò zia Pol. «Cosa faremmo? Visto che viene a parlare con la duchessa di Erat, lasciamo che sia la duchessa a occuparsi di lui.»

«Che cosa hai in mente?» chiese Lupo.

«Voi non fatevi vedere. Gli parlerò io» decise. «Penso di potermi liberare di lui fino a domattina. Avremo già passato il fiume prima che torni.»

«Forse» disse Lupo. «Ma questo capitano mi sembra determinato.»

«Ho già avuto a che fare con uomini determinati prima d'ora» replicò lei.

«Dobbiamo decidere in fretta» li esortò Silk dalla porta. «Sta salendo le scale in questo momento.»

«Proveremo a fare a modo tuo, Pol» disse Lupo aprendo la porta della camera accanto.

«Garion,» disse zia Pol «tu rimani qui. Una duchessa non resta senza servitori.»

Lupo e gli altri lasciarono in fretta la stanza.

«Cosa devo fare zia Pol?» sussurrò Garion.

«Ricordati solo che sei il mio paggetto» disse lei. Si sedette in un'ampia poltrona quasi al centro della stanza e aggiustò le pieghe dell'abito. «Mettiti qui in piedi vicino a me e cerca d'avere l'aria attenta. Mi occupo io del resto.»

«Sì, mia signora» obbedì Garion.

Il padrone della locanda bussò, poi arrivò il capitano, un uomo alto dall'aspetto severo e con penetranti occhi grigi. Garion, facendo del suo meglio per sembrare formale, chiese il nome del soldato e poi si girò verso zia Pol.

«Il capitano Brendig desidera essere ricevuto, vostra Grazia» annunciò. «Dice che è questione di grande importanza.»

Zia Pol lo guardò per qualche istante come se stesse valutando la richiesta. «Oh, molto bene» disse alla fine. «Introducilo.»

Il capitano Brendig entrò nella stanza e il locandiere si affrettò ad andarsene.

«Vostra Grazia» disse il capitano inchinandosi con rispetto.

«Cosa succede, capitano?» domandò Pol.

«Non oserei disturbare vostra Grazia se la mia missione non fosse di grande urgenza» si scusò Brendig. «Ho ordini diretti del re e voi meglio di chiunque altro sapete che bisogna rispettare i suoi desideri.»

«Penso di poter dedicare qualche minuto alle questioni del re» concesse la donna.

«Il re desidera che una certa persona venga arrestata» disse Brendig. «Un uomo anziano con barba e capelli bianchi. Mi si dice che fra i vostri servitori ci sia una persona del genere.»

«L'uomo è forse un criminale?» chiese Pol.

«Il re non ha detto questo, vostra Grazia» precisò. «Mi è stato ordinato soltanto di prelevarlo e portarlo a palazzo a Sendar insieme ai suoi compagni.»

«Frequento di rado la corte» disse zia Pol. «Ritengo improbabile che uno dei miei servitori interessi al re.»

«Vostra Grazia,» insisté Brendig con delicatezza «in aggiunta ai miei doveri nel reggimento reale, ho anche l'onore di possedere una baronia. Ho passato a corte tutta la mia vita e devo confessare di non avervi mai vista. Non posso certo essermi dimenticato di una donna di così grande bellezza.»

Zia Pol piegò lievemente il capo accettando il complimento. «Avrei dovuto indovinarlo, caro lord Brendig» disse. «I vostri modi non sono quelli di un comune soldato.»

«Inoltre, vostra Grazia,» continuò «conosco bene tutti i possedimenti del regno. Se non erro, il distretto di Erat è una contea e il conte di Erat è un uomo basso e tozzo... incidentalmente è anche il mio prozio. Non ci sono ducati in quella regione dai tempi del dominio degli Arend Wacite.»

Zia Pol lo fissava con occhi di ghiaccio.

«Mia signora,» continuò Brendig quasi scusandosi «gli Arend Wacite sono stati sterminati dai loro cugini Asturian negli ultimi anni del terzo millennio. Non si è più vista nobiltà Wacite da duemila anni a oggi.»

«Grazie per la lezione di storia, caro lord Brendig» disse zia Pol con freddezza.

«Ma questo non è il punto, vero?» proseguì l'uomo. «Il re mi chiede di cercare l'uomo di cui ho detto. Sul vostro onore, signora, lo conoscete?»

La domanda rimase sospesa nell'aria in mezzo a loro e Garion, che nel panico aveva capito che erano stati scoperti, quasi gridò il nome di Barak.

Poi si aprì la porta della camera accanto e messer Lupo entrò nella stanza. «Non c'è bisogno di andare avanti» disse. «Sono io quello che state cercando. Cosa vuole da me Fulrach di Sendaria?»

Brendig lo guardò niente affatto sorpreso. «Sua Maestà non ha voluto farmi questa confidenza» disse. «Lo spiegherà senz'altro lui stesso non appena raggiungeremo il palazzo a Sendar.»

«Prima è, meglio è» decretò Lupo. «Quando partiamo?»

«Partiremo per Sendar domattina subito dopo colazione» disse Brendig. «Datemi la vostra parola che nessuno cercherà di lasciare la locanda durante la notte. Non vorrei sottoporre la duchessa di Erat all'infamia del confino nella prigione locale. Mi si dice che le celle non siano affatto confortevoli.»

«Vi do la mia parola» promise messer Lupo.

«Grazie» disse Brendig con un leggero inchino. «Devo anche riferire che sono obbligato a mettere delle guardie attorno alla locanda; per la vostra protezione, si capisce.»

«Le vostre premure ci confondono, lord Brendig» disse zia Pol.

«Servo vostro, mia signora» disse Brendig con un inchino formale. Poi si girò e lasciò la stanza.

Garion sapeva che la porta lucida era solo di legno. Ma quando si chiuse dietro a Brendig produsse l'orribile fragore definitivo dei cancelli di una prigione.

11

Ci vollero nove giorni sulla strada costiera per andare da Camaar a Sendar anche se erano solo cinquantacinque leghe. Il capitano Brendig procedeva con cautela e il distaccamento di soldati era disposto in modo tale che non era pensabile fuggire. Anche se aveva smesso di nevicare, la strada era ancora pesante e il vento, che soffiava dal mare attraverso gli acquitrini salmastri coperti di neve, era gelido e forte. Passarono le notti negli spaziosi ostelli sendar che segnavano come pietre miliari la lunga striscia disabitata della costa. Non erano arredati bene come quelli tolnedran lungo la Grande Via Settentrionale, ma erano quantomeno accettabili. Il capitano Brendig sembrava preoccuparsi del loro benessere, ma ogni notte li circondava ugualmente di guardie.

La sera del secondo giorno Garion era seduto vicino al fuoco con Durnik e fissava le fiamme con espressione imbronciata. Il fabbro era il suo più vecchio amico e lui aveva un disperato bisogno di amicizia ora.

«Durnik» disse dopo un po'.

«Sì, ragazzo?»

«Sei mai stato in una prigione?»

«Cosa potrei aver fatto per finire in prigione?»

«Pensavo che forse ne avevi vista una.»

«La gente onesta non si avvicina a quei posti» disse Durnik.

«Ho sentito dire che sono orribili... scure, fredde e piene di ratti.»

«Cos'è tutto questo parlare di prigioni?»

«Ho paura che diventeremo molto presto esperti in materia» disse Garion cercando di non sembrare troppo terrorizzato.

«Non abbiamo fatto niente di male» cercò di tranquillizzarlo Durnik.

«E allora perché il re ci ha fatti arrestare? I re non fanno cose del genere senza una buona ragione.»

«Noi non abbiamo fatto proprio niente di male» ripeté Durnik testardo.

«Ma forse messer Lupo sì» suggerì Garion. «Il re non manderebbe tutti questi soldati senza ragione... e potrebbero sbatterci in galera solo perché viaggiamo con lui.»

«Non succedono cose del genere in Sendaria» disse il fabbro con fermezza.

Il giorno dopo, la brezza di mare era molto forte ma tiepida, e la neve sulla strada cominciò a diventare fangosa. A mezzogiorno iniziò a piovere. Cavalcarono bagnati fradici fino all'ostello più vicino.

«Temo che saremo costretti a rallentare il viaggio fin quando non smette» osservò il capitano Brendig quella sera guardando fuori da una delle minuscole finestre dell'ostello. «La strada sarà inagibile domattina.»

Trascorsero il giorno successivo, e quello dopo ancora, seduti nell'angusta sala dell'ostello ad ascoltare la pioggia che il vento gettava contro i muri e il tetto, sempre tenuti sotto stretta sorveglianza da Brendig e dai suoi soldati.

Il secondo giorno, avvicinandosi alla panca dove era appisolato l'omino dal muso di topo, Garion lo chiamò.

«Sì, ragazzo?» rispose Silk tirandosi su.

«Che tipo di uomo è il re?»

«Quale re?»

«Il re di Sendaria.»

«È un uomo sciocco... come tutti i re.» Silk rise. «I re di Sendaria sono forse un po' più sciocchi, ma è la loro natura. Perché me lo chiedi?»

«Be'...» esitò Garion. «Supponiamo che qualcuno abbia fatto qualcosa che al re non piace e che ci sia anche qualcun altro che viaggia con quel qualcuno e diciamo anche che il re faccia arrestare tutta questa gente. Il re rinchiuderebbe tutti in prigione? O lascerebbe andare gli altri trattenendo solo quello che lo ha offeso?»

Silk lo guardò per un istante poi parlò con fermezza: «Questa non è una domanda degna di te, Garion.»

Il ragazzo arrossì. «Ho paura delle prigioni» confessò con

voce flebile, all'improvviso vergognandosi di sé stesso. «Non voglio essere rinchiuso al buio per sempre senza neppure sapere perché.»

«I re di Sendaria sono uomini giusti e onesti» disse Silk. «Non molto svegli, temo, ma sempre leali.»

«Come possono essere re se non sono saggi?» obiettò Garion.

«La saggezza è una dote utile in un re,» replicò Silk «ma non essenziale.»

«E allora come fanno a diventare re?» chiese Garion.

«Alcuni per diritto di nascita» spiegò Silk. «L'uomo più stupido del mondo può diventare re se ha i genitori giusti. I re sendar hanno anche lo svantaggio di essere partiti dal basso.»

«Basso?»

«Sono stati eletti. Nessuno aveva mai eletto un re prima... solo i Sendar.»

«Come si elegge un re?»

Silk sorrise. «Molto male, Garion. Non è un buon modo per scegliere un re. Gli altri sistemi sono peggiori ma le elezioni non sono affatto una cosa buona.»

«Raccontami com'è successo» lo esortò Garion.

Silk lanciò una breve occhiata alla finestra spruzzata di pioggia all'altro capo della stanza e poi si strinse nelle spalle. «Anche questa è una maniera di passare il tempo» decise. Si distese sullo schienale, allungò i piedi verso il fuoco e cominciò.

«Tutto ebbe inizio circa quindici secoli fa» prese a raccontare con voce abbastanza alta da raggiungere le orecchie del capitano Brendig seduto lì vicino a scarabocchiare un pezzo di pergamena. «A quel tempo Sendaria non era un regno, e neppure uno stato separato. Ogni tanto apparteneva a Cherek, ad Algaria o agli Arend del Nord, cioè i Wacite o gli Asturian a seconda degli esiti delle guerre civili. Quando la guerra giunse al termine i Wacite furono sterminati e gli Asturian sconfitti e cacciati negli sperduti recessi della grande foresta dell'Arendia settentrionale. Allora l'imperatore di Tolnedra, Ran Horb II, decise che qui ci doveva essere un regno.»

«Come può un imperatore tolnedran prendere decisioni del genere su Sendaria?» chiese Garion.

«Il braccio dell'impero è molto lungo» disse Silk. «La Grande Via Settentrionale è stata costruita durante la seconda dinastia Borune... penso fosse Ran Burune IV che cominciò la costruzione, giusto, capitano?»

«Il quinto» corresse Brendig con tono acido alzando lo sguardo. «Ran Borune V.»

«Grazie, capitano» disse Silk. «Non riesco mai a ricordarmi le dinastie Borune. In ogni modo, c'erano già legioni imperiali in Sendaria per la sorveglianza delle strade. E se uno ha degli eserciti in una regione, allora ha anche una certa autorità. Possiamo dire così, capitano?»

«È la tua storia» tagliò corto Brendig.

«Infatti» concordò Silk. «Non è stato per spirito di generosità che Ran Horb prese questa decisione, Garion. Non fraintendermi. I Tolnedran non regalano mai niente. Era successo solo che gli Arend Mimbrate avevano alla fine vinto la guerra civile arend, un migliaio di anni di spargimenti di sangue e tradimenti, e Tolnedra non poteva permettersi che i Mimbrate si espandessero verso nord. La creazione di un regno indipendente in Sendaria avrebbe bloccato l'accesso dei Mimbrate alle rotte commerciali che uscivano da Drasnia e impedito di spostare il seggio del potere a Vo Mimbre, lasciando la capitale imperiale Tol Honeth in una sorta di acqua morta.»

«Sembra tutto terribilmente contorto» mormorò Garion.

«In realtà no» disse Silk. «È solo politica. È un gioco molto semplice, non è vero, capitano?»

«Non ci ho mai giocato» disse Brendig senza alzare gli occhi.

«Davvero?» ironizzò Silk. «Da così tanto tempo alla corte senza essere un politico? Sei un uomo raro, capitano. Comunque sia, i Sendar appresero all'improvviso di avere un regno, ma scoprirono anche di non avere alcuna nobiltà ereditaria. Oh, c'erano dei nobili tolnedran ritiratisi a vita privata che vivevano in poderi sparsi qua e là, c'erano pretendenti assortiti ai titoli wacite e asturian, alcuni capi guerrieri cherek con qualche uomo al seguito ma nessuna autentica nobiltà sendar. Così decisero di tenere elezioni nazionali, scegliere un re, capisci, e lasciare a lui il compito di conferire i titoli. Un approccio molto pratico, tipicamente Sendar.»

«E come si fa a eleggere un re?» chiese Garion che, affascinato dal racconto, cominciava a dimenticarsi la paura delle prigioni.

«Tutti vanno a votare» disse Silk con semplicità. «I genitori, è ovvio, votarono anche per i loro figli, ma pare che ci siano stati pochi imbrogli. Il resto del mondo rise di tutte quelle sciocchezze, ma i Sendar continuarono a fare elezioni per una dozzina d'anni.»

«Sei anni, per essere precisi» disse Brendig con il viso ancora chino sulla pergamena. «Dal 3827 al 3833.»

«E ci furono più di mille candidati» proseguì Silk esuberante.

«Settecentoquarantatré» puntualizzò Brendig con fermezza.

«Vedo che mi si corregge, nobile capitano» notò Silk. «È un grande conforto avere qui un esperto che possa scovare i miei errori. Non sono che un semplice mercante drasnian con poche nozioni di storia. In ogni modo, al ventitreesimo ballottaggio elessero finalmente un re... un coltivatore di broccoli rutabaga di nome Fundor.»

«Non coltivava solo broccoli» obiettò Brendig alzando gli occhi visibilmente arrabbiato.

«Ma certo!» esclamò Silk dandosi uno schiaffo sulla fronte col palmo aperto. «Come ho fatto a dimenticarmi dei cavoli? Coltivava anche cavoli, Garion. Non scordarti dei cavoli. Comunque, tutti in Sendaria pensavano che fosse importante e andarono alla fattoria di Fundor e lo trovarono che concimava i campi. Lo salutarono gridando, 'Salute a te, Fundor il magnifico, re di Sendaria' e caddero in ginocchio alla sua augusta presenza.»

«Dobbiamo proprio continuare?» chiese Brendig con voce sofferente.

«Il ragazzo vuol sapere, capitano» rispose Silk con volto innocente. «È nostro dovere di adulti insegnargli la storia. O sbaglio?»

«Racconta pure ciò che vuoi» si arrese Brendig con voce tesa.

«Grazie del permesso, capitano» disse Silk chinando la testa. «E sai cosa disse allora il re di Sendaria, Garion?»

«No» rispose Garion. «Che cosa?»

«'Vi supplico, eminenze,' disse il re 'di aver riguardo per i vostri bei vestiti. Ho appena cosparso di letame l'aiuola nella quale state in ginocchio.'»

Barak, che era seduto lì vicino, esplose in una grassa risata e si diede un gran pugno sul ginocchio con una delle mani enormi.

«Non lo trovo affatto divertente, signore» disse freddamente il capitano Brendig alzandosi in piedi. «Io non faccio battute sul re di Drasnia, o sbaglio?»

«Siete un cortigiano, capitano,» disse Silk mellifluo «e un nobile. Io sono solo un poveretto che cerca di farsi strada nel mondo.»

Brendig lo guardò, disarmato, si girò e uscì a grandi passi dalla stanza.

La mattina dopo il vento era cessato e aveva anche smesso di piovere. La strada era quasi un pantano, ma Brendig decise di proseguire. Fu difficile viaggiare quel giorno, ma il giorno seguente la situazione migliorò perché il terreno cominciava ad asciugarsi.

Zia Pol non sembrava affatto preoccupata dell'arresto. Mantenne il suo atteggiamento principesco mentre Garion non vedeva il motivo di continuare con quel raggiro e sperava ardentemente che la smettesse. Il senso pratico con cui aveva diretto la cucina alla fattoria di Faldor era stato rimpiazzato da una sorta di caparbietà esigente che Garion trovava assai angosciante. Per la prima volta nella vita sentiva che fra loro c'era una distanza. Sentiva un vuoto che prima non c'era. A rendere le cose peggiori c'era anche quell'incertezza logorante che cresceva di giorno in giorno da quando Silk, sulla cima della collina fuori Winold, aveva dichiarato senza possibilità di equivoci che Pol non poteva essere sua zia. Tutto questo scavava nel profondo dell'identità di Garion e il ragazzo si trovava spesso a ripetersi la tremenda domanda: «Chi sono io?»

Anche messer Lupo sembrava cambiato. Parlava di rado, sia lungo la via sia di sera negli ostelli. Trascorreva la maggior parte del tempo seduto da solo con un'espressione irritata sul volto.

Alla fine, il nono giorno dopo la partenza da Camaar, gli acquitrini salmastri finirono e il terreno costiero divenne più ondulato. Arrivarono sulla cima di una collina verso mezzogiorno, proprio quando il pallido sole invernale faceva capolino fra le nuvole e, nella valle sottostante, videro la città fortificata di Sendar che si stendeva di fronte al mare.

Il distaccamento delle guardie al cancello sud della città salutò con eleganza la piccola compagnia del capitano Brendig che, a sua volta, rispose al saluto. Le strade ampie sembravano popolate da uomini e donne in abiti di gran pregio, che si davano da fare in tutte le direzioni come se i loro impegni fossero i più importanti del mondo.

«Cortigiani.» Barak, che per caso cavalcava di fianco a Garion, sbuffò con tono sprezzante. «Fra di loro non c'è un singolo uomo vero.»

«È un male necessario, mio caro Barak» disse Silk voltandosi in direzione del gigante. «Piccoli lavori richiedono piccoli uomini, e sono i piccoli lavori che fanno andare avanti un regno.»

Dopo aver oltrepassato una magnifica piazza, si incamminarono per un viale in direzione del palazzo. Era un edificio molto grande con numerosi piani e ampie ali che si estendevano su entrambi i lati del cortile lastricato. L'intera costruzione era sormontata da una torre rotonda, senza dubbio la struttura più alta della città.

«Dove pensi che siano le galere?» sussurrò Garion a Durnik quando si fermarono.

«Ti sarei davvero grato, Garion,» disse il fabbro con uno sguardo sofferente «se la smettessi di parlare di prigioni.»

Il capitano Brendig smontò da cavallo e camminò incontro a un uomo dall'aspetto severo, vestito con una tunica ricamata e un cappello piumato. L'uomo stava scendendo gli scalini di fronte al palazzo. Parlarono per qualche istante. Sembrava quasi che litigassero.

«I miei ordini vengono dal re in persona» disse Brendig a voce così alta che riuscirono a sentirlo. «Mi è stato comandato di consegnare questa gente direttamente a lui al momento del nostro arrivo.»

«Anche i miei ordini vengono dal re,» disse l'uomo severo «e mi è stato comandato di renderli presentabili prima di condurli alla sala del trono. Mi prenderò io cura di loro.»

«Rimarranno sotto la mia custodia, conte Nilden, sino a che non saranno di fronte al re» affermò gelido Brendig.

«Non lascerò che questi soldati infangati attraversino le sale del palazzo, lord Brendig» insisté l'altro.

«Allora aspetteremo qui, conte Nilden» ribadì Brendig. «Vogliate essere così gentile da andare a chiamare il re.»

«Andare a chiamare?» Il conte era sbalordito. «Io sono capo maggiordomo del palazzo di Sua Maestà, lord Brendig. Io non vado a chiamare niente e nessuno.»

Brendig si voltò, come per rimontare a cavallo.

«Oh, molto bene» borbottò il conte Nilden in tono lamentoso. «Se bisogna fare in questo modo... Almeno pulitevi le scarpe.»

Il capitano si inchinò rigido.

«Non me ne dimenticherò, lord Brendig» lo minacciò Nilden.

«Neppure io, conte» assicurò Brendig.

Smontarono tutti da cavallo e, scortati dai soldati di Brendig, attraversarono il cortile fino a un'ampia porta vicino al centro dell'ala orientale.

«Siate così gentili da seguirmi» disse il conte Nilden guardando con raccapriccio i soldati coperti di fango. Quindi li condusse per l'ampio corridoio che stava dietro la porta.

Nella mente di Garion, ansia e curiosità lottavano fra loro. Nonostante le rassicurazioni di Silk e Durnik, nonché le positive implicazioni della richiesta di rendersi presentabili, la minaccia di una prigione viscida e infestata da ratti, completa di ruota della tortura e altri oggetti sgradevoli, era ancora molto reale. D'altra parte, lui non era mai stato prima in un palazzo, e i suoi occhi cercavano di abbracciare tutto in un unico sguardo. Quell'angolo della mente che a volte gli parlava con secco distacco gli disse che le sue paure erano probabilmente prive di fondamento e che quello sguardo stupido lo faceva sembrare un ottuso zoticone di campagna.

Il conte Nilden li condusse in una parte del corridoio dove c'erano alcune grandi porte tirate a lucido. «Questa è per il ragazzo» annunciò indicandone una.

Uno dei soldati la aprì e Garion, riluttante, entrò non prima di aver guardato zia Pol alle sue spalle.

«Avanti, entra» lo incitò una voce impaziente.

Garion si voltò senza sapere cosa avrebbe trovato.

«Chiudi la porta, ragazzo» disse un uomo dall'aspetto elegante che era lì ad attenderlo. «Non abbiamo tutta la giornata, sai?» L'uomo aspettava di fianco a una grande tinozza di legno da cui uscivano nuvole di vapore. «In fretta, ragazzo, togliti quegli stracci sudici ed entra nella tinozza. Sua Maestà sta aspettando.»

Troppo confuso per reagire, o persino per rispondere, Garion cominciò a slacciarsi la tunica.

Dopo che ebbe fatto il bagno e che i nodi fra i capelli gli furono sciolti, fu vestito con gli abiti posati sulla panca lì vicino. I pantaloni di lana grezza da bravo contadino lasciarono il posto a un paio di tessuto molto più elegante, di un blu luminoso. Gli stivali logori e infangati furono sostituiti da leggere scarpe di pelle. La tunica era bianca e soffice e il farsetto blu con un bordo di pelliccia argentea.

«Questo è il meglio che posso fare con così poco preavviso» disse l'uomo che lo aveva lavato e vestito squadrandolo dall'alto in basso con occhio critico. «Almeno non dovrò vergognarmi quando sarai presentato al re.»

Garion bofonchiò i suoi ringraziamenti poi si alzò in piedi in attesa di altre istruzioni.

«Bene, ragazzo, vai pure. Non bisogna far aspettare Sua Maestà.»

Silk e Barak erano nel corridoio e parlavano tranquilli. Barak risaltava in una giubba di broccato verde, ma sembrava a disagio senza la spada. Il farsetto di Silk era nero, con ricami d'argento, e la sua barba arruffata era stata acconciata, e appariva corta ed elegante.

«Cosa significa tutto questo?» chiese Garion quando li raggiunse.

«Ci presentano al re» disse Barak. «I nostri abiti semplici potevano recargli offesa. I re non sono abituati a guardare la gente comune.»

Durnik emerse da una delle stanze col volto pallido per la rabbia. «Quello sciocco tutto agghindato voleva farmi il bagno!» esclamò oltraggiato.

«È la tradizione» spiegò Silk. «Gli ospiti nobili non si fanno il bagno da soli. Spero che non gli avrai fatto male.»

«Io non sono un nobile e sono del tutto in grado di farmi il bagno da me» assicurò il fabbro tutto accaldato. «Gli ho detto che l'avrei affogato nella sua tinozza se non mi toglieva le mani di dosso. Dopo non mi ha dato più fastidio, però mi ha rubato i vestiti. Ho dovuto mettermi questi.» Indicò i suoi abiti, che erano molto simili a quelli di Garion. «Spero che nessuno mi veda con tutti questi fronzoli.»

«Barak dice che il re si potrebbe offendere se ci vedesse con i nostri veri vestiti» gli spiegò Garion.

«Il re non guarderà di certo me,» disse Durnik «e non mi piace sembrare diverso da ciò che sono. Aspetterò fuori con i cavalli se mi rendono i miei vestiti.»

«Abbi pazienza, Durnik» consigliò Barak. «Una volta chiarita questa faccenda con il re riprenderemo il cammino.»

Se Durnik era arrabbiato, messer Lupo era preda di una collera furiosa. Uscì nel corridoio vestito con un abito bianco come la neve e un profondo cappuccio sulle spalle. «Qualcuno la pagherà per questo» ringhiò.

«Ti sta molto bene» disse Silk con ammirazione.

«I tuoi gusti sono sempre stati discutibili, mastro Silk» disse Lupo con un tono raggelante. «Dov'è Pol?»

«La signora non ha ancora fatto la sua apparizione» lo informò Silk.

«Avrei dovuto immaginarlo» bofonchiò Lupo sedendosi su una panca. «Possiamo anche metterci comodi. I preparativi di Pol sono sempre piuttosto lunghi.»

E così aspettarono. Il capitano Brendig, dopo essersi cambiato stivali e giubba, camminava su e giù per il corridoio. Garion era sbigottito da quella accoglienza. Non sembravano in arresto, ma la sua immaginazione vedeva ancora prigioni, e questo era sufficiente a renderlo irritabile.

Poi comparve zia Pol. Aveva l'abito di velluto blu che si era fatta fare a Camaar e un diadema d'argento attorno al capo lasciava libero solo il suo ricciolo bianco. Aveva un portamento regale e una faccia molto severa.

«Già qui, signora Pol?» chiese Lupo secco. «Spero non vi sarete data l'affanno!»

Pol ignorò quel commento ed esaminò gli altri uno a uno. «Adeguato, penso» decretò alla fine aggiustando con noncuranza il colletto della giubba di Garion. «Dammi il braccio Vecchio Lupo. Vediamo cosa vuole da noi il re dei Sendar.»

Messer Lupo si alzò dalla panca, tese il braccio, e i due cominciarono a camminare lungo il corridoio. Il capitano Brendig radunò in fretta i soldati e li seguì in ordine sparso. «Se non vi dispiace, mia signora,» gridò a zia Pol «consentitemi di farvi strada.»

Il conte Nilden, il capo maggiordomo, era in piedi ad aspettarli di fronte a due porte massicce sorvegliate da guardie in uniforme. Fece un leggero inchino a zia Pol e schioccò le dita. Gli uomini d'arme spalancarono le pesanti porte verso l'interno.

Fulrach, il re di Sendaria, era un uomo tozzo e tarchiato con una barbetta castana. Stava seduto, piuttosto a disagio, su un trono dall'alto schienale posto su una predella all'estremità del grande salone in cui Nilden li aveva condotti. La sala del trono era ampia, con un soffitto a volte piuttosto alto e pareti coperte da metri e metri di pesanti tendaggi di velluto rosso. C'erano candele dappertutto e dozzine di persone ben vestite camminavano e chiacchieravano con fare ozioso nei vari angoli, senza mai ignorare la presenza del re.

«Posso annunciarvi?» chiese il conte Nilden a messer Lupo.

«Fulrach sa benissimo chi sono» rispose in fretta il vecchio e camminò a lunghi passi sopra il tappeto scarlatto verso il trono, con zia Pol sempre al braccio. Garion e gli altri seguivano, con Brendig e i soldati alle calcagna, mentre la folla di cortigiani e dame si zittì improvvisamente.

Si fermarono tutti ai piedi del trono e Lupo fece un inchino piuttosto formale. Zia Pol, con gli occhi di ghiaccio, fece una riverenza e Barak e Silk si inchinarono con eleganza. Durnik e Garion li imitarono, ma il risultato non fu altrettanto grazioso.

«Se è di gradimento a Sua Maestà,» giunse la voce di Brendig alle loro spalle «questi sono gli uomini che cercavate.»

«Sapevo di poter contare su di te, lord Brendig» rispose il re senza particolare enfasi. «La tua reputazione è ben meritata. Hai i miei ringraziamenti.» Poi guardò messer Lupo e gli altri con espressione indecifrabile. Garion cominciò a tremare.

«Mio caro, vecchio amico» disse il re a messer Lupo. «Sono passati troppi anni dall'ultima volta in cui ci siamo visti.»

«Hai perso completamente il senno, Fulrach» disse Lupo con voce così sottile che lo udì solo il re. «Perché hai deciso di interferire... proprio adesso? E cosa ti è preso per farmi conciare in questo modo assurdo?» Prese in mano un lembo dell'abito bianco con fare disgustato. «Vuoi annunciare la mia presenza a ogni Murgo da qui fino all'Ansa di Arendia?»

Il re aveva un'espressione sofferente. «Mi dispiace che tu la prenda così» disse con voce non più alta di quella di messer Lupo. «Ti spiegherò quando parleremo in privato.» Si girò svelto verso zia Pol come cercando di salvare almeno un'apparenza di dignità. «È da troppo tempo che non vi vediamo, cara signora. Layla e i ragazzi hanno sentito la vostra mancanza e io stesso ero molto afflitto per la vostra assenza.»

«Vostra Maestà è troppo gentile» disse zia Pol con voce fredda come quella di Lupo.

Il re trasalì. «Vi prego, cara signora,» si scusò «non giudicatemi troppo in fretta. Avevo ragioni urgenti. Spero che l'invito di lord Brendig non vi sia stato di intralcio.»

«Lord Brendig è stato la cortesia fatta persona» disse zia Pol senza cambiare trono. Diede un'occhiata al capitano, che era visibilmente impallidito.

«E voi, caro lord Barak,» continuò in fretta il re cercando di salvare la situazione «come sta vostro cugino, il nostro caro fratello re, Ahneg di Cherek?»

«Stava bene l'ultima volta che l'ho visto, Vostra Maestà» rispose Barak con tono formale. «Un po' sbronzo, ma questo non è insolito per Ahneg.»

Il re sogghignò un po' nervosamente, poi si girò verso Silk. «Principe Kheldar della casa reale di Drasnia» disse. «Siamo stupiti di trovare visitatori così nobili nel nostro reame e siamo molto più che feriti perché hanno scelto di non portarci i loro saluti. Il re dei Sendar è così poco importante da non meritare neppure una breve visita?»

«Non era nostra intenzione recarvi offesa, Vostra Maestà,» rispose Silk facendo un inchino «ma la nostra missione era di tale urgenza che non c'è stato tempo per le normali cortesie.»

Il re lo guardò preoccupato e poi, sorprendentemente, mosse le dita negli impercettibili gesti del linguaggio segreto drasnian. Non c'è tempo per questo. Ci sono troppe orecchie in ascolto. Poi guardò Durnik e Garion con espressione interrogativa.

Zia Pol fece un passo avanti. «Questo è mastro Durnik del distretto di Erat, Vostra Maestà,» lo presentò «un uomo onesto e coraggioso.»

«Benvenuto, mastro Durnik» lo accolse il re. «Posso solo sperare di essere chiamato anch'io un giorno un uomo onesto e coraggioso.»

Durnik fece un goffo inchino con un'espressione stupita dipinta sul volto. «Sono solo un semplice fabbro, vossignoria» disse. «Ma sono il suddito più devoto e leale di Vostra Maestà.»

«Ben detto, mastro Durnik» disse il re sorridendo. Poi guardò Garion.

Zia Pol seguì il suo sguardo. «Un ragazzo, Maestà» disse con indifferenza. «Di nome Garion. È stato affidato alle mie cure anni fa e ci accompagna nel viaggio perché non sapevo a chi altro lasciarlo.»

Un gelo terribile colpì Garion allo stomaco. La certezza che quelle parole noncuranti fossero la nuda verità fu un duro colpo. Non aveva neppure cercato di attutirlo. L'indifferenza con la quale aveva distrutto la sua vita lo feriva ancora di più della stessa distruzione.

«Benvenuto anche a te, Garion» disse il re. «Viaggi in nobile compagnia per essere così giovane.»

«Non sapevo chi fossero, Maestà» rispose Garion miseramente. «Nessuno mi dice mai niente.»

Il re rise, bonariamente divertito. «Quando crescerai, Garion,» disse «scoprirai che questi giorni innocenti sono i migliori della vita. Di recente mi hanno raccontato cose che avrei preferito non sapere.»

«Possiamo parlare in privato ora, Fulrach?» domandò messer Lupo, con la voce ancora irritata.

«A suo tempo, mio caro amico» rispose il re. «Ho ordinato di preparare un banchetto in vostro onore. Andiamo tutti a cenare. Layla e i ragazzi ci stanno aspettando. Ci sarà tempo più tardi per discutere certe faccende.» Detto questo si alzò e scese dalla predella.

Garion, sprofondato nel suo privato tormento, si avvicinò a Silk.

«Principe Kheldar?» mormorò nella disperata necessità di distrarsi dalla verità.

«Un incidente di nascita, Garion» disse Silk scrollando le spalle. «Qualcosa su cui non ho avuto alcun controllo. Per fortuna sono solo il nipote del re di Drasnia, molto lontano nella linea di successione. Non corro alcun rischio immediato di ascendere al trono.»

«E Barak è...»

«Il cugino di re Ahneg di Cherek» rispose Silk. Si guardò alle spalle. «Qual è esattamente il tuo rango, Barak?» chiese.

«Conte di Trellheim» brontolò il gigante. «Perché me lo chiedi?»

«Il giovanotto qui era curioso» disse Silk.

«Comunque sono tutte sciocchezze» tagliò corto Barak. «Ma quando Ahneg è diventato re qualcuno doveva diventare capoclan. In Cherek non si possono coprire entrambe le cariche. È considerato di malaugurio... soprattutto dai capi degli altri clan.»

«Capisco come si possono sentire» ridacchiò Silk.

«Comunque è un titolo senza importanza» fece notare Barak. «Da tremila anni non ci sono guerre fra clan in Cherek. Ho lasciato che fosse mio fratello minore a occuparsene al posto mio. È un ragazzo semplice e si diverte con poco. Inoltre, dà fastidio a mia moglie.»

«Tu sei sposato?» sussultò Garion.

«Diciamo così» replicò Barak amareggiato.

Silk fece un cenno d'avvertimento a Garion, indicandogli che quello era un argomento delicato.

«Perché non me l'avete detto?» chiese il ragazzo in tono accusatorio. «Dei titoli, intendo.»

«Avrebbe fatto qualche differenza?» chiese Silk.

«Be'... no,» ammise Garion «ma...» Si fermò, incapace di tradurre in parole i suoi sentimenti. «Non ci capisco niente» concluse poco convinto.

«Col tempo sarà tutto chiaro» lo rassicurò Silk mentre entravano nella sala dei banchetti.

Questa stanza era grande quasi come la sala del trono. C'erano lunghi tavoli coperti da eleganti tovaglie di lino e, anche qui, candele dappertutto. Dietro ogni sedia stava in piedi un servitore, e tutto era supervisionato da una donnetta paffuta con il volto radioso e una coroncina minuscola in equilibrio precario sulla testa. Quando entrarono andò subito loro incontro.

«Cara Pol,» disse «sei semplicemente stupenda.» Abbracciò zia Pol con affetto e le due cominciarono a parlare animatamente.

«La regina Layla» Silk spiegò brevemente a Garion. «La chiamano la Madre di Sendaria. I quattro bambini laggiù sono suoi. Ne ha altri quattro o cinque... più grandi e probabilmente via per affari, perché Fulrach insiste che si guadagnino da vivere. C'è una barzelletta molto comune fra gli altri re che dice che la regina Layla è stata perennemente incinta da quando aveva quattordici anni. Ma forse è perché devono mandare doni reali a ogni nuova nascita. È una brava donna, però, e impedisce a re Fulrach di commettere troppi errori.»

«Conosce zia Pol» osservò Garion. Il fatto, per qualche ragione, lo disturbava.

«Tutti conoscono tua zia» disse Silk.

Dal momento che zia Pol e la regina erano assorte nella conversazione, e già si dirigevano a uno dei tavoli, Garion rimase vicino a Silk. Aiutami a non fare errori gesticolò, cercando di fare movimenti piccoli con le dita.

Silk gli strizzò l'occhio in risposta.

Una volta che furono tutti seduti, e che il cibo cominciò ad arrivare, Garion si calmò. Capì che tutto ciò che doveva fare era seguire le imbeccate di Silk, e le sottigliezze intricate di una cena formale non lo intimidirono più. La conversazione attorno a lui era solenne e del tutto incomprensibile, ma pensò che nessuno avrebbe prestato molta attenzione a lui e che forse era al sicuro se teneva la bocca chiusa e gli occhi sul piatto.

Un anziano nobiluomo con una bella barba argentata riccioluta, però, si girò verso di lui. «Mi si dice che abbiate viaggiato di recente» iniziò in tono condiscendente. «Come avete trovato il regno, giovanotto?»

Garion, che non sapeva che pesci pigliare, guardò Silk all'altro capo del tavolo. Cosa devo dire?, gesticolò con le dita.

Digli che il regno non sta né meglio né peggio di quanto si possa anticipare nelle presenti circostanze, rispose Silk.

Garion ripeté diligentemente.

«Ah,» disse il vecchio nobiluomo «proprio come mi aspettavo. Sei un buon osservatore anche se così giovane. Adoro parlare con i giovani. Hanno punti di vista molto freschi.»

Chi è?, gesticolò Garion.

Il conte di Seline, rispose Silk. È un vecchio scocciatore, ma sii gentile con lui. Rivolgiti a lui chiamandolo mio signore.

«E come hai trovato le strade?» si informò il conte.

«Piuttosto in cattivo stato, mio signore» rispose Garion su suggerimento di Silk. «Ma è normale in questo periodo dell'anno, non è vero?»

«Infatti» disse il conte con approvazione. «Che splendido ragazzo sei.»

La strana conversazione a tre continuava e Garion cominciò a divertirsi perché i commenti suggeriti da Silk sembravano sbalordire il vecchio gentiluomo.

Alla fine del banchetto il re si alzò dal suo seggio a capotavola. «E ora, cari amici,» annunciò «la regina Layla e io desidereremmo ricevere in privato i nostri nuovi ospiti. Vi preghiamo di scusarci.» Offrì il braccio a zia Pol, messer Lupo porse il suo alla paffuta regina, e i quattro si diressero alla porta più lontana della sala.

Il conte di Seline fece un ampio sorriso a Garion e si girò verso l'altro capo del tavolo. «Ho molto apprezzato la vostra conversazione, principe Kehldar» disse a Silk. «Sarò forse anche un vecchio scocciatore, come dite voi, ma a volte può essere un vantaggio. Non credete?»

Silk rise sommessamente. «Avrei dovuto sapere che una vecchia volpe come voi era a conoscenza del linguaggio segreto, mio signore.»

«Un'eredità di una giovinezza mal spesa.» Il conte rise. «Il vostro allievo è molto abile, principe Kehldar, ma il suo accento è bizzarro.»

«Faceva molto freddo quando ha imparato, mio signore,» disse Silk «e le nostre dita erano un po' rigide. Correggerò il problema non appena avremo tempo.»

Il vecchio nobiluomo sembrava molto soddisfatto di sé stesso per essere stato più furbo di Silk. «Splendido ragazzo» disse, dando dei colpetti alla spalla di Garion. Poi se ne andò ridacchiando fra sé.

«Tu sapevi che capiva tutto» Garion accusò Silk.

«Certo» disse l'uomo. «I servizi segreti drasnian conoscono tutti gli adepti del linguaggio segreto. A volte è utile che certi messaggi siano intercettati. Non sottovalutare il conte di Seline, comunque. Non escludo che sia intelligente quanto me: hai visto quanto si è divertito a smascherarci?»

«Non riesci a fare niente senza astuzia?» chiese Garion. Aveva un tono stizzito perché era convinto di essere stato lo zimbello del gioco.

«Se non sono proprio costretto, no, mio caro Garion.» Silk si mise a ridere. «La gente come me fa continuo esercizio di inganni, anche quando non sono necessari. La nostra vita dipende dalla furbizia, perciò dobbiamo tenere i sensi all'erta.»

«Deve essere un modo molto solitario di vivere» osservò Garion con una scaltrezza suggerita dalla vocina interiore. «Non puoi fidarti davvero di nessuno, o sbaglio?»

«Suppongo di no» ammise Silk. «È un gioco, Garion. Siamo tutti molto abili... almeno se vogliamo campare a lungo. Ci conosciamo tutti, perché facevamo tutti lo stesso lavoro. Le ricompense sono grandi, ma dopo un po' giochiamo solo per il gusto di sconfiggerci l'un l'altro. Però, hai ragione. È un gioco solitario, e a volte disgustoso... ma per la maggior parte del tempo è un grandissimo divertimento.»

Il conte Nilden si avvicinò e fece un inchino gentile. «Sua Maestà chiede che voi e il ragazzo vi uniate a lui e agli altri nei suoi appartamenti privati, principe Kehldar» disse. «Siate così gentile da seguirmi.»

«Certo» disse Silk. «Vieni, Garion.»

Gli appartamenti privati del re erano molto più semplici delle sale decorate del palazzo principale. Re Fulrach si era tolto la corona e gli abiti ufficiali e ora sembrava un comune Sendar in abiti ordinari. Parlava tranquillo con Barak. La regina Layla e zia Pol erano sedute su un divano assorte nella conversazione e Durnik, non troppo distante, cercava di fare del suo meglio per passare inosservato. Messer Lupo era da solo vicino a una finestra con la faccia che sembrava una nuvola di temporale.

«Ah, principe Kehldar» lo accolse il re. «Pensavamo che voi e Garion foste stati sequestrati.»

«Stavamo duellando con il conte di Seline, Vostra Maestà» disse, con leggerezza. «Metaforicamente parlando, si intende.»

«Fate attenzione» lo avvertì il re. «È del tutto plausibile che sia troppo scaltro perfino per il vostro talento.»

«Nutro un profondo rispetto per quel vecchio mascalzone» rise Silk.

Re Fulrach rivolse un'occhiata apprensiva a messer Lupo. Poi raddrizzò le spalle e sospirò. «Penso sia meglio risolvere questa faccenda sgradevole» disse. «Layla, ti dispiace intrattenere gli altri nostri ospiti mentre do al nostro vecchio amico imbronciato e alla signora l'opportunità di sgridarmi? È ovvio che non sarà contento finché non mi prende a male parole per una situazione di cui non ho colpa.»

«Ma certo, caro» disse la regina Layla. «Cerca di non dilungarti troppo e, per cortesia, non gridare. I bambini sono a letto e hanno bisogno di riposo.»

Zia Pol si alzò dal divano e insieme a messer Lupo, che non aveva cambiato espressione, seguì il re in una camera adiacente.

«Dunque,» disse la regina Layla con simpatia «di cosa parliamo?»

«Ho avuto istruzioni, vostra altezza, di riferirvi i saluti della regina Porenn di Drasnia se si fosse presentata l'occasione» disse Silk in modo cortese. «Chiede il vostro permesso per avviare una corrispondenza di natura delicata.»

«Ma certamente» si illuminò la regina Layla. «È una cara bambina, troppo graziosa e di puro buon cuore per quel grasso e vecchio bandito di Rhodar. Spero che non la renda infelice.»

«No, altezza» la rassicurò Silk. «Per quanto possa sembrare sorprendente, ama mio zio alla follia e lui, ovviamente, delira di gioia per la sua bellissima e giovane moglie. C'è quasi da star male a vedere tutte quelle smancerie.»

«Un giorno, principe Kehldar, anche voi vi innamorerete,» disse la regina con un sorriso compiaciuto «e i dodici regni esulteranno per la caduta di un così famoso scapolo. Che faccenda desidera discutere Porenn con me?»

«Si tratta di fertilità, vostra altezza» rivelò Silk con un delicato colpo di tosse. «Vuol dare un erede a mio zio e necessita il vostro consiglio sulla faccenda. Il mondo intero ammira i vostri doni in questo campo.»

La regina Layla arrossì vezzosamente, poi rise. «Le scriverò subito» promise.

A questo punto Garion si era avvicinato alla porta dietro cui stavano il re, zia Pol e messer Lupo. Cominciò una meticolosa ricognizione della tappezzeria sul muro per nascondere il fatto che stava cercando di origliare. Ci volle solo un momento perché udisse quelle voci familiari.

«Con esattezza, che senso ha tutta questa sciocchezza, Fulrach?» stava dicendo messer Lupo.

«Ti prego di non giudicarmi in fretta, Venerabile» rispose il re cercando di calmarlo. «Sono accadute cose di cui forse non sei a conoscenza.»

«Sono a conoscenza di tutto quanto accade» assicurò Lupo.

«Sai che siamo indifesi se il Maledetto si sveglia? Ciò che lo teneva in scacco è stato rubato dal trono del re di Riva.»

«E infatti, stavo seguendo le tracce del ladro quando il tuo nobile capitano Brendig ha interrotto le mie ricerche.»

«Mi dispiace,» si scusò Fulrach «ma non saresti andato molto lontano. Tutti i re di Aloria ti stanno cercando da tre mesi. Un tuo ritratto, dipinto dai migliori artisti, è nelle mani di ogni ambasciatore, agente e ufficiale dei cinque regni del Nord. In realtà ti inseguono da quando hai lasciato Darine.»

«Fulrach, sono occupato. Di' ai re alorn di lasciarmi in pace. Come mai all'improvviso si interessano dei miei movimenti?»

«Vogliono tenere consiglio con te» disse il re. «Gli Alorn si preparano alla guerra e anche la mia povera Sendaria è mobilitata. Se il Maledetto risorge siamo tutti condannati. Il potere che è stato rubato potrà essere usato per svegliarlo e la sua prima mossa sarà di attaccare l'Ovest, lo sai bene, Belgarath. E sai anche che fino al ritorno del re di Riva non abbiamo vere difese.»

Garion strabuzzò gli occhi ed ebbe un sussulto violento. Poi cercò di coprire quel movimento improvviso chinandosi a osservare i dettagli della tappezzeria. Si disse che aveva sbagliato a sentire. Il nome che re Fulrach aveva pronunciato non poteva essere Belgarath. Belgarath era un personaggio delle favole, un mito.

«Allora di' ai re alorn che sto inseguendo il ladro. Se mi lasciano in pace lo prenderò prima che possa compiere altri danni con ciò che ha rubato.»

«Non sfidare il destino, Fulrach» lo avvisò zia Pol. «La tua interferenza ci costa tempo che non possiamo permetterci di perdere. Ora mi hai seccato.»

La voce del re era ferma quando rispose. «Conosco il tuo potere, lady Polgara» disse, e Garion fece un altro balzo. «Comunque non ho scelta» continuò il re. «Sono legato alla promessa di consegnarvi tutti a Val Alorn, ai sovrani di Aloria. Un re non può mancare alla promessa fatta ai suoi pari.»

Ci fu un lungo silenzio nell'altra stanza mentre la mente di Garion vagliava almeno una dozzina di possibilità.

«Tu non sei cattivo, Fulrach» disse messer Lupo. «Forse non sei intelligente come vorrei, ma sei un brav'uomo. Non alzerò la mano contro di te, né lo farà mia figlia.»

«Parla per te, Vecchio Lupo» lo rimbeccò zia Pol arcigna.

«No, Polgara» disse lui. «Se dobbiamo andare a Val Alorn, facciamolo il più in fretta possibile. Prima spiegheremo le cose agli Alorn, prima smetteranno di interferire.»

«Credo che l'età ti abbia rammollito il cervello, padre» disse zia Pol. «Non abbiamo tempo per una gita a Val Alorn. Fulrach può spiegare la situazione ai re.»

«Non servirà a nulla, lady Polgara» disse il monarca in modo piuttosto mesto. «Come tuo padre ha così giustamente fatto notare, non mi considerano molto sveglio. I re alorn non mi daranno ascolto. Se ora ve ne andate, manderanno qualcuno come Brendig a catturarvi di nuovo.»

«Quell'uomo sfortunato potrebbe trovarsi improvvisamente a passare il resto della vita nella forma di un rospo o, magari, di un ravanello» minacciò Pol.

«Ora basta, Pol» disse Lupo. «C'è una nave pronta, Fulrach?»

«È al molo nord, Belgarath» rispose il re. «Un vascello cherek mandato da re Ahneg.»

«Molto bene» disse messer Lupo. «Domani partiremo per Cherek. Pare che dovrò spiegare un paio di cosette a quegli zucconi di Alorn. Verrai con noi?»

«Sono obbligato» disse Fulrach. «Il consiglio deve essere generale e anche Sendaria è coinvolta.»

«Ne riparleremo, Fulrach» disse zia Pol.

«Non ti preoccupare, Pol» cercò di calmarla messer Lupo. «Sta facendo solo ciò che ritiene giusto. Chiariremo tutto a Val Alorn.»

Quando si allontanò dall'uscio, Garion stava tremando. Era impossibile. All'inizio, la sua scettica educazione sendar non gli consentì neppure di prendere in considerazione una cosa tanto assurda. Poi, però, si convinse a guardare in faccia la realtà.

E se messer Lupo fosse stato davvero Belgarath il Mago, un uomo che aveva vissuto per oltre settemila anni? E se zia Pol fosse stata davvero sua figlia, la maga Polgara, che era solo di poco più giovane? Tutti i pezzetti, gli indizi nascosti, le mezze verità combaciavano. Silk aveva ragione: Pol non poteva essere sua zia. Ora Garion era orfano per davvero. Era stato mandato alla deriva nel mondo senza legami di sangue cui aggrapparsi. Voleva disperatamente tornare a casa, alla fattoria di Faldor, dove poteva sprofondare nell'oscurità senza pensieri, un posto tranquillo in cui non c'erano maghi, né strane ricerche né altro che gli ricordasse zia Pol e quella beffa crudele che era la sua vita.

Parte seconda

Cherek

12

Alle prime, grigie luci dell'alba attraversarono a cavallo le strade tranquille di Sendar fino al porto dove c'era la nave ad aspettarli. L'abbigliamento vistoso della sera precedente era stato messo da parte, e avevano ripreso gli abiti comuni. Anche re Fulrach e il conte di Seline avevano indossato delle vesti semplici e ora non parevano altro che due mercanti facoltosi in viaggio d'affari. La regina Layla, che non sarebbe partita con loro, cavalcava di fianco al marito e gli parlava a cuore aperto con l'espressione di chi sta per scoppiare in lacrime. La compagnia era scortata da soldati stretti nei loro mantelli per proteggersi dal vento gelido e crudo che spirava dal mare.

In fondo alla strada che portava dal palazzo al porto, i moli di pietra della città di Sendar si protendevano nell'acqua bassa e laggiù c'era la loro nave, che dondolava e sforzava le gomene cui era legata. Era un vascello piccolo e leggero, stretto di fusto e alto di prua, con una sorta di aspetto rapace che poco aiutava a tranquillizzare Garion in vista del suo primo viaggio per mare. Distesi sul ponte, c'erano molti marinai dall'aspetto selvaggio, con barbe irsute e ruvidi indumenti di pelliccia. Fatta eccezione per Barak, questi erano i primi Cherek che Garion vedeva, ed ebbe l'impressione che fossero del tutto inaffidabili.

«Barak!» gridò un uomo corpulento che si trovava a metà dell'albero maestro. Poi, aiutandosi con le mani, scivolò giù da una fune che scendeva di traverso fino al ponte e saltò sul molo.

«Greldik!» ruggì Barak in risposta. Con un balzo scese da cavallo e avvinghiò il marinaio dall'aspetto truce in un abbraccio da orso.

«Sembra che lord Barak conosca il nostro capitano» osservò il conte di Seline.

«È inquietante» disse Silk con tono beffardo. «Speravo in un capitano sobrio e di buon senso, di mezza età e di indole conservatrice. Non mi piacciono né le navi né i viaggi per mare.»

«Ho sentito dire che il capitano Greldik sia uno dei migliori uomini di mare di tutta Cherek» lo rassicurò il conte.

«Mio signore,» disse Silk con sguardo sofferente «le definizioni dei Cherek possono trarre in inganno.» Guardò con stizza Barak e Greldik che brindavano al loro incontro con due boccali di birra passati da un marinaio.

La regina Layla era scesa da cavallo e abbracciava zia Pol. «Ti prego, sorveglia il mio povero marito, Pol» raccomandò con una risatina tremolante. «Non lasciare che quei gradassi degli Alorn lo convincano a fare qualche stupidaggine.»

«Certo, Layla» Pol sorrise per rassicurarla.

«Smettila, Layla» disse re Fulrach con voce imbarazzata. «Starò bene. Sono un uomo adulto, dopotutto.»

La piccola regina paffuta si asciugò gli occhi. «Voglio che tu mi prometta di indossare abiti caldi,» disse «e di non rimanere alzato tutta la notte a ubriacarti insieme ad Anheg.»

«Layla, questa è una missione seria» la rimproverò il re. «Non ci sarà tempo per quelle cose.»

«Conosco Anheg fin troppo bene» sbuffò la regina. Si voltò verso messer Lupo, si alzò sulla punta dei piedi e gli baciò una guancia barbuta. «Caro Belgarath,» mormorò «quando sarà tutto finito promettimi che verrai a trovarmi con Pol e resterete un po' più a lungo.»

«Te lo prometto, Layla» disse messer Lupo serio.

«La marea sta salendo, Vostra Maestà,» avvertì Greldik «e la mia nave diventa impaziente.»

«Oh cielo!» esclamò la regina. Buttò le braccia al collo del re e affondò il viso nel suo petto.

«Suvvia, basta» disse Fulrach imbarazzato.

«Se non vai ora, piangerò qui in pubblico» minacciò lei spingendolo via.

Le pietre del molo erano scivolose e la sottile nave cherek sobbalzava e rollava nell'acqua bassa. Dovettero attraversare una stretta passerella che si sollevava e ondeggiava pericolosamente, ma riuscirono tutti a salire a bordo senza incidenti. I marinai mollarono le gomene e presero posto ai remi. L'agile vascello balzò via dal molo e si mosse veloce nel porto oltre il mercantile grosso e solido che era ancorato lì accanto. Sconsolata, la regina

Layla stava in piedi sul molo, attorniata dagli alti soldati. Salutò con la mano un paio di volte poi rimase ferma a guardare con il mento sollevato per dimostrare il suo coraggio.

Il capitano Greldik prese posto al timone con Barak al suo fianco e fece un segno a un guerriero muscoloso e tracagnotto che era accucciato lì vicino. L'uomo fece un cenno con la testa e levò un pezzo di vela che copriva, a mo' di straccio, un tamburo. Cominciò con un battito lento e subito i rematori presero il ritmo. La nave sollevò la prua e si diresse in mare aperto.

Quando furono oltre la protezione del porto, le onde lunghe crebbero così poderose che la nave non oscillava più, ma anzi correva sul dorso di ogni onda e sul fronte della successiva. I lunghi remi, che si immergevano al ritmo tetro del tamburo, lasciavano piccoli riccioli sulla superficie dell'acqua. Il mare era grigio piombo sotto il cielo invernale, e la costa bassa e coperta di neve di Sendaria scivolava alle loro spalle sulla destra, desolata e cupa.

Garion passò la maggior parte del giorno a tremare in un angolino coperto vicino alla prua. I mille pezzi in cui si era infranta la sua vita gli stavano tutti attorno. L'idea che messer Lupo fosse Belgarath e che zia Pol fosse Polgara era una autentica assurdità. D'altra parte era convinto che almeno una cosa fosse vera. Forse non era Polgara, ma di certo non era sua zia. Evitò il più possibile di guardarla e non rivolse la parola a nessuno.

Dormirono tutta la notte in cabine anguste sotto il ponte di poppa. Messer Lupo rimase seduto a lungo a parlare con re Fulrach e con il conte di Seline. Garion osservò di nascosto il vecchio: i capelli d'argento e la barba tagliata corta sembravano quasi scintillare nella luce di una lampada a olio che ondeggiava da una delle travi basse. Aveva lo stesso aspetto di sempre e Garion, infine, si girò dall'altra parte e si addormentò.

Il giorno successivo doppiarono il promontorio di Sendaria e puntarono a nordest con un buon vento in poppa. Le vele erano issate e i rematori poterono riposare. Garion continuava a lottare con il suo dilemma.

Il terzo giorno il tempo si fece gelido e tempestoso. Il sartiame scricchiolava per il ghiaccio e il nevischio sibilava sul mare attorno a loro.

«Se non migliora, sarà dura attraversare lo Strazio» pronosticò Barak accigliandosi in mezzo al nevischio.

«Attraversare cosa?» chiese Durnik con apprensione. Il fabbro non era per nulla a suo agio sulla nave. Si era appena ripreso da un attacco di mal di mare ed era, ovviamente, un po' teso.

«Lo Strazio di Cherek» spiegò Barak «è un passaggio di circa una lega fra l'estremità nord di Sendaria e il limite sud di Cherek. Vortici, gorghi, risucchi e altre cose del genere. Non ti devi allarmare, Durnik. Questa è una buona nave e Greldik conosce i segreti per navigare attraverso lo Strazio. Potrebbe essere un po' difficile, ma saremo perfettamente al sicuro... a meno di non essere sfortunati, è ovvio.»

«È proprio una cosa allegra da dire» osservò Silk gelido da poco lontano. «Sono tre giorni che cerco di non pensare allo Strazio.»

«È davvero così orribile?» chiese Durnik con voce da oltretomba.

«Mi assicuro sempre di non attraversarlo da sobrio» gli disse Silk.

Barak si mise a ridere. «Dovresti essere grato allo Strazio, Silk» gli fece notare. «Tiene l'impero fuori dal golfo di Cherek. Altrimenti tutta Drasnia sarebbe una provincia tolnedran.»

«Da un punto di vista politico lo ammiro,» ammise Silk «ma personalmente sarei molto più contento se non dovessi averci mai a che fare.»

Il giorno dopo gettarono l'àncora vicino alla costa rocciosa a nord di Sendaria, aspettando che la marea cambiasse. Dopo un po' mutò corso e le acque del Mare dei Venti salirono e invasero lo Strazio alzando il livello del golfo di Cherek.

«Trova qualcosa di robusto cui aggrapparti, Garion» gli consigliò Barak mentre Greldik ordinava di issare l'àncora. «Con questo vento in poppa il passaggio diventerà interessante.» Camminò a grandi passi lungo il ponte stretto, con i denti che gli luccicavano in un ampio ghigno.

Era una stupidaggine. Garion lo sapeva, anche quando si alzò e cominciò a seguire l'uomo dalla barba rossa fino alla prua, ma quattro giorni di rimuginio solitario su un problema del tutto illogico lo avevano reso sfacciato e battagliero. Serrò i denti e afferrò un anello di ferro arrugginito che sporgeva dalla prua.

Barak si mise a ridere e gli diede una gran pacca sulla spalla. «Bravo ragazzo» disse con approvazione. «Guarderemo insieme fin giù nella gola dello Strazio.»

Garion decise di non rispondere.

Con il vento e la marea in poppa, la nave di Greldik volò letteralmente attraverso lo stretto, tremando e straorzando ogni volta che veniva catturata dalle violente correnti. Spruzzi ghiacciati colpivano il volto di Garion che, mezzo accecato, non vide il gigantesco vortice al centro dello Strazio fin quando non gli furono proprio sopra. Gli sembrò di udire un potente ruggito e si stropicciò gli occhi giusto in tempo per vederlo spalancarsi di fronte a lui. «Cos'è quello?» gridò superando il rumore.

«Il grande Maelstrom» urlò Barak. «Tieniti forte.»

Il Maelstrom era grande come l'intero paese di Alto Gralt e scendeva con un pendio orribile in un pozzo ribollente e fumoso a perdita d'occhio. Incredibilmente, invece di guidare il vascello lontano dal vortice, Greldik puntò diritto al centro.

«Cosa sta facendo?» strillò Garion.

«È il segreto per passare lo Strazio» ruggì Barak. «Gli giriamo attorno un paio di volte per prendere velocità. Poi, se la nave non si spezza, verrà lanciata come un sasso da una fionda e oltrepasseremo le correnti al di là del Maelstrom prima che ci rallentino e ci trascinino indietro.»

«Se la nave non si spezza?»

«Qualche volta le navi vengono squarciate dal Maelstrom» disse Barak. «Non preoccuparti, ragazzo. Non succede molto spesso e la barca di Greldik sembra abbastanza robusta.»

La prua dell'imbarcazione si tuffava orribilmente nei cerchi esterni del Maelstrom. Poi sfrecciò due volte attorno all'enorme mulinello, con i rematori che piegavano frenetici il dorso al battito impetuoso del tamburo. Il vento sferzava il viso di Garion, che si tenne più forte al cerchio di ferro, con gli occhi lontani dalle fauci ribollenti che si aprivano sotto di lui.

Poi furono liberi e volarono come una pietra sibilante attraverso l'acqua spumosa al di là del Maelstrom. Il vento ululava nel sartiame e Garion fu quasi soffocato dal quella forza.

Poco a poco la nave rallentò in mezzo a mulinelli turbinanti, ma la velocità che avevano guadagnato nel Maelstrom li portò in acque calme in una baia riparata sulla costa di Sendar.

Barak rideva allegramente e si asciugava gli spruzzi dalla barba. «Ebbene, figliolo,» disse «cosa ne pensi dello Strazio?»

Garion non si fidava a rispondere e si concentrò sull'operazione di staccare le dita intorpidite dall'anello di ferro.

Una voce familiare si udì provenire da poppa. «Garion!»

«Ora mi hai messo proprio nei guai» disse il ragazzo risentito, ignorando il fatto che stare in piedi a prua era stata una sua idea.

Zia Pol disse a Barak quanto fosse stato irresponsabile. Poi si girò verso Garion.

«E allora?» chiese. «Sto aspettando. Potresti spiegarmi?»

«Non è stata colpa di Barak» precisò Garion. «È stata una mia idea.» Non c'era motivo di mettere nei pasticci entrambi, dopotutto.

«Capisco» disse lei. «Cosa c'è dietro?»

Il dubbio e la confusione che lo avevano tormentato lo resero sfacciato. «Mi andava di farlo» disse con tono quasi di sfida. Per la prima volta nella vita fu sul punto di ribellarsi apertamente.

«Che cosa?»

«Mi andava di farlo» ripeté lui. «Che differenza fa conoscere il motivo? Tanto mi punirai lo stesso.»

Zia Pol si irrigidì, con gli occhi che le fiammeggiavano.

Messer Lupo, seduto lì vicino, ridacchiava.

«Cosa c'è di così divertente?» scattò la donna.

«Perché non lasci che me ne occupi io, Pol?» suggerì il vecchio.

«Posso farlo io» si ostinò la donna.

«Ma non bene, Pol» le fece notare Lupo. «Affatto. Hai un temperamento troppo irascibile e una lingua troppo tagliente. Non è più un bambino. Non è ancora un uomo, ma neppure un bambino. Bisogna risolvere il problema in un modo speciale. Me ne occupo io.» Si alzò in piedi. «Insisto, Pol.»

«Tu cosa?»

«Insisto.» Gli occhi del vecchio divennero seri.

«Molto bene» mormorò Pol con voce gelida. Si girò e andò via.

«Siediti, Garion» disse il vecchio.

«Perché è così perfida?» esclamò Garion.

«Non lo è» disse messer Lupo. «È arrabbiata perché l'hai spaventata. A nessuno piace avere paura.»

«Mi dispiace» farfugliò Garion vergognandosi di sé stesso.

«Non scusarti con me» disse Lupo. «Io non ho avuto paura.» Fissò Garion per un attimo, lo sguardo penetrante. «Qual è il problema?» chiese.

«Ti chiamano Belgarath» snocciolò Garion come se questo spiegasse tutto. «E lei Polgara.»

«Ebbene?»

«È semplicemente impossibile.»

«Non abbiamo già fatto questo discorso? Tanto tempo fa?»

«Sei Belgarath?» chiese Garion senza mezzi termini.

«Alcuni mi chiamano così. Che differenza fa?»

«Mi dispiace» scosse la testa Garion. «È solo che non ci credo.»

«D'accordo» disse Lupo stringendosi nelle spalle. «Non devi, se non vuoi. Cosa c'entra questo con il fatto che sei stato maleducato con tua zia?»

«È solo che...» balbettò Garion. «Cioè...» voleva disperatamente fare a messer Lupo quell'ultima domanda fatale, ma nonostante la certezza che non c'era parentela fra lui e Pol, non poteva sopportare il pensiero che tutto ciò fosse confermato al di là di ogni dubbio.

«Sei confuso» disse Lupo. «È questo? Niente è come dovrebbe essere e sei arrabbiato con tua zia perché ti sembra che sia colpa sua.»

«Lo fai sembrare tremendamente infantile» disse Garion arrossendo un po'.

«Non è così?»

Lui arrossì ancora di più.

«È un tuo problema, Garion» gli ripeté messer Lupo. «Pensi che sia giusto rendere gli altri infelici per questo motivo?»

«No» ammise Garion con un filo di voce.

«Tua zia e io siamo ciò che siamo» proseguì Lupo tranquillo. «La gente ha inventato un mucchio di sciocchezze su di noi, ma non ha molta importanza. Ci sono cose che devono essere fatte e noi siamo quelli che devono farle. È questo che conta. Non rendere le cose più difficili per tua zia unicamente perché il mondo non ti piace. Non è solo infantile, è maleducato. Adesso, credo davvero che tu debba scusarti, giusto?»

«Penso di sì» convenne Garion.

«Sono contento che abbiamo avuto occasione di parlare,» disse il vecchio «ma non aspetterei troppo a chiederle scusa. Non hai idea di quanto a lungo possa tenere il broncio.» Digrignò i denti all'improvviso. «È arrabbiata con me fin da quando ho memoria ed è un tempo così lungo che non mi piace neppure pensarci.»

«Lo faccio subito» disse Garion.

«Bene» approvò Lupo.

Il ragazzo si alzò e camminò deciso verso zia Pol, che stava in piedi a guardare le correnti mulinanti dello Strazio di Cherek.

«Zia Pol» chiamò.

«Sì, caro?»

«Mi dispiace. Ho sbagliato.»

Lei si girò e lo guardò con serietà. «Sì,» annuì «hai sbagliato.»

«Non lo farò mai più.»

Allora zia Pol si mise a ridere, una risata bassa e tiepida. Si passò le dita fra i capelli scompigliati. «Non fare promesse che non puoi mantenere, caro» disse. Poi lo abbracciò e tutto fu di nuovo come prima.

Dopo che la furia della marea attraverso lo Strazio di Cherek fu cessata, veleggiarono verso nord lungo la costa orientale della penisola di Cherek diretti all'antica città che era la patria ancestrale di tutti gli Alorn, Algar e Drasnian, così come dei Cherek e dei Rivan. Il vento era gelido e il cielo faceva paura, ma il resto del viaggio non ebbe incidenti. Dopo più di tre giorni la nave entrò nel porto di Val Alorn e ormeggiò a uno dei moli ammantati di neve.

Val Alorn era diversa dalle città sendar. Aveva muri e palazzi così antichi che somigliavano più a formazioni rocciose naturali che all'opera dell'uomo. Le stradine strette e tortuose erano ostruite dalla neve, e le montagne alle spalle della città incombevano alte e bianche contro il cielo scuro.

Alcune slitte a cavallo li aspettavano al molo. I cavalli da tiro scalpitavano impazienti sulla neve pressata. Sulle slitte c'erano delle pellicce e Garion si coprì mentre aspettava che Barak finisse di salutare Greldik e i marinai.

«Andiamo» disse il gigante al guidatore mentre saliva sulla slitta. «Vedi se riesci a raggiungere gli altri.»

«Se non avessi parlato tanto non sarebbero così distanti, lord Barak» rispose caustico l'uomo.

«Forse è vero» concordò Barak.

Il guidatore toccò i cavalli con la frusta e la slitta si mise in moto lungo la strada dove gli altri erano già scomparsi.

Guerrieri cherek coperti di pelli camminavano con aria tracotante su e giù per le stradine strette, e molti urlavano saluti a Barak che passava sulla slitta. A un angolo, il guidatore fu costretto a fermarsi mentre due uomini corpulenti, nudi fino alla vita nel freddo pungente, lottavano come selvaggi nella neve al centro della strada mentre una folla di curiosi gridava per incoraggiarli.

«È un passatempo comune» disse Barak a Garion. «L'inverno è una stagione noiosa a Val Alorn.»

«Quello là di fronte è il palazzo?» chiese il giovane.

Barak scosse la testa. «Il tempio di Belar» disse. «Alcuni sostengono che vi dimori lo spirito del dio orso. Io non l'ho mai visto, però, quindi non posso dirlo con certezza.»

I lottatori rotolarono al bordo della strada e la slitta proseguì.

Sugli scalini del tempio una donna anziana, avvolta in stracci di lana, stava in piedi con un lungo bastone stretto nella mano ossuta e con i cappelli stopposi che le cadevano sulla faccia.

«Salute a te, lord Barak» gridò con voce scricchiolante quando passarono. «Il destino ti attende.»

«Ferma la slitta» grugnì Barak al guidatore. Gettò indietro la pelliccia e scese con un balzo a terra. «Martje» tuonò in direzione della vecchia. «Ti è stato proibito di stare ferma qui. Se dico ad Anheg che hai disobbedito, ordinerà ai sacerdoti del tempio di bruciarti come strega.» La vecchia ridacchiò e Garion notò con un brivido che i suoi occhi erano di una vacuità lattiginosa.

«Il fuoco non toccherà la vecchia Martje» rise lei stridula. «Non è quello il suo destino.»

«Basta con i destini» le ordinò Barak. «Via dal tempio.»

«Martje vede ciò che vede» disse la vecchia. «Il segno del destino è ancora su di te, grande lord Barak. Quando arriverà, ricorderai le parole della vecchia Martje.» Poi sembrò guardare la slitta dove Garion era seduto, anche se i suoi occhi di latte erano chiaramente ciechi. L'espressione cambiò all'improvviso. Il sorriso maligno lasciò il posto alla soggezione.

«Salute a te, grande fra i grandi» cantò sommessamente facendo un profondo inchino. «Quando entrerai in possesso della tua eredità, ricordati che fu la vecchia Martje a renderti omaggio per prima.»

Barak si slanciò verso di lei con un ruggito, ma la donna si scostò in fretta, picchiettando il bastone sui gradini di pietra.

«Cosa voleva dire?» chiese Garion quando Barak tornò alla slitta.

«È una pazza» rispose il guerriero con la faccia pallida per la rabbia. «Si aggira sempre attorno al tempio, chiedendo la carità e spaventando le donne ingenue con le sue parole incomprensibili. Se Anheg avesse un po' di buonsenso l'avrebbe fatta cacciare dalla città, o bruciare, già da molti anni.» Rimontò sulla slitta. «Andiamo» grugnì al guidatore.

Garion si guardò indietro mentre partivano, ma la vecchia cieca non si vedeva più.

13

Il palazzo di re Anheg di Cherek era una struttura vasta e tristemente desolata vicino al centro di Val Alorn. Ai lati dell'edificio principale si stendevano in tutte le direzioni ampie ali, molte delle quali sbriciolate e in rovina, con finestre senza vetri che fissavano vuote il cielo aperto attraverso i tetti crollati. Per quanto poteva dire Garion, il palazzo non era stato costruito seguendo un piano. Sembrava che fosse semplicemente cresciuto in modo disordinato nel corso di tremila anni di regno cherek.

«Perché è così vuoto e in rovina?» chiese a Barak mentre la slitta scivolava nel cortile innevato.

«Alcuni re costruiscono, altri lasciano cadere a pezzi» rispose laconico il gigante. «I re sono fatti così.» Da quando aveva incontrato la donna cieca al tempio, Barak era di umore nero.

Gli altri erano già smontati dalle slitte e li aspettavano in piedi.

«Sei stato lontano da casa troppo tempo se ti perdi andando dal porto al palazzo» disse Silk con garbo.

«Abbiamo avuto un contrattempo» grugnì Barak.

Un'ampia porta di ferro in cima alle scale si aprì come se ci fosse stato qualcuno dietro ad aspettare il loro arrivo. Una donna con lunghe trecce bionde e vestita con un mantello scarlatto ornato di pelliccia uscì nel portico e rimase a fissarli. «Vi saluto, lord Barak, conte di Trellheim e mio consorte» salutò con formalità.

Il viso di Barak si fece ancora più scuro. «Merel» la salutò con un cenno secco.

«Re Anheg mi ha dato il permesso di porgervi i miei saluti, mio signore» disse la moglie di Barak. «Come è mio diritto e dovere.»

«Siete sempre stata ligia ai vostri doveri, Merel» disse Barak. «Dove sono le mie figlie?»

«A Trellheim, mio signore» rispose. «Ho pensato non fosse una buona idea farle viaggiare così a lungo nel gelo.» Nella sua voce c'era una leggera nota malevola.

Barak sospirò. «Capisco» disse.

«Sono forse in errore, mio signore?» chiese Merel.

«Lasciamo stare» concluse Barak.

«Se voi e i vostri amici siete pronti, mio signore,» disse «vi scorterò alla sala del trono.»

Barak salì le scale, abbracciò con freddezza la moglie e passò con lei attraverso la soglia.

«Tragico» mormorò il conte di Seline, scuotendo il capo mentre salivano verso il portone.

«Niente affatto» disse Silk. «Dopotutto Barak ha avuto ciò che voleva, non è forse vero?»

«Principe Kheldar, che crudeltà!» disapprovò il conte.

«Non credo» disse Silk. «Io sono realista, tutto qui. Barak ha passato tutti quegli anni a desiderare Merel, e ora ce l'ha. Sono deliziato nel vedere tanta tenacia ricompensata.»

Il conte di Seline sospirò.

Una compagnia di guerrieri in armatura si unì a loro e li scortò attraverso un labirinto di corridoi, su per ampi scaloni e giù per stretti passaggi, sempre più avanti nelle profondità del palazzo.

«Ho sempre ammirato l'architettura cherek» disse Silk in tono sardonico. «È così imprevedibile.»

«Ampliare il palazzo dà ai re deboli qualcosa da fare» osservò Fulrach. «In realtà, non è affatto una cattiva idea. In Sendaria i cattivi re di solito si dedicano alla pavimentazione stradale, ma tutta Val Alorn è stata lastricata già secoli fa.»

Silk rise. «È sempre stato un problema, Vostra Maestà» disse. «Come si tengono i re inetti lontani dal cattivo governo?»

«Principe Kheldar,» disse re Fulrach «non auguro alcuna sfortuna a vostro zio, ma penso sarebbe molto interessante se la corona di Drasnia capitasse sulla vostra testa.»

«Per favore, Maestà,» disse Silk simulando emozione «non ditelo neppure per scherzo.»

«E anche una moglie» aggiunse, subdolo, il conte di Seline. «Il principe ha decisamente bisogno di una moglie.»

«Questo è anche peggio» gemette Silk con un fremito.

La sala del trono di re Anheg era una camera con il soffitto a volta e un grande focolare nel centro dove ceppi interi di legno crepitavano e luccicavano. A differenza della sala lussuosa e ricca di tendaggi di re Fulrach, qui i muri di pietra erano nudi e le torce tremolavano e fumavano negli anelli di ferro incassati alle pareti. Gli uomini vicino al fuoco non erano gli eleganti cortigiani di re Fulrach, ma barbuti guerrieri cherek che scintillavano nelle cotte di maglia. A un'estremità della stanza erano situati cinque troni, ciascuno sormontato da un gonfalone. Quattro erano occupati, e tre donne dall'aspetto regale stavano parlando lì vicino.

«Fulrach, re di Sendaria!» annunciò con voce roboante uno dei guerrieri della scorta picchiando la base della sua alabarda sul pavimento coperto di paglia.

«Salute a voi, Fulrach» gridò alzandosi da uno dei troni un uomo grosso e dalla barba nera.

Il lungo abito blu era spiegazzato e macchiato, e i capelli arruffati e lunghi. La corona d'oro che portava aveva più d'una ammaccatura, e una delle punte era rotta.

«Salute a voi, Anheg» rispose il re dei Sendar facendo un leggero inchino.

«Il trono vi attende, diletto Fulrach» disse l'uomo spettinato indicando il gonfalone di Sendaria dietro il seggio vuoto. «I re di Aloria danno il benvenuto alla saggezza del sovrano di Sendaria che onora questo consiglio.»

Garion trovava che quel modo pomposo e arcaico di esprimersi facesse uno strano effetto.

«Amico Silk, a che nazione corrisponde ciascun re?» sussurrò Durnik mentre si avvicinavano ai troni.

«Quello grasso vestito di rosso con la renna sul gonfalone è mio zio, Rhodar di Drasnia. L'altro con la faccia smagrita vestito di nero sotto la bandiera col cavallo è Cho-Hag di Algaria. Quello grosso, con la faccia truce, vestito di grigio e senza corona, seduto sotto la bandiera con la spada è Brand, il Custode di Riva.»

«Brand?» interruppe Garion, stupito al ricordo delle storie sulla battaglia di Vo Mimbre.

«Tutti i Custodi di Riva si chiamano Brand» spiegò Silk.

Re Fulrach salutò gli altri sovrani uno a uno nel linguaggio formale che sembrava consueto. Poi prese posto sotto il gonfalone verde con la spiga d'oro, emblema di Sendaria.

«Salute a voi, Belgarath, discepolo di Aldur,» disse Anheg «e a voi, lady Polgara, figlia onorevole di Belgarath l'immortale.»

«C'è poco tempo per tutte queste cerimonie, Anheg» tagliò corto messer Lupo con una punta di stizza. Si gettò indietro il mantello e camminò a grandi passi nella sala. «Perché i re di Aloria mi hanno convocato?»

«Consentici le nostre piccole cerimonie, o Venerabile» disse Rhodar, il rozzo re di Drasnia, in tono furbesco. «Abbiamo così poche occasioni di giocare a fare i re. Non ci vorrà molto.»

Messer Lupo scosse la testa disgustato.

A questo punto una delle tre nobili donne si fece avanti. Era alta, bella e con i capelli corvini, vestita con un abito di velluto nero incrociato sul petto. Fece un inchino a re Fulrach e sfiorò la sua guancia con la propria. «Maestà,» disse «la vostra presenza onora la mia casa.»

«Altezza» rispose Fulrach chinando il capo con rispetto.

«La regina Islena,» mormorò Silk a Durnik e Garion «la moglie di Anheg.» Il naso dell'omino si contrasse per l'ilarità malcelata. «Guardatela quando saluta Polgara.»

La regina si girò e fece una profonda riverenza a messer Lupo.

«Divino Belgarath» disse con voce palpitante per il rispetto.

«Per nulla divino, Islena» disse il vecchio, brusco.

«Figlio immortale di Aldur,» continuò lei ignorando l'interruzione «il più potente fra i maghi del mondo. La mia misera casa è scossa dal potere terrificante che porti entro le sue mura.»

«È un discorso grazioso, Islena» concesse messer Lupo. «Forse un po' impreciso, ma grazioso.»

Ma la regina si era già voltata verso zia Pol. «Gloriosa sorella» intonò.

«Sorella?» Garion era sbigottito.

«È una mistica» sussurrò Silk. «Si diletta un po' di magia e crede di essere una maga. Guarda.»

Con un gesto elaborato la regina fece comparire un gioiello di colore verde e lo porse a zia Pol.

«Ce l'aveva su per la manica» indovinò Silk giulivo.

«È un dono degno di una regina, Islena» disse zia Pol con una voce strana. «È un vero peccato che io possa offrirti solo questo in cambio.» Porse alla regina una singola rosa, rossa come la porpora.

«Dove l'ha presa?» Garion era stupefatto.

Silk gli strizzò l'occhio.

La regina guardò dubbiosa la rosa, la prese fra le mani, la osservò attentamente e i suoi occhi si spalancarono. Impallidì all'improvviso e le mani cominciarono a tremarle.

La seconda regina aveva fatto un passo avanti. Era una donnina bionda e minuta con un bellissimo sorriso. Senza fare cerimonie, baciò re Fulrach e messer Lupo e abbracciò zia Pol con calore. Il suo era un affetto semplice e spontaneo.

«Porenn, regina di Drasnia» disse Silk con uno strano tono di voce. Garion lo guardò e notò che un accenno di amarezza e ironia gli aveva attraversato il volto. In quel singolo istante, chiaro come fosse stato illuminato da una luce fulgida, Garion vide la ragione dello strano comportamento di Silk. Un'ondata improvvisa di simpatia gli salì su per la gola fino quasi a soffocarlo. La terza regina, Silar di Algaria, salutò re Fulrach, messer Lupo e zia Pol con poche parole tranquille.

«Il Custode di Riva non è sposato?» chiese Durnik guardandosi attorno alla ricerca di un'altra regina.

«Aveva una moglie una volta,» disse Silk senza molte parole e con gli occhi ancora fissi sulla regina Porenn «ma è morta anni fa. Gli ha lasciato quattro figli.»

«Ah» commentò Durnik.

Poi, con volto torvo e rabbioso, Barak fece il suo ingresso nella sala e camminò verso il trono di re Anheg.

«Benvenuto a casa, cugino» disse Anheg. «Pensavo ti fossi perso per strada.»

«Affari di famiglia, Anheg» spiegò Barak. «Dovevo dire due parole a mia moglie.»

«Capisco» disse Anheg e lasciò perdere.

«Avete già incontrato i nostri amici?» chiese Barak.

«Non ancora, lord Barak» disse re Rhodar. «Stiamo svolgendo le formalità di rito.» Ridacchiò, e il suo pancione enorme dondolò lievemente.

«Sono sicuro che tutti conosciate il conte di Seline,» iniziò le presentazioni Barak «e questo è Durnik, un fabbro e un uomo coraggioso. Il ragazzo si chiama Garion. È affidato alle cure di lady Polgara... è un bravo ragazzo.»

«Pensate che potremmo andare avanti?» chiese Lupo con impazienza.

Cho-Hag, re degli Algar, parlò con una voce strana. «Siete a conoscenza, Belgarath, dell'avversità che si è abbattuta sul nostro capo? Ci rivolgiamo a voi per un consiglio.»

«Cho-Hag,» disse Lupo «parli come un brutto poema epico arend. Questo tono pomposo è davvero necessario?»

Cho-Hag sembrava imbarazzato e guardò re Anheg.

«È colpa mia, Belgarath» si giustificò Anheg tranquillo. «Ho ordinato agli scrivani di trascrivere il nostro incontro. Cho-Hag parlava alla storia oltre che a te.» La corona gli scivolò un po' di lato e rimase in bilico sopra un orecchio.

«La storia è molto tollerante, Anheg» disse Lupo. «Non bisogna cercare di farle buona impressione. Dimenticherà quasi tutto ciò che diremo.» Si girò verso il Custode di Riva. «Brand,» disse «pensi che possiamo spiegarci senza tutti questi fronzoli?»

«Temo sia colpa mia, Belgarath» disse il Custode dall'abito grigio con voce profonda. «L'Apostata ha portato a termine il suo latrocinio a causa della mia negligenza.»

«La cosa dovrebbe proteggersi da sola, Brand» disse Lupo. «Io non posso neppure toccarla. Conosco il ladro e non ci sarebbe stato modo di tenerlo lontano da Riva. Ciò che mi preoccupa è sapere come ha fatto a posarci sopra le mani senza essere distrutto dal suo potere.»

Brand allargò le braccia, sconsolato. «Un mattino ci siamo svegliati ed era sparita. I sacerdoti sono stati in grado solo di divinare il nome del ladro. Lo spirito del dio orso non ha detto altro. Dal momento in cui abbiamo saputo chi era, siamo stati attenti a non pronunciare né il suo nome né il nome di ciò che ha preso.»

«Bene» approvò Lupo. «Conosce il modo di cogliere le parole nell'aria anche a grande distanza. Gliel'ho insegnato io stesso.»

Brand fece cenno col capo. «Lo sapevamo» disse. «Per questo è stato difficile recapitarti il messaggio. Quando non ti abbiamo visto arrivare a Riva, e abbiamo notato che neanche il messaggero tornava, abbiamo pensato che fosse accaduto qualcosa. Ecco perché abbiamo mandato degli uomini a cercarti.»

Lupo si grattò la barba. «Allora penso di essere qui per mia colpa» disse. «Ho preso in prestito il tuo messaggero. Dovevo far recapitare un messaggio in Arendia. Avrei dovuto immaginarlo.»

Silk si schiarì la gola. «Posso dire una cosa?» chiese con gentilezza.

«Ma certamente, principe Kheldar» concesse re Anheg.

«Ritenete prudente continuare questa discussione in pubblico?» chiese Silk. «I Murgo hanno abbastanza oro per comperarsi orecchie in molti posti e le arti dei Grolim possono far lievitare i pensieri fuori dalla mente del più leale dei guerrieri. Ciò che non si conosce non può essere rivelato, mi capite?»

«I guerrieri di Anheg non si corrompono facilmente, Silk,» disse Barak risentito «e in Cherek non ci sono Grolim.»

«Sei sicuro anche dei camerieri e delle sguattere?» suggerì Silk. «Ho trovato Grolim in posti assai improbabili.»

«C'è qualcosa di vero in ciò che dice mio nipote» disse re Rhodar con l'espressione pensierosa. «Drasnia ha secoli di esperienza nel raccogliere informazioni e Kheldar è una delle spie migliori. Se pensa che le nostre parole possano prendere strade impreviste, sarebbe saggio dargli ascolto.»

«Grazie, zio» disse Silk con un inchino.

«Saresti in grado di penetrare questo palazzo, principe Kheldar?» lo sfidò Anheg.

«L'ho già fatto, Maestà» confessò Silk con modestia. «Almeno una dozzina di volte, se non di più.»

Anheg guardò Rhodar con un sopracciglio inarcato.

Il re paffuto tossì leggermente. «È stato qualche tempo fa, Anheg. Niente di serio. Ero solo curioso a proposito di una certa cosa, ecco tutto.»

«Non dovevi fare altro che chiedere» si risentì Anheg.

«Non volevo disturbarti» disse Rhodar scrollando le spalle. «E poi, è molto più divertente nell'altro modo.»

«Amici,» si intromise re Fulrach «ciò di cui dobbiamo parlare è troppo importante per rischiare di comprometterlo. È meglio eccedere in prudenza che correre rischi inutili.»

Re Anheg aggrottò le sopracciglia e si strinse nelle spalle. «Qualsiasi cosa tu desideri» disse. «Allora continueremo in privato. Cugino, puoi preparare il vecchio salone di re Eldrig e disporre delle guardie nei corridoi vicini?»

«Lo farò subito, Anheg» assicurò Barak. Prese con sé una dozzina di guerrieri e lasciò la sala.

I re si alzarono dai troni... tutti tranne Cho-Hag. Un guerriero scarno, alto quasi come Barak e con la testa rasata tranne il codino degli Algar, si fece avanti e lo aiutò a mettersi in piedi.

Garion guardò Silk con aria interrogativa.

«Una malattia durante l'infanzia» spiegò sottovoce l'uomo «ha reso le sue gambe così deboli che non può reggersi in piedi senza aiuto.»

«Non è difficile fare il re in quelle condizioni?» chiese Garion.

«Gli Algar passano più tempo in sella che a piedi» disse Silk. «Una volta a cavallo Cho-Hag è uguale a qualsiasi altro uomo in Algaria. Il soldato che lo aiuta è Hettar, suo figlio adottivo.»

«Lo conosci?» chiese Garion.

«Conosco tutti qui.» Silk si mise a ridere a bassa voce. «Hettar e io ci siamo incontrati varie volte. Mi piace, ma preferirei che lui non lo sapesse.»

La regina Porenn si avvicinò al gruppo. «Islena riceverà Silar e me nei suoi appartamenti privati» comunicò a Silk. «Pare che in Cherek le donne non si debbano occupare di politica.»

«I nostri cugini cherek hanno qualche punto oscuro, altezza» disse Silk. «Sono troppo conservatori, ovviamente, e non si sono ancora accorti che le donne sono esseri umani.»

La regina Porenn gli fece l'occhiolino con un sorriso furbetto. «Spero che avremo l'occasione di parlare, Kheldar. Ma per ora, pare proprio di no. Hai fatto avere il mio messaggio a Layla?»

Silk fece cenno di sì con il capo. «Ha detto che avrebbe scritto subito» le riferì. «Se avessi saputo di trovarti qui avrei portato io stesso la lettera.»

«È stata un'idea di Islena» disse. «Ha deciso che sarebbe stato simpatico avere un consiglio di regine. Avrebbe invitato anche Layla, ma tutti sanno quanta paura ha dei viaggi per mare.»

«Il vostro consiglio ha prodotto qualcosa di importante, altezza?» chiese Silk con leggerezza.

La regina Porenn si rabbuiò. «Stiamo sedute in cerchio a guardare Islena che fa trucchetti... fa scomparire monete e apparire oggetti da sotto le maniche... e altre cose del genere» raccontò. «Oppure legge il futuro. Silar è troppo educata per obiettare e io sono la più giovane, così non posso parlare troppo. È terribilmente noioso, soprattutto quando cade in trance su quella sua stupida boccia di cristallo. Layla pensa di potermi aiutare?»

«Se qualcuno è in grado di farlo, è senz'altro lei» la rassicurò Silk. «Ma devo avvertirti, i suoi suggerimenti saranno piuttosto espliciti. La regina Layla è un'anima molto terrena e parla in modo diretto.»

La regina Porenn ridacchiò con malizia. «Va tutto bene» disse. «Dopotutto, sono una donna adulta.»

«Certo» disse Silk. «Volevo solo metterti in guardia, ecco tutto.»

«Ti prendi gioco di me, Kheldar?» chiese la donna.

«Mi crederesti capace di farlo, Altezza?» ribatté Silk con volto innocente.

«Credo proprio di sì.»

«Andiamo, Porenn?» chiese la regina Islena da non molto distante.

«Subito, Altezza» rispose la regina di Drasnia.

Le dita svolazzarono rapide in direzione di Silk. Che terribile noia!

Pazienza, Altezza, gesticolò Silk in risposta.

La regina Porenn seguì docile fuori dalla sala l'imponente regina di Cherek e la silenziosa regina di Algaria. Gli occhi di Silk la seguivano e sul volto si intravide la stessa espressione beffarda di poco prima.

«Gli altri se ne vanno» disse Garion con delicatezza e indicò l'estremità più lontana del salone dove i re degli Alorn stavano uscendo da una porta.

«Molto bene» si riscosse Silk e si avviò in tutta fretta.

Garion rimase in fondo al gruppo mentre attraversavano il corridoio esposto alle correnti d'aria che conduceva alla sala di re Eldrig. La vocina secca nella sua testa gli diceva che se zia Pol l'avesse visto, avrebbe di certo trovato il modo di mandarlo via.

Mentre si attardava nella retrovia della processione notò un movimento rapido e furtivo in uno dei corridoi laterali. Vide l'uomo solo per un istante: un guerriero cherek dall'aspetto del tutto consueto che indossava un mantello verde scuro. Poi oltrepassarono il corridoio. Garion si fermò e fece un passo indietro per guardare meglio, ma l'uomo dal mantello verde era sparito.

Zia Pol lo stava aspettando a braccia conserte davanti alla porta della sala di re Eldrig. «Dove sei stato?» chiese.

«Davo solo un'occhiata» disse lui con il tono più innocente di cui era capace.

«Capisco» fece la donna. Poi si girò verso Barak. «Con ogni probabilità il consiglio durerà a lungo,» disse «e Garion si annoierà di certo prima che finisca. C'è qualche posto dove può divertirsi fino all'ora di cena?»

«Zia Pol!» protestò il ragazzo.

«L'armeria, forse?» suggerì Barak.

«E che cosa ci faccio in armeria?» domandò Garion.

«Forse preferisci le cucine?» chiese zia Pol con sarcasmo.

«Pensandoci meglio, credo di voler visitare l'armeria.»

«Lo credo anch'io.»

«È all'altro capo di questo corridoio, Garion» disse Barak. «È una stanza con la porta rossa.»

«Forza, corri, caro,» disse zia Pol «e cerca di non farti male.»

Garion, con l'espressione imbronciata, camminò giù per il corridoio che Barak gli aveva indicato soffrendo per l'ingiustizia della situazione. Le guardie poste nel passaggio fuori dalla sala di re Eldrig rendevano impossibile origliare alle porte. lui sospirò e continuò la sua strada solitaria verso l'armeria.

Una parte della sua mente, comunque, era impegnata a rimuginare su certi problemi. Nonostante il rifiuto testardo di accettare la possibilità che zia Pol e messer Lupo fossero effettivamente Belgarath e Polgara, il comportamento dei re degli Alorn aveva reso evidente che, almeno loro, ne erano convinti. Poi c'era la faccenda della rosa che zia Pol aveva regalato alla regina Islena. Lasciando da parte il fatto che le rose non sbocciano in inverno, come faceva zia Pol a sapere che la regina Islena le avrebbe regalato un gioiello e che quindi lei doveva tenere pronto quel fiore? L'idea che sua zia avesse creato una rosa al momento era del tutto da scartare.

Il corridoio lungo il quale camminava, assorto nei suoi pensieri, era buio con solo poche torce negli anelli alle pareti per illuminare la via. Qua e là si ramificavano passaggi laterali, aperture buie e cupe che si allungavano nel buio. Garion aveva quasi raggiunto l'armeria quando sentì un debole rumore in uno di quei passaggi oscuri. Senza sapere perché, si ritirò in una delle aperture e si mise ad aspettare.

L'uomo col mantello verde comparve nel corridoio illuminato e si guardò intorno furtivo. Aveva un aspetto comune, con una barba corta colore della sabbia. Avrebbe potuto girare per il palazzo indisturbato senza attirare l'attenzione. Tuttavia, il suo comportamento e i movimenti circospetti indicavano chiaramente, più che qualsiasi parola, che stava facendo qualcosa di nascosto. Si affrettò su per il corridoio in direzione di Garion, che indietreggiò ancora di più nell'oscurità del suo nascondiglio. Quando guardò di nuovo con cautela nel corridoio l'uomo era scomparso ed era impossibile dire quale direzione avesse preso. La vocina gli disse che se avesse raccontato questo fatto nessuno gli avrebbe creduto. C'era bisogno di qualcosa di più di un sospetto se non voleva sembrare uno sciocco. Per il momento poteva solo tenere gli occhi aperti e cercare l'uomo dal mantello verde.

14

Il mattino successivo nevicava e zia Pol, Silk, Barak e messer Lupo si incontrarono di nuovo al consiglio dei re, e Garion rimase sotto la custodia di Durnik. I due sedettero vicino al fuoco nella grande sala dei troni e rimasero a guardare due dozzine di barbuti soldati cherek che bighellonavano cercando di passare il tempo. Alcuni affilavano le spade o lucidavano l'armatura, altri mangiavano e bevevano, anche se era molto presto. Parecchi erano alle prese con un'infuocata partita di dadi e altri erano semplicemente seduti con le spalle contro il muro e dormivano.

«Questi Cherek mi sembrano molto pigri» osservò Durnik tranquillo rivolgendosi a Garion. «Non ne ho mai visto uno lavorare da quando siamo arrivati. E tu?»

Il ragazzo scosse la testa. «Questi sono i soldati del re,» disse sottovoce «e non penso debbano far altro che stare qui ad aspettare che il re dica loro di andare a combattere contro qualcuno.»

Il fabbro aggrottò le sopracciglia in segno di disapprovazione. «Deve essere una vita davvero noiosa» sentenziò.

«Durnik,» chiese Garion dopo un momento «hai notato in che modo si comportano Barak e sua moglie?»

«È davvero triste» ammise Durnik. «Silk me ne ha parlato ieri. Barak si innamorò di lei quando erano molto giovani. Lei, però, era di nobili natali e non lo aveva preso sul serio.»

«E come mai dopo si sono sposati?» s'incuriosì Garion.

«Fu un'idea della famiglia di lei» spiegò Durnik. «Dopo che Barak divenne conte di Trellheim, decisero che il matrimonio poteva essere utile da un punto di vista politico. Merel protestò, ma non servì a nulla. Silk ha detto che Barak ha scoperto solo dopo il matrimonio quanto vuota e superficiale fosse la moglie. Ma naturalmente era troppo tardi. Merel cerca sempre di ferirlo con azioni malevole. Per questo lui sta lontano da casa il più possibile.»

«Hanno dei bambini?» chiese Garion.

«Due» disse Durnik. «Due femmine, di circa cinque e sette anni. Barak le ama moltissimo, ma non riesce a vederle molto spesso.»

Garion sospirò. «Vorrei poter fare qualcosa» disse.

«Non si può interferire tra un uomo e sua moglie» disse il fabbro. «Non si può fare niente del genere.»

«Lo sapevi che Silk è innamorato di sua zia?» chiese il ragazzo senza fermarsi a pensare.

«Garion!» La voce di Durnik era scioccata. «Hai detto una cosa molto sconveniente.»

«Però è vera» insisté Garion sulla difensiva. «Certo non è davvero sua zia, mi pare di capire. È la seconda moglie di suo zio. Non è proprio come se fosse una vera parente.»

«È sposata a suo zio» disse Durnik con fermezza. «Chi si è inventato questa storia scandalosa?»

«Non è inventata» obiettò Garion. «Ho osservato il suo viso mentre le parlava, ieri. È evidente ciò che prova per lei.»

«Te lo sarai senz'altro immaginato» disse il fabbro con disapprovazione. Si alzò. «Diamo un'occhiata in giro. Sarà sempre meglio che rimanere qui seduti a spettegolare degli amici. È una cosa che gli uomini per bene non fanno.»

«D'accordo» si affrettò a rispondere Garion, lievemente imbarazzato. Si alzò e seguì Durnik attraverso la sala fumosa, e insieme uscirono in un corridoio.

«Diamo un'occhiata alle cucine» suggerì Garion.

«E anche alla fucina» disse Durnik.

Le cucine reali erano gigantesche. Buoi interi arrostivano sugli spiedi e stormi di anatre sfrigolavano in laghi di sugo. Nei calderoni grossi come carretti ribolliva lo stufato mentre i battaglioni di pagnotte entravano in marcia dentro forni così grossi che poteva starci dentro un uomo in piedi. Diversamente dall'ordinata cucina di zia Pol alla fattoria di Faldor, qui tutto era caos e confusione. Il capo cuoco era un uomo enorme con la faccia rossa che urlava ordini a destra e a manca senza che nessuno gli desse retta. C'erano grida e minacce nell'aria, ma soprattutto scherzi da caserma. Tutti esplosero in gridolini di gioia quando un cuoco ignaro afferrò un cucchiaio incandescente lasciato lì a bella posta, mentre il cappello di un uomo era stato rubato e lasciato bollire nella pignatta dello stufato.

«Andiamo da qualche altra parte, Durnik» disse Garion. «Non è come me l'aspettavo.»

Il fabbro assentì col capo. «La signora Pol non accetterebbe mai tutte queste stupidaggini.»

Nella sala antistante la cucina gironzolava una ragazza dai capelli rossi con un abitino verde pallido.

«Mi scusi,» le disse Durnik gentile «potrebbe indicarci la fucina?»

Lei lo guardò dall'alto in basso con spavalderia. «Sei nuovo di qui?» chiese. «Non ti ho mai visto prima.»

«Siamo solo in visita» spiegò Durnik.

«Da dove venite?» domandò lei.

«Sendaria» disse Durnik.

«Molto interessante. Forse il ragazzo può sbrigare la commissione mentre noi due parliamo per un po' da soli.» Aveva uno sguardo diretto.

Durnik tossì mentre le orecchie gli diventavano paonazze. «La fucina?» chiese di nuovo.

La ragazza ridacchiò. «Nel cortile alla fine di questo corridoio» indicò. «Di solito sono sempre qui attorno. Puoi venirmi a trovare quando è concluso il tuo affare alla fucina.»

«Sì,» disse Durnik «certo. Andiamo, Garion.»

Si avviarono per il corridoio e uscirono in un cortile interno innevato.

«È oltraggioso!» esclamò il fabbro tutto rigido mentre le orecchie gli bruciavano ancora. «Quella ragazza non ha alcun senso del decoro. Bisognerebbe riferirlo a qualcuno, ma non so a chi.»

«Sconvolgente» concordò Garion, anche se in segreto era divertito dall'imbarazzo di Durnik. Attraversarono il cortile spolverato di neve.

A capo della fucina c'era un uomo grossissimo e dalla barba nera che aveva avambracci grandi come le gambe di Garion. Durnik si presentò e i due cominciarono a parlare allegramente di lavoro con l'accompagnamento dei colpi di martello del fabbro. Garion notò che al posto degli aratri, le vanghe e le zappe di una fucina sendar, qui alle pareti erano appese spade, lance e asce da guerra. Presso una fornace, un apprendista stava battendo punte di freccia, mentre davanti a un'altra un uomo smilzo e con un occhio solo lavorava a un pugnale dall'aspetto inquietante.

Durnik e il fabbro parlarono per tutto il resto della mattinata mentre Garion vagava per il cortile interno osservando gli operai al lavoro. C'erano bottai, carrai, ciabattini e carpentieri, sellai e fabbricanti di candele tutti impegnati a mandare avanti la residenza di re Anheg. Mentre si guardava attorno, Garion teneva gli occhi aperti alla ricerca dell'uomo dalla barba giallastra e dal mantello verde che aveva visto la notte prima. Non era probabile che un tipo del genere si aggirasse in un posto frequentato da onesti lavoratori, ma lui stava comunque all'erta.

Verso mezzogiorno li raggiunse Barak e li portò nel salone grande, dove Silk stava sdraiato a guardare una partita a dadi.

«Anheg e gli altri avranno un consiglio privato oggi pomeriggio» li informò Barak. «Devo fare una commissione e forse potreste venire con me.»

«Non sembra una brutta idea» osservò Silk distogliendo gli occhi dal gioco. «I soldati di tuo cugino gettano male i dadi e mi viene voglia di fare un paio di lanci. Ma è meglio astenersi. La maggior parte degli uomini si offende quando perde con uno sconosciuto.»

Barak digrignò i denti. «Sono sicuro che sarebbero felici di farti giocare, Silk» disse. «Hanno la tua stessa probabilità di vincere.»

«Sì, la stessa probabilità che ha il sole di sorgere a ovest.»

«Sei così certo della tua abilità, amico Silk?» chiese Durnik.

«Sono certo della loro.» Silk ridacchiò e balzò in piedi. «Andiamo» disse. «Cominciano a prudermi le dita. Meglio allontanarsi dalle tentazioni.»

«Come tu desideri, principe Kheldar.» Anche Barak scoppiò a ridere.

Indossarono le pellicce e lasciarono il palazzo. Aveva quasi smesso di nevicare e il vento era frizzante.

«Sono un po' confuso da tutti questi nomi» confidò Durnik a Silk mentre arrancavano verso la parte centrale di Val Alorn. «È da un po' che volevo chiederlo. Tu sei anche il principe Kheldar e a volte il mercante Ambar di Kotu, e messer Lupo è chiamato anche Belgarath, mentre la signora Pol è lady Polgara e a volte la duchessa di Erat. Da dove vengo io, la gente di solito ha un nome solo.»

«I nomi sono come i vestiti, Durnik» spiegò Silk. «Si indossa quello più adatto all'occasione. Gli uomini onesti non hanno occasione di indossare abiti bizzarri o nomi strani. Quelli fra noi che non sono troppo onesti, però, talvolta devono cambiare o gli uni o gli altri.»

«Non trovo divertente dare alla signora Pol della disonesta» disse Durnik irrigidendosi.

«Non intendevo recare offesa» lo rassicurò Silk. «Le definizioni semplici non si applicano a lady Polgara. E quando dico che non siamo onesti, voglio solo dire che di tanto in tanto dobbiamo nasconderci da gente malvagia e infida.»

Durnik sembrava poco convinto, ma lasciò perdere.

«Prendiamo questa strada» suggerì Barak. «Non voglio passare davanti al tempio di Belar oggi.»

«Perché?» chiese Garion.

«Sono un po' indietro con le pratiche religiose,» confessò Barak con sguardo sofferente «e non ci tengo a farmi rimproverare dal Sommo Sacerdote di Belar. Ha una voce molto squillante e non vorrei che tutta la città sentisse i fatti miei. Un uomo prudente evita di farsi rimbrottare in pubblico dalle donne e dai preti.»

Le strade di Val Alorn erano anguste e tortuose e le antiche case di pietra erano alte e strette con piani rialzati aggettanti. Nonostante la neve intermittente e il vento frizzante, le vie sembravano piene di persone, per la maggior parte bardate contro il gelo.

C'erano grida gioviali e scambi di insulti osceni. Due uomini anziani dall'aspetto decoroso si prendevano a palle di neve nel mezzo della strada, incoraggiati dalle grida rauche degli astanti.

«Sono vecchi amici» disse Barak con una smorfia. «Vanno avanti così per tutto l'inverno. Tra un po' andranno alla taverna e si ubriacheranno fino a cadere per terra. È una tradizione che dura da anni.»

«E d'estate cosa fanno?» chiese Silk.

«Si tirano le pietre» disse Barak. «Ma la parte del bere e del cascar per terra resta la stessa.»

«Ciao Barak!» gridò una donna con gli occhi verdi da una finestra. «Quando torni a trovarmi?»

Il gigante gettò un'occhiata verso l'alto, il volto si fece paonazzo, ma non rispose.

«La signora parla con te, Barak» disse Garion.

«L'ho sentita» rispose svelto il grosso guerriero.

«Pare che ti conosca» notò Silk in tono subdolo.

«Conosce tutti quanti» borbottò Barak diventando ancora più rosso. «Proseguiamo?»

Da dietro l'angolo comparvero degli uomini vestiti con pelli ruvide che camminavano in fila strusciando i piedi. Ondeggiavano da parte a parte e la gente, non appena li vedeva, si scostava per lasciargli il passo.

«Salute, lord Barak» cantilenò il capo.

«Salute, lord Barak» dissero gli altri all'unisono senza smettere di ondeggiare.

Barak fece un inchino piuttosto rigido.

«Possa il braccio di Belar proteggerti» disse il capo.

«Gloria a Belar, dio orso di Aloria» fecero eco gli altri.

Barak piegò di nuovo il capo e rimase immobile finché la processione non fu passata.

«Chi erano?» chiese Durnik.

«Adoratori dell'Orso» disse Barak schifato. «Fanatici religiosi.»

«Un gruppo piuttosto molesto» spiegò Silk. «Ha sezioni in tutti i regni alorn. Sono guerrieri eccellenti. Purtroppo, però, sono degli strumenti in mano ai sacerdoti di Belar. Passano il tempo a compiere rituali, addestrarsi alla guerra e interferire nella politica locale.»

«Dov'è questa Aloria di cui sento sempre parlare?» chiese Garion.

«Tutt'intorno a noi» rispose Barak con un ampio gesto del braccio. «Aloria raccoglieva tutti i regni alorn. Era una nazione sola. Gli Adoratori vogliono riunificarla.»

«Non mi sembra irragionevole» osservò Durnik.

«Aloria fu divisa con uno scopo ben preciso» disse Barak. «Una certa cosa doveva essere protetta, e dividere Aloria era il modo migliore per farlo.»

«Era così importante questa cosa?» chiese il fabbro.

«La cosa più importante al mondo» rivelò Silk. «Gli Adoratori tendono a dimenticarlo.»

«Solo che ora è stata rubata, giusto?» domandò Garion su suggerimento della vocina interna che gli aveva mostrato la connessione fra questa faccenda e lo sconvolgimento recente della propria vita. «È la cosa che messer Lupo sta seguendo.»

Barak gli gettò una rapida occhiata. «Il giovanotto è più in gamba del previsto, Silk» disse con solennità.

«È un ragazzo intelligente,» concordò Silk «e sa fare due più due.» Il musetto da donnola aveva un'espressione seria. «Hai ragione, certo, Garion» disse. «Non sappiamo come, ma qualcuno è riuscito a rubarla. Se Belgarath dà l'ordine, gli Alorn metteranno il mondo a soqquadro per riportarla indietro.»

«Parli di guerra?» chiese Durnik con la voce che gli mancava.

«Ci sono cose peggiori della guerra» fece notare Barak serio. «Potrebbe essere l'occasione buona per sbarazzarci degli Angarak una volta per tutte.»

«Speriamo che Belgarath convinca i re a non combattere» si augurò Silk.

«Ma la cosa deve essere recuperata» insisté Barak.

«Questo è certo,» disse Silk «ma esistono altri modi e non credo che la pubblica via sia il posto giusto per discutere le alternative.»

Barak si guardò attorno calmo, con uno sguardo penetrante.

Erano ormai arrivati al porto. Gli alberi delle navi cherek si innalzavano fitti come una vera foresta. Attraversarono un ponte ghiacciato come il torrente sottostante e passarono molti cortili innevati dove stavano a rimessa gli scheletri delle navi.

Un uomo zoppo con un grembiule di pelle uscì da un edificio basso al centro di uno dei cortili e rimase in piedi ad aspettare il loro arrivo.

«Ehi, Krendig!» gridò Barak.

«Ehi, Barak!» rispose l'uomo col grembiule di pelle.

«Come va il lavoro?» chiese il gigante dalla barba rossa.

«A rilento in questa stagione» rispose Krendig. «Non è un buon periodo per lavorare con il legno. I miei artigiani stanno sagomando i modelli e segando le assi, ma non potremo andare avanti molto finché non arriva la primavera.»

Barak assentì col capo e fece qualche passo per appoggiare una mano sulla prua di un'imbarcazione che faceva capolino dalla neve. «Krendig la sta costruendo per me» disse picchiettando lo scafo. «Sarà la nave più bella di tutto il mare.»

«Se i rematori avranno la forza per muoverla» disse Krendig. «Sarà molto grossa, e molto pesante.»

«Allora la farò portare da uomini robusti» disse Barak senza distogliere gli occhi dall'intelaiatura del vascello.

Garion sentì un grido gioioso provenire dalla collina sopra

al cantiere e si girò a guardare in quella direzione. C'erano dei ragazzi che scivolavano dal pendio usando tavole di legno liscio. Era chiaro che Barak e gli altri avrebbero passato la maggior parte del pomeriggio a discutere di barche. Anche se poteva essere molto interessante lui si ricordò che non parlava con qualcuno della sua età da molto tempo. Sgattaiolò via e si mise ad aspettare ai piedi della collina.

Una ragazza bionda attirò la sua attenzione. Gli ricordava in qualche modo Zubrette, anche se c'erano delle differenze. Zubrette era minuta, mentre questa ragazza era grande e grossa come un uomo... anche se non era affatto un uomo. Aveva una risata squillante e guance rosee. Scivolava giù per il pendio nell'aria fresca del pomeriggio con le lunghe trecce che le svolazzavano all'indietro.

«Sembra molto divertente» attaccò discorso Garion quando la slitta improvvisata gli si fermò vicino.

«Vuoi provare?» chiese lei alzandosi e scuotendosi la neve dagli abiti di lana.

«Non ho una slitta» le disse lui.

«Puoi usare la mia,» propose la ragazza guardandolo con malizia «però devi darmi qualcosa.»

«Cosa vuoi?»

«Penseremo a qualcosa» disse guardandolo spavalda. «Come ti chiami?»

«Garion» si presentò.

«Che nome strano. Sei di qui?»

«No. Di Sendaria.»

«Un Sendar? Davvero?» Gli occhi le luccicavano. «Non ho mai visto un Sendar. Io mi chiamo Maidee.»

Garion fece un leggero cenno con il capo.

«Vuoi usare la mia slitta?» chiese Maidee.

«Forse sì» disse Garion.

«Forse ti lascio provare,» disse lei «se mi dai un bacio.»

Garion diventò rosso come un peperone e Maidee si mise a ridere.

Un ragazzone coi capelli rossi e con una lunga tunica fermò la slitta lì vicino e avanzò con sguardo minaccioso. «Maidee, vieni via da lì» le ordinò.

«E se non vengo?» chiese lei.

Il ragazzo coi capelli rossi si diresse con aria tracotante verso Garion. «Cosa ci fai qui?» chiese.

«Sto parlando con Maidee» disse Garion.

«Chi ti ha dato il permesso?» sbraitò il ragazzo. Era più alto di Garion e anche più grosso.

«Non mi sono affatto preoccupato di chiedere il permesso» disse Garion.

Il ragazzo coi capelli rossi lo guardò in cagnesco gonfiando i muscoli. «Posso farti a pezzettini se mi va» annunciò.

Garion capì che il rosso era piuttosto bellicoso. Combattere era inevitabile. I preliminari, minacce insulti e altre cose del genere, sarebbero durati ancora qualche minuto, ma non appena il rosso avesse deciso si sarebbe venuti alle mani. Garion preferì non aspettare. Tirò un pugno e colpì l'altro dritto sul naso.

Fu un buon colpo e il rosso barcollò all'indietro finendo col sedere su un mucchio di neve. Si portò una mano al naso e, quando la tolse, era di un bel rosso vivo. «Sto sanguinando!» frignò in tono accusatorio. «Mi hai fatto uscire il sangue dal naso.»

«Vedrai che adesso smette» disse Garion.

«E se non smette?»

«I nasi non sanguinano in eterno» gli assicurò Garion.

«Perché mi hai colpito?» chiese il rosso piagnucolando e asciugandosi il naso. «Non ti avevo fatto niente.»

«Non ancora» disse Garion. «Mettici sopra della neve e non fare il bambino.»

«Continua a sanguinare» insisté il ragazzo.

«Mettici la neve» ripeté Garion.

«E se non smette?»

«Allora morirai dissanguato» proclamò Garion in tono spietato. Era un trucchetto che aveva imparato da zia Pol. Funzionò con il ragazzo cherek come aveva funzionato con Doroon e Rundorig. Il rosso lo guardò con gli occhi sgranati poi prese una manciata di neve e ci infilò dentro il naso.

«I Sendar sono tutti così crudeli?» chiese Maidee.

«Non conosco tutti i Sendar» disse Garion. La faccenda si era risolta bene e, a malincuore, lui si girò per tornare al cantiere navale.

«Garion, aspetta» lo chiamò Maidee. Lo rincorse e lo prese per un braccio. «Ti sei dimenticato il mio bacio» disse. Gli gettò le braccia al collo e gli diede un bacio con lo schiocco.

«Ecco fatto» disse poi. Si voltò e corse su per la collina con le trecce bionde che le svolazzavano sulle spalle.

Barak, Silk e Durnik stavano ridendo come matti quando Garion arrivò.

«Dovevi rincorrerla» disse Barak.

«Perché?» chiese Garion arrossendo di fronte alle loro risate.

«Voleva farsi prendere.»

«Non capisco.»

«Barak,» disse Silk «credo che uno di noi debba informare lady Polgara che il ragazzo ha bisogno di ulteriore educazione.»

«Sei abile con le parole, Silk» constatò Barak. «Sono sicuro che il più adatto saresti tu.»

«Perché non ce lo giochiamo ai dadi?» suggerì Silk.

«Ti ho già visto giocare ai dadi, amico.» Barak si mise a ridere.

«Oppure potremmo rimanere qui ancora un po'» propose Silk con malizia. «Credo che la nuova compagna di giochi di Garion sarà lietissima di completare la sua istruzione. Così eviteremo di infastidire lady Polgara.»

Garion aveva le orecchie rosse come il fuoco. «Non sono così stupido» disse, riscaldandosi tutto. «So di cosa parlate e non dovete dire niente a zia Pol.» Se ne andò via arrabbiato dando calci alla neve.

Barak parlò ancora qualche minuto con il carpentiere. Quando il cielo cominciò a imbrunire tornarono verso il palazzo. Garion camminava per ultimo, imbronciato, ancora offeso per tutte quelle risate. Le nubi che coprivano il cielo dal loro arrivo a Val Alorn avevano cominciato a sfilacciarsi e si intravedevano macchie di cielo. Qua e là brillava qualche stella, mentre la sera si intrufolava lenta nelle stradine innevate. La debole luce delle candele cominciò a illuminare le finestre delle abitazioni e le poche persone ancora per strada si affrettavano verso casa prima che facesse buio.

Garion, che camminava ancora dietro a tutti, vide due uomini entrare in un ampio portone su cui campeggiava l'insegna di un grappolo d'uva. Uno era l'individuo con la barba giallastra e il mantello verde che aveva visto al palazzo la notte prima. L'altro portava un cappuccio scuro e Garion provò di nuovo quella sensazione di familiarità. Non c'era alcun bisogno di vedere in volto l'uomo incappucciato. Si erano guardarti in faccia l'un l'altro troppe volte perché potesse esserci qualche dubbio. Come sempre, Garion si sentì frenato come se un dito fantasma gli toccasse le labbra e gli impedisse di parlare. L'uomo incappucciato era Asharak e, anche se la presenza del Murgo era assai significativa, per qualche ragione lui non riuscì a parlarne. Guardò i due uomini per un attimo, poi si affrettò a raggiungere gli amici. Lottava disperato contro l'impulso che gli gelava la lingua. Allora tentò un altro approccio.

«Barak» chiese «ci sono molti Murgo a Val Alorn?»

«Non ci sono Murgo in Cherek» affermò Barak. «Gli Angarak non possono entrare nel regno, pena la morte. È la nostra legge più antica. La scrisse il vecchio Cherek Spalle d'Orso. Perché me lo chiedi?»

«Dicevo così per dire» rispose Garion. La mente urlava dalla voglia di raccontare di Asharak, ma le labbra erano sigillate.

Quella sera, quando furono seduti al tavolo di re Anheg di fronte a un banchetto imbandito per loro, Barak intrattenne gli ospiti con un resoconto esagerato dell'incontro di Garion con i ragazzi sulla collina.

«Grande fu il colpo sferrato,» proclamò con tono pomposo «degno del più possente guerriero e diretto in pieno sul naso del nemico. Fulgido fluì il sangue, mentre l'avversario giaceva sgomento e sopraffatto. Da vincitore, Garion troneggiò sul vinto e come eroe vero non si vantò né umiliò il nemico caduto. Anzi, fu prodigo di consigli per arginare il flusso purpureo. Con semplice nobiltà abbandonò allora il campo, ma la donzella dagli occhi lucenti non lo lasciò partire senza ricompensarne il valore. Subitamente, lo rincorse e con passione si avvinghiò al suo collo con braccia candide come neve. Ed ecco scoccare il bacio che è la vera ricompensa del valoroso. Con gli occhi ardenti d'ammirazione, il casto petto si gonfiò di rinnovata passione. Ma il modesto Garion si congedò, innocente, senza indugiare a reclamare le dolci ricompense che la gentil donzella offriva. E così ebbe termine l'avventura con il nostro campione che ha gustato la vittoria, ma non il dolce dono che essa portava con sé.»

I re e i soldati seduti al lungo tavolo esplosero in un boato di risate e picchiarono con i pugni sulle ginocchia. La regina Islena e la regina Silar sorrisero con indulgenza mentre la regina Porenn rideva con gioia. Lady Merel, però, rimase rigida come la pietra con un'espressione di leggero disprezzo rivolta al marito.

Garion aveva il viso in fiamme e le orecchie assediate da consigli e suggerimenti.

«È davvero accaduto così, nipote?» chiese re Rhodar, mentre si asciugava le lacrime dagli occhi.

«Più o meno» rispose Silk. «Il racconto di lord Barak è magistrale, ma forse ha qualche ricamo in più.»

«Dovremmo mandare a chiamare un menestrello» propose il conte di Seline. «Questa impresa deve essere immortalata in una canzone.»

«Non prendetelo in giro» disse la regina Porenn, guardando con simpatia Garion.

Zia Pol non sembrava affatto divertita. Fissava Barak con occhi gelidi. «Non è strano che tre uomini adulti non riescano a tenere un ragazzo fuori dai guai?» chiese sollevando un sopracciglio.

«Dopotutto è stato un colpo solo, mia signora,» disse Silk «e un solo bacio.»

«Davvero?» si accigliò lei. «E la prossima volta cosa sarà? Un duello con le spade? Seguito da quale enorme sciocchezza?»

«Non c'è stato alcun male, signora Pol» la rassicurò Durnik.

Zia Pol scosse la testa. «Pensavo che almeno tu avessi buonsenso, Durnik,» disse «ma vedo che mi sbagliavo.»

All'improvviso Garion si offese per quei commenti. Non importava cosa facesse, la zia era sempre pronta a dargli contro. Il risentimento si infiammò al limite dell'aperta ribellione. Che diritto aveva di sgridarlo? Non c'erano legami fra loro, dopotutto, e lui poteva fare quello che gli pareva anche senza chiedere il permesso. La fissò con occhi carichi di rabbia.

La zia notò lo sguardo e gli restituì un'occhiata di sfida. «Ebbene?» chiese.

«Niente» disse lui in fretta.

15

L'alba del giorno successivo fu luminosa e fredda. Il cielo era di un blu intenso e la luce del sole colpiva le cime innevate delle montagne dietro la città. Dopo colazione, messer Lupo annunciò che anche quel pomeriggio avrebbe avuto un consiglio privato con zia Pol, re Fulrach e i sovrani alorn.

«Buona idea» approvò Barak. «Le riflessioni cupe sono adatte ai re. Ma chi non ha obblighi regali non può sprecare una giornata del genere stando a palazzo.» Fece una smorfia beffarda a suo cugino.

«C'è una vena di crudeltà in te, Barak» disse re Anheg guardando con desiderio fuori da una vicina finestra.

«I cinghiali arrivano ancora ai confini della foresta?» chiese Barak.

«In branchi» rispose Anheg ancora più sconsolato.

«Potrei radunare qualche uomo per cercare di assottigliarne il numero» propose Barak facendo una smorfia ancora più grossa.

«Ero certo che avessi qualcosa del genere in testa» disse Anheg di malumore, passandosi le mani fra i capelli scompigliati.

«Ti sto facendo un favore, Anheg» gli fece notare Barak. «Non vorrai avere il regno invaso da belve feroci, vero?»

Rhodar, il paffuto re di Drasnia, esplose in una risata. «Mi sa che ti ha incastrato» disse.

«Di solito succede così» assentì Anheg con amarezza.

«Io lascio queste attività a quelli più giovani e magri di me» disse Rhodar. Si diede una pacca al pancione con entrambe le mani. «Non mi dispiace una buona cena, ma preferisco non doverci combattere prima. Sarei un bersaglio troppo facile. Il cinghiale più cieco mi scoverebbe senza difficoltà.»

«Ebbene, Silk,» lo chiamò in causa Barak «tu che ne dici?»

«Non parli sul serio, vero?» disse l'uomo col volto da furetto.

«Devi andare con loro, principe Kheldar» insisté la regina Porenn. «Qualcuno deve rappresentare l'onore di Drasnia in questa impresa.»

Silk aveva l'aria sofferente.

«Puoi essere il mio campione» disse lei con gli occhi che le brillavano.

«State leggendo di nuovo i poemi epici arend, altezza?» chiese Silk acido.

«Consideralo un ordine della regina» decretò la donna. «Un po' d'aria fresca e di esercizio non ti faranno male. Hai l'aria depressa.»

Silk chinò il capo con ironia. «Ai vostri ordini, Altezza» disse. «Se la situazione mi sfugge di mano posso sempre arrampicarmi su un albero.»

«E tu, Durnik?» chiese Barak.

«Non ne so molto di caccia, amico mio.» Il fabbro si strinse nelle spalle, dubbioso «Ma verrò con voi se vi fa piacere.»

«Signore?» Il grosso guerriero si rivolse al conte di Seline.

«Oh no, lord Barak.» Seline rise. «Ho superato l'entusiasmo per questo sport già da molti anni. Grazie per l'invito, comunque.»

«Hettar?» chiese Barak al longilineo Algar.

Questi diede una rapida occhiata al padre.

«Vai pure, Hettar» disse Cho-Hag con voce sottile. «Sono certo che re Anheg mi procurerà un soldato che mi aiuti a camminare.»

«Lo farò io stesso, Cho-Hag» si offrì Anheg. «Ho portato pesi più grossi.»

«Allora verrò, lord Barak» accettò Hettar. «Grazie per averlo chiesto.» La sua voce era profonda e squillante, ma gentile come quella del padre.

«E tu, giovanotto?» chiese Barak a Garion.

«Hai perso del tutto il senno, Barak?» scattò zia Pol. «Non ti sono bastati i guai di ieri?»

Quella fu la goccia che fece traboccare il vaso. L'improvvisa euforia che aveva provato all'invito di Barak si trasformò in rabbia. Garion serrò i denti e abbandonò ogni prudenza. «Se

Barak pensa che non sarò d'impiccio, sarò molto felice di venire» annunciò con tono di sfida.

Zia Pol lo fissò con occhi molto severi.

«Al tuo cucciolotto stanno crescendo i dentini, Pol.» Messer Lupo ridacchiò.

«Sta' zitto, padre» intimò zia Pol fissando Garion.

«Non questa volta, signorina» disse il vecchio con tono ferreo. «Ha preso la sua decisione e non lo umilierai di fronte a tutti scegliendo per lui. Garion non è più un bambino. Forse non l'hai notato, ma è quasi un uomo fatto. Avrà presto quindici anni, Pol. Devi allentare la presa qualche volta. E questa può essere l'occasione giusta per cominciare a trattarlo da adulto.»

Lei guardò il vecchio per un momento. «Come vuoi, padre» obbedì fingendo di essere docile. «Sono sicura che ne discuteremo in privato più tardi.»

Messer Lupo sussultò.

Poi zia Pol guardò Garion. «Cerca di fare attenzione, caro» disse. «E quando sarai di ritorno faremo un discorsetto, vero?»

«Il mio signore richiede il mio aiuto prima della caccia?» domandò Merel in quel modo artificiale e insolente che usava sempre con il marito.

«Non è necessario, Merel» disse Barak.

«Non voglio trascurare nessuno dei miei doveri.»

«Lascia perdere, Merel» ripeté Barak. «Hai ottenuto quel che volevi.»

«Ho il permesso di ritirarmi?» chiese la donna.

«Sì» disse lui laconico.

«Forse le signore vogliono unirsi a me» disse la regina Islena. «Divineremo il futuro. Magari riusciremo a vedere il risultato della caccia.»

La regina Porenn, che era in piedi dietro la sovrana di Cherek, alzò gli occhi al cielo con rassegnazione. La regina Silar le sorrise.

«Andiamo, allora» disse Barak. «I cinghiali aspettano.»

«E si affilano le zanne, senza dubbio» immaginò Silk.

Barak li condusse attraverso la porta rossa dell'armeria. Qui furono raggiunti da un uomo brizzolato con spalle enormi che indossava una corazza borchiata.

«Questo è Torvik» disse Barak presentandolo agli altri. «È il capocaccia di Anheg. Conosce per nome tutti i cinghiali della foresta.»

«Il mio signore è troppo cortese» disse Torvik, chinando il capo.

«Come si va a caccia di cinghiali, amico Torvik?» chiese Durnik con gentilezza. «Non ne ho mai avuto occasione prima.»

«È molto semplice» spiegò l'uomo. «Porto alcuni dei miei cacciatori nel folto del bosco e accerchiamo le bestie con grida e chiasso. Gli altri li aspettano con queste» e indicò una rastrelliera piena di pesanti lance da caccia. «Quando il cinghiale ti trova sulla strada caricherà e cercherà di ucciderti azzannandoti. Invece sarai tu a ucciderlo con la lancia.»

«Capisco» disse dubbioso il fabbro. «Non sembra troppo difficile.»

«Indosseremo maglie con anelli di ferro, Durnik» disse Barak. «I nostri cacciatori non si feriscono quasi mai in modo grave.»

«'Quasi mai' è un espressione poco tranquillizzante» osservò Silk tastando una cotta di maglia appesa alla parete.

«Nessuno sport è divertente se non è almeno un po' pericoloso.» Barak si strinse nelle spalle e sollevò una lancia.

«Hai mai pensato di giocare a dadi?» suggerì Silk.

«Con i tuoi no di certo, amico mio» disse Barak e scoppiò a ridere.

Indossarono una cotta ciascuno mentre gli uomini di Torvik portavano le lance alle slitte che aspettavano nel cortile del palazzo.

Garion trovò la cotta di maglia pesante e scomoda. Gli anelli di metallo gli scavavano dei buchi nella pelle anche attraverso gli abiti pesanti e ogni volta che cercava di cambiare posizione per allentare la pressione di un anello, un'altra mezza dozzina cominciava a premergli contro. L'aria era molto fredda quando montarono sulle slitte e le pellicce non sembravano più sufficienti.

Attraversarono le strette strade tortuose di Val Alorn e arrivarono al grande cancello orientale all'altro capo della città rispetto al porto. Il fiato dei cavalli fumava nell'aria gelida.

La vecchia stracciona cieca del tempio fece qualche passo fuori da una soglia mentre sfilavano nel sole mattutino.

«Salute a te, lord Barak» gracchiò. «Il destino ti aspetta al varco. Lo assaporerai prima del tramonto.»

Senza dire una sola parola, Barak si alzò in piedi sulla slitta, prese una lancia da cinghiale e la scagliò con precisione mortale contro la donna.

Con velocità sorprendente la strega agitò il suo bastone e fece schizzare di lato la lancia. «Non cercare di uccidere la vecchia Martje» rise lei con disprezzo. «La lancia non può colpirla, ne può la spada. Ora vai, Barak. Il destino ti attende.»

Poi si girò verso la slitta dove Garion stava seduto accanto a uno stupefatto Durnik. «Salute a te, grande fra i grandi» intonò. «Correrai un grosso pericolo oggi, ma sopravviverai. E sarà quel pericolo che rivelerà il segno della bestia che è il destino del tuo amico Barak.» Poi fece un inchino e sgambettò via prima che il gigante potesse posare la mano su un'altra lancia.

«Cosa voleva dire, Garion?» chiese Durnik sorpreso.

«Barak dice che è una vecchia pazza cieca» disse Garion. «Ci ha fermato al nostro arrivo a Val Alorn, dopo che tu e gli altri eravate già passati.»

«Cos'era tutto quel parlare di destino?» insisté Durnik con un fremito.

«Non lo so» confessò Garion. «Barak non ha voluto spiegarmelo.»

«È un cattivo presagio così presto di mattina» mormorò il fabbro. «Questi Cherek sono gente strana.»

Garion fece un cenno di approvazione.

Oltre il cancello orientale della città c'erano i campi aperti che brillavano nella luce abbacinante del sole mattutino. Attraversarono con le slitte le campagne fino al bordo oscuro della foresta alzando dietro di sé grandi pennacchi di neve farinosa.

Incontrarono fattorie avvolte dalla neve. Erano tutti edifici di legno con alti tetti spioventi.

«Queste persone sembrano indifferenti al pericolo» disse Durnik. «Non vivrei di certo in una casa di legno, con il rischio di incendi e tutto il resto.»

«D'altra parte questo è un altro paese» ribatté Garion. «Non possiamo aspettarci che tutto il mondo sia come noi in Sendaria.»

«Forse no,» sospirò Durnik «ma ti dico una cosa, Garion: non mi trovo a mio agio qui. Certa gente non è fatta per viaggiare, punto e basta. A volte vorrei non aver mai lasciato la fattoria di Faldor.»

«A volte anch'io» ammise Garion guardando le montagne imponenti che sembravano spuntare dritte dalla foresta di fronte a loro. «Prima o poi finirà, e potremo tornare a casa.»

Durnik fece un cenno affermativo con la testa e sospirò di nuovo.

Quando entrarono nei boschi, Barak aveva recuperato il buonumore e si mise a parlare con i cacciatori come se nulla fosse accaduto. Condusse Garion attraverso la neve alta quasi al ginocchio fino a un grande albero poco lontano dal sentiero. «Questo è un buon posto» disse. «Qui c'è una pista di caccia e i cinghiali possono usarla per scappare lontano dal rumore di Torvik e dei suoi uomini. Quando ne arriverà uno, fatti coraggio e imbraccia la lancia tenendola al petto. Non vedono molto bene e si getteranno sulla lancia ancora prima di sapere che è lì. Dopo di che sarà meglio che ti nascondi dietro un albero. Le lance li innervosiscono.»

«E se lo manco?» chiese Garion.

«Io non lo farei» si raccomandò Barak. «Non è una buona idea.»

«Non ho intenzione di sbagliare apposta» disse Garion. «Cercherà di scappare o che cosa?»

«A volte cercano di scappare,» disse Barak «ma io non ci conterei. È più facile che tenti di infilzarti le zanne nello stomaco. In quel caso è meglio arrampicarsi su un albero.»

«Me ne ricorderò» disse Garion.

«Se dovessi avere qualche problema, non preoccuparti. Non sarò molto lontano» disse Barak porgendogli una coppia di lance pesanti. Poi tornò a fatica verso la slitta e galoppò via insieme agli altri, lasciando Garion in piedi sotto una grande quercia.

Sotto gli alberi la penombra era fitta e il freddo pungente. Garion fece qualche passo in mezzo alla neve cercando il posto migliore per aspettare il cinghiale. La pista che Barak aveva indicato era un sentiero battuto che si inoltrava nel folto della boscaglia. Garion trovò che le dimensioni delle impronte nella neve erano di una grandezza allarmante. La quercia con i rami bassi cominciava a sembrargli molto invitante, ma allontanò quel pensiero con rabbia. Doveva aspettare il cinghiale con coraggio e affrontarne la carica. Sarebbe morto piuttosto che nascondersi su un albero come un bambino impaurito.

La vocina nella testa gli suggerì che aveva sprecato troppo tempo a preoccuparsi di queste cose. Finché non fosse cresciuto nessuno l'avrebbe considerato un uomo. Allora perché darsi la pena di sembrare coraggioso se tanto non sarebbe servito a niente?

La foresta era molto tranquilla e la neve attutiva i rumori.

Non c'erano uccelli che cantavano e si udiva soltanto il tonfo sordo della neve che cadeva dai rami degli alberi. Garion si sentiva terribilmente solo. Cosa ci faceva lì? Cosa aveva portato un ragazzino bravo e di buon senso in mezzo alla foresta di Cherek ad aspettare un cinghiale feroce e selvaggio con la sola compagnia di due lunghe lance? Che male gli aveva fatto il cinghiale? Si rese conto in quel momento che neppure gli piaceva il sapore della carne di cinghiale.

Era abbastanza lontano dal sentiero da cui erano passate le slitte. Appoggiò la schiena contro un albero e si mise ad aspettare infreddolito.

Si accorse del rumore solo quando fu molto vicino. Non era il tramestio mugghiante del cinghiale, ma il passo composto di parecchi cavalli che avanzavano lenti sul terreno soffice. Stavano arrivando alle sue spalle. Si nascose per precauzione dietro un albero.

Tre cavalieri, imbacuccati nelle pellicce, sbucarono dal bosco all'estremità più lontana del sentiero. Si fermarono ad aspettare qualcosa. Due di loro erano soldati barbuti non diversi dalle molte dozzine che Garion aveva visto nel palazzo di Anheg. Il terzo, però, aveva capelli lunghi e biondo cenere e non portava la barba. Aveva il volto imbronciato di un bimbetto viziato, anche se era un uomo di mezza età. Stava in sella con aria sdegnosa come se la compagnia degli altri due lo offendesse.

Dopo un po', si sentirono gli zoccoli di un altro cavallo. Garion aspettava col fiato sospeso. Il nuovo cavaliere si avvicinò ai tre che avevano accostato le loro bestie agli alberi. Era l'uomo con la barba giallastra e il mantello verde che Garion aveva visto strisciare nei corridoi del palazzo di re Anheg due notti prima.

«Mio signore» disse con deferenza quando raggiunse gli altri tre.

«Dove sei stato?» chiese l'uomo biondo.

«Lord Barak ha portato alcuni ospiti a caccia nella foresta. Dato che la strada era la stessa per entrambi, non volevo seguirli troppo da vicino.»

Il nobiluomo grugnì con stizza. «Li abbiamo visti nel cuore della foresta» disse. «Allora, cosa hai sentito?»

«Molto poco, mio signore. I re si incontrano in una camera sorvegliata. Non riesco ad avvicinarmi a sufficienza.»

«Ti pago in oro sonante. Devo sapere cosa dicono. Torna al palazzo e trova il modo di ascoltarli.»

«Proverò, mio signore» disse l'uomo dal mantello verde con un inchino piuttosto rigido.

«Farai qualcosa di più che provare» sbottò l'uomo biondo.

«Come desiderate» disse l'altro voltando il cavallo.

«Aspetta» comandò il nobiluomo. «Sei riuscito a incontrare il tuo amico?»

«Il vostro amico, mio signore» lo corresse l'altro, disgustato. «L'ho incontrato. Siamo andati in una taverna e abbiamo parlato un po'.»

«Cosa ha detto?»

«Niente di utile. Quelli della sua razza sono così.»

«Ha detto che si incontrerà con noi?»

«Sì. Se volete credergli, è affar vostro.»

Il nobiluomo ignorò quel commento. «Chi è arrivato con il re dei Sendar?»

«Il vecchio e la donna, un altro vecchio, dev'essere un nobile sendar, credo, lord Barak e un Drasnian dal muso di topo. Anche un altro Sendar, un paesanotto di qualche tipo.»

«Tutto qui? Non c'era anche un ragazzino con loro?»

La spia scrollò le spalle. «Non credevo che il ragazzo fosse importante» disse.

«Allora è a palazzo?»

«Sì, mio signore... un normale ragazzino sendar di circa quattordici anni, credo. Mi pare che sia il paggio della donna.»

«Molto bene. Torna a palazzo e avvicinati alla camera del consiglio e ascolta cosa si dicono il vecchio e i re.»

«Può essere molto pericoloso, mio signore.»

«Sarà più pericoloso se non lo fai. Adesso va', prima che quello scimmione di Barak torni indietro e ti trovi qui.» Il nobile voltò il cavallo e, seguito dai due soldati, si tuffò nel folto del bosco lungo il sentiero innevato.

L'uomo dal mantello verde rimase fermo in sella col viso torvo, poi girò il cavallo e tornò da dove era venuto.

Garion uscì da dietro l'albero. Stringeva così forte le mani attorno alla lancia che quasi gli facevano male. Questo oltrepassava ogni limite. Bisognava riferire la faccenda a qualcuno.

Poi, proveniente dalle profondità nevose del bosco, udì il suono dei corni da caccia e il fragore metallico delle spade che battevano ritmicamente sugli scudi. I cacciatori stavano arrivando e, davanti a loro, tutti gli animali della foresta.

Garion udì uno scricchiolio fra le siepi e un grande cervo si presentò alla sua vista con occhi selvaggi per la paura e le grandi corna ramificate che gli campeggiavano sul capo. Con tre enormi balzi sparì. Garion tremava per l'eccitazione.

Poi ci fu un trambusto e delle grida. Una scrofa dagli occhi rossi si tuffò lungo il sentiero seguita da una mezza dozzina di porcellini saltellanti. Garion fece un passo dietro l'albero e li lasciò scappare.

Si udirono altre grida, più profonde e rabbiose. Era il maschio, Garion l'aveva capito ancora prima che la bestia uscisse dai cespugli. Poi comparve. Il ragazzo si sentì rimpicciolire il cuore dalla paura. Questo non era un maiale grasso e sonnolento, ma una belva feroce e selvaggia. Aveva zanne orrende e giallastre che si allungavano ben oltre il grugno. I pezzetti di rami e di corteccia che aveva sul muso erano la prova evidente che il cinghiale avrebbe azzannato tutto quanto trovava sul suo cammino: alberi, cespugli o un ragazzino sendar che non aveva il buonsenso di nascondersi.

Poi accadde una cosa davvero strana. Come molto tempo prima nella zuffa con Rundorig o nella mischia con gli scagnozzi di Brill nelle stradine di Muros, Garion si sentì ribollire il sangue e fischiare le orecchie. Gli parve di udire un grido di sfida e non poteva accettare che provenisse da lui. Si accorse che era balzato in mezzo al sentiero e che stava accucciato con la lancia puntata contro il petto del cinghiale.

La bestia caricò. Con gli occhi rossi e la bava alla bocca, e con un grido profondo di rabbia, si scagliò contro Garion che lo aspettava. Gli zoccoli alzavano spruzzi di neve farinosa come la schiuma del mare sollevata dalla prua di una nave. I cristalli di neve sembravano sospesi nell'aria e luccicavano nell'unico raggio di sole che penetrava nel sottobosco. L'impatto del cinghiale sulla lancia fu tremendo, ma la mira di Garion era stata buona. L'ampia punta penetrò il torace irsuto e, all'improvviso, la schiuma biancastra che colava dalle fauci della belva si colorò di rosso. Garion si sentì sbalzato indietro dall'impatto. Scivolò sul terreno e la lancia si spezzò come un ramoscello secco. Poi il cinghiale fu sopra di lui.

Il primo assalto colpì Garion diritto allo stomaco. Lui sentì il respiro volargli via dai polmoni. Il secondo colpo lo prese all'anca mentre cercava di trascinarsi via dal sentiero. La cotta di maglia deviò le zanne, evitando che si ferisse, ma i colpi lo stordirono. Il terzo attacco lo raggiunse alla schiena. Fu gettato in aria e finì contro un albero. Gli si riempirono gli occhi di luci mentre sbatteva la testa contro la corteccia ruvida.

Poi arrivò Barak ruggendo e correndo nella neve... eppure non sembrava Barak. Gli occhi di Garion, velati per il trauma del colpo, stavano guardando qualcosa che non poteva essere vero. Era Barak, non potevano esserci dubbi. Eppure era anche qualcos'altro. Stranamente, come se occupasse lo stesso spazio di Barak, c'era un orso enorme e spaventoso. Le immagini delle due figure che lottavano nella neve erano sovrapposte, i movimenti identici come se condividendo lo stesso spazio condividessero anche i pensieri.

Le braccia gigantesche afferrarono il cinghiale che si divincolava, ferito a morte. Un flusso di sangue caldo zampillò dalla bocca del cinghiale e quell'altra cosa mezza umana e mezza bestia che assomigliava a Barak lo schiantò brutalmente a terra. L'uomo bestia sollevò il suo orrendo volto ed emise un ruggito di trionfo che scosse la terra. Ma la luce stava scivolando via dagli occhi di Garion, che si sentì trascinare nel pozzo grigio dell'incoscienza.

Non c'era modo di sapere quanto tempo fosse passato finché non rinvenne sulla slitta. Silk gli stava applicando una pezza piena di neve alla base del collo mentre sfrecciavano attraverso i campi di un bianco accecante in direzione di Val Alorn.

«Ho visto che hai deciso di vivere.» Silk gli fece una smorfia.

«Dov'è Barak?» balbettò Garion mezzo intorpidito.

«Nella slitta dietro di noi» disse Silk gettando un'occhiata indietro.

«Sta... bene?»

«Cosa potrebbe mai far del male a Barak?» chiese Silk.

«Voglio dire... è sempre lui?»

«A me sembra proprio lui» Silk scrollò le spalle. «No, ragazzo, resta sdraiato. Quel maiale selvatico può averti spezzato le costole.» Mise le mani sul petto di Garion spingendolo giù con gentilezza.

«E il mio cinghiale?» chiese Garion debolmente. «Dov'è?»

«Lo stanno portando i cacciatori» lo informò Silk. «Farai un'entrata trionfale. Se posso darti un consiglio, però, dovresti anche imparare la virtù della vigliaccheria costruttiva. Questi tuoi istinti potrebbero accorciarti la vita.»

Ma Garion aveva perso di nuovo i sensi.

Poi eccoli a palazzo, con Barak che lo portava in braccio. Zia Pol era lì col volto bianco alla vista del sangue.

«Non è il suo» la rassicurò Barak in fretta. «Ha infilzato un cinghiale e il sangue gli è colato addosso mentre si azzuffavano. Credo che il ragazzo stia bene... solo una botta in testa.»

«Portalo di sopra» disse zia Pol laconica e li condusse su per le scale verso la stanza di Garion.

Più tardi, con la testa e il petto bendati e con una tazza di tisana puzzolente che gli faceva venire sonno, Garion era sdraiato nel letto e ascoltava zia Pol che se la prendeva con Barak. «Tu, gigantesco zuccone troppo cresciuto» gridò. «Hai visto che scemenza hai combinato?»

«Il ragazzo è molto coraggioso» disse Barak con voce bassa e malinconica.

«Il coraggio non m'interessa» scattò zia Pol. Poi si fermò. «Cosa ti succede?» chiese.

Prese fra le mani la testa del gigante. Lo guardò per un attimo fissò negli occhi poi lo lasciò andare lentamente. «Oh» disse con dolcezza «Alla fine è accaduto, vedo.»

«Non ho potuto controllarlo, Polgara» disse lui miseramente.

«Andrà tutto bene, Barak» lo tranquillizzò la donna toccando con gentilezza il suo capo chino.

«Niente andrà mai più bene» disse Barak.

«Devi dormire un po'» gli consigliò lei. «Domattina non sembrerà poi così brutto.»

Il gigante si girò e lasciò la stanza.

Garion sapeva che parlavano di quella strana cosa che aveva visto quando Barak lo aveva salvato del cinghiale. Voleva chiedere spiegazioni a zia Pol. Ma la bevanda amara che gli aveva preparato lo trascinò in un sonno profondo e senza sogni prima che potesse mettere insieme le parole di quella domanda.

16

Il giorno dopo Garion era troppo indolenzito e sofferente per pensare anche solo di scendere dal letto. Comunque, un fiume di visitatori lo teneva troppo occupato per poter pensare ai suoi dolori. Le visite dei re alorn negli abiti sfarzosi furono particolarmente lusinghiere e ciascuno di loro lodò il suo coraggio. Poi arrivarono le regine e si affaccendarono sulle ferite offrendo calorosa simpatia e gentili carezze sulla fronte. La combinazione di lodi, affetto e la consapevolezza di essere l'assoluto centro dell'attenzione ebbe su Garion un effetto travolgente. Aveva il cuore gonfio di emozione.

L'ultimo visitatore della giornata, però, fu messer Lupo. Arrivò quando la sera stava già strisciando attraverso le strade innevate di Val Alorn. Indossava il solito camicione e il cappuccio era voltato in su come se fosse appena rientrato.

«Hai visto il mio cinghiale, messer Lupo?» chiese Garion con orgoglio.

«Un animale eccellente,» disse Lupo senza molto entusiasmo «ma non ti ha detto nessuno che di solito ci si toglie di mezzo quando il cinghiale è stato infilzato?»

«Non ho avuto il tempo di pensarci,» ammise Garion «ma non sarebbe stata... be'... una vigliaccheria?»

«Eri davvero preoccupato dell'opinione che il cinghiale avrebbe avuto di te?»

«Be',» balbettò Garion «in realtà, credo di no.»

«Stai sviluppando una sorprendente mancanza di buon senso per essere così giovane» osservò Lupo. «Di solito ci vogliono anni per arrivare al punto in cui sei giunto tu in una notte.» Si girò verso zia Pol che era seduta lì vicino. «Polgara, sei sicura che non ci sia traccia di sangue arend fra gli antenati di Garion?

Si sta comportando come un Arend ultimamente. Prima cavalca il grande Maelstrom come fosse un cavallo a dondolo, poi cerca di spezzare le zanne di un cinghiale con le proprie costole. Sei sicura di non avergli fatto battere la testa da piccolo?»

Zia Pol sorrise, ma non disse nulla.

«Spero che guarirai presto, ragazzo,» gli augurò Lupo «e cerca di pensare a ciò che ti ho detto.»

Garion mise il broncio perché era mortalmente offeso dalle parole di messer Lupo. Gli si riempirono gli occhi di lacrime nonostante gli sforzi per mantenere il controllo.

«Grazie per esserti fermato, padre» disse zia Pol.

«È sempre un piacere venirti a trovare, figlia mia» ribatté Lupo e se ne andò tranquillo dalla stanza.

«Perché mi ha parlato a quel modo?» esclamò Garion asciugandosi il naso. «Ha rovinato tutto.»

«Rovinato che cosa, caro?» chiese zia Pol accomodandosi il corpetto dell'abito grigio.

«Tutto» si lamentò Garion. «I re hanno detto che sono stato molto coraggioso.»

«I re dicono cose del genere» disse zia Pol. «Non ci farei molto caso se fossi in te.»

«Ma sono stato coraggioso, non è vero?»

«Ma certo, caro» disse lei. «E sono sicura che il cinghiale ne è rimasto molto impressionato.»

«Sei cattiva come messer Lupo» la accusò Garion.

«Sì, caro,» disse Pol «penso di sì, ma è del tutto naturale. Ora dimmi, cosa vuoi per cena?»

«Non ho fame» rispose Garion in tono di sfida.

«Davvero? Allora avrai bisogno di una tisana tonificante. Te ne preparo una subito.»

«Ho cambiato idea» disse in fretta Garion.

«Ne ero quasi certa» sorrise zia Pol. Poi, senza spiegazioni, gli buttò le braccia al collo e lo strinse a sé per un lungo momento. «Cosa devo fare con te?» disse alla fine.

«Sto bene, zia Pol» la rassicurò lui.

«Questa volta, forse» disse la donna prendendogli il volto fra le mani. «Il coraggio è una splendida cosa, Garion, tesoro, ma la prossima volta cerca di pensare prima di agire. Promettilo.»

«D'accordo» disse lui un po' imbarazzato da tutta la faccenda. Stranamente, zia Pol si comportava come se davvero le importasse di lui. Cominciò a farsi strada dentro la mente di

Garion l'ipotesi che potesse esserci un legame fra loro anche se non erano parenti. Non sarebbe stato mai più come prima, ma almeno era qualcosa. Cominciò a sentirsi meglio.

Il giorno dopo fu in grado di alzarsi. I muscoli gli facevano ancora male e le costole erano molto sensibili, ma era giovane e stava guarendo in fretta. Era circa metà mattina e stava seduto con Durnik nella grande sala del palazzo di re Anheg quando arrivò il conte di Seline.

«Re Fulrach si domanda se sareste così gentile da unirvi a noi nella stanza del consiglio, mastro Durnik» disse con grande cortesia.

«Io, vossignoria?» chiese incredulo il fabbro.

«Sua Maestà è molto colpita dal vostro buon senso» disse il vecchio gentiluomo. «Pensa che voi rappresentiate bene il senso pratico dei Sendar. Ciò che stiamo affrontando riguarda tutti gli uomini, non solo i re dell'Ovest. È quindi giusto che il buon senso venga rappresentato nel nostro consiglio.»

«Vengo subito, vossignoria,» disse Durnik alzandosi in fretta «ma mi perdonerete se parlerò poco.»

Garion rimase in ansiosa attesa.

«Tutti sanno della tua avventura, ragazzo mio» gli disse il conte con garbo a Garion. «Ah, poter essere ancora giovani» sospirò. «Andiamo, Durnik?»

«Immediatamente, vossignoria» rispose il Sendar. I due uscirono dal salone e si diressero alla sala del consiglio.

Garion rimase seduto da solo, ferito per il fatto di essere stato escluso. Era in un'età in cui la stima di sé è molto delicata e si risentì per la mancanza di riguardo esplicita in quell'esclusione. Offeso e umiliato, lasciò il salone con il muso lungo e andò a trovare il suo cinghiale, che stava appeso a un gancio nella ghiacciaia di fianco alla cucina. Almeno quella bestia lo aveva preso sul serio.

D'altra parte, non si può passare molto tempo con un cinghiale morto senza deprimersi. Ora l'animale non sembrava poi così grande come quando era vivo e le zanne non erano né così lunghe né così affilate come ricordava Garion. Inoltre, nella ghiacciaia faceva freddo e i muscoli gli si irrigidirono subito.

Era inutile andare a trovare Barak. L'amico dalla barba rossa si era rinchiuso nella sua stanza a rimuginare in preda alla più nera malinconia e si rifiutava di aprire la porta anche alla moglie. E così Garion, abbandonato a sé stesso, ciondolò di qua e di là e poi decise che tanto valeva esplorare il vasto palazzo con le sue stanze polverose, le camere abbandonate e i corridori tortuosi e stretti. Gli sembrò di camminare per ore, aprendo porte e percorrendo passaggi che all'improvviso andavano a finire contro un muro.

Il palazzo di Ahneg era enorme perché, come aveva spiegato Barak, era sempre stato in costruzione, da più di tremila anni. Una delle ali meridionali era stata abbandonata da così tanto tempo che il tetto era crollato. Garion girovagò per un po' nei corridoi in rovina del secondo piano pensando alla morte e alla caducità della gloria. E intanto attraversava stanze dove la neve si era depositata soffice e spessa sui letti e gli sgabelli, solcata soltanto dalle minuscole tracce dei topi e degli scoiattoli che correvano dappertutto. Poi arrivò a un corridoio a cielo aperto dove c'erano delle altre tracce: quelle di un uomo. Erano orme fresche perché all'interno non avevano alcuno strato di neve e quella notte aveva nevicato a lungo. All'inizio pensò che potessero essere le sue. Forse aveva girato in cerchio ed era tornato in un corridoio che aveva già esplorato. Ma le orme era molto più grandi del suo piede.

Certo, c'erano almeno una dozzina di possibili spiegazioni, ma Garion sentì il battito del cuore accelerare. L'uomo dal mantello verde si aggirava ancora nel palazzo, Asharak il Murgo era a Val Alorn e il nobiluomo dai capelli biondi si nascondeva da qualche parte nella foresta con intenzioni palesemente poco amichevoli.

Garion intuì che la situazione era pericolosa e che non aveva altre armi se non il piccolo pugnale. Tornò sui suoi passi fino a una stanza che aveva appena esplorato e prese dal muro una spada arrugginita che era appesa lì da chissà quanti anni. Poi, sentendosi più sicuro, tornò a seguire le tracce.

Fu abbastanza semplice seguire l'intruso fino a che questi si trattenne nel corridoio a cielo aperto: la neve fresca rendeva la cosa facile. Ma quando le tracce salirono su un mucchio di detriti e scomparvero inghiottite dall'oscurità di un cunicolo polveroso, l'inseguimento si fece più complicato. La polvere sul pavimento aiutava, ma bisognava continuamente piegarsi in avanti fino al punto di camminare carponi. A Garion facevano ancora male le gambe e le costole e ogni volta che si chinava a osservare il pavimento trasaliva e gemeva per il dolore. Ben presto fu tutto sudato e teneva i denti serrati. Stava pensando sul serio di lasciar perdere.

Poi sentì un debole rumore all'altro capo del corridoio. Arretrò contro il muro sperando che da una delle finestrelle non filtrasse luce sufficiente per illuminarlo. Molto lontano, una figura passò lentamente attraverso la pallida luce di una delle minuscole aperture. Garion intravide per un attimo una macchia di colore verde e capì finalmente chi era l'uomo che stava seguendo. Camminò rasente il muro con passo felino, tenendo sempre ben stretta la spada arrugginita. Se non fosse stato per l'impressionante vicinanza della voce del conte di Seline, tuttavia, avrebbe con ogni probabilità sbattuto contro l'uomo che seguiva.

«Ritieni possibile, nobile Belgarath, che il nostro nemico possa essere svegliato prima che tutte le condizioni della profezia siano soddisfatte?» stava chiedendo il conte.

Garion si fermò. Proprio di fronte a lui, in una strombatura del muro del corridoio, notò un piccolo movimento. L'uomo dal mantello verde se ne stava acquattato lì ad ascoltare nella penombra i discorsi che provenivano dal piano di sotto. Garion si appiattì contro il muro senza quasi il coraggio di respirare. Indietreggiò con cura fino a quando non trovò un'altra strombatura e lì si nascose.

«È una domanda davvero appropriata, Belgarath» diceva la voce calma di Cho-Hag. «Questo Apostata può usare il potere che ha fra le mani per far risorgere il Maledetto?»

«Il potere è lì,» disse la voce familiare di messer Lupo «ma potrebbe aver paura di servirsene. Se non lo userà correttamente ne sarà annientato. Non commetterà azioni sconsiderate. È questa esitazione che ci darà tempo.»

Poi parlò Silk. «Potrebbe tenersi la cosa per sé? Forse vuole lasciare il maestro nel sonno e usare il potere che ha rubato per diventare re degli Angarak.»

Re Rhodar sogghignò. «Non credo che il clero grolim rinuncerà al potere sugli Angarak in favore di uno straniero. L'alto sacerdote dei Grolim non è affatto un mago mediocre, almeno così mi si dice.»

«Perdonami, Rhodar,» disse Anheg «ma se il potere è nelle mani del ladro, i Grolim non avranno altra scelta che arrendersi. Conosco il potere di questa cosa e se anche solo metà di ciò che ho letto è vero, il ladro può usarla per radere al suolo Rak Cthol con la stessa facilità con cui si distrugge un formicaio. E se resistono, farà terra bruciata di Cthol Murgos da Rak Goska fino al confine tolnedran. Non importa se sarà il ladro a usare il potere, o il Maledetto. Comunque vada, gli Angarak lo seguiranno e verranno a ovest.»

«Non dovremmo informare di ciò che è accaduto gli Arend e i Tolnedran, e anche gli Ulgo?» chiese Brand, il Custode di Riva. «Non ci facciamo cogliere di nuovo di sorpresa!»

«Non solleverei i nostri vicini meridionali così in fretta» disse messer Lupo. «Quando poi ce ne andremo da qui, ci dirigeremo a sud. Se Arendia e Tolnedra si staranno mobilitando per la guerra, l'agitazione generale ci sarà d'ostacolo. Gli eserciti dell'imperatore sono formati da soldati esperti. Possono rispondere con rapidità se è necessario. E gli Arend sono sempre pronti alla battaglia. L'intero regno è perennemente sul piede di guerra.»

«È prematuro parlare di queste cose» concordò la voce familiare di zia Pol. «Gli eserciti ci saranno solo d'impiccio. Se riusciamo catturare l'antico allievo di mio padre e riportare a Riva la cosa che ha rubato, allora la crisi sarà passata. Non importuniamo i popoli del Sud per nulla.»

«Ha ragione» convenne Lupo. «La mobilitazione è sempre rischiosa. Un re con un esercito a disposizione può farsi venire in mente cattivi pensieri. Lungo la strada avvertirò il re degli Arend a Vo Mimbre e l'imperatore a Tol Honeth. Ma dobbiamo far arrivare la notizia a Gorim degli Ulgo. Cho-Hag, puoi spedire un messaggero attraverso Prolgu in questa stagione dell'anno?»

«È difficile dirlo, Venerabile» rispose il re. «I valichi montani sono difficilmente attraversabili d'inverno. Comunque ci proverò.»

«Bene» disse Lupo. «Oltre questo non c'è molto che possiamo fare. Per il momento è meglio tenere la cosa in famiglia, per così dire. Se la situazione volgesse al peggio e gli Angarak invadessero di nuovo Aloria, almeno saremo preparati. Ci sarà sempre tempo per l'impero e per gli Arend di prepararsi.»

A quel punto Fulrach parlò con voce preoccupata. «È facile per il re degli Alorn parlare di guerra» disse. «I suoi sudditi sono guerrieri, ma la mia Sendaria è un regno pacifico. Non abbiamo castelli né fortificazioni e il mio popolo è costituito da agricoltori e commercianti. Kal Torak sbagliò quando scelse Vo Mimbre come campo di battaglia. Non credo che gli Angarak faranno di nuovo lo stesso errore. Credo che attraverseranno le praterie a nord di Algaria e ci piomberanno addosso. Abbiamo molto cibo e pochi soldati. Il nostro paese sarà una base ideale per la campagna nell'Ovest e temo che non resisteremo a lungo.»

Poi, con grande stupore di Garion, parlò Durnik. «Non sottovalutare gli uomini di Sendaria, nobile re» disse con voce ferma. «Tutti quelli che conosco non esiteranno a combattere. Non ne sappiamo molto di spade e di lance, ma combatteremo. Se gli Angarak vengono in Sendaria non troveranno una conquista facile, e se appiccheremo fuoco a campi e granai non troveranno neppure cibo.»

Ci fu un lungo silenzio poi Fulrach parlò con voce stranamente umile. «Le tue parole mi fanno vergognare di me stesso, mastro Durnik» disse. «Forse sono re da troppo tempo e mi sono dimenticato cosa significa essere un Sendar.»

«Forse ci stiamo dimenticando che ci sono solo pochi valichi che portano dalla scarpata orientale sino a Sendaria» fece notare con tranquillità Hettar, il figlio di Cho-Hag. «Qualche slavina al punto giusto potrebbe rendere Sendaria inaccessibile come la luna. E se le slavine cadono al momento giusto interi eserciti di Angarak potrebbero trovarsi intrappolati in quegli stretti corridoi.»

«È un pensiero davvero stuzzicante» ridacchiò Silk. «Potremmo indirizzare gli impulsi incendiari di Durnik verso un uso migliore che bruciare rape. Dal momento che Torak l'Orbo si delizia nel profumo dei roghi sacrificali, potremmo trovare il modo di accontentarlo.»

Dallo stretto passaggio in cui era nascosto, Garion vide il baluginio d'una torcia e sentì il tintinnio di molte maglie di ferro. L'uomo dal mantello verde udì a sua volta il rumore e scorse la luce. Uscì dal nascondiglio e corse via da dove era venuto, oltrepassando proprio la strombatura dove si era nascosto Garion. Il ragazzo si tirò indietro, stringendo con forza la spada. Ma fortuna volle che l'uomo stesse guardando la luce alle proprie spalle mentre si allontanava con passo felpato.

Non appena fu andato via anche Garion uscì dal nascondiglio e scappò. I soldati cherek cercavano degli intrusi e non sarebbe stato facile spiegare cosa ci faceva lì. Considerò brevemente l'opportunità di seguire ancora la spia, ma decise che per quel giorno era sufficiente. Era arrivato il momento di raccontare a qualcuno ciò che aveva visto. Bisognava dirlo a qualcuno... qualcuno a cui i re avrebbero dato retta. Una volta raggiunte le parti abitate del palazzo si diresse con decisione verso la camera dove Barak rimuginava in silenziosa malinconia.

17

«Barak» cominciò a gridare Garion attraverso la porta dopo aver bussato per parecchi minuti senza ottenere risposta.

«Va' via» giunse poderosa la voce del gigante.

«Barak, sono io, Garion. Devo parlare con te.»

Dentro la stanza ci fu un lungo silenzio e, infine, un lento movimento. Poi la porta si aprì.

L'aspetto di Barak era sconvolgente. La tunica era spiegazzata e macchiata, la barba ingarbugliata, le lunghe trecce tutte disfatte e i capelli arruffati. Ma la cosa peggiore era lo sguardo da pazzo. Era un misto di orrore e disprezzo per sé stesso. Garion fu costretto a distogliere gli occhi.

«L'hai visto, non è vero ragazzo?» domandò Barak. «Hai visto cosa mi è successo là fuori.»

«In realtà, non ho visto niente» disse Garion con cautela. «Ho sbattuto la testa contro un albero e l'unica cosa che ho visto sono state le stelle.»

«Tu devi averlo visto» insisté Barak. «Devi aver visto il mio destino.»

«Destino?» disse Garion. «Che cosa stai dicendo? Sei ancora vivo.»

«Destino non vuol dire solo la morte» spiegò Barak cupamente mentre si gettava su un'ampia poltrona. «Avrei tanto desiderato che fosse così. Il destino è qualcosa che non si può impedire che accada e la morte non è la cosa peggiore al mondo.»

«Le parole di quella vecchia cieca e pazza ti stanno facendo lavorare di immaginazione» disse Garion.

«Non è solo la vecchia Martje» rispose Barak. «Lei si limita a ripetere quello che tutti già sanno. Quando nacqui fu chiamato un indovino, è tradizione qui. Il più delle volte gli indovini non riescono a vedere nulla di speciale nel futuro dei bambini. Ma in qualche caso il futuro è impresso in modo così profondo che chiunque può vedere il destino di quella persona.»

«È solo una superstizione» lo rimproverò Garion. «Non ho mai incontrato una chiromante che potesse prevedere con certezza neppure il tempo. Una volta ne è venuta una alla fattoria di Faldor e ha detto a Durnik che sarebbe morto due volte. Non ti pare una scemenza?»

«Gli indovini e i veggenti di Cherek hanno molto talento» continuò Barak ancora con l'espressione malinconica. «Il destino che hanno visto per me era sempre lo stesso... sto per trasformarmi in una belva feroce. A dozzine mi hanno ripetuto la stessa cosa. E ora è successo. Sono due giorni che sto seduto qui a osservarmi. I peli sul corpo si stanno allungando e i denti sono diventati acuminati.»

«Ti stai immaginando le cose» disse Garion. «Per me hai lo stesso aspetto di sempre.»

«Sei un ragazzo gentile, Garion» sorrise Barak. «So che stai solo cercando di farmi sentire meglio, ma anch'io ho gli occhi. So che mi crescono le zanne e la pelliccia. Tra poco Anheg dovrà incatenarmi in una delle sue prigioni per impedirmi di far male a qualcuno, oppure dovrò scappare sulle montagne e vivere con i troll.»

«Sciocchezze» insisté Garion.

«Dimmi cos'hai visto l'altro giorno» lo supplicò Barak. «A cosa somigliavo quando mi sono trasformato in una belva?»

«Ho visto solo le stelle per la gran zuccata che ho dato all'albero» ribadì Garion ancora una volta, cercando di farlo sembrare vero.

«Volevo solo sapere in quale animale mi sto trasformando» disse Barak con la voce piena di commiserazione. «Sto diventando un lupo, un orso o un qualche mostro orribile che non ha neppure un nome?»

«Non ti ricordi nulla di ciò che è successo?» chiese Garion con molta cautela cercando di cancellare dalla mente quella strana immagine doppia di Barak e dell'orso.

«Niente» disse l'uomo dalla barba rossa. «Ti ho sentito gridare e la cosa successiva che ricordo era il cinghiale morto ai miei piedi e tu disteso sotto l'albero tutto coperto di sangue. Potevo sentire la bestia dentro di me. Potevo persino sentirne l'odore.»

«Sarà stata la puzza del cinghiale» suggerì Garion. «Forse hai semplicemente perso la testa nell'eccitazione.»

«Un pazzo forsennato, vuoi dire?» disse Barak con sguardo pieno di speranza. Poi scosse la testa. «No, Garion. So cosa vuol dire perdere la testa. Mi è già successo altre volte. Non era la stessa sensazione. Era qualcosa di completamente diverso.» Trasse un sospiro profondo.

«Non ti stai trasformando in una belva feroce» insisté Garion.

«Io so ciò che so» ripeté Barak con testardaggine.

Poi lady Merel, la moglie di Barak, entrò nella stanza attraverso la porta socchiusa. «Vedo che il mio signore sta recuperando la salute» disse.

«Lasciami solo, Merel» cercò di allontanarla Barak. «Non sono dell'umore giusto per i tuoi giochetti.»

«Giochetti, mio signore?» disse lei con aria innocente. «Mi preoccupo solo del mio dovere. Se il mio signore sta poco bene, sono obbligata a prendermene cura. È il diritto di una moglie, non è vero?»

«Smettila di preoccuparti dei diritti e dei doveri, Merel» sbraitò Barak. «Vattene e lasciami solo.»

«Il mio signore ha molto insistito sul punto dei diritti e dei doveri la notte che è tornato a Val Alorn» gli rammentò lei. «Neppure il chiavistello alla porta della mia camera da letto è stato sufficiente a frenarne l'insistenza.»

«D'accordo» ammise Barak con un leggero rossore sul volto. «Mi dispiace per quella faccenda. Ho sbagliato. Non ti darò più fastidio.»

«Fastidio, mio signore?» ironizzò la donna. «Un dovere non è un fastidio. Una brava moglie è obbligata a sottomettersi ogni volta che il marito la richiede... non importa quanto sia brutale o ubriaco quando entra nel suo letto. Nessuno potrà mai accusarmi di negligenza al riguardo.»

«Ti diverti, non è vero?» la accusò Barak.

«Divertirmi a fare che cosa, mio signore?» La sua voce era sottile ma tagliente.

«Cosa vuoi, Merel?» domandò Barak senza mezzi termini.

«Voglio servire il mio signore nella sua infermità» dichiarò lei. «Voglio avere cura di lui e osservare l'avanzamento della malattia... un sintomo alla volta.»

«Mi odi così tanto?» chiese Barak con profondo disprezzo. «Stai attenta, Merel. Potrei chiederti di rimanere con me. Ti piacerebbe? Ti piacerebbe rimanere segregata in questa stanza con una belva rabbiosa?»

«Se diventerete ingovernabile, mio signore, posso sempre farvi incatenare al muro» suggerì la donna affrontando lo sguardo furioso del marito con freddo distacco.

«Barak,» chiese Garion a disagio «devo parlarti.»

«Non ora, Garion» scattò l'uomo.

«È importante. C'è una spia nel palazzo.»

«Una spia?»

«Un uomo col mantello verde» raccontò Garion. «L'ho visto molte volte.»

«Molti uomini portano mantelli verdi» disse lady Merel.

«Stanne fuori, Merel» l'avvertì Barak. Poi si girò verso Garion. «Cosa ti fa credere che sia una spia?»

«L'ho visto ancora stamattina,» proseguì Garion «e l'ho seguito. Strisciava lungo un corridoio abbandonato che corre sopra la sala dove si incontrano i re con zia Pol e messer Lupo. Ha sentito tutto quello che si sono detti»

«Come fai a essere certo che ha sentito?» chiese Merel con lo sguardo attento.

«Anch'io ero là sopra» disse Garion. «Non ero nascosto molto lontano da lui e ho sentito tutto anch'io... come fossi nella stessa stanza con loro.»

«Che aspetto ha?»

«Ha i capelli color sabbia» descrisse Garion «e la barba e, come ho già detto, porta un mantello verde. L'ho visto quel giorno che siamo andati al cantiere navale. Stava entrando in una taverna con un Murgo.»

«Non ci sono Murgo a Val Alorn» obiettò Merel.

«Uno c'è» disse Garion. «L'ho già visto varie volte. Lo conosco bene.» Doveva girare intorno all'argomento con cura. L'impulso a non parlare del suo nemico vestito di nero era più forte che mai. Anche questo piccolo accenno gli aveva fatto irrigidire la lingua.

«Chi è?» chiese Barak.

Garion ignorò la domanda. «Poi, il giorno della caccia al cinghiale, l'ho visto nella foresta.»

«Il Murgo?» chiese Barak.

«No. L'uomo dal mantello verde. Si è incontrato con altri uomini. Hanno parlato per un po' nella radura dove c'è stato lo scontro con il cinghiale. Non mi hanno visto.»

«Non ci vedo nulla di sospetto» disse Barak. «Un uomo può incontrarsi con i suoi amici dove gli pare e piace.»

«Non credo che fossero proprio amici» disse Garion. «Quello col mantello verde chiamava uno degli altri 'mio signore' e lui gli ha ordinato di avvicinarsi abbastanza da sentire che cosa dicessero messer Lupo e i re.»

«Allora la cosa è seria» comprese Barak, che sembrava aver dimenticato la malinconia. «Hanno detto qualcos'altro?»

«L'uomo coi capelli biondo cenere faceva domande su di noi» disse Garion. «Su di te, me, Durnik, Silk... su tutti quanti.»

«Capelli biondo cenere?» chiese in fretta Merel. «Senza barba? Un po' più vecchio di mio marito?»

«Non può essere lui» disse Barak. «Anheg lo ha bandito, pena la morte.»

«Sei un ingenuo, Barak» lo schernì Merel. «Ignorerebbe l'ordine se gli facesse comodo. Penso sia meglio parlare ad Anheg di tutto questo.»

«Lo conoscete?» chiese Garion. «Alcune cose che ha detto riguardo a Barak non sono state molte educate.»

«Posso ben immaginarlo» disse Merel con ironia. «Barak era uno di quelli che volevano tagliargli la testa.»

Il gigante si stava già infilando la maglia di ferro.

«Aggiustati i capelli» gli disse Merel in un tono che non aveva alcuna traccia di rancore. «Assomigli a un mucchio di fieno.»

«Non posso pensare a queste sciocchezze adesso» disse Barak con impazienza. «Venite, tutti e due. Andremo da Anheg immediatamente.»

Non ci fu tempo per altre domande, perché Garion e Merel dovettero quasi correre per tenere il passo di Barak.

Percorsero in un baleno la grande sala e i soldati stupiti si facevano da parte non appena notavano il volto furioso di Barak.

«Lord Barak» una delle guardie alla porta del consiglio salutò il gigante.

«Spostati» ordinò lui e spalancò la porta con uno schianto.

Re Ahneg lo guardò sorpreso per l'improvvisa interruzione. «Benvenuto, cugino» cominciò.

«Tradimento, Anheg!» ruggì Barak. «Il conte di Jarvik è tornato e ha messo delle spie nel palazzo.»

«Jarvik?» disse Anheg. «Non oserebbe.»

«E invece ha osato» affermò Barak. «È stato visto non lontano da Val Alorn e alcuni dei suoi complotti sono stati intercettati.»

«Chi è Jarvik?» chiese il Custode di Riva.

«Un nobile che ho bandito l'anno scorso» rispose Anheg. «Uno dei suoi uomini fu trovato in possesso di un messaggio. Era diretto a un Murgo in Sendaria e forniva dettagli su uno dei nostri consigli più segreti. Jarvik ha tentato di negare che il messaggio fosse da parte sua anche se aveva il suo sigillo e anche se i suoi forzieri traboccavano di oro rosso proveniente dalle miniere di Cthol Murgos. Gli avrei infilzato il cranio con una picca, ma sua moglie appartiene al mio casato e mi ha supplicato di risparmiargli la vita. L'ho esiliato in uno dei suoi possedimenti sulla costa orientale.» Guardò Barak. «Come hai scoperto tutto questo?» chiese. «Mi avevano detto che eri rinchiuso nella tua stanza e che ti rifiutavi di parlare con chiunque.»

«Le parole di mio marito sono vere, Anheg» intervenne lady Merel in tono di sfida.

«Non lo dubito affatto, Merel» disse Anheg guardandola con espressione sorpresa. «Volevo solo capire come ha avuto queste notizie, ecco tutto.»

«Questo ragazzo di Sendaria l'ha visto» dichiarò Merel «e l'ha sentito parlare con una spia. Ho udito io stessa la storia e sarò al fianco di mio marito se qualcuno qui osa dubitare.»

«Garion?» mormorò zia Pol sbigottita.

«Suggerirei di ascoltare il ragazzo» propose con calma Cho-Hag degli Algar. «Un nobiluomo con una storia d'amicizia con i Murgo che sceglie questo esatto momento per contravvenire agli ordini d'esilio riguarda noi tutti.»

«Racconta quello che hai detto a Merel e me, Garion» lo esortò Barak spingendolo di fronte a tutti.

«Maestà,» esordì il ragazzo inchinandosi in modo un po' goffo «ho visto varie volte un uomo con un mantello verde nascondersi qui nel vostro palazzo. Striscia per i corridoi e si dà un gran da fare per non farsi vedere. L'ho scoperto la prima notte che siamo arrivati e anche il giorno dopo. Era in città e stava entrando in una taverna con un Murgo. Barak dice che non ci sono Murgo a Cherek, ma io so che quell'uomo era un Murgo.»

«Come lo sai?» chiese Rhodar in tono scaltro.

Garion lo guardò tutto impacciato e incapace di pronunciare il nome di Asharak.

«Ebbene, figliolo?» lo incalzò Rhodar.

Garion combatteva con le parole ma proprio non riusciva a parlare.

«Forse lo conoscevi già questo Murgo?» suggerì Silk.

Garion fece cenno di sì col capo, sollevato perché qualcuno gli stava dando una mano.

«Non conosci molti Murgo» disse Silk sfregandosi il naso con un dito. «È forse quello che abbiamo incontrato a Darine e anche a Muros? Quello che si chiama Asharak?»

Garion fece di nuovo cenno con la testa.

«Perché non ce ne hai parlato?» chiese Barak.

«Io... io non ci riuscivo» balbettò Garion.

«Non riuscivi?»

«Non mi uscivano le parole» confessò il giovane. «Non so perché ma non sono mai riuscito a parlarne.»

«Allora l'avevi già visto?» intuì Silk.

«Sì» ammise Garion.

«E non hai mai detto niente a nessuno?»

«No.»

Silk lanciò una rapida occhiata a zia Pol. «È quel genere di cosa di cui tu sei esperta, Polgara?»

La donna fece un leggero cenno col capo. «È possibile» disse. «Non è molto affidabile e quindi non lo faccio mai. Però è una cosa possibile.» Ora la sua espressione era molto seria.

«I Grolim pensano che sia stupefacente» intervenne messer Lupo. «I Grolim si stupiscono con poco.»

«Vieni con me, Garion» disse zia Pol.

«Non ancora» la fermò Lupo.

«È importante» disse lei rigida.

«Puoi farlo dopo» insisté il vecchio. «Ascoltiamo il resto della storia adesso. Il danno è già stato fatto. Vai avanti, Garion. Cos'altro hai visto?»

Garion trasse un respiro profondo. «Allora» riprese, sollevato perché poteva parlare a messer Lupo invece che ai re. «Ho visto ancora l'uomo col mantello verde il giorno che siamo andati a caccia. Si è incontrato nella foresta con un uomo biondo senza barba. Hanno parlato per un po' e sono riuscito a sentire cosa dicevano. L'uomo biondo voleva sapere di cosa stavate discutendo in questa stanza.»

«Saresti dovuto venire da me subito» lo rimproverò re Anheg.

«In ogni modo,» continuò Garion «ho avuto quello scontro con il cinghiale. Ho battuto la testa contro l'albero ed ero mezzo tramortito. Non mi sono ricordato niente fino a questa mattina. Dopo che re Fulrach ha chiamato Durnik qui, ho fatto un giretto esplorativo. Sono arrivato in una parte del palazzo in cui è crollato il tetto e ho visto delle impronte. Le ho seguite e dopo un po' ho visto di nuovo l'uomo con il mantello verde. È stato allora che mi sono ricordato tutto. L'ho seguito lungo il corridoio che passa sopra il soffitto di questo salone. Si è nascosto lì e si è messo ad ascoltare.»

«Quanto pensi che possa aver sentito, Garion?» chiese re Cho-Hag.

«Stavate parlando di qualcuno che si chiama l'Apostata,» disse lui «e dicevate che poteva usare un qualche potere per risvegliare un nemico che sta dormendo da anni. Alcuni di voi credevano che bisognasse avvertire gli Arend o i Tolnedran, ma messer Lupo la pensava diversamente. Poi Durnik ha detto che gli uomini di Sendaria avrebbero combattuto in caso di invasione degli Angarak.»

Erano tutti sbigottiti.

«Io non ero nascosto molto lontano dall'uomo col mantello verde» rivelò Garion. «Sono certo che ha sentito tutto quello che ho sentito io. Poi sono arrivati dei soldati e l'uomo scappato. È stato allora che ho deciso di raccontare tutto a Barak.»

«Lassù» disse Silk che, in piedi accanto al muro, indicava un angolo del soffitto. «L'intonaco è tutto scrostato. Il suono delle nostre voci passa attraverso le crepe fino al corridoio soprastante.»

«Il ragazzo che avete portato con voi, lady Polgara, è molto prezioso» osservò Rhodar in tono austero. «Se ha bisogno di un mestiere, credo di potergliene trovare uno. Raccogliere informazioni è un'occupazione che rende bene e lui sembra avere delle doti naturali in questo campo.»

«Ha anche altri doni» borbottò zia Pol. «È molto bravo a saltar fuori nei posti dove non dovrebbe essere.»

«Non essere troppo severa con il ragazzino, Polgara» disse re Anheg. «Ci ha reso un servizio impagabile.»

Garion fece un altro inchino e si sottrasse allo sguardo fermo di zia Pol.

«Cugino,» disse poi Anheg rivolgendosi a Barak «sembra che nel nostro palazzo ci sia un visitatore non gradito. Vorrei scambiare due parole con questo osservatore silenzioso dal mantello verde.»

«Prenderò con me degli uomini» disse Barak con ferocia. «Metterò il palazzo sottosopra e vedrò cosa ne salta fuori.»

«Mi piacerebbe averlo più o meno intero» sottolineò Anheg.

«Certamente» assicurò Barak.

«Non troppo intero, però. Mi basta che sia in grado di parlare.»

Sul volto di Barak si dipinse un ghigno. «Sono certo che avrà una gran voglia di chiacchierare quando te lo porterò, cugino» disse.

Un ghigno gelido si dipinse anche sul volto di Anheg e Barak uscì precipitosamente dalla porta.

Poi il re di Cherek si rivolse alla moglie di Barak. «Voglio ringraziare anche voi, lady Merel» disse. «Sono sicuro che avete avuto una parte importante nel portare a nostra conoscenza questa storia.»

«Non c'è bisogno che mi ringraziate, Maestà» minimizzò lei. «È stato solo mio dovere.»

Anheg sospirò. «Deve sempre essere un dovere, Merel?» chiese tristemente.

«Cos'altro c'è?» La donna si strinse nelle spalle.

«Molte altre cose, davvero» disse il re «ma dovrai scoprirle da sola.»

«Garion,» chiamò zia Pol «vieni qui.»

«Sì signora» obbedì il giovane, e si avvicinò a lei con un certo nervosismo.

«Non essere sciocco, tesoro» sorrise zia Pol. «Non ti farò del male.» Appoggiò con delicatezza la punta delle dita alla sua fronte.

«Ebbene?» chiese messer Lupo.

«È qui» rivelò. «È molto leggero altrimenti l'avrei notato prima. Mi dispiace, padre.»

«Vediamo» disse Lupo. Si avvicinò e toccò la fronte di Garion con una mano. «Non è una cosa seria.»

«Però avrebbe potuto esserlo» osservò zia Pol. «Ed era mia precisa responsabilità che una cosa del genere non accadesse.»

«Non fustigarti per questo, Pol» disse messer Lupo. «È una cosa indecorosa. Sbarazzatene e basta.»

«Di cosa state parlando?» chiese Garion allarmato.

«Niente di cui preoccuparsi, tesoro» lo tranquillizzò zia Pol. Prese la mano destra del ragazzo e la avvicinò al ricciolo bianco che aveva sulla fronte.

Garion fu sopraffatto da un'ondata improvvisa di impressioni confuse. Poi sentì un colpo pungente dietro le orecchie. Fu preso da un capogiro e sarebbe caduto a terra se zia Pol non l'avesse preso in braccio.

«Chi è il Murgo?» chiese guardandolo negli occhi.

«Si chiama Asharak» rispose prontamente Garion.

«Da quanto tempo lo conosci?»

«Da tutta la vita. Veniva alla fattoria di Faldor e mi osservava quand'ero piccolo.»

«Per adesso basta, Pol» le consigliò messer Lupo. «Lascialo riposare per un po'. Mi inventerò qualcosa per evitare che accada di nuovo.»

«Il ragazzo è malato?» chiese re Cho-Hag.

«Non è proprio una malattia, Cho-Hag» rispose messer Lupo. «È un po' difficile da spiegare. Ma ora è scomparsa.»

«Voglio che tu vada nella tua stanza, Garion» disse zia Pol che lo reggeva ancora per le spalle. «Te la senti di andare da solo?»

«Sto bene» assicurò lui, anche se si sentiva la testa confusa.

«Basta giretti e basta con le esplorazioni» lo ammonì con fermezza zia Pol.

«Sì signora.»

«Quando arrivi mettiti a letto. Voglio che pensi a ogni singolo giorno in cui hai visto questo Murgo... a ciò che ha fatto, a ciò che ha detto.»

«Non mi ha mai parlato» disse Garion. «Si limitava a osservare.»

«Arriverò fra un minuto» continuò lei. «Voglio che mi racconti tutto quello che sai di lui. È importante. Perciò concentrati.»

«D'accordo, zia Pol» Garion annuì.

Poi lei lo baciò con delicatezza sulla fronte. «Corri adesso, tesoro.»

Sentendosi strano e confuso, Garion uscì dalla porta e passò nel corridoio.

Attraversò il grande salone dove i soldati di Anheg si stavano allacciando le spade in vita. Preparavano le asce da battaglia per la perlustrazione del palazzo. Ancora assorto nei suoi pensieri, il ragazzo attraversò il salone senza fermarsi.

Una parte della sua mente era mezza addormentata, ma l'altra parte, quella segreta, era perfettamente sveglia. La vocina secca fece notare che era appena accaduto qualcosa di importante. Quell'incapacità di parlare di Asharak era sparita. Zia Pol gliel'aveva tolta dalla testa. Provava delle sensazioni ambigue al riguardo. La strana relazione fra lui e il silenzioso e nero Asharak era sempre stata molto privata e ora era svanita. Si sentì in qualche modo vuoto e violato. Sospirò e salì le ampie scale che portavano alla sua stanza.

C'era una mezza dozzina di soldati nel corridoio, forse una parte della pattuglia di Barak. Garion si fermò. C'era qualcosa che non andava e si svegliò subito dal suo mezzo torpore. Quella parte del palazzo era troppo popolata perché una spia potesse nascondervisi. Il cuore cominciò a battergli forte. Passo dopo passo indietreggiò verso le scale che aveva appena salito. Erano soldati uguali a tutti gli altri che c'erano nel palazzo... con la barba, gli elmetti, le maglie di ferro e le pellicce. Ma c'era qualcosa che non andava.

Un uomo corpulento, incappucciato e con un mantello scuro, uscì dalla stanza di Garion. Era Asharak. Il Murgo stava per dire qualcosa quando vide Garion. «Ah» esclamò a bassa voce. Gli occhi scuri brillavano nel volto segnato da cicatrici. «Ti stavo cercando, Garion» disse sempre sottovoce. «Vieni qui, ragazzo.»

Garion sentì che qualcuno cercava di afferrargli la mente, ma la presa non era sicura e scivolò via. Scosse la testa senza parlare e continuò a indietreggiare.

«Vieni con me, adesso» disse Asharak. «Ci conosciamo da molto tempo. Obbedisci. Sai che non puoi fare altrimenti.»

La presa divenne una stretta poderosa, ma scivolò di nuovo via.

«Vieni qui, Garion!» ordinò Asharak con stizza.

Garion continuava a indietreggiare, passo dopo passo. «No» strillò.

Gli occhi di Asharak erano in fiamme, e il Murgo si avvicinava con sguardo rabbioso.

Questa volta non fu né una stretta né una presa, ma un vero e proprio colpo. Garion poté sentirne la forza anche se in qualche modo l'attacco fu parato.

Gli occhi di Asharak si spalancarono leggermente, poi di nuovo si strinsero. «Chi ti ha fatto questo?» domandò. «Polgara? Belgarath? Non servirà a niente, Garion. Ti ho avuto una volta e posso prenderti tutte le volte che voglio. Non sei abbastanza forte da resistermi.»

Garion guardò il suo nemico e rispose come se volesse sfidarlo. «Forse no,» disse «ma prima devi acchiapparmi.»

Asharak si voltò verso i soldati. «È quello il ragazzo che voglio» gridò. «Prendetelo!»

Con un movimento fluido, come se agisse senza pensare, uno dei soldati sollevò l'arco e lo puntò contro Garion. Asharak alzò il braccio velocissimo e l'arco cadde a terra. La freccia sibilò nell'aria e si schiantò contro le pietre del muro poco lontano da Garion.

«Vivo, idiota» ringhiò Asharak e colpì l'arciere fracassandogli il cranio di lato. Quello cadde a terra in preda agli spasmi.

Garion ruotò su sé stesso e si precipitò giù per le scale, tre gradini per volta, senza guardarsi indietro. Il suono di passi pesanti gli diceva che Asharak e i suoi uomini gli erano alle calcagna. Ai piedi delle scale, svoltò bruscamente a destra e si lanciò per un lungo corridoio scuro che lo riportò nelle viscere labirintiche del palazzo di Ahneg.

18

C'erano soldati dappertutto e, dappertutto, si sentivano i rumori della battaglia. All'inizio della fuga il piano di Garion era molto semplice. Bastava trovare uno dei soldati di Barak e sarebbe stato al sicuro. Ma nella reggia c'erano anche altri guerrieri. Il conte di Jarvik aveva condotto un piccolo esercito nel palazzo attraverso le ali meridionali in rovina. Nei corridoi infuriava la battaglia.

Garion capì in fretta che non c'era modo di distinguere l'amico dal nemico. Per lui, un guerriero cherek era identico all'altro. A meno di non trovare Barak o un altro volto conosciuto non si sarebbe fidato abbastanza per rivelarsi. La consapevolezza frustrante che stava fuggendo sia dagli amici sia dai nemici aumentava la sua paura. Era del tutto possibile, in realtà persino probabile, che sfuggisse dagli uomini di Barak per gettarsi nelle braccia di quelli di Jarvik.

La cosa più logica da fare era tornare alla sala del consiglio, ma nella fretta di scappare da Asharak si era infilato in così tanti corridori bui e aveva svoltato così tanti angoli che non aveva idea di dove fosse o di come tornare indietro. La sua corsa a capofitto era pericolosa. Asharak con i suoi uomini poteva aspettarlo in agguato dietro a ogni angolo, e lui sapeva che il Murgo avrebbe subito ristabilito quello strano legame fra di loro che zia Pol aveva infranto con il suo tocco. Era una cosa che doveva evitare a ogni costo. L'unica alternativa era trovare un nascondiglio.

Si infilò in un ennesimo stretto corridoio e si fermò, ansimando con la schiena schiacciata contro le pietre del muro. All'altro capo del passaggio poteva vedere, nella luce fioca e tremula di una torcia, una scala a chiocciola consunta che portava in alto. Ragionò in fretta: più in alto saliva meno c'erano possibilità di incontrare qualcuno. La battaglia si sarebbe probabilmente concentrata ai piani bassi. Respirò a fondo e corse verso i gradini.

Quando fu a metà rampa capì il difetto del suo piano. Non c'erano passaggi laterali sulla scala, non c'era modo di fuggire né un posto dove nascondersi. Doveva arrivare in fretta fino in cima altrimenti avrebbe rischiato di essere scoperto e catturato... o forse anche peggio.

«Ragazzo!» giunse un grido dal basso.

Garion si guardò svelto alle spalle. Un Cherek dal volto truce, con una cotta di maglia e un elmetto, stava salendo le scale dietro di lui con la spada sguainata.

Garion si mise a correre inciampando nei gradini.

Arrivò un altro grido dall'alto e Garion si gelò. Il guerriero di sopra era tanto truce quanto quello di sotto e brandiva una minacciosa ascia da guerra.

Era intrappolato in mezzo ai due. Si appiattì contro la parete cercando a tentoni il pugnale anche se sapeva che non sarebbe servito a molto.

Poi i due guerrieri si videro l'un l'altro. Si caricarono a vicenda urlando. Quello con la spada oltrepassò di corsa Garion mentre quello con l'ascia si precipitava giù.

L'uomo con l'ascia diede un ampio fendente, mancò il colpo e si infranse con una pioggia di scintille sulle pietre del muro. Quello con la spada fu più preciso. Con i capelli dritti in testa per lo spavento, Garion vide la lama infilarsi nel corpo dell'altro guerriero, che quasi le si gettò sopra. L'ascia cadde rumorosamente per le scale e il guerriero, ancora sopra il suo avversario, estrasse un ampio pugnale dal fodero che aveva al fianco e lo spinse nel petto del nemico.

L'impatto li sbalzò da terra e i due uomini precipitarono, ancora avvinghiati insieme, giù per le scale, con i pugnali che scintillavano a ogni nuovo colpo.

Nel suo terrore impotente, Garion li guardava mentre rotolavano e cadevano verso il basso con le lame che affondavano e il sangue che sprizzava dalle ferite con zampilli rossastri.

Garion aveva i conati di vomito e, serrati i denti con forza, corse su per le scale cercando di allontanare quei tremendi rumori che venivano dal basso: i due uomini morenti continuavano il loro orrido lavoro l'uno sull'altro.

Non pensò nemmeno più a nascondersi. Correva e basta... fuggendo più da quell'incontro tremendo sulle scale che non da Asharak o dal conte di Jarvik. Alla fine, non sapeva dire dopo quanto tempo, gli mancò il fiato. Si infilò attraverso la porta socchiusa di una camera polverosa e abbandonata. Chiuse l'uscio e rimase in piedi, tremante, con la schiena contro la porta.

Contro una delle pareti c'era un ampio letto mezzo rotto e una finestrella era incassata in alto nel muro. Due sedie sgangherate erano appoggiate negli angoli e un forziere vuoto, con il coperchio aperto, in un altro angolo ancora. Questo era tutto.

Almeno quella stanza era lontana dai corridoi dove la gente si stava ammazzando. Ma Garion si rese conto ben presto che l'apparente sicurezza era un'illusione. Se qualcuno apriva la porta era in trappola. Cominciò a guardarsi attorno nella camera polverosa, disperato.

Dalle pareti nude all'altro capo del letto pendevano dei tendaggi. Pensando che potessero nascondere qualche sgabuzzino o cameretta adiacente, Garion attraversò la stanza e le spostò di lato. C'era un'apertura dietro le tende. Dava in una strettoia buia. Cercò di guardare nel passaggio, ma l'oscurità era così totale che non poteva vedere molto lontano. Tremò al pensiero di dover camminare a tentoni in quel buio con i soldati alle calcagna.

Guardò in alto verso l'unica finestra poi spostò il forziere e ci salì sopra per dare un'occhiata all'esterno. Forse avrebbe visto qualcosa che potesse suggerirgli dove si trovava. Montò sul forziere, si alzò in punta di piedi e guardò fuori.

Le torri si innalzavano qua e là fra i lunghi tetti inclinati delle gallerie e le sale infinite del palazzo di Ahneg. Non c'era speranza. Non riconosceva nulla. Si girò di nuovo verso l'interno della stanza e stava quasi per scendere dal forziere quando, all'improvviso, si fermò.

Chiare nella polvere spessa che ricopriva il pavimento, c'erano le impronte dei suoi piedi.

Saltò giù in fretta e afferrò un lungo guanciale che stava sul vecchio letto polveroso. Lo distese sul pavimento e lo trascinò per la stanza per cancellare le orme. Sapeva di non poter nascondere del tutto il fatto che qualcuno era stato nella stanza, ma almeno poteva eliminare le impronte che, a causa della loro dimensione, avrebbero subito rivelato ad Asharak che l'intruso non era un adulto. Quando ebbe finito, lanciò di nuovo il guanciale sul letto. Non era un lavoro perfetto, ma era meglio di prima.

Poi udì un grido nel corridoio e un fragore metallico.

Garion trasse un respiro profondo e si tuffò nel corridoio buio dietro le tende.

Dopo pochi passi l'oscurità fu assoluta nello stretto passaggio. Ragnatele gli sfioravano il volto facendogli accapponare la pelle mentre la polvere accumulata da chissà quanti anni si sollevava, quasi soffocandolo, dal pavimento grezzo. All'inizio Garion si mosse con rapidità perché voleva, più di ogni altra cosa, mettere un po' di distanza fra sé e il corridoio della battaglia. Poi, però, inciampò e, per un istante in cui il cuore quasi gli si fermò, gli parve di cadere. Gli balenò nella mente che in quelle tenebre avrebbe potuto trovarsi nascosta una scala e capì che a quella velocità non poteva permettersi di farsi sorprendere. Cominciò ad avanzare con cautela, mantenendo una mano sulle pietre del muro e l'altra davanti alla faccia per scansare le ragnatele che pendevano in abbondanza dal soffitto basso.

Non c'era senso del tempo in quel buio e a Garion parve di procedere a tentoni per ore nell'oscurità di quel corridoio interminabile. Poi, nonostante la sua cautela, finì diritto contro un muro di pietra ruvida. Per un momento fu colto dal panico. Il corridoio finiva lì? Era una trappola?

Poi, al margine del campo visivo, vide tremolare un debole bagliore. Il corridoio non finiva, svoltava bruscamente verso destra. In fondo sembrava esserci una luce e Garion la seguì con riconoscenza.

Mano a mano che la luce cresceva di intensità, Garion si muoveva più rapido, e ben presto raggiunse il luogo da cui nasceva. Era una stretta feritoia nel muro. Il ragazzo si inginocchiò sulle pietre polverose e sbirciò dall'altra parte.

Il salone sottostante era enorme e un grande fuoco bruciava in una cavità al centro. Nuvole di fumo salivano verso le aperture del soffitto a volta che si curvava ben oltre il luogo in cui si trovava Garion.

Anche se da lì sembrava molto diversa, il ragazzo riconobbe subito la sala del trono di re Ahneg. Quando guardò in basso vide il contorno pingue di re Rhodar e quello esile di re Cho-Hag con l'immancabile Hettar in piedi dietro di lui. A qualche distanza dai troni, re Fulrach stava conversando con messer Lupo. Zia Pol era lì vicino.

La moglie di Barak stava parlando con la regina Islena, mentre la regina Porenn e la regina Silar erano in piedi poco lontane da loro. Silk camminava su e giù nervosamente, gettando occhiate qua e là verso le porte ben sorvegliate dalle guardie. Garion tirò un sospiro di sollievo. Era salvo.

Stava per chiamarli quando la grande porta si aprì di colpo. Re Ahneg, con armatura e spada sguainata, camminò a grandi passi nella sala seguito da presso da Barak e dal Custode di Riva che tenevano fra loro qualcuno che si divincolava. Era l'uomo dai capelli biondo cenere che Garion aveva visto il giorno della caccia al cinghiale.

«Questo tradimento ti costerà caro, Jarvik» disse Ahneg parlandogli con ferocia mentre si avviava verso il trono.

«È finita, dunque?» chiese zia Pol.

«Presto, Polgara» promise Ahneg. «I miei uomini stanno dando la caccia agli ultimi briganti di Jarvik nei più remoti recessi del palazzo. Se non fossimo stati avvertiti, però, sarebbe andata diversamente.»

Garion, con il grido sospeso a mezz'aria, decise all'ultimo momento di continuare a restarsene zitto.

Re Ahneg rinfoderò la spada e prese posto sul trono. «Parleremo un po', Jarvik,» disse «prima di fare ciò che è necessario.»

L'uomo dai capelli biondo cenere abbandonò la sua lotta disperata contro Barak e Brand. «Non ho niente da dire, Ahneg» ribatté in tono di sfida. «Se le cose fossero andate in modo diverso, ora ci sarei io seduto sul tuo trono. Ho tentato la sorte ed è finita così.»

«Non proprio finita» precisò Ahneg. «Voglio i dettagli. Ti conviene raccontarmeli. In un modo o nell'altro parlerai.»

«Fa' pure del tuo peggio» ghignò Jarvik beffardo. «Mi staccherò la lingua con un morso prima di dirti qualcosa.»

«Vedremo» rispose il re con ferocia.

«Non sarà necessario, Ahneg» intervenne zia Pol, camminando lentamente verso il prigioniero. «C'è un modo più semplice per convincerlo.»

«Non vi dirò nulla» ribadì Jarvik. «Io sono un guerriero e non ho paura di te, strega.»

«Sei molto più stupido di quanto pensassi, lord Jarvik» disse messer Lupo. «Preferisci che lo faccia io, Pol?»

«Me la caverò, padre» affermò lei senza distogliere gli occhi da Jarvik.

«Fa' attenzione» si raccomandò il vecchio. «A volte esageri. Basta anche un piccolo tocco.»

«So quello che faccio, Vecchio Lupo» disse Pol sarcastica. Fissò il prigioniero negli occhi.

Garion, che stava ancora nascosto, trattenne il respiro.

Il conte di Jarvik cominciò a sudare. Cercava disperatamente di sfuggire allo sguardo di zia Pol, ma era un'impresa senza speranza. La donna lo teneva in pugno con la volontà e gli incatenava gli occhi. Lui tremava e impallidiva. Zia Pol non faceva alcun movimento, alcun gesto, si limitava a stare in piedi di fronte a lui con gli occhi che ardevano nella sua mente.

Poi, dopo qualche istante, l'uomo gridò. Poi gridò ancora e cadde a peso morto fra le braccia dei due che lo sorreggevano.

«Portatelo via» piagnucolò mentre tremava senza controllo. «Parlerò, ma per favore portartelo via.»

Silk, che ora stava vicino al trono di Ahneg, guardò Hettar. «Chissà cosa ha visto» disse.

«Penso sia meglio non saperlo» rispose Hettar.

La regina Islena aveva osservato con attenzione come se sperasse di capire il trucco. Quando Jarvik si mise a urlare, trasalì e distolse lo sguardo.

«Molto bene, Jarvik» disse Ahneg in tono pacato. «Comincia dall'inizio. Voglio tutta la storia.»

«All'inizio sembrava solo una sciocchezza» iniziò Jarvik con voce tremante. «Non pareva esserci alcun male.»

«Succede sempre così» disse Brand.

Il conte di Jarvik respirò a fondo, diede un'occhiata a zia Pol e rabbrividì di nuovo. Poi ricominciò. «È iniziato tutto circa due anni fa» disse. «Ero andato a Kotu, in Drasnia. Lì avevo incontrato un mercante nadrak di nome Grashor. Sembrava una brava persona e dopo aver stretto amicizia mi chiese se fossi interessato a una proficua impresa commerciale. Gli dissi che ero un conte e non un commerciante, ma quello insisteva. Diceva di essere preoccupato per i pirati che vivono nelle isole del golfo di Cherek, mentre era improbabile che attaccassero la nave di un nobiluomo governata da soldati armati. Il carico consisteva in un unico scrigno, non molto grande. Pensavo si trattasse di gioielli contrabbandati oltre le dogane di Boktor e che lui volesse consegnarli a Darine in Sendaria. Gli dissi che non ero interessato ma quello aprì la sua borsa e ne rovesciò fuori dell'oro. Era color rosso vivo e, mi ricordo, non potevo fare a meno di guardarlo. Avevo davvero bisogno di soldi... chi non ne ha dopotutto? Non vedevo alcun disonore nel fare ciò che chiedeva.

«Quindi, ho portato il carico a Darine e ho incontrato un suo socio, un Murgo di nome Asharak.»

Nel sentire quel nome Garion sobbalzò. Sentì che anche Silk fischiava per la sorpresa.

«Come avevamo concordato,» continuò Jarvik «Asharak mi pagò una somma uguale a quella di Grashor. Conclusi la transazione con le tasche piene d'oro. Il Murgo disse che gli avevo reso un grande favore, e che se avessi avuto bisogno di altro oro, sarebbe stato felice di aiutarmi a guadagnarlo.

«Avevo più oro di quanto ne avessi mai avuto prima, ma non mi bastava. Per qualche ragione sentivo di volerne di più.»

«È la natura dell'oro angarak» svelò messer Lupo. «Cerca sé stesso. Più ne hai, più ne vuoi possedere. Ecco perché i Murgo sono così generosi. Asharak non comperava i tuoi servigi, ma la tua anima.»

Jarvik fece un cenno col capo. Sul volto aveva un'espressione cupa. «In ogni modo,» continuò «non passò molto tempo che trovai una scusa per recarmi di nuovo a Darine. Asharak mi disse che, poiché era interdetto l'ingresso dei Murgo in Cherek, voleva avere notizie di noi e del nostro regno. Mi fece molte domande e mi ricompensò con dell'oro per ogni risposta. Mi sembrava un modo stupido per spendere il denaro, ma gli diedi le risposte che voleva e presi l'oro. Quando tornai a Cherek ne avevo un sacco pieno. Andai a Jarviksholm e misi l'oro nuovo con quello che già possedevo. Ero un uomo ricco e non avevo fatto nulla di disonorevole. Ma improvvisamente le giornate sembravano essere troppo corte. Passavo tutto il tempo nella tesoreria e contavo e ricontavo il mio oro, lucidandolo fino a farlo brillare come sangue. Volevo riempirmi le orecchie del suo tintinnio.

«Dopo un po', tuttavia, non mi sembrava abbastanza e tornai da Asharak. Disse di essere ancora curioso su Cherek. Avrebbe voluto conoscere le opinioni di Ahneg. Mi disse che mi avrebbe pagato tanto oro quanto già ne possedevo se, per un anno, gli avessi fatto sapere cosa si diceva nell'Alto consiglio. All'inizio risposi di no, perché capivo che era disonorevole. Poi, però, mi mostrò l'oro e non potei più rifiutare.»

Dal suo punto di osservazione, Garion riusciva a vedere le espressioni del volto delle persone nella sala del trono. Sui loro visi c'era un misto di pietà e disprezzo. Jarvik continuò il racconto.

«È stato allora, Ahneg,» disse «che i tuoi uomini hanno catturato uno dei miei messaggeri. Poi sono stato bandito a Jarviksholm. All'inizio non m'importava perché potevo giocare con il mio oro. Ma ancora una volta, dopo un po' non mi bastava più. Mandai una nave attraverso lo Strazio fino a Darine con un messaggio per Asharak. Lo pregavo di trovarmi il modo di guadagnare altro oro. Quando la nave tornò, Asharak era a bordo. Allora ci sedemmo assieme per discutere in che modo potessi aumentare il mio tesoro.»

«Tu sei un doppio traditore, Jarvik» lo accusò Ahneg con voce quasi triste. «Hai tradito me e hai infranto la legge più vecchia di Cherek. Nessun Angarak ha messo piede sul suolo del nostro regno dai tempi di Spalle d'Orso.»

Jarvik si strinse nelle spalle. «A quel punto non me ne importava niente» scrollò la testa. «Asharak aveva un piano. Mi sembrava un buon piano. Se riuscivamo ad attraversare la città pochi per volta, potevamo nascondere un esercito nelle ali meridionali del palazzo ormai in rovina. Con il fattore sorpresa dalla nostra parte, e con un pizzico di fortuna, avremmo potuto uccidere Ahneg e gli altri re alorn. Avrei avuto il trono di Cherek e forse anche quello di Aloria.»

«E qual era il prezzo di Asharak?» chiese messer Lupo fissandolo intensamente. «Cosa voleva in cambio per farti re?»

«Una cosa così piccola che mi misi a ridere quando me la chiese» rispose Jarvik. «Mi disse che avrei avuto non solo il trono, ma anche una stanza piena d'oro se gliel'avessi portata.»

«E che cos'era?» ripeté Lupo.

«Disse che nella compagnia di re Fulrach di Sendaria c'era un ragazzo di quattordici anni. Se glielo avessi consegnato, lui mi avrebbe dato più oro di quanto potessi immaginare oltre al trono di Cherek.»

Re Fulrach lo guardò sbigottito. «Parli di Garion?» domandò «Cosa può volere Asharak da lui?»

Il rantolo terrorizzato di zia Pol giunse fino al nascondiglio di Garion. «Durnik!» gridò con voce metallica, ma il fabbro era già in piedi e stava correndo verso la porta con Silk dietro di lui. Zia Pol si voltò con gli occhi in fiamme, il ricciolo bianco che aveva sulla fronte sembrava quasi incandescente in mezzo all'oscurità dei suoi capelli. Il conte di Jarvik indietreggiò quando quello sguardo lo raggiunse.

«Se è accaduto qualcosa al ragazzo, Jarvik, gli uomini tremeranno al ricordo del tuo destino per mille anni» gli disse.

Ora la misura era colma. Garion si vergognava ed era anche spaventato dalla reazione furiosa di zia Pol.

«Sto bene, zia Pol» gridò attraverso la fenditura nel muro. «Sono quassù.»

«Garion?» zia Pol guardò verso l'alto cercandolo. «Dove sei?»

«Quassù vicino al soffitto,» disse lui «dietro il muro.»

«Come sei finito lassù?»

«Non lo so. Degli uomini mi inseguivano e sono corso via. Sono finito qui.»

«Vieni subito giù.»

«Non so come fare, zia Pol» si lamentò Garion. «Ho corso per così tanto tempo facendo tante di quelle svolte che non so come tornare indietro. Mi sono perso.»

«Non importa» disse lei riguadagnando un certo contegno. «Resta dove sei. Penseremo a un modo per tirarti giù.»

«Lo spero» si augurò il giovane.

19

«Bene, dovrà pur uscire da qualche parte» disse Ahneg guardando di traverso in direzione del punto dove Garion aspettava nervoso. «Tutto ciò che devi fare è seguire il corridoio.»

«E camminare diritto fra le braccia di Asharak il Murgo?» chiese zia Pol. «È meglio che resti lì dov'è.»

«Asharak sta cercando di salvarsi la vita» disse Ahneg. «Non è di sicuro nel palazzo.»

«Se non sbaglio non doveva essere neppure nel regno» fece notare la donna con una punta di sarcasmo.

«D'accordo, Pol» intervenne messer Lupo. Poi gridò verso l'alto: «Garion, da quale parte gira il corridoio?»

«Sembra che porti al fondo della sala, dove stanno i troni» rispose Garion. «Non posso dire se svolti oppure no. È molto buio qua sopra.»

«Adesso ti passiamo un paio di torce» disse Lupo. «Mettine una nel punto in cui ti trovi e poi avviati lungo il corridoio con quell'altra. Fin quando riuscirai a vedere la prima vuol dire che stai procedendo in linea retta.»

«Molto intelligente» si congratulò Silk. «Vorrei avere anch'io settemila anni per risolvere i problemi con questa facilità.»

Lupo lo ignorò.

«Comunque penso che il modo più sicuro sia prendere delle scale e fare un buco nel muro» suggerì Barak.

Re Ahneg aveva uno sguardo sofferente. «Non potremmo provare a fare come dice Belgarath prima?» chiese.

Barak si strinse nelle spalle. «Il re sei tu.»

«Grazie» disse Ahneg seccamente.

Un guerriero andò a prendere una lunga picca e con quella passarono due torce a Garion.

«Se il corridoio va avanti diritto,» disse Ahneg «dovrebbe sbucare da qualche parte negli appartamenti reali.»

«Interessante» borbottò re Rhodar alzando un sopracciglio. «Sarebbe davvero illuminante sapere se il corridoio porta alle camere reali o esce da esse.»

«È del tutto probabile che sia solo una vecchia via di fuga dimenticata» specificò Ahneg in tono offeso. «La nostra storia, dopotutto, non è stata poi così pacifica. Non è necessario sospettare il peggio, giusto?»

«Certo che no» disse re Rhodar poco convinto. «Non è affatto necessario.»

Garion mise una delle torce di fianco alla feritoia nel muro e seguì il corridoio polveroso guardandosi indietro per essere sicuro che rimanesse ben visibile. Alla fine arrivò a una porticina che si apriva sul retro di un piccolo ripostiglio. Il ripostiglio apparteneva a una splendida camera da letto. Fuori dalla porta c'era un corridoio ben illuminato.

Dal corridoio arrivavano parecchi soldati e Garion riconobbe il cacciatore Torvik.

«Eccomi qui» disse saltando fuori sollevato.

«Sei stato molto occupato, o sbaglio?» lo accolse Torvik con un ghigno.

«Non è stata una mia idea» chiarì subito Garion.

«Ti riporto da re Ahneg» disse il cacciatore. «La signora, tua zia, è molto preoccupata per te.»

«È arrabbiata» corresse Garion camminando di fianco all'uomo corpulento.

«Più che probabile» annuì Torvik. «Le donne sono sempre arrabbiate con noi per una ragione o per l'altra. È una delle cose a cui ti abituerai con l'età.»

Zia Pol stava aspettando sulla soglia della sala del trono. Non ci furono rimproveri... non per il momento almeno. La donna lo strinse a sé con forza per un istante, poi lo guardò con espressione seria. «Ti stavamo aspettando, tesoro» disse in tono quasi calmo. Quindi lasciò che raggiungesse gli altri.

«Negli appartamenti di mia nonna, dite?» chiese Ahneg a Torvik. «Che cosa sorprendente. Me la ricordo come una vecchia capricciosa e lunatica che camminava sempre con il bastone.»

«Nessuno nasce vecchio, Ahneg» disse re Rhodar con uno sguardo furbetto.

«Sono sicura che ci sono molte spiegazioni possibili, Ahneg» intervenne la regina Porenn. «Mio marito ti sta solo prendendo in giro.»

«Uno degli uomini ha perlustrato il corridoio, Maestà» comunicò Torvik con tatto. «C'è uno spesso strato di polvere. Quel corridoio potrebbe essere in disuso da secoli.»

«Che cosa sorprendente,» esclamò Ahneg di nuovo.

La questione era delicata e fu lasciata cadere, anche se l'espressione subdola di re Rhodar era assai eloquente.

Il conte di Seline fece un educato colpo di tosse. «Penso che il giovane Garion debba raccontarci qualcosa.»

«Penso proprio di sì» disse zia Pol girandosi verso il ragazzo. «Ricordo di averti detto di restare nella tua stanza.»

«Nella mia stanza c'era Asharak,» raccontò Garion «e aveva dei soldati con sé. Ha cercato di farmi andare da lui. Quando non ho voluto, ha detto che mi aveva avuto una volta e che mi avrebbe preso ancora. Non ho capito cosa volesse dire, ma ho risposto che prima avrebbe dovuto acciuffarmi. Poi mi sono messo a correre.»

Brand, il Custode di Riva, ridacchiò. «Non ci vedo alcuna colpa in questo, Polgara» disse. «Se avessi trovato un sacerdote grolim nella mia stanza, mi sarei messo a correre anch'io.»

«Sei sicuro che fosse Asharak?» chiese Silk.

Garion fece cenno con la testa. «Lo conosco da molto tempo» disse. «Da tutta la vita, credo. E lui conosce me. Mi ha chiamato per nome.»

«Mi piacerebbe fare una lunga chiacchierata con questo Asharak» disse Ahneg. «Vorrei fargli qualche domanda su tutti i guai che ha combinato nel mio regno.»

«Non credo che lo troverai, Ahneg» disse messer Lupo. «Credo che sia qualcosa di più di un sacerdote grolim. Ho toccato la sua mente una volta... a Muros. Non è una mente comune.»

«Mi divertirò a cercarlo» disse Ahneg in tono gelido. «Neppure un Grolim può camminare sulle acque. Chiuderò i porti di Cherek e manderò i miei soldati a perlustrare montagne e foreste. Sono diventati grassi e inquieti durante l'inverno. Un po' di moto farà loro bene.»

«Spedire soldati grassi e inquieti in mezzo alla neve nel cuore dell'inverno non ti renderà popolare, Ahneg» osservò Rhodar.

«Offri una ricompensa» suggerì Silk. «In questo modo sistemerai la faccenda tenendo alta la popolarità.»

«Questa è un'idea» si illuminò Ahneg. «Che tipo di ricompensa suggeriresti, principe Kheldar?»

«Prometti tanto oro quanto è il peso della testa di Asharak» disse Silk. «Questo spingerà qualsiasi soldato lontano dai dadi e dai barili di birra.»

Ahneg trasalì.

«È un Grolim» disse Silk. «Con ogni probabilità non lo troveranno, ma metteranno il regno sottosopra. Il tuo oro è al sicuro, i soldati faranno esercizio, ti farai una reputazione di uomo generoso e, con tutti gli uomini di Cherek che lo cercano armati di ascia, il Murgo sarà troppo occupato per combinare altri guai. Un uomo la cui testa ha più valore per gli altri che per sé stesso ha poco tempo per fare stupidaggini.»

«Principe Kheldar,» mormorò Ahneg serio «sei un uomo infido.»

«Ci provo, re Ahneg» disse Silk con un ironico cenno del capo.

«Penso non ti interessi lavorare per me, vero?» propose il re di Cherek.

«Ahneg!» protestò Rhodar.

Silk sospirò. «È una questione di sangue, re Ahneg» disse. «Sono devoto a mio zio per i legami di parentela. Però ascolterò volentieri la tua offerta. Potrebbe aiutarmi a negoziare i miei compensi in futuro.»

La risata della regina Porenn somigliava a un campanellino d'argento mentre il volto di re Rhodar si fece tragico. «Vedete,» disse «sono completamente circondato da traditori. Cosa deve fare un povero vecchio grasso?»

Un guerriero dall'aspetto truce entrò nella stanza e marciò sin davanti a re Ahneg. «Tutto è stato compiuto» annunciò. «Volete vedere la sua testa?»

«No» disse Ahneg laconico.

«Dobbiamo infilarla su un palo vicino al porto?» chiese il soldato.

«No» rispose Ahneg. «Una volta Jarvik era un uomo valoroso, e grazie al matrimonio era entrato a far parte del mio casato. Restituitelo alla moglie perché gli dia una sepoltura adeguata.»

Il soldato fece un inchino e lasciò la sala.

«Questo problema del Grolim Asharak mi interessa» esordì la regina Islena rivolgendosi a zia Pol. «Non potremmo, fra di noi, escogitare un modo per localizzarlo, lady Polgara?» Le si dipinse sul volto un'espressione di autocompiacimento.

Messer Lupo si intromise in fretta prima che zia Pol potesse rispondere. «Queste sono parole coraggiose, Islena» disse. «Ma non possiamo permetterci che la regina di Cherek corra un tale rischio. Sono sicuro del tuo talento formidabile, ma una tale ricerca squarcia del tutto la mente. Se Asharak percepisse che lo stai cercando ti colpirebbe a sua volta. Polgara non corre alcun pericolo, ma temo che la tua mente si potrebbe spegnere come una candela. Sarebbe una vergogna immane se la regina di Cherek passasse il resto della vita come una pazza furiosa.»

Islena impallidì all'improvviso e non si accorse che messer Lupo stava strizzando l'occhio ad Ahneg.

«Non posso permetterlo» disse il re con fermezza. «La mia regina mi è troppo cara perché possa consentirle di correre un tale rischio.»

«Devo sottomettermi al volere del mio signore» si rassegnò Islena in tono sollevato. «Obbedisco al suo comando e ritiro il suggerimento.»

«Il coraggio della mia regina mi onora» disse Ahneg con espressione del tutto seria.

Islena fece un inchino e si ritirò in fretta. Zia Pol guardò messer Lupo inarcando un sopracciglio, ma lasciò cadere la cosa.

Messer Lupo si alzò dalla sedia con espressione grave. «Penso sia giunto il momento di prendere qualche decisione» dichiarò. «Le cose si stanno svolgendo troppo in fretta e non possiamo permetterci altro ritardo.» Guardò Ahneg. «C'è un posto dove possiamo parlare senza rischio di essere ascoltati?»

«C'è una camera in una delle torri» disse Ahneg. «Ci avevo pensato già prima del nostro incontro ma...» fece una pausa e guardò Cho-Hag.

«Non avresti dovuto preoccupartene» disse Cho-Hag. «Posso affrontare gli scalini se devo. Avrei preferito questa piccola seccatura piuttosto che essere spiato da Jarvik.»

«Io rimarrò con Garion» promise Durnik a zia Pol.

Lei scosse il capo con fermezza. «No» disse. «Finché Asharak rimarrà libero non voglio perderlo di vista.»

«Allora, andiamo?» disse messer Lupo. «Si sta facendo tardi e voglio partire domattina presto. La pista che seguivo si va raffreddando.»

La regina Islena, ancora scossa, stava in piedi di lato insieme a Porenn e Silar. Non diede cenno di voler seguire re Ahneg che lasciava la stanza del trono.

Ti farò sapere cosa accade, segnalò re Rhodar alla sua regina.

Grazie, gesticolò Porenn in risposta. Aveva il volto tranquillo, ma lo schiocco delle dita tradiva un certo nervosismo.

Stai calma, bambina mia, le dissero le dita di Rhodar. Siamo ospiti qui e dobbiamo rispettare le usanze locali.

Qualsiasi cosa ordini il mio signore, rispose lei con un movimento delle dita che esprimeva tutto il suo sarcasmo.

Con l'aiuto di Hettar, il re Cho-Hag riuscì a salire le scale anche se con molta lentezza. «Mi scuso per questo» sbuffò fermandosi a metà strada per riprendere fiato. «Stanca sia me che voi.»

Re Ahneg pose delle guardie ai piedi delle scale, poi salì e si chiuse alle spalle la pesante porta. «Accendi il fuoco, cugino» disse a Barak. «Tanto vale stare comodi.» Barak assentì e con una torcia diede fuoco ai ciocchi che stavano nel camino.

La camera era rotonda e non molto grande, ma c'era spazio per tutti, e seggi e panche dove sedersi.

Messer Lupo era in piedi presso una delle finestre e guardava giù verso le luci scintillanti di Val Alorn. «Mi sono sempre piaciute le torri» disse quasi a sé stesso. «Il mio maestro abitava in una torre come questa e ho trascorso un bel periodo in quel luogo.»

«Avrei dato la vita per conoscere Aldur» disse Cho-Hag sottovoce. «Era davvero circondato dalla luce come dicono alcuni?»

«A me sembrava del tutto normale» disse messer Lupo. «Vissi con lui cinque anni prima di capire chi fosse.»

«Era davvero saggio come raccontano?» chiese Ahneg.

«Probabilmente anche di più» disse Lupo. «Ero un ragazzino selvaggio e vagabondo quando mi trovò morente nella bufera di neve fuori dalla sua torre. Riuscì a domarmi... anche se gli ci volle qualche secolo.» Si girò verso la finestra con un sospiro profondo. «Mettiamoci al lavoro adesso» disse, ponendo fine ai ricordi.

«Da dove riprenderai la ricerca?» domandò re Fulrach.

«Da Camaar» rispose Lupo. «Le tracce partono da lì. Credo che portino a sud, verso Arendia.»

«Manderò dei soldati con te» disse Ahneg. «Dopo quanto è successo qui è probabile che i Grolim cerchino di fermarti.»

«No» si oppose risoluto Lupo. «I soldati non servono quando si tratta con i Grolim. Non posso muovermi con un esercito fra i piedi e non ho tempo di spiegare al re di Arendia che non gli sto invadendo il regno con orde di truppe. Per quanto strano possa sembrare è più difficile spiegare le cose agli Arend che non agli Alorn.»

«Non essere incivile, padre» lo rimproverò zia Pol. «È anche il loro mondo e sono preoccupati.»

«Forse non avrai bisogno di un esercito, Belgarath,» disse re Rhodar «ma non sarebbe prudente prendere almeno qualche uomo?»

«Non c'è quasi nulla che io e Polgara non possiamo affrontare da soli» garantì Lupo. «E Silk, Barak e Durnik verranno con noi per risolvere i problemi più terreni. Più piccolo sarà il gruppo, meno attireremo l'attenzione.» Si girò verso Cho-Hag. «Ma visto che ne stiamo parlando, vorrei che tuo figlio Hettar venisse con noi. È probabile che i suoi talenti speciali ci siano d'aiuto.»

«Impossibile» dichiarò Hettar senza mezzi termini. «Devo rimanere con mio padre.»

«No, Hettar» disse Cho-Hag. «Non voglio che tu passi la vita sostituendoti alle gambe di uno storpio.»

«Servirti non è mai stato un peso, padre» mormorò Hettar. «Sono in molti ad avere il mio talento. Lascia che il Venerabile scelga un altro.»

«Quanti Sha-Darim ci sono fra gli Algar?» chiese Lupo con gravità.

Hettar lo guardò intensamente come se volesse dirgli qualcosa con gli occhi.

Re Cho-Hag trasse un respiro profondo. «Hettar,» chiese «è vero quanto dice?»

Hettar alzò le spalle. «Può essere, padre» disse. «Non pensavo fosse importante.»

Cho-Hag guardò messer Lupo.

Il vecchio assentì. «È vero» confermò. «L'ho capito non appena l'ho visto. È uno Sha-Dar. Ha dovuto scoprirlo da solo, però.»

Gli occhi di Cho-Hag si riempirono di lacrime. «Mio figlio!» disse con orgoglio tirando in malo modo Hettar fra le proprie braccia.

«Non è una grande cosa, padre» si schernì Hettar come se fosse all'improvviso imbarazzato.

«Di che stanno parlando?» sussurrò Garion a Silk.

«Di una cosa che gli Algar prendono molto sul serio» disse Silk a bassa voce. «Pensano che alcune persone siano in grado di parlare ai cavalli con il solo pensiero. Chiamano queste persone Sha-Darim, capo branco tra i cavalli. È una cosa molto rara... solo uno o due uomini in un'intera generazione. Un Algar che possiede il dono diventa subito nobile. Quando Cho-Hag tornerà in Algaria esploderà dall'orgoglio.»

«È così importante?» si stupì Garion.

Silk si strinse nelle spalle. «Gli Algar ne sono convinti» disse. «Tutti i clan si radunano alla fortezza quando trovano un nuovo Sha-Dar. L'intera nazione festeggia per sei settimane. Ci sono regali di tutti i tipi. Se Hettar decide di accettarli, diventerà ricco. Ma forse non lo farà. È un uomo strano.»

«Devi andare» disse Cho-Hag al figlio. «Tu rappresenti l'orgoglio di Algaria. Il tuo dovere è chiaro.»

«Come mio padre desidera» accettò Hettar con riluttanza.

«Bene» disse messer Lupo. «Quanto tempo ti occorre per andare ad Algaria, prendere una dozzina dei vostri cavalli migliori e portarli a Camaar?»

Hettar rifletté per qualche istante. «Due settimane,» disse «se non ci sono tempeste di neve sulle montagne di Sendaria.»

«Allora partiremo domattina» dichiarò Lupo. «Ahneg ci darà una nave. Conduci i cavalli per la Grande Via Settentrionale fino a un luogo a poche leghe a est di Camaar, dove si dirama un'altra strada verso sud che attraversa il fiume di Camaar e corre giù fino a congiungersi con la Grande Via Orientale all'altezza delle rovine di Vo Wacune, nell'Arendia del Nord. Ci incontreremo là fra due settimane.»

Hettar annuì.

«A Vo Wacune si uniranno a noi anche un Arend Asturian,» continuò Lupo «e più tardi anche un Mimbrate. Saranno utili una volta giunti a meridione.»

«E realizzeranno le profezie» disse Ahneg in modo criptico.

Lupo scrollò le spalle con gli occhi che scintillavano all'improvviso. «Non ho nessuna obiezione a realizzare le profezie,» disse «fino a che non mi sono troppo d'impaccio.»

«Posso aiutarvi in qualche modo in questa ricerca?» chiese Brand.

«Avrai già abbastanza da fare» disse Lupo. «Non importa quali saranno i nostri risultati. È ovvio che gli Angarak stanno preparando qualcosa di grosso. Se avremo successo, potrebbero esitare. Ma gli Angarak non ragionano come noi. Anche dopo quanto è accaduto a Vo Mimbre, potrebbero decidere di attaccare apertamente l'Ovest. Potrebbero seguire profezie di cui noi non sappiamo niente. Comunque, dobbiamo essere pronti. Bisogna prepararsi.»

Ahneg emise un grido da lupo. «Sono cinquemila anni che ci prepariamo» esclamò. «È tempo di purgare il mondo intero dall'infezione angarak. Quando Torak l'Orbo si sveglierà, si troverà da solo come Mara... e impotente allo stesso modo.»

«Forse» dubitò messer Lupo. «Ma non pianificare la festa della vittoria fino a che la guerra non sarà finita. Fate i vostri preparativi senza chiasso e non disturbate la popolazione più del dovuto. L'Ovest brulica di Grolim. Osservano tutto quello che facciamo. La pista che seguirò potrebbe portarmi a Cthol Murgos e preferirei non avere un esercito di Murgo ammassato al confine.»

«Anch'io posso giocare alla spia» disse re Rhodar con uno sguardo torvo sul viso paffuto. «Forse anche meglio di un Grolim. Posso mandare carovane a oriente. Gli Angarak non si muoveranno senza l'aiuto dell'Est e i Mallorean dovranno arrivare a Gar Nadrak prima di dispiegarsi verso sud. Una mancia o due, qua e là, un paio di barili di birra forte negli accampamenti giusti di minatori... chi può dire a cosa può portare un po' di sana corruzione? Una parola di troppo potrebbe darci mesi di vantaggio.»

«Se preparano qualcosa di grosso, i Thull staranno costruendo depositi di provviste lungo la scarpata orientale» disse Cho-Hag. «Non sono molto svegli ed è facile osservarli senza essere visti. Aumenterò le mie pattuglie sulle montagne. Con un pizzico di fortuna potremo anticipare la direzione dell'invasione. Posso fare qualcos'altro, Belgarath?»

Messer Lupo pensò per un istante. All'improvviso gli si dipinse un ghigno sul volto. «Sono certo che il nostro ladro sia all'ascolto. Aspetta che uno di noi dica il suo nome o il nome della cosa che ha rubato. Prima o poi qualcuno commetterà un errore. E una volta che ci avrà localizzati, potrà ascoltare tutto quello che diciamo. Invece di tapparci la bocca, sarebbe meglio dargli qualcosa da ascoltare. Se riesci a organizzarlo, mi piacerebbe che tutti i menestrelli e i cantastorie del Nord cominciassero a raccontare di nuovo certe vecchie storie... tu sai quali.

Quando quei nomi cominceranno a risuonare in ogni villaggio e in ogni piazza di mercato a nord del fiume di Camaar, gli susciteranno un tale fragore nelle orecchie che sembrerà un temporale. Perlomeno, saremo liberi di parlare. Col tempo si stancherà e smetterà di ascoltare.»

«Si sta facendo tardi, padre» ricordò zia Pol.

Lupo fece cenno col capo. «Stiamo giocando un gioco di morte,» disse a tutti «ma i nostri nemici ne giocano uno altrettanto mortale. Corrono un pericolo grande quanto il nostro. Preparatevi e mandate uomini di fiducia di vedetta. Siate pazienti e non fate nulla di avventato. Potrebbe essere la cosa più pericolosa in assoluto. Al momento Polgara e io siamo gli unici che possono agire. Dovrete fidarvi di noi. So che abbiamo fatto cose a volte un po' strane, ma c'era una ragione. Vi prego di non interferire ancora. Vi terrò al corrente della situazione. Se avrò bisogno di altro ve lo farò sapere. Tutto chiaro?»

I re assentirono con espressione grave. Si alzarono tutti in piedi.

Ahneg si avvicinò a messer Lupo. «Potresti venire nel mio studiolo per un'oretta, Belgarath?» disse con pacatezza. «Vorrei scambiare qualche parola con te e Polgara prima della partenza.»

«Come desideri, Ahneg» accondiscese messer Lupo.

«Andiamo, Garion» disse zia Pol. «Dobbiamo occuparci dei bagagli.»

Il ragazzo, messo in soggezione dalla serietà dei discorsi, si alzò senza far rumore e seguì la zia alla porta.

20

Lo studiolo di re Ahneg era un'ampia stanza ingombra di libri situata in un'alta torre. Volumi rilegati in pelle erano sparsi dappertutto e sui tavoli c'erano strani congegni con rotelle e pulegge e minuscole catenine di bronzo. Ai muri erano appese delle carte geografiche minuziosamente disegnate e con illustrazioni bellissime. Il pavimento era tutto cosparso di fogli di pergamena ricoperti da una scrittura minuscola. Re Ahneg, con i capelli ruvidi che gli cadevano sugli occhi, stava seduto a un tavolo inclinato alla luce di un paio di candele e studiava un grande libro formato da fogli sottili di pergamena scricchiolante.

La guardia alla porta li lasciò entrare senza dire una sola parola e messer Lupo camminò svelto fino al centro della stanza. «Volevi vederci, Ahneg?»

Il re di Cherek si sollevò dal libro e lo mise da parte. «Belgarath» disse con un rapido cenno di saluto. «Polgara.» Poi guardò Garion che, incerto sul da farsi, stava in piedi presso la porta.

«Ribadisco quanto ho detto prima» disse zia Pol. «Non ho intenzione di perderlo di vista finché non sarà al sicuro dalle grinfie del Grolim Asharak.»

«Come vuoi, Polgara» accettò Ahneg. «Entra pure, Garion.»

«Vedo che stai continuando gli studi» disse messer Lupo con approvazione guardando la stanza tutta in disordine.

«Ci sono così tante cose da imparare» rispose Ahneg con un gesto smarrito che comprendeva tutta la massa di libri, carte e macchine strane. «A volte penso che sarei stato più felice se non mi avessi mai iniziato a questa impossibile arte.»

«Sei stato tu a chiedermelo» gli ricordò Lupo con semplicità.

«Avresti potuto rispondermi di no.» Ahneg si mise a ridere. Poi il suo volto animalesco si fece serio. Diede un'occhiata a

Garion e cominciò a parlare in modo palesemente obliquo. «Non voglio interferire,» disse «ma il comportamento di Asharak mi preoccupa.»

Garion si allontanò da zia Pol e cominciò a studiare una delle piccole macchine strane poste sul tavolo vicino facendo bene attenzione a non toccarla.

«Ci occuperemo noi di Asharak» disse zia Pol.

Ma Ahneg insisté. «Da secoli corrono voci che tu e tuo padre state proteggendo...» Esitò, lanciò un'occhiata a Garion, poi continuò in modo dolce. «...una certa cosa che deve essere protetta a tutti i costi. Molti dei miei libri ne parlano.»

«Tu leggi troppo, Ahneg» lo rimproverò zia Pol.

Il re si mise a ridere di nuovo. «Aiuta a passare il tempo, Polgara» disse. «L'alternativa è ubriacarsi con i nobili della corte e il mio stomaco sta diventando troppo delicato per sopportarlo... e anche le mie orecchie. Sai quanto fracasso c'è in una stanza piena di Cherek ubriachi? I miei libri non gridano né si vantano e non cascano per terra né scivolano sotto i tavoli e russano. Sono una compagnia di gran lunga migliore, davvero.»

«Sciocchezze» disse zia Pol.

«Prima o poi nella vita tutti commettiamo delle sciocchezze» sentenziò Ahneg con filosofia. «Ma torniamo a quell'altra questione. Se le voci che ho sentito sono vere, non vi sembra di correre un rischio troppo grosso? Questa ricerca sarà molto pericolosa.»

«Nessun luogo è davvero sicuro» disse messer Lupo.

«Perché rischiare inutilmente?» chiese Ahneg. «Asharak non è l'unico Grolim di questo mondo.»

«Capisco perché ti chiamano Ahneg l'Astuto» indovinò Lupo con un sorriso.

«Non sarebbe più sicuro lasciare quella certa cosa sotto la mia custodia finché non sarete di ritorno?» suggerì Ahneg.

«Abbiamo appena scoperto che neppure Val Alorn è al sicuro dai Grolim, Ahneg» disse zia Pol con fermezza. «Le miniere di Cthol Murgos e Gar og Nadrak sono inesauribili e i Grolim hanno più oro a disposizione di quanto tu possa mai immaginare. Quanti altri come Jarvik hanno comperato? Il Vecchio Lupo e io abbiamo una lunga esperienza nel proteggere quella certa cosa che hai menzionato. Sarà più al sicuro con noi.»

«Grazie per il tuo interessamento, comunque» aggiunse messer Lupo.

«È una faccenda che interessa noi tutti» disse Ahneg.

Garion, nonostante la giovinezza e una certa occasionale inquietudine, non era uno stupido. Era ovvio che ciò di cui parlavano lo riguardava da vicino, forse aveva a che fare con il mistero della sua famiglia. Per nascondere il fatto che stava ascoltando con attenzione, prese un libriccino rilegato in una strana pelle nera. Lo aprì, ma non c'erano né figure né incisioni; c'era solo una ragnatela di lettere stranamente ripugnanti.

Zia Pol, che sembrava sempre al corrente delle sue azioni, lo guardò. «Cosa stai facendo con quello?» domandò in tono pungente.

«Sto solo guardando» disse. «Non so leggere.»

«Posalo subito» gli ordinò lei.

Re Ahneg sorrise. «Non riusciresti a leggerlo comunque, Garion» disse. «È scritto in antico angarak.»

«Cosa ci fai con quella schifezza?» chiese ad Ahneg zia Pol. «Tu meglio di chiunque altro dovresti sapere che è proibito.»

«È solo un libro, Pol» disse messer Lupo. «Non ha alcun potere a meno che tu non gliene dia.»

«E inoltre,» disse Ahneg sfregandosi pensieroso la mascella «il libro ci fornisce degli indizi sulla mente del nemico. È sempre una cosa utile da conoscere.»

«Non si può conoscere la mente di Torak,» disse zia Pol «ed è pericoloso aprirsi a lui. Può avvelenarti senza che tu te ne accorga.»

«Non credo che ci sia un pericolo del genere, Pol» obiettò Lupo. «La mente di Ahneg è ben addestrata e sa evitare le trappole del libro di Torak. Sono abbastanza evidenti, oltretutto.»

Ahneg guardò Garion all'altro capo della stanza e gli fece un cenno. Il giovane si avvicinò e si mise di fronte al re di Cherek.

«Sei un ragazzo sveglio, Garion» disse Ahneg serio. «Mi hai reso un grande servizio oggi. Potrai chiedermene uno in cambio in qualsiasi momento. Sappi che Ahneg di Cherek è tuo amico.» Tese la mano destra e Garion la prese nella sua senza pensarci.

Re Ahneg spalancò gli occhi e impallidì. Girò la mano di Garion sottosopra e guardò il segno argenteo sul palmo del ragazzo.

Ma zia Pol tese le sue mani e chiuse le dita di Garion sottraendole alla stretta di Ahneg.

«Allora è vero» disse il re sottovoce.

«Basta così» decretò zia Pol. «Non confondere il ragazzo.»

Teneva ancora strette con fermezza le mani di Garion. «Vieni con me, tesoro» disse. «Dobbiamo finire di fare i bagagli.» Si girò e lo condusse fuori della stanza.

La mente di Garion era febbrile. Perché quel segno sulla mano aveva sorpreso così tanto Ahneg? Quella voglia, lo sapeva, era ereditaria. Zia Pol gli aveva detto una volta che anche suo padre l'aveva. Ma cosa c'entrava Ahneg con tutto questo? Le cose si erano spinte troppo oltre. Il desiderio di sapere diventò quasi insopportabile. Doveva conoscere la storia dei suoi genitori, di zia Pol... di tutti quanti. Se le risposte erano dolorose... allora avrebbe sofferto. Almeno avrebbe saputo la verità.

La mattina successiva il cielo era terso e partirono per il porto molto presto. Si radunarono tutti nel cortile dove c'erano le slitte ad aspettarli.

«Non è necessario che tu esca con questo freddo, Merel» disse Barak alla moglie impellicciata mentre saliva sulla slitta.

«Ho il dovere di accompagnare il mio signore alla nave» rispose lei, alzando con arroganza il mento.

Barak sospirò. «Come desideri» si arrese.

Con re Ahneg e la regina Islena che aprivano la fila, le slitte lasciarono il cortile e si allontanarono rapidamente in mezzo alle stradine innevate.

Il sole splendeva e l'aria era frizzante. Garion cavalcava, silenzioso, di fianco a Silk e Hettar.

«Come mai così tranquillo, Garion?» chiese Silk.

«Sono successe molte cose che non capisco» replicò lui.

«Nessuno può capire tutto» disse Hettar con tono piuttosto sentenzioso.

«I Cherek sono un popolo violento e lunatico» osservò Silk. «Non riescono nemmeno a capire loro stessi.»

«Non si tratta solo dei Cherek» precisò Garion cercando le parole. «Si tratta di zia Pol e messer Lupo e Asharak... di tutti. Le cose stanno succedendo troppo in fretta. Non riesco a metterle in ordine.»

«Gli eventi sono come i cavalli» gli disse Hettar. «A volte scappano. Dopo aver corso per un po', però, ricominciano a camminare. Ci sarà tempo per mettere tutto in ordine.»

«Lo spero» disse Garion dubbioso. Poi rimase in silenzio.

Le slitte seguirono una curva e arrivarono nella grande piazza di fronte al tempio di Belar. La donna cieca era ancora lì e

Garion si accorse che lo aspettava. Era in piedi sui gradini del tempio e sollevò la sua asta. Senza ragione, i cavalli che tiravano le slitte si fermarono, tremanti, nonostante gli incitamenti degli uomini alla guida.

«Salute a te, grande fra i grandi» disse la cieca. «Ti auguro un buon viaggio.»

La slitta di Garion era quella più vicina e sembrava che la cieca stesse parlando con lui. Quasi senza pensare, il giovane rispose: «Ti ringrazio. Ma perché mi chiami così?»

La donna ignorò la domanda. «Ricordati di me» invocò facendo un inchino profondo. «Ricordati di Martje quando entrerai in possesso della tua eredità.»

Era la seconda volta che ne parlava e Garion era terribilmente curioso. «Quale eredità?» chiese.

Ma Barak, ruggendo dalla rabbia, cercava di togliersi la pelliccia e sguainare la spada allo stesso momento. Anche re Ahneg stava smontando dalla slitta col volto scabro livido per la rabbia.

«No!» disse con voce acuta zia Pol che era lì vicino. «Me ne occupo io.» Si alzò. «Ascoltami, strega» disse con voce chiara e gettando indietro il cappuccio del mantello. «Penso che tu veda troppe cose con quegli occhi ciechi. Ti farò un favore. Le visioni che emergono dall'oscurità non ti daranno più pena.»

«Uccidimi se vuoi, Polgara» la sfidò la vecchia. «Io vedo ciò che vedo.»

«Non ti ucciderò, Martje» scosse la testa zia Pol. «Ti farò un regalo invece.» Alzò la mano con un piccolo gesto curioso.

Garion lo vide accadere con chiarezza. Non riuscì mai a convincersi, dopo, che fosse stata un'illusione. Stava guardando dritto negli occhi di Martje e vide la patina bianca che le spariva dagli occhi come il latte versato da un bicchiere.

La vecchia si irrigidì mentre il blu luminoso delle pupille emergeva da dietro il velo bianco. Poi gridò. Sollevò le mani, le guardò e gridò di nuovo. In quell'urlo c'era la nota straziante di chi aveva perso qualcosa di prezioso.

«Che cosa le hai fatto?» domandò la regina Islena.

«Le ho restituito la vista» disse zia Pol sedendosi di nuovo al suo posto e aggiustandosi il vestito.

«Come hai fatto?» chiese l'altra donna col volto sbiancato e la voce debole.

«Tu non ci riesci? Una cosa molto semplice, davvero.»

«Ma» obiettò la regina Porenn «ora che ci vede non conoscerà più il futuro, non è vero?»

«Penso di no» confermò zia Pol. «Ma è un prezzo molto piccolo da pagare, non è vero?»

«Allora non sarà più una strega, giusto?» insisté Porenn.

«Comunque non era una brava strega» disse zia Pol. «La sua visione era nebulosa e incerta. È meglio così. Non disturberà più né sé stessa né gli altri con delle ombre.» Guardò re Ahneg che sedeva rigido come il ghiaccio di fianco alla sua regina mezza svenuta. «Continuiamo?» chiese con tranquillità. «La nostra nave ci aspetta.»

Quasi che le sue parole avessero dato di briglia, i cavalli fecero un balzo in avanti e le slitte si allontanarono dal tempio alzando nuvole di neve.

Garion si voltò indietro. La vecchia Martje era in piedi sui gradini e si guardava le mani singhiozzando disperata.

«Abbiamo avuto il privilegio di assistere a un miracolo, amici miei» disse Hettar.

«Mi sembra di capire, però, che il beneficiario non ne sia stato molto contento» osservò Silk seccamente. «Ricordatemi di non offendere Polgara. I suoi miracoli sono un'arma a doppio taglio.»

21

I raggi inclinati del sole mattutino luccicavano sulla superficie ghiacciata delle acque del porto. Le slitte si fermarono vicino al molo di pietra. La nave di Greldik rollava e beccheggiava tirando le sartie mentre un'imbarcazione più piccola lì vicino sembrava aspettare con impazienza.

Hettar scese e andò a parlare con Cho-Hag e con la regina Silar. I tre discussero sottovoce e con gravità, quasi innalzando attorno a loro un guscio di riservatezza.

La regina Islena si era ricomposta e sedeva impettita sulla slitta con un sorriso rigido sul volto. Dopo che Ahneg ebbe scambiato due parole con messer Lupo, zia Pol attraversò il molo ghiacciato e si fermò accanto alla slitta della regina di Cherek.

«Se fossi in te, Islena,» disse con fermezza «mi cercherei un altro passatempo. Le tue doti nell'arte della magia sono limitate ed è un campo pericoloso per i dilettanti. Molte cose possono andare storte se non si sa ciò che si sta facendo.»

La regina la guardava fisso senza parlare.

«Oh,» aggiunse zia Pol «solo un'altra cosa. Penso che sarebbe meglio se tagliassi i rapporti con gli adoratori dell'Orso. Non è consono che una regina abbia rapporti con i nemici politici del marito.»

Gli occhi di Islena si spalancarono. «Ahneg lo sa?» chiese con voce terrorizzata.

«Non me ne stupirei» disse zia Pol. «È molto più intelligente di quanto sembri, sai. Stai camminando sull'orlo del tradimento. Dovresti mettere al mondo dei bambini. Ti darebbero qualcosa di utile da fare nel tempo libero e ti terrebbero fuori dai guai. È solo un suggerimento, certo, ma dovresti pensarci.

È stata una bella visita, cara. Ti ringrazio per l'ospitalità.» E con questo si girò e andò via.

Silk emise un fischio sommesso. «Questo spiega molte cose» disse.

«Spiega che cosa?» chiese Garion.

«Il sommo sacerdote di Belar si sta immischiando nella politica cherek ultimamente. È ovvio che si è inoltrato un po' troppo dentro il palazzo.»

«La regina?» chiese Garion sorpreso.

«Islena è ossessionata dall'idea della magia» annuì Silk. «Gli adoratori dell'Orso si dilettano in certi riti che potrebbero sembrare mistici a una credulona come lei.» Guardò in fretta verso il luogo dove re Rhodar stava discutendo con gli altri sovrani e con messer Lupo. Poi respirò profondamente. «Andiamo a parlare con Porenn» disse, e raggiunse la piccola regina bionda di Drasnia che stava all'altro capo del molo a guardare il mare ghiacciato.

«Altezza» s'inchinò Silk con deferenza.

«Caro Kheldar» gli sorrise lei.

«Potresti passare qualche informazione a mio zio da parte mia?» chiese lui.

«Certamente.»

«Sembra che la regina Islena sia stata alquanto inopportuna» disse Silk. «È coinvolta con il culto dell'Orso qui in Cherek.»

«Oh, cielo» esclamò Porenn. «Ahneg lo sa?»

«Difficile dirlo» le disse Silk. «Non credo lo ammetterebbe. Io e Garion abbiamo sentito per caso Polgara dirle di smettere.»

«Spero le dia ascolto» si augurò Porenn. «Se si spinge troppo oltre, Ahneg sarà costretto a prendere provvedimenti. Potrebbe finire in tragedia.»

«Polgara è stata molto chiara» disse Silk. «Penso che Islena le darà ascolto, ma avverti mio zio. Gli piace essere tenuto al corrente di cose del genere.»

«Gliene parlerò» promise la donna.

«Potresti anche rammentargli di non perdere d'occhio le sedi del culto a Boktor e a Kotu» suggerì Silk. «Cose del genere di solito non sono isolate. Sono passati cinquant'anni dall'ultima volta che il culto è stato messo fuori legge.»

La regina Porenn assentì con espressione grave. «Farò in modo che venga a saperlo» disse. «Ho alcuni dei miei uomini infiltrati nella setta dell'Orso. Non appena torneremo a Boktor parlerò con loro per sapere cosa sta succedendo.»

«I tuoi uomini? Sei già arrivata a questo punto?» chiese Silk in tono canzonatorio. «Sei maturata in fretta, mia regina. Tra poco sarai corrotta come tutti noi.»

«Boktor è piena di intrighi, Kheldar» disse la donna in tono compassato. «Non è solo la setta dell'Orso, sai. Nella nostra città si radunano mercanti di ogni parte del mondo e almeno la metà di loro sono spie. Devo proteggere me stessa... e mio marito.»

«Rhodar sa cosa stai facendo?» chiese Silk in tono subdolo.

«Ma certo che lo sa» disse lei. «Mi ha regalato lui stesso la mia prima dozzina di spie... come dono di nozze.»

«Tipicamente drasnian» rilevò Silk.

«Dopotutto, è solo una questione di praticità» disse. «Mio marito si interessa di politica estera. Io cerco di tenere gli occhi aperti a casa mia e lasciare la sua mente libera per altre cose. Le mie operazioni sono molto più modeste delle sue, ma riesco a essere sempre aggiornata su tutto.» Lo guardò con occhi astuti da sotto le ciglia bionde. «Se deciderai di tornare a Boktor e di sistemarti, potrò trovarti qualcosa da fare.»

Silk si mise a ridere. «Ultimamente il mondo è pieno di opportunità» disse.

La regina lo guardò seria. «Quando tornerai a casa, Kheldar?» domandò. «Quando smetterai di fare il vagabondo, Silk, e ti deciderai a tornare al luogo cui appartieni? Mio marito sente la tua mancanza e potresti servire il tuo paese con maggior profitto diventando capo consigliere invece di svolazzartene per il mondo.»

Silk distolse lo sguardo e si girò verso il sole. «Non ancora, altezza» disse. «Anche Belgarath ha bisogno di me e ciò che stiamo facendo è molto importante. E poi, non sono pronto a metter su casa. Il gioco mi diverte ancora. Forse un giorno, quando sarò troppo vecchio e non mi divertirò più... chi può dirlo?»

Porenn sospirò. «Anch'io sento la tua mancanza, Kheldar» mormorò con dolcezza.

«Povera piccola regina tutta sola» la compianse Silk in tono quasi ironico.

«Sei impossibile» si stizzì lei picchiando il piedino per terra.

«Faccio del mio meglio.» Il principe Kheldar fece un largo sorriso che pareva un ghigno.

Hettar abbracciò suo padre e sua madre e balzò sul ponte della piccola imbarcazione che re Ahneg gli aveva fornito. «Belgarath» urlò mentre i marinai scioglievano le cime che trattenevano la nave al molo «ci incontreremo fra due settimane alle rovine di Vo Wacune.»

«Saremo là» rispose messer Lupo.

I marinai spinsero la nave lontano dal molo e cominciarono a remare nella baia. Hettar stava in piedi sul ponte con la lunga coda di capelli che si agitava nel vento. Un gesto di saluto, poi girò il volto verso il mare.

Una lunga asse di legno fu calata dal fianco della nave di Greldik fino al pontile innevato.

«Saliamo a bordo, Garion?» disse Silk. Montarono sull'asse malmessa e con un passo furono sul ponte.

«Porta alle mie figlie tutto il mio amore» disse Barak alla moglie.

«Lo farò, mio signore» obbedì Merel con il solito tono formale che usava sempre con lui. «Avete altre istruzioni?»

«Non sarò di ritorno per lungo tempo» proseguì Barak. «Dà ordine di coltivare i campi meridionali ad avena quest'anno e lascia quelli orientali a maggese. Con i campi settentrionali fa' come credi sia meglio. Non spostare le mandrie in montagna fin quando non saranno finite le gelate.»

«Mi prenderò cura delle terre e degli armenti di mio marito» disse lei.

«Sono anche le tue» le ricordò Barak.

«Come desidera mio marito.»

Barak sospirò. «Non smetti mai, vero, Merel?» disse con tristezza.

«Mio signore?»

«Lascia stare.»

«Il mio signore mi abbraccerà prima di partire?» chiese la donna.

«A che scopo?» rispose Barak. Fece un balzo sulla nave e scese subito sottocoperta.

Zia Pol si fermò e guardò seria la moglie di Barak. Sembrava stesse per dire qualcosa. Poi, senza preavviso, scoppiò in una risata.

«Qualcosa di divertente, lady Polgara?» chiese Merel.

«Qualcosa di molto divertente, Merel» disse zia Pol con un sorriso misterioso.

«Posso condividerlo anch'io?»

«Oh, lo condividerai senz'altro, Merel,» promise zia Pol «ma non rovinerò la sorpresa raccontandoti tutto troppo presto.»

Rise ancora e salì sulla passerella che portava alla nave. Durnik le offrì il braccio e i due raggiunsero il ponte.

Messer Lupo strinse le mani a turno a tutti i re e poi salì con un agile balzo sulla nave. Rimase per un momento sul ponte a guardare l'antica città di Val Alorn ammantata di neve e le imponenti montagne di Cherek che sorgevano alle sue spalle.

«Addio, Belgarath» gridò re Ahneg.

Messer Lupo fece un cenno col capo. «Non dimenticarti dei menestrelli» disse.

«Contaci» promise Ahneg. «Buona fortuna.»

Messer Lupo sorrise e camminò verso la prua della nave di Greldik. Garion, d'impulso, lo seguì. C'erano molte domande che necessitavano di una risposta e se c'era qualcuno che poteva dargliele, quello era il vecchio.

«Messer Lupo» disse quando raggiunsero la prua.

«Sì, Garion?»

Non era sicuro di come cominciare, così affrontò l'argomento alla lontana. «Cos'ha fatto zia Pol agli occhi della vecchia Martje?»

«La volontà e la parola» rivelò Lupo mentre il mantello gli svolazzava nel vento gelido. «Non è difficile.»

«Non capisco» disse Garion.

«Semplicemente vuoi che accada qualcosa» spiegò il vecchio «e poi pronunci la parola. Se la tua volontà è forte allora la cosa accade.»

«È tutto qui?» disse Garion un po' deluso.

«Tutto qui» annuì Lupo.

«La parola è una parola magica?»

Lupo si mise a ridere e guardò il sole che scintillava sul mare invernale. «No» disse. «Non esistono parole magiche. Alcune persone pensano che sia così, ma si sbagliano. I Grolim usano parole strane, ma in realtà non è necessario. Qualsiasi parola va bene. È la volontà che è importante. La parola è solo un canale per la volontà.»

«Potrei riuscirci anch'io?» chiese speranzoso il giovane.

Lupo lo guardò. «Non lo so, Garion» disse. «Non ero molto più grande di te quando l'ho fatto per la prima volta. Ma erano già anni che vivevo con Aldur. Forse questo fa la differenza, penso.»

«Che cosa è successo?»

«Il mio maestro voleva che spostassi una roccia» disse Lupo.

«Sembrava dargli fastidio. Ho cercato di farlo, ma era troppo pesante. Dopo un po' mi sono arrabbiato e le ho detto di muoversi. E quella l'ha fatto. All'inizio ero sorpreso, ma il mio maestro pensava che fosse una cosa normale.»

«Hai detto solo, 'muoviti', tutto qui?» Garion era incredulo.

«Tutto qui.» Lupo alzò le spalle. «Fu così facile che mi sorpresi di non averci pensato prima. A quel tempo credevo che tutti potessero farlo, ma gli uomini sono molto cambiati da allora. Forse non è più possibile. È difficile dirlo, in realtà.»

«Ho sempre pensato che la magia si facesse con lunghi incantesimi e strani segni e altre cose del genere» disse Garion.

«Quelli sono solo i trucchi dei ciarlatani e dei prestigiatori» disse Lupo. «Fanno spettacolo e impressionano, e terrorizzano la povera gente. Ma gli incantesimi e le magie non hanno niente a che fare con la verità. Sta tutto nella volontà. Concentrati sulla volontà e pronuncia la parola. Allora accadrà. Talvolta un gesto di qualche tipo può aiutare. Tua zia gesticola sempre quando vuol far accadere qualcosa. Sono secoli che cerco di toglierle questo vizio.»

Garion sgranò gli occhi. «Secoli?» ripeté mezzo soffocato. «Ma quanto è vecchia?»

«Più di quanto sembri» disse Lupo. «Comunque, non è educato fare domande sull'età di una donna.»

Garion provò un vuoto improvviso e terribile. Le sue paure peggiori erano state confermate. «Allora non è davvero mia zia?» chiese implorante.

«Perché me lo chiedi?» ribatté Lupo.

«Non è possibile, vero? Ho sempre pensato che fosse la sorella di mio padre ma se è vecchia di migliaia di anni allora è impossibile.»

«Ti piace davvero troppo quella parola, Garion» osservò Lupo. «Quando arrivi al nocciolo delle cose, niente... o almeno molto poco... è davvero impossibile.»

«Ma come può esserlo? Mia zia, intendo dire?»

«Va bene» capitolò Lupo. «A rigor di termini Polgara non è la sorella di tuo padre. La sua parentela con lui è un po' più complessa. Era la sorella di sua nonna... della sua prima nonna, se così si può dire... e anche della tua, ovviamente.»

«Allora è la mia prozia» desunse Garion con un barlume di speranza. Era già qualcosa.

«Non userei quel termine con lei» sorrise Lupo. «Potrebbe offendersi. Perché ti preoccupa tutto questo?»

«Avevo paura che mi avesse raccontato una bugia e che non ci fosse alcuna parentela tra noi» confessò Garion. «È da molto che ci penso.»

«Perché avevi paura?»

«È difficile spiegarlo» disse Garion. «Vedi, io non so chi sono né a che popolo appartengo. Silk dice che non sono un Sendar e Barak dice che assomiglio un po' a un Rivan... ma non del tutto. Ho sempre pensato di essere un Sendar, come Durnik, ma a questo punto non sono più sicuro di niente. Non so nulla dei miei genitori, neppure da dove venissero. Se zia Pol non è mia parente, allora sono solo al mondo. Non ho proprio nessuno. Sono solo, e questa non è una bella cosa.»

«Ma ora va meglio, giusto?» cercò di consolarlo Lupo. «Tua zia è davvero tua zia... il sangue che scorre nelle vostre vene è il medesimo.»

«Sono felice che tu me l'abbia detto» disse Garion. «Ero davvero molto preoccupato.»

I marinai di Greldik mollarono gli ormeggi e spinsero la nave lontano dal molo.

«Messer Lupo» disse il ragazzo colto da uno strano pensiero all'improvviso.

«Sì, Garion?»

«Zia Pol è davvero mia zia... cioè la mia prozia?»

«Sì.»

«E tu sei suo padre?»

«Devo ammetterlo» si strinse nelle spalle messer Lupo sarcastico. «A volte cerco di dimenticarlo, ma non lo posso negare.»

Garion trasse un respiro profondo e fece una domanda diretta. «Se lei è mia zia e tu sei suo padre,» rifletté «allora vuol dire che tu sei una specie di nonno per me?»

Lupo lo guardò con un'espressione stupita. «Dunque...» iniziò scoppiando a ridere all'improvviso «penso di sì. Non ci avevo mai pensato in questi termini.»

Gli occhi di Garion si riempirono all'improvviso di lacrime e abbracciò d'impulso il vecchio. «Nonno» proclamò cercando di pronunciare bene la parola.

«Bene, bene» disse Lupo con voce stranamente offuscata. «Che scoperta importante.» Poi diede una pacca imbarazzata sulla spalla di Garion.

Erano entrambi a disagio di fronte all'improvvisa dimostrazione d'affetto di Garion e rimasero in piedi in silenzio a guardare i marinai che conducevano la nave a remi fuori dal porto.

«Nonno» lo chiamò Garion dopo un po'.

«Sì?»

«Cos'è successo davvero a mia madre e mio padre? Voglio dire, come sono morti?»

Il volto di Lupo si fece davvero cupo. «C'è stato un incendio» disse brevemente.

«Un incendio?» ripeté Garion con voce fioca mentre con l'immaginazione tornava indietro a quel terribile pensiero di dolore indicibile. «Com'è successo?»

«Non è una cosa piacevole» lo mise in guardia Lupo in tono serio. «Sei sicuro di volerlo sapere?»

«Devo, nonno» insisté Garion con tranquillità. «Devo sapere tutto di loro. Non so perché, ma è molto importante.»

Messer Lupo sospirò. «Sì, Garion» convenne. «Penso di sì. Allora, d'accordo. Se sei abbastanza grande per fare le domande, puoi anche ascoltare le risposte.» Si sedette su una panca riparata dal vento gelido. «Vieni qui e siediti.» Indicò la panca accanto a lui con dei colpetti della mano.

Garion si sedette e si strinse nel mantello.

«Vediamo» fece Lupo grattandosi la barba pensieroso. «Da dove cominciamo?» Ci pensò su per un momento. «La tua famiglia è molto antica, Garion» disse finalmente. «E come molte famiglie antiche, ha un certo numero di nemici.»

«Nemici?» Garion era sorpreso. Quel pensiero non gli era mai passato per la mente.

«Non è una cosa insolita» disse Lupo. «Se facciamo qualcosa che agli altri non piace, quelli tendono a odiarci. L'odio cresce e aumenta nel corso degli anni fino a che si trasforma in qualcosa di simile a una religione. Non odiano solo noi, ma tutto quello che ci riguarda. Comunque, molto tempo fa i nemici della tua famiglia divennero così pericolosi che tua zia e io decidemmo che l'unico modo per proteggere la famiglia era nasconderla.»

«Non mi stai raccontando tutto» intuì Garion.

«No» confermò Lupo senza molta importanza. «Non voglio che tu corra dei pericoli inutili. Se sapessi certe cose agiresti in modo diverso, e la gente se ne accorgerebbe. È più sicuro che tu rimanga un ragazzo come tanti ancora per un po'.»

«Vuoi dire ignorante» lo accusò Garion.

«Sì, ignorante. Vuoi sentire la storia o vuoi litigare?»

«Mi dispiace» si scusò il giovane.

«D'accordo,» disse Lupo dandogli dei colpettini su una spalla «dal momento che tua zia e io siamo legati alla tua famiglia in un modo speciale, avevamo un interesse naturale nella vostra salvezza. Ecco perché vi abbiamo nascosti.»

«Si può davvero nascondere un'intera famiglia?» chiese Garion.

«Non è mai stata una famiglia molto grande» disse Lupo. «Sembra che, per una ragione o per l'altra, sia rimasta un'unica linea ininterrotta... niente cugini o zii o cose del genere. Non è molto difficile nascondere un uomo, sua moglie e un bambino. Lo abbiamo fatto per secoli. Li abbiamo nascosti in Tolnedra, Riva, Cherek, Drasnia, in posti di ogni tipo. Vivevano vite semplici, come artigiani e a volte contadini, il tipo di persone che nessuno guarda due volte. Tutto è andato bene fino a circa vent'anni fa. Abbiamo spostato tuo padre, Geran, da un luogo in Arendia fino a un piccolo villaggio in Sendaria orientale, a circa sessanta leghe a sudest di Darine, fra le montagne. Geran era uno scalpellino... te ne avevo già parlato, vero?»

Garion fece un cenno col capo. «Molto tempo fa» disse. «Mi dicesti che ti piaceva molto e che andavi a trovarlo di tanto in tanto. Allora, mia madre era una Sendar?»

«No» disse Lupo. «Ildera era una Algar, a dire il vero... la seconda figlia di un capoclan. Tua zia e io li abbiamo fatti incontrare quando avevano più o meno l'età giusta. Le cose seguirono il loro corso e i due si sposarono. Tu nascesti dopo un anno.»

«Quando avvenne l'incendio?» chiese Garion.

«Ci sto arrivando» rispose Lupo. «Uno dei nemici della tua famiglia vi stava cercando da molto tempo.»

«Da quanto tempo?»

«Centinaia di anni, in realtà.»

«Questo significa che era anche lui un mago, vero?» indovinò Garion. «Voglio dire, solo i maghi vivono tanto a lungo, non è vero?»

«Ha un certo talento in quel campo» ammise Lupo. «Mago è una parola ingannevole. Non è così che chiamiamo noi stessi. Lo fanno gli altri, ma noi abbiamo idee differenti. È un termine conveniente per gente che non capisce realmente di che cosa si tratta. Comunque, tua zia e io eravamo via quando il nemico rintracciò Geran e Ildera. Arrivò a casa loro molto presto una mattina mentre ancora dormivano. Sigillò le porte e le finestre e appiccò il fuoco.»

«Pensavo che avessi detto che la casa era fatta di pietra.»

«Infatti,» confermò Lupo «ma puoi incendiare anche la pietra se davvero lo vuoi. Il fuoco deve solo essere più caldo. Geran e Ildera sapevano di non avere scampo, ma Geran riuscì a togliere delle pietre dal muro e Ildera ti spinse fuori dal buco. Quello che aveva appiccato il fuoco non aspettava altro. Ti raccolse e partì per il villaggio. Non sappiamo esattamente cosa avesse in mente... forse voleva ucciderti, o forse voleva tenerti con sé. Comunque, è stato a quel punto che sono arrivato. Ho spento il fuoco ma Geran e Ildera erano già morti. Allora ho inseguito il tuo rapitore.»

«L'hai ucciso?» chiese Garion con ferocia.

«Cerco di non uccidere se non è necessario» dichiarò Lupo. «Turba troppo il corso naturale degli eventi. A quell'epoca, avevo in serbo per lui cose molto più sgradevoli della morte.» I suoi occhi erano di ghiaccio. «Ma poi, non ebbi l'occasione. Ti gettò in braccio a me... eri solo un neonato allora... e io cercai di prenderti. Questo gli diede il tempo di scappare. Ti ho lasciato con Polgara e sono andato a cercare il nemico. Purtroppo però, non l'ho trovato.»

«Sono contento» disse Garion.

Lupo lo guardò con aria sorpresa.

«Quando sarò più grande lo troverò io» si ripromise Garion. «Devo essere io a ripagarlo per ciò che ha fatto, giusto?»

Lupo lo guardò con espressione grave. «Potrebbe essere pericoloso.»

«Non m'importa. Come si chiama?»

«Penso sia meglio aspettare un po' prima di dirtelo» osservò Lupo. «Non voglio che ti imbarchi in avventure per le quali non sei ancora pronto.»

«Ma me lo dirai?»

«Quando sarà tempo.»

«È molto importante, nonno.»

«Sì» disse Lupo. «Lo vedo.»

«Lo prometti?»

«Se insisti. E se non dovessi farlo io, sono sicuro che lo farà tua zia. Lei la pensa proprio come te.»

«Tu no?»

«Io sono molto più vecchio» disse Lupo. «Vedo le cose in modo differente.»

«Io non sono ancora vecchio» affermò Garion. «E non sono neppure in grado di fare le cose che fai tu. Per cui dovrò ucciderlo.» Si alzò e cominciò a camminare a grandi passi avanti e indietro, ribollente di rabbia.

«Non so se riuscirò a convincerti del contrario» disse Lupo «ma credo davvero che la penserai in un altro modo quando sarà tutto finito.»

«È improbabile» obiettò Garion, ancora camminando.

«Vedremo» disse Lupo.

«Grazie per avermelo detto, nonno.»

«Prima o poi l'avresti scoperto,» disse il vecchio «ed è meglio così piuttosto che ascoltare il racconto distorto di qualcun altro.»

«Intendi dire zia Pol?»

«Polgara non ti mentirebbe mai deliberatamente» assicurò Lupo «ma vede le cose in modo più personale di me. A volte questo colora le sue percezioni. Io cerco di avere una visione a lungo termine.» Poi rise in modo sarcastico. «Penso che sia l'unico modo giusto... date le circostanze.»

Garion guardò il vecchio. La barba e i capelli bianchi sembravano quasi luminosi nel sole mattutino. «Come ci si sente a vivere per sempre, nonno?» chiese.

«Non lo so» ammise Lupo. «Non ho vissuto per sempre.»

«Sai cosa voglio dire.»

«La qualità della vita non è molto diversa» disse Lupo. «Viviamo tutti quanto è necessario. È solo che per compiere la mia missione ci vuole molto tempo.» Poi si alzò all'improvviso. «Questa conversazione ha preso una piega triste» concluse.

«Quello che stiamo facendo è molto importante, non è vero, nonno?» chiese Garion.

«In questo momento è la cosa più importantc al mondo» disse Lupo.

«Temo che non sarò di grande aiuto» si lamentò Garion.

Lupo lo guardò intensamente per un momento, quindi gli mise un braccio attorno alle spalle. «Avrai molte sorprese prima che sia tutto finito, Garion» disse.

Poi si girarono e guardarono oltre la prua della nave verso la costa innevata di Cherek che scivolava alla loro destra mentre i marinai portavano la nave a sud, verso Camaar e oltre ancora.

Qui finisce il primo libro della Belgariad

David Eddings

LA REGINA DELLA STREGONERIA

romanzo

Per Helen, che mi ha regalato la cosa più preziosa della mia vita.
E per Mike, che mi ha insegnato a giocare.

Prologo

Cronache della battaglia dei regni dell'Ovest contro la nefanda e scellerata invasione e la malvagità di Kal Torak.
tratto da *La battaglia di Vo Mimbre*

Quando il mondo era giovane, il malvagio dio Torak rubò il Globo di Aldur e fuggì alla ricerca del potere. Il Globo gli si oppose e il suo fuoco lo mutilò con orrende ustioni. Ma egli non si arrese perché il gioiello gli era molto caro.

Poi Belgarath, mago e discepolo del dio Aldur, si mise a capo della spedizione guidata dal re degli Alorn e dai suoi tre figli. Essi recuperarono il Globo dalla Torre di Ferro di Torak. Il dio cercò di inseguirli, ma l'ira del Globo lo respinse e lo ricacciò indietro.

Belgarath stabilì allora che Cherek e i suoi tre figli fossero sovrani di quattro grandi regni posti a guardia eterna contro Torak. Diede il Globo a Riva perché lo custodisse, dicendo che fino a quando un discendente di Riva avesse avuto il Globo, l'Ovest sarebbe stato al sicuro.

I secoli passarono senza minaccia da parte di Torak, fino alla primavera del 4865, quando Drasnia fu invasa da orde di Nadrak, Thull e Murgo. Al centro di quest'oceano di Angarak fu portato il padiglione di ferro di colui che chiamano Kal Torak, che significa dio e re. Città e villaggi furono rasi al suolo e bruciati, perché Kal Torak veniva a distruggere e non a conquistare. I sopravvissuti furono consegnati ai sacerdoti grolim per compiere sacrifici nei riti indicibili degli Angarak. Nessuno ebbe salva la vita tranne coloro che fuggirono in Algaria o che furono soccorsi dalle navi da guerra cherek alla foce del fiume di Aldur.

L'orda successiva colpì al confine sud di Algaria. Ma lì gli invasori non trovarono città. I cavalieri nomadi algar li accerchiarono e poi li colpirono con azioni di guerriglia. Il seggio del re di Algaria era posto per tradizione nella Fortezza, una montagna costruita dall'uomo con pietre che penetravano nella terra anche per venti piedi. Contro di essa gli Angarak si scagliarono e la cinsero d'assedio. Un assedio che durò inutilmente per otto anni.

Questo diede tempo all'Ovest di mobilitarsi. I generali si riunirono al Collegio imperiale della guerra a Tol Honeth e pianificarono la strategia. Le differenze tra i regni furono messe da parte e Brand, Custode di Riva, fu scelto quale comandante supremo. Con lui arrivarono due strani consiglieri: un uomo attempato che aveva conoscenza dei regni degli Angarak e una donna di rara bellezza e dai modi imperiosi, con un ricciolo d'argento che le ricadeva sulla fronte. A questi Brand prestò attenzione e mostrò devota deferenza.

Nella tarda primavera del 4875, Kal Torak abbandonò l'assedio e mosse a oriente in direzione del mare, sempre inseguito dai cavalieri algar. Sulle montagne, gli Ulgo nottetempo uscirono dalle caverne e fecero scempio degli Angarak addormentati. Ma le forze di Kal Torak continuavano a essere innumerevoli. Dopo una pausa per rinserrare i ranghi, l'esercito confluì lungo il fiume Arend verso la città di Vo Mimbre e fece terra bruciata lungo il cammino. Nei primi giorni d'estate, gli Angarak si dispiegarono per l'assalto alla città.

Il terzo giorno della battaglia si udì un corno suonare tre volte. Allora si aprirono i cancelli di Vo Mimbre. I cavalieri mimbrate caricarono all'esterno e si rovesciarono sull'avanguardia degli Angarak. Gli zoccoli ferrati degli assalitori calpestarono i vivi e i morti. Dalla sinistra arrivò la cavalleria degli Algar, i picchieri di Drasnia e truppe irregolari di Ulgo dal volto coperto. Dalla destra arrivarono i feroci guerrieri di Cherek e le legioni di Tolnedra.

Attaccato da tre lati, Kal Torak chiamò le riserve. Fu allora che i Rivan grigio vestiti, i Sendar e gli arcieri asturian si rovesciarono sulla retroguardia. Gli Angarak cadevano come grano falciato e, nella confusione, furono sopraffatti.

Poi l'Apostata, Zedar il Mago, si affrettò nel padiglione di ferro da cui Torak non era mai uscito. E al Maledetto disse: «Signore, i vostri nemici vi hanno circondato in grande numero e sfidano la vostra potenza.»

Kal Torak si sollevò e nell'ira proclamò: «Uscirò anch'io affinché i falsi custodi di Cthrag Yaska, il gioiello che fu mio, possano vedermi e conoscere il terrore che suscito. Fa' venire i miei re.»

«Grande Signore,» gli disse Zedar «i tuoi re non sono più. La battaglia ha richiesto le loro vite e anche quelle di una moltitudine di sacerdoti grolim.»

A queste parole la furia di Kal Torak divenne immensa. Il fuoco usciva sia dall'occhio destro e sia da quello che non esisteva più. Ordinò ai suoi servi di assicurargli lo scudo al braccio senza mano, quindi sollevò l'orrenda spada nera. Con essa si avventurò sul campo di battaglia.

Poi, dal mezzo delle truppe rivan, giunse una voce che diceva: «Nel nome di Belar io ti sfido, Torak. Nel nome di Aldur io ti maledico. Interrompi il massacro e lascia che il duello fra noi decida le sorti della battaglia. Io sono Brand, Custode di Riva. Confrontati con me o porta via il tuo fetido esercito e non tornare mai più nei regni dell'Ovest.»

Kal Torak uscì dalle schiere e gridò: «Dov'è colui che osa sfidare con carne mortale il re del mondo? Guardami, io sono Torak, re dei re, primo fra i grandi. Annienterò questo rivan che parla senza rispetto. I miei nemici soccomberanno e Cthrag Yaska sarà di nuovo mio.»

Brand fece un passo avanti. Portava una pesante spada e uno scudo coperto da un panno. Un lupo grigio marciava al suo fianco e un gufo, bianco come la neve, gli volteggiava sopra la testa. «Io sono Brand e ti sfido a duello, deforme e malvagio Torak.»

Quando Torak vide il lupo, disse: «Vattene, Belgarath. Fuggi, se vuoi avere salva la vita.» E al gufo disse: «Rinnega tuo padre, Polgara, e adora me. Io ti farò mia sposa e sovrana del mondo.»

Ma il lupo ululò la sua sfida e il gufo gridò il suo disprezzo.

Torak sollevò la spada e l'abbatté sullo scudo di Brand. A lungo combatterono, e molti e dolorosi furono i colpi che assestarono. Coloro che si erano avvicinati per osservarli erano stupefatti. La furia di Torak era immensa e la sua spada colpì lo scudo di Brand fino a che il Custode cadde di fronte all'assalto del Maledetto. Allora il lupo si mise a ululare e il gufo a stridire come se fossero una voce sola e la forza di Brand fu rinnovata.

Con un solo gesto il Custode di Riva tolse il velo allo scudo nel cui centro era incastonato un gioiello rotondo grande quanto il cuore di un bambino. Quando lo sguardo di Torak si posò su di esso, la pietra cominciò a bruciare e brillare. Il Maledetto si ritrasse. Lasciò cadere lo scudo e la spada. Poi sollevò le braccia davanti al viso per allontanare il terribile fuoco della pietra.

Brand colpì. La spada trapassò l'elmo di Torak e si conficcò nell'occhio che non c'era più, affondando nella testa del Maledetto.

Torak cadde all'indietro e lanciò un potente grido. Estrasse la spada e gettò via l'elmo. Coloro che assistevano alla scena indietreggiarono per il terrore perché il volto era ustionato da un grande fuoco ed era orribile a vedersi. Piangendo sangue, Torak gridò di nuovo quando vide il gioiello cui aveva dato nome Cthrag Yaska. A causa sua aveva portato la guerra nell'Ovest. Poi cadde e la terra ne risuonò tutta.

Un alto grido si levò dalle schiere degli Angarak quando videro cosa era toccato in sorte a Torak. Allora, in preda al panico, cercarono di fuggire. Ma le armate dell'Ovest diedero loro la caccia e ne fecero strage, tanto che all'alba fumosa del quarto giorno le schiere non esistevano più.

Brand chiese che il corpo del Maledetto fosse portato davanti a lui, così che potesse vedere chi si era proclamato re del mondo. Ma il corpo non fu trovato in alcun luogo. Nella notte, grazie a un incantesimo, Zedar il Mago aveva oltrepassato, non visto, gli eserciti dell'Ovest e aveva condotto con sé colui che aveva scelto come maestro.

Allora Brand si riunì con i sui consiglieri. E Belgarath disse: «Torak non è morto. È solo addormentato. Poiché egli è un dio, nessuna arma mortale può togliergli la vita.»

«Quando si sveglierà?» chiese Brand. «Devo preparare l'Occidente al suo ritorno.»

Rispose Polgara: «Quando di nuovo un re ascenderà al trono del Nord, il dio oscuro si risveglierà per combatterlo.»

Brand si accigliò e disse: «Ma ciò non sarà mai!» poiché sapeva che l'ultimo sovrano di Riva era stato ucciso con l'intera famiglia da sicari nyissan nel 4002.

Parlò di nuovo la donna. «Quando i tempi saranno maturi il re di Riva reclamerà quanto gli spetta così come predice l'antica profezia. Altro non può essere detto.»

Brand fu soddisfatto e ordinò al suo esercito di ripulire il campo dalla carneficina degli Angarak. E quando tutto ebbe fine, i sovrani dell'Occidente si riunirono davanti alla città di Vo Mimbre e tennero consiglio. Molte furono le voci che si alzarono in lode di Brand.

Presto fu acclamato sovrano dell'Ovest. Solo Mergon, ambasciatore imperiale di Tolnedra, protestò in nome dell'imperatore Ran Borune IV. Brand rifiutò l'onore e la proposta decadde, così di nuovo ci fu pace fra coloro che erano riuniti in consiglio. Ma in cambio della pace fu avanzata una richiesta a Tolnedra.

Il Gorim degli Ulgo parlò per primo con voce altisonante: «A realizzazione della profezia, una principessa imperiale sia promessa sposa al re che verrà a salvare il mondo. Questo gli dèi richiedono da noi.»

Di nuovo Mergon protestò. «Il palazzo del re di Riva è vuoto e desolato. Nessun monarca siede sul trono. Come può una principessa imperiale essere data in sposa a un'ombra?»

Allora la donna di nome Polgara replicò: «Il re di Riva tornerà a reclamare il trono e la sposa. Da questo giorno in poi ogni principessa imperiale di Tolnedra si recherà alla reggia di Riva nel giorno del sedicesimo compleanno. Vestirà l'abito da sposa e si tratterrà tre giorni aspettando l'arrivo del re. Se egli non giunge a reclamarla, allora sarà libera di tornare dal padre.»

Mergon gridò: «Tutta Tolnedra si solleverà contro questa indegnità. No! Non sarà mai così!»

Il saggio Gorim degli Ulgo parlò ancora. «Riferisci all'imperatore che questo è il volere degli dèi. Digli anche che se non acconsentirà, l'Ovest si solleverà contro di lui e sparpaglierà i discendenti di Nedra ai quattro angoli del mondo e logorerà la potenza dell'impero fino a che Tolnedra non esisterà più.»

A quelle parole, e vedendo la possanza delle armate che aveva di fronte, l'ambasciatore si sottomise alla richiesta. Tutti stilarono il patto e lo sancirono.

Quando ciò fu fatto, i nobili della dilaniata Arendia si presentarono a Brand dicendo: «Il re dei Mimbrate è morto e anche il duca degli Asturian è morto. Chi ci governerà ora? Per duemila anni Mimbre e Asturia si sono combattute sul suolo della bella Arendia. Come possiamo tornare a essere un solo popolo?»

Brand rifletté. «Chi è l'erede al trono mimbrate?»

«Korodullin è il principe ereditario» risposero i nobili.

«Chi discende dalla linea asturian?»

«Mayaserana è la figlia del duca asturian.»

Brand disse: «Portateli da me.» Ed essi furono condotti davanti a lui. «Il massacro fra Mimbre e Asturia deve avere fine. Perciò è mio volere che voi siate congiunti in matrimonio e che i casati nemici siano da oggi uniti come una sola famiglia.»

I due gridarono contro questa decisione, perché i loro cuori erano colmi di antica acredine e di orgoglio. Ma Belgarath prese da parte Korodullin e gli parlò in privato. E Polgara fece altrettanto con Mayaserana. Nessuno seppe, né allora né mai, quanto fu detto ai due giovani. Ma quando tornarono da Brand, Mayaserana e Korodullin erano contenti della loro unione. E questo fu l'atto finale del consiglio di Vo Mimbre.

Brand parlò ai re e ai nobili un'ultima volta prima di partire per il Nord.

«Molto di buono e duraturo è stato compiuto qui. Guardate, ci siamo battuti insieme contro gli Angarak ed essi sono stati sbaragliati. Il malvagio Torak è placato. Il patto che abbiamo sancito oggi prepara l'Ovest alla realizzazione della profezia, quando il re di Riva tornerà e Torak si risveglierà dal lungo sonno per cercare ancora potere e dominio. Quanto accaduto oggi ci prepara alla battaglia finale. Di più non ci è dato fare. E per buona sorte, le ferite di Arendia sono state sanate e la contesa di duemila anni ha avuto fine. Il mio cuore è colmo di letizia.

«Salute a voi, dunque, e addio!»

Si girò e cavalcò verso nord con a fianco l'uomo grigio che aveva nome Belgarath e la regale donna che aveva nome Polgara. Presero una nave a Camaar, in Sendaria, e si diressero a Riva. Brand non fece mai più ritorno nei regni dell'Ovest.

Ma molti sono i racconti che si narrano circa i suoi compagni. E di queste storie, quali siano vere e quali no, a pochi è dato di sapere.

Parte prima

Arendia

1

Vo Wacune non esisteva più. Erano trascorsi ventiquattro secoli da quando la città degli Arend Wacite era stata rasa al suolo. Le foreste oscure e senza fine dell'Arendia settentrionale erano proliferate su quelle rovine. Mura in frantumi giacevano a terra inghiottite dal muschio e dalle felci umide del sottobosco. Solo i moncherini sgretolati delle torri fiere di un tempo marcivano fra gli alberi e la nebbia, segnando il punto in cui Vo Wacune era sorta. La neve gelata ammantava le macerie avvolte nella foschia e rivoli d'acqua scorrevano come lacrime lungo le pietre antiche.

Garion vagava da solo lungo i viali soffocati dagli alberi della città morta. Con il mantello di lana grigia e pesante stretto attorno al corpo per ripararsi dal freddo, il ragazzo era immerso in pensieri lugubri quanto le rocce piangenti che lo circondavano.

La fattoria di Faldor, con i suoi campi verdi e luminosi immersi nel sole, sembrava perduta in una caligine sfuggente. Il ragazzo aveva una terribile nostalgia di casa. Nonostante gli sforzi, i dettagli erano inafferrabili. I profumi intensi della cucina di zia Pol erano solo ricordi sbiaditi. Il rumore del martello di Durnik alla fucina si affievoliva come l'eco morente di una campana. I volti nitidi e chiari dei compagni di gioco tremolavano nella memoria e lui non era nemmeno certo di essere ancora in grado di riconoscerli. La sua infanzia scivolava via e a nulla valeva cercare di trattenerla.

Era cambiato tutto: questo era il nocciolo del problema. La roccia su cui si fondava la sua vita era sempre stata zia Pol. Nel mondo semplice della fattoria di Faldor era la signora Pol, la cuoca. Ma oltre quei cancelli era anche la maga Polgara, e viveva da quattro millenni per portare a termine un compito al di là dell'umana comprensione.

Anche messer Lupo, il vecchio vagabondo cantastorie, era cambiato. Ora Garion sapeva che in realtà quel vecchio amico era il suo bis bis bisnonno, con un numero indefinito di 'bis' aggiunti per arrivare a una giusta approssimazione. Dietro quella faccia da furfante si era sempre celato lo sguardo risoluto di Belgarath il Mago, che aveva vegliato e atteso per settemila anni in mezzo alla follia di uomini e dèi. Garion sospirò e continuò ad avanzare attraverso la nebbia.

I nomi stessi lo turbavano. Lui non aveva mai creduto nella magia o nella stregoneria. Erano cose innaturali che violavano le sue ferme convinzioni riguardo la realtà tangibile. Ma erano accadute troppe cose perché potesse cullarsi ancora in quel rassicurante scetticismo. In un solo istante le ultime vestigia del dubbio si erano sbriciolate. Zia Pol aveva cancellato le macchie lattiginose dagli occhi della vecchia Martje con un solo gesto e una sola parola. Le aveva restituito la vista e tolto la preveggenza con brutale noncuranza. Garion rabbrividì al ricordo del gemito disperato della vecchia pazza. Quel grido aveva segnato il momento in cui il mondo era diventato per lui meno solido e reale, e infinitamente meno sicuro.

Sradicato dall'unico luogo che avesse mai conosciuto come casa, senza neppure sapere con certezza chi fossero davvero le due persone a lui più vicine, Garion si trovava costretto a compiere quello strano pellegrinaggio con la ferma convinzione che i confini tra il possibile e l'impossibile erano stati annientati. Non sapeva cosa ci facessero in quella città distrutta e ingoiata dagli alberi. Non aveva la più pallida idea di dove sarebbero andati una volta partiti da lì. L'unica certezza alla quale poteva aggrapparsi era un singolo pensiero sinistro: da qualche parte c'era un uomo che, nel buio del primo mattino, era strisciato fino alla casetta di un villaggio sperduto e aveva assassinato i suoi genitori. Ci avesse messo anche tutta la vita, Garion avrebbe trovato quell'uomo e lo avrebbe ucciso. Quell'idea lo confortava.

Si arrampicò con cautela sui detriti di una casa crollata in mezzo alla via e continuò a esplorare le rovine tristi della città. Non c'era nulla da vedere. Con pazienza, i secoli avevano cancellato lo sfacelo della guerra. La neve fangosa e la nebbia fitta nascondevano anche le ultime tracce rimaste. Garion sospirò di nuovo e tornò sui propri passi verso la torre diroccata dove avevano trascorso la notte precedente.

Avvicinandosi vide zia Pol e messer Lupo in piedi poco distante che parlavano tranquilli. Il cappuccio color ruggine del vecchio era tirato indietro mentre zia Pol si stringeva attorno il mantello blu. Mentre guardava le rovine nebbiose, sul volto della donna si dipinse l'espressione di un dolore senza tempo. I lunghi capelli corvini erano sciolti sulle spalle e quell'unica ciocca bianca sulla fronte sembrava più candida della stessa neve.

«Eccolo che arriva» le disse messer Lupo guardando Garion.

La donna fece un cenno con il capo e fissò il giovane con aria seria. «Dove sei stato?» chiese.

«Da nessuna parte» rispose Garion. «Ero assorto nei miei pensieri, ecco tutto.»

«Vedo che sei riuscito a inzupparti i piedi.»

Garion sollevò uno stivale fradicio e guardò il fango che vi si era attaccato. «La neve è più bagnata di quanto pensassi» si scusò.

«Portare quella cosa ti fa davvero stare meglio?» domandò messer Lupo indicando la spada da cui Garion ora non si separava mai.

«Tutti dicono che Arendia è pericolosa» spiegò il ragazzo. «Inoltre, devo abituarmi.» Girò il cinturone di pelle fino a nascondere l'elsa. Quell'arma era stata un regalo di Barak per Erastide, uno dei molti regali che aveva ricevuto durante i festeggiamenti avvenuti mentre erano ancora per mare.

«Non ti si addice, sai?» disse il vecchio con tono di disapprovazione.

«Lascia perdere, padre» tagliò corto zia Pol pensando ad altro. «È sua, dopotutto, e può portarla se gli piace.»

«Hettar non dovrebbe essere già qui?» chiese Garion che voleva cambiare argomento.

«Forse ha trovato neve alta sulle montagne di Sendaria» rispose Lupo. «Arriverà. È un uomo molto affidabile.»

«Non capisco per quale motivo non abbiamo comprato dei cavalli a Camaar.»

«Non sarebbero stati altrettanto buoni» rispose messer Lupo grattandosi la barbetta bianca. «Dobbiamo percorrere una lunga strada e non voglio dovermi preoccupare che un cavallo mi si azzoppi sotto la sella. Meglio aspettare adesso che perdere tempo dopo.»

Garion si sfregò il collo. La catena con il misterioso amuleto d'argento che zia Pol e messer Lupo gli avevano regalato per Erastide gli irritava la pelle.

«Lascia stare, caro» disse zia Pol.

«Perché non posso portarlo sopra i vestiti?» si lamentò lui. «Nessuno lo vede sotto la tunica.»

«Deve stare a contatto con la pelle.»

«Non è molto comodo. Mi sembra bello, ma a volte è freddo, altre volte è caldo. Ogni tanto, poi, è terribilmente pesante. La catena sfrega contro il collo. Non sono abituato a questi ornamenti.»

«Non è solo un ornamento, caro» disse Pol. «Col tempo ti abituerai.»

Lupo si mise a ridere. «Forse ti consolerà sapere che tua zia ha impiegato dieci anni per abituarsi al suo. Continuavo a ripeterle di indossarlo.»

«Non mi sembra il momento di parlarne, padre» rispose la donna con freddezza.

«Anche tu ne hai uno?» chiese Garion al vecchio, spinto da una curiosità improvvisa.

«Certo.»

«Che cosa significa? Perché tutti ne portiamo uno?»

«È un'usanza di famiglia, Garion» disse zia Pol in un tono che non mi consentiva replica. La nebbia cominciò a mulinare attorno alle rovine, mossa da una brezza umida.

Garion sospirò. «Vorrei che Hettar arrivasse. Vorrei andarmene di qui. Sembra un cimitero.»

«Non è sempre stato così» mormorò zia Pol con un filo di voce.

«E com'era?»

«Ho passato dei momenti felici in questo posto. C'erano grandi mura e le torri si ergevano alte.» Indicò un cespuglio di rovi che strisciava sulle pietre spezzate. «Laggiù c'era un giardino fiorito dove le donne in abiti giallo pallido ascoltavano i giovani cantare serenate da dietro i muri. Avevano voci melodiose e le donne gettavano rose rosse al di là del muro. Lungo quella strada c'era una piazza lastricata di marmo. I vecchi si radunavano lì a parlare di guerre dimenticate e di amici perduti. Da quella parte, invece, c'era una casa con una terrazza dove trascorrevo le serate con gli amici a guardare le stelle. Un giovane ci portava frutta fresca e gli usignoli cantavano a perdifiato.» La voce scivolò nel silenzio. «Poi arrivarono gli Asturian» continuò con una diversa intonazione. «È sorprendente quanto poco tempo ci voglia per distruggere una città vecchia di migliaia d'anni.»

«Smettila di tormentarti, Pol» provò a consolarla Lupo. «Sono cose che succedono. Non avremmo potuto fare niente.»

«Io sì, avrei potuto fare qualcosa» rispose lei con lo sguardo perso fra le rovine. «Ma tu non me l'hai permesso, ricordi?»

«Dobbiamo parlarne ancora, Pol?» chiese Lupo con voce sofferente. «Devi imparare ad accettare le sconfitte. Il destino degli Arend Wacite era segnato. Avresti solo rimandato l'inevitabile di qualche mese. Il nostro dovere non è immischiarci in cose senza importanza.»

«L'hai già detto.» Zia Pol si guardò attorno. Gli alberi velati di nebbia si allontanavano nelle strade vuote. «Non pensavo che gli alberi sarebbero tornati così in fretta» osservò con una strana incrinatura nella voce. «Credevo avrebbero aspettato un po'.»

«Sono quasi venticinque secoli, Pol.»

«Davvero? Sembra solo l'anno scorso.»

«Non pensarci. Ti rende solo malinconica. Perché non entriamo? La nebbia ci rende tutti tristi.»

Inspiegabilmente, zia Pol passò il braccio attorno alle spalle di Garion ed entrambi si diressero verso la torre. Il profumo e la sensazione di averla vicino gli fecero venire un groppo in gola. Bastò che lo toccasse e la distanza fra loro, cresciuta negli ultimi mesi, svanì del tutto.

La camera alla base della torre era stata costruita con pietre così massicce che né i secoli né le radici tentacolari degli alberi erano riuscite a intaccarle. Grandi arcate sostenevano il basso soffitto di roccia, tanto che la stanza pareva una grotta. All'altro capo della sala rispetto alla porticina, un'ampia spaccatura fra due dei blocchi appena sbozzati serviva da cappa naturale. Durnik aveva studiato la fessura la sera prima, quando erano arrivati bagnati e infreddoliti. Poi, con il pietrisco sparso a terra, aveva costruito un focolare rozzo ma efficiente. «Servirà allo scopo» aveva detto il fabbro. «Non molto elegante, forse, ma per qualche giorno andrà benissimo.»

Quando Lupo, Garion e zia Pol entrarono nella camera simile a una caverna, un bel fuocherello scoppiettava nel camino e proiettava profili di ombre fra le arcate accogliendoli con un tiepido benvenuto.

Durnik, nella tunica di pelle marrone, ammucchiava legna per il fuoco lungo il muro. Barak, il gigante dalla barba rossa, puliva la spada indossando, come sempre, la maglia di ferro. Silk, con un camicione di lino grezzo e una veste di pelle nera, se ne stava sdraiato su una delle sacche da viaggio e giocherellava con una coppia di dadi.

«Ancora nessun segno di Hettar?» chiese Barak alzando la testa.

«Siamo in anticipo di un paio di giorni» rispose messer Lupo dirigendosi verso il camino per riscaldarsi.

«Perché non ti cambi gli stivali, Garion?» suggerì zia Pol appendendo il mantello blu a uno dei paletti che Durnik aveva conficcato nelle crepe del muro.

Garion prese la sacca da viaggio da un altro paletto e cominciò a rovistarci dentro.

«Anche le calze» aggiunse la donna.

«Si sta alzando la nebbia?» chiese Silk a messer Lupo.

«Niente affatto.»

«Se vi spostate dal camino, cercherò di preparare la cena» disse zia Pol, all'improvviso tutta affaccendata. Tirò fuori un prosciutto, qualche forma di pane scuro, un sacchetto di legumi secchi e circa una dozzina di carote avvizzite. Poi cominciò a cantare fra sé come faceva sempre quando cucinava.

La mattina successiva, dopo colazione, Garion indossò una sopravveste in lana di pecora, si legò la spada in vita e uscì fra le rovine nebbiose ad aspettare Hettar. Si era scelto da solo quel compito ed era grato ai suoi amici perché nessuno gli aveva ancora detto che non era necessario. Mentre arrancava per le strade fangose verso il cancello orientale della città, si sforzò di non lasciarsi prendere dalla malinconia del giorno precedente. Dal momento che non poteva farci assolutamente nulla, rimuginare sulla faccenda gli avrebbe lasciato solo un cattivo sapore in bocca. Non si può dire che fosse allegro quando raggiunse le mura orientali, ma non era neppure triste.

Il muro offriva una certa protezione, ma il freddo e l'umidità gli penetravano attraverso i vestiti e i piedi erano già congelati. Rabbrividì, poi si mise seduto ad aspettare. Era del tutto inutile scrutare nella nebbia. Cercò allora di ascoltare i rumori. Cominciò a distinguere i suoni della foresta oltre le mura, lo sgocciolio dell'acqua dagli alberi, il tonfo della neve pesante che cadeva dai rami, il ticchettare del picchio alle prese con un tronco morto in lontananza.

«Quella è la mia vacca» disse all'improvviso una voce sperduta da qualche parte nella nebbia.

Garion rimase fermo immobile ad ascoltare.

«Allora tienila sul tuo pascolo» rispose in fretta un'altra voce.

«Lammer? Sei tu?» chiese la prima voce.

«Certo. Sei Detton, vero?»

«Non ti avevo riconosciuto. Quanto tempo è passato?»

«Quattro o cinque anni, credo» calcolò Lammer.

«Come vanno le cose nel tuo villaggio?» chiese Detton.

«Abbiamo fame. Le tasse ci hanno portato via tutto il cibo.»

«Anche noi. Ora mangiamo zuppa di radici d'albero.»

«Quella non l'abbiamo ancora provata. Ci mangiamo le scarpe.»

«Come sta tua moglie?» chiese Detton con gentilezza.

«È morta l'anno scorso» rispose Lammer in tono piatto e senza emozione. «Il mio signore ha voluto uno dei miei figli come soldato. L'hanno ucciso in battaglia da qualche parte. Gli hanno buttato addosso pece bollente. Mia moglie ha smesso di mangiare. Non ci ha impiegato molto a morire.»

«Mi dispiace» disse Detton con compassione. «Era una donna molto bella.»

«Ora stanno meglio entrambi» dichiarò Lammer. «Non hanno più né fame né freddo. Che tipo di radici mangi?»

«La betulla è la migliore» rivelò Detton. «L'abete è troppo amaro e la quercia troppo dura. Bisogna bollirci insieme dell'erba per dare un po' di sapore.»

«Ci proverò.»

«Devo tornare indietro» si congedò Detton. «Il mio signore vuole che tagli la legna. Mi farà fustigare se sto via troppo.»

«Forse ci rivedremo.»

«Se saremo ancora vivi.»

«Addio, Detton.»

«Addio, Lammer.»

Le due voci scemarono nel silenzio. Dopo che se ne furono andati, Garion rimase a lungo in piedi immobile. Era sconvolto da ciò che aveva sentito e aveva gli occhi pieni di lacrime. La cosa peggiore era il modo sbrigativo e rassegnato con cui i due accettavano la situazione. Una rabbia terribile cominciò a bruciargli in gola. Provò il desiderio improvviso di picchiare qualcuno.

Lontano, nella nebbia, sentì un altro rumore. Da qualche parte nella foresta vicina qualcuno stava cantando. Era una voce chiara e leggera, da tenore, e Garion la distinse chiaramente mentre si avvicinava. La canzone narrava di antichi torti e il ritornello era un invito alla battaglia. In modo del tutto illogico, la rabbia di Garion si concentrò sul cantante sconosciuto. Quell'insulso berciare di ingiustizie astratte gli parve osceno di fronte alla tranquilla disperazione di Lammer e Detton. Senza pensare, Garion sguainò la spada e si accovacciò dietro il muro in rovina.

La melodia si avvicinava e Garion percepì anche il rumore degli zoccoli di un cavallo sulla neve bagnata. Con grande cautela osservò, da dietro il muro, il cavaliere che usciva dalla nebbia. Era lontano non più di venti passi. Era un giovane vestito con una calzamaglia gialla e un giustacuore rosso sgargiante. Aveva un mantello di pelliccia gettato indietro sulle spalle. A tracolla portava un lungo arco ricurvo, mentre sul fianco opposto aveva una spada dal bel fodero. I capelli biondo oro gli ricadevano fluenti sulla schiena da sotto un cappello a punta su cui spiccava una penna. La canzone era triste e il ragazzo la cantava con voce palpitante di passione. Però c'era qualcosa di così aperto e gioviale in quel volto che nessuna malinconia poteva cancellare. Garion guardò con occhi furiosi il giovanotto spensierato, del tutto certo che quello sciocco canterino non avesse mai pranzato con zuppa di radici né sofferto la perdita di una moglie lasciatasi morire di fame per il dolore.

Lo straniero, sempre cantando, diresse il cavallo verso l'arco crollato del cancello dove Garion stava pronto all'imboscata.

Garion non era un attaccabrighe e in un'altra circostanza si sarebbe comportato in modo diverso. Tuttavia, quel giovanotto sgargiante era comparso proprio al momento sbagliato. Il piano escogitato in fretta da Garion aveva il vantaggio della semplicità. E infatti, visto che non c'era proprio niente di complicato, fino a un certo punto gli riuscì. Non appena il giovanotto attraversò l'arco, lui balzò fuori dal nascondiglio, afferrò l'estremità del mantello del cavaliere e lo tirò giù di peso dalla sella. Con un grido di sorpresa, e senza troppe cerimonie, lo straniero atterrò di schiena in mezzo al fango davanti ai piedi di Garion. Purtroppo, però, la seconda parte del piano del ragazzo fallì miseramente. Cercò di avvicinarsi per colpirlo, ma quello si voltò, si alzò in piedi e sguainò la spada in un unico movimento. Strabuzzò gli occhi per la rabbia e gli sventolò minaccioso l'arma sotto il naso.

Garion non era uno spadaccino, ma aveva i riflessi pronti. Inoltre, tutti i lavoretti ingrati e faticosi svolti alla fattoria di Faldor gli avevano sviluppato i muscoli. Anche se aveva attaccato per rabbia, non aveva davvero intenzione di far del male all'altro. Il suo avversario sembrava reggere la spada con noncuranza e Garion pensò che un colpo secco sulla lama gli avrebbe sbalzato l'arma di mano. Fece un movimento ampio e veloce, ma quello parò e, descrivendo un semicerchio, colpì in pieno la spada di Garion. Allora il ragazzo balzò indietro e ritentò con un goffo affondo. A quel punto il fracasso metallico e il fragore di colpi e parate riempì l'aria. Non ci volle molto perché Garion capisse che l'avversario era di gran lunga più bravo di lui. Eppure, quello aveva evitato più di una volta di ferirlo in modo diretto. Senza volere, cominciò a sorridere in modo aperto, tutto eccitato per quel confronto improvviso. Lo straniero rispose al sorriso quasi con amicizia.

«Basta adesso, fatela finita immediatamente!» Era messer Lupo. Il vecchio si avvicinava a grandi passi con Silk e Barak alle spalle. «Per la precisione, posso sapere cosa state facendo?»

L'avversario di Garion, dopo aver lanciato un'occhiata sorpresa, abbassò la spada. «Belgarath...» cominciò.

«Lelldorin,» lo apostrofò Lupo in tono aspro «hai perso quel poco di cervello che avevi?»

Molti tasselli andarono a posto quando Lupo si girò verso Garion. «Ebbene, cosa hai da dire?»

Il ragazzo decise all'istante di tentare l'inganno. «Caro nonno,» disse sottolineando la parola e dando al giovane straniero una rapida occhiata d'avvertimento «non avrai pensato che stessimo davvero combattendo? Lelldorin mi stava solo mostrando come parare un attacco, ecco tutto.»

«Davvero?» rispose Lupo scettico.

«Ma certo» assicurò Garion con aria innocente. «Per quale ragione al mondo dovremmo farci del male?»

Lelldorin aprì la bocca per parlare, ma Garion gli pestò deliberatamente un piede.

«Lelldorin è davvero molto bravo» si congratulò in fretta passando il braccio con un gesto amichevole attorno alla spalla del giovane. «Mi ha insegnato molto in soli pochi minuti.»

Lascia stare, le dita di Silk svolazzavano nei piccoli gesti del linguaggio segreto drasnian. Le bugie devono essere più semplici possibile.

«Il ragazzo è un bravo allievo, Belgarath» aggiunse Lelldorin in modo poco convincente quando alla fine capì il gioco.

«Perlomeno è agile» concesse Lupo secco. «Perché tutti quei fronzoli?» disse indicando gli abiti sgargianti di Lelldorin. «Sembri un vaso da fiori.»

«I Mimbrate stanno arrestando gli Asturian per interrogarli,» spiegò il giovane Arend «e ho dovuto superare molti posti di blocco. Ho pensato che se mi fossi vestito come uno dei loro damerini non mi avrebbero importunato.»

«Forse hai più buon senso di quanto pensassi» concesse Lupo brontolando. Si girò verso Silk e Barak. «Questo è Lelldorin, figlio del barone di Wildantor. Si unirà a noi.»

«Volevo parlarti proprio di questo, Belgarath» lo interruppe Lelldorin in fretta. «Mio padre mi ha ordinato di venire e non posso disubbidire. Tuttavia sono impegnato in una questione della massima urgenza.»

«Tutti i giovanotti in Asturia sono sempre impegnati in almeno tre o quattro questioni della massima urgenza» rispose Lupo. «Mi dispiace, Lelldorin, ma la nostra missione è troppo importante per essere rimandata perché devi tendere un'imboscata a un paio di esattori delle tasse mimbrate.»

Zia Pol emerse dalla nebbia e si avvicinò a loro con Durnik che le camminava accanto con fare protettivo. «Cosa fanno con le spade, padre?» chiese con gli occhi in fiamme.

«Giocano» rispose messer Lupo senza troppe spiegazioni. «Almeno così dicono. Questo è Lelldorin. Credo di avertene parlato.»

Zia Pol squadrò dall'alto in basso Lelldorin con un sopracciglio inarcato. «Un giovanotto davvero colorato.»

«Gli abiti sono un travestimento» spiegò Lupo. «In realtà non è così frivolo come sembra. È il miglior arciere in Asturia. Avremo bisogno del suo talento prima che tutto sia finito.»

«Capisco» disse lei poco convinta.

«Ovviamente c'è anche un'altra ragione,» continuò Lupo «ma ora non è il momento di parlarne, giusto?»

«Ti preoccupi ancora di quei versetti, padre?» chiese la donna, esasperata. «Il Codice Mrin è molto oscuro e nessuno degli altri testi dice niente a riguardo. Potrebbe essere solo un'allegoria, sai?»

«Ho visto fin troppe allegorie dimostrarsi pura verità. Non posso rischiare a questo punto. Perché non torniamo tutti alla torre?» suggerì. «È troppo freddo e bagnato qua fuori per discutere di variazioni testuali.»

Garion, perplesso per quel discorso, diede un'occhiata a Silk, ma neppure l'omino ci aveva capito nulla.

«Mi aiuti a prendere il cavallo, Garion?» chiese con educazione Lelldorin rinfoderando la spada.

«Certo» rispose mettendo via la sua arma. «Penso sia andato da quella parte.»

Lelldorin raccolse l'arco e i due si misero a seguire le tracce dell'animale in mezzo alle rovine.

«Mi dispiace averti tirato giù da cavallo» si scusò Garion quando furono fuori dalla vista degli altri.

«Non importa.» Lelldorin si mise a ridere. «Avrei dovuto fare più attenzione.» Poi guardò Garion perplesso. «Perché hai mentito a Belgarath?»

«Non era proprio una bugia» rispose Garion. «Non volevamo farci del male e a volte ci vogliono ore per spiegare una cosa del genere.»

Lelldorin rise ancora, una risata contagiosa. Senza volere, Garion non poté fare a meno di ridere anche lui.

Ridendo entrambi, continuarono a camminare lungo la strada invasa da piante e in mezzo al pietrisco coperto di fango.

2

Lelldorin di Wildantor aveva diciotto anni anche se l'aria ingenua lo faceva sembrare più giovane. Non c'era emozione che non gli trasparisse sul volto e riluceva di sincerità come un faro. Era impulsivo, faceva dichiarazioni stravaganti e forse, fu costretto a concludere Garion, non era del tutto sveglio. Ma nonostante questo non si poteva fare a meno di trovarlo simpatico.

La mattina successiva, quando Garion, indossato il cappotto, si mise di nuovo ad aspettare Hettar, Lelldorin si unì subito a lui. Il giovane Arend aveva abbandonato gli abiti colorati e indossava una calzamaglia marrone, una tunica verde e una cappa di lana scura. Aveva con sé l'arco e teneva legata alla cintura una faretra piene di frecce. Mentre si dirigevano attraverso la neve verso le rovine del muro orientale, si divertì a scagliare strali contro bersagli mezzi nascosti nella nebbia.

«Sei davvero molto bravo» disse Garion con ammirazione dopo un colpo particolarmente ben riuscito.

«Sono un Asturian» rispose Lelldorin con modestia. «Siamo arcieri da migliaia di anni. Mio padre ha tagliato quest'arco il giorno in cui sono nato e sono riuscito a tenderlo quando avevo solo otto anni.»

«Allora andate spesso a caccia» intuì Garion guardando il bosco fitto tutto intorno a loro e le orme della selvaggina che si intravedevano nella neve.

«È il passatempo più comune.» Lelldorin si fermò ed estrasse dal tronco di un albero la freccia che aveva appena scoccato. «Mio padre si vanta sempre che alla sua tavola non vengono mai serviti manzo o montone.»

«Una volta sono andato anch'io a caccia, in Cherek.»
«Cervi?» chiese Lelldorin.
«No. Cinghiali. Ma non abbiamo usato gli archi. I Cherek vanno a caccia con le lance.»
«Lance? Come fai ad avvicinarti abbastanza per uccidere con una lancia?»
Garion rise quasi con mestizia al ricordo delle costole rotte e del bernoccolo in testa. «Il problema non è avvicinarsi. La parte difficile è togliersi di mezzo dopo che hai colpito.»
Lelldorin sembrava non capire.
«I cacciatori formano una lunga linea» spiegò Garion «e battono i boschi facendo quanto più chiasso possibile. Tu prendi la lancia e aspetti in un punto da dove pensi possa passare il cinghiale quando scappa dal rumore. Essere braccati li innervosisce, quando ti vedono, si mettono a caricare. A quel punto devi scagliare la lancia.»
«Ma non è pericoloso?» Lelldorin aveva gli occhi spalancati.
Garion fece un cenno affermativo con la testa. «Mi sono rotto quasi tutte le costole.» Non si stava proprio vantando, ma dovette ammettere di essere compiaciuto dalla reazione di Lelldorin.
«In Asturia non ci sono animali pericolosi» disse l'Arend in tono quasi malinconico. «Qualche orso e, di tanto in tanto, un branco di lupi.» Poi sembrò esitare un momento e guardò Garion con grande attenzione. «Alcuni credono che ci siano cose più interessanti dei cervi a cui dare la caccia.» Aveva pronunciato quelle parole accompagnandole con una sorta di sguardo complice.
«Oh?» Garion non capiva con esattezza a cosa si riferisse.
«Non passa quasi giorno che un cavallo mimbrate non torni a casa senza cavaliere.»
Garion era sconvolto.
«Alcuni pensano che ci siano troppi Mimbrate in Asturia» spiegò Lelldorin con grande enfasi.
«Pensavo che la guerra civile fra gli Arend fosse finita.»
«Molti credono di no. Molti credono che la guerra continuerà fin quando l'Asturia non si libererà della corona mimbrate.» Dal tono di Lelldorin si capiva con chiarezza da che parte stava.
«Ma il paese non fu unificato dopo la battaglia di Vo Mimbre?» obbiettò Garion.
«Unificato? Chi può credere a una sciocchezza del genere? L'Asturia è trattata come una provincia sottomessa. La corte

del re è a Vo Mimbre. Ogni governatore, ogni esattore delle tasse, ogni magistrato e ogni sceriffo nel regno è un Mimbrate. In nessun luogo d'Arendia c'è un Asturian che ricopra un ruolo di una certa autorità. I Mimbrate si rifiutano perfino di riconoscere i nostri titoli. Mio padre, che discende da una famiglia nobile da millenni, è definito 'possidente'. Un Mimbrate si staccherebbe la lingua a morsi piuttosto che chiamarlo barone.» Il volto di Lelldorin era sbiancato per l'indignazione.

«Non ne avevo idea» disse Garion con cautela perché non sapeva come gestire i sentimenti del giovane.

«Ma l'umiliazione dell'Asturia è quasi giunta al termine» proclamò con fervore Lelldorin. «Ci sono uomini in Asturia per i quali il patriottismo non è morto. Non è lontano il giorno in cui questi uomini andranno a caccia di selvaggina reale.» E per dare maggiore enfasi alla frase scoccò una freccia contro un albero lontano.

Questo confermò le peggiori paure di Garion. Lelldorin aveva troppa familiarità con i dettagli per non essere coinvolto nel complotto.

Accorgendosi di essersi tradito, Lelldorin guardò l'altro giovane con costernazione. «Sono uno sciocco» esclamò guardandosi attorno con aria colpevole. «Non ho mai imparato a tenere a freno la lingua. Ti prego di dimenticare quanto ho appena detto, Garion. So che mi sei amico e sono certo che non rivelerai ciò che ho detto in un momento di passione.»

Era la cosa di cui Garion aveva più timore. Con quella sola frase Lelldorin gli aveva sigillato le labbra. Sapeva di dover avvertire messer Lupo della cospirazione, ma la dichiarazione d'amicizia e di fiducia di Lelldorin gli avrebbe impedito di parlare. Serrò i denti per la frustrazione mentre guardava dritto in faccia quel vero dilemma morale.

Continuarono a camminare in un silenzio imbarazzato finché giunsero al muretto dove Garion aveva teso l'imboscata il giorno prima. Si misero a scrutare la nebbia mentre quel silenzio diventava sempre più teso istante dopo istante.

«Com'è Sendaria?» chiese Lelldorin all'improvviso. «Non ci sono mai stato.»

«Ci sono meno alberi» rispose Garion guardando i tronchi scuri che si allontanavano nella nebbia al di là del muro. «È un posto molto ordinato.»

«E dove vivevi di preciso?»

«Alla fattoria di Faldor. Vicino al lago di Erat.»

«Faldor è un nobile?»

«Faldor?» Garion si mise a ridere. «No, è un tipo comune come un paio di vecchie scarpe. È solo un fattore, rispettabile, onesto e di buon cuore. Mi manca molto.»

«Allora è un plebeo» Lelldorin liquidò la cosa con il tono di chi riteneva Faldor insignificante.

«Il rango non conta molto in Sendaria» gli fece notare Garion alquanto seccato. «Un uomo viene valutato per le sue azioni e non per la sua nascita.» Poi assunse un'espressione torva. «Io ero uno sguattero. Non molto piacevole, ma è un lavoro che qualcuno deve fare, penso.»

«Non vorrai dire che eri un servo, vero?» Lelldorin era sconvolto.

«Non ci sono servi in Sendaria.»

«Niente servi?» Il giovane Arend lo guardava senza capire.

«No» confermò Garion con fermezza. «Non ne abbiamo mai avuto bisogno.»

L'espressione di Lelldorin mostrava in modo inequivocabile che quel concetto lo lasciava assai perplesso. Garion ricordò le voci nella nebbia del giorno prima, ma resisté alla tentazione di fare commenti sull'istituzione della servitù. Lelldorin non avrebbe mai capito e la loro amicizia era solo agli inizi. Garion aveva davvero bisogno di un amico in quel momento e non voleva rovinare tutto dicendo qualcosa di offensivo.

«Che lavoro fa tuo padre?» chiese Lelldorin con gentilezza.

«È morto. Anche mia madre è morta.» Garion aveva capito che se lo diceva in fretta provava meno dolore.

Gli occhi di Lelldorin si riempirono di un'improvvisa e forte compassione. Appoggiò una mano sulla schiena di Garion per consolarlo. «Mi dispiace» sussurrò con voce quasi rotta dal pianto. «Dev'essere stata una perdita terribile.»

«Ero solo un bambino.» Garion si strinse nelle spalle cercando di assumere un tono di voce distaccato. «Neanche me li ricordo.» Era una cosa troppo personale per parlarne.

«È stata la peste?» chiese Lelldorin con delicatezza.

«No» disse Garion nel medesimo tono piatto. «Sono stati assassinati.»

Lelldorin emise un gemito e spalancò gli occhi.

«Un uomo è strisciato di notte nel loro villaggio e ha appiccato il fuoco alla casa» continuò Garion senza emozione. «Mio nonno ha cercato di catturarlo, ma gli è sfuggito. Da quanto ne so, dev'essere un vecchio nemico di famiglia.»

«Di certo non avrai intenzione di lasciare le cose come stanno?» chiese Lelldorin.

«No» rispose Garion con lo sguardo ancora perso nella nebbia. «Quando sarò un po' più grande lo scoverò e lo ucciderò.»

«Ben detto!» esclamò Lelldorin abbracciando all'improvviso Garion. «Lo troveremo e lo faremo a pezzi.»

«Noi?»

«Verrò con te, questo è certo!» dichiarò Lelldorin. «Nessun amico vero potrebbe fare di meno.» Era ovvio che parlava d'impulso, ma era altrettanto evidente che era del tutto sincero. Afferrò la mano dell'altro ragazzo in una stretta. «Te lo giuro, Garion, non avrò riposo finché l'assassino dei tuoi genitori non giacerà morto ai tuoi piedi.»

Quella dichiarazione improvvisa era così prevedibile che Garion si rimproverò di non aver tenuto la bocca chiusa. Aveva sentimenti molto personali al riguardo e non era del tutto certo di volere compagnia quando si fosse messo alla ricerca del nemico senza volto. Un'altra parte della sua mente, però, era contenta del sostegno impulsivo e indiscutibile di il giovane Arend. Decise di lasciar cadere l'argomento. Ormai conosceva Lelldorin abbastanza bene per capire che il giovane faceva almeno una dozzina di promesse al giorno. Le offriva d'impeto, con assoluta sincerità, e altrettanto velocemente le dimenticava.

Poi parlarono di altre cose, in piedi accanto al muro in rovina, stretti nei loro mantelli scuri.

Poco prima di mezzogiorno Garion sentì il suono attutito di zoccoli nella foresta. Pochi minuti dopo, Hettar si materializzò dalla nebbia con una dozzina di cavalli selvaggi al seguito. L'alto Algar indossava un corto mantello di pelle bordato di lana. Gli stivali erano coperti di fango e gli abiti macchiati dal viaggio. A parte questo, tuttavia, sembrava che le due settimane in sella non lo avessero affatto stancato.

«Garion» salutò. i due giovani gli andarono incontro.

«Ti stavamo aspettando» disse Garion. Poi gli presentò Lelldorin. «Andiamo dagli altri.»

Hettar fece un cenno col capo e li seguì attraverso le rovine fino alla torre dove lo attendevano messer Lupo e gli altri. «Neve sulle montagne» comunicò l'Algar laconico, scendendo da cavallo. «Mi ha fatto ritardare un po'.» Spinse indietro il cappuccio sulla testa rasata e tirò fuori il lungo codino nero che portava sullo scalpo.

«Niente di male» rispose messer Lupo. «Vieni accanto al fuoco e mangia qualcosa. Abbiamo molto di cui parlare.»

Hettar guardò i cavalli. Il volto abbronzato e segnato assunse un'espressione vuota come se si stesse concentrando. I cavalli ricambiarono lo sguardo con occhi vigili e orecchie tese all'ascolto. Poi si voltarono e si dispersero fra gli alberi.

«Non si allontaneranno?» chiese Durnik.

«No» rispose Hettar. «Ho chiesto loro di non farlo.»

Il fabbro era dubbioso, ma lasciò perdere.

Entrarono nella torre e si sedettero accanto al fuoco.

Zia Pol tagliò pane di segale e formaggio per tutti, mentre Durnik aggiungeva altra legna al fuoco.

«Cho-Hag ha avvertito i capiclan» riferì Hettar togliendosi il mantello. Aveva una giacca di pelle nera a maniche lunghe con dischi d'acciaio che formavano quasi un'armatura flessibile. «Si stanno radunando alla fortezza per un consiglio.» Sganciò la sciabola dalla cintura, l'appoggiò di lato e si sedette a mangiare.

Lupo annuì. «Qualcuno sta cercando di raggiungere Prolgu?»

«Ho mandato un contingente di uomini dal Gorim prima di partire» rispose Hettar. «Se qualcuno può compiere l'impresa sono loro.»

«Lo spero» affermò Lupo. «Il Gorim è un mio vecchio amico e avrò bisogno anche del suo aiuto.»

«La tua gente non ha paura della terra degli Ulgo?» chiese Lelldorin con delicatezza. «Ho sentito dire che ci sono mostri mangiauomini.»

Hettar si strinse nelle spalle. «D'inverno stanno nelle tane. Inoltre, di rado hanno il coraggio di attaccare un contingente a cavallo.» Poi guardò messer Lupo. «La Sendaria del Sud brulica di Murgo. Lo sapevi?»

«Lo immaginavo» rispose Lupo. «Cercavano qualcosa in particolare?»

«Non parlo con i Murgo» dichiarò Hettar tagliando corto. Il naso aquilino e gli occhi fieri lo facevano assomigliare a un falco pronto a lanciarsi in picchiata sulla preda.

«Sono molto sorpreso che non ti abbiano rubato più tempo» lo stuzzicò Silk. «Tutto il mondo sa che effetto ti fanno i Murgo.»

«È vero, una volta mi sono divertito» ammise Hettar. «Ne ho incontrati due da soli su una strada. Non ci ho messo molto.»

«Due in meno di cui preoccuparsi» grugnì Barak con approvazione.

«Penso sia arrivato il momento di parlare chiaro» disse messer Lupo spazzolandosi le briciole dalla tunica. «La maggior parte di voi sa più o meno cosa stiamo facendo, ma non voglio che qualcuno commetta errori. Stiamo seguendo un uomo di nome Zedar. Era uno dei discepoli del mio maestro, poi passò dalla parte di Torak. Lo scorso autunno è riuscito a introdursi nella sala del trono di Riva e ha rubato il Globo di Aldur. Dobbiamo trovarlo e riprenderci il gioiello.»

«Anche lui è un mago?» chiese Barak giocherellando con una delle trecce rosse.

«Non è il termine che usiamo noi» rispose Lupo «Ma... sì, ha un certo potere. Tutti ne avevamo... io, Beltira e Belgira, Belzedar... e anche gli altri. È una cosa a cui dovrete fare attenzione.»

«Avete nomi molto simili» notò Silk.

«Il maestro ha cambiato allo stesso modo i nostri nomi quando ci ha preso come discepoli. Una piccola aggiunta che ebbe un gran significato.»

«Allora vuol dire che il tuo nome di origine era Garath?» chiese Silk con gli occhi da furetto che gli si fecero piccini e molto astuti.

Messer Lupo lo guardò sorpreso. Poi si mise a ridere. «Non sentivo quel nome da migliaia di anni. Sono Belgarath da così tanto tempo che mi sono quasi del tutto dimenticato di Garath. Forse è anche meglio. Garath era un ragazzino fastidioso, un ladro e un bugiardo.»

«Ci sono cose che non cambiano mai» osservò zia Pol.

«Nessuno è perfetto» ammise Lupo con noncuranza.

«Perché Zedar ha rubato il Globo?» chiese Hettar mettendo da parte il piatto.

«Lo ha sempre desiderato per sé» rispose il vecchio. «Potrebbe essere questo il motivo... ma è più facile che cerchi di portarlo a Torak. Colui che consegnerà il Globo all'Orbo, diverrà il suo favorito.»

«Ma Torak è morto!» esclamò Lelldorin. «Il Custode di Riva lo ho ucciso a Vo Mimbre.»

«No» disse Lupo. «Torak non è morto. È solo addormentato. La lama di Brand non era destinata a ucciderlo. Zedar l'ha portato via dal campo di battaglia e lo ha nascosto da qualche parte. Un giorno o l'altro si sveglierà... un giorno non troppo lontano, se leggo bene i segni. Dobbiamo riprenderci il Globo prima che accada.»

«Questo Zedar ha causato un sacco di fastidi» brontolò Barak. «Te ne saresti dovuto sbarazzare molto tempo fa.»

«Forse è così» ammise Lupo.

«Perché non fai un gesto con la mano e lo fai sparire?» suggerì il gigante agitando le dita grosse.

Lupo scosse la testa. «Non posso. Neppure gli dèi possono fare una cosa del genere.»

«Allora abbiamo un grosso problema» disse Silk aggrottando le sopracciglia. «Tutti i Murgo da qui a Rak Goska cercheranno di impedirci di catturare Zedar.»

«Non è detto» esclamò Belgarath. «Zedar possiede il Globo ma Ctuchik comanda i Grolim.»

«Ctuchik?» chiese Lelldorin.

«L'alto sacerdote dei Grolim. Lui e Zedar si odiano... possiamo contare sul suo aiuto per tenere Zedar lontano da Torak.»

Barak si strinse nelle spalle. «Che differenza fa? Tu e Polgara potete usare la magia in caso di difficoltà, vero?»

«Ci sono delle limitazioni al riguardo» rispose Lupo in modo evasivo.

«Non capisco» disse Barak aggrottando le sopracciglia.

Messer Lupo fece un profondo respiro. «Molto bene. Dal momento che ne stiamo parlando cerchiamo di chiarire la situazione. La stregoneria... se questo è il modo in cui la chiamate... è un'interruzione dell'ordine naturale delle cose. A volte ha degli effetti inaspettati, perciò bisogna fare molta attenzione. E non è solo questo, provoca anche...» si accigliò «...una sorta di rumore. Non è proprio la parola corretta, ma serve a dare l'idea. Altre persone con la stessa capacità possono sentire quel suono. Se io e Polgara cominciamo a cambiare le cose, tutti i Grolim d'Occidente sapranno con precisione dove siamo e cosa stiamo facendo. Ci metteranno talmente tanti ostacoli davanti da sfinirci.»

«Si fa la stessa fatica con la magia che senza» spiegò zia Pol. «È una cosa molto stancante.» Si sedette accanto al fuoco rammendando con cura un piccolo strappo in una tunica di Garion.

«Non lo sapevo» mormorò Barak.

«Non molti lo sanno.»

«Se necessario, io e Pol possiamo compiere certi passi» continuò Lupo. «Ma non possiamo continuare a far sparire le cose. Sono sicuro che capisci il perché.»

«Oh, certo» assicurò Silk, anche se dal tono si capiva che non era vero.

«Tutte le cose che esistono sono collegate tra loro» spiegò zia Pol tranquilla. «Se distruggi qualcosa, è possibile che svanisca tutto.»

Il fuoco scoppiettò e Garion fece un piccolo balzo all'indietro. La stanza sembrò all'improvviso scura con le ombre che si accucciavano negli angoli.

«Ma è ovvio che non può succedere» disse Lupo. «Quando cerchi di distruggere qualcosa, la volontà semplicemente si ritorce contro di te. Se dici 'sparisci', l'unico a sparire sei tu. Per questo bisogna stare molto attenti alle parole.»

«Ora capisco» disse Silk con gli occhi che si facevano più grandi.

«Molte delle cose che incontreremo potranno essere affrontate con metodi tradizionali» continuò Lupo. «Ecco perché vi abbiamo radunati... almeno questa è una delle ragioni. Insieme, riuscirete a superare la maggior parte degli imprevisti. È importante ricordare che io e Polgara dobbiamo arrivare da Zedar prima che raggiunga Torak con il Globo. Zedar ha trovato il modo di toccare il Globo... non so come. Se lo insegna a Torak, non ci sarà potere sulla terra in grado di impedire all'Orbo di diventare re e dio di tutto il mondo.»

Erano tutti seduti alla luce rossastra del fuoco con il volto serio mentre riflettevano su questa possibilità.

«È tutto, giusto Pol?»

«Penso di sì» rispose lei aggiustandosi l'abito grigio di fattura semplice.

Più tardi, mentre le ombre della sera avanzavano attraverso le rovine nebbiose di Vo Wacune e il profumo dello stufato di zia Pol aleggiava nell'aria, Garion parlò a Silk davanti alla torre. «È tutto vero?» chiese.

L'omino guardò lontano nella nebbia. «Meglio agire come se lo fosse» suggerì. «Date le circostanze, sbagliare non sarebbe una buona idea.»

«Hai paura, Silk? Come me?» chiese Garion.

Silk sospirò. «Sì» ammise. «Ma comportiamoci da coraggiosi. Ti pare?»

«Possiamo provarci» sospirò Garion. I due tornarono nella camera ai piedi della torre dove il fuoco danzava sulle basse arcate di pietra e teneva lontano il freddo e la nebbia.

3

La mattina successiva Silk uscì dalla torre con indosso un farsetto rosso mattone e un berretto di velluto nero calato con disinvoltura su un orecchio.

«Come ti sei conciato?» chiese zia Pol.

«Frugando in uno dei sacchi mi sono imbattuto in un vecchio amico» annunciò Silk in tono gaio. «Si chiama Radek di Boktor.»

«Cosa è successo ad Ambar di Kotu?»

«Ambar è una brava persona,» disse Silk con aria di disapprovazione «ma un Murgo di nome Asharak lo conosce e può essersi lasciato sfuggire le sue generalità nei posti sbagliati. Meglio non cercare guai.»

«Non è un brutto travestimento» lo gratificò messer Lupo. «Un mercante drasnian in più sulla Grande Via Occidentale non attirerà alcuna attenzione... non importa quale sia il nome.»

«Per favore» obbiettò Silk con tono offeso. «Il nome è importantissimo. Tutto il travestimento dipende dal nome.»

«Che differenza fa?» chiese brusco Barak.

«Fa tutta la differenza del mondo. Di certo avrai capito che Ambar è un vagabondo senza riguardo alcuno per la morale, mentre Radek è un uomo facoltoso la cui parola è rispettata in tutti i centri commerciali dell'Ovest. Inoltre, Radek è sempre accompagnato da servitori.»

«Servitori?» Il sopracciglio di zia Pol si inarcò all'istante.

«È solo una questione di travestimento» la rassicurò Silk in fretta. «Di certo lady Polgara non potrebbe mai essere una cameriera.»

«Grazie.»

«Nessuno ci crederebbe. Potresti essere mia sorella, invece, in viaggio per visitare gli splendori di Tol Honeth.»

«Tua sorella?»

«Se preferisci, potresti essere mia madre,» suggerì Silk con noncuranza «in pellegrinaggio religioso a Mar Terrin per espiare un passato burrascoso.»

Zia Pol fissò a lungo l'omino mentre quello le sorrideva con aperta sfacciataggine. «Un giorno o l'altro il tuo senso dell'umorismo ti metterà nei guai, principe Kheldar.»

«Sono sempre nei guai, lady Polgara. Non saprei davvero come vivere altrimenti.»

«Allora, possiamo metterci in viaggio?» chiese messer Lupo.

«Solo un attimo» rispose Silk. «Se incontriamo qualcuno che ci chiederà spiegazioni tu, Lelldorin e Garion sarete i servitori di Polgara. Hettar, Barak e Durnik saranno i miei.»

«Ai tuoi ordini» rispose Lupo esausto.

«Ho le mie buone ragioni.»

«D'accordo.»

«Non vuoi sentirle?»

«In realtà no.»

Silk sembrò piuttosto offeso.

«Siamo pronti?» chiese Lupo.

«Abbiamo preso tutto dalla torre» gli disse Durnik. «Oh... solo un attimo. Ho dimenticato di spegnere il fuoco.»

Lupo, esasperato, guardò il fabbro che rientrava. «Che differenza fa?» bofonchiò. «Questo posto è tutto in rovina.»

«Lascialo stare, padre» replicò pacata zia Pol. «È fatto così.»

Mentre si preparavano a partire, il cavallo di Barak, un robusto destriero grigio, sospirò e gettò uno sguardo di rimprovero a Hettar. L'Algar ridacchiò.

«Cosa c'è di così divertente?» chiese Barak insospettito.

«Il cavallo ha detto una cosa» rispose Hettar. «Lasciamo perdere.»

Montarono in sella e uscirono dalla nebbiosa città in rovina. Presero un sentiero stretto e fangoso che si inoltrava nella foresta.

Sotto gli alberi bagnati c'era uno strato di neve pesante e dai rami continuava a gocciolare acqua.

Si strinsero nei mantelli per ripararsi dal freddo e dall'umidità. Quando furono nel folto del bosco, Lelldorin accostò il cavallo a quello di Garion e proseguirono affiancati per un po'. «Il principe Kheldar è sempre così... be'... tortuoso?» chiese.

«Silk? Oh, sì. È un uomo subdolo e circospetto. Vedi, è una spia e i travestimenti e le menzogne sono la sua seconda natura.»

«Una spia? Davvero?» gli occhi di Lelldorin si illuminarono mentre già cominciava a fantasticarci sopra.

«Lavora per lo zio, il re di Drasnia» spiegò Garion. «Da quanto ho capito i Drasnian si occupano di spionaggio da secoli.»

«Dobbiamo fermarci a prendere il resto dei pacchi» ricordò Silk a messer Lupo.

«Non me lo sono dimenticato» rispose il vecchio.

«Pacchi?» chiese Lelldorin.

«Silk ha preso in consegna delle pezze di lana a Camaar» spiegò Garion. «Dice che giustifica la nostra presenza su questa strada. Le abbiamo nascoste in una grotta quando abbiamo lasciato la strada per venire a Vo Wacune.»

«Pensa proprio a tutto, vero?»

«Ci prova. È una fortuna averlo con noi.»

«Forse potremmo chiedergli di mostrarci qualche travestimento» suggerì Lelldorin con entusiasmo. «Ci potrebbe tornare utile quando andremo a cercare il tuo nemico.»

Garion aveva sperato che Lelldorin si fosse dimenticato di quella promessa impulsiva. La mente del giovane Arend sembrava troppo volubile per ricordare qualcosa. Ora Garion capì che era solo un'apparenza. La prospettiva di una seria ricerca dell'assassino dei suoi genitori insieme a questo giovane entusiasta, con tutto il corredo di ornamenti e di faciloneria, cominciava a presentarsi con evidenza allarmante.

Verso metà mattina, dopo aver raccolto i pacchi di Silk e averli caricati sui cavalli, ripresero la Grande Via Occidentale, la strada tolnedran che attraversava il cuore della foresta. Si diressero verso sud divorando miglia al galoppo leggero.

Sulla strada incontrarono un servo carico come una bestia da soma, vestito di stracci e tela da sacco legata con lo spago. Aveva il volto scavato e, sotto quei brandelli sudici, sembrava uno scheletro. Si fece da parte e li fissò preoccupato mentre passavano. Garion ebbe un'improvvisa fitta di compassione. Si ricordò per un istante di Lammer e Detton e si domandò che fine avrebbero fatto. Sentì che per qualche ragione era importante. «È davvero necessario ridurli in questo stato di povertà?» chiese a Lelldorin, incapace di tacere più a lungo.

«Chi?» chiese Lelldorin guardandosi attorno.

«I servi.»

Il giovane si gettò una breve occhiata alle spalle, verso lo straccione.

«Non l'hai neanche visto» lo accusò Garion.

Lelldorin scrollò le spalle. «Ce ne sono così tanti.»

«E sono tutti vestiti di stracci e sul punto di morire di fame.»

«Sono le tasse dei Mimbrate» rispose Lelldorin come se quello spiegasse tutto.

«Non mi sembra che tu abbia mai sofferto la fame.»

«Io non sono un servo, Garion» gli ricordò Lelldorin con pazienza. «Sono i poveri quelli che soffrono di più. Il mondo va così.»

«Non necessariamente» obiettò Garion.

«Tu non vuoi capire.»

«No. Non voglio.»

«È naturale» disse Lelldorin con una sorta di lamento furioso. «Non sei un Arend.»

Garion serrò i denti per non dargli una rispostaccia.

Nel tardo pomeriggio avevano coperto dieci leghe e la neve era quasi del tutto scomparsa dai bordi della strada. «Non dovremmo cominciare a pensare ad accamparci per la notte, padre?» suggerì zia Pol.

Messer Lupo si grattò pensieroso la barba osservando le ombre che si allungavano fra gli alberi intorno.

«Ho uno zio che vive da queste parti» disse Lelldorin. «Il conte Reldegen. Sarà felice di offrirci un riparo.»

«Magro?» chiese messer Lupo. «Capelli scuri?»

«Adesso sono grigi» rispose Lelldorin. «Lo conosci?»

«Non lo vedo da vent'anni» gli disse Lupo. «Se non ricordo male era una vera testa calda.»

«Zio Reldegen? Forse ti confondi con qualcun altro, Belgarath.»

«Forse» disse Lupo. «Quanto dista da qui la casa?»

«Poco più di una lega.»

«Allora andiamo» decise Lupo.

Lelldorin diede di redini e si mise in testa alla fila per fare strada.

«Come va con il nuovo amico?» attaccò discorso Silk accostandosi a Garion.

«Bene, credo» rispose Garion incerto sulle ragioni di quella domanda. «È un po' difficile fargli capire certe cose.»

«È del tutto naturale» osservò Silk. «Dopo tutto è un Arend.»

Garion scattò in difesa di Lelldorin. «È onesto e molto coraggioso.»

«Lo sono tutti. Fa parte del problema.»

«A me piace» affermò Garion.

«Anche a me, ragazzo. Ma questo non mi impedisce di vederlo per quello che è.»

«Se stai cercando di dirmi qualcosa perché non lo fai in modo diretto?»

«D'accordo, lo farò. Non lasciare che l'amicizia offuschi il buon senso. Arendia è un posto molto pericoloso e gli Arend inciampano in un guaio dopo l'altro. Non lasciare che il tuo esuberante amico ti trascini in situazioni che non ti riguardano.» Lo sguardo di Silk era diretto e Garion capì che l'omino stava parlando seriamente.

«Farò attenzione» promise.

«Sapevo di poter contare su di te» disse Silk in tono grave.

«Mi prendi in giro?»

«Garion, mi credi capace di una cosa del genere?» L'omino allargò le braccia beffardo. Poi si mise a ridere e cavalcarono insieme nel cupo pomeriggio.

La casa di pietra grigia del conte Reldegen era situata nella foresta a circa un miglio dalla strada. Si ergeva in una radura dal diametro ben più ampio della gittata di una freccia. Non aveva mura di recinzione, ma sembrava un fortino. Le finestre che guardavano all'esterno erano strette e chiuse da inferriate. Torrette massicce sormontate da bastioni merlati erano poste a ciascun angolo e il cancello che si apriva nel cortile centrale era fatto di possenti tronchi d'albero tagliati e legati assieme da bande di ferro. Mentre si avvicinavano, Garion fissò quell'incombente portone nella luce ormai fievole. La casa possedeva una sorta di bruttezza altezzosa, una solidità torva che pareva sfidare il mondo. «Non ha un bell'aspetto, vero?» disse a Silk.

«L'architettura degli Asturian è un riflesso della loro società» rispose Silk. «Non è una brutta idea avere una casa massiccia in una regione dove le dispute con i vicini spesso sfuggono di mano.»

«Hanno tutti paura l'uno dell'altro?»

«Sono solo prudenti, Garion. Solo prudenti.»

Lelldorin smontò di sella di fronte al portone e parlò con qualcuno all'altro lato di una piccola grata di ferro. Si sentì un tintinnare di catene e poi il rumore metallico delle barre di ferro che scivolavano indietro.

«Non fare movimenti bruschi una volta dentro» consigliò Silk a Garion. «Con ogni probabilità ci sono degli arcieri che ci tengono di mira.»

Il ragazzo lo guardò preoccupato.

«È una delle pittoresche usanze di questa regione» lo informò Silk.

Entrarono in un cortile lastricato di ciottoli e scesero da cavallo.

Il conte Reldegen non era alto e aveva capelli e barba grigi come il ferro. Camminava con l'aiuto di un grosso bastone. Indossava una giubba verde brillante e pantaloni neri. Nonostante fosse a casa sua, al fianco teneva una spada. Scese da una rampa di scale per accoglierli zoppicando vistosamente.

«Zio» lo salutò Lelldorin facendo un inchino rispettoso.

«Nipote» rispose il conte ricambiando con educazione il saluto.

«I miei amici e io ci siamo trovati da queste parti,» spiegò Lelldorin «e abbiamo pensato di chiederti ospitalità per la notte.»

«Sei sempre il benvenuto, nipote» rispose Reldegen in tono serio e formale. «Avete già mangiato?»

«No, zio.»

«Allora cenerete con me. Posso avere l'onore di conoscere i tuoi compagni?»

Messer Lupo scostò il cappuccio e fece un passo avanti.

«Io e te ci conosciamo già, Reldegen» disse.

Il conte sgranò gli occhi. «Belgarath? Sei davvero tu?»

Lupo sorrise. «Oh sì. Me ne vado ancora in giro per il mondo combinando guai.»

Reldegen scoppiò in una fragorosa risata e afferrò il braccio di Lupo stringendolo calorosamente. «Entrate, tutti quanti. Non stiamo qui al freddo.» Si girò e si avviò con passo zoppicante su per le scale.

«Cosa ti è successo alla gamba?» chiese Lupo.

«Una freccia nel ginocchio.» Il conte si strinse nelle spalle. «È l'esito di un vecchio contenzioso... ormai dimenticato da tempo.»

«Se non ricordo male eri sempre immischiato in cose del genere. Per un po' ho creduto che volessi vivere per tutta la vita con la spada sguainata.»

«Ero un giovane turbolento» ammise il conte aprendo la grande porta in cima alle scale. Li condusse per un lungo corridoio sino a una stanza dalle dimensioni imponenti alle cui estremità ardevano due ampi bracieri. Il soffitto era sorretto da massicce pietre ricurve. Sul pavimento di lucente pietra nera erano sparse pelli di animali a mo' di tappeti mentre le pareti erano imbiancate creando un luminoso contrasto. Pesanti sedie di legno scuro intagliato erano in ogni angolo, e nel mezzo della stanza troneggiava un grande tavolo con un candelabro di ferro al centro. Una dozzina di libri rilegati in pelle erano sparpagliati sulla sua lucida superficie.

«Libri, Reldegen?» notò messer Lupo stupito. Si tolsero i mantelli e li consegnarono ai servitori. «Ma allora sei maturato, amico mio.»

Il conte sorrise a quell'osservazione.

«Dimentico le buone maniere» si scusò Lupo. «Questa è mia figlia, Polgara. Pol, questo è il conte Reldegen, un vecchio amico.»

«Mia signora» disse il nobile, e fece un perfetto inchino in segno di saluto. «La mia casa è onorata.»

Zia Pol stava per rispondere quando due giovanotti fecero irruzione nella sala, intenti in una discussione molto accesa. «Sei un idiota, Berentain» stava sbraitando un ragazzo dai capelli scuri con indosso una giubba scarlatta.

«Può arrecarti piacere pensarla in questa guisa, Torasin» rispose il secondo, un giovane dai capelli biondi e ricciuti che indossava una tunica verde a strisce gialle. «Ma che ti aggradi o meno, il futuro di Asturia è nelle mani dei Mimbrate. Le tue astiose querimonie, nonché la tua retorica fervente, non altereranno la realtà.»

«Parla come mangi, Berentain» sghignazzò quello coi capelli scuri. «La tua imitazione della cortigianeria dei Mimbrate mi fa venire il voltastomaco.»

«Signori, adesso basta!» gridò il conte Reldegen battendo il bastone sul pavimento. «Se non smettete subito di discutere di politica vi farò dividere... con la forza se necessario.»

I due si guardarono in cagnesco e si misero ai capi opposti della stanza. «Mio figlio, Torasin» presentò il conte, quasi scusandosi e indicando il giovane dai capelli scuri. «E suo cugino, Berentain, figlio della moglie del mio defunto fratello. Si azzuffano in questo modo da un paio di settimane almeno. Ho dovuto requisire le loro spade il giorno in cui Berentain è arrivato.»

«Discutere di politica fa bene al sangue» osservò Silk. «Favorisce una sana circolazione.»

Il conte ridacchiò alla battuta dell'omino.

«Il principe Kheldar della casa reale di Drasnia» lo presentò messer Lupo.

«Altezza» rispose il conte con un inchino.

Silk sobbalzò leggermente. «Ve ne supplico, mio signore, è tutta la vita che cerco di sfuggire a quell'appellativo. Sono certo che la mia parentela con la casa reale è motivo d'imbarazzo sia per me sia per mio zio.»

Il conte rise ancora di cuore. «Perché non trasferiamo la discussione al tavolo da pranzo?» propose. «Dall'alba di questa mattina ci sono un paio di cervi grassi che ruotano sugli spiedi in cucina e in cantina ci sono anche un paio di botti di vino rosso di Tolnedra. Se ricordo bene, Belgarath è sempre stato una buona forchetta.»

«Certe cose non cambiano mai, caro conte» confermò zia Pol. «Mio padre è un uomo assai prevedibile quando lo si conosce.»

Il conte sorrise, le offrì il braccio e la condusse fuori dalla stanza.

«Caro conte, c'è forse una vasca da bagno in questo palazzo?»

«Farsi il bagno d'inverno è cosa assai pericolosa, lady Polgara» la avvertì il conte.

«Mio signore,» disse seria «ho fatto più bagni sia d'estate che d'inverno di quanti se ne possa immaginare.»

«Lasciale fare il bagno, Reldegen» lo sollecitò messer Lupo. «Le viene il malumore quando non si sente pulita.»

«Un bagno non farebbe male neppure a te, Vecchio Lupo» lo rimbeccò zia Pol caustica. «Ti si sente arrivare da sottovento.»

Messer Lupo sembrò prendersela un po' a male.

Più tardi, quando ebbero finito la cacciagione e gli intingoli, zia Pol si ritirò con una fantesca per prepararsi al bagno. Gli uomini rimasero a tavola davanti alle coppe di vino con i volti illuminati dalla luce dorata delle numerose candele.

«Lasciate che vi mostri le vostre stanze» si premurò Torasin rivolgendosi a Garion e Lelldorin. Spinse indietro la sedia e gettò un'occhiata di velato disprezzo a Berentain.

Lo seguirono al piano superiore. «Non è mia intenzione offenderti, Tor,» disse Lelldorin mentre salivano «ma tuo cugino ha idee davvero bizzarre.»

Torasin sbuffò. «Berentain è un autentico pezzo di somaro. Pensa di poter fare buona impressione ai Mimbrate imitando il loro modo di parlare e facendo salamelecchi.» Si vedeva la rabbia sul volto anche alla flebile luce della candela che reggeva in mano per fare strada.

«Perché lo fa?»

«È una questione di terre. Vorrebbe che fossero sue» rispose Torasin. «Il fratello di mia madre gli ha lasciato ben poco. Inoltre l'idiota è innamorato perso della figlia di un barone della zona. E visto che il barone non prenderebbe neppure in considerazione un pretendente senza terra, Berentain cerca di ottenere dal governatore mimbrate qualche appezzamento con le lusinghe. Si dichiarerebbe vassallo del fantasma di Kal Torak se servisse a qualcosa.»

«Non si rende conto di non avere speranze?» chiese Lelldorin. «Ci sono troppi Mimbrate affamati di terre perché il governatore possa anche solo pensare di concederne a un Asturian.»

«Gliel'ho detto anch'io,» disse Torasin con disprezzo feroce «ma non c'è modo di farlo ragionare. Il suo comportamento disonora tutta la famiglia.»

Lelldorin scosse la testa con commiserazione. Raggiunta la sala superiore, si guardò attorno con fare circospetto. «Devo parlarti, Tor» disse quasi in un sussurro.

Torasin lo guardò.

«Mio padre mi ha impegnato al servizio di Belgarath» rivelò sempre sottovoce. «Non so per quanto starò via. Tu e gli altri dovrete uccidere Korodullin da soli.»

Gli occhi di Torasin si spalancarono per il terrore. «Non siamo soli, Lelldorin» disse con voce strozzata.

«Scendo nel salone con gli altri» si affrettò a dire Garion.

«No,» rispose fermo Lelldorin afferrandolo per un braccio «Garion è mio amico, Tor. Non ho segreti per lui.»

«Lelldorin, per cortesia» protestò Garion. «Non sono un Asturian. Non sono neppure un Arend. Non voglio saperne niente dei vostri piani.»

«Invece tu saprai, Garion, come prova della mia fiducia in te» dichiarò Lelldorin. «La prossima estate Korodullin si recherà alla città di Vo Astur per tenervi corte per le sei settimane necessarie a dare l'illusione dell'unità degli Arend. Gli tenderemo un'imboscata lungo la strada.»

«Lelldorin!» esclamò Torasin sbiancando in volto.

Ma Lelldorin stava già vuotando il sacco. «Non sarà una semplice imboscata, Garion. Sarà un colpo mortale al cuore di Mimbre. Tenderemo un agguato travestiti da legionari tolnedran e lo faremo a pezzi con le spade imperiali. Il nostro attacco costringerà Mimbre a dichiarare guerra all'impero tolnedran e Tolnedra schiaccerà Mimbre come un guscio d'uovo. Mimbre sarà distrutta e Asturia sarà libera!»

«Nachak ti farà uccidere per questo, Lelldorin» gridò Torasin. «Un patto di sangue ci vincola al segreto.»

«Di' al Murgo che sputo sul suo giuramento» proclamò Lelldorin riscaldandosi. «I patrioti di Asturia non hanno bisogno di un tirapiedi murgo.»

«Ci fornisce il denaro, testa di legno!» s'infuriò Torasin. «Abbiamo bisogno dell'oro rosso per comperare le uniformi, le spade e per rinforzare la spina dorsale di alcuni amici più deboli.»

«Non voglio deboli con me» dichiarò Lelldorin con fervore. «Un patriota fa ciò che deve per amore del suo paese, non per l'oro angarak.»

Il cervello di Garion lavorava velocissimo. Il momento della sorpresa era passato. «C'era un uomo in Cherek» si ricordò. «Il conte di Jarvik. Anche lui aveva preso dell'oro da un Murgo e aveva complottato per uccidere il re.»

Gli altri due lo guardarono con occhi vacui.

«Succede qualcosa ai regni stati quando viene assassinato un sovrano» spiegò Garion. «Non importa quanto ingiusto egli sia o quanto siano bene intenzionati quelli che lo uccidono. Il paese cade in rovina. Tutto è confusione e non c'è nessuno in grado di guidare il paese in una qualsiasi direzione. Se poi si comincia anche una guerra con un regno confinante, la confusione cresce a dismisura. Se fossi un Murgo, sarebbe proprio il tipo di situazione che vorrei vedere in tutti i regni dell'Ovest.»

Garion ascoltava la propria voce stupefatto. C'era una nota secca e distaccata che riconobbe immediatamente. Sin da quando aveva memoria, quella voce era sempre stata lì, nella sua testa. Da un angolino tranquillo e nascosto gli diceva quando commetteva errori o si comportava da sciocco. Non si era mai intromessa nei rapporti con gli altri fino a quel momento. Adesso, però, aveva spiegato con pazienza le sue ragioni direttamente ai due giovani.

«L'oro angarak non è ciò che sembra» continuò. «Ha il potere di corrompere l'anima. Forse per questo ha il colore del sangue. Ci penserei prima di accettare altro oro da questo Murgo,

Nachak. Perché credete che vi dia dell'oro e vi aiuti? Non è Asturian, quindi il patriottismo non c'entra. Ci farei sopra un pensierino.»

Lelldorin e il cugino si guardarono turbati.

«Non farò parola di questo discorso a nessuno, dato che comunque non avrei dovuto saperne niente. Ma ricordate che il mondo non si ferma ai confini di Arendia e molte cose stanno succedendo di questi tempi. Ora andrò a dormire. Se mi mostrate la camera, vi lascerò liberi di parlare per tutta la notte, se vi va.»

Tutto sommato, Garion ritenne di essersela cavata in modo egregio. Per lo meno aveva seminato qualche dubbio nelle loro teste. Ormai conosceva gli Arend abbastanza bene per capire che non sarebbe stato sufficiente a far cambiare idea ai due giovani. Ma almeno era un inizio.

4

Il mattino seguente partirono di buon'ora, tanto che la nebbia aleggiava ancora attorno agli alberi. Il conte Reldegen, avvolto in un mantello scuro, era al cancello a salutarli. E Torasin, in piedi accanto al padre, sembrava incapace di distogliere lo sguardo dal volto di Garion che cercava di mantenere l'espressione impassibile. Il coraggioso Asturian pareva pieno di dubbi. Forse quell'incertezza l'avrebbe tenuto lontano dal disastro. Non era molto, Garion lo sapeva, ma era sempre qualcosa, date le circostanze.

«Torna presto, Belgarath» lo salutò Reldegen. «Magari quando potrai trattenerti un po' più a lungo. Viviamo isolati qui e mi piacerebbe sapere cosa succede nel resto del mondo. Ci potremmo sedere davanti al fuoco e parlare per un mesetto o due.»

Messer Lupo annuì serio. «Forse quando questo affare sarà concluso, Reldegen.» Poi girò il cavallo, attraversò la radura di fronte alla casa del conte e si inoltrò di nuovo nella foresta cupa.

«Il conte è un Arend molto insolito» osservò Silk con leggerezza mentre cavalcavano. «Mi è parso di individuare un paio di pensieri originali in lui ieri sera.»

«È cambiato molto» concordò messer Lupo.

«Inoltre imbandisce ottimi banchetti» aggiunse Barak. «Non mi sentivo così sazio da quando abbiamo lasciato Val Alorn.»

«Lo credo bene» rincarò zia Pol. «Ti sei mangiato quasi un cervo intero.»

«Esageri, Polgara» disse Barak.

«Non direi proprio» si intromise Hettar col suo tono pacato.

Lelldorin si era affiancato a Garion, ma non aveva ancora aperto bocca. Aveva il volto preoccupato come il cugino. Era evidente che voleva dire qualcosa ma che non sapeva da che parte cominciare.

«Forza, parla» lo esortò Garion tranquillamente. «Siamo amici e non mi scandalizzerò se non ti esprimerai bene.»

Lelldorin sembrava impacciato. «Sono così ovvio?»

«Trasparente mi sembra la parola più adatta» disse Garion. «È solo che non hai mai imparato a nascondere i sentimenti.»

«Era tutto vero?» domandò Lelldorin. «Non metto in dubbio la tua parola, ma davvero un Murgo ha cercato di complottare contro re Ahneg di Cherek?»

«Chiedilo a Silk,» ribatté Garion «o a Barak, Hettar... a chi vuoi. C'eravamo tutti quanti.»

«Nachak non è quel tipo di persona, comunque» disse svelto Lelldorin sulla difensiva.

«Ne sei sicuro?» gli chiese Garion. «Il piano è venuto da lui, giusto? Come l'avete incontrato?»

«Eravamo andati tutti alla Grande Fiera, io, Torasin e molti altri. Abbiamo comprato della merce da un mercante murgo e Tor ha fatto qualche commento sui Mimbrate... sai com'è fatto Tor. Il mercante ha detto che conosceva uno che poteva essere interessato a darci una mano. Poi ci ha presentato Nachak. Più parlavamo con lui, più sembrava davvero comprensivo verso le nostre ragioni.»

«Naturale.»

«Ci parlò dei piani del re. Non ci crederesti mai.»

«Probabilmente no.»

Lelldorin lo guardò turbato. «Il re ha intenzione di confiscare i nostri terreni e distribuirli ai nobili mimbrate senza possedimenti.» Parlava in tono d'accusa.

«Avete verificato questa storia?»

«In che modo? I Mimbrate negherebbero anche se li affrontassimo a viso aperto. Inoltre è proprio il tipo di cosa che i Mimbrate farebbero.»

«Quindi avete creduto al Murgo? Com'è saltato fuori il piano?»

«Nachak ha detto che se fosse stato un Asturian non si sarebbe lasciato portar via le terre. Ha detto che dovevamo fermarli prima che arrivassero con soldati e cavalieri. Se fosse stato per lui, avrebbe colpito di sorpresa e in modo che i Mimbrate non scoprissero chi era stato. A quel punto ha suggerito di usare uniformi tolnedran.»

«Quando ha cominciato a darvi soldi?»

«Non mi ricordo. Si è occupato Tor di quella parte.»

«Ha mai detto perché vi dava il denaro?»

«Per amicizia, ha detto.»

«Non ti è sembrato un po' strano?»

«Io regalerei del denaro per amicizia» protestò Lelldorin.

«Tu sei un Asturian» gli fece notare Garion. «Daresti la vita per amicizia. Nachak è un Murgo e non ho mai sentito parlare della loro generosità. Riassumendo: uno straniero racconta che il re ti vuole rubare la terra, poi inventa un piano per assassinarlo e cominciare una guerra contro Tolnedra. E per far sì che il piano abbia successo, ti dà dei soldi. Giusto?»

Lelldorin annuì, in silenzio, con uno sguardo affranto.

«Non vi siete insospettiti nemmeno un pochino?»

Il giovane sembrava sul punto di gridare. «Era un piano così perfetto» esplose alla fine. «Non poteva andar male.»

«Per questo è pericoloso» rispose Garion.

«Cosa devo fare, allora?» disse angosciato Lelldorin.

«Non credo ci sia niente da fare per il momento» gli disse. «Forse, pensandoci su, ci verrà in mente qualcosa. Altrimenti possiamo sempre parlarne a mio nonno. Lui saprà come risolvere la cosa.»

«Non possiamo dirlo a nessuno» ricordò Lelldorin. «Siamo vincolati al silenzio.»

«Forse dovremo venir meno alle promesse» disse Garion con riluttanza. «Non vedo perché dovremmo sentirci in obbligo verso un Murgo. Comunque, fai come vuoi. Non dirò niente a nessuno senza il tuo permesso.»

«Decidi tu» lo supplicò Lelldorin. «Io non posso farlo, Garion.»

«Devi» gli intimò lui. «Sono certo che se ci rifletti capirai il perché.»

Raggiunsero la Grande Via Occidentale e Barak li condusse a sud al trotto leggero impedendo qualsiasi possibilità di conversazione.

Dopo qualche lega arrivarono a un villaggio tutto melmoso formato da una mezza dozzina di stamberghe dal tetto di paglia e dai muri di fango e sterpi. I campi attorno al villaggio erano punteggiati di ceppi d'albero e qualche vacca scarna brucava l'erba vicino al limitare della foresta. Garion guardò quella cruda collezione di tuguri e non riuscì a trattenere l'indignazione. «Lelldorin,» disse con asprezza «guarda!»

«Cosa? Dove?» Il ragazzo biondo emerse dalle sue preoccupazioni e si guardò attorno alla ricerca di qualche pericolo.

«Il villaggio» indicò Garion. «Guardalo!»

«È solo un villaggio di poveracci» disse Lelldorin con indifferenza. «Ne ho visti a centinaia.» Poi ritornò a rimuginare sul suo dilemma interiore.

«In Sendaria non ci teniamo neanche i porci in queste condizioni.» La voce di Garion risuonava infervorata. Se solo avesse potuto fargli capire!

Due servi vestiti di stracci stavano tagliando con aria sconsolata della legna per il fuoco da uno degli alberi mozzi sul ciglio della strada. Quando la compagnia si avvicinò, lasciarono cadere le asce e fuggirono nella foresta.

«Ne sei orgoglioso?» chiese Garion. «Ti fa star bene sapere che i tuoi compatrioti hanno così tanta paura di te da scappare nel bosco non appena ti vedono?»

Lelldorin era sconcertato. «Sono servi, Garion» disse, come se quello spiegasse tutto.

«Sono uomini, non bestie. Meritano di essere trattati meglio.»

«Non sono i miei servi. Non posso farci proprio niente.» Di nuovo l'attenzione di Lelldorin si rivolse al dilemma morale che Garion gli aveva scaricato addosso.

Al calar della sera avevano percorso dieci leghe e il cielo nuvoloso si stava pian piano oscurando. «Penso che dovremo passare la notte nel bosco, Belgarath» disse Silk guardandosi attorno. «Non c'è possibilità di raggiungere il prossimo ostello tolnedran.»

Messer Lupo ciondolava mezzo addormentato sulla sella. Alzò lo sguardo battendo le palpebre. «Bene,» rispose «ma togliamoci dalla strada. I fuochi potrebbero attirare l'attenzione e già troppe persone sanno che siamo in Arendia.»

«C'è un sentiero di boscaioli qui.» Durnik indicò un'apertura fra gli alberi proprio di fronte a loro. «Dovrebbe portare nel folto del bosco.»

«Molto bene» concordò Lupo.

Il suono degli zoccoli dei cavalli era attutito dalle foglie umide del sottobosco. Entrarono fra gli alberi e si misero a seguire il sentiero. Cavalcarono in silenzio per circa un miglio fino a che davanti a loro si aprì una radura.

«Che ne dite?» chiese Durnik. Indicò un ruscello che gorgogliava leggero sopra rocce ricoperte di muschio a un lato dello spiazzo.

«Andrà bene» concordò Lupo.

«Avremo bisogno di un riparo» osservò il fabbro.

«A Camaar ho comperato delle tende» disse Silk. «Sono fra i bagagli.»

«Sei stato previdente» si complimentò zia Pol.

«Non è la prima volta che vengo in Arendia, mia signora. Ho familiarità con il clima.»

«Io e Garion raccoglieremo un po' di legna per il fuoco» disse Durnik scendendo da cavallo e slegando l'ascia dalla sella.

«Vi aiuto anch'io» si offrì Lelldorin col volto ancora turbato.

Il fabbro assentì e fece strada in mezzo agli alberi. La legna era fradicia, ma Durnik sapeva quasi per istinto dove trovare dei rami secchi. Lavorarono in fretta nella luce fioca del crepuscolo e ben presto raccolsero tre grandi fascine di rami e sterpaglie. Tornarono alla radura dove Silk e gli altri stavano montando le tende grigie. Durnik lasciò cadere la legna e, con un piede, fece spazio per il fuoco. Si inginocchiò. Con una selce e un acciarino creò qualche scintilla. Questa andò a infiammare uno stoppaccio secco che il fabbro portava sempre con sé. Dopo qualche istante un bel fuocherello stava già scoppiettando e zia Pol, canticchiando dolcemente fra sé, si mise a preparare la cena con le provviste che il conte le aveva dato quella mattina.

Dopo mangiato si sedettero attorno al fuoco a parlare. «Che distanza abbiamo coperto oggi?» chiese Durnik.

«Dodici leghe» disse Hettar.

«Quante dobbiamo farne ancora per uscire dalla foresta?»

«Da Camaar alla pianura centrale sono ottanta leghe» rispose Lelldorin.

Durnik sospirò. «Una settimana, forse di più. Speravo si trattasse solo di qualche giorno.»

«So cosa vuoi dire, Durnik» intuì Barak. «È deprimente stare sotto tutti questi alberi.»

I cavalli, che erano legati vicino al ruscello, si agitarono nervosi. Hettar balzò in piedi.

«Qualcosa non va?» chiese Barak alzandosi a sua volta.

«Non dovrebbero essere...» cominciò Hettar. Poi si fermò. «Tutti indietro!» esclamò. «Via dal fuoco. I cavalli dicono che ci sono uomini là fuori. Molti... e armati.» Fece un balzo indietro e sguainò la sciabola.

Lelldorin lo guardò sorpreso e corse verso una delle tende. La delusione per il comportamento dell'amico colpì Garion come un pugno allo stomaco.

Una freccia sibilò nella luce e si infranse sulla cotta di maglia di Barak. «Alle armi!» ruggì l'omone sguainando la spada.

Garion afferrò la manica di zia Pol e cercò di spostarla dalla luce.

«Smettila!» scattò lei, liberando la manica con uno strattone. Un'altra freccia sibilò fuori dai boschi nebbiosi. Zia Pol fece un gesto con la mano come se stesse scacciando una mosca e mormorò una sola parola. La freccia rimbalzò indietro come se avesse colpito qualcosa di solido e cadde a terra.

Una banda di uomini rozzi e tarchiati uscì dal bosco gridando all'impazzata e attraversò il ruscello con le spade sguainate. Barak e Hettar si lanciarono all'attacco mentre Lelldorin riemergeva dalla tenda impugnando l'arco e scagliando frecce a una tale velocità che quasi non si poteva distinguere il contorno delle mani. Garion si vergognò profondamente di aver dubitato del coraggio dell'amico.

Con un grido soffocato uno degli assalitori inciampò all'indietro con una freccia conficcata in gola. Un altro si piegò in due afferrandosi lo stomaco e cadde a terra rantolando. Un terzo, giovanissimo e con una barba lanuginosa sulle guance, cadde all'improvviso seduto, cercando di togliersi la freccia conficcata nel petto. Poi singhiozzò e si rovesciò di lato con un rivolo di sangue che gli usciva dal naso.

I poveracci vacillarono sotto la pioggia di frecce di Lelldorin. Poi Hettar e Barak furono su di loro. Con un movimento ampio Barak disarmò un uomo con i baffi neri facendogli volare via la spada, che ricadde in giù colpendolo fra il collo e la spalla. L'uomo si accasciò. Hettar fece una finta con la sciabola poi trapassò il corpo di un manigoldo butterato con un movimento fluido. Quello si irrigidì e, quando Hettar estrasse la lama, dalla bocca gli sgorgò un getto di sangue lucente. Durnik corse avanti con l'ascia e Silk tirò fuori il pugnale da sotto la tunica, precipitandosi contro l'uomo dalla barba incolta. All'ultimo momento, Silk fece un affondo, si girò e colpì un uomo barbuto in pieno petto con i piedi. Senza esitare, si rialzò e squarciò il ventre del nemico col pugnale. Si udì come il rumore di uno strappo e l'uomo si afferrò lo stomaco con un urlo cercando di trattenere con le mani le spire bluastre delle sue viscere.

Garion si gettò verso i bagagli per prendere la propria arma, ma fu afferrato all'improvviso da dietro. Lottò per un istante, poi venne tramortito con un colpo alla testa. Gli occhi gli si riempirono di una luce accecante.

«È questo quello che cerchiamo» sussurrò una voce roca mente Garion sprofondava nell'incoscienza.

Lo stavano portando in braccio... questo era certo. Poteva sentire le braccia forti sotto di sé. Non sapeva da quanto tempo fosse incosciente. Le orecchie gli fischiavano ancora e aveva la nausea. Senza irrigidirsi, aprì con cautela un occhio. La visione era confusa e sfocata ma riuscì a distinguere il volto barbuto di Barak che lo sovrastava nell'oscurità. E, fuso con esso, c'era di nuovo il muso irsuto del grande orso che aveva visto nei boschi innevati di Val Alorn. Garion chiuse gli occhi, rabbrividì e cominciò a dimenarsi debolmente.

«Va tutto bene, ragazzo» disse Barak con voce profonda e disperata. «Sono io.»

Garion aprì di nuovo gli occhi: l'orso sembrava scomparso. Non era neppure sicuro di averlo visto davvero.

«Stai bene?» chiese il grosso Cherek appoggiandolo a terra.

«Mi hanno colpito alla testa» farfugliò Garion e con la mano si toccò il gonfiore dietro l'orecchio.

«Non lo faranno più» bisbigliò Barak in tono ancora disperato. Il gigante sprofondò a terra e si nascose il viso fra le mani. Era buio e non si vedeva bene, ma sembrava che le sue spalle fossero scosse da un dolore soffocato... una serie di singhiozzi convulsi, strazianti e silenziosi.

«Dove siamo?» chiese Garion guardandosi attorno nell'oscurità.

Barak diede un colpo di tosse e si asciugò il volto. «Abbastanza distanti dalle tende. Mi ci è voluto un po' per prendere i due che ti stavano portando via.»

«Cos'è successo?» Garion era ancora confuso.

«Sono morti. Riesci ad alzarti?»

«Non lo so.» Il ragazzo cercò di rimettersi in piedi, ma fu sopraffatto dalle vertigini e dal voltastomaco.

«Non importa. Ti tengo io» disse Barak in tono pratico. Un gufo gridò sul ramo di un albero vicino e la sua forma bianca e spettrale svanì nel bosco. Barak sollevò Garion e il ragazzo chiuse gli occhi cercando di tenere lo stomaco sotto controllo.

Dopo un po' arrivarono alla radura dove si erano accampati. «Sta bene?» chiese zia Pol alzando lo sguardo dalla fasciatura che stava legando al braccio di Durnik.

«Una botta in testa, tutto qui» rispose Barak appoggiando

Garion a terra. «Li avete messi in fuga?» Aveva una voce aspra, quasi brutale.

«Quelli che ancora potevano camminare» rispose Silk con gli occhi da furetto che scintillavano. «Qualcuno è rimasto indietro.» Indicò un numero di forme immobili che giacevano nella penombra.

Lelldorin tornò alla radura guardandosi le spalle, con l'arco ancora imbracciato. Era senza fiato, col volto pallido e le mani tremanti. «Stai bene?» chiese non appena vide l'amico.

Garion fece un cenno con la testa e indicò il bernoccolo dietro l'orecchio.

«Ho cercato i due che ti hanno preso,» disse il giovane «ma erano troppo veloci per me. Ci dev'essere una qualche bestia là fuori. L'ho sentita ringhiare. Erano ruggiti orribili.»

«La bestia se n'è andata» disse Barak in tono piatto.

«Si può sapere cos'hai?» chiese Silk al gigante.

«Niente.»

«Chi erano quegli uomini?» chiese Garion.

«Briganti, con tutta probabilità» congetturò Silk mettendo via il pugnale. «È uno dei vantaggi di una società che tiene gli uomini in schiavitù. Si stufano di servire e vanno nei boschi a caccia di profitto e avventura.»

«Sembra di sentir parlare Garion» sbottò Lelldorin. «Perché voialtri non capite che la servitù fa parte dell'ordine naturale delle cose qui? I nostri servi non sono in grado di prendersi cura di sé stessi, così quelli di noi che hanno un posto più alto nella società si assumono la responsabilità di badare a loro.»

«Ma certamente» concordò Silk sarcastico. «Sono nutriti peggio dei maiali e dormono in cucce più brutte di quelle dei cani, ma voi vi prendete cura di loro, giusto?»

«Adesso basta, Silk» disse zia Pol fredda. «È inutile litigare fra noi.» Fece un ultimo nodo alla fasciatura di Durnik e si spostò verso Garion per dare un'occhiata alla testa. Toccò con delicatezza il bernoccolo con le dita ma il ragazzo trasalì. «Non sembra troppo grave» diagnosticò lei.

«Però fa male lo stesso» si lamentò Garion.

«Questo è ovvio, mio caro» disse seccata zia Pol. Immerse uno strofinaccio in un secchio d'acqua fredda e lo applicò sul bernoccolo. «Devi imparare a proteggerti la testa, Garion. Se continui a batterla in questo modo, il cervello potrebbe risentirne.»

Garion stava per rispondere, ma Hettar e messer Lupo tornarono proprio allora. «Stanno ancora correndo» annunciò Hettar. I dischi d'acciaio sulla giacca di pelo di cavallo rilucevano rossi nella luce baluginante e la sciabola era striata di sangue.

«A correre erano molto bravi» disse Lupo. «Stiamo tutti bene?»

«Qualche livido e qualche sbucciatura» lo informò zia Pol. «Sarebbe potuto andare molto peggio.»

«Non cominciare a preoccuparti di cose che non sono successe.»

«Possiamo spostare quelli?» grugnì Barak indicando i corpi sparpagliati sul terreno vicino al ruscello.

«Non dovremmo seppellirli?» chiese Durnik. La voce tremava un po' e il volto era pallidissimo.

«Troppa fatica» disse Barak freddo. «I loro amici torneranno a occuparsene... se gli va.»

«Ma non è incivile?» obiettò il fabbro.

Barak si strinse nelle spalle. «È l'usanza.»

Messer Lupo rivoltò uno di corpi ed esaminò con attenzione la faccia grigia del morto. «Sembra un normale fuorilegge arend» grugnì. «È difficile essere sicuri, però.»

Lelldorin stava recuperando le frecce estraendole con cura dai cadaveri.

«Leviamoli di mezzo. Sono stufo di trovarmeli fra i piedi» disse Barak a Hettar.

Durnik guardò da un'altra parte e Garion notò due grandi lacrime nei suoi occhi. «Fa male, Durnik?» chiese Garion premuroso sedendosi su un ciocco di legno accanto all'amico.

«Uno l'ho ucciso io, Garion» rispose il fabbro voce tremante. «L'ho colpito in piena faccia con l'ascia. Gridava e il suo sangue mi ha sporcato tutto. Poi è caduto e si è messo a scalciare in aria finché è morto.»

«Non avevi altra scelta, Durnik» gli disse Garion. «Stavano cercando di ammazzarci.»

«Non avevo mai ucciso nessuno prima» farfugliò Durnik che ora piangeva a dirotto. «Ha dato calci in aria per tanto tempo... tanto, troppo tempo.»

«Perché non vai a letto adesso, Garion?» disse zia Pol con fermezza. Aveva gli occhi fissi su quel volto rigato di lacrime.

Garion capì. «Buonanotte, Durnik» si congedò. Si alzò e si diresse verso una delle tende. Si voltò indietro. Zia Pol si era seduta di fianco al fabbro e gli parlava dolcemente tenendogli un braccio attorno alle spalle.

5

Il fuoco si era consumato fino a un debole sfarfallio arancione e la foresta attorno alla radura era silenziosa. Garion era disteso con la testa che pulsava, cercando invano di dormire. Alla fine, quando già era passata la mezzanotte, si arrese. Scivolò fuori dalle coperte e si mise in cerca di zia Pol.

Al di sopra della nebbia argentea era sorta la luna piena i cui raggi illuminavano la foschia. L'aria sembrava luminosa e Garion si mise ad attraversare il campo. Arrivò alla tenda della donna e sussurrò «Zia Pol?» Non ci fu risposta. «Zia Pol,» chiamò a voce un po' più alta «sono io, Garion. Posso entrare?» Ancora nessuna risposta, neppure il più piccolo rumore. Sollevò con cautela la tenda e diede un'occhiata all'interno. La tenda era vuota.

Sorpreso, persino un po' allarmato, Garion si girò e si guardò attorno nella radura. Hettar montava di guardia non lontano dai cavalli, con il volto da falco rivolto verso la foresta nebbiosa e il mantello stretto attorno al corpo. Garion esitò un istante, poi si mise a camminare dietro le tende. Entrò fra gli alberi e si diresse al ruscello pensando che se si fosse bagnato la testa dolorante nell'acqua fredda avrebbe avuto sollievo. Era a circa cinquanta metri dalle tende quando vide un leggero movimento fra gli alberi e si fermò.

Un gigantesco lupo grigio uscì con passi felpati dalla nebbia e si fermò in una piccola apertura fra gli alberi. Garion trattenne il respiro e rimase immobile di fianco a un'imponente quercia ricurva. Il lupo si accucciò sulle foglie umide come se stesse aspettando qualcosa. Il chiarore della nebbia illuminava dettagli che Garion non avrebbe potuto vedere in una notte normale. Sulle spalle e sul collo il lupo aveva un manto argenteo e il muso era picchiettato di grigio. Portava i suoi anni con grande dignità e aveva occhi gialli che parevano tranquilli e molto saggi.

Garion rimase perfettamente immobile. Sapeva che il più piccolo suono avrebbe subito raggiunto le orecchie acute del lupo. Ma c'era di più. Il colpo dietro l'orecchio lo aveva intorpidito e lo strano chiarore della nebbia lunare rendeva quell'incontro irreale. Sentì che stava trattenendo il respiro.

Un grosso gufo bianco come la neve planò con ali di fantasma nella radura fra gli alberi. Si appoggiò su un ramo basso e se ne rimase appollaiato lì a guardare fisso il lupo, che ricambiò lo sguardo. Poi, senza che ci fosse stato alcun alito di vento, si intravide un turbinio nella luce della nebbia e i contorni del lupo e del gufo si fecero indistinti. Quando l'aria si schiarì, al centro della radura c'era messer Lupo e sul ramo stava seduta zia Pol nel suo lungo abito grigio.

«Era molto tempo che non andavamo a caccia insieme, Pol» disse il vecchio.

«Sì, è vero, padre.» La donna sollevò le braccia e si passò le dita fra i capelli scuri. «Mi ero quasi dimenticata che sapore avesse.» Sembrò rabbrividire di piacere. «È una notte meravigliosa per la caccia.»

«Un po' umida» rispose il vecchio mentre si sgranchiva un piede.

«Sopra le cime degli alberi il cielo è terso e le stelle sono particolarmente lucenti. È una notte splendida per volare.»

«Sono lieto che ti sia divertita. Ti sei ricordata di ciò che dovevi fare?»

«Non essere sarcastico, padre.»

«Ebbene?»

«Nelle vicinanze non c'è nessuno tranne gli Arend, che stanno quasi tutti dormendo.»

«Sei sicura?»

«Certo. Non c'è un Grolim nel raggio di cinque miglia. Hai trovato quelli che cercavi?»

«Non è stato difficile seguirli» rispose Lupo. «Sono in una grotta a circa tre leghe da qui. Uno di loro è morto lungo la strada e un altro paio non vivranno fino a domattina. Gli altri sembrano amareggiati da quello che è successo.»

«Posso ben immaginarlo. Hai sentito cosa dicevano?»

Il vecchio fece un cenno col capo. «C'è un uomo del villaggio vicino che sorveglia la strada e fa sapere se passa qualcuno che vale la pena di derubare.»

«Allora erano solo dei ladri comuni?»

«Non esattamente. Cercavano proprio noi. Gli siamo stati descritti fino nel più piccolo dettaglio.»

«Penso che andrò a parlare con quest'uomo» disse seria Pol. Poi ripiegò le dita in modo suggestivo e inquietante.

«Non vale la pena di sprecare tempo» le disse Lupo grattandosi pensieroso la barba. «E l'unica cosa che potrebbe dirti è che un che Murgo gli ha offerto dell'oro. I Grolim non amano dare molte spiegazioni ai loro tirapiedi.»

«Dovremo occuparci di lui, padre» affermò secca la donna. «Non mi piace avere alle spalle qualcuno che compra tutti i briganti di Arendia per scagliarceli contro.»

«Da domani non comprerà più molto» rispose Lupo con una breve risata. «Gli amici gli tenderanno un agguato nei boschi e gli taglieranno la gola.»

«Bene. Però vorrei sapere chi è questo Grolim.»

Lupo si strinse nelle spalle. «Che differenza fa? Ce ne sono dozzine nell'Arendia settentrionale e stanno tutti combinando qualcosa. Anche loro sanno cosa sta per succedere. Non possiamo sperare che stiano seduti a guardare.»

«Non dovremmo fermarli?»

«Non ne abbiamo il tempo» disse Lupo. «Non basterebbe un secolo per spiegare le cose agli Arend. Se ci muoviamo in fretta forse riusciamo ad andarcene prima che i Grolim siano pronti.»

«E se non ci riusciamo?»

«Allora lo faremo all'altra maniera. Devo prendere Zedar prima che arrivi a Cthol Murgos. Se troverò troppi ostacoli, sarò più diretto.»

«Avresti dovuto farlo fin dall'inizio, padre. A volte sei troppo gentile.»

«Non comincerai di nuovo? È la tua risposta per tutto, Polgara. Aggiusti sempre cose che si aggiusterebbero anche da sole e ne cambi altre che dovrebbero restare come sono.»

«Non arrabbiarti, padre. Aiutami a scendere.»

«Perché non voli giù?» suggerì lui.

«Non essere assurdo.»

Garion, tutto tremante, sgusciò via fra gli alberi ricoperti di muschio.

Quando messer Lupo e zia Pol tornarono al bivacco svegliarono gli altri. «Meglio muoverci» avvertì Lupo. «Siamo vulnerabili qua fuori. È più sicuro sulla strada e vorrei superare in fretta questa macchia di alberi.»

Ci volle meno di un'ora per smontare l'accampamento notturno. Ripresero la pista dei taglialegna e tornarono sulla Grande Via Occidentale. Anche se mancava ancora qualche ora all'alba, la nebbia illuminata dalla luna riempiva la notte col suo chiarore e sembrava quasi che cavalcassero attraverso una nuvola di luce che aleggiava fra gli alberi. Raggiunsero di nuovo la strada e svoltarono verso sud.

«Voglio essere lontano da qui al sorgere del sole,» disse Lupo tranquillo «ma non vorrei inciampare in qualche guaio. Per cui tenete occhi e orecchie aperti.»

Partirono al galoppo e coprirono tre miglia prima che la nebbia diventasse perlacea per l'arrivo del mattino. Mentre percorrevano un'ampia curva, Hettar all'improvviso alzò un braccio e fece segno di fermarsi.

«Cosa c'è che non va?» chiese Barak.

«Cavalli davanti a noi» rispose Hettar. «Vengono in questa direzione.»

«Sei sicuro? Non sento niente.»

«Saranno almeno una quarantina» rispose Hettar deciso.

«Laggiù» indicò Durnik con la testa piegata da un lato. «Sentite anche voi?»

Debole, in lontananza, si udì giungere un tintinnio attraverso la nebbia.

«Potremmo nasconderci nel bosco finché non sono passati» suggerì Lelldorin.

«Me ne occupo io» disse Silk fiducioso. Si spostò davanti alla fila. «Ho già fatto cose del genere.» Procedettero con cautela al passo.

I cavalieri che uscirono dalla nebbia erano in completa armatura d'acciaio. Avevano gambali lucidi ed elmi con visiera a punta che li facevano somigliare a giganteschi insetti. Portavano lunghe lance con gagliardetti colorati in punta e anche i cavalli, delle bestie enormi, erano paludati come loro.

«Cavalieri mimbrate» ringhiò Lelldorin strabuzzando gli occhi.

«Tieniti l'astio per te» disse Lupo al giovanotto. «Se qualcuno ti rivolge la parola rispondi come un simpatizzante dei Mimbrate... come il giovane Berentain a casa di tuo zio.»

Il volto del giovane si irrigidì.

«Fa' come ti dice, Lelldorin» intervenne zia Pol. «Non è il momento di fare gli eroi.»

«Fermi!» ordinò il capo della colonna armata puntando la lancia verso di loro. «Che uno si faccia avanti sì che io possa parlargli.» Il tono del cavaliere era perentorio.

Silk avanzò verso il soldato d'acciaio con un sorriso compiacente sulle labbra. «Lieti di incontrarvi, cavalieri» mentì spudoratamente. «Siamo stati attaccati dai briganti questa notte e viaggiamo per mettere in salvo la vita.»

«Che nome avete?» domandò il cavaliere alzando la visiera. «E chi sono costoro che viaggiano al seguito?»

«Mi chiamo Radek di Boktor, mio signore,» si presentò Silk facendo un inchino e levandosi il berretto di velluto «un mercante di Drasnia diretto a Tol Honeth con panni di lana sendar per il mercato invernale.»

L'uomo in armatura parve insospettirsi. «Il seguito sembra troppo vasto per una sì piccola impresa, nobile mercante.»

«Quei tre sono miei servi» disse Silk indicando Barak, Hettar e Durnik. «Il vecchio e il ragazzo sono la servitù di mia sorella, una vedova con mezzi privati che mi accompagna per visitare Tol Honeth.»

«E quello lì?» insisté il cavaliere. «L'Asturian?»

«Un nobiluomo diretto a Vo Mimbre per visitare degli amici. È stato così cortese da farci da guida attraverso la foresta.»

Il cavaliere sembrò rilassarsi un po'. «Tu facesti menzione di briganti» disse. «Dove tesero la vile imboscata?»

«Circa tre miglia indietro. Ci hanno attaccato dopo che ci eravamo accampati per la notte. Siamo riusciti a metterli in fuga, ma mia sorella è terrorizzata.»

«La provincia di Asturia trasuda di ribelli e briganti» disse il cavaliere severo. «Io e i miei uomini abbiamo incarico di sedare tali tumulti. Avvicinati, Asturian.»

Lelldorin fremeva di rabbia, ma ubbidì docile e si fece avanti.

«Ti ordino di dirmi il tuo nome.»

«Mi chiamo Lelldorin, signor cavaliere. Come posso servirvi?»

«Questi furfanti di cui parlano i tuoi amici... erano essi servi o uomini di valore?»

«Servi, mio signore,» rispose Lelldorin «coperti di stracci e di lordura. Senza dubbio fuorilegge sfuggiti al loro legittimo padrone.»

«Come possiamo aspettarci sottomissione leale dai servi quando i nobili sollevano ribellioni detestabili contro la corona?» affermò il cavaliere.

«Dite il vero, mio signore» concordò Lelldorin fingendo un rammarico forse un po' esagerato. «Molto ho dibattuto sul medesimo argomento con coloro che parlano sempre del giogo dei Mimbrate e della loro straboccante arroganza. I miei appelli per la fedeltà alla corona e a Sua Maestà, il nostro nobile re, sono salutati con ludibrio e freddo disprezzo.» Sospirò.

«La tua saggezza ti fa onore, giovane Lelldorin» approvò il cavaliere. «Con grande rincrescimento, tuttavia, vi devo trattenere per verificare alcuni dettagli.»

«Signor cavaliere!» protestò con vigore Silk. «Un cambiamento nel tempo potrebbe distruggere il valore della mercanzia. Vi prego, non causatemi ritardo.»

«Mi duole, ma è necessario, buon mercante» rispose il cavaliere. «Asturia è ricolma di congiurati e simulatori. Non posso lasciar passare nessuno senza una perquisizione meticolosa.»

Ci fu un movimento nella retroguardia della colonna di Mimbrate. In fila per uno, splendenti nelle loro corazze, con elmi piumati e mantelli purpurei, una cinquantina di legionari tolnedran cavalcarono lenti a lato del manipolo di cavalieri in armatura. «Che problemi ci sono qui?» chiese il capo della legione, un uomo sulla quarantina, smunto e con la faccia avvizzita, fermandosi non lontano da Silk.

«Non necessitiamo dell'assistenza delle legioni in questa questione» rispose il cavaliere, freddo. «I nostri ordini provengono da Vo Mimbre. Siamo stati inviati per ristabilire l'ordine in Asturia e a questo fine stavamo interrogando i viaggiatori.»

«Ho grande rispetto per l'ordine, signor cavaliere» rispose il capitano dei legionari. Poi rivolse a Silk uno sguardo interrogativo.

«Io sono Radek di Boktor, capitano» gli disse Silk «un mercante di Drasnia diretto a Tol Honeth. Ho i documenti, se desiderate vederli.»

«I documenti si possono falsificare» dichiarò il cavaliere.

«Certamente,» concordò il Tolnedran «ma per risparmiare tempo di regola accetto tutti i documenti che vedo. Un mercante di Drasnia che trasporta merci ha il diritto legittimo di stare sulla Strada Imperiale. C'è qualche ragione per trattenerlo?»

«Noi dobbiamo estirpare la ribellione e il banditismo» affermò con calore il cavaliere.

«Estirpate pure,» disse il capitano «ma lontano dalla strada, se non vi dispiace. Un trattato stabilisce che la Strada Imperiale è territorio di Tolnedra. Quel che succede in mezzo ai boschi è affare vostro, quel che succede su questa via riguarda me. Sono certo che nessun cavaliere mimbrate vorrebbe umiliare il re violando un solenne trattato fra la corona arend e l'imperatore, o sbaglio?»

Il cavaliere lo guardò senza sapere cosa fare.

«Procedi pure, bravo mercante» disse il Tolnedran a Silk. «Sono certo che Tol Honeth aspetta il tuo arrivo con trepidazione.»

Silk gli fece un sorriso digrignando i denti e si inchinò sulla sella. Poi fece un gesto agli altri e tutti oltrepassarono il cavaliere mimbrate fumante di rabbia. Dopo il loro passaggio i legionari strinsero i ranghi e impedirono ai Mimbrate di seguirli.

«Brava persona, però» disse Barak. «Non mi piacciono molto i Tolnedran, ma quello era diverso.»

«Sbrighiamoci» disse messer Lupo. «Preferirei non avere i Mimbrate alle calcagna quando i Tolnedran si leveranno di mezzo.»

Spinsero i cavalli al galoppo e si lasciarono alle spalle il cavaliere che discuteva animatamente con il comandante dei legionari in mezzo alla strada.

Passarono la notte in un ostello tolnedran dalle mura spesse e forse, per la prima volta nella sua vita, Garion si fece il bagno senza che la zia gliel'avesse suggerito. Anche se non era stato coinvolto in modo diretto nel combattimento della notte prima, si sentiva sporco di sangue e anche peggio. Non si era mai reso conto del modo grottesco in cui potevano venire mutilati gli uomini in battaglia. La vista di un uomo sventrato o con il cervello spappolato lo aveva riempito di vergogna. I segreti più reconditi del corpo umano non potevano essere esposti in quella maniera. Si sentiva sporco. Si tolse gli abiti nella sala da bagno e, senza pensare, si levò anche l'amuleto che zia Pol e messer Lupo gli avevano regalato. Poi entrò nella tinozza e si strofinò la pelle con il sapone e una spazzola dura. Neppure la più meticolosa ossessione per la pulizia personale avrebbe richiesto un tale vigore.

Nei giorni successivi proseguirono verso sud a passo sostenuto, fermandosi ogni notte in un ostello tolnedran dove la presenza massiccia di legionari ricordava di continuo che il potere dell'impero garantiva la sicurezza dei viaggiatori.

Il sesto giorno dopo la battaglia nella foresta, comunque, il cavallo di Lelldorin si azzoppò. Durnik e Hettar, sotto la supervisione di zia Pol, passarono varie ore a bollire erbe in un calderone e ad applicare compresse fumanti alla zampa dell'animale. Messer Lupo era furioso per il ritardo. Quando il cavallo poté proseguire si accorsero che non c'era speranza di raggiungere l'ostello successivo prima di notte.

«Bene, Vecchio Lupo» disse zia Pol dopo che furono rimontati in sella. «Adesso cosa facciamo? Proseguiamo di notte o ci accampiamo di nuovo nella foresta?»

«Non ho ancora deciso» rispose Lupo in fretta.

«Se non ricordo male più avanti c'è un villaggio» disse Lelldorin che ora montava un cavallo algar. «È molto povero, ma penso che ci sia un qualche tipo di locanda.»

«Sembra orribile» inorridì Silk. «Cosa intendi esattamente con 'un qualche tipo'?»

«Il signore di queste terre è famoso per la sua avarizia» rispose Lelldorin. «Impone tasse vessatorie e alla gente rimane poco con cui vivere. La locanda non è un granché.»

«Dovremo tentare lo stesso» decise Lupo e partì al trotto. Quando si avvicinarono al villaggio le nubi schiarivano e si cominciava a intravedere il sole.

Il villaggio era anche peggiore di quanto Lelldorin avesse descritto. Degli straccioni chiedevano l'elemosina nel fango. Tenevano le mani tese e imploravano con grida acute. Le case non erano altro che tuguri puzzolenti e fumosi. Maiali scheletrici razzolavano per le strade lerce e il fetore era insopportabile.

La processione di un funerale avanzava a fatica nella melma, verso il cimitero. Il cadavere, steso su un asse di legno, era avvolto in un lurido lenzuolo marrone mentre il sacerdote di Chaldan, dio degli Arend, nei suoi ricchi abiti talari, salmodiava un antico inno che parlava molto di guerra e vendetta, ma poco di consolazione. La vedova, con un poppante al seno, seguiva la salma, col volto impassibile e gli occhi vacui.

La locanda puzzava di birra rancida e cibo putrefatto. Un incendio aveva distrutto parte della sala comune annerendo il basso soffitto. Il buco nel muro era stato coperto con una pezza di stoffa marcescente. Al centro della stanza fumava un focolare e il volto del locandiere era scontroso. Per cena poté offrire solo scodelle di una pappa brodosa, un misto di avena e rape.

«Incantevole» disse Silk sardonico spingendo lontano la ciotola. «Mi sorprendo di te, Lelldorin. La tua passione per correggere i torti sembra aver trascurato questo luogo. Posso suggerirti un obiettivo per la prossima crociata? Dovresti visitare il signore di queste terre. La sua impiccagione è stata ritardata troppo lungo.»

«Non credevo fosse così orribile» si scusò Lelldorin con voce sommessa. Si guardò attorno come se vedesse certe cose per la prima volta. Una sorta di nausea e di orrore si dipinse su quel volto trasparente.

Garion, coi crampi allo stomaco, si alzò in piedi. «Vado fuori» annunciò.

«Non troppo lontano» si raccomandò zia Pol.

L'aria all'esterno era un po' più pulita e Garion si diresse fuori dal villaggio per evitare almeno il fango.

«Ti supplico, mio signore» una bambinetta con grossi occhioni chiese l'elemosina. «Puoi darmi una crosta di pane?»

Garion la guardò senza sapere cosa fare. «Mi dispiace.» Si frugò nei vestiti cercando qualcosa da darle, ma la bimba cominciò a piangere e se ne andò.

Nel campo punteggiato di ceppi, al di là delle strade maleodoranti del villaggio, un ragazzino cencioso suonava il flauto mentre badava a qualche mucca malata. La melodia era così struggente che spezzava il cuore e andava alla deriva inascoltata fra le stamberghe accovacciate sotto i deboli raggi del sole. Il ragazzino lo vide, ma non smise di suonare. I loro occhi s'incontrarono e parvero riconoscersi. Ma nessuno parlò.

Al bordo della foresta, oltre il campo, un uomo con mantello e cappuccio nero stava in sella a un cavallo e osservava il villaggio. C'era qualcosa di sinistro in quella figura oscura ma anche familiare. A Garion sembrò di dover riconoscere quel cavaliere, ma il nome gli sfuggiva. Guardò di nuovo la figura ai limiti del bosco e notò, quasi senza esserne cosciente, che nonostante cavallo e cavaliere fossero in piena luce, non proiettavano alcuna ombra. Nel fondo della sua mente qualcosa cercò di metterlo in guardia, ma Garion si limitò a guardare. Non ne avrebbe parlato a zia Pol o agli altri perché in realtà non c'era proprio nulla da riferire. Non appena voltò la schiena, se ne scordò.

La luce si affievolì e Garion si voltò per tornare alla locanda, mentre la dolorosa melodia del ragazzino si elevava dai campi verso il cielo.

6

Nonostante le promesse del tramonto, l'alba del giorno dopo fu fosca. Un'acquerugiola gelida avviluppava gli alberi rendendo la foresta fradicia e malinconica. Lasciarono la locanda molto presto e si inoltrarono in una parte del bosco che pareva ancora più carica di oscuri presagi di quella che avevano oltrepassato. Gli alberi erano enormi e molte querce nodose innalzavano i rami spogli fra i pini e gli abeti. Il suolo era coperto di licheni grigi dall'aspetto guasto e malsano.

Lelldorin aveva parlato poco quella mattina e Garion pensava che l'amico stesse ancora rimuginando sul complotto di Nachak. Il giovane Asturian cavalcava stretto nel suo mantello verde con i capelli biondo oro tutti inumiditi e un'espressione sconvolta sul viso. Garion si accostò all'amico e cavalcarono affiancati in silenzio per un po'. «Cosa ti turba, Lelldorin?» chiese alla fine.

«Per tutta la vita sono stato cieco, Garion» rispose il giovane.

«Oh, in che senso?» disse Garion con cautela, sperando che l'amico avesse alla fine deciso di raccontare tutto a messer Lupo.

«Vedevo solo l'oppressione di Mimbre su Asturia. Non avevo mai notato quella che anche noi esercitiamo sulla nostra gente.»

«È quello che cercavo di dirti» puntualizzò Garion. «Quando lo hai capito?»

«Il villaggio in cui siamo stati ieri notte» spiegò Lelldorin. «Non avevo mai visto un luogo così misero e squallido... né gente così povera e disperata. Come possono sopportarlo?»

«Che alternativa hanno?»

«Mio padre almeno si cura delle persone che vivono nella sua terra» affermò il giovane sulla difensiva. «Nessuno resta senza cibo o senza casa... ma quelle persone erano trattate peggio delle bestie. Sono sempre stato orgoglioso del mio rango sociale, ma ora mi vergogno.» Aveva davvero le lacrime agli occhi.

Garion non sapeva bene come gestire l'improvviso risveglio dell'amico. Da un lato era felice che Lelldorin avesse visto ciò che era ovvio; d'altra parte, però, era preoccupato che questa nuova consapevolezza avrebbe messo nei guai il suo mutevole compagno.

«Rinuncerò al mio titolo» dichiarò Lelldorin all'improvviso come se stesse ascoltando i pensieri di Garion. «Quando tornerò da questa impresa andrò a vivere coi servi per condividere i loro dolori.»

«E cosa ne ricaveresti? Le tue sofferenze non alleggeriranno di certo le loro.»

Lelldorin lo guardò con occhi taglienti mentre le più diverse emozioni lottavano sul suo viso. Alla fine sorrise, ma negli occhi azzurri c'era una nuova determinazione. «Hai ragione, certo» disse. «Hai sempre ragione. È sorprendente come vai sempre diritto al nocciolo di un problema, amico mio.»

«Cos'hai in mente?» chiese Garion con una certa apprensione.

«Li guiderò alla rivolta. Percorrerò tutta Arendia con un esercito di servi al mio seguito.» La voce risuonava infiammata da quell'idea.

Garion gemette. «Perché deve essere sempre quella la tua risposta a tutto, Lelldorin?» chiese. «In primo luogo, i servi non hanno armi e non sanno come combattere. Non importa quanto a lungo parlerai loro, non li convincerai a seguirti. Inoltre, anche se lo facessero, tutti i nobili di Arendia si metterebbero contro di te. Sarebbe una strage del tuo esercito e, una volta finito tutto, le cose sarebbero dieci volte peggiori. Inoltre, daresti inizio a un'altra guerra civile. Ed è esattamente ciò che vogliono i Murgo.»

Lelldorin ascoltò il discorso di Garion con sdegno e sorpresa. Poi si intristì di nuovo. «Non ci avevo pensato» confessò.

«Ne ero sicuro. Continuerai a fare gli stessi errori finché terrai il cervello nel fodero della spada.»

«Parli senza mezzi termini» si risentì Lelldorin in tono di rimprovero.

«Mi dispiace» si scusò in fretta Garion. «Forse avrei dovuto dirtelo in un altro modo.»

«No» gli disse Lelldorin. «Io sono un Arend. Ho la tendenza a non capire le cose dette in modo non esplicito.»

«Non vuol dire che tu sia stupido, però» protestò Garion. «È un errore che commettono in molti. Gli Arend non sono stupidi... sono solo impulsivi.»

«Tutto questo è stato molto di più che semplice impulsività» insisté Lelldorin triste indicando il muschio sotto gli alberi.

«Questo cosa?» chiese Garion guardandosi in giro.

«Quest'ultima parte della foresta prima di arrivare alle pianure dell'Arendia centrale» spiegò il giovane. «È il confine naturale fra Mimbre e Asturia.»

«Gli alberi sembrano sempre uguali» osservò Garion girandosi attorno.

«Non del tutto» disse Lelldorin. «Questo era il posto migliore per le imboscate. Il suolo di questa foresta è un tappeto di vecchie ossa. Guarda là!» E fece un cenno col braccio.

All'inizio Garion pensò che l'amico indicasse solo un paio di tronchi che spuntavano dal muschio con dei rametti alle estremità che si confondevano con gli arbusti. Poi, con disgusto, capì che si trattava delle ossa verdastre di un braccio umano con le dita ancora tese verso il cespuglio in un ultimo gesto di agonia convulsa. Scandalizzato, chiese: «Perché non lo hanno seppellito?»

«Ci vorrebbero mille uomini e mille anni per raccogliere tutte le ossa che giacciono qui e restituirle alla terra» intonò Lelldorin macabro. «Intere generazioni di Arendia riposano qui: Mimbrate, Wacite, Asturia. Tutti giacciono dove sono caduti e il muschio copre il loro sonno eterno.»

Garion rabbrividì e distolse gli occhi dal muto appello di quel braccio che emergeva solitario dal mare del sottobosco. Le creste e le dune di muschio suggerivano l'orrore che giaceva al di sotto. Alzò gli occhi e si accorse che quella superficie sconnessa si stendeva a perdita d'occhio. «Tra quanto raggiungeremo la pianura?» chiese sottovoce.

«Fra due giorni, probabilmente.»

«Due giorni? E sarà così per tutto il tempo?»

Lelldorin fece un cenno di assenso.

«Perché?» Il tono di Garion si fece più ruvido e minaccioso di quanto volesse.

«All'inizio fu per orgoglio e per onore» rispose Lelldorin. «Poi fu per cordoglio e vendetta. Alla fine, non sapevamo più come fermarci. Come ti ho detto prima, gli Arend non sono molto intelligenti.»

«Ma sempre coraggiosi» rispose in fretta Garion.

«Oh, sì» convenne Lelldorin. «Sempre coraggiosi. È la condanna della nostra nazione.»

«Belgarath,» disse Hettar tranquillo dietro di loro «i cavalli hanno fiutato qualcosa.»

Messer Lupo si riscosse dal solito torpore che s'impadroniva di lui quando cavalcava. «Cosa?»

«I cavalli» ripeté Hettar. «C'è qualcosa là fuori che li spaventa.»

Gli occhi di Belgarath si socchiusero e divennero stranamente vuoti.

Dopo un attimo inspirò profondamente e imprecò. «Algroth.»

«Cos'è un Algroth?» chiese Durnik.

«Un non umano... imparentato alla lontana con i Troll.»

«Una volta ho visto un Troll» disse Barak. «Una cosa enorme con zanne e artigli.»

«Ci attaccheranno?» chiese Durnik.

«Quasi sicuramente.» Lupo aveva la voce tesa. «Hettar, cerca di mantenere il controllo sui cavalli. Non dobbiamo separarci.»

«Da dove arrivano?» chiese Lelldorin. «Non ci sono mostri in questa foresta.»

«Scendono dalle montagne di Ulgo quando hanno fame» rispose Lupo. «Non lasciano sopravvissuti a riferire della loro presenza.»

«Faresti meglio a escogitare qualche cosa, padre» disse zia Pol. «Sono ovunque qui intorno.»

Lelldorin si guardò attorno come per cercare dei punti di riferimento. «Non siamo lontani dal Pinnacolo di Elgon» suggerì. «Forse possiamo contenerli se riusciamo ad arrivare là.»

«Il Pinnacolo di Elgon?» disse Barak. Aveva già sguainato la spada.

«È una montagnola alta coperta di ciottoli» spiegò Lelldorin. «È molto simile a un fortino. Da lì Elgon resisté un mese all'attacco dei Mimbrate.»

«Sembra promettente» disse Silk. «Almeno saremo fuori dal bosco.» Guardò nervosamente la foresta che incombeva su di loro sotto la pioggia.

«Proviamo» decise Lupo. «Non hanno ancora attaccato. Forse l'acqua gli confonde l'olfatto.»

Uno strano latrato giunse dal fondo del bosco.

«Sono loro?» chiese Garion con una vocina che gli risuonava stridula nelle orecchie.

«È il loro richiamo» confermò Lupo. «Siamo stati avvistati. Dobbiamo accelerare il passo ma senza correre, almeno finché non vedremo il Pinnacolo.»

Diedero di sperone ai cavalli e avanzarono di buon passo lungo la strada fangosa che saliva verso la cima della cresta.

«Mezza lega» disse Lelldorin teso. «Mezza lega e avvisteremo il Pinnacolo.»

I cavalli erano difficili da trattenere e osservavano con occhi selvaggi i boschi che li circondavano. Garion sentì il cuore che gli batteva forte mente la bocca era riarsa. Cominciò a piovere con maggiore intensità. Percepì un movimento con la coda dell'occhio e si voltò in fretta. Una figura simile a un uomo avanzava a balzi, parallela alla strada a circa un centinaio di passi in direzione della foresta. Correva mezzo accucciato con le mani che toccavano il terreno. «Laggiù!» gridò Garion.

«L'ho visto» ruggì Barak. «Non è grosso come un Troll.»

Silk fece una smorfia. «È grande abbastanza.»

«Se attaccano, attenti agli artigli» avvertì Lupo. «Sono velenosi.»

«Molto eccitante» disse Silk.

«Ecco il Pinnacolo» annunciò zia Pol con calma.

«Corriamo!» gridò Lupo.

I cavalli terrorizzati, liberati all'improvviso dalle redini, fecero un balzo in avanti e fuggirono su per la strada alzando la terra con gli zoccoli. Un gufo furioso uscì dal bosco dietro di loro e un ululato crebbe tutto all'intorno.

«Ce la faremo!» gridò Durnik come incoraggiamento. Ma all'improvviso una mezza dozzina di Algroth ringhianti si pararono in mezzo alla strada, con le braccia aperte e la ripugnante bocca spalancata. Erano enormi, con braccia da scimmie e artigli al posto delle dita. Avevano il muso caprino con zanne giallastre e sulla testa c'erano piccole corna a punta. La pelle era grigia e squamosa come quella dei rettili.

I cavalli nitrirono e indietreggiarono cercando di fuggire. Garion si aggrappò alla sella con una mano e diede di redini con l'altra.

Barak colpì di piatto con la spada la groppa del proprio cavallo e lo spronò così selvaggiamente che alla fine l'animale ebbe più paura di lui che degli Algroth e si lanciò alla carica. Con due grandi colpi, uno per parte, Barak uccise due delle bestie che lo stavano attaccando. Una terza, con gli artigli tesi in avanti, cercò di balzargli sulla schiena, ma si irrigidì e crollò a terra nel fango quando una freccia di Lelldorin la colpì alle spalle. Barak ruotò il cavallo e inferse un colpo mortale alle tre rimaste. «Andiamo!» ruggì.

Garion sentì Lelldorin che rantolava e si girò di scatto. Terrorizzato, vide che un Algroth solitario era strisciato fuori dagli alberi e stava graffiando l'amico cercando di sbalzarlo di sella. Debolmente, Lelldorin mirò al volto caprino con l'arco. Garion estrasse disperato la spada, ma Hettar, che arrivava da dietro, era già lì. Infilò la sciabola nel corpo del mostro. L'Algroth strillò, poi cadde a terra contorcendosi e venne calpestato dagli zoccoli degli animali da soma.

I cavalli, oramai imbizzarriti, si arrampicarono su per la collina di ciottoli che portava al Pinnacolo. Garion si lanciò un'occhiata alle spalle e vide Lelldorin che, con la mano premuta sulla ferita, non riusciva più a reggersi in sella. Tirò le redini e girò il cavallo.

«Mettiti in salvo, Garion!» gridò Lelldorin col volto mortalmente pallido.

«No!» Garion rinfoderò la spada, si accostò all'amico e, prendendolo per un braccio, lo sistemò sulla sella. Galopparono insieme fino al Pinnacolo con Garion che ce la metteva tutta per sostenere il ferito.

Il Pinnacolo era un'accozzaglia di terra e roccia che si innalzava oltre le chiome degli alberi. I cavalli si inerpicarono rumorosamente per il pendio coperto di sassi. Raggiunsero la piccola spianata in cima al Pinnacolo, dove le bestie da soma si strinsero le une alle altre tremando sotto la pioggia. Garion scivolò di sella appena in tempo per afferrare Lelldorin che stava cadendo da un lato.

«Quaggiù» gridò la voce acuta di zia Pol. Stava tirando fuori da uno dei pacchi un fagottino di erbe e bende. «Durnik, ho bisogno di un fuoco. In fretta!»

Il fabbro si guardò intorno disorientato e vide dei ramoscelli zuppi. «Ci proverò» disse dubbioso.

Il respiro di Lelldorin era debole e affannoso. Aveva il volto bianco come la morte e le gambe non lo reggevano. Garion, con lo stomaco attanagliato dalla paura, lo sosteneva. Hettar prese l'altro braccio dell'infermo e insieme lo condussero da zia Pol che frugava nel fagottino. «Bisogna estrarre subito il veleno» gli disse. «Garion, dammi il coltello.»

Il ragazzo prese il pugnale e glielo porse. Con mano agile, la zia tagliò sul fianco la tunica marrone di Lelldorin. Le ferite che gli aveva inflitto l'Algroth erano orribili. «Adesso gli farò male» avvertì. «Tenetelo fermo.»

Hettar e Garion trattennero Lelldorin per le braccia e le gambe.

Zia Pol inspirò profondamente poi, con abilità, praticò un'incisione su entrambe le piaghe enfiate. Ne sgorgò fuori del sangue e Lelldorin emise un grido. Poi svenne.

«Hettar!» gridò Barak dalla cima di un tumulo vicino alla cresta del pendio. «Abbiamo bisogno di te!»

«Va'!» disse zia Pol all'Algar dal viso di falco. «Ce ne possiamo occupare noi. Garion, tu rimani qui.» Stava triturando delle foglie secche che poi cospargeva sulle ferite sanguinanti. «Il fuoco, Durnik!» ordinò.

«Non si accende, signora Pol» rispose confuso il fabbro.

La donna guardò rapida verso il mucchietto di legna fradicia che lui aveva raccolto. Strinse gli occhi e fece un gesto veloce. Garion sentì fischiargli le orecchie quindi udì un fruscio improvviso. Una nuvola di vapore si levava dalla legna. Poi si alzarono anche delle fiamme scoppiettanti. Durnik fece un balzo indietro, stupefatto.

«La pentola piccola, Garion» ordinò zia Pol «e dell'acqua. Presto.» Si tolse il mantello blu e coprì Lelldorin.

Silk, Barak e Hettar erano in piedi sulla cresta del pendio da dove gettavano pesanti massi. Garion li sentiva sbattere e infrangersi sui ciottoli sottostanti e sugli Algroth che abbaiavano e talvolta ululavano per il dolore.

Sopraffatto dalla paura, si cullò in grembo il capo del suo amico. «Starà bene?» chiese quasi implorando zia Pol.

«È troppo presto per dirlo» rispose lei. «Non seccarmi con le domande proprio adesso.»

«Stanno scappando!» gridò Barak.

«Hanno ancora fame» rispose Lupo con ferocia. «Torneranno.»

Dal folto della foresta giunse il suono di un corno d'ottone.

«Cos'è?» chiese Silk ancora ansante per lo sforzo di buttare le pietre dal ciglio del burrone.

«Una persona che stavo aspettando» rispose Lupo con uno strano sorriso. Si portò la mano alle labbra e modulò un lungo fischio acuto.

«Posso farcela da sola adesso, Garion» disse zia Pol impastando una poltiglia bollente su una pezza di lino. «Tu e Durnik andate ad aiutare gli altri.»

Con riluttanza, Garion appoggiò la testa di Lelldorin sul terreno bagnato e corse dov'era Lupo. Il pendio era disseminato dei cadaveri degli Algroth, schiacciati dai massi che Barak e gli altri avevano scagliato loro addosso.

«Ci riproveranno» disse Barak soppesando un'altra pietra. «Possono prenderci alle spalle?»

Silk scosse il capo. «No. Ho controllato. Il retro della collina è un profondo burrone.»

Gli Algroth uscirono dai boschi sottostanti, latrando e ringhiando mentre avanzavano con la tipica andatura a balzelli. Il primo aveva già attraversato la strada quando il corno suonò di nuovo. Questa volta era molto vicino.

In quell'istante, un enorme cavallo con in groppa un uomo in armatura completa spuntò dagli alberi e si lanciò all'attacco delle creature. Il cavaliere si ripiegò sulla lancia e la scagliò nel bel mezzo delle orribili creature cogliendole di sorpresa. Il cavallo nitrì mentre caricava e i suoi zoccoli ricoperti d'acciaio sollevavano grosse zolle di terra. La lancia si infranse nel petto di uno degli Algroth più grossi e si spezzò per la forza del colpo. La scheggia colpì un altro Algroth in pieno volto. Il cavaliere abbandonò la lancia rotta ed estrasse lo spadone con un solo movimento del braccio. Con ampie volute da destra a sinistra si aprì la strada attraverso il branco mentre il cavallo da guerra calpestava allo stesso modo i vivi e i morti nel fango della strada. Quando ebbe finito di caricare si girò e cominciò di nuovo, aprendosi ancora un varco con la spada. Gli Algroth si voltarono e scapparono nei boschi.

«Mandorallen!» gridò Lupo. «Quassù!»

Il soldato in armatura sollevò la visiera schizzata di sangue e guardò verso la collina. «Consentitemi di disperdere questa marmaglia prima, mio vecchio amico» rispose tutto allegro e, abbassando la celata, si gettò nei boschi piovosi inseguendo gli Algroth.

«Hettar!» gridò Barak che già lo stava seguendo.

Hettar fece un breve cenno con la testa e i due si misero a

correre verso i cavalli. Balzarono in sella e si tuffarono anch'essi giù per la discesa in aiuto del forestiero.

«Il tuo amico mostra una straordinaria mancanza di buon senso» fece notare Silk a messer Lupo. «Le cose possono rivoltarsi contro di lui in ogni momento» decretò asciugandosi la pioggia dal volto.

«Probabilmente non pensa di essere in pericolo» rispose Lupo. «È un Mimbrate, e crede di essere invincibile.»

La lotta fra i boschi durò a lungo. Si sentirono grida e colpi sonanti e strilli di terrore. Poi Hettar, Barak e lo strano cavaliere uscirono dal bosco e trotterellarono verso il Pinnacolo. Giunti alla sommità, l'uomo in armatura scese fragorosamente da cavallo. «Felice di rivederti, mio vecchio amico» tuonò il cavaliere in direzione di messer Lupo. «I tuoi compagni mi hanno ringalluzzito.» L'armatura luccicava madida nella pioggia.

«Sono felice che ti sia divertito» sorrise messer Lupo.

«Riesco ancora a sentirli» disse Durnik. «Stanno ancora correndo.»

«La loro codardia ci ha privati del sollazzo pomeridiano» osservò il cavaliere rinfoderando con rimpianto la spada e togliendosi l'elmo.

«Tutti dobbiamo fare sacrifici» disse Silk strascicando le parole.

Il cavaliere sospirò. «Ah, che parole veritiere le tue! Sei un filosofo a quanto vedo.» Scrollò via l'acqua dalla penna bianca che portava sull'elmo.

«Scusate» disse messer Lupo. «Questo è Mandorallen, barone di Vo Mandor. Verrà con noi. Mandorallen, questi sono il principe Kheldar della casa reale di Drasnia e Barak, conte di Trellheim e cugino di re Ahneg di Cherek. Laggiù c'è Hettar, figlio di Cho-Hag e capoclan degli Algar. Il più pragmatico del gruppo è mastro Durnik di Sendaria, e questo ragazzo è il mio bis bis bis nipote... alla lontana.»

Mandorallen fece profondi inchini a ciascuno di loro. «Vi porgo il mio saluto, cari compagni d'avventura» proclamò con voce tonante. «La nostra impresa nasce sotto buoni auspici. E, ve ne prego, chi è questa dama la cui bellezza mi acceca lo sguardo?»

«Che discorso delizioso, cavaliere» rispose zia Pol con una risata sonora, passandosi una mano civettuola fra i capelli. «Credo che costui mi piacerà, padre.»

«Siete la leggendaria lady Polgara?» chiese Mandorallen.

«La mia vita ha raggiunto ora il suo scopo.» L'inchino galante fu in qualche modo guastato dal cigolio dell'armatura.

«Il nostro amico ferito è Lelldorin, figlio del barone di Wildantor» continuò Lupo. «Forse hai sentito parlare di lui.»

Il volto di Mandorallen si oscurò. «Di certo ne ho inteso parlare. Voci, che corrono a volte più veloci di noi precedendoci come un cane che abbaia, lasciano intendere che Lelldorin di Wildantor abbia sollevato rivolte esecrabili contro la corona.»

«È un problema che adesso non ci riguarda» sottolineò Lupo. «Lo scopo che ci unisce è più serio di quelle bazzecole. Dovrai metterle da parte.»

«Sia come tu dici, nobile Belgarath» dichiarò Mandorallen senza esitare, anche se gli occhi ancora indugiavano sull'infermo Lelldorin.

«Nonno!» gridò Garion indicando un uomo a cavallo che era apparso all'improvviso sulla cresta rocciosa della collina. La figura era ammantata di nero, e portandosi indietro il cappuccio rivelò una maschera d'acciaio fusa nelle sembianze di un volto che era, al tempo stesso, bellissimo e orribile. Una voce nel profondo della mente di Garion gli disse che quell'apparizione era importante... c'era qualcosa che avrebbe dovuto ricordare... ma, qualsiasi cosa fosse, gli sfuggiva.

«Abbandona l'impresa, Belgarath» disse una voce profonda da dietro la maschera.

«Mi conosci bene, Chamdar» replicò pacato messer Lupo che aveva chiaramente riconosciuto l'uomo a cavallo. «Questa incursione degli Algroth è stata opera tua?»

«Anche tu dovresti conoscermi bene» ribatté la figura deridendolo. «Quando ti attaccherò non te la caverai con così poco. Per il momento, c'è in giro abbastanza gentaccia utile a farti perder tempo. Non ci serve altro. Quando Zedar avrà portato Cthrag Yaska al Maestro, potrai mettere alla prova la tua volontà contro quella di Torak, se ne avrai voglia.»

«Fai le commissioni per Torak adesso?»

«Non faccio le commissioni per nessuno!» replicò la figura indignata. L'uomo a cavallo sembrava solido, in tutto e per tutto reale, ma Garion vide che l'acquerugiola fitta cadeva dritta dal cielo alle rocce. Non c'era alcun corpo che la fermasse. Qualsiasi cosa fosse, l'acqua l'attraversava.

«Allora perché sei qui, Chamdar?» chiese Lupo.

«Diciamo per curiosità, Belgarath. Volevo vedere com'eri

riuscito a tradurre la profezia nel linguaggio di tutti i giorni.» La figura osservò il gruppo sulla collina. «Davvero bravo» disse con malcelata ammirazione. «Ma dove li hai trovati tutti quanti?»

«Non ho avuto bisogno di cercarli, Chamdar» rispose Lupo. «Sono sempre stati qui. Se vale una parte della profezia, allora dev'essere vera tutta. Giusto? Non c'è alcun artificio. Ognuno di loro attende da più generazioni di quante tu ne possa immaginare.»

La figura inspirò con un sibilo. «Ma non basta, vecchio mio. Manca qualcosa.»

«Ho già provveduto» rispose Lupo sicuro di sé.

«Chi è quello che vivrà due volte?» chiese la figura all'improvviso.

Lupo fece un sorriso gelido, ma non rispose.

«Salute a te, mia regina» disse la figura schernendo zia Pol.

«La cortesia dei Grolim mi lascia del tutto indifferente» ribatté lei guardandolo con occhi di ghiaccio. «Non sono la tua regina, Chamdar.»

«Lo sarai, Polgara. Il Maestro dice che diventerai sua moglie quando prenderà possesso del regno. Sarai regina del mondo intero.»

«Questo ti mette in una posizione scomoda, non è così, Chamdar? Se sono la tua regina non puoi farmi infuriare, giusto?»

«Posso prendere tempo, Polgara, e quando sarai la sposa di Torak la tua volontà sarà la sua. Non credo che serberai rancore a quel punto.»

«Ne ho avuto abbastanza di te, Chamdar» disse messer Lupo. «I tuoi discorsi mi annoiano. Riprenditi l'ombra. Adesso.» Fece uno svolazzo con la mano come se scacciasse una mosca noiosa. «Via» ordinò.

Ancora una volta Garion percepì quello strano brivido e quel cupo frastuono nella mente. Il cavaliere svanì.

«Non l'hai ucciso, vero?» chiese Silk con voce soffocata e sconvolta.

«No» rispose messer Lupo. «Era solo un'illusione. Un giochetto che i Grolim trovano efficace. Proiettano l'ombra a una certa distanza. Non ho fatto altro che rispedirgliela indietro.» Un ghigno improvviso e malizioso gli contorse le labbra. «È ovvio però che prima di arrivare quell'ombra farà un bel giro.

Potrebbe impiegarci anche qualche giorno. Non gli farà del male... ma lo renderà un po' inquieto... ed estremamente visibile.»

«Uno spettro davvero inopportuno» osservò Mandorallen. «Chi era quell'ombra senza creanza?»

«Chamdar» rivelò zia Pol, rivolgendo di nuovo l'attenzione a Lelldorin. «Uno degli alti sacerdoti grolim. Io e mio padre lo abbiamo già incontrato.»

«Penso sia meglio scendere da questa collina» propose Lupo. «Fra quanto potrà cavalcare di nuovo Lelldorin?»

«Non meno di una settimana,» disse zia Pol «a essere ottimisti.»

«Non se ne parla neanche. Non possiamo restare qui.»

«Non può montare a cavallo» disse lei decisa.

«Non possiamo costruire una barella?» suggerì Durnik. «Sono certo che possiamo trascinarlo coi cavalli e spostarlo senza fargli male.»

«Che ne dici, Pol?» chiese Lupo.

«Penso che possa andar bene» rispose la donna un po' dubbiosa.

«Allora avanti. Proviamoci. Siamo troppo esposti quassù. Dobbiamo muoverci.»

Durnik annuì e andò verso i bagagli a cercare della corda per costruire la lettiga.

7

Sir Mandorallen, barone di Vo Mandor, era un uomo leggermente più alto della media. Aveva capelli scuri e ricciuti, gli occhi di un blu profondo e una voce squillante con cui esprimeva opinioni molto salde.

A Garion non piaceva per niente. La smodata sicurezza in sé stesso e un egocentrismo così puro da sembrare innocenza parevano confermare le peggiori affermazioni di Lelldorin sui Mimbrate. Inoltre, la stravagante cortesia di Mandorallen nei confronti di zia Pol lo colpì come esempio di inciviltà. A rendere le cose più difficili, zia Pol sembrava prendere per buona l'adulazione del cavaliere.

Continuavano il cammino sotto la pioggia lungo la Grande Via Occidentale e Garion si accorse, con una certa soddisfazione, che i suoi amici condividevano la sua opinione. L'espressione di Barak era più esplicita delle parole, il sopracciglio di Silk si sollevava sardonico a ogni frase del cavaliere e Durnik aveva assunto un aspetto minaccioso.

Garion, tuttavia, non aveva tempo di pensare ai suoi sentimenti verso il Mimbrate. Cavalcava accanto alla lettiga di Lelldorin. Il giovane si agitava per il dolore mentre il veleno degli Algroth gli bruciava nelle ferite. Lui cercava di offrire all'amico quanto più conforto poteva. Spesso, poi, scambiava sguardi preoccupati con zia Pol che gli cavalcava a fianco. Nei momenti di massimo dolore, Garion non poteva fare altro che tenere la mano del giovane, incapace di pensare a qualcos'altro che potesse lenirgli la pena.

«Sopporta l'infermità con coraggio, bravo giovane» osservò Mandorallen in tono gaio dopo un attacco violento che lasciò l'Asturian ferito in preda a rantoli e gemiti. «Questa afflizione non è che un miraggio. La tua mente può sedarla se lo desideri.»

«Questo è proprio il tipo di incoraggiamento che mi aspetterei da un Mimbrate» rimbeccò Lelldorin a denti stretti. «Preferirei che non cavalcassi così vicino. Le tue idee puzzano quasi come la tua armatura.»

Mandorallen arrossì. «Il veleno che t'infuria in corpo ti ha privato tanto della creanza quanto del buon senso» osservò con freddezza.

Lelldorin si tirò su nella lettiga quasi a volergli rispondere, ma l'improvviso movimento aggravò le sue condizioni e il ragazzo sprofondò nell'incoscienza.

«Le ferite sono gravi» osservò Mandorallen. «Il cataplasma, lady Polgara, può non bastare a salvargli la vita.»

«Ha bisogno di riposare» disse lui. «Cerca di non agitarlo troppo.»

«Allora mi sottrarrò alla sua vista» replicò Mandorallen. «Benché non ne abbia in alcun modo colpa, il mio sembiante gli è odioso e suscita in lui una collera insalubre.» Ruppe il galoppo e si distanziò da loro.

«Ma parlano tutti così?» chiese Garion con un certo astio.

«I Mimbrate tendono a essere molto formali» spiegò zia Pol. «Ti ci abituerai.»

«Mi sembra una scemenza» bisbigliò il ragazzo malevolo, guardando il cavaliere.

«Un esempio di buone maniere non ti farà certo male, Garion.»

Cavalcarono attraverso la foresta bagnata dalla pioggia fin quando la sera non scese fra gli alberi. «Zia Pol?» chiamò Garion alla fine.

«Sì, tesoro?»

«Cosa ha detto quel Grolim di te e Torak?»

«Una cosa che Torak dichiarò in un momento di delirio. I Grolim l'hanno preso sul serio, ecco tutto.» Si strinse attorno il mantello blu.

«Non ti preoccupa?»

«Non particolarmente.»

«Cos'è quella profezia di cui parlava il Grolim? Non ci ho capito niente.» La parola 'profezia' suscitava in lui qualcosa di molto profondo.

«Il Codice Mrin» rispose lei. «Una versione molto antica e quasi illeggibile. Descrive una compagnia... l'orso, il topo e l'uomo che visse due volte. È l'unico testo che ne parla. Nessuno sa se voglia dire davvero qualcosa.»

«Il nonno pensa di sì, giusto?»

«Tuo nonno ha molte strane idee. Ha una passione per le cose antiche... forse perché lui stesso è così vecchio.»

Garion avrebbe voluto chiederle di questa profezia che esisteva in più di una versione, ma Lelldorin gemette ed entrambi si voltarono verso di lui.

Poco più tardi arrivarono a un ostello tolnedran che aveva muri spessi imbiancati e un piccolo tetto di tegole rosse. Zia Pol fece portare Lelldorin in una stanza ben riscaldata e passò la notte al suo capezzale. Prima che fosse giorno, Garion era andato su e giù per il corridoio a piedi scalzi una mezza dozzina di volte per avere notizie dell'amico, ma non ci furono cambiamenti.

Al mattino la pioggia era cessata. Uscirono nell'alba grigia con Mandorallen che ancora si teneva lontano. Raggiunsero infine le ultime propaggini della foresta scura e videro aprirsi sotto di loro la vasta pianura dell'Arendia centrale, tutta grigia e arida nelle ultime settimane d'inverno. Il cavaliere si fermò e attese che lo raggiungessero. Aveva il volto preoccupato.

«Qual è il problema?» chiese Silk.

Mandorallen indicò una colonna di fumo nero che si elevava nel mezzo della pianura.

«Che cos'è?» si informò Silk col musetto da topo perplesso.

«Il fumo in Arendia ha un solo significato» rispose il cavaliere indossando l'elmo piumato. «Trattenetevi qui, cari amici. Indagherò, benché tema il peggio.» Spronò il cavallo e si precipitò avanti in un galoppo forsennato.

«Aspetta!» ruggì Barak, ma Mandorallen continuò a correre come se non avesse sentito. «Che idiota!» si infuriò il grosso Cherek. «Sarà meglio che vada anch'io, in caso ci siano problemi.»

«Non è necessario» lo avvertì Lelldorin con un filo di voce dalla barella. «Neppure un esercito intero oserebbe interferire con lui.»

«Credevo non ti piacesse» disse Barak un po' sorpreso.

«Infatti,» ammise Lelldorin «ma è l'uomo più temuto in Arendia. Anche in Asturia si sente parlare di sir Mandorallen. Nessun uomo sano di mente si metterebbe sulla sua strada.»

Si ritirarono nel folto della foresta e aspettarono il ritorno del cavaliere. Quando arrivò, aveva l'espressione arrabbiata. «È come temevo» annunciò. «Una guerra infuria sul nostro cammino... una guerra senza senso, poiché i due baroni coinvolti sono consanguinei e grandi amici.»

«Non possiamo aggirarli?» chiese Silk.

«No, principe Kheldar» rispose Mandorallen. «Il conflitto è così esteso che cadremmo in un'imboscata nel raggio di tre miglia. Dovrò, così sembra, comprare il passaggio.»

«Pensi che accetteranno dei soldi per farci passare?» chiese Durnik dubbioso.

«In Arendia ci sono altri modi per mercanteggiare, buon uomo» rispose Mandorallen. «Ti faccio un'umile richiesta. Pensi sia di troppo disagio tagliarmi sei o otto pertiche di circa sei metri di lunghezza e del diametro del mio polso?»

«Assolutamente no.» Durnik imbracciò l'ascia.

«Cos'hai in mente?» brontolò Barak.

«Lancerò una sfida» annunciò Mandorallen con calma. «A uno solo o a tutti quanti. Nessun nobile cavaliere potrà rifiutarsi a meno di essere chiamato pusillanime. Posso chiederti l'onore di essere il mio secondo e di lanciare il guanto per me, mio signore?»

«E se perdi?» azzardò Silk.

«Perdere?» Mandorallen era scandalizzato. «Io? Perdere?»

«Lasciamo stare» disse Silk.

Quando Durnik tornò con le lance, Mandorallen aveva finito di stringersi le cinghie sotto l'armatura. Prese una pertica, volteggiò in sella e trotterellò verso la colonna di fumo con Barak al fianco.

«È davvero necessario, padre?» chiese zia Pol.

«In qualche modo dobbiamo passare, Pol» rispose Lupo. «Non ti preoccupare. Mandorallen sa ciò che fa.»

Dopo un paio di miglia raggiunsero la sommità di una collina e si fermarono a osservare la battaglia sotto di loro. Due castelli, arcigni e neri, si fronteggiavano ai capi di una valle ampia e la pianura ai bordi della strada era punteggiata da piccoli paesini. Il villaggio più vicino era in fiamme e una colonna di fumo oleoso si innalzava verso il cielo plumbeo. Dei servi armati di falci e forconi si attaccavano l'uno l'altro con inaudita ferocia nel bel mezzo della via. Poco più lontano, degli alfieri si preparavano alla carica e l'aria era densa di frecce. Su due opposte colline, compagnie di cavalieri in armatura e con vessilli multicolore osservavano la battaglia. Grandi catapulte scagliavano pietre nel cielo, che si schiantavano sui combattenti, ammazzando indifferentemente amici e nemici. La valle era disseminata di cadaveri e di moribondi.

«Stupidi» mormorò Lupo in tono grave.

«Nessuno ha mai accusato gli Arend di intelligenza» osservò Silk.

Mandorallen portò il corno alle labbra ed emise una nota potente. La battaglia si arrestò e i soldati e i servi si girarono a guardare. Suonò di nuovo il corno, e di nuovo ancora, tanto che ogni nota appariva come una sfida. Le due opposte armate di cavalieri galopparono nell'erba giallastra dell'inverno e si diressero verso di loro per investigare la situazione. Allora Mandorallen si girò verso Barak: «Se ti aggrada, signore,» chiese con garbo «lancia la sfida non appena si avvicinano.»

Barak si strinse nelle spalle. «La pelle è la tua» osservò. Guardò i cavalieri che avanzavano poi parlò con un ruggito roboante. «Sir Mandorallen, barone di Vo Mandor, desidera intrattenersi» proclamò. «Sarebbe di suo gradimento se ciascuno dei due eserciti scegliesse un campione per giostrare con lui. Se, tuttavia, siete tutti dei cani rognosi e codardi e non avete il fegato per tale contesa, cessate questa zuffa e fate strada a chi è più nobile di voi.»

«Davvero ben detto, lord Barak» disse Mandorallen ammirato.

«Ho sempre avuto una certa abilità con le parole» rispose il gigante con modestia.

Le due schiere si avvicinarono.

«Quale ignominia, miei signori» li rimbrottò Mandorallen. «Non ricaverete onore da questa guerra meschina. Sir Deringen, cosa ha generato codesto contenzioso?»

«Un insulto, sir Mandorallen» replicò il nobile, un uomo grosso che portava sull'elmo lustro una coroncina dorata. «Un insulto così vile che non può rimanere impunito.»

«Sono io l'offeso» ribatté un nobile tutto infervorato dall'altra parte.

«Qual è la natura dell'offesa, sir Oltorain?» si informò Mandorallen.

Entrambi gli uomini, a disagio, distolsero lo sguardo e rimasero in silenzio.

«Vi siete mossi guerra per un insulto che neppure ricordate?» disse Mandorallen incredulo. «Pensavo, miei signori, che non foste dei cialtroni, ma ora percepisco il mio errore.»

«I nobili arend non hanno nulla di meglio da fare?» chiese Barak con voce carica di disprezzo.

«Di Mandorallen il bastardo abbiamo tutti inteso parlare» sghignazzò un cavaliere bruno in armatura smaltata. «Ma chi è questo scimmione barbuto che calunnia i suoi superiori?»

«Lasci passare una cosa del genere?» chiese Barak a Mandorallen.

«È più o meno vero,» ammise Mandorallen con sguardo sofferente «dal momento che una certa irregolarità alla mia nascita ancora solleva dubbi sua mia legittimità. Quel cavaliere è sir Haldorin, terzo cugino di mio zio. Poiché in Arendia non è considerato decoroso versare il sangue dei parenti, il vile cerca di guadagnarsi una reputazione di audacia gettandomi in faccia la delicata questione.»

«Che usanza sciocca» grugnì Barak. «In Cherek i consanguinei si uccidono l'un l'altro con più entusiasmo di quanto non ne mettano nell'uccidere i forestieri.»

«Ahimè» sospirò Mandorallen. «Questa non è Cherek.»

«Ti offenderebbe se me ne occupassi io?» chiese Barak cortese.

«Niente affatto.»

Il grosso guerriero si avvicinò al cavaliere bruno. «Io sono Barak, conte di Trellheim» annunciò a voce piena «della casata di re Ahneg di Cherek, e vedo che certi nobili d'Arendia hanno meno maniere che cervello.»

«I nobili di Arendia non si fanno impressionare dai titoli fasulli di quelle porcilaie che sono i regni del Nord» ribatté sir Haldorin.

«Trovo le tue parole ingiuriose, amico» disse minaccioso Barak.

«Hai la faccia da scimmia e una barba ridicola» replicò sir Haldorin.

Barak non si diede nemmeno la pena di estrarre la spada. Roteò il braccio in un ampio cerchio e gli sferrò un pugno sull'elmo scuro. Gli occhi di sir Haldorin si velarono e il nobile cadde dalla sella con gran rumore di ferraglia.

«Qualcun altro vuole esprimere opinioni sulla mia barba?» domandò Barak.

«Con garbo, mio signore» consigliò Mandorallen. Guardò

giù verso la sagoma svenuta del suo consanguineo con soddisfazione.

«Vogliamo accettare il vile attacco contro il nostro valoroso compagno?» chiese uno degli uomini del barone Deringen che parlava con un forte accento. «Ammazziamoli tutti!» e fece per prendere la spada.

«Nell'istante stesso in cui la spada esce dal fodero tu morirai» lo avvertì Mandorallen secco.

La mano del cavaliere si gelò sull'elsa.

«Infamia, miei signori» continuò Mandorallen con tono d'accusa. «Di certo non avrete scordato il codice cavalleresco e l'uso comune che garantisce l'incolumità mia e dei miei finché la sfida non sarà raccolta! Scegliete dunque i vostri campioni o ritiratevi. L'attesa mi rende irritabile.»

Le due schiere indietreggiarono per tenere consiglio mentre alcuni uomini d'arme recuperavano il corpo di sir Haldorin.

«Quello che stava sguainando la spada era un Murgo» disse Garion sottovoce.

«Ho notato» rispose Hettar con gli occhi che scintillavano.

«Stanno tornando» avvisò Durnik.

«Giostrerò con te, sir Mandorallen» annunciò il barone Deringen avvicinandosi. «Non metto in dubbio che la tua reputazione sia ben meritata, tuttavia pure io ho dato prova di bravura in non pochi tornei. Sarò onorato di provare la lancia con te.»

«Anch'io voglio mettere alla prova la mia abilità, signor cavaliere» dichiarò il barone Oltorain. «Anche il mio braccio è temuto in certe parti dell'Arendia.»

«Molto bene» replicò Mandorallen. «Cerchiamo un pianoro e procediamo. Il giorno avanza e la mia compagnia e io abbiamo affari verso sud.»

Cavalcarono giù dalla collina fino ai campi sottostanti, dove due gruppi di cavalieri si disposero ai lati di una pista battuta in tutta fretta. Deringen galoppò a un'estremità, si voltò e si mise ad aspettare lancia in resta.

«Il tuo coraggio ti fa onore, mio signore» disse Mandorallen prendendo una delle pertiche che Durnik aveva tagliato. «Cercherò di non arrecarti ferite troppo gravi. Sei pronto a sostenere la carica?»

«Lo sono» rispose il barone calando la visiera.

Anche Mandorallen chiuse la sua con un colpo secco e, con la lancia abbassata, si diresse contro l'avversario.

«Probabilmente è inappropriato viste le circostanze,» mormorò Silk «ma non posso fare a meno di sperare che il nostro imperioso amico patisca un'umiliante sconfitta.»

Messer Lupo lo fulminò con gli occhi. «Scordatelo!»

«È davvero così bravo?» chiese Silk incredulo.

«Guarda tu stesso» gli disse Lupo.

I due cavalieri si scontrarono al centro del campo con un fragore metallico, le lance si frantumarono per la violenza dell'impatto cospargendo il prato di schegge. Si oltrepassarono, poi si voltarono e tornarono indietro ciascuno al posto di partenza. Deringen, notò Garion, sembrava vacillare in sella.

I cavalieri caricarono di nuovo e ancora le lance si infransero in mille schegge.

«Avrei dovuto tagliare più pertiche» borbottò Durnik.

Ma il barone Deringen era sempre più malfermo. Alla terza carica la sua lancia rimbalzò sullo scudo dell'avversario mentre quella di Mandorallen colpì nel segno e il barone fu sbalzato di sella per la forza dell'impatto.

Mandorallen frenò il cavallo e guardò in basso, verso il barone. «Sei in grado di proseguire, mio signore?» chiese con il solito garbo.

Deringen si reggeva a malapena in piedi. «Non mi arrendo» disse con un grido soffocato sguainando la spada.

«Splendido» rispose Mandorallen. «Temevo di averti inferto dolorose ferite.» Smontò di sella, sguainò la spada e la fece roteare direttamente verso la testa di Deringen. Il barone sollevò lo scudo e parò il colpo, ma Mandorallen continuava a scagliare fendenti senza sosta. Deringen tentò di reagire con un paio di deboli colpi prima che lo spadone di Mandorallen lo raggiungesse in pieno sul lato dell'elmo. Il barone si girò su sé stesso e crollò con la faccia per terra.

«Mio signore?» si informò sollecito Mandorallen. Si chinò sul nemico, lo rivoltò supino e aprì la visiera dell'elmo. «Non stai bene, mio signore?» chiese. «È tuo desiderio continuare?»

Deringen non rispose. Il sangue gli usciva copioso dal naso e gli occhi erano rivoltati all'indietro. Il volto era bluastro, mentre il lato destro del corpo era scosso da un fremito spasmodico.

«Dato che questo valoroso cavaliere non è in grado di parlare per sé stesso» annunciò Mandorallen «lo dichiaro sconfitto.» Si guardò attorno con lo spadone ancora in mano. «Qualcuno di voi si oppone alle mie parole?»

Ci fu un silenzio di tomba.

«Qualcuno potrebbe portarlo via dal prato, allora?» suggerì Mandorallen. «Le ferite non sembrano gravi. Qualche mese a letto e tornerà in salute.» Si girò verso il barone Oltorain che era visibilmente impallidito. «Ebbene, mio signore,» lo apostrofò allegramente «procediamo? Io e i miei compagni siamo impazienti di continuare il viaggio.»

Il barone Oltorain fu sbalzato a terra al primo attacco e si ruppe una gamba.

«Che malasorte, mio signore» osservò Mandorallen avvicinandosi con la spada sguainata. «Rinunci?»

«Non posso reggermi in piedi» disse Oltorain a denti stretti. «Non ho altra alternativa.»

«Si intende quindi che io e i miei compagni possiamo proseguire?»

«Siete liberi di andare» rispose dolorante l'uomo per terra.

«Non ancora» interruppe una voce stridente. Il Murgo in armatura spinse il cavallo attraverso la folla fino a porsi di fronte a Mandorallen.

«Temevo che avrebbe interferito» disse zia Pol sottovoce. Smontò da cavallo e camminò fino al centro della pista smossa. «Spostati di lato, Mandorallen» disse al cavaliere.

«Giammai, mia signora» protestò quello.

Lupo si mise a gridare. «Via da lì, Mandorallen!»

Stupito, il barone si fece da parte.

«Ebbene, Grolim?» lo sfidò zia Pol tirandosi indietro il cappuccio.

L'uomo spalancò gli occhi quando vide la ciocca bianca fra i capelli. Poi alzò una mano quasi disperato e bisbigliò in fretta qualche parola.

Ancora una volta Garion percepì quello strano brivido e il cupo frastuono gli invase la mente.

Per un istante il corpo di zia Pol sembrò circondato da una luce verdastra. La donna fece un gesto noncurante con la mano e la luce scomparve. «Devi essere fuori esercizio» gli disse. «Vuoi provarci ancora?»

Il Murgo alzò entrambe le mani, questa volta, ma non ottenne altro. Facendo muovere silenziosamente il proprio cavallo, Durnik si era posizionato alle spalle dell'uomo in armatura. Sollevò l'ascia e la fece cadere dritta sull'elmo del Grolim.

«Durnik!» gridò zia Pol. «Via da lì!»

Ma il fabbro, con volto truce, sferrò un altro colpo e il Grolim scivolò, privo di sensi, dalla sella.

«Sei uno stupido!» si arrabbiò zia Pol. «Cosa credevi di fare?»

«Vi stava attaccando, signora» spiegò Durnik con lo sguardo ancora acceso.

«Scendi da quel cavallo.»

Il fabbro obbedì.

«Hai una vaga idea di quanto sia stato pericoloso?» domandò Pol. «Poteva ammazzarti.»

«Io vi proteggerò sempre, signora» rispose Durnik testardo. «Non sono un guerriero né un mago, ma non lascerò che qualcuno vi faccia del male.»

Pol sgranò gli occhi per un istante, poi lo sguardo si ammorbidì. Garion, che la conosceva da quando era bambino, riconobbe tutte quelle emozioni. Senza preavviso la zia abbracciò lo stupefatto Durnik. «Tu grandissimo, goffo e adorabile sciocco» sussurrò. «Non farlo mai più, mai più! Mi hai fatto quasi fermare il cuore.»

Garion distolse lo sguardo quasi commosso, e notò un sorriso astuto che attraversava il volto di messer Lupo.

Qualcosa di strano era successo alle due schiere di soldati. Molti fra loro si guardavano attorno con l'espressione stupita di chi si svegli da un sogno terribile. Altri sembravano persi nei loro pensieri. Sir Oltorain si alzò a fatica da terra.

«No, mio signore» gli disse Mandorallen spingendolo giù con delicatezza. «Ti faresti solo del male.»

«Cosa abbiamo fatto?» mugolò il barone con volto angosciato.

Messer Lupo scese da cavallo e si inginocchiò accanto al ferito. «Non è stata colpa tua» informò il barone. «Questa guerra è stata opera del Murgo. Ha piegato le vostre menti e vi ha messo gli uni contro gli altri.»

«Un sortilegio?» gemette Oltorain impallidendo.

Lupo fece un cenno col capo. «Non era solo un Murgo, ma un sacerdote grolim.»

«Ora l'incantesimo è infranto?»

Di nuovo Lupo assentì dando un'occhiata al Grolim svenuto.

«Incatenatelo» ordinò il barone ai suoi cavalieri. Poi guardò di nuovo Lupo. «Sappiamo come trattare gli stregoni» disse arcigno. «Sarà questa la felice occasione per celebrare la fine della guerra. Questo Grolim da strapazzo ha lanciato il suo ultimo maleficio.»

«Bene» rispose Lupo con un gelido sorriso.

«Sir Mandorallen,» disse il barone Oltorain trasalendo per il dolore alla gamba rotta «in quale modo possiamo omaggiarti per averci riportato ai nostri sensi?»

«Ristabilire la pace è ricompensa sufficiente,» ribatté Mandorallen in modo un po' pomposo «dal momento che, come tutto il mondo ben conosce, sono l'uomo più pacifico del regno.» Poi guardò Lelldorin sdraiato nella barella e sembrò colto da un pensiero. «Ti chiederò, comunque, una cortesia. Nella nostra compagnia c'è un valoroso giovane asturian di nobile famiglia che ha subìto ferite gravissime. Lo affideremmo, se possiamo, alle tue cure.»

«La sua presenza mi onora, sir Mandorallen» accettò subito Oltorain. «Le donne della mia casa si prenderanno con tenerezza cura di lui.» Parlò brevemente con uno dei palafrenieri. Quello montò a cavallo e si diresse veloce verso uno dei castelli.

«Non mi lascerete qui» protestò debolmente Lelldorin. «Sarò in grado di cavalcare in un paio di giorni.» Poi la tosse lo colse in un terribile accesso.

«Direi di no» ribatté Mandorallen con espressione fredda. «Le tue ferite non hanno ancora seguito il loro corso naturale.»

«Non ci resto coi Mimbrate» insisté Lelldorin. «Preferisco rischiare sulla strada.»

«Giovane Lelldorin,» replicò Mandorallen in tono brusco «conosco il tuo disgusto per gli uomini di Mimbre. Le tue ferite, tuttavia, formeranno ben presto degli ascessi purulenti. Una febbre delirante ti affliggerà e la tua presenza diverrà per noi un peso. Non abbiamo tempo per curarti e le tue sofferenze ritarderebbero il compimento dell'impresa.»

Garion gemette alla brutalità di quelle parole. Guardò Mandorallen con sguardo molto vicino all'odio.

Il volto di Lelldorin era sbiancato. «Grazie per avermi aperto gli occhi, sir Mandorallen» disse rigido. «Se mi issate a cavallo, toglierò subito il disturbo.»

«Tu resti dove sei» gli disse zia Pol in tono piatto.

Il palafreniere di sir Oltorain tornò con un alcuni membri della servitù e con una ragazzina bionda di diciassette anni circa vestita con un abito di broccato e velluto.

«Mia sorella minore, lady Ariana» la presentò Oltorain. «Una fanciulla di spirito già versata nella cura degli infermi.»

«Non la disturberò a lungo» dichiarò Lelldorin. «Tornerò in Asturia fra una settimana.»

Lady Ariana gli posò una mano sulla fronte con professionalità. «Ahimè, no, bravo giovane» dissentì. «Temo che la tua visita si protrarrà più a lungo.»

«Partirò fra sette giorni» ripeté Lelldorin testardo.

Quella fece spallucce. «Come ti aggrada. Sono certa che mio fratello potrà trovare quanti servono per farti avere una decorosa sepoltura. Se non giudico male, ne avrai bisogno dopo aver percorso non più di un paio di leghe.»

Lelldorin batté le palpebre visibilmente scosso.

Zia Pol prese da parte lady Ariana e parlò con lei per un po', dandole un sacchettino di erbe e varie istruzioni. Lelldorin fece un cenno a Garion e quello si avvicinò subito inginocchiandosi accanto alla barella.

«Allora finisce così» mormorò il giovane. «Mi sarebbe piaciuto proseguire con te.»

«Tu starai bene prima di quanto te l'aspetti» lo rassicurò Garion sapendo che non era vero. «Ci raggiungerai presto.»

Lelldorin scosse il capo. «No,» disse «temo di no.» Tossì ancora e gli spasmi parvero dilaniargli i polmoni. «Non abbiamo molto tempo, amico mio,» gemette debolmente «per cui ascolta con attenzione.»

Garion, prossimo alle lacrime, prese la mano dell'amico.

«Ricordi il discorso che facemmo dopo aver lasciato la casa di mio zio?»

Garion fece un cenno col capo.

«Hai detto che dovevo essere io a decidere se rompere la promessa fatta a Torasin e agli altri.»

«Mi ricordo» annuì Garion.

«Molto bene» disse Lelldorin. «Ho deciso. Ti sciolgo dal giuramento. Fa' ciò che devi.»

«Sarebbe meglio che ne parlassi direttamente tu a mio nonno, Lelldorin» protestò Garion.

«Non posso, amico» mugugnò Lelldorin. «Le parole mi si fermerebbero in gola. Mi dispiace, ma sono fatto così. So che Nachak si sta solo servendo di noi. Ma ho dato la mia parola, Garion. Sono un Arend, e la manterrò anche se è sbagliato. Dipende tutto da te. Dovrai impedire a Nachak di distruggere il mio paese. Devi andare a parlare direttamente con il re.»

«Il re? Non mi crederà mai.»

«Fa' in modo che ti creda.»

Garion scosse la testa. «Non farò mai il tuo nome né quello di Torasin. Sai cosa succederebbe altrimenti?»

«Noi non siamo importanti» insisté Lelldorin tossendo ancora.

«Gli parlerò di Nachak,» disse Garion testardo «ma non di voi. Dove gli dico che può trovare il Murgo?»

«Già lo conosce» rispose Lelldorin con voce flebilissima. «Nachak è ambasciatore alla corte di Vo Mimbre. È il portavoce privato di Taur Urgas, re dei Murgo.»

Garion era sconvolto dalle implicazioni di quel fatto.

«Ha a disposizione tutto l'oro delle miniere di Chtol Murgos» continuò Lelldorin. «Questo complotto potrebbe essere solo uno fra i molti intesi a distruggere Arendia. Devi fermarlo, Garion, promettimelo.» Gli occhi del giovane pallido erano febbrili e stringeva la mano dell'amico come una morsa.

«Lo fermerò, Lelldorin» giurò Garion. «Non so come, ma in un modo o nell'altro lo fermerò.»

Lelldorin ricadde indietro sulla lettiga e la forza parve abbandonarlo come se la necessità di strappare quella promessa fosse stata l'unica cosa che lo sosteneva.

«Addio, Lelldorin» disse Garion con dolcezza. Gli occhi gli si riempirono di lacrime.

«Addio, amico mio» sospirò a malapena Lelldorin. Poi gli occhi si chiusero e la mano abbandonò la stretta. Garion lo guardò terrorizzato finché notò un debole battito vicino alla gola. Era ancora vivo... appena. Garion lasciò con tenerezza la mano dell'amico e gli rimboccò la coperta attorno alle spalle. Poi si alzò e andò via con calde lacrime che gli rigavano le guance.

Il resto degli addii fu breve. Rimontarono a cavallo e si misero al trotto verso la Grande Via Occidentale. Alcuni servi e picchieri li salutarono al loro passaggio. Ma le donne uscite dei villaggi per raccogliere i cadaveri degli uomini piangevano e gridavano coprendo quei saluti.

Deliberatamente Garion spinse il cavallo a fianco di Mandorallen. «Devo parlarti» disse infervorato. «Non ti piacerà, ma in realtà non me ne importa nulla.»

«Oh?» rispose mite il cavaliere.

«Penso che tu abbia parlato a Lelldorin in un modo crudele e disgustoso» gli disse Garion. «Forse ritieni di essere il più grande cavaliere del mondo ma per me sei solo uno sbruffone presuntuoso con il cuore di pietra. Adesso cosa fai? Mi sfidi a duello?»

«Ah! Capisco» disse Mandorallen. «Credo che tu abbia frainteso, mio giovane amico. Dovevo farlo per salvargli la vita. Il giovane Asturian era molto coraggioso e si sarebbe sacrificato. Se non avessi parlato a quel modo, avrebbe insistito per continuare e sarebbe morto.»

«Morto?» lo derise Garion. «Zia Pol lo avrebbe curato.»

«È stata lady Polgara in persona a informarmi che la sua vita era in pericolo» replicò Mandorallen. «L'onore non gli avrebbe concesso di farsi curare, ma quello stesso onore l'ha fatto rimanere perché non voleva causarci ritardo.» Il soldato sorrise beffardo. «Anche a lui non saranno piaciute quelle parole, ma vivrà e questo è ciò che conta. Giusto?»

Garion guardava il Mimbrate dall'apparenza arrogante e scoprì che la sua rabbia non aveva più un bersaglio. Con dolorosa chiarezza capì che aveva appena fatto la figura dello stupido. «Mi dispiace» disse a malincuore. «Non avevo capito cosa stavi facendo.»

Mandorallen si strinse nelle spalle. «Non è importante. Spesso vengo frainteso. Ma fin quando so che le mie ragioni sono valide poco mi curo delle opinioni altrui. Sono contento, tuttavia, di aver avuto l'opportunità di chiarirmi con te. Tu sei mio compagno e mal si addice avere incomprensioni fra noi.»

Cavalcarono in silenzio mentre Garion cercava di dare un senso a ciò che provava. Forse Mandorallen aveva doti molto maggiori di quanto avesse sospettato. Raggiunsero la via maestra e svoltarono a sud sotto un cielo minaccioso.

8

La pianura di Arendia era un tappeto erboso vasto e digradante con solo qualche insediamento sparso. Il vento, crudo e gelido, sferzava l'erba secca mentre nuvole dall'aspetto minaccioso si addensavano sopra le loro teste. La necessità di lasciare indietro Lelldorin li aveva resi malinconici e per la maggior parte dei giorni successivi cavalcarono in silenzio. Garion stava in fondo alla fila con Hettar e con i cavalli da soma. Faceva del suo meglio per tenersi alla larga da Mandorallen.

Hettar era un uomo silenzioso a cui non pesava affatto cavalcare per ore senza aprire bocca. Dopo due giorni Garion si sforzò di fare conversazione con l'Algar dalla faccia di falco. «Perché odi così tanto i Murgo, Hettar?» chiese senza avere niente di meglio da dire.

«Tutti gli Alorn odiano i Murgo» rispose Hettar sottovoce.

«Sì,» ammise Garion «ma sembra che per te ci sia qualcosa di personale. Di cosa si tratta?»

Hettar si agitò sulla sella facendo scricchiolare gli abiti di pelle. «Hanno ucciso i miei genitori» rispose.

Garion fu molto colpito. Le parole dell'Algar toccavano una corda sensibile. «Come è successo?» chiese prima di capire che l'altro preferiva non parlarne.

«Avevo sette anni» cominciò a raccontare Hettar senza emozione. «Stavamo andando a fare visita alla famiglia di mia madre. Apparteneva a un altro clan. Dovevamo passare vicino al burrone orientale e una banda di Murgo ci catturò. Il cavallo di mia madre inciampò e lei fu sbalzata a terra. I Murgo ci vennero addosso prima che mio padre e io potessimo rimetterla in sella. Torturarono a lungo i miei genitori prima di ucciderli. Ricordo l'urlo di mia madre prima di morire.» Il volto dell'Algar era più impenetrabile di una roccia e quella voce piatta e quieta rendeva il racconto ancora più inquietante.

«Dopo che furono morti, i Murgo mi legarono una corda ai piedi e mi trascinarono coi cavalli» continuò. «Quando alla fine la corda si spezzò, pensarono che fossi morto e se ne andarono. Li ho sentiti ridere. Cho-Hag mi ha trovato qualche giorno dopo.»

Garion vide, con la chiarezza di chi era stato presente, l'immagine del bambino orribilmente ferito e abbandonato che vagava nel deserto dell'Algaria orientale con solo odio e dolore a tenerlo in vita.

«Ho ucciso il mio primo Murgo quando avevo dieci anni» disse Hettar con la stessa voce piatta. «Stava cercando di scappare e l'ho inseguito tirandogli un giavellotto alle spalle. Ha gridato. Ricordo che dopo mi sono sentito meglio. Cho-Hag pensava che se mi avesse fatto vedere il Murgo che moriva mi avrebbe guarito dall'odio. Ma aveva torto al riguardo.» Il volto dell'Algar era privo di espressione e il vento gli agitava il codino sulle spalle. C'era una strana sensazione di vuoto in lui, come se fosse privo di qualsiasi sentimento fatta eccezione per quell'unica pulsione. Per un istante Garion capì cosa avesse voluto dire messer Lupo quando l'aveva messo in guardia dalla sete di vendetta. Poi scacciò il pensiero. Se Hettar poteva vivere così, allora poteva anche lui. Provò un'improvvisa ammirazione per questo cacciatore solitario vestito di pelle nera.

Messer Lupo era intento in una conversazione con Mandorallen e i due rallentarono finché Hettar e Garion li raggiunsero. Per un breve tratto cavalcarono affiancati.

«Fa parte della nostra natura» stava dicendo con voce malinconica il cavaliere dall'armatura fiammante. «Siamo troppo orgogliosi e l'orgoglio condanna la povera Arendia a guerre fratricide.»

«Ma si può curare» gli fece notare messer Lupo.

«In che modo?» chiese Mandorallen. «Ce l'abbiamo nel sangue. Benché sia il più pacifico degli uomini, persino io soffro di questa malattia. E inoltre, troppo grandi sono le nostre divisioni, sepolte troppo a fondo nella nostra storia e nelle nostre anime per poter essere epurate. La pace non durerebbe, amico mio. In questo stesso istante le frecce degli Asturian sibilano nella foresta alla ricerca di vittime mimbrate. E Mimbre, per vendetta, mette a ferro e fuoco le case degli Asturian e macella gli ostaggi. La guerra è inevitabile, temo.»

«No» si oppose Lupo. «Non lo è.»

«E come possiamo prevenirla?» domandò Mandorallen. «Come possiamo curare questa pazzia?»

«Lo farò io, se devo» si ripromise il vecchio sottovoce spingendosi indietro il cappuccio grigio.

Mandorallen sorrise debolmente. «Apprezzo le tue nobili intenzioni, Belgarath, ma questo è impossibile persino per te.»

«Niente è davvero impossibile, Mandorallen» rispose Lupo in tono pratico. «Per la maggior parte del tempo preferisco non interferire con le azioni degli uomini, ma in questo momento non posso permettermi un'Arendia in fiamme. Se devo, metterò fine a queste sciocchezze.»

«Il tuo potere è così immenso?» si meravigliò Mandorallen come se non ci credesse.

«Sì» rispose Lupo grattandosi la barbetta bianca. «In realtà è proprio così.»

Il volto di Mandorallen si turbò, forse intimorito dalla tranquillità di quell'affermazione. Garion trovò le dichiarazioni del nonno profondamente sconvolgenti. Se poteva davvero fermare una guerra con un gesto, non avrebbe avuto difficoltà a rovinare i suoi piani di vendetta. Ecco qualcos'altro di cui preoccuparsi.

Poi anche Silk si avvicinò a loro. «La Grande Fiera è proprio davanti a noi» annunciò l'uomo dal muso di topo. «Ci fermiamo o le giriamo attorno?»

«Possiamo anche fermarci» decise Lupo. «È quasi sera e ci servono provviste.»

«Anche i cavalli hanno bisogno di riposo» disse Hettar. «Cominciano a lamentarsi.»

«Dovevi dirmelo» disse Lupo guardando le bestie da soma.

«Non sono esausti in realtà,» precisò Hettar «ma cominciano a essere stanchi. Esagerano, certo. Ma un po' di riposo non farà male.»

«Esagerano?» Silk sembrava sconvolto. «Non vorrai dire che i cavalli possono mentire, vero?»

Hettar si strinse nelle spalle. «Ma certo. Raccontano bugie per tutto il tempo. In realtà, sono bravissimi.»

Per un momento Silk sembrò oltraggiato poi si mise a ridere all'improvviso. «Questo mi restituisce la fede nell'ordine dell'universo» dichiarò.

Lupo sembrava sofferente. «Silk,» disse diretto «sei un uomo perfido. Lo sapevi?»

«Si fa del proprio meglio» rispose Silk schernendolo.

La Grande Fiera arend si svolgeva all'intersezione della Grande Via Occidentale con il sentiero montuoso che scendeva da Ulgoland. Era una vasta distesa di tende blu, rosse e gialle, e di padiglioni colorati che si estendevano per più di una lega in tutte le direzioni. Sembrava una città multicolore nel mezzo della pianura grigia e i suoi vessilli s'innalzavano spavaldi nel vento incessante sotto il cielo basso.

«Spero di avere il tempo di concludere qualche affare» disse Silk mentre si dirigevano alla fiera. Il naso appuntito dell'omino cominciò a vibrare. «Sto perdendo l'esercizio.»

Alcuni mendicanti infangati stavano accucciati miseramente ai bordi della strada con le mani tese. Mandorallen si fermò e gettò loro qualche moneta.

«Non dovresti incoraggiarli» grugnì Barak.

«L'elemosina è sia un dovere sia un privilegio, lord Barak» rispose Mandorallen.

«Perché non costruiscono delle case qui?» chiese Garion a Silk mentre si avvicinavano al centro della fiera.

«Nessuno si ferma in questo luogo molto a lungo» spiegò Silk. «La fiera resta sempre, ma la popolazione muta continuamente. Inoltre, sulle case ci sono le tasse. Sulle tende no.»

Molti mercanti uscirono a guardare la compagnia che passava. Sembrarono riconoscere Silk e alcuni lo salutarono intimoriti con il sospetto dipinto sul volto.

«Vedo che la tua reputazione ti precede, Silk» osservò Barak sarcastico.

L'omino fece spallucce. «È il prezzo del successo.»

«Non c'è rischio che qualcuno ti riconosca come quell'altro mercante?» si preoccupò Durnik. «Quello che i Murgo stanno cercando?»

«Vuoi dire Ambar? Improbabile. Ambar non viene spesso in Arendia e lui e Radek non si assomigliano affatto.»

«Ma sono la stessa persona» obiettò Durnik. «Sei sempre tu.»

«Ah» fece Silk alzando un dito. «Lo sappiamo io e te, ma gli altri no. Per te ho sempre lo stesso aspetto, ma per gli altri sono due persone del tutto diverse.»

Durnik era scettico.

«Radek, vecchio mio» lo chiamò un mercante drasnian pelato da una tenda vicina.

«Delvor» rispose Silk. «Sono anni che non ci vediamo.»

«Hai un aspetto ottimo» osservò l'uomo calvo.

«Si tira avanti» rispose Silk con modestia. «Di cosa ti occupi adesso?»

«Ho qualche tappeto mallorean» gli rispose Delvor. «Alcuni dei nobili del luogo sembrano interessati, anche se non gradiscono il prezzo.» Le sue mani, tuttavia, già parlavano di altre faccende.

Tuo zio ha fatto sapere di aiutarti se necessario. Hai bisogno di niente? «Cosa trasporti nel bagaglio?» chiese ad alta voce.

«Pezze di lana sendar,» rispose Silk «e varie altre cosette.» Hai visto dei Murgo alla fiera?

Uno solo, ma è partito per Vo Mimbre una settimana fa. Ci sono dei Nadrak dall'altra parte, però.

Molto lontani da casa, gesticolò Silk. Sono davvero in affari?

Difficile da dire, rispose Delvor.

Puoi sistemarci per un paio di giorni?

Sono sicuro che riusciremo a trovare un accordo, rispose Delvor con un astuto scintillio negli occhi.

Le dita di Silk tradirono una certa sorpresa.

Gli affari sono affari, dopotutto, gesticolò Delvor. «Entrate» disse ad alta voce. «Prendete un bicchiere di vino e qualcosa da mangiare. Abbiamo anni interi da recuperare.»

«Ne saremo estasiati» rispose Silk un po' acido.

«Forse hai incontrato un tuo pari, principe Kehldar?» si informò zia Pol con l'ombra di un sorriso sulle labbra, mentre Silk l'aiutava a scendere da cavallo.

«Delvor? Direi proprio di no. Sta cercando di farmela pagare da anni... da quando una mia truffa a Yar Gorak gli è costata una fortuna. Ma per un po' gli lascerò credere d'essere più furbo. Lo farà stare meglio e io mi divertirò di più quando gli tirerò via il tappeto da sotto i piedi.»

«Sei incorreggibile» rise la donna.

Lui le fece l'occhiolino.

L'interno del padiglione di Delvor era rosseggiante per via di una dozzina di bracieri che creavano un tepore delizioso. Il pavimento era coperto da un tappeto blu scuro e ampi cuscini rossi erano sparpagliati qua e là. Una volta dentro, Silk fece brevemente le presentazioni.

«Sono onorato, Venerabile» mormorò Delvor facendo un profondo inchino prima a messer Lupo e poi a zia Pol. «Cosa posso fare per aiutarvi?»

«In questo momento, più che altro, abbiamo bisogno d'informazioni» rispose Lupo togliendosi il mantello. «Ci siamo imbattuti in un Grolim che stava creando disordini a nord. Potresti informarti di cosa succede fra qui e Vo Mimbre? Vorrei evitare baruffe se possibile.»

«Farò delle indagini» promise Delvor.

«Anch'io mi guarderò attorno» disse Silk. «In due dovremmo riuscire a far filtrare tutte le informazioni possibili.»

Lupo gli lanciò uno sguardo interrogativo.

«Radek di Boktor non trascura mai un'occasione per fare affari» spiegò l'omino in tutta fretta. «Sembrerebbe strano se rimanessi nella tenda di Delvor.»

«Capisco» assentì Lupo.

«Non vorremo rovinare il travestimento, vero?» chiese Silk con aria innocente. Il nasetto, però, vibrava con violenza.

Lupo si arrese. «Molto bene. Ma non dare troppo nell'occhio. Non voglio una folla di clienti oltraggiati fuori dalla tenda che gridano per avere la tua testa su un piatto.»

I facchini di Delvor presero dei pacchi dai cavalli e uno di loro mostrò a Hettar come arrivare ai recinti fuori dalla fiera. Silk cominciò a frugare fra i bagagli. Estrasse dai sacchi una miriade di oggettini piccoli e preziosi e li dispose sul tappeto di Delvor.

«Ora capisco come mai a Camaar mi avevi chiesto tutti quei soldi» commentò Lupo secco.

«Fa parte del travestimento» rispose Silk. «Radek ha sempre qualche curiosità scovata lungo la strada.»

«Questa è una spiegazione davvero comoda,» osservò Barak «ma non tirerei troppo la corda se fossi in te.»

«Se in un'ora non riesco a raddoppiare i soldi che mi ha dato il nostro vecchio amico, mi ritirerò per sempre dagli affari» promise Silk. «Quasi dimenticavo. Ho bisogno che Garion mi faccia da facchino. Radek ha sempre un facchino con sé.»

«Cerca di non traviarlo troppo» gli raccomandò zia Pol.

Silk fece un inchino stravagante e si calò in testa il berretto di velluto. Con Garion alle calcagna che portava il sacco dei tesori, se ne andò alla Grande Fiera arend come un uomo che parte per la guerra.

Un grasso mercante tolnedran poco più giù riuscì a ottenere un pugnale incrostato di brillanti pagandone solo tre volte il valore reale. Ma per fortuna due Arend comprarono degli stiletti d'argento a un prezzo tale da compensare qualsiasi perdita. «Adoro fare affari con gli Arend» si pavoneggiò Silk mentre camminavano per le strade fangose fra i padiglioni.

Il piccolo e astuto drasnian si muoveva attraverso la fiera gettando scompiglio al suo passaggio. Dove non poteva vendere, comperava. Se non poteva comprare, trattava. E quando non poteva trattare, si metteva a spettegolare per acquisire informazioni. Alcuni mercanti più furbi degli altri si nascondevano non appena lo vedevano arrivare. Garion, trascinato dall'entusiasmo dell'omino, cominciò a comprendere il fascino per quel gioco dove il profitto era secondario rispetto alla soddisfazione di spuntarla sull'avversario.

Le prede di Silk erano varie e assortite. Era disposto a fare affari con tutti. E batteva tutti sul loro stesso terreno. I Tolnedran, gli Arend, i Cherek e gli stessi compatrioti drasnian... tutti cadevano ai suoi piedi. A metà pomeriggio aveva venduto tutto quello che aveva comperato a Camaar. Il borsellino era rigonfio e tintinnante, ma il sacco sulle spalle di Garion pesava ancora perché conteneva nuova mercanzia.

Però Silk era accigliato. Camminava soppesando una bottiglietta di profumo in vetro soffiato. L'aveva scambiata con un Rivan per due libri wacite rilegati in avorio. «Qual è il problema?» chiese Garion mentre tornavano al padiglione di Delvor.

«Non so chi dei due ha vinto» disse laconico l'omino.

«Cosa?»

«Non ho idea di quanto valga questo.»

«Allora perché l'hai preso?»

«Non volevo che si accorgesse che non so quanto vale.»

«Vendilo a qualcun altro.»

«E come faccio se non so quanto chiedere? Se chiedo troppo, nessuno mi parlerà. Se chiedo troppo poco mi derideranno in tutta la fiera.»

Garion cominciò a ridacchiare.

«Non capisco cosa ci sia da ridere, Garion» reagì seccato Silk. Rimase irritabile fino a quando entrarono nel padiglione. «Eccoti il guadagno che ti ho promesso» disse a messer Lupo con malagrazia mentre gli versava le monete nella mano.

«Cosa ti preoccupa?» chiese Lupo guardando la faccia rabbuiata dell'omino.

«Niente» tagliò corto Silk. Poi guardò verso zia Pol e un ampio sorriso gli si dipinse all'improvviso sul volto. Si diresse da lei e fece un inchino. «Mia cara lady Polgara, ti prego di voler accettare questa sciocchezzuola in segno del mio affetto per te.» E con un gesto ampio e pomposo le donò la boccetta di profumo.

Lo sguardo di zia Pol era un misto di piacere e di sospetto. Prese la bottiglietta e tolse con cura il tappo. Poi con un gesto delicato lo avvicinò al polso e annusò la fragranza. «Diamine, Kheldar,» esclamò deliziata «questo è un regalo principesco!»

Il sorriso di Silk si incrinò un po' mentre la fissava attentamente per capire se fosse seria o meno. Poi sospirò e uscì fuori mugugnando fra sé della doppiezza dei Rivan.

Delvor non tardò molto a rientrare, lasciò cadere il mantello a strisce in un angolo e avvicinò le mani a uno dei braceri ardenti. «Per quanto sono riuscito a scoprire, le cose sono tranquille fra qui e Vo Mimbre,» riferì a messer Lupo «ma cinque Murgo sono appena arrivati alla fiera con due dozzine di Thull al seguito.»

Hettar sollevò la testa: il volto da falco era allarmato.

Lupo aggrottò le sopracciglia. «Venivano da nord o da sud?»

«Hanno detto di venire da Vo Mimbre, ma sugli stivali dei Thull c'era argilla rossa. Non ricordo che ci sia dell'argilla fra qui e Vo Mimbre, o sbaglio?»

«Non ce n'è nemmeno l'ombra» confermò Mandorallen. «Le uniche zone argillose sono a nord.»

Lupo assentì. «Vai a prendere Silk» disse a Barak.

Il gigante si diresse all'uscita.

«Non potrebbe essere solo una coincidenza?» domandò Durnik.

«Non possiamo correre questo rischio» rispose Lupo. «Aspetteremo che la fiera si svuoti per la notte e sgusceremo via.»

Silk rientrò e parlò brevemente con Delvor.

«I Murgo non ci impiegheranno molto a scoprire che siamo stati qui» brontolò Barak tirandosi nervosamente la barba. «Dovremo guardarci le spalle a ogni passo fra qui e Vo Mimbre. Non sarebbe più semplice se Hettar, Mandorallen e io andassimo a raccontargli il fatto loro? Cinque Murgo morti non possono inseguire nessuno.»

Hettar fece un cenno avido con il capo.

«Non credo che farebbe piacere ai legionari tolnedran che

pattugliano la fiera» osservò Silk. «I gendarmi sembrano sempre preoccuparsi dei cadaveri misteriosi. Disturba il loro senso dell'ordine.»

Barak si strinse nelle spalle. «Era solo un'idea.»

«Forse ho io un'idea» s'illuminò Delvor. «Si sono accampati vicino ai padiglioni dei Nadrak. Ho in corso degli affari con loro.» Si diresse verso l'uscita, poi si fermò. «Magari non ha importanza,» disse «ma ho scoperto che il capo dei Murgo si chiama Asharak.»

Garion fu percorso da un brivido al solo sentire quel nome.

Barak emise un lungo fischio e si incupì in volto. «Prima o poi dovremo sbarazzarcene, Belgarath» dichiarò.

«Lo conoscete?» Delvor non sembrava particolarmente sorpreso.

«Lo abbiamo incontrato un paio di volte» disse Silk in tono disinvolto.

«Sta cominciando a diventare una seccatura» concordò zia Pol.

«Allora vado» si congedò Delvor.

Garion sollevò un lembo della tenda per lasciar passare il mercante. Ma non appena guardò fuori lanciò un grido soffocato e lasciò ricadere di colpo il telo.

«Cosa succede?» chiese Silk.

«Ho appena visto Brill in strada.»

«Fammi guardare» disse Durnik. Le sue dita sollevarono appena il lembo della tenda ed entrambi sbirciarono fuori. Una figura sciatta e trasandata bighellonava per la via fangosa. Brill non era cambiato molto da quando aveva lasciato la fattoria di Faldor.

I pantaloni e la tunica erano ancora rattoppati e lerci. Non si era fatto la barba e l'occhio strabico riluceva di un biancore malsano.

«È Brill, non c'è dubbio» confermò Durnik. «È talmente vicino che posso sentirne il fetore.»

Delvor lanciò uno sguardo interrogativo al fabbro.

«Brill si fa il bagno in modo irregolare» spiegò il fabbro. «Ha un certo alone di fragranza.»

«Scusa, posso?» chiese cortesemente Delvor. Guardò fuori al di sopra della spalla di Durnik. «Ah,» disse «quello là. Lavora per i Nadrak. Mi aveva insospettito, ma non ho creduto fosse importante e non mi sono dato la pena di investigare.»

«Durnik,» disse Lupo in fretta «esci un momento. Fa' in modo che ti veda, ma non fargli capire che tu l'hai visto. Poi torna dentro. In fretta. Non voglio che scappi.»

Durnik non capiva, ma scostò la tenda e uscì.

«Che intenzioni hai, padre?» chiese zia Pol in tono tagliente. «Non restare lì con quel ghigno sulla faccia, vecchio. È molto irritante.»

«È perfetto» esultò Lupo sfregandosi le mani.

Durnik rientrò con il volto preoccupato. «Mi ha visto» riferì. «Siamo sicuri che sia una buona idea?»

«Ma certo» rispose Lupo. «Asharak è sicuramente qui per noi e setaccerà tutta la fiera per trovarci.»

«Allora perché facilitargli il compito?» chiese zia Pol.

«Tutto il contrario» rispose Lupo. «Asharak ha già usato Brill prima d'ora... a Muros, ricordate? Lo ha portato qui perché è in grado di riconoscere me, Durnik, forse Barak e perfino Silk. È ancora là fuori?»

Garion sbirciò dalla fessura. Dopo un istante vide Brill mezzo nascosto fra le tende all'altro capo della strada. «Sì, è ancora lì» rispose.

«E noi lì lo terremo» disse Lupo. «Dobbiamo fare in modo che non si annoi e torni a riferire ad Asharak che ci ha individuati.»

Silk guardò Delvor ed entrambi cominciarono a ridere.

«Cosa c'è di divertente?» domandò Barak insospettito.

«Bisogna essere Drasnian per apprezzarlo» replicò Silk. Puoi guardò Lupo ammirato. «A volte mi stupisci, vecchio mio.»

Messer Lupo strizzò l'occhio.

«Il piano mi sfugge» confessò Mandorallen.

«Posso?» Silk chiese a Lupo. Si girò verso il cavaliere. «Funziona così, Mandorallen. Asharak conta su Brill per trovarci. Ma fino a che terremo Brill occupato, non potrà tornare da Asharak e riferirgli dove siamo. Abbiamo catturato gli occhi di Asharak e questo lo mette in posizione di svantaggio.»

«Ma questo Sendar curioso non ci seguirà appena lasceremo la tenda?» chiese Mandorallen. «Quando ce ne andremo dalla fiera avremo i Murgo alle calcagna.»

«La parete posteriore della tenda è fatta di stoffa, Mandorallen» fece notare con educazione Silk. «Con un coltello affilato puoi aprirci quante porte vuoi.»

Delvor trasalì leggermente, poi sospirò. «Andrò a trovare i Murgo» disse. «Farò in modo che ritardino ancora di più.»

«Durnik e io verremo con te» disse Silk all'amico pelato. «Tu andrai da una parte, noi dall'altra. Brill ci seguirà e noi lo riporteremo qui.»

Delvor fece un cenno d'assenso e i tre uscirono.

«Non è una complicazione inutile?» chiese Barak amaro. «Brill non conosce Hettar. Non potrebbe uscire dal retro, aggirarlo e piantargli un coltello nelle costole? Poi, potremmo ficcarlo in un sacco e scaricarlo in una palude dopo aver lasciato la fiera.»

Lupo scosse il capo. «Asharak si accorgerebbe della sua scomparsa» rispose. «Voglio che dica ai Murgo che siamo in questa tenda. Con un po' di fortuna rimarranno seduti qui davanti per un paio di giorni prima di accorgersi che siamo partiti.»

Nelle ore successive ci fu sempre qualcuno che usciva della tenda per fare qualche commissione immaginaria e mantenere all'erta Brill. Quando fu la volta di Garion, ormai verso sera, il ragazzo assunse un'espressione disinvolta anche se gli pizzicava la pelle sentendo gli occhi di Brill fissi su di lui. Andò nella tenda che fungeva da magazzino e aspettò qualche minuto. Il rumore di un padiglione-taverna poche tende più in là sembrava fortissimo nel crescente silenzio della fiera. Garion aspettava nervoso al buio. Alla fine, fece un profondo respiro e uscì di nuovo fingendo di tenere qualche cosa sotto il braccio. «L'ho trovato, Durnik» annunciò mentre rientrava nel padiglione principale.

«Non c'è bisogno di improvvisare, tesoro» fece notare zia Pol.

«Volevo solo sembrare naturale» replicò lui innocente.

Delvor ritornò poco dopo. Rimasero tutti in attesa al tepore della tenda mentre fuori diventava scuro e le strade si svuotavano. Quando fu buio i facchini di Delvor fecero uscire i bagagli da un taglio sul retro. Silk, Delvor e Hettar andarono con loro ai recinti dei cavalli fuori dalla fiera, mentre gli altri si davano da fare per tenere occupato Brill. Come ultimo diversivo, Barak e messer Lupo uscirono per discutere le condizioni della strada fino a Prolgu in Ulgoland.

«Potrebbe non funzionare» ammise Lupo quando tornò nella tenda insieme al gigante dalla barba rossa. «Asharak è sicuro che stiamo seguendo Zedar verso sud, ma se Brill gli dice che stiamo andando a Prolgu potrebbe separare le forze per coprire entrambe le strade.» Si guardò attorno. «Bene» disse. «Andiamo.»

Uno a uno sgusciarono fuori attraverso il taglio nel retro e strisciarono fino alla strada successiva. Poi camminarono con passo normale come persone serie, impegnate in affari onesti, diretti ai recinti dei cavalli. Oltrepassarono il padiglione-taverna dove molti uomini stavano cantando. Le strade erano quasi vuote ormai, e il vento della sera spazzava la città di tende facendo svolazzare bandiere e pennoni.

Arrivarono dove terminava la fiera e Silk, Delvor e Hettar li aspettavano con le cavalcature. «Buona fortuna» augurò il mercante mentre si preparavano a montare. «Tratterrò i Murgo più che posso.»

Silk strinse la mano all'amico. «Però vorrei ancora sapere dove hai preso quelle monetine di piombo.»

Delvor gli fece l'occhiolino.

«Di cosa si tratta?» chiese Lupo.

«Delvor aveva delle monete tolnedran coniate in piombo e placcate d'oro» gli rivelò Silk. «Ne ha nascoste alcune nella tenda dei Murgo. Domattina andrà dai legionari e denuncerà il furto. Quando perquisiranno la tenda dei Murgo troveranno le altre.»

«Il denaro è troppo importante per i Tolnedran» osservò Barak. «Se si innervosiscono a sufficienza per quelle monete, potrebbero cominciare a impiccare qualcuno.»

Delvor fece un ghigno beffardo. «Non sarebbe un vero peccato?»

Montarono a cavallo e si diressero verso la strada maestra.

Era una notte nuvolosa e, giunti in aperta campagna il vento si fece pungente. Dietro di loro la fiera luccicava e scintillava sotto il cielo notturno come una grande città. Garion si strinse nel mantello. Ci si sentiva soli sulla strada scura nella notte ventosa quando tutti gli altri potevano avere un camino, un letto e delle mura attorno. Raggiunsero la Grande Via Occidentale che si stendeva pallida e vuota attraverso la pianura buia e digradante di Arendia e svoltarono di nuovo verso sud.

9

Il vento riprese poco prima dell'alba e stava soffiando con vigore quando il cielo sopra le colline a est cominciò a schiarirsi. Garion si sentiva tutto intorpidito per la stanchezza e la mente andava alla deriva in una sorta di intontimento sognante. I volti dei compagni gli parvero estranei mano a mano che la pallida luce aumentava. A volte si scordava il motivo di tutto quel cavalcare. Gli parve d'essere stato catturato da una compagnia di orribili forestieri in viaggio verso nessun luogo attraverso un paesaggio desolato. Un'idea bizzarra prese a farsi strada nella sua mente. I forestieri erano i suoi rapitori e lo stavano portando via dai veri amici. L'idea si fece più forte e lui cominciò ad avere paura.

All'improvviso, senza sapere perché, diede di sperone al cavallo e si gettò al galoppo da un lato della strada irrompendo nei campi aperti.

«Garion!» Una voce tagliente di donna alle spalle lo chiamava. Il ragazzo tenne gli speroni aderenti ai fianchi del cavallo e galoppò più veloce che poteva attraverso il campo incolto.

Qualcuno lo stava inseguendo, un uomo spaventoso vestito di pelle nera con la testa rasata e un codino scuro che svolazzava nel vento. In preda al panico, Garion spronò il destriero cercando di farlo correre ancora più forte, ma il terribile cavaliere gli fu addosso e gli strappò le redini dalle mani. «Che cosa fai?» domandò in tono aspro.

Garion lo guardò, incapace di rispondere.

La donna col mantello blu era lì e gli altri non erano distanti. Lei smontò in fretta da cavallo e rimase in piedi a guardarlo con aria grave. Era alta per essere una donna, e il suo volto era freddo e imperioso. Aveva i capelli molto scuri con una singola ciocca bianca sulla fronte.

Garion tremava. La donna lo spaventava orribilmente.

«Scendi da quel cavallo» ordinò.

«Con dolcezza, Pol» disse un uomo dai capelli d'argento e con il volto malefico.

Un gigantesco uomo con la barba rossa cavalcava alle loro spalle con aria minacciosa e Garion, che quasi singhiozzava per il terrore, si lasciò scivolare di sella.

«Vieni qui» ordinò la donna. Quasi inciampando nei suoi stessi piedi, Garion si avvicinò.

«Dammi la mano» disse lei.

Esitando, Garion sollevò la mano e la donna lo afferrò con fermezza per il polso. Gli dischiuse le dita e rivelò l'orribile segno sul palmo che aveva sempre odiato. Lo avvicinò al ricciolo bianco.

«Zia Pol» esclamò con voce soffocata mentre l'incubo svaniva all'improvviso. La donna lo abbracciò stretto per qualche istante. Stranamente, non era affatto imbarazzato da quella pubblica dimostrazione d'affetto.

«Questa è una cosa seria» disse rivolta a messer Lupo.

«Cos'è successo, Garion?» chiese Lupo con la voce tranquilla.

«Non lo so» rispose lui. «È stato come se non vi conoscessi affatto. Mi sembrava che foste dei nemici e che dovessi solo scappare per tornare dai miei veri amici.»

«Indossi ancora l'amuleto che ti ho dato?»

«Sì.»

«Te lo sei tolto qualche volta da quando te l'ho dato?»

«Una volta sola» confessò Garion. «Quando ho fatto il bagno all'ostello tolnedran.»

Lupo sospirò. «Non puoi togliertelo,» disse «mai... per nessuna ragione al mondo. Tiralo fuori da sotto la tunica.»

Garion estrasse il ciondolo d'argento con lo strano disegno.

Il vecchio prese il proprio medaglione da sotto la tunica. Era molto brillante e sulla superficie era incisa la figura di un lupo così realistico che sembrava quasi pronto a correre via.

Zia Pol, che ancora teneva le braccia attorno alle spalle di Garion, estrasse un amuleto del tutto simile dal suo corpetto. Sul suo medaglione c'era l'immagine di un gufo. «Tienilo nella mano destra, tesoro» lo istruì chiudendo con forza le dita di Garion sul ciondolo. Poi, tenendo anche lei l'amuleto nella mano destra, mise la sinistra sul pugno chiuso del ragazzo. Lupo, che reggeva anch'egli il proprio talismano, pose la mano sulle loro.

Il palmo di Garion cominciò a pizzicare come se il ciondolo fosse vivo.

Messer Lupo e zia Pol si guardarono per un lungo istante e il pizzicore nella mano di Garion divenne all'improvviso fortissimo. La mente gli si aprì e strane cose gli balenarono davanti agli occhi. Vide una stanza rotonda molto in alto da qualche parte. Un fuoco scoppiettava, ma non c'era legna. Al tavolo stava seduto un vecchio che somigliava molto a messer Lupo ma, evidentemente, non era lui. L'uomo sembrava fissare dritto negli occhi di Garion con uno sguardo gentile e amoroso. Garion all'improvviso fu sopraffatto dall'amore per quel vecchio.

«Mi sembra che possa bastare» giudicò Lupo lasciando la mano del ragazzo.

«Chi era il vecchio?» chiese Garion.

«Il mio maestro» rispose Lupo.

«Cosa è successo?» chiese Durnik preoccupato.

«Meglio non parlarne» liquidò la faccenda zia Pol. «Pensi di poter accendere un fuoco? È tempo di fare colazione.»

«Ci sono degli alberi laggiù, dove potremo ripararci dal vento» suggerì il fabbro.

Rimontarono in sella e si diressero verso gli alberi.

Dopo mangiato sedettero davanti al fuoco per un po'. Erano stanchi e nessuno aveva voglia di affrontare un'altra mattina ventosa. Garion, in particolare, era esausto e avrebbe desiderato essere di nuovo piccino per sedere di fianco a zia Pol e magari metterle il capo in grembo. Quella strana cosa che era successa lo faceva sentire ancora più solo e spaventato. «Durnik» disse, più per scacciare il cattivo umore che per una reale curiosità. «Che uccello è quello?» E indicò con il dito.

«Un corvo, credo» rispose il fabbro guardando l'uccello che volava in cerchio sopra le loro teste.

«Anch'io lo pensavo» disse Garion. «Di solito però non volano in cerchio, giusto?»

Durnik aggrottò le sopracciglia. «Forse sta guardando qualcosa che c'è sul terreno.»

«Da quanto tempo è lassù?» chiese Lupo guardando di traverso il grande volatile.

«La prima volta l'ho visto quando stavamo attraversando il campo» disse Garion.

Messer Lupo lanciò un'occhiata a zia Pol. «Che ne dici?»

Zia Pol, che stava rammendando una delle calze di Garion, sollevò lo sguardo verso il cielo. «Adesso vedo.» Il volto assunse l'espressione di chi stesse indagando con cura.

Garion sentì di nuovo il formicolio. D'impulso provò a spingere la mente verso l'uccello.

«Garion,» lo richiamò zia Pol senza guardarlo «smettila.»

«Scusa» disse lui in fretta e la mente ritornò al suo posto.

Messer Lupo lo guardò con un'espressione strana, poi gli fece l'occhiolino.

«È Chamdar» annunciò zia Pol tranquilla. Appuntò con attenzione l'ago nella calza e mise da parte il lavoro. Poi si alzò in piedi e scrollò il mantello blu.

«Cosa hai in mente?» chiese Lupo.

«Penso che farò due chiacchiere con lui» rispose la donna flettendo le dita come fossero artigli.

«Non lo prenderai mai» disse Lupo. «Le tue piume sono troppo morbide per questo vento. Ma c'è una maniera più facile.» Il vecchio scrutò nel cielo ventoso. «Laggiù.» Indicò una macchia a malapena visibile sopra le colline a ovest. «Meglio se lo fai tu, Pol. Non vado molto d'accordo con gli uccelli.»

«D'accordo, padre» disse lei. Guardò intensamente quella macchia e Garion sentì il pizzicore mentre la donna estendeva il suo pensiero. La macchia cominciò a volare in cerchio diventando sempre più alta finché scomparve.

Il corvo non vide l'aquila in picchiata fino all'ultimo istante, appena prima di essere afferrato da quegli enormi artigli. Penne nere svolazzarono in giro e il corvo che gridava dal terrore volò via mentre l'aquila lo inseguiva.

«Ben fatto, Pol» approvò Lupo.

«Così avrà qualcosa a cui pensare.» Sorrise. «Non mi fissare, Durnik.»

Il fabbro la guardava a bocca spalancata. «Com'è successo?»

«Vuoi davvero saperlo?» chiese zia Pol.

Durnik rabbrividì e distolse lo sguardo.

«Almeno una cosa è risolta» disse Lupo. «I travestimenti adesso sono inutili. Non so di preciso quali siano le intenzioni di Chamdar, ma ci terrà d'occhio a ogni passo. Tanto vale andare direttamente a Vo Mimbre.»

«Non seguiamo più le tracce?» chiese Barak.

«Le tracce portano a sud» rispose Lupo. Posso ritrovare la pista una volta che saremo a Tolnedra. Ma prima voglio parlare con re Korodullin. Ci sono alcune cose che deve sapere.»

«Korodullin?» Durnik era perplesso. «Non era il nome del primo re arend? Qualcuno deve avermelo detto tanto tempo fa.»

«Tutti i re di Arendia si chiamano Korodullin» disse Silk. «E tutte le regine si chiamano Mayaserana. Fa parte della commedia che mette in scena la famiglia reale per impedire al regno di cadere in pezzi. Devono sposarsi il più possibile fra consanguinei per mantenere l'illusione che le case di Mimbre e Asturia siano unite. Per questo sono tutti malaticci. Purtroppo non c'è alternativa... considerando la natura particolare della politica arend.»

«Davvero bravo, Silk» lo rimproverò zia Pol.

Mandorallen sembrava pensieroso. «Ritenete plausibile che questo Chamdar che così di presso sorveglia i nostri passi appartenga alle alte sfere dell'oscuro consesso dei Grolim?» chiese.

«A lui piacerebbe molto» rispose Lupo. «Zedar e Ctuchik sono discepoli di Torak e anche Chamdar vorrebbe esserlo. È sempre stato l'agente di Ctuchik e forse pensa che questa sia la volta buona di scalare la gerarchia grolim. Ctuchik è molto vecchio e trascorre la maggior parte del tempo a Rak Cthol, nel tempio di Torak. Forse Chamdar pensa sia tempo che qualcun altro diventi alto sacerdote.»

«Il corpo di Torak è a Rak Cthol?» chiese Silk in fretta.

Messer Lupo si strinse nelle spalle. «Nessuno lo sa con certezza, ma ne dubito. Dopo che Zedar lo portò via dal campo di battaglia a Vo Mimbre, non penso lo abbia restituito a Ctuchik. Potrebbe essere in Mallorea o da qualche parte a sud di Cthol Murgos. Difficile dirlo.»

«Al momento Chamdar è l'unico di cui dobbiamo preoccuparci» concluse Silk.

«Non se continuiamo a muoverci» disse Lupo.

«Allora spicciamoci» li spronò Barak alzandosi in piedi.

Verso metà mattina il cielo cominciò ad aprirsi e macchie di cielo azzurro fecero capolino qua e là. Raggi di luce come colonne calavano verso la pianura che aspettava, umida, le prime carezze della primavera. Con Mandorallen coprirono sei leghe buone. Alla fine rallentarono al passo per far riposare i cavalli sbuffanti.

«Quanto manca a Vo Mimbre, nonno?» chiese Garion accostando il cavallo a quello di messer Lupo.

«Almeno sessanta leghe» lo informò il vecchio. «Forse anche ottanta.»

«È ancora lunga.» Garion trasalì mentre si spostava sulla sella.

«Sì.»

«Mi dispiace di essere corso via a quel modo» si scusò il ragazzo.

«Non è stata colpa tua. Chamdar stava facendo i suoi giochetti.»

«Perché ha scelto me? Non poteva fare la stessa cosa a Durnik... o a Barak?»

Messer Lupo lo guardò. «Tu sei più giovane e più sensibile.»

«Non è la vera ragione, giusto?» indovinò Garion.

«No,» ammise Lupo «in realtà no, ma comunque è una risposta.»

«Questa è un'altra delle cose che non hai intenzione di spiegarmi?»

«Direi di sì» rispose il vecchio con noncuranza.

Garion tenne il muso per un po', ma messer Lupo continuava a cavalcare per nulla interessato al rimprovero silenzioso del ragazzo.

Quella notte si fermarono a un ostello tolnedran che, come tutti gli altri, era semplice, decoroso e costoso. La mattina dopo, il cielo si era schiarito fatta eccezione per qualche macchia ondulata di nuvole bianche che sgambettava nel vento. La vista del sole li fece stare meglio tutti quanti, e Silk e Barak si misero a scherzare. Garion non li aveva mai visti così da quando erano entrati in Arendia.

Mandorallen, comunque, parlò a malapena quel mattino, e il suo volto si faceva più serio ogni miglio che percorrevano. Non portava l'armatura ma una cotta di maglia e una sopravveste blu scuro. Aveva la testa scoperta e il vento faceva ondeggiare i suoi capelli ricciuti.

Dalla cima di una collina vicina, un castello minaccioso incombeva su di loro, con le mura severe e altezzose. Mandorallen sembrava evitare di guardarlo e il suo viso si fece ancora più malinconico.

Garion non sapeva che opinione avere di Mandorallen. Era abbastanza onesto con sé stesso per ammettere che molti dei suoi pensieri erano determinati dai pregiudizi di Lelldorin. In realtà non voleva farsi piacere Mandorallen. Ma, lasciando da parte la tristezza caratteristica di molti Arend, il modo arcaico e studiato di parlare e l'arrogante fiducia in sé stesso, Mandorallen non era poi così male.

Sulla cima della collina accanto al castello c'erano dei ruderi. Poco più di un muro con un porticato al centro e colonne spezzate da entrambe le parti. Vicino alle rovine c'era una donna a cavallo con un mantello rosso che le svolazzava attorno.

Senza dire una parola, quasi senza pensare, Mandorallen girò il cavallo e trotterellò in direzione della donna, che lo guardava arrivare senza sorpresa, ma anche senza particolare piacere.

«Dove sta andando?» chiese Barak.

«È una sua conoscenza» disse Lupo secco.

«Dobbiamo aspettarlo?»

«Ci raggiungerà dopo» rispose il vecchio.

Mandorallen aveva fermato il destriero accanto alla donna ed era sceso. Fece un inchino e tese le mani per aiutarla a smontare di sella. Camminarono insieme verso il rudere, senza toccarsi ma molto vicini l'uno all'altra. Si fermarono sotto il portico e parlarono. Dietro le rovine le nuvole correvano veloci nel cielo ventoso e quelle ombre enormi spazzavano i tristi campi di Arendia.

«Avremmo dovuto fare un'altra strada» borbottò Lupo. «Non ci ho pensato.»

«C'è qualche problema?» chiese Durnik.

«Niente di insolito per Arendia» rispose Lupo. «Penso sia colpa mia. A volte mi dimentico di cosa succede ai giovani.»

«Non essere criptico, padre» lo rimproverò zia Pol. «È molto irritante. È qualcosa che dovremmo sapere?»

Lupo si strinse nelle spalle. «Non è un segreto per nessuno» rispose. «Mezza Arendia sa di che si tratta. Un'intera generazione di fanciulle arend piange per questa storia tutte le sere prima di addormentarsi.»

«Papà!» scattò zia Pol esasperata.

«D'accordo» capitolò Lupo. «Quando Mandorallen aveva circa l'età di Garion, era un giovane di grandi promesse: forte, coraggioso e non troppo sveglio, le qualità che fanno un bravo cavaliere. Suo padre mi chiese consiglio e io disposi che il ragazzo andasse a vivere per un periodo con il barone di Vo Ebor. Il castello laggiù è il suo. Il barone godeva di una reputazione eccellente e provvide affinché Mandorallen avesse l'istruzione necessaria. Mandorallen e il barone divennero come padre e figlio dato che il barone era più vecchio di lui. Tutto procedeva a meraviglia finché il barone si sposò. La sposa, comunque, era molto più giovane... più o meno dell'età di Mandorallen.»

«Credo di aver capito come andrà a finire» osservò Durnik con disapprovazione.

«Non esattamente» lo corresse Lupo. «Dopo la luna di miele il barone tornò alle sue imprese cavalleresche e lasciò la giovane moglie ad annoiarsi da sola nel castello. È una situazione che può dar luogo a molte eventualità interessanti. Comunque, Mandorallen e la signora si scambiarono degli sguardi... poi delle parole... le solite cose.»

«Succede anche in Sendaria,» ragionò il fabbro «ma sono sicuro che le chiamiamo in un modo diverso da quello che usano qui.» Aveva un tono critico, quasi offeso.

«Stai saltando alle conclusioni, Durnik» lo accusò Lupo. «Le cose non andarono mai oltre. Forse sarebbe stato meglio se fosse successo. L'adulterio non è poi una questione così seria e con il tempo si sarebbero stancati. Ma dal momento che entrambi amavano e rispettavano troppo il barone per disonorarlo, Mandorallen lasciò il castello prima che le cose gli sfuggissero di mano. Ora entrambi soffrono in silenzio. È molto commovente, anche se a me sembra solo una gran perdita di tempo. Ma, ovviamente, io sono molto più vecchio di loro.»

«Tu sei più vecchio di tutti, padre» disse zia Pol.

«Non c'è bisogno di ricordarmelo»

Silk rise sardonico. «Sono lieto di vedere che il nostro splendido amico ha almeno avuto il cattivo gusto di innamorarsi della moglie di un altro. La sua nobiltà cominciava a nausearmi.» L'omino era amareggiato e ironico come quando Garion l'aveva visto parlare con la regina Porenn a Val Alorn.

«E il barone lo sa?» chiese Durnik.

«Certo» rispose Lupo. «Questa è la parte che rende più sdolcinati gli Arend in proposito. Una volta un cavaliere, più stupido della media, fece una pessima battuta al riguardo. Il barone lo sfidò immediatamente e lo trapassò con una lancia durante il duello. Da quella volta sono in pochi a trovare la situazione ridicola.»

«È comunque disonorevole» disse Durnik.

«Il loro comportamento è al di sopra di ogni sospetto, Durnik» sostenne con fermezza zia Pol. «Non c'è vergogna se non si spingono oltre.»

«Le persone decorose non devono lasciare che queste cose accadano» affermò il fabbro.

«Non la convincerai mai, Durnik» gli disse messer Lupo. «Polgara ha passato troppi anni con gli Arend Wacite. Sono anche peggio dei Mimbrate. Non si può sguazzare in quel sentimentalismo senza pensare che non te ne resti un po' addosso. Per fortuna non le ha cancellato del tutto il buonsenso. Solo occasionalmente si comporta come una bambina esuberante. Basta evitarla durante quegli attacchi e tutto sembra quasi normale.»

«Ho impiegato il mio tempo meglio di te, padre» osservò zia Pol acida. «Se non ricordo male in quegli anni stavi facendo baldoria ai moli di Camaar. Dopo, per innalzarti lo spirito, passasti un periodo a divertire le donne depravate di Maragor. Sono del tutto certa che quelle esperienze hanno ampliato il tuo concetto di moralità.»

Messer Lupo tossì a disagio e guardò da un'altra parte.

Dietro di loro, Mandorallen era rimontato a cavallo e stava galoppando giù dalla collina. La donna era in piedi nel porticato e lo osservava allontanarsi con il mantello rosso che si agitava nel vento.

Ci vollero cinque giorni di viaggio prima di raggiungere il fiume Arend, il confine naturale fra Arendia e Tolnedra. Mano a mano che si spingevano a sud il tempo migliorava e il mattino in cui raggiunsero la collina sopra il fiume la temperatura era mite. Il sole splendeva e qualche nuvola correva sopra le loro teste nella brezza fresca.

«La strada principale per Vo Mimbre si dirama a sinistra, proprio laggiù» osservò Mandorallen.

«Sì» disse Lupo. «Scendiamo in quel boschetto vicino al fiume e rendiamoci presentabili. L'aspetto è molto importante a Vo Mimbre, e non dobbiamo sembrare dei vagabondi.»

Tre figure avvolte in mantelli marroni e incappucciate stavano in piedi, umilmente, all'incrocio. Tenevano il capo chino e le mani tese nella supplica. Messer Lupo frenò il cavallo e si avvicinò. Parlò brevemente poi allungò una moneta.

«Chi sono?» chiese Garion.

«Monaci di Mar Terin» rispose Silk.

«Dov'è?»

«A sudest di Tolnedra, dove una volta c'era Maragor» gli disse Silk. «I monaci cercano di dare conforto agli spiriti dei Marag.»

Messer Lupo fece cenno di proseguire e oltrepassarono le tre umili figure sul margine della strada. «Dicono che nelle ultime due settimane non sono passati Murgo da qui.»

«Ci si può fidare di loro?» chiese Hettar.

«Probabilmente sì. I monaci non mentono a nessuno.»

«Allora diranno che ci hanno visto passare se qualcuno glielo chiede?» chiese Barak.

Lupo annuì. «Rispondono a qualsiasi domanda venga loro posta.»

«È un'abitudine davvero sgradevole» grugnì cupo il gigante.

Messer Lupo alzò le spalle e li condusse fra gli alberi vicino al fiume. «Qui dovrebbe andare bene» decise smontando in una radura erbosa. Aspettò che gli altri fossero scesi da cavallo. «Dunque,» esordì «stiamo per entrare a Vo Mimbre. Voglio che facciate attenzione a cosa dite. I Mimbrate sono molto permalosi e la più piccola parola può essere interpretata come un insulto.»

«Credo dovresti indossare la veste bianca che ti ha donato re Fulrach, padre» lo interruppe zia Pol apprendo uno dei bagagli.

«Per favore, Pol» disse Lupo. «Sto cercando di spiegare cose importanti.»

«Ti hanno sentito, padre. Tendi a dilungarti troppo.» La donna distese l'abito bianco e lo osservò con occhio critico. «Avresti dovuto piegarlo meglio. È tutto spiegazzato.»

«Non ho intenzione di mettere quella cosa» dichiarò Lupo con convinzione.

«Sì invece, padre» gli disse Pol con dolcezza. «Anche se dovessimo litigare per un paio d'ore alla fine lo metterai lo stesso. Perché non risparmiare tempo?»

«Che sciocchezza» si lamentò lui.

«Molte cose sono sciocche, padre. Conosco gli Arend meglio di te. Ti rispetteranno di più se sei vestito bene. Mandorallen, Hettar e Barak indosseranno l'armatura. Durnik, Silk e Garion metteranno le giubbe che Fulrach ha dato loro a Sendar. Io avrò il vestito blu e tu quello bianco. Insisto, padre.»

«Tu cosa? Adesso ascoltami, Polgara...»

«Stai tranquillo, padre» disse lei con aria assente esaminando la giubba blu di Garion.

Il volto di messer Lupo si scurì e gli occhi scintillarono pericolosamente.

«Devi dirmi qualcos'altro?» chiese Pol con sguardo deciso.

Messer Lupo lasciò perdere.

«È davvero saggio come dicono» osservò Silk.

Un'ora più tardi erano sulla strada principale per Vo Mimbre sotto un bel cielo sereno. Mandorallen, di nuovo in armatura con un pennone blu e argento che gli svolazzava dalla punta della lancia, apriva la strada con Barak che indossava la lucente cotta di maglia e il cappello di pelle d'orso. Su insistenza di zia Pol, il grosso Cherek si era pettinato i nodi della barba e rifatto addirittura le trecce. Messer Lupo, di cattivo umore nell'abito bianco, cavalcava bofonchiando fra sé mentre al suo fianco zia Pol sedeva in modo pudico sulla sella con una corta cappa foderata di pelliccia e un copricapo di satin blu appollaiato sulla folta massa di capelli neri. Garion e Durnik erano a disagio così in ghingheri, ma Silk indossava giubbetto e cappello di velluto con una sorta di esuberante eleganza. L'unica concessione che Hettar aveva fatto alla forma era stato rimpiazzare con un anello d'argento la molletta di ferro che gli chiudeva di solito il codino.

I servi e i pochi cavalieri che incontrarono lungo la strada si fecero da parte e salutarono con rispetto. La giornata era tiepida, la strada buona e i cavalli forti. A metà pomeriggio oltrepassarono il crinale di una collina che si affacciava sulla pianura digradante verso le porte di Vo Mimbre.

10

La città degli Arend Mimbrate sorgeva simile a un monte al di là del fiume luccicante. Le mura alte e spesse erano sormontate da spalti merlati e imponenti torri; qua e là spuntavano agili pinnacoli con vessilli colorati sulle punte che splendevano nell'assolato pomeriggio.

«Ammirate Vo Mimbre,» proclamò Mandorallen con orgoglio «regina delle città. Su quella roccia si infranse la marea degli Angarak, si ritirò e s'infranse ancora. Su quel campo trovarono la loro rovina. L'anima e l'orgoglio di Arendia dimorano entro questa fortezza e il potere dell'Oscuro mai prevarrà su di lei.»

«Siamo già stati qui prima d'ora, Mandorallen» disse acido messer Lupo.

«Non essere maleducato, padre» lo rimproverò zia Pol. Poi si voltò verso Mandorallen e, con grande stupore di Garion, parlò una lingua che non aveva mai pronunciato prima. «Avresti la cortesia, nobile cavaliere, di condurci al palazzo del sovrano? È tempo che ci riuniamo in consiglio per discutere questioni della massima urgenza.» Fece questo discorso senza la minima traccia di timidezza come se quella formalità arcaica le venisse del tutto naturale. «Ed essendo tu il più potente fra i cavalieri della terra, noi ci poniamo sotto la protezione del tuo braccio.»

Mandorallen, dopo un istante di sbigottimento, scivolò con fragore dalla sella e si gettò in ginocchio davanti a lei. «Lady Polgara,» rispose con voce palpitante per il rispetto, quasi con reverenza «accetto l'incarico e ti condurrò incolume da re Korodullin. L'uomo che osasse mettere in dubbio il tuo diritto all'attenzione del re sarà sfidato a duello.»

Zia Pol gli sorrise incoraggiante e quello volteggiò di nuovo in sella con grande rumore di ferraglia. Li condusse al trotto per la strada e dall'andatura si capiva che aveva sete di battaglia.

«Che cosa significa tutto questo?» chiese Lupo.

«Mandorallen ha bisogno di qualche distrazione» rispose la donna. «Negli ultimi giorni è stato sopraffatto da pensieri cupi.»

Mentre si avvicinavano alla città, Garion vide i segni delle catapulte degli Angarak che solcavano le mura come cicatrici. Le merlature erano sbeccate e butterate per la pioggia di frecce d'acciaio. L'arco di pietra che portava in città rivelava l'incredibile spessore dei muri e la porta rinforzata dal ferro era massiccia. Trotterellarono attraverso l'arco ed entrarono nelle vie strette e anguste. Molti passanti non erano aristocratici e facevano strada velocissimi. I volti degli uomini in tuniche grigie e delle donne con vestiti rattoppati avevano un'aria ottusa e poco interessata.

«Non si curano molto di noi» commentò Garion sottovoce rivolgendosi a Durnik.

«Non credo che la gente comune e l'aristocrazia badino molto gli uni agli altri» rispose il fabbro. «Vivono insieme ma non si conoscono affatto. Forse è questo il problema di Arendia.»

Garion assentì con aria grave.

Nonostante i popolani fossero indifferenti, i nobili a palazzo sembravano divorati dalla curiosità. Pareva che la notizia dell'arrivo li avesse preceduti attraverso le stradine. Alle finestre e ai parapetti del palazzo c'era una folla in abiti sgargianti.

«Rallentate il passo, nobile cavaliere» gridò un uomo alto e barbuto da un parapetto in direzione di Mandorallen mentre entravano sulla piazza. «Sollevate la visiera affinché io possa riconoscervi.»

Mandorallen si fermò stupefatto di fronte al cancello chiuso e sollevò la visiera. «Quale scortesia è mai questa?» chiese. «Tutto il mondo sa che io sono Mandorallen, barone di Vo Mandor. Di certo non ignorate lo stemma inciso sullo scudo.»

«Potreste portare lo stemma di qualcun altro» dichiarò l'uomo sprezzante.

Il volto di Mandorallen si fece scuro. «Non siete dunque consapevole che nessun uomo al mondo oserebbe mai contraffare il mio sembiante?» chiese in tono minaccioso.

«Sir Andorig,» disse un altro cavaliere all'uomo sul parapetto «questo è davvero sir Mandorallen. L'ho incontrato sul campo del torneo lo scorso anno avendone in cambio una spalla rotta e un ronzio nell'orecchio che ancora non mi abbandona.»

«Ah,» rispose sir Andorig «dal momento che garantite per lui, sir Helbergin, concederò che questi sia il bastardo di Vo Mandor.»

«Un giorno o l'altro dovrai sistemare questa faccenda» disse Barak sottovoce a Mandorallen.

«Parrebbe di sì» rispose il cavaliere.

«E pur tuttavia, chi sono costoro che insieme a voi chiedono udienza, nobile cavaliere?» chiese Andorig. «Non consentirò che i cancelli si aprano a dei forestieri.»

Mandorallen si drizzò sulla sella. «Udite udite!» proclamò a voce così alta che risuonò in tutta la città. «Vi porto un onore senza pari. Si spalanchino le porte e tutti si dispongano all'ubbidienza. Voi ammirerete il sacro volto di Belgarath il Mago, l'uomo eterno, e l'aspetto celestiale di sua figlia, lady Polgara, venuti a Vo Mimbre per chiedere udienza al re di Arendia.»

«Non è un po' eccessivo?» sussurrò Garion a zia Pol.

«È l'usanza, mio caro» rispose lei tranquilla. «Quando si ha a che fare con gli Arend occorre essere stravaganti per ottenere la loro attenzione.»

«E chi vi ha detto che questo è lord Belgarath?» chiese Andorig con un sorriso beffardo. «Non piegherò il ginocchio di fronte a un vagabondo sconosciuto.»

«Mettete in dubbio la mia parola, nobile cavaliere?» rispose con voce calma e sdegnosa Mandorallen. «Scendete dunque per sedare il vostro dubbio. O preferite starvene accucciato come un vile cagnaccio dietro al parapetto ad abbaiare ai vostri maggiori?»

«Oh, questa era davvero molto bella» disse Barak ammirato.

«Temo che siamo a un punto morto» bisbigliò messer Lupo. «Bisognerà che provi qualcosa a questo scettico se vogliamo davvero vedere Korodullin.» Scese di sella e, con fare pensieroso, tolse un ramoscello impigliato nella coda del cavallo. Poi avanzò fino al centro della piazza e si fermò, rilucente nell'abito bianco. «Signor cavaliere,» chiamò con dolcezza in direzione di Andorig «vedo che siete un uomo prudente. È una buona qualità, ma non dovete abusarne.»

«Non sono un bambino, vecchio» sbraitò il cavaliere con tono vagamente offensivo. «Credo solo a ciò che vedono i miei occhi.»

«Deve essere triste credere a così poco» osservò Lupo. Si chinò e inserì il ramoscello fra due lastroni di granito ai suoi piedi. Fece un passo indietro e distese la mano sul ramoscello guardandolo con occhi gentili. «Vi farò un favore, sir Andorig» annunciò. «Vi restituirò la fede. Guardate con attenzione.» Poi pronunciò una sola parola con voce così flebile che Garion quasi non la udì. Eppure scatenò quella sensazione ormai familiare e quel debole rumore come uno scroscio.

All'inizio parve non succedere niente. Poi i due lastroni si inclinarono verso l'alto mentre il ramoscello cresceva sempre più fino a raggiungere la mano tesa di messer Lupo. Quando dal ramoscello cominciarono a spuntare dei rami, dalle mura del palazzo giunsero grida soffocate. Uno dei lastroni si spezzò con uno schianto.

Ci fu un silenzio assoluto e tutti guardarono affascinati e stupiti il nuovo albero. Messer Lupo tese entrambe le mani e le girò coi palmi all'insù. Poi parlò di nuovo e le punte dei rami si gonfiarono e cominciarono a gemmare. Quindi l'albero esplose in una fioritura di boccioli rosa e bianchi.

«Mele, giusto Pol?» chiese Lupo girandosi indietro.

«Sembrerebbe proprio di sì» rispose zia Pol.

Diede qualche colpetto affettuoso all'albero poi si girò verso il cavaliere che era sprofondato, col volto bianco e tremante, sulle ginocchia. «Ebbene, sir Andorig,» chiese «in cosa credete adesso?»

«Vi prego di perdonarmi, divino Belgarath» lo implorò Andorig con voce soffocata.

Messer Lupo si erse in tutta la sua altezza e parlò con voce grave. Le parole scivolavano nelle cadenze misurate della lingua dei Mimbrate. «Io vi affido questo incarico, nobile cavaliere, di avere cura di questo albero. Qui è cresciuto per rinnovare la vostra fede e fiducia. Dovrete pagare il debito con tenerezza e amore. Col tempo porterà frutto e voi quei frutti raccoglierete per donarli a tutti quanti ne richiedano. Per il bene della vostra anima non li rifiuterete ad alcuno, non importa quanto umile sia. Così come l'albero dona generoso, voi generosamente donerete.»

«Che tocco poetico» approvò zia Pol.

Lupo le fece l'occhiolino.

«Farò come comandate, divino Belgarath» farfugliò Andorig con voce strozzata. «Il mio cuore gli apparterrà.»

Messer Lupo tornò al cavallo. «Almeno farà una cosa utile nella vita» mormorò.

Non ci furono altre discussioni. Il cancello del palazzo si aprì scricchiolando e una volta nel cortile interno smontarono tutti da cavallo. Mandorallen li condusse attraverso due file di nobili in ginocchio e singhiozzanti. Alcuni allungavano le mani per toccare la tunica di messer Lupo mentre passava. La porta della sala del trono venne spalancata e il gruppetto fece il suo ingresso.

La sala del trono arend era una stanza ampia col soffitto a volta e con contrafforti che si innalzavano lungo i muri. Fra di essi c'erano piccole finestrelle e la luce che filtrava attraverso i vetri colorati scintillava di mille riflessi. Il pavimento era di marmo lustro, e su una piattaforma di pietra coperta da un tappeto all'altro capo della sala stava il trono di Arendia circondato da drappi purpurei. Alle pareti erano appese pesanti armi antiche appartenute a venti generazioni di re arend. Lance, mazze e spadoni più alti di un uomo campeggiavano fra i vessilli guerreschi di sovrani ormai dimenticati.

Korodullin di Arendia era un giovane dall'aspetto esanime vestito di porpora e oro. Portava la corona come se pesasse troppo per lui. Nel trono accanto sedeva la sua pallida e bellissima regina. Insieme guardarono con apprensione la folla che, con messer Lupo al centro, si avvicinava al trono.

«Mio re,» annunciò Mandorallen piegandosi su un ginocchio «porto al vostro cospetto il divino Belgarath, discepolo di Aldur e pilastro dei regni dell'Occidente.»

«Sa chi sono, Mandorallen» tagliò corto messer Lupo. Fece un passo avanti e si inchinò brevemente. «Salute a voi, Korodullin e Mayaserana» salutò. «Mi dispiace non ci sia stata occasione di conoscerci prima.»

«L'onore è nostro, nobile Belgarath» rispose il giovane re con una voce dal timbro ricco che smentiva l'apparenza fragile.

«Mio padre parlava spesso di voi» disse la regina.

«Eravamo buoni amici» confermò Lupo. «Consentitemi di presentarvi mia figlia, Polgara.»

«Magnifica signora» rispose il re chinando con rispetto il capo. «Tutto il mondo conosce il vostro potere, ma gli uomini dimenticano di parlare della vostra bellezza.»

«Andremo senz'altro d'accordo» rispose zia Pol sorridendo con calore.

«Il mio cuore trema alla vista del fiore di tutta la femminilità» dichiarò la regina.

Zia Pol, pensierosa, guardò la regina. «Dobbiamo parlare, Mayaserana,» disse con tono serio «in privato e molto presto.»

La regina sussultò per la sorpresa.

Messer Lupo presentò il resto della compagnia e ognuno si inchinò a turno davanti al giovane re.

«Benvenuti» li accolse Korodullin. «La mia povera corte è sopraffatta dalla nobiltà di questa compagnia.»

«Non abbiamo molto tempo, Korodullin» disse messer Lupo. «La cortesia del trono di Arendia è la meraviglia del mondo. Non voglio offendere voi e la giovane regina non ottemperando all'etichetta che è il gioiello della corte, ma devo riferirvi alcune notizie in privato. È una questione d'urgenza estrema.»

«Allora sarò immediatamente al vostro servizio» rispose il re alzandosi dal trono. «Perdonateci amici cari,» disse all'assemblea dei nobili «ma questo antico amico del nostro casato ha notizie riservate della massima importanza. Vi prego, ci ritireremo per un breve lasso di tempo per ricevere le istruzioni. Torneremo fra poco.»

«Polgara» disse messer Lupo.

«Vai avanti, padre» rispose lei. «Devo parlare subito con Mayaserana di un argomento che le sta a cuore.»

«Non puoi aspettare?»

«No, padre, non posso.» E, detto questo, prese il braccio della regina e le due abbandonarono la sala. Messer Lupo le fissò per un momento poi si strinse nelle spalle e lasciò con Korodullin la sala del trono. Un silenzio sconvolto seguì la loro uscita.

«Davvero indecoroso» disse un vecchio cortigiano dai capelli bianchi arruffati.

«Una fretta necessaria, mio signore» lo informò Mandorallen. «Come il reverendo Belgarath ha annunciato, la nostra missione è il cardine della sopravvivenza dei regni dell'Occidente. Il nostro antico nemico incombe. Temo che fra non molto i cavalieri mimbrate dovranno di nuovo opporsi a una guerra brutale.»

«Benedetta sia la bocca che porta la notizia» dichiarò il vecchio dalla barba bianca. «Temevo d'aver visto già l'ultima battaglia ed esser destinato a morire inutilmente di vecchiaia. Ringrazio il grande Chaldan per il vigore che ancora mi concede e per il mio ardimento che non è diminuito dal misero passaggio di sedici lustri.»

Garion si appartò in un angolo della sala per ragionare sul suo problema. Gli eventi l'avevano portato alla corte di Korodullin prima che avesse il tempo di prepararsi a uno sgradevole dovere. Aveva dato la sua parola a Lelldorin di portare certi fatti all'attenzione del re, ma non aveva la minima idea di come fare. La formalità esagerata degli arend lo intimidiva. Questa non era la corte rozza e bonaria di re Anheg a Val Alorn, né quella familiare di re Fulrach a Sendar. Questa era Vo Mimbre, e lui non poteva svelare il folle complotto di un manipolo di Asturian come aveva fatto con le trame del conte di Jarvik.

All'improvviso il pensiero di quell'evento lo colpì. La situazione era così simile che sembrava un elaborato gioco di scacchi. Le mosse sulla scacchiera erano quasi identiche e in entrambi i casi lui era stato messo nella scomoda posizione di impedire lo scacco matto. Si sentì stranamente impotente come se la sua intera vita fosse nelle mani di due giocatori senza volto che muovevano i pezzi in una partita che poteva durare per l'eternità. Non c'erano dubbi sul da farsi. Ma sembrava che i giocatori l'avessero lasciato libero di escogitare il modo in cui farlo.

Quando riapparve nella sala del trono con messer Lupo, un'ora più tardi, re Korodullin pareva scosso. Controllava le parole con evidente difficoltà. «Perdonatemi, nobili tutti,» si scusò «ma ho ricevuto notizie sconfortanti. Per il momento presente accantoniamo però le nostre preoccupazioni e celebriamo questa visita storica. Siano chiamati dei musici e comandate di apprestare un banchetto.»

Ci fu movimento accanto alla porta e un uomo vestito di nero fece il suo ingresso con una mezza dozzina di Mimbrate in piena armatura. Avevano uno sguardo insospettito e tenevano le mani sull'elsa della spada come a sfidare chiunque si ponesse sul loro cammino. Quando l'uomo col mantello si avvicinò, Garion notò gli occhi freddi e il volto deturpato dalle cicatrici. Era un Murgo.

Barak strinse il braccio di Hettar.

Era evidente che il Murgo si era vestito in fretta e sembrava che la corsa alla sala del trono l'avesse lasciato senza fiato. «Maestà,» gracchiò, facendo un profondo inchino a Korodullin «sono appena stato avvertito che alla vostra corte sono giunti visitatori. Mi sono affrettato per porgere il saluto nel nome del mio re, Taur Urgas.»

Il volto di Korodullin si raggelò. «Non ricordo di avervi convocato, Nachak» disse.

«Allora è come temevo» rispose il Murgo. «Questi messaggeri hanno sparso il seme del sospetto sulla mia razza cercando di sciogliere l'amicizia che esiste fra i troni di Arendia e Cthol Murgos. Mi rattrista vedere come abbiate prestato orecchio a questi calunniatori senza offrirmi l'opportunità di replicare. È una cosa giusta, augusta Maestà?»

«Chi è costui?» chiese messer Lupo a Korodullin.

«Nachak,» rispose il re «l'ambasciatore di Chtol Murgos. Devo presentarvelo, Venerabile?»

«Non sarà necessario» rispose messer Lupo tetro. «Tutti i Murgo sanno chi sono. Per farsi ubbidire dai bambini, a Chtol Mugos, le mamme li spaventano pronunciando il mio nome.»

«Ma io non sono un bambino, vecchio» sogghignò Nachak. «Non ho paura di te.»

«Questo potrebbe essere un grave errore» osservò Silk.

Su Garion il nome del Murgo aveva avuto l'effetto di un pugno. Guardò il viso deturpato dell'uomo che aveva ingannato Lelldorin e i suoi amici. Capì che i giocatori avevano mosso i pezzi fino alla posizione cruciale. La vittoria o la sconfitta dipendevano ancora una volta solo da lui.

«Quali menzogne hai raccontato al re?» stava chiedendo il Murgo a messer Lupo.

«Nessuna menzogna, Nachak» disse Lupo. «Solo la verità. Questo dovrebbe bastare.»

«Io protesto, Maestà» Nachak fece appello al re. «Io protesto ardentemente. Tutto il mondo conosce l'odio che quell'uomo porta verso il mio popolo. Come potete consentirgli di avvelenarvi la mente e farvi mettere contro di noi?»

«Sta perdendo il controllo» commentò Silk con tono furbesco.

«Si sta agitando» rispose Barak. «I Murgo diventano goffi quando si eccitano. È una delle loro manchevolezze.»

«Alorn!» Nachak sputò per terra.

«Esatto, Murgo» disse Barak freddo. Stava ancora stringendo il braccio di Hettar.

Nachak li guardò. Poi gli occhi si spalancarono come se vedesse Hettar per la prima volta. Di fronte a quello sguardo carico d'odio fece un passo indietro mentre la scorta di soldati lo circondava per proteggerlo. «Maestà,» gracchiò «conosco quell'uomo come Hettar di Algaria, un noto assassino. Esigo che venga arrestato.»

«Esigete, Nachak?» chiese il re con un pericoloso scintillio negli occhi. «Cosa esigete nella mia corte?»

«Chiedo perdono, Maestà» si scusò in fretta Nachak. «La vista di quell'animale mi ha fatto dimenticare le buone maniere.»

«Sarebbe saggio che ti ritirassi, Nachak» consigliò messer Lupo. «Non è davvero una buona idea per un Murgo rimanere da solo in mezzo a tanti Alorn. Potrebbero succedere degli incidenti.»

«Nonno» disse Garion con urgenza. Senza sapere perché, capì che quello era il momento di parlare. Nachak non doveva abbandonare la sala del trono. I giocatori avevano fatto la loro mossa e il gioco volgeva al termine. «Nonno,» ripeté «c'è qualcosa che devo dirti.»

«Non adesso, Garion.» Lupo stava ancora guardando con occhi feroci il Murgo.

«È importante, nonno. Molto importante.»

Messer Lupo si voltò come per dare una risposta tagliente, ma poi sembrò scorgere qualcosa... qualcosa che nessun altro nella sala del trono poteva vedere... gli occhi gli si spalancarono per lo stupore improvviso. «Molto bene, Garion» dice con voce stranamente tranquilla. «Parla pure.»

«Ci sono uomini che stanno complottando per uccidere il re di Arendia. Nachak è uno di loro.» Garion aveva parlato con voce più alta di quanto volesse. A quelle parole un silenzio improvviso scese nella sala del trono.

Nachak impallidì. La mano gli corse involontariamente verso la spada, poi si girò. Garion vide all'improvviso che l'enorme massa di Barak stava alle sue spalle e che Hettar, feroce come la morte in quella pelle nera, gli torreggiava accanto. Il Murgo indietreggiò e fece un cenno ai soldati in armatura. Rapidi, quelli formarono un cerchio protettivo pronti ad afferrare le armi. «Non resterò un istante di più ad ascoltare queste calunnie» dichiarò il Murgo.

«Non vi ho ancora accordato il permesso di ritirarvi, Nachak» lo informò Korodullin freddo. «Richiedo la vostra presenza ancora qualche istante.» Il volto del giovane re era serio e gli occhi stavano perforando quelli del Murgo. Poi si girò verso Garion. «Ascolterò volentieri il resto della storia. Parla con sincerità, ragazzo, e non temere rappresaglia da nessuno per ciò che dici.»

Garion respirò a fondo e parlò lentamente. «In realtà non conosco tutti i dettagli, Maestà» spiegò. «Ho fatto questa scoperta per caso.»

«Racconta ciò che puoi» lo esortò il re.

«Per quanto possa essere preciso, Maestà, la prossima estate, quando sarete in viaggio per Vo Astur, un gruppo di uomini tenterà di uccidervi tendendovi un'imboscata lungo la strada.»

«Senza dubbio traditori asturian» suggerì un cortigiano dai capelli grigi.

«Loro chiamano sé stessi patrioti» rispose Garion.

«Inevitabile» sogghignò il cortigiano.

«Questi attentati non sono insoliti» osservò il re. «Faremo in modo di occuparci di loro. Ti ringrazio per l'informazione.»

«C'è di più, Maestà» aggiunse Garion. «Quando attaccheranno saranno vestiti con le uniformi dei legionari tolnedran.»

Silk emise un fischio acuto.

«L'idea è quella di far credere ai nobili che siete stato ucciso dai Tolnedran» continuò Garion. «Questi uomini sono certi che Mimbre dichiarerà subito guerra all'impero, e certi che, non appena ciò accadrà, le legioni invaderanno Arendia. E quando tutti saranno impegnati nella guerra, loro dichiareranno Asturia libera dal giogo arend. Sono sicuri che tutti gli altri a quel punto li seguiranno.»

«Capisco» rispose il re meditabondo. «È un piano ben congegnato, di un'astuzia insolita per i nostri feroci fratelli asturian. Ma ancora non ho udito nulla che leghi l'ambasciatore di Taur Urgas con questo complotto.»

«L'intero piano è suo, Maestà. Ha fornito i dettagli e l'oro per comprare le uniformi e per incoraggiare altra gente a unirsi a loro.»

«Sono sporche menzogne!» esclamò il Murgo.

«Avrete l'opportunità di replicare, Nachak» disse il re. Poi si girò verso Garion. «Andiamo avanti. Come sei venuto a sapere queste cose?»

«Non posso rivelarlo, Maestà» rispose addolorato il ragazzo. «Ho dato la mia parola. Un uomo me ne ha parlato per provarmi la sua amicizia. Ha messo la sua vita nelle mie mani per mostrarmi quanto si fidasse di me. Non posso tradirlo.»

«La tua lealtà ti fa onore, giovane Garion,» disse il re «ma l'accusa contro l'ambasciatore murgo è fra le più gravi. Senza mancare alla parola, puoi fornire delle prove?»

Disorientato, Garion scosse la testa.

«È una questione assai seria, Maestà» dichiarò Nachak. «Io sono l'emissario personale di Taur Urgas. Questo monello bugiardo è una creatura di Belgarath e la sua storia inconsistente è un chiaro tentativo di screditarmi e di seminare il dissenso fra i troni di Arendia e Cthol Murgos. L'accusa deve cadere. Il ragazzo sia costretto a identificare questi congiurati immaginari o ammetta di mentire.»

«Ha dato la sua parola, Nachak» osservò il re.

«Così dice lui, Maestà» rispose con un ghigno. «Mettiamolo alla prova. Un'ora sulla ruota della tortura lo convincerà a parlare liberamente.»

«Di rado ho fiducia nelle confessioni estorte con la tortura» disse Korodullin.

«Se piace a Vostra Maestà,» si intromise Mandorallen «forse posso aiutare a risolvere la questione.»

Garion gettò uno sguardo terrorizzato verso il cavaliere. Mandorallen conosceva Lelldorin ed era una cosa semplice per lui indovinare la verità. Inoltre era un Mimbrate e Korodullin era il suo re. Non solo non aveva l'obbligo di tacere, ma il dovere gli ordinava di parlare.

«Sir Mandorallen,» rispose il re in tono grave «la vostra devozione per la verità e il dovere sono leggendari. Sapete forse identificare questi facinorosi?»

La domanda rimase sospesa nell'aria.

«No, mio sire,» rispose Mandorallen con fermezza «ma so che Garion è un giovane onesto e sincero. Me ne faccio garante.»

«È una prova ben scarsa» affermò Nachak. «Io dichiaro che mente. Questo ci riporta al punto di partenza.»

«Il giovane è mio compagno» disse Mandorallen. «Non sarà attraverso di me che mancherà alla parola data, perché il suo onore mi è caro quanto il mio. Ma la legge, comunque, prevede che una causa senza prove possa essere decisa dalle armi. Sarò il suo campione. Dichiaro davanti a questa compagnia che Nachak è una vile canaglia alleata ad altri per uccidere il mio re.» Si tolse il guanto d'acciaio e lo buttò sul pavimento. Precipitò a terra col fragore di un tuono. «Raccogliete la sfida, Murgo,» disse Mandorallen freddo «o lasciate che uno dei cavalieri sicofanti la raccolga per voi. Proverò la vostra infamia sul vostro corpo o su quello del vostro campione.»

Nachak fissò dapprima il guanto d'acciaio. Poi guardò l'enorme cavaliere minaccioso davanti a lui. Si passò nervosamente la lingua sulle labbra e si guardò attorno. Fatta eccezione per Mandorallen, nessuno dei nobili mimbrate presenti era armato. Il Murgo strinse gli occhi per la disperazione. «Uccidetelo!» urlò ai sei uomini in armatura che lo circondavano.

I cavalieri sembravano scioccati e dubbiosi.

«Uccidetelo!» ordinò Nachak. «Mille pezzi d'oro a colui che lo priva della vita!»

A quelle parole i volti dei sei cavalieri persero l'espressione. Come un sol uomo sguainarono le spade e si gettarono a scudi alzati verso Mandorallen. Ci furono grida soffocate e urla mentre i nobili e le dame si affrettavano ad allontanarsi.

«Quale tradimento è mai questo?» chiese Mandorallen. «Siete così invaghiti di questo Murgo e del suo oro da sguainare le spade alla presenza del re in aperta inosservanza delle leggi? Posate le armi.»

Ma essi ignorarono quelle parole e continuarono la loro avanzata truce.

«Difendetevi, sir Mandorallen» lo sollecitò Korodullin quasi alzandosi dal trono. «Vi libero dalle costrizioni della legge.»

Ma Barak aveva già cominciato a muoversi. Notando che Mandorallen non aveva portato lo scudo, il gigante dalla barba rossa aveva tolto dal muro due enormi spadoni che stavano di fianco alla predella del trono. «Mandorallen!» gridò. Poi sollevò la lama gigantesca e la fece scivolare fragorosamente ai piedi del cavaliere. Mandorallen fermò l'arma con il piede, si chinò e la raccolse.

I cavalieri che si avvicinavano sembravano meno sicuri ora che Mandorallen aveva sollevato la lama di quasi due metri con entrambe le mani.

Barak, con un ampio gesto, sfoderò la spada con una mano e l'ascia da guerra con l'altra. Hettar prese la sciabola e con passo felino si mise ad aggirare gli assalitori. Senza pensare, anche Garion prese la spada, ma messer Lupo gli afferrò il polso. «Stanne fuori» gli disse il vecchio spostandolo lontano dal combattimento. Il primo colpo di Mandorallen si infranse sullo scudo e ruppe il braccio di un cavaliere. Poi scagliò un altro assalitore lontano. Barak parò un colpo di spada con l'ascia e si accanì contro lo scudo dell'uomo con la propria arma. Hettar duellava con maestria contro un cavaliere in armatura smaltata, parando con agilità i colpi goffi di quello. Poi gli infilò la sciabola dritta attraverso la visiera.

I colpi metallici delle spade risuonavano nella sala del trono di Korodullin e una pioggia di scintille scendeva a cascate a ogni colpo. Mandorallen mandò a schiantarsi un altro cavaliere. Con un forte colpo della pesante spada sollevò lo scudo dell'uomo e lo penetrò dal fianco dell'armatura. Quello cadde schizzando sangue dalla ferita che quasi lo tagliava in due.

Barak, con il contraccolpo dell'ascia da guerra, fece un buco nell'elmo del suo avversario, quello roteò e cadde a terra. Hettar con una finta gli trapassò la visiera con la spada. Il cavaliere colpito si irrigidì mentre la lama gli attraversava il cervello.

Mano a mano che la mischia si allargava sul pavimento, i nobiluomini e le dame si spostavano per non essere investiti dai combattenti. Nachak guardava con sgomento i suoi cavalieri uccisi uno a uno. Poi, all'improvviso, si girò e fuggì.

«Sta scappando!» gridò Garion. Ma Hettar già lo stava inseguendo con un'espressione spaventosa sul volto e la sciabola grondante di sangue che macchiava di spruzzi i cortigiani e le damigelle urlanti che incontrava sul suo cammino mentre correva dietro a Nachar. Il Murgo era quasi arrivato in fondo alla sala quando Hettar lo raggiunse. Con un grido di disperazione l'ambasciatore tirò fuori la spada dal fodero con uno strattone e Garion provò una strana pietà per lui.

Non appena il Murgo sollevò la spada, Hettar fece schioccare la sciabola come una frusta colpendolo su ciascuna spalla. Nachak cercò di sollevare le braccia per coprirsi la testa, ma la lama di Hettar colpì in basso. Poi, con una grazia fluida, il truce Algar trapassò il Murgo. Garion vide la sciabola spuntare fra le spalle di Nachak e descrivere una curva verso l'alto. L'ambasciatore ansimò, lasciò cadere l'arma e afferrò il polso di Hettar con entrambe le mani. Ma l'uomo dal volto di falco girò inesorabilmente la mano scavando con la lama dentro al corpo del Murgo. Nachak gemette e tremò orribilmente. Poi le mani abbandonarono il polso di Hettar e le gambe cedettero. Con un sospiro gorgogliante cadde all'indietro liberandosi, esangue, della lama dell'Algar.

11

Dopo la morte di Nachak un silenzio spaventoso riempì la sala del trono. Poi i due membri della scorta che ancora si reggevano in piedi gettarono le armi sul pavimento macchiato di sangue. Man-dorallen alzò la visiera e si girò verso il trono. «Sire,» disse con rispetto «il tradimento di Nachak è provato dall'ordalia delle armi.»

«Davvero» concordò il re. «Il mio unico rimpianto è che l'entusiasmo di portare a termine questa causa ci ha privati dell'opportunità di sondare più a fondo la duplicità di Nachak.»

«È mia opinione che i complotti che ha ordito svaniranno quando giungerà voce di quanto è accaduto qui oggi» affermò messer Lupo.

«Forse sarà così» assentì il re. «Tuttavia, avrei desiderato approfondire ulteriormente la faccenda. Avrei desiderato sapere se la turpe infamia di Nachak derivasse da lui o se mi devo guardare da Taur Urgas stesso.» Aggrottò le sopracciglia pensieroso poi scosse il capo come per mettere da parte le sue oscure speculazioni. «Arendia è in debito con voi, Venerabile Belgarath. Questa coraggiosa compagnia ha prevenuto il riaccendersi di una guerra a lungo dimenticata.» Guardò tristemente il pavimento sporco di sangue e i corpi che giacevano su di esso. «La sala del mio trono è divenuta un campo di battaglia. La maledizione di Arendia si estende perfino qui.» Sospirò. «Che sia pulito» ordinò brevemente e girò il capo per non dover guardare ancora.

I nobili e le dame cominciarono a vociare mentre i morti venivano portati via. Il pavimento di marmo fu lavato in fretta per rimuovere le pozze di sangue rappreso.

«Bella battaglia» commentò Barak mentre puliva con cura la lama dell'ascia.

«Ho un debito con te, lord Barak» disse Mandorallen grave. «Il tuo aiuto è stato provvidenziale.»

Barak si strinse nelle spalle. «Mi sembrava giusto.»

Hettar si unì a loro. Aveva sul volto un'espressione di feroce soddisfazione.

«Hai fatto un bel lavoro su Nachak» si complimentò Barak.

«Ho una gran pratica» rispose l'altro. «I Murgo commettono sempre gli stessi errori in battaglia. Ci dev'essere qualche lacuna nel loro addestramento.»

«È un peccato, vero?» ironizzò Barak.

Garion si allontanò. Anche se era illogico, sentiva un profondo senso di responsabilità personale per la carneficina di cui era stato testimone. Sangue e morte erano la conseguenza delle sue parole. Se non avesse parlato, gli uomini che ora giacevano morti sarebbero stati vivi. Non importa quanto giustificato, quanto necessario, ma sentiva ancora le fitte della colpa. In quel momento non voleva parlare con gli amici. Più di ogni altra cosa, avrebbe voluto parlare con zia Pol, ma non aveva ancora fatto ritorno alla sala del trono. Così rimase da solo a lottare con la sua coscienza ferita.

Raggiunse una delle strombature formate dall'incrocio dei contrafforti lungo il muro meridionale. Rimase lì a riflettere meditabondo finché una ragazzina, forse di un paio d'anni più grande di lui, arrivò quasi scivolando sul pavimento, con l'abito di broccato e crinoline che frusciava. Aveva i capelli scuri, quasi neri, e la pelle color vaniglia. Aveva un corpetto molto scollato e Garion ebbe qualche difficoltà a trovare un posto sicuro dove posare gli occhi.

«Voglio aggiungere i miei ringraziamenti a quelli di tutta Arendia, lord Garion» disse in un sussurro. La voce vibrava per un'emozione, ma Garion non capì quale. «La vostra provvidenziale rivelazione del complotto del Murgo ha salvato la vita del nostro sovrano.»

Il ragazzo fu rinfrancato da quelle parole. «Non ho fatto poi molto, mia signora» disse con falsa modestia. «Sono stati i miei amici a combattere.»

«Ma è stata la vostra denuncia coraggiosa che ha svelato il complotto scellerato,» insisté lei «e le vergini canteranno la nobiltà con la quale avete protetto l'identità dei vostri amici traviati.»

Vergine era una parola che Garion non era preparato ad affrontare. Arrossì visibilmente e si impappinò.

«Siete voi davvero, nobile Garion, il nipote dell'eterno Belgarath?»

«Molto alla lontana. Lo semplifichiamo per convenienza.»

«Ma discendete da lui per linea diretta?» insisté la giovane con gli occhi violetti che le luccicavano.

«Lui dice di sì.»

«Forse lady Polgara è vostra madre?»

«Mia zia.»

«Una parentela stretta ciò nondimeno» approvò lei con calore appoggiandogli la mano delicata sul polso. «Il vostro sangue, lord Garion, è il più nobile del mondo. Ditemi, siete ancora libero da promesse di matrimonio?»

Lui strabuzzò gli occhi e le orecchie divennero ancora più rosse.

«Ah, Garion,» tuonò Mandorallen nella sua voce accorata arrivando proprio sul più bello «ti stavo cercando. Ci volete scusare, contessa?»

La giovane donna fulminò Mandorallen con un'occhiata velenosa, ma la mano ferma del cavaliere stava già trascinando via Garion.

«Parleremo ancora, lord Garion» gridò il nobile mentre se ne andava.

«Così spero, mia signora» rispose Garion alle sue spalle. Poi si mischiarono alla folla dei cortigiani al centro della stanza.

«Volevo ringraziarti, Mandorallen» disse Garion alla fine, anche se un po' con fatica.

«Per cosa, giovane amico?»

«Tu sapevi chi stavo proteggendo quando ho detto al re di Nachak, vero?»

«Naturalmente» rispose il cavaliere in modo distaccato.

«Avresti potuto dirlo al re... era tuo dovere, giusto?»

«Avevi dato la tua parola.»

«Ma tu no.»

«Tu sei il mio compagno, ragazzo. Le tue promesse vincolano te e me allo stesso tempo. Non lo sapevi?»

Garion era stupito dalle parole di Mandorallen. Le squisite implicazioni della morale arend andavano al di là della sua comprensione. «Allora è per questo che hai combattuto per me?»

Mandorallen rise di cuore. «Certamente,» rispose «anche se devo confessarti in tutta onestà, Garion, che il mio desiderio di farti da campione non dipendeva dalla sola amicizia. In realtà ho trovato il Murgo Nachak offensivo, e non mi piaceva la fredda arroganza dei suoi scagnozzi. Desideravo battermi prima ancora che ce ne fosse bisogno. Forse dovrei essere io a ringraziarti per avermi fornito quest'opportunità.»

«Davvero non ti capisco, Mandorallen» ammise Garion. «A volte credo tu sia la persona più complicata che ho mai conosciuto.»

«Io?» Mandorallen sembrava stupito. «Io sono il più semplice fra gli uomini.» Si guardò attorno poi si chinò verso Garion. «Devo avvertirti di badare con attenzione alle parole che pronuncerai con la contessa Vasrana» lo mise in guardia. «Per questo motivo mi sono avvicinato.»

«Chi?»

«L'avvenente fanciulla con la quale stavi parlando. Si considera la bellezza più leggiadra del regno e cerca un marito che le sia pari.»

«Marito?» rispose Garion balbettando.

«Tu sei una bella preda, ragazzo. Il tuo sangue è nobile oltre misura grazie alla parentela con Belgarath. Saresti un grande premio per la contessa.»

«Marito?» farfugliò di nuovo Garion con le ginocchia che gli tremavano. «Io?»

«Non so come si conducano le cose nella brumosa Sendaria,» dichiarò Mandorallen «ma in Arendia sei in età da matrimonio. Attento a quel che dici, ragazzo. L'osservazione più innocente può essere interpretata come una promessa se un nobile lo decide.»

Garion deglutì e si guardò attorno in preda all'ansia. Dopo quel discorso fece del suo meglio per nascondersi. I suoi nervi, sentiva, non potevano reggere altri traumi.

La contessa Vasrana, tuttavia, diede prova di essere un'abile cacciatrice. Con spaventosa determinazione ne seguì le tracce fino a chiuderlo in trappola in un'altra strombatura. «Ora forse potremo continuare la nostra deliziosa discussione, lord Garion» fece le fusa con gli occhi dolci e il petto florido.

Garion stava quasi pensando di fuggire quando zia Pol, accompagnata da una raggiante regina Mayaserana, rientrò nella sala del trono. Mandorallen le parlò qualche istante e la donna raggiunse subito il luogo dove la contessa dagli occhi violacei teneva prigioniero il suo giovane nipote. «Garion, tesoro» disse mentre si avvicinava. «È tempo di prendere la medicina.»

«Medicina?» rispose lui confuso.

«Che ragazzo smemorato» disse Pol alla contessa. «Forse è a causa di tutta questa eccitazione. Eppure sa bene che se non prende la pozione ogni tre ore la follia tornerà.»

«Follia?» ripeté la contessa in tono tagliente.

«La maledizione della sua famiglia» sospirò zia Pol. «Ce l'hanno tutti... tutti i figli maschi. La pozione funziona bene, però è solo temporanea. Dovremo trovare presto una giovane che si sacrifichi a sposarlo affinché abbia dei figli prima di perdere completamente la ragione. Dopo di che la poverina sarà destinata a passare il resto della vita a prendersi cura di lui.» Poi guardò la ragazza con occhio critico. «Mi chiedo...» disse. «Forse voi non siete ancora promessa sposa? Mi sembrate dell'età adatta.» Tese una mano per afferrare il braccio tondo di Vasrana. «Bello e forte» disse con approvazione. «Ne parlerò a mio padre, lord Belgarath, immediatamente.»

La contessa indietreggiò con gli occhi spalancati.

«Tornate indietro» le disse zia Pol. «I suoi attacchi non cominceranno che fra qualche minuto.»

La ragazza fuggì.

«Non riesci proprio a stare lontano dai guai?» chiese zia Pol a Garion portandolo via con decisione.

«Ma io non ho detto niente» obiettò lui.

Mandorallen si unì a loro con un ampio sorriso sul volto. «Vedo che avete messo in fuga la nostra contessa predatrice, mia signora. L'avrei detta più insistente.»

«Le ho dato qualcosa di cui preoccuparsi. Ha spento il suo entusiasmo per il matrimonio.»

«Di quale questione avete discusso con la regina?» chiese il cavaliere. «Erano anni che non la vedevo sorridere così.»

«Mayaserana aveva un problema di natura femminile. Non credo capiresti.»

«La sua incapacità di portare a termine una gravidanza?»

«Gli Arend non hanno nulla di meglio da fare che spettegolare di cose che non li riguardano? Perché non vai a cercarti un'altra zuffa invece di immischiarti in faccende personali?»

«È una questione che interessa tutti, mia signora» si scusò Mandorallen. «Se la regina non darà un erede al trono corriamo il rischio di una guerra dinastica. Tutta Arendia andrebbe in fiamme.»

«Non ci saranno fiamme, Mandorallen. Per fortuna sono arrivata in tempo... appena in tempo. Avrete un principe prima dell'inverno.»

«È possibile?»

«Vuoi anche i dettagli?» chiese zia Pol sarcastica. «Ho notato che gli uomini di solito preferiscono non conoscere i particolari esatti del parto.»

Mandorallen arrossì lievemente. «Accetterò le tue assicurazioni, Polgara» rispose in fretta.

«Te ne sono davvero grata.»

«Devo informare il re» dichiarò il cavaliere.

«Devi farti gli affari tuoi, sir Mandorallen. La regina dirà a Korodullin ciò che occorre che sappia. Perché non vai a lucidarti l'armatura? Sembri appena uscito da una macelleria.»

L'uomo fece un inchino, ancora rosso in viso, e se ne andò.

«Gli uomini!» gli borbottò alle spalle zia Pol. Quindi si girò verso Garion. «Ho sentito che ti sei tenuto occupato.»

«Dovevo avvertire il re» rispose lui.

«Sembra proprio che tu abbia un autentico talento per immischiarti in questo genere di cose. Perché non ne hai parlato a me o a tuo nonno?»

«Avevo promesso di non dire nulla.»

«Garion,» disse la donna con fermezza «nelle attuali circostanze i segreti sono troppo pericolosi. Sapevi che quanto ti aveva confidato Lelldorin era importante, vero?»

«Non ho detto che fosse Lelldorin.»

Lei gli lanciò un'occhiata raggelante. «Garion, tesoro,» tagliò corto «non commettere mai l'errore di pensare che io sia una stupida.»

«Non volevo» farfugliò lui. «Io non ero... io... zia Pol, ho dato la mia parola che non l'avrei detto a nessuno.»

La zia sospirò. «Dobbiamo portarti fuori da Arendia» dichiarò. «Questo posto ha cattive influenze sul tuo buon senso. La prossima volta che senti l'esigenza di fare un altro annuncio pubblico sconvolgente, gradirei ne parlassi prima con me. D'accordo?»

«Sì, signora» mormorò lui imbarazzato.

«Oh, Garion, cosa mai devo fare con te?» Poi rise di cuore, lo abbracciò e tutto fu di nuovo a posto.

La serata trascorse senza incidenti. Il banchetto fu noioso e i brindisi interminabili perché ciascun nobile a turno si alzò a salutare messer Lupo e zia Pol con elaborati discorsi forbiti. Andarono a letto tardi e Garion dormì agitato da incubi di contesse dagli occhi ardenti che lo rincorrevano per interminabili corridoi cosparsi di fiori.

La mattina successiva si alzarono presto e dopo colazione zia Pol e messer Lupo parlarono di nuovo in privato con il re e la regina. Garion, ancora nervoso per l'incontro con la contessa Vasrana, rimase vicino a Mandorallen. Il cavaliere mimbrate era il meglio equipaggiato per evitare quel tipo di avventura. Aspettarono nell'anticamera della sala del trono mentre Mandorallen commentava minuziosamente un intricato arazzo che copriva il muro intero.

Nella tarda mattinata sir Andorig, il cavaliere dai capelli scuri cui messer Lupo aveva ordinato di prendersi cura dell'albero nella piazza, giunse in cerca di Mandorallen. «Signor cavaliere,» disse con rispetto «il barone di Vo Ebor è giunto dal Nord accompagnato dalla sua signora. Hanno chiesto di voi e mi hanno pregato di condurvi da loro.»

«La vostra gentilezza è infinita, sir Andorig» rispose Mandorallen alzandosi in fretta dalla panca sulla quale stava seduto. «La vostra cortesia vi onora.»

Andorig sospirò. «Ahimé, non fu sempre così. Ho passato la notte a vegliare l'albero miracoloso che il divino Belgarath ha affidato alle mie cure. Ho avuto così il tempo di riflettere sulla mia vita. Non sono stato un uomo da ammirare. Con amarezza mi pento delle mie colpe e desidero con ardore l'espiazione.»

Senza parlare, Mandorallen strinse la mano del cavaliere. Poi lo seguì per un lungo corridoio fino alla stanza dove aspettavano i visitatori.

Solo, sulla soglia della stanza, Garion si ricordò che la moglie del barone di Vo Ebor era la donna con cui Mandorallen aveva parlato giorni prima sulla Grande Via Occidentale.

Il barone era un uomo dall'aspetto imponente, con barba e capelli brizzolati, e indossava un mantello verde. Aveva gli occhi infossati e molto tristi. «Mandorallen» disse abbracciandolo con calore. «Non siete gentile ad assentarvi da casa così tanto.»

«Dovere, mio signore» rispose il cavaliere con voce sottomessa.

«Vieni, Nerina,» disse il barone alla moglie «saluta il nostro amico.»

La baronessa era molto più giovane del marito. Aveva capelli scuri e molto lunghi. Indossava un abito rosa ed era bella... anche se, Garion pensò, non più bella di molte altre che aveva visto a corte.

«Caro Mandorallen,» disse baciando con un casto abbraccio il cavaliere «ci siete mancato a Vo Ebor.»

«Il mondo è un posto desolato se devo stare lontano da quelle amate sale.»

Sir Andorig aveva salutato e si era congedato con discrezione lasciando Garion, imbarazzato, vicino alla porta.

«Chi è questo giovanotto dall'aspetto gradevole che vi accompagna?»

«Un ragazzo sendar» rispose Mandorallen. «Il suo nome è Garion. Lui e molti altri si sono uniti a me in questa perigliosa impresa.»

«Con gioia saluto il compagno di mio figlio» dichiarò il barone.

Garion fece un inchino, ma la sua mente correva alla ricerca di una scusa legittima per andarsene. La situazione era terribilmente imbarazzante e non voleva rimanere.

«Devo andare dal re» annunciò il barone. «L'usanza e la cortesia richiedono che mi presenti a lui non appena arrivo a corte. Vuoi, Mandorallen, rimanere qui con la baronessa fino al mio ritorno?»

«Lo farò, mio signore.»

«Vi condurrò io dove il re si sta intrattenendo con mia zia e mio nonno, signore» si offrì Garion in fretta.

«No, ragazzo» obiettò il barone. «Devi rimanere. Benché non abbia ragione di ansia, poiché ben conosco la fedeltà di mia moglie e del mio più caro amico, certe lingue oziose farebbero uno scandalo se fossero lasciati da soli. Le persone prudenti non consentono alcuna occasione che possa nutrire falsi e vili pettegolezzi.»

«Allora resterò, signore» rispose Garion.

«Bravo giovane» approvò il barone. Poi, con occhi che parevano tormentarsi, lasciò con calma la stanza.

«Volete sedervi, mia signora?» Mandorallen chiese a Nerina indicando una panca di pietra vicino alla finestra.

«Sì» disse lei. «Il viaggio ci ha affaticati.»

«Un lungo viaggio da Vo Ebor» concordò Mandorallen sedendosi sull'altra panca. «Avete trovato le strade in buone condizioni?»

«Forse non così asciutte da rendere il viaggio piacevole.»

Parlarono per un po' delle strade e del tempo, seduti non lontani l'uno dall'altra, ma neppure così vicini da dare adito a sospetti. Chi fosse passato di fronte alla porta aperta non avrebbe potuto confondere la loro conversazione con qualcosa di poco innocente. Ma gli occhi parlavano un linguaggio più intimo. Garion, dolorosamente imbarazzato, stava in piedi e guardava fuori da una finestra avendo cura di essere ben visibile dalla porta.

Mano mano che la conversazione procedeva, c'erano lunghe pause e il ragazzo si ripiegava su sé stesso a ogni silenzio agonizzante. Aveva paura che Mandorallen o la signora, trascinati dall'amore disperato, potessero varcare il confine pronunciando quella parola che ne avrebbe distrutto l'onore e precipitato la vita nel disastro. Eppure in una parte della sua mente desiderava che quella parola fosse pronunciata e che l'amore potesse esplodere come una fiamma, seppur breve.

Fu lì, in quella piccola camera tranquilla illuminata dal sole, che Garion varcò il confine. Il pregiudizio contro Mandorallen si sgretolò e svanì. Sentì un impeto d'emozione... non pietà, perché il cavaliere non l'avrebbe accettata, ma compassione. E poi cominciò a comprendere, seppure in modo confuso, la natura dell'orgoglio e dell'onore che, benché disinteressato, stava al fondamento di quella tragedia che esisteva in Arendia da secoli innumerevoli.

Lady Nerina e Mandorallen sedettero insieme per quasi mezz'ora. Neppure parlavano più, ma gli occhi si perdevano gli uni negli altri mentre Garion, prossimo alle lacrime, era costretto a far loro da guardia. E poi arrivò Durnik. Disse che zia Pol e messer Lupo erano pronti a partire.

Parte seconda

Tolnedra

12

Un coro di corni d'ottone li salutò dagli spalti di Vo Mimbre mentre si allontanavano dalla città accompagnati da una quarantina di cavalieri in armatura e dallo stesso re Korodullin. Garion si voltò indietro e gli parve di scorgere lady Nerina in piedi su uno dei parapetti soprastanti l'arco d'ingresso della città. Ma non ne era certo. La donna non faceva alcun cenno di saluto e Mandorallen non si voltò. Tuttavia Garion quasi trattenne il respiro fino a che Vo Mimbre non scomparve dalla vista.

Raggiunsero il guado sul fiume Arend che portava verso Tolnedra. A metà pomeriggio un sole radioso scintillava sul fiume. Il cielo era blu sopra le loro teste e i pennoni colorati sulle lance dei cavalieri della scorta svolazzavano nella brezza. Garion sentiva il bisogno disperato, quasi l'impellente necessità, di attraversare il fiume e lasciarsi alle spalle Arendia con tutte le cose terribili che vi erano successe.

«Salute e addio, divino Belgarath» disse Korodullin in riva al fiume. «Comincerò, come mi avete consigliato, ad apprestare i miei preparativi. Arendia sarà pronta. Consacro la mia vita a questo scopo.»

«Vi terrò informato dei progressi di tanto in tanto» disse messer Lupo.

«Anch'io sorveglierò le attività dei Murgo entro il mio reame» assicurò Korodullin. «Se ciò che mi avete detto dovesse provarsi vero, come non ho dubbi che sia, allora li espellerò da Arendia. Li stanerò uno a uno e ne affretterò l'uscita dal paese. Renderò la loro vita un peso e un'afflizione perché hanno seminato discordia e lite fra i miei sudditi.»

Lupo gli sorrise. «Questa idea mi piace. I Murgo sono persone arroganti e un po' di afflizione potrebbe insegnare loro l'umiltà.» Prese la mano del re. «Addio, Korodullin. Spero che il mondo sarà più gioioso quando ci incontreremo di nuovo.»

«Pregherò affinché sia così» disse il giovane re.

Poi messer Lupo scese per primo verso l'acqua increspata e poco profonda del guado. Al di là del fiume li attendeva l'impero di Tolnedra, e dalle rive alle loro spalle i cavalieri mimbrate li salutavano con fanfare e trombe.

Quando raggiunsero l'altra riva, Garion si guardò attorno per cercare di scorgere qualche diversità nel terreno o nella flora che potesse distinguere Arendia da Tolnedra. Ma non ce n'era nessuna. La terra, indifferente ai confini degli uomini, continuava a fiorire immutata.

A mezzo miglio circa dal fiume entrarono nella foresta di Vordue, un esteso tratto boschivo che si allungava dal mare fino ai piedi delle montagne a est. Una volta al riparo degli alberi, si fermarono e indossarono di nuovo gli abiti da viaggio. «Penso che potremmo, comunque, mantenere l'aspetto di mercanti» disse messer Lupo sistemandosi, finalmente a suo agio, nella tunica rattoppata color ruggine e nelle scarpe male assortite. «Non ingannerà i Grolim, certo, ma soddisferà la curiosità dei Tolnedran che incontreremo lungo la strada. Per i Grolim dovremo escogitare qualcos'altro.»

«C'è qualche segno del Globo da queste parti?» ruggì Barak mentre riponeva in un bagaglio la pelle d'orso e l'elmo.

«Un paio di indizi» annuì Lupo guardandosi attorno. «Direi che Zedar è passato di qui poche settimane fa.»

«Non ci stiamo avvicinando, o sbaglio?» disse Silk indossando la veste di pelle.

«Teniamo il passo almeno. Partiamo?»

Rimontarono in sella e continuarono lungo la strada tolnedran che attraversava la foresta nel sole del pomeriggio. Dopo circa una lega arrivarono a un ampio slargo della strada dove si ergeva un singolo edificio di pietra imbiancata con il tetto rosso. Qua e là gironzolavano dei soldati indolenti, ma le armature e l'equipaggiamento sembravano meno curati di quelli dei legionari che Garion aveva già visto.

«Stazione doganale» rese noto Silk. «I Tolnedran le mettono lontane dai confini affinché non interferiscano con il contrabbando legittimo.»

«Sono dei legionari molto sciatti» scosse la testa Durnik in segno di disapprovazione.

«Non sono legionari» spiegò Silk. «Sono guardie doganali... truppe locali. C'è una gran differenza.»

«Lo vedo» disse Durnik.

Un soldato, con un pettorale arrugginito e una lancia corta, fece un passo in mezzo alla strada e alzò un braccio.

«Ispezione doganale» annunciò in tono annoiato. «Sua eccellenza sarà da voi fra un momento. Potete portare i cavalli laggiù.» Indicò una specie di cortile di fianco all'edificio.

«Potrebbero esserci degli inconvenienti?» chiese Mandorallen. Il cavaliere si era tolto l'armatura e ora indossava la maglia di ferro e la sopravveste che usava di solito per viaggiare.

«No» disse Silk. «Il doganiere ci farà qualche domanda, poi lo corromperemo e saremo di nuovo per la strada.»

«Corrompere?» si scandalizzò Durnik.

Silk si strinse nelle spalle. «Ma certo. Le cose vanno così in Tolnedra. Lasciate parlare me. L'ho già fatto altre volte.»

Il doganiere era un uomo robusto con una calvizie incipiente. Portava una tunica color ruggine legata in vita e, quando uscì dall'edificio, si stava spazzando delle briciole dal vestito. «Buon pomeriggio» disse in modo professionale.

«Buongiorno, eccellenza» rispose Silk con un breve inchino.

«Cosa abbiamo qui?» chiese l'agente guardando i pacchi come per valutarne il contenuto.

«Sono Radek di Boktor,» si presentò Silk «un mercante di Drasnia. Sto portando pezze di lana sendar a Tol Honeth.» Aprì uno dei sacchi e tirò fuori un lembo di una pezza di lana grigia.

«Hai buone possibilità, nobile mercante» disse il doganiere palpando la stoffa. «È stato un inverno freddo e la lana si vende bene.»

Si sentì il tintinnio di qualche moneta che cambiava di mano. Il doganiere sorrise e ammorbidì l'atteggiamento. «Non penso sia necessario aprire tutti i sacchi» disse. «È ovvio che siete un uomo onorevole, nobile Radek, e non è mia intenzione causarvi ritardo.»

Silk fece un nuovo inchino. «C'è qualcosa che dovrei sapere circa la strada che devo percorrere, eccellenza?» chiese legando di nuovo il pacco. «Ho imparato a fare affidamento sui consigli dei doganieri.»

«La strada è tranquilla» disse l'agente alzando le spalle. «A quello ci pensano le legioni.»

«Certo. Niente da segnalare da nessuna parte?»

«Meglio stare attenti quando si arriva a sud» consigliò l'uomo. «C'è qualche disordine politico in Tolnedra in questo periodo. Sono sicuro, però, che se vi occuperete solo d'affari non sarete disturbati.»

«Disordini?» chiese Silk in tono preoccupato. «Non lo sapevo.»

«Si tratta della successione al trono. C'è un po' di tensione in questo momento.»

«Ran Borune è malato?» chiese Silk sorpreso.

«No,» disse l'uomo robusto «solo vecchio. Una malattia da cui non si può guarire. Dal momento che non ha un figlio per succedergli, la dinastia Borune è appesa a un filo. Le grandi famiglie stanno già manovrando per arrivare a quella posizione. C'è un gran dispendio di soldi e i Tolnedran si inquietano quando c'è il danaro di mezzo.»

Silk fece una risatina. «Non succede così a tutti? Forse sarebbe meglio prendere qualche contatto con la parte favorita. Qual è la famiglia nella posizione migliore al momento?»

«Noi dovremmo essere di gran lunga i migliori» proclamò l'agente piuttosto compiaciuto.

«Noi?»

«I Vorduvian. Sono parente alla lontana da parte di madre. Il granduca Kador di Tol Vordue è l'unica scelta logica per il trono.»

«Non credo di conoscerlo» mormorò Silk.

«Un uomo eccellente» disse il doganiere con entusiasmo. «Di forte vigore e lungimirante. Se la selezione fosse basata solo sul merito, il granduca Kador otterrebbe il trono per consenso generale. Sfortunatamente però, la selezione è nelle mani dell'Assemblea dei Consiglieri.»

«Ah.»

«Infatti» concordò l'agente con amarezza. «Non credereste mai all'entità delle cifre che certi uomini chiedono per dare il loro voto, nobile Radek.»

«È un'opportunità che capita solo una volta nella vita, immagino» disse Silk.

«Non nego a nessuno il diritto di farsi corrompere in maniera decente e ragionevole,» si lamentò il robusto agente «ma alcuni membri dell'Assemblea dei Consiglieri sono davvero avidi. Non importa quale posizione avremo nel nuovo governo, ci vorranno anni per recuperare ciò che sono già stato obbligato a pagare. È la stessa cosa in tutta Tolnedra. Gli uomini onesti sono schiacciati dalle tasse e da tutte queste sottoscrizioni d'emergenza. Non si può essere estranei a nulla, e ogni giorno c'è qualcosa di nuovo in cui essere coinvolti. Le spese portano alla disperazione. A Tol Honeth la gente si uccide per le strade.»

«Addirittura a questo punto?» chiese Silk.

«Peggio di quanto si possa immaginare» rincarò il doganiere. «Gli Horbite non hanno denaro sufficiente per condurre una campagna politica, così hanno cominciato ad avvelenare i membri dell'assemblea. Si spendono milioni per comperare un voto e il giorno dopo il candidato diventa nero in faccia e cade a terra morto. Bisogna raccogliere ancora più soldi per comprare il suo successore. Mi stanno distruggendo completamente. Non ho i nervi adatti per la politica.»

«Terribile» simpatizzò Silk.

«Se solo Ran Borune morisse» si lamentò il Tolnedran disperato. «Adesso abbiamo il controllo, ma gli Honeth sono più ricchi di noi. Se si uniscono a sostenere un solo candidato, potrebbero comprarcelo sotto il naso. E mentre accade tutto questo, Ran Borune se ne sta seduto sul trono a viziare quel mostriciattolo della figlia circondato da talmente tante guardie che neanche il più coraggioso fra i sicari accetterebbe l'incarico di ucciderlo. A volte credo che abbia intenzione di vivere per sempre.»

«Ci vuole pazienza, eccellenza» consigliò Silk. «Più soffriamo, maggiore sarà la ricompensa che ci attende.»

Il Tolnedran sospirò. «Allora un giorno sarò ricchissimo. Ma ti ho trattenuto troppo a lungo, nobile Radek. Ti auguro un viaggio veloce. Ti auguro di trovare tempo freddo a Tol Honeth così che tu possa alzare il prezzo della lana.»

Silk fece un inchino formale, rimontò a cavallo e condusse la compagnia al trotto oltre la stazione di dogana. «È bello essere di nuovo in Tolnedra» disse l'omino con la faccia da donnola quando furono fuori portata d'orecchio. «Adoro il profumo dell'inganno, della corruzione e dell'intrigo.»

«Sei un uomo perfido, Silk» disse Barak. «Questo posto è una latrina.»

«Sì, certamente» sghignazzò Silk. «Ma almeno non ci si annoia, Barak. Tolnedra non è mai noiosa.»

Si avvicinarono a un minuscolo villaggio tolnedran sul far della sera. Si fermarono per la notte in una solida locanda ben tenuta dove il cibo era buono e i letti puliti. Il mattino seguente si alzarono di buon'ora e dopo colazione uscirono rumorosamente in cortile e furono di nuovo sulla strada nella curiosa luce argentea delle prime ore dell'alba.

«Un posto davvero a modo» disse Durnik con approvazione guardando le bianche casette di pietra con i tetti rivestiti di tegole rosse. «Tutto sembra pulito e in ordine.»

«Riflette la mentalità dei Tolnedran» spiegò messer Lupo. «Ci tengono molto ai dettagli.»

«Non mi sembra una qualità disprezzabile» osservò il fabbro.

Lupo era sul punto di rispondere quando due uomini vestiti di marrone sbucarono da un angolo scuro della strada. «Fate attenzione!» urlò quello dietro. «È impazzito!»

L'uomo che correva avanti si teneva la testa fra le mani col volto contorto in un'espressione di terrore indicibile. Il cavallo di Garion fece uno scarto violento quando il pazzo gli si gettò contro. Il ragazzo alzò la mano destra per cercare di allontanare l'uomo. Dal momento in cui la mano toccò la fronte dell'uomo, sentì come un'ondata improvvisa nella mano e nel braccio, una specie di pizzicore come se il braccio fosse all'improvviso fortissimo. La mente gli si riempì di un frastuono roboante. Gli occhi del folle si svuotarono e l'uomo crollò sull'acciottolato come se Garion gli avesse sferrato un colpo colossale.

Poi Barak portò il cavallo fra Garion e il pazzo. «Cosa succede?» domandò all'altro uomo che stava arrivando senza fiato.

«Siamo di Mar Terrin» rispose l'uomo. «Fratello Obor non può più sopportare la vista dei fantasmi. Così ho avuto il permesso di riportarlo a casa.» Si chinò sull'uomo svenuto a terra. «Non dovevate colpirlo così forte» accusò.

«Non l'ho colpito» protestò Garion. «L'ho solo toccato. Credo abbia perso i sensi.»

«Tu devi averlo colpito» insisté il monaco. «Guarda il segno sulla faccia.»

La fronte dell'uomo era segnata da un livido rosso.

«Garion,» disse zia Pol «puoi fare ciò che ti dico senza farmi domande?»

Garion fece un cenno col capo. «Penso di sì.»

«Scendi da cavallo. Vai dall'uomo che sta a terra e poni il palmo della mano sulla sua fronte. Poi scusati per averlo colpito.»

«Sei sicura che funzionerà, Polgara?» chiese Barak.

«Andrà benissimo. Fa' come dico, Garion.»

Con qualche esitazione il giovane si avvicinò all'uomo a terra. Tese la mano e appoggiò il palmo sul brutto livido. «Mi dispiace,» disse «spero che ti rimetterai presto.» Poi sentì di nuovo l'ondata improvvisa nel braccio, ma era un po' diversa dalla prima.

Gli occhi del pazzo ripresero vita. Batté le palpebre. «Dove sono?» chiese. «Cosa è successo?» Aveva un tono di voce normale e il livido sulla fronte era scomparso.

«Ora va tutto bene» gli disse Garion senza pensarci. «Eri malato, ma ora stai meglio.»

«Andiamo, Garion» lo esortò zia Pol. «Il suo amico può occuparsi di lui.»

Garion tornò al cavallo rovistando fra i propri pensieri.

«Un miracolo!» esclamò il secondo monaco.

«Niente affatto» disse zia Pol. «La botta gli ha fatto ritrovare la ragione. Ecco tutto. Qualche volta accade.» Ma la donna e messer Lupo si scambiarono una lunga occhiata che mostrava con chiarezza che qualcosa era successo... qualcosa di inaspettato.

Ripresero la strada lasciando i due monaci nel mezzo della via.

«Cosa è successo?» chiese Durnik con l'espressione stupefatta.

Messer Lupo si strinse nelle spalle. «Polgara ha dovuto usare Garion» disse. «Non c'era tempo per fare altrimenti.»

Il fabbro non era per nulla convinto.

«Lo facciamo spesso» spiegò Lupo. «È un po' scomodo passare attraverso qualcun altro, ma talvolta non c'è scelta.»

«Ma è stato Garion a guarirlo» obiettò Durnik.

«Deve venire dalla stessa mano che ha colpito, Durnik» spiegò zia Pol. «Per favore, non fare altre domande.»

Ma la rigorosa coscienza che abitava nella mente di Garion si rifiutò di accettare quelle spiegazioni. Sosteneva che nulla era venuto dall'esterno. Preoccupato, studiò il segno argenteo sul palmo della mano. Per qualche ragione ora gli sembrava diverso.

«Non ci pensare, tesoro» disse zia Pol tranquilla mentre lasciavano il villaggio e si dirigevano a sud lungo la strada. «Non ti devi preoccupare. Ti spiegherò più tardi.» Poi gli strinse la mano mentre il cicaleccio degli uccelli salutava il sole nascente.

13

Ci vollero tre giorni per attraversare il bosco di Vordue. Garion, che ricordava i pericoli della foresta di Arendia, all'inizio era abbastanza preoccupato e guardava le ombre acquattate sotto gli alberi con un certo nervosismo. Ma dopo un paio di giorni in cui non accadde nulla fuori dell'ordinario cominciò a rilassarsi. Messer Lupo, invece, sembrava sempre più irritabile mano a mano che si scendeva verso sud. «Hanno in mente qualcosa» farfugliò. «Se almeno continuassero... Odio dovermi guardare le spalle a ogni passo.»

Durante il viaggio Garion non ebbe molte opportunità di parlare con zia Pol di quanto era successo con il monaco pazzo di Mar Terrin. Sembrava quasi che la zia lo evitasse deliberatamente. Quando alla fine riuscì a cavalcarle accanto e a chiederle dell'incidente ebbe solo risposte vaghe che poco servirono a tranquillizzare il suo disagio.

La mattina del terzo giorno uscirono dal bosco e proseguirono in aperta campagna. A differenza della pianura arend, quasi completamente a maggese, qui il terreno era coltivato in modo esteso con bassi muretti che delimitavano ciascun campo. Anche se non faceva caldo, il sole splendeva e la terra arata sembrava fertile e in attesa di essere seminata. La strada era ampia e diritta e incontrarono diversi viaggiatori lungo la via. I saluti fra la compagnia e i viandanti erano rapidi ma educati e Garion cominciò a sentirsi più a suo agio. Questo paese sembrava troppo civilizzato per ospitare gli stessi pericoli d'Arendia.

Verso metà pomeriggio entrarono in una cittadina. Mercanti avvolti in mantelli colorati chiamavano dalle bancarelle allineate ai bordi delle strade e li imploravano di fermarsi a guardare la merce. «Sembrano quasi disperati» disse Durnik.

«I Tolnedran non sopportano la vista di un cliente che se ne va» disse Silk. «Sono avidi.»

In una piccola piazza poco oltre all'improvviso scoppiò un tafferuglio. Una mezza dozzina di soldati trasandati si era avvicinata a un uomo col mantello verde dall'aspetto arrogante. «Fatevi da parte, ho detto» disse l'uomo in tono tagliente.

«Vogliamo solo scambiare due parole con te, Lembor» replicò uno dei soldati con un ghigno malefico. Era magro, con una lunga cicatrice su un lato del volto.

«Che idiota» osservò un passante con una risata cinica. «Lembor è diventato così importante che pensa di non dover più prendere delle precauzioni.»

«Lo stanno arrestando, amico?» si informò Durnik con gentilezza.

«Solo per poco» disse il passante asciutto.

«Cosa vogliono fargli?» chiese il fabbro.

«Il solito.»

«Cos'è il solito?»

«Guarda e vedrai. Quello stupido avrebbe dovuto pensarci prima di uscire senza scorta.»

I soldati circondarono l'uomo col mantello verde e due di loro lo presero per le braccia con forza.

«Lasciatemi andare» protestò Lembor. «Cosa pensate di fare?»

«Seguici in silenzio, Lembor» intimò il soldato con la cicatrice. «Sarà molto più facile così.» Lo spinsero verso uno stretto vicolo.

«Aiuto!» gridò Lembor disperato cercando di divincolarsi.

Uno dei soldati lo colpì sulla bocca con un pugno, poi lo trascinarono nel vicolo. Ci fu solo un breve grido, poi i rumori di una lotta. Si sentirono anche altri rumori, qualche urlo e il suono dell'acciaio che colpiva le ossa, poi un lungo gemito soffocato. Un rivolo di sangue lucente sgorgò dalla bocca della stradina e si infilò in uno scolo. Qualche minuto più tardi, i soldati ritornarono nella piazza ridendo e pulendo le spade.

«Dobbiamo fare qualcosa» disse Garion nauseato per la rabbia e l'orrore.

«No» disse Silk brusco. «Ciò che dobbiamo fare è occuparci degli affari nostri. Non siamo qui per farci coinvolgere dalla politica locale.»

«Politica?» obiettò Garion. «Quello è stato un omicidio volontario. Non dovremmo almeno controllare se è ancora vivo?»

«Credo sia difficile» disse Barak. «Sei uomini armati di spada di solito fanno un lavoro accurato.»

Una dozzina di altri soldati, sciatti come il primo gruppo, arrivò nella piazza con le spade sguainate.

«Troppo tardi, Rabbas.» Il soldato con la cicatrice rise in modo sguaiato in faccia al capo dei nuovi venuti. «Lembor non ha più bisogno di te ora. Gli è preso un brutto attacco di morte. Pare tu sia rimasto senza lavoro.»

Quello chiamato Rabbas si fermò con l'aria cupa. Poi un'espressione di furbizia brutale e gli si dipinse sul volto.

«Forse hai ragione, Kragger.» Anche la sua voce era sguaiata. «Ma sono sicuro che saremo in grado di fare un po' di posto nel presidio di Elgon. Sono certo che sarà felice di ingaggiare dei rimpiazzi.» Cominciò ad avanzare agitando minacciosamente la spada.

Poi si sentì il rumore dei soldati in marcia. Venti legionari, in doppia colonna, arrivarono sulla piazza e si fermarono all'unisono in mezzo ai due schieramenti. Ciascuna colonna si dispose di fronte a un gruppo e sollevò le lance corte in posizione d'attacco. Le corazze dei legionari erano lucide e l'equipaggiamento senza macchia.

«Molto bene, Rabbas e Kragger. Basta così» disse il sergente al comando. «Vi voglio fuori dalla strada subito.»

«Questo porco ha ucciso Lembor, sergente» protestò Rabbas.

«Molto male» disse il sergente ben poco accorato. «Adesso via dalla strada. Non voglio zuffe mentre sono di servizio.»

«Non hai intenzione di fare nulla?» chiese Rabbas.

«Certo» disse il legionario. «Ho intenzione di liberare la strada. Via da qui.»

All'improvviso Rabbas si voltò e portò i suoi fuori dalla piazza.

«Adesso tocca a te, Kragger» ordinò il sergente.

«Ma certo» obbedì l'uomo con un sorriso untuoso. «Ce ne stavamo comunque andando.»

Nel frattempo si era radunata una folla che cominciò a vociare quando i legionari mandarono via i soldati.

Il sergente si guardò attorno, con volto minaccioso, e le grida cessarono immediatamente.

Durnik fece un fischio come un sibilo. «Laggiù, dall'altra parte della piazza» disse a Lupo in un sospiro roco. «Non è Brill quello?»

«Ancora?» La voce del vecchio era esasperata. «Come fa a precederci sempre in questo modo?»

«Vediamo cosa sta combinando» suggerì Silk con gli occhi accesi di curiosità.

«Riconoscerà chiunque di noi cerchi di seguirlo» lo mise in guardia Barak.

«Lasciatelo a me» disse Silk scivolando giù dalla sella.

«Ci ha visto?» chiese Garion.

«Penso di no» disse Durnik. «Stava parlando con quegli uomini laggiù. Non ha guardato da questa parte.»

«C'è una locanda a sud della città» ragionò Silk in fretta togliendosi il mantello e legandolo alla sella. «Ci incontreremo là fra un'ora, più o meno.» Poi l'omino si girò e scomparve fra la folla.

«Scendete da cavallo» ordinò messer Lupo. «Li porteremo a mano.»

Smontarono e condussero gli animali dall'altra parte della piazza, cercando di rimanere vicini agli edifici e tenendo le bestie davanti come copertura.

Garion diede una rapida occhiata al vicolo dove Kragger e i suoi uomini avevano trascinato Lembor. Rabbrividì e distolse lo sguardo. Un fagotto col mantello verde giaceva in un angolo oscuro e il sangue era sparso sui muri e sui ciottoli della strada.

Una volta usciti dalla piazza scoprirono che la città intera ribolliva di eccitazione e, a volte, costernazione. «Lembor, dite?» esclamò un mercante dal mantello blu e dal volto giallastro discutendo con un altro uomo. «Impossibile.»

«Mio fratello ha appena parlato con un testimone» disse il secondo mercante. «Quaranta soldati di Elgon lo hanno attaccato in mezzo alla strada e l'hanno affettato di fronte alla folla.»

«Cosa ne sarà di noi adesso?» chiese l'uomo con voce tremante.

«Non lo so ma io mi nascondo. Ora che Lembor è morto i soldati di Elgon ci ammazzeranno tutti.»

«Non oserebbero.»

«E chi dovrebbe fermarli? Io vado a casa.»

«Perché abbiamo dato ascolto a Lembor?» mugolò il primo mercante. «Dovevamo starne fuori.»

«Adesso è troppo tardi» disse il secondo. «Ora vado a casa e sbarro le porte.» Si girò e corse via.

Il primo uomo lo guardò poi si girò e fuggì.

«Giocano sempre d'azzardo, vero?» osservò Barak.

«Perché le legioni lo consentono?» chiese Mandorallen.

«Le legioni sono neutrali in questi affari» disse Lupo. «Fa parte del giuramento.»

La locanda indicata da Silk era un gradevole edificio quadrato, recintato da un muro basso. Legarono i cavalli in cortile ed entrarono. «Potremmo anche mangiare, padre» propose zia Pol sedendosi a un tavolo di noce ben pulito nella sala comune illuminata dal sole.

«Stavo per...» Lupo si guardò in giro per individuare la porta della mescita.

«Lo so,» disse lei «ma penso sia meglio mangiare prima.»

Lupo sospirò. «D'accordo, Pol.»

Il cameriere portò un piatto di cotolette fumanti e delle belle fette di pane di segale imburrate. Garion aveva lo stomaco in disordine dopo ciò che aveva visto ma il profumo delle cotolette lo ristabilì in fretta. Avevano quasi finito di mangiare quando un uomo dall'aspetto sciatto con camicia di lino, grembiule di pelle e berretto stracciato si sedette senza cerimonie all'estremità del loro tavolo. Aveva il volto stranamente familiare. «Vino!» strillò al cameriere. «E qualcosa da mangiare.» Poi si guardò attorno attraverso la luce dorata che entrava dalle finestre di vetro e inondava la sala comune.

«Ci sono anche altri tavoli, amico» disse Mandorallen freddo.

«A me piace questo» biascicò il forestiero. Li guardò uno a uno poi all'improvviso scoppiò a ridere. Garion lo fissava incredulo. Il viso si rilassò e sembrò che i muscoli sotto la pelle tornassero alla posizione normale. Era Silk.

«Come hai fatto?» chiese Barak stupito.

Silk gli fece un gran sorriso poi cominciò a massaggiarsi le guance con la punta delle dita. «Concentrazione, Barak. Concentrazione e molto esercizio. Le mascelle mi fanno un po' male, però.»

«È un talento molto utile, immagino... in certe circostanze» disse Hettar senza dare molto peso alla cosa.

«In particolare per una spia» sottolineò Barak.

Silk fece un inchino divertito.

«Dove hai preso quei vestiti?» chiese Durnik.

«Rubati.» Silk si strinse nelle spalle togliendosi il grembiule.

«Cosa ci fa qui Brill?» domandò Lupo.

«Combina guai, come sempre» rispose Silk. «Va raccontando

in giro che un Murgo di nome Asharak offre ricompense per qualsiasi informazione che ci riguardi. Dà di noi una descrizione accurata, vecchio amico... non molto lusinghiera, ma precisa.»

«Prima o poi dovremo sbarazzarci di Asharak» osservò zia Pol. «Sta cominciando a irritarmi.»

«C'è anche un'altra cosa.» Silk attaccò una delle cotolette. «Brill sta dicendo a tutti che Garion è il figlio di Asharak... che noi l'abbiamo rapito e il Murgo offre dei soldi a chi glielo riporterà.»

«Garion?» chiese zia Pol con tono tagliente.

Silk annuì. «L'ammontare della somma è tale che chiunque a Tolnedra terrà gli occhi aperti.» Prese un pezzo di pane.

Garion sentì una fitta d'ansia. «Perché io?» chiese.

«Vuole farci perdere tempo» ribatté Lupo. «Asharak, chiunque egli sia, sa che Polgara si fermerebbe a cercarti. Come tutti quanti noi. Questo darebbe a Zedar il tempo di scappare.»

«Ma si può sapere chi è Asharak?» chiese Hettar con sguardo attento.

«Un Grolim, credo» disse Lupo. «Ha operazioni un po' troppo vaste per essere un Murgo qualsiasi.»

«Da che cosa si capisce la differenza?» chiese Durnik.

«Non si capisce» rispose Lupo. «Hanno il medesimo aspetto. Sono due tribù separate ma strettamente imparentate. Chiunque può distinguere un Nadrak da un Thull, o un Thull da un Mallorean. Ma i Murgo e i Grolim sono troppo simili.»

«Io non ho mai avuto problemi, hanno menti molto diverse» disse zia Pol.

«Certo, questo rende le cose più facili» commentò Barak sarcastico. «Basta spaccare in due la zucca del prossimo Murgo che incontriamo e tu ci mostrerai la differenza.»

«Hai passato troppo tempo con Silk ultimamente» lo rimbeccò zia Pol acida. «Hai imparato a parlare come lui.»

Barak guardò l'amico e gli strizzò l'occhio.

«Finiamo di mangiare e cerchiamo di uscire dalla città senza farci vedere» disse Lupo. «C'è qualche vicolo secondario che porta fuori di qui?» chiese a Silk.

«Certamente» disse l'omino che stava ancora mangiando.

«Lo conosci bene?»

«Per cortesia!» Silk sembrava offeso. «Certo che lo conosco bene!»

«Allora d'accordo» disse Lupo.

Il vicolo attraverso cui Silk li condusse era stretto, deserto e puzzolente. Tuttavia li portò ai cancelli meridionali della città e ben presto furono di nuovo per strada.

«Un po' di velocità non farà male a questo punto» decise Lupo. Avvicinò i calcagni ai fianchi del cavallo e si lanciò al galoppo. Cavalcarono fin dopo il tramonto. La luna, che pareva gonfia e insalubre, sorse sopra l'orizzonte e illuminò la notte di una luce pallida che sembrava risucchiare qualsiasi traccia di colore. Alla fine Lupo si fermò. «Non c'è necessità di viaggiare tutta la notte» disse. «Leviamoci dalla strada e riposiamo per qualche ora. Ripartiremo domattina presto. Vorrei cercare di stare davanti a Brill questa volta.»

«Laggiù?» suggerì Durnik indicando un boschetto non lontano che si stagliava nero al chiaro di luna.

«Andrà bene» approvò Lupo. «Non credo che avremo bisogno del fuoco.» Portarono i cavalli fra gli alberi e tirarono fuori le coperte dai bagagli. I raggi della luna filtravano attraverso le piante disegnando chiazze sul terreno coperto di foglie. Garion trovò un angolino comodo, si avvolse nella coperta e, dopo aver dato un'occhiata in giro, si addormentò.

Si svegliò di soprassalto abbagliato dalla luce di una dozzina di torce. Un piede gigantesco gli premeva contro il torace e la punta di una spada era puntata dritta alla sua gola.

«Nessuno si muova!» ordinò una voce dura. «Chi si muove è morto.»

Garion si irrigidì preso dal panico mentre la lama gli premeva contro la gola. Cercò di girare la testa da una parte e dall'altra. Vide che tutti i suoi amici erano tenuti a terra nello stesso modo. Durnik, che montava di guardia, veniva trattenuto da due soldati che gli avevano ficcato in bocca un pezzo di stoffa.

«Cosa vuol dire tutto ciò?» chiese Silk ai soldati.

«Lo scoprirete presto» disse il comandante con voce stridula. «Prendete le loro armi.» Fece un movimento con la mano e Garion notò che gli mancavano due dita alla mano destra.

«Dev'esserci un errore» balbettò Silk. «Io sono Radek di Boktor, un mercante, e i miei amici non hanno fatto nulla di male.»

«In piedi» disse il soldato con tre dita, ignorando le obiezioni dell'omino. «Se uno cerca di scappare, uccideremo tutti gli altri.»

Silk si alzò e si calcò il cappello in testa. «Ve ne pentirete, capitano» promise. «Ho amici potenti a Tolnedra.»

Il capitano fece spallucce. «Non me ne importa niente» disse. «Io ricevo ordini dal conte Dravor. È stato lui a dirmi di arrestarvi.»

«Molto bene» disse Silk. «Andiamo a conoscere questo conte Dravor. Chiariremo tutto e non è necessario far volteggiare le spade a quel modo. Verremo senza resistenze. Nessuno di noi ha intenzione di farvi agitare.»

Il volto del soldato senza dita si incupì alla luce della torcia. «Non mi piace il tuo tono di voce, mercante.»

«Non ti pagano per gradire il mio tono di voce, amico» ribatté Silk. «Sei pagato per scortarci dal conte Dravor. Possiamo muoverci. Prima arriviamo prima potrò riferire di questo comportamento.»

«Prendete i cavalli» grugnì il soldato.

Garion si era avvicinato a zia Pol. «Non puoi fare niente?» le chiese sottovoce.

«Non si parla!» gli urlò contro il soldato che lo aveva catturato.

Garion rimase in piedi, disorientato, fissando la spada puntata contro il suo petto.

14

La dimora del conte Dravor era un grosso edificio bianco posto al centro di un grande prato, con siepi ben potate e giardini simmetrici su entrambi i lati. La luna, ora alta nel cielo, illuminava ogni dettaglio. Procedettero lentamente nel vialetto di ghiaia e svoltarono lungo la strada che portava alla casa.

I soldati ordinarono di smontare da cavallo nel cortile fra l'edificio e il giardino sul lato ovest, e li spinsero all'interno lungo un corridoio che conduceva a una pesante porta lucida.

Il conte Dravor era un uomo magro e dall'espressione assente con borse profonde sotto gli occhi. Se ne stava comodamente seduto al centro di una stanza arredata in modo sontuoso. Quando entrarono sollevò lo sguardo con un sorriso sognante. Aveva un mantello rosa pallido con un ricamo d'argento sul bordo e attorno alle spalle che ne indicava il rango. Era tutto spiegazzato e per nulla pulito. «Chi sono questi ospiti?» chiese a voce bassissima e biascicando le parole.

«I prigionieri, mio signore» spiegò il soldato senza dita. «Quelli che mi avete ordinato di arrestare.»

«Ti ho ordinato di arrestare qualcuno?» chiese il conte ancora biascicando. «Che cosa importante ho fatto. Spero di non avervi importunato, amici.»

«Ci avete sorpreso, ecco tutto» disse Silk con cautela.

«Chissà perché l'ho fatto.» Il conte ponderò la questione. «Devo aver avuto senz'altro una ragione... non faccio mai niente senza una ragione. Quali crimini avete commesso?»

«Nessun crimine, mio signore» lo rassicurò Silk.

«E allora perché avrei dovuto farvi arrestare? Deve esserci un errore.»

«È quanto abbiamo pensato anche noi, mio signore» disse Silk.

«Bene, allora è tutto chiarito» disse il conte allegramente. «Posso offrirvi la cena, forse?»

«Abbiamo già mangiato, mio signore.»

«Oh.» Il volto del conte precipitò nella delusione. «Ho così pochi visitatori.»

«Forse il vostro maggiordomo Y'diss ricorda il motivo di questo arresto» suggerì il soldato con tre dita.

«Ma certo» disse il conte. «Come mai non ci ho pensato? Y'diss ricorda sempre tutto. Fatelo chiamare subito.»

«Sì, mio signore.» Il soldato fece un inchino e diede l'ordine a uno dei suoi uomini con un cenno del capo.

Il conte Dravor cominciò a giocherellare sognante con una delle pieghe del mantello canticchiando fra sé mentre aspettava.

Dopo qualche istante si aprì una porta all'altro capo della stanza. Entrò un uomo vestito con un abito ricamato e iridescente. Il volto era sensuale e volgare e aveva la testa rasata. «Mi avete fatto chiamare, mio signore?» La sua voce raschiava quasi come un sibilo.

«Ah, Y'diss,» lo accolse sorridendo il conte Dravor «che bello da parte tua unirti a noi.»

«È un piacere servirvi, mio signore» disse il maggiordomo con un inchino sinuoso.

«Mi stavo chiedendo perché ho fatto arrestare questi amici» disse il conte. «Credo di averlo dimenticato. Tu te ne ricordi?»

«È solo una piccola questione, mio signore» rispose Y'diss. «Posso occuparmene io. Avete bisogno di riposo. Non dovete affaticarvi, lo sapete.»

Il conte si passò una mano sul volto. «Ora che ne parli, mi sento effettivamente un po' stanco, Y'diss. Forse potrai intrattenere gli ospiti mentre riposo un po'.»

«Ma certo mio signore» disse Y'diss con un altro inchino.

Il conte si rigirò sulla sedia e quasi immediatamente cadde addormentato.

«Il conte è di salute cagionevole» spiegò il maggiordomo con un sorriso mellifluo. «Di rado lascia la sua sedia di questi tempi. Allontaniamoci, così non lo disturberemo.»

«Sono solo un mercante drasnian, eminenza» cominciò Silk «e questi sono i miei servitori... fatta eccezione per mia sorella laggiù. Siamo sbigottiti da tutto questo.»

Y'diss si mise a ridere. «Per quanto insisterete con questa commedia, principe Kheldar? So perfettamente chi siete. Conosco voi e il motivo della vostra missione.»

«Perché ti interessi a noi, Nyissan?» tagliò corto messer Lupo.

«Sono al servizio della mia padrona, l'Eterna Salmissra» disse Y'diss.

«La donna serpente è diventata una pedina dei Grolim?» chiese zia Pol. «Ora si piega al volere di Zedar?»

«La mia regina non si piega di fronte ad alcun uomo, Polgara» negò con disprezzo Y'diss.

«Davvero?» Pol inarcò un sopracciglio. «È curioso trovare un suo servo che balla su una melodia grolim.»

«Non ho rapporti con i Grolim» specificò Y'diss. «Stanno perlustrando Tolnedran per cercarvi, ma vi ho trovati io.»

«Trovare non significa trattenere, Y'diss» fece notare messer Lupo sottovoce. «Prova a raccontarci di cosa si tratta.»

«Ti dico solo quello che mi va di dirti, Belgarath.»

«Penso che sia abbastanza, padre» disse zia Pol. «Non abbiamo tempo per gli indovinelli dei Nyissan.»

«Non farlo, Polgara» la mise in guardia Y'diss. «Conosco il tuo potere. I miei soldati uccideranno i tuoi amici se solo alzi un dito.»

Garion si sentì afferrare con forza da dietro e la lama di una spada gli venne premuta contro la gola.

Gli occhi di zia Pol si infiammarono all'improvviso. «Cammini su un terreno pericoloso!»

«Non mi sembra il caso di minacciarci l'un l'altro» cercò di smorzare gli animi messer Lupo. «Se ho ben capito non hai intenzione di consegnarci ai Grolim?»

«I Grolim non mi interessano» ribadì Y'diss. «La mia regina mi ha dato ordine di portarvi da lei a Sthiss Tor. Nel frattempo, però, dovrete raccontarmi un paio di cosette.»

«È mia opinione che avrete scarsissimo successo nell'impresa» interloquì Mandorallen rigido. «Non è nostro costume discutere materie private con stranieri pervertiti.»

«Penso abbiate torto, mio caro barone» rispose Y'diss con un sorriso freddo. «Le cantine di questa casa sono profonde e possono accadervi cose davvero sgradevoli. Ho servitori di gran talento nell'estorcere confessioni con torture squisitamente persuasive.»

«Non temo i tuoi tormenti, Nyissan» proclamò Mandorallen sprezzante.

«No. Immagino di no. La paura richiede immaginazione e gli Arend non sono abbastanza intelligenti per essere fantasiosi. I tormenti, comunque, logoreranno la tua volontà... e faranno divertire i miei servitori. È difficile trovare buoni torturatori e la mancanza di esercizio li mette di cattivo umore... sono sicuro che capirai. Più tardi, quando avrete avuto modo di far loro visita un paio di volte, proveremo qualcos'altro. A Nyissa c'è abbondanza di radici, foglie e bacche con bizzarre proprietà. È davvero strano che alcuni preferiscano la ruota dentata ai miei piccoli intrugli.» Poi si mise a ridere, un suono brutale senza alcuna nota di gioia. «Ne discuteremo dopo che avrò sistemato il conte per la notte. Per ora le guardie vi porteranno ai piani di sotto nei posti che ho preparato per voi.»

Il conte Dravor si sollevò e si guardò attorno sognante. «Amici, ve ne andate così presto?» chiese.

«Sì, mio signore» gli disse Y'diss.

«Bene allora» disse il nobile con un sorriso vago. «Addio, care persone. Spero farete ritorno un giorno così potremo continuare questa conversazione deliziosa.»

La cella in cui fu portato Garion era viscida e umida. Puzzava di fogna e cibo putrefatto. Si rannicchiò contro la porta di ferro e quasi sentiva tutta quell'oscurità premergli addosso. Da un angolo della cella provenivano rumori di graffi e sfregamenti. Topi, pensò lui, e cercò di rimanere il più vicino possibile alla porta. Da qualche parte si sentiva sgocciolare dell'acqua. La gola cominciò a bruciargli per la sete.

C'era buio, ma non silenzio. Si sentivano tintinnare catene nelle celle a fianco e qualcuno stava gemendo. Da più lontano, proveniva una risata folle, uno schiamazzo privo di senso ripetuto di continuo, senza pausa, che crepitava interminabile nell'oscurità. Qualcuno gridò: un suono spaventoso e perforante. Poi gridò di nuovo. Garion si appiattì contro le pietre viscide del muro e già immaginava torture indicibili per spiegare quelle grida di agonia.

In un posto del genere il tempo non esisteva. Non c'era modo di sapere quanto a lungo fosse rimasto acquattato nella cella, solo e spaventato. Poi gli parve di udire un flebile rumore metallico e un cigolio che proveniva dalla porta stessa. Si allontanò di scatto mettendosi carponi e raggiunse l'altra parete, inciampando sul pavimento scabro. «Andate via!» gridò.

«Abbassa la voce!» sussurrò Silk dall'altro lato della porta.

«Silk, sei tu?» Garion quasi singhiozzò per il sollievo.

«Chi ti aspettavi?»

«Come ti sei liberato?»

«Non parlare così tanto» sussurrò l'omino a denti stretti. «Maledetta ruggine!» imprecò. Poi grugnì e la porta scricchiolò. «Ecco fatto!» La cella era aperta e la debole luce di chissà quali torce cominciò a filtrare. «Vieni con me» sussurrò Silk. «Dobbiamo sbrigarci.»

Garion quasi corse fuori dalla cella. Zia Pol stava aspettando poco più giù nel corridoio. Senza dire una parola, Garion andò da lei, che lo guardò seria per un attimo, poi l'abbracciò. Nessuno dei due aprì bocca.

Silk stava lavorando all'altra porta con la faccia lucida per il sudore. La serratura scattò e la porta si aprì cigolando. Ne uscì fuori Hettar. «Come mai ci hai impiegato così tanto?» chiese il guerriero.

«Ruggine!» esclamò Silk a bassa voce. «Farei fustigare tutti i carcerieri di questo posto. Non si fanno arrugginire i lucchetti in questa maniera.»

«Ci possiamo sbrigare per favore?» suggerì Barak, che faceva da palo, voltandosi indietro.

«Vuoi farlo tu?» chiese Silk.

«Basta che procedi più in fretta che puoi. Non abbiamo tempo di litigare adesso» li rimproverò zia Pol. Ripiegò il mantello blu con fare compassato.

«Era proprio necessario tutto questo sfoggio di oratoria?» disse messer Lupo, ultimo a essere liberato, quando uscì dalla cella. «Cianciavate come uno stormo di anatre.»

«Il principe Kheldar ha sentito la necessità di fare qualche osservazione sullo stato dei lucchetti» disse Mandorallen con leggerezza.

Silk lo guardò corrucciato e fece strada per il corridoio da cui proveniva la luce delle torce che col loro fumo oleoso avevano del tutto annerito il soffitto.

«Prestate attenzione» avvertì Mandorallen. «C'è una guardia.» Un uomo barbuto con un giustacuore di pelle lurida russava seduto sul pavimento, con la schiena appoggiata alla parete del corridoio.

«Riusciremo a passare senza svegliarlo?» rifletté Durnik con un filo di voce.

«Non si sveglierà per parecchie ore» disse Barak truce. Il gonfiore violaceo su un lato della faccia spiegò subito di che si trattava.

«Pensate possano essercene altri?» chiese Mandorallen facendosi schioccare le dita.

«Ce n'erano un po'» disse Barak. «Stanno tutti dormendo.»

«Usciamo da qui allora» suggerì Lupo.

«Porteremo Y'diss con noi, non è vero?» chiese zia Pol.

«Perché?»

«Vorrei parlare con lui. A lungo» spiegò.

«Sarebbe una perdita di tempo.» Lupo scosse la testa. «Salmissra è coinvolta in questa faccenda. È l'unica cosa che ci serve sapere. Le sue motivazioni non interessano poi molto. Usciamo da qui facendo il meno rumore possibile.»

Strisciarono oltre la guardia che russava, svoltarono un angolo e si avviarono per un altro corridoio.

«È morto?» chiese qualcuno a voce alta da dietro una porta da cui usciva una luce rossastra e fumosa.

«No,» disse un'altra voce «è solo svenuto. Hai premuto troppo sulla leva. Devi mantenere la pressione costante. Altrimenti svengono e devi ricominciare.»

«È più difficile di quanto pensassi» si lamentava la prima voce.

«Stai andando bene» disse la seconda. «La ruota è sempre un po' ingannevole. Ricordati solo di mantenere la pressione costante e di non dare colpi improvvisi sulla leva. Se gli strappi le braccia di solito muoiono.»

Il volto di zia Pol si irrigidì e gli occhi le si infiammarono all'istante. Fece un piccolo gesto e sussurrò qualcosa. Garion sentì un rapido fruscio che gli mormorava nella testa.

«Sai una cosa,» disse la prima voce un po' flebile «all'improvviso non mi sento bene.»

«Adesso che lo dici, neanch'io» concordò il secondo. «Quella carne che abbiamo mangiato per cena aveva un buon sapore per te?»

«Mi sembrava buona.» Ci fu un lungo silenzio. «Mi sento davvero male.»

Passarono in punta di piedi di fronte alle sbarre della porta e Garion evitò con cura di guardare dentro. Alla fine del corridoio c'era un'imponente porta di quercia e ferro. Silk afferrò la maniglia. «È chiusa dall'esterno» imprecò.

«Arriva qualcuno» avvertì Hettar.

Si sentì un forte rumore di passi per le scale di pietra dietro la porta, poi un mormorio di voci e una risata sguaiata.

Lupo si girò in fretta verso la porta di una cella vicina. Toccò con le dita il lucchetto arrugginito e lo fece scattare con delicatezza. «Per di qua» sussurrò. Si stiparono tutti nella cella e Lupo richiuse l'uscio.

«Quando avremo tempo mi piacerebbe discutere con te di questo fatto» disse Silk.

«Ti stavi divertendo così tanto con i lucchetti che non ho voluto interferire.» Il vecchio fece un sorriso innocente. «Adesso dobbiamo occuparci di quegli uomini prima che scoprano le nostre celle vuote e diano l'allarme.»

«Ma certo» disse Barak fiducioso.

Aspettarono.

«Stanno aprendo la porta» sussurrò Durnik.

«Quanti sono?» chiese Mandorallen.

«Non lo so.»

«Otto» disse zia Pol con sicurezza.

«Bene» annuì Barak. «Li lasceremo passare e poi salteremo loro addosso da dietro. Un paio di urla in un posto come questo non insospettiscono. Ma dobbiamo fare in fretta.»

Aspettarono in tensione nel buio della cella.

«Y'diss dice che non importa se qualcuno muore durante l'interrogatorio» disse uno degli uomini fuori. «Quelli che devono rimanere vivi sono solo il vecchio, la donna e il ragazzo.»

«Uccidiamo il grassone con i baffi rossi allora» suggerì uno. «Sembra quello che può dare più noie ed è probabilmente troppo stupido per sapere qualcosa di utile.»

«Quello che ha parlato lasciatelo a me» sussurrò Barak.

Gli uomini nel corridolo oltrepassarono la cella.

«Andiamo!» disse il gigante.

Fu una battaglia breve e spiacevole. Attaccarono i carcerieri sbigottiti con impeto selvaggio. Tre erano a terra prima che gli altri si accorgessero di cosa stava succedendo. Uno gridò per la sorpresa, schivò la lotta e si diresse verso le scale. Senza pensare, Garion si gettò in mezzo ai piedi del fuggitivo. Poi si rigirò intrappolandogli le gambe. La guardia inciampò e cadde. Cercò di rialzarsi ma un calcio secco di Silk dietro l'orecchio la fece andare giù come un sacco.

«Stai bene?» chiese Silk.

Garion mugolò qualcosa da sotto il corpo dell'uomo svenuto. Si rimise in piedi ma la lotta era quasi finita. Durnik stava sbattendo la testa di un uomo contro il muro, mentre Barak ne prendeva a pugni un altro. Mandorallen ne stava strangolando un terzo, mentre Hettar si appostava per afferrarne un quarto. L'uomo, con gli occhi spalancati, riuscì a emettere solo un gemito prima che le mani di Hettar si chiudessero su di lui. L'Algar forzò la stretta, si girò e sbatté l'uomo contro il muro di pietra con una forza terrificante. Si sentirono le ossa rompersi. Poi la guardia cadde afflosciandosi.

«Ma che rissa graziosa» disse Barak sfregandosi le nocche.

«Divertente» concordò Hettar lasciando scivolare il corpo sul pavimento.

«Avete finito?» chiese Silk con voce roca dalla porta sulle scale.

«Quasi» disse Barak. «Hai bisogno di aiuto, Durnik?»

Il fabbro sollevò il mento del robusto carceriere e ne esaminò gli occhi vuoti. Poi, per essere sicuro, gli sbatté di nuovo la testa contro il muro e lo lasciò cadere.

«Andiamo?» disse Hettar.

«Ora sì» annuì Barak controllando i corpi sparpagliati nel corridoio.

«La porta in cima alle scale è aperta,» comunicò Silk quando arrivarono «e il corridoio è vuoto. La casa sembra addormentata, ma cerchiamo di fare piano.»

Lo seguirono in silenzio su per le scale. Si fermò un istante davanti a una porta. «Aspettate un secondo» sussurrò. Poi scomparve senza che i suoi piedi facessero alcun rumore. Dopo qualche tempo ritornò con le armi che i soldati avevano sottratto loro. «Pensavo potessero esserci utili.»

Garion si sentì molto meglio quando si allacciò la spada in vita.

«Forza» li incitò Silk e li condusse fino in fondo al salone. Poi svoltarono un angolo.

«Avrei voglia di un po' di quelle verdi, Y'diss» giunse la voce del conte Dravor da dietro una porta socchiusa.

«Certamente, mio signore» disse Y'diss con quella voce che raschiava e sibilava.

«Quelle verdi hanno un saporaccio,» riprese il conte intorpidito «ma mi fanno fare sogni belli. Quelle rosse sono più buone ma i sogni non altrettanto.»

«Ben presto sarete pronto per quelle blu, mio signore» promise Y'diss. Si sentì un flebile scatto e il rumore di un liquido versato in un bicchiere. «Poi quelle gialle e alla fine quelle nere. Quelle nere sono le migliori.»

Silk li condusse in punta di piedi oltre l'uscio socchiuso. Il lucchetto della porta d'ingresso cedette senza difficoltà e uscirono nella notte fredda e illuminata dalla luna. Le stelle brillavano nel cielo e l'aria era dolce. «Vado a prendere i cavalli» disse Hettar.

«Va' con lui, Mandorallen» disse Lupo. «Aspetteremo qui.» Indicò un giardino scuro. I due uomini sparirono dietro un angolo. Gli altri seguirono messer Lupo all'ombra di una delle siepi che circondavano il giardino del conte Dravor.

Aspettarono. La notte era fredda e Garion tremava. Poi si sentì il rumore di uno zoccolo su una pietra e Hettar e Mandorallen tornarono con i cavalli.

«Faremo meglio a sbrigarci» disse Lupo. «Non appena Dravor si addormenta, Y'diss scenderà alle galere e scoprirà che siamo scappati. Portiamo i cavalli a mano. Allontaniamoci dalla casa senza far rumore.»

Percorsero il giardino illuminato dal chiaro di luna con i cavalli al seguito fino a raggiungere il grande prato. Montarono con estrema cautela.

«Dobbiamo sbrigarci» sussurrò zia Pol guardando la casa.

«Prima di uscire mi sono comperato un po' di tempo» disse Silk con una risatina.

«Come hai fatto?» chiese Barak.

«Quando ho recuperato le armi ho appiccato il fuoco alla cucina» ridacchiò Silk. «Li terrà occupati per un po'.»

Un filamento di fumo saliva dal retro dell'edificio.

«Molto astuto» commentò zia Pol con un misto di ammirazione e rimprovero.

«Grazie, mia signora» e fece il solito inchino scherzoso.

Messer Lupo sogghignò e spinse i cavalli al trotto leggero.

Mentre se ne andavano, il filo di fumo diventava sempre più grosso e saliva, nero e oleoso, verso le stelle indifferenti.

15

Nei giorni successivi cavalcarono a ritmi forzati fermandosi solo per far riposare i cavalli e dormire qualche ora. Garion scoprì che poteva sonnecchiare in sella quando gli animali erano al passo. Scoprì anche che se era abbastanza stanco poteva dormire praticamente dappertutto. Un pomeriggio, mentre si riposavano da una marcia forzata, sentì Silk parlare al vecchio e a zia Pol. La curiosità vinse la stanchezza e si alzò per ascoltare.

«Mi piacerebbe sapere di più del coinvolgimento di Salmissra» diceva l'omino.

«È un'opportunista» chiarì Lupo. «Dovunque ci siano disordini, cerca di volgerli al proprio vantaggio.»

«Questo significa che oltre ai Murgo dovremo schivare anche i Nyissan.»

Garion aprì gli occhi. «Perché la chiamano Eterna Salmissra?» chiese a zia Pol. «È molto vecchia?»

«No» rispose lei. «Le regine di Nyissa si chiamano tutte Salmissra.»

«E questa tu la conosci?»

«Non è necessario» gli disse zia Pol. «Sono tutte uguali. Hanno lo stesso aspetto e si comportano nello stesso modo. Se ne conosci una, le conosci tutte.»

«Sarà molto delusa di Y'diss» osservò Silk sogghignando.

«Credo che a quest'ora Y'diss abbia trovato un modo tranquillo e poco doloroso per venirne fuori» garantì Lupo. «Salmissra diventa eccessiva quando è arrabbiata.»

«È così crudele?» chiese Garion.

«Non si tratta esattamente di crudeltà» spiegò Lupo. «I Nyissan ammirano i serpenti. Se molesti un serpente quello morde.

È una creatura semplice, ma molto logica. Una volta che ti ha morso non porta rancore.»

«Dobbiamo proprio parlare di serpenti?» chiese Silk con voce sofferente.

«Penso che i cavalli si siano riposati» disse Hettar da dietro le loro spalle. «Adesso possiamo andare.»

Spinsero i cavalli al galoppo e si diressero a sud verso l'ampia valle del fiume Nedrane e Tol Honeth. Il sole si era fatto tiepido e gli alberi sul bordo della strada erano carichi di gemme primaverili.

La luminosa città imperiale era situata su un'isola in mezzo al fiume e tutte le strade conducevano lì. Era chiaramente visibile in lontananza quando oltrepassarono l'ultimo crinale e guardarono nella fertile vallata sottostante. Sembrava allargarsi man mano che si avvicinavano. Era quasi del tutto costruita in marmo bianco e abbagliava gli occhi nel sole mattutino. Aveva mura alte e spesse. Le torri si innalzavano all'interno della città.

Un grazioso ponte ad arco si estendeva sopra la superficie increspata del Nedrane e conduceva al bronzeo cancello settentrionale. Qui un distaccamento di legionari in armatura luccicante marciava a guardia perpetua.

Per prudenza, Silk indossò il mantello e il berretto da mercante. Si raddrizzò in sella e assunse l'espressione sobria e professionale di chi si occupa di transazioni tra vari regni. Sembrava quasi che credesse davvero di essere chi si professava.

«I vostri affari a Tol Honeth?» chiese educatamente uno dei due legionari.

«Sono Radek di Boktor» annunciò Silk con l'aria preoccupata dell'uomo d'affari. «Ho delle pezze di lana sendar della migliore qualità.»

«Allora forse vorrete parlare con il luogotenente per il mercato centrale» suggerì il legionario.

«Grazie.» Silk annuì e li condusse attraverso il cancello fino nelle ampie strade affollate che si stendevano al di là.

«Penso sia meglio fermarci a palazzo e parlare con Ran Borune» disse messer Lupo. «I Borune non sono gli imperatori più facili con cui trattare, ma di sicuro sono i più intelligenti. Non dovrei avere difficoltà a convincerlo che la situazione è davvero seria.»

«Come farai ad avere un incontro con lui?» chiese zia Pol. «Ci potrebbero volere settimane per un'udienza. Sai come sono fatti.»

Lupo cambiò espressione e si accigliò. «Forse potrei fare una visita ufficiale» rifletté mentre spingeva i cavalli fra la folla.

«E annunciare la nostra presenza a tutta quanta la città?»

«Abbiamo altra scelta? Dobbiamo assicurarci l'appoggio dei Tolnedran. Non possiamo permetterci che restino neutrali.»

«Forse ho un'idea» si intromise Barak.

«A questo punto sono disposto a tutto.»

«Perché non andiamo da Grinneg?» disse Barak. «È l'ambasciatore di Cherek qui a Tol Honeth. Può introdurci nel palazzo dell'imperatore senza troppi problemi.»

«Non è una cattiva idea, Belgarath» concordò Silk. «Grinneg ha abbastanza relazioni a palazzo per farci entrare subito e Ran Borune lo rispetta.»

«Resta solo il problema di come contattare l'ambasciatore» disse Durnik mentre si fermavano per lasciar passare un grosso carro.

«È mio cugino» disse Barak. «Ahneg, lui e io giocavamo insieme quand'eravamo bambini.» Il gigante si guardò attorno. «Dovrebbe alloggiare vicino al distaccamento della Terza legione imperiale. Basta chiedere la strada a qualcuno.»

«Non è necessario» disse Silk. «So dove si trova.»

«Dovevo immaginarlo» sorrise Barak.

«Possiamo attraversare il mercato settentrionale» propose Silk. «Il distaccamento è vicino ai moli principali nella parte bassa dell'isola.»

«Fai strada» disse Lupo. «Non voglio sprecare tempo qui.»

Le strade di Tol Honeth brulicavano di gente proveniente da tutte le parti del mondo. Drasnian e Rivan stavano gomito a gomito con Nyissan e Thull. C'era qualche Nadrak fra la folla e, a giudizio di Garion, un numero sproporzionato di Murgo. Zia Pol cavalcava vicina a Hettar e parlava a bassa voce con lui poggiandogli delicatamente la mano sul braccio della spada. Gli occhi dell'esile Algar ardevano e le narici fremevano minacciose ogni volta che vedeva la faccia sfregiata di un Murgo.

Le case che costeggiavano le strade erano imponenti, con facciate di marmo bianco e pesanti portoni spesso sorvegliati da soldati di milizie private che scrutavano con ferocia i passanti.

«La città imperiale sembra grondare sospetto» osservò Mandorallen. «Temono i loro vicini in così grande misura?»

«Sono tempi turbolenti» spiegò Silk. «I principi mercanti di

Tol Honeth tengono buona parte delle ricchezze del mondo nelle loro casseforti. In questa strada ci sono uomini che potrebbero comprarsi Arendia se lo volessero.»

«Arendia non è in vendita» decretò Mandorallen rigido.

«In Tol Honeth, mio caro barone, tutto è in vendita» gli rivelò Silk. «L'onore, la virtù, l'amicizia, l'amore. È una città malvagia piena di gente malvagia e il denaro è la sola cosa che conta.»

«Allora ti sentirai a tuo agio» disse Barak.

Silk rise. «Mi piace Tol Honeth, devo ammetterlo. La gente qui non si fa illusioni. Sono di una corruzione che rincuora.»

«Che uomo cattivo sei, Silk» osservò Barak brusco.

«L'hai già detto» rispose l'omino. La faccia da topo sorrideva beffarda.

La bandiera di Cherek, la sagoma di una nave da guerra bianca su fondo azzurro, svolazzava da un'asta che sormontava il cancello della casa dell'ambasciatore.

Barak scese da cavallo un po' irrigidito e camminò fino alla grata di ferro che bloccava l'ingresso. «Dite a Grinneg che suo cugino Barak è qui e desidera vederlo» annunciò a una delle guardie barbute all'interno.

«Come facciamo a sapere che sei suo cugino?» chiese malamente una delle guardie.

Barak allungò la mano dentro alla grata e afferrò il bavero della maglia di ferro della guardia e lo tirò contro il cancello. «Potresti riformulare la domanda» chiese «mentre ancora sei in buona salute?»

«Chiedo perdono, lord Barak» si scusò l'uomo in fretta. «Ora che sono più vicino, riconosco il volto.»

«Ne ero assolutamente sicuro» disse Barak.

«Apro subito il cancello» si affrettò a rimediare la guardia.

«Idea eccellente» approvò Barak lasciando andare la cotta di maglia. La guardia aprì in fretta e la compagnia entrò nel cortile spazioso.

Grinneg, ambasciatore di re Ahneg alla corte imperiale di Tol Honeth, era un uomo corpulento, grosso quasi quanto Barak. Aveva la barba tagliata corta e indossava un mantello blu in stile tolnedran. Scese gli scalini due per volta e strinse Barak in un grosso abbraccio da orso. «Tu, vecchio pirata!» ruggì. «Cosa ci fai a Tol Honeth?»

«Ahneg ha deciso di invadere il paese» scherzò Barak. «Una volta portati via l'oro e le belle donne, brucerà la città.» Gli occhi di Grinneg s'illuminarono di cupidigia. «Ma non li farà infuriare?» disse con un sorriso vizioso.

«Cosa è successo alla barba?» chiese Barak.

Grinneg tossì imbarazzato. «Non è importante» disse in fretta.

«Non abbiamo mai avuto segreti» si accostò Barak.

Grinneg parlò a bassa voce al cugino. Sembrava davvero imbarazzato, ma Barak scoppiò in una risata fragorosa. «E perché gliel'hai lasciato fare?» chiese.

«Ero ubriaco» disse Grinneg. «Entriamo. Ho una botte di birra buona in cantina.»

Il resto della compagnia seguì i due uomini dentro la casa. Scesero per un corridoio fino a una stanza arredata con mobili cherek: sedie massicce e panche coperte di pelli, il pavimento cosparso di stuoie e un grande camino dove ardevano gli ultimi rimasugli di un grosso ceppo. C'erano varie torce rigate di pece che fumavano negli anelli di ferro attaccati ai muri.

Un servitore portò dei boccali di birra scura e poi lasciò la stanza. Garion alzò in fretta il suo boccale e ingurgitò un grosso sorso di birra prima che zia Pol suggerisse qualcosa di meno alcolico. Lei lo guardò senza commentare, con gli occhi privi d'espressione.

Grinneg si accomodò in un'ampia sedia di vimini su cui era gettata una pelle d'orso. «Qual è la vera ragione della tua presenza a Tol Honeth, Barak?» chiese.

«Grinneg,» disse Barak serio «questo è Belgarath. Sono sicuro che hai sentito parlare di lui.»

Gli occhi dell'ambasciatore si spalancarono e inclinò la testa di lato. «La mia casa è la vostra» disse con rispetto.

«Riusciresti a farmi incontrare Ran Borune?» chiese messer Lupo sedendosi su una panca vicino al camino.

«Senza difficoltà.»

«Bene» fu soddisfatto Lupo. «Devo parlargli e non voglio avere complicazioni.»

Barak presentò gli altri e il cugino salutò tutti con gentilezza.

«Sei arrivato a Tol Honeth in un periodo burrascoso» disse dopo che le amenità di rito furono terminate. «La nobiltà di Tolnedra si raduna in città come uno stormo di corvi su una vacca morta.»

«Ne abbiamo avuto sentore mentre viaggiavamo verso sud» disse Silk. «È brutto come dicono?»

«Forse anche peggio» rincarò Grinneg grattandosi un orecchio. «Le successioni dinastiche non accadono molto spesso. I Borune sono al potere da oltre seicento anni e gli altri casati aspettano questo cambiamento con molto entusiasmo.»

«Chi è il favorito alla successione di Ran Borune?» chiese messer Lupo.

«In questo preciso momento forse il granduca Kador di Tol Vordue» rispose Grinneg. «Sembra avere più soldi degli altri. Gli Honeth sono i più ricchi, certo, ma hanno sette candidati e la ricchezza si va disperdendo. Le altre famiglie non sono veramente in corsa. I Borune non hanno alcun pretendente adatto e nessuno prende sul serio i Ranite.»

Garion appoggiò con cura il boccale sul pavimento di fianco allo sgabello su cui era seduto. La birra non aveva un buon sapore e in qualche modo si sentì ingannato. Il mezzo boccale che aveva bevuto gli aveva fatto bruciare le orecchie e anche il naso sembrava un po' intorpidito.

«Abbiamo incontrato un Vorduvian che ci ha detto che gli Horbite stanno usando il veleno» raccontò Silk.

«Lo fanno tutti.» Grinneg era vagamente disgustato. «Gli Horbite sono solo più espliciti, ecco tutto. Se Ran Borune morisse domani, però, Kador sarebbe il nuovo imperatore.»

Messer Lupo era accigliato. «Non ho mai avuto gran successo nelle trattative con i Vorduvian. Non hanno la statura di imperatori.»

«Il vecchio è ancora in buona salute» lo rassicurò Grinneg. «Se resiste un altro paio d'anni, gli Honeth troveranno un accordo sul candidato, l'ultimo rimasto in vita, e il denaro finirà a sostenere la causa comune. Sono cose che richiedono tempo, però. Gli stessi candidati stanno fuori città per prudenza, così i sicari non possono trovarli con facilità.» Rise ingurgitando un altro sorso di birra. «Sono gente divertente.»

«Non potremmo andare adesso a palazzo?» chiese messer Lupo.

«Prima dobbiamo cambiarci d'abito» disse zia Pol con fermezza.

«Ancora, Polgara?» Lupo le lanciò un'occhiata sofferente.

«Fallo e basta, padre» ordinò lei. «Non ci metterai in imbarazzo andando a corte vestito di stracci.»

«Quell'abito non lo voglio mettere più» ripeté il vecchio, testardo.

«No» disse Pol. «Non sarebbe adatto. Sono certa che l'ambasciatore potrà prestarti un mantello. In quel modo non correrai il rischio di essere riconosciuto da tutti.»

«Come vuoi tu, Pol.» Lupo sospirò e si arrese.

Dopo che si furono cambiati, Grinneg dispose la guardia d'onore, un gruppo di guerrieri cherek dall'aspetto truce. Furono scortati lungo i grandi viali di Tol Honeth fino a palazzo. Garion, divertito dall'opulenza della città, e con solo un leggero capogiro dovuto alla birra, cavalcava tranquillo al fianco di Silk. Si sforzava di non guardare a bocca aperta i palazzi enormi e i Tolnedran in abiti eleganti che passeggiavano alteri nel sole del meriggio.

16

Il palazzo imperiale era situato su una collina al centro di Tol Honeth. Non si trattava di un edificio solo, ma piuttosto di un complesso di edifici alti e bassi, tutti di marmo, circondati da giardini e prati piacevolmente ombreggiati da cipressi. L'intera tenuta era recintata da un alto muro, sormontato da statue a intervalli regolari lungo il cornicione. I legionari al cancello riconobbero l'ambasciatore cherek e fecero chiamare subito il primo ciambellano dell'imperatore, un burocrate dai capelli grigi con un mantello marrone.

«Devo vedere Ran Borune, lord Morin» annunciò Grinneg mentre smontavano da cavallo nel cortile marmoreo proprio di fronte ai cancelli. «È una questione urgente.»

«Certo, lord Grinneg» annuì l'uomo dai capelli grigi. «Sua altezza imperiale parla sempre con piacere con l'emissario personale di re Anheg. Sfortunatamente, in questo momento sta riposando. Potrei farvi avere udienza nel pomeriggio, domattina al più tardi.»

«È una cosa che non può aspettare, Morin» disse Grinneg. «Dobbiamo vedere subito l'imperatore. Dovrai svegliarlo.»

Lord Morin parve sorpreso. «Non può essere così urgente» disse in tono seccato.

«Temo proprio di sì» insisté Grinneg.

Morin serrò le labbra, pensieroso, mentre guardava i membri della compagnia.

«Mi conosci abbastanza bene da sapere che non ti chiederei una cosa del genere senza motivo» proseguì l'ambasciatore cherek.

Morin sospirò. «Ho gran fiducia in te, Grinneg. D'accordo, entrate. I soldati devono restare fuori però.»

Grinneg fece un rapido gesto alle guardie e la compagnia seguì lord Morin attraverso un ampio cortile fino a una galleria che circondava uno degli edifici.

«Come sta?» chiese l'ambasciatore mentre camminavano lungo la galleria ombrosa.

«È ancora in buona salute,» rispose Morin «ma l'umore va peggiorando. I Borune stanno dando le dimissioni in blocco e fanno ritorno a Tol Borune.»

«Sembra prudente, date le circostanze» convenne Grinneg. «Sospetto che un certo numero di morti accidentali accompagneranno la successione.»

«È probabile,» concordò Morin «ma sua altezza non gradisce essere abbandonato dai membri della sua stessa famiglia.» Si fermò presso un arco di marmo presidiato da due legionari con corazze placcate d'oro. «Per cortesia, lasciate qui le armi. Sua altezza è molto sensibile al riguardo... sono sicuro che capirete.»

«Certo» assentì Grinneg togliendo da sotto il mantello una pesante spada e appoggiandola contro il muro.

Tutti seguirono l'esempio. Lord Morin quasi sussultò per la sorpresa quando Silk tolse tre pugnali differenti da sotto il mantello. Equipaggiamento formidabile, gesticolavano le mani del ciambellano nel linguaggio segreto.

Sono tempi turbolenti, spiegò Silk con disapprovazione.

Lord Morin sorrise debolmente e li condusse nel giardino oltre l'arco. Il prato era ben curato. C'erano fontane che lanciavano spruzzi e i cespugli di rose erano ben tenuti. Gli alberi da frutto, vecchi quasi quanto il palazzo, sembravano pronti a fiorire nel sole tiepido. I passerotti si industriavano attorno ai nidi con i ramoscelli secchi. Grinneg e gli altri seguirono Morin per un sentiero lastricato di marmo fino al centro del giardino.

Ran Borune XXIII, imperatore di Tolnedra, era un uomo minuto e anziano, quasi calvo, avvolto in un mantello dorato. Era sdraiato su una poltrona sotto un pergolato di vite e stava dando dei semini a un canarino giallo che si era appollaiato sul bracciolo. L'imperatore aveva un piccolo naso a forma di becco e gli occhi curiosi e chiari. «Ti ho detto che volevo rimanere solo, Morin» disse con voce stizzosa girandosi verso il nobile.

«Un milione di scuse, vostra altezza» mormorò lord Morin

con un profondo inchino. «Lord Grinneg, l'ambasciatore di Cherek, desidera sottoporvi una questione della più grave urgenza. Mi ha convinto che non si poteva aspettare.»

L'imperatore guardò Grinneg con occhi taglienti, poi furbi, quasi maliziosi. «Vedo che la barba sta crescendo di nuovo, ambasciatore.»

Grinneg divenne pian piano paonazzo. «Avrei dovuto immaginarlo che vostra altezza aveva sentito del mio piccolo incidente.»

«So tutto quanto accade a Tol Honeth, lord Grinneg» scattò l'imperatore. «Anche se i miei cugini e nipoti fuggono come ratti da una nave che affonda, ho ancora qualcuno che mi è fedele. Perché ti sei immischiato con quella donna nadrak? Credevo che gli Alorn odiassero gli Angarak.»

Grinneg tossì imbarazzato. Diede un'occhiata a zia Pol. «È stato una specie di scherzo, vostra altezza» cercò di minimizzare. «Ho pensato che poteva imbarazzare l'ambasciatore nadrak, e sua moglie, dopotutto, è una donna molto piacente. Non avevo idea che tenesse un paio di forbici sotto il letto.»

«Ho sentito dire che tiene la tua barba in una scatolina d'oro, lo sapevi?» L'imperatore sorrise. «E la mostra a tutti gli amici.»

«È una donna malvagia» disse Grinneg affranto.

«Chi sono questi?» chiese l'imperatore indicando i membri della compagnia in piedi sull'erba dietro all'ambasciatore.

«Mio cugino Barak e qualche amico» li presentò Grinneg. «Sono loro che devono parlare con voi.»

«Conte di Trellheim» lo apostrofò l'imperatore. «Cosa fate a Tol Honeth, signore?»

«Sono di passaggio, vostra altezza» rispose Barak facendo un inchino.

Ran Borune guardò con attenzione il resto della compagnia come se davvero li vedesse per la prima volta. «Questo dovrebbe essere il principe Kheldar di Drasnia,» disse «che ha lasciato Tol Honeth di gran fretta l'ultima volta, fingendosi un acrobata del circo mi pare... e solo per poco è sfuggito alle guardie.»

Anche Silk si inchinò con rispetto.

«E quello dev'essere Hettar di Algaria,» continuò l'imperatore «l'uomo che cerca di spopolare da solo Chtol Murgos.»

Hettar fece un cenno col capo.

«Morin, perché mi hai circondato di Alorn? Non mi piacciono gli Alorn.»

«È una questione urgente, altezza» si scusò Morin.

«E anche un Arend» disse l'imperatore guardando Mandorallen. «Un Mimbrate, direi.» I suoi occhi si restrinsero sensibilmente. «Dalle descrizioni che ho sentito dovrebbe proprio essere il barone di Vo Mandor.»

L'inchino di Mandorallen fu grazioso ed elaborato. «I vostri occhi sono acuti, Vostra Maestà, avete letto ciascuno di noi a turno senza commettere errori.»

«Non tutti» precisò l'imperatore. «Non riconosco il Sendar né il ragazzo rivan.»

La mente di Garion fece un salto. Una volta Barak gli aveva detto che assomigliava a un Rivan più di qualsiasi altra cosa, ma quel pensiero si era perso nel turbine degli eventi successivi. E adesso l'imperatore di Tolnedra, i cui occhi avevano l'abilità misteriosa di penetrare la natura delle cose, lo aveva identificato come un Rivan. Guardò zia Pol, ma sembrava assorta a esaminare i boccioli delle rose.

«Il Sendar è Durnik,» disse messer Lupo «un fabbro. In Sendaria è una professione che avvicina alla nobiltà. Il ragazzo è mio nipote, Garion.»

L'imperatore guardò il vecchio. «Sembra che dovrei conoscere anche te. C'è qualche cosa nel tuo aspetto...» si fermò a riflettere.

Il canarino appoggiato al bracciolo della poltrona cominciò all'improvviso a cantare. Si lanciò nell'aria e svolazzò verso zia Pol. Quella tese un dito e l'uccellino vi si posò. Voltò indietro la testa e cominciò a cantare estatico come se avesse il cuoricino che si spezzava d'amore. La donna ascoltò attentamente la canzone.

«Cosa state facendo al mio canarino?» chiese l'imperatore.

«Ascolto» rispose zia Pol.

«Come avete fatto a farlo cantare? Sono mesi che tento inutilmente.»

«Non l'avete preso abbastanza sul serio.»

«Chi è questa donna?» chiese l'imperatore.

«Mia figlia Polgara» disse messer Lupo. «Ha una particolare affinità con i volatili.»

L'imperatore rise all'improvviso, una risata scettica e roca. «Suvvia, non vorrete farmi credere davvero una cosa del genere.»

Lupo lo guardò con aria grave. «Sicuro che non mi conosci, Ran Borune?» chiese con dolcezza. Il mantello grigio pallido di

Grinneg lo faceva quasi sembrare un Tolnedran, quasi... ma non del tutto.

«È uno stratagemma astuto» concesse l'imperatore. «Ti sei davvero calato nella parte, e anche lei, ma non sono un bambino. Non credo più alle favole da molto tempo.»

«È un peccato. Immagino che la tua vita sia vuota.» Poi Lupo guardò il giardino curato con i servitori e le fontane e i membri della guardia personale dell'imperatore appostati, con discrezione, qua e là fra le aiuole. «Anche con tutto questo, Ran Borune, una vita senza meraviglia è piatta e appassita.» Il tono di voce era triste. «Forse hai perso qualcosa di troppo prezioso.»

«Morin,» ordinò Ran Borune perentorio «fai chiamare Zereel. Sistemiamo subito questa faccenda.»

«Ai vostri ordini, altezza» obbedì Morin e fece cenno a uno dei servitori.

«Posso riavere il mio canarino?» chiese l'imperatore a zia Pol con tono mesto.

«Certo.» Lei camminò lentamente sull'erba fino alla poltrona cercando di non spaventare l'uccellino cinguettante.

«A volte mi chiedo cosa dicono quando cantano» disse Ran Borune.

«Proprio ora mi raccontava del giorno in cui ha imparato a volare» tradusse zia Pol. «È un giorno molto importante per un uccello.» Tese la mano e il canarino saltò sul dito dell'imperatore. Cantava ancora e con gli occhi raggianti fissò dritto in volto Ran Borune.

«Che capriccio divertente.» Il vecchietto sorrise e guardò l'acqua che scintillava nelle fontane. «Mi dispiace ma non ho tempo per queste cose. In questo momento l'intera nazione trattiene il fiato aspettando la mia morte. Tutti credono che la cosa migliore per Tolnedra sia che io muoia al più presto. Alcuni hanno anche cercato di aiutarmi a morire. Proprio la scorsa settimana abbiamo catturato quattro sicari dentro le mura del palazzo. I Borune, la mia stessa famiglia, mi abbandonano al punto che non ho gente sufficiente a mandare avanti il palazzo, figuriamoci poi l'impero. Ecco che arriva Zereel.»

Un uomo magro dalle sopracciglia cespugliose attraversò di corsa il prato. Era vestito con un mantello rosso coperto di simboli mistici e, quando arrivò, fece un profondo inchino all'imperatore. «Mi avete mandato a chiamare, vostra altezza?»

«Mi si dice che questa donna sia la maga Polgara» lo mise al corrente l'imperatore «e che il vecchio laggiù sia Belgarath. Da bravo, Zereel, verifica le loro credenziali.»

«Belgarath e Polgara?» esclamò con scherno l'uomo dalle sopracciglia cespugliose. «Di sicuro vostra altezza non è seria. Sono nomi mitici. Persone del genere non esistono.»

«Vedete» disse l'imperatore a zia Pol. «Voi non esistete. Lo conferma una grande autorità in materia. Anche Zereel è un mago, sapete.»

«Davvero?»

«Uno dei migliori» le assicurò l'imperatore. «Naturalmente la maggior parte dei trucchetti sono dovuti alla destrezza di mano, dato che la magia non esiste, ma mi diverte... e si prende molto sul serio. Procedi pure, Zereel, ma cerca di non generare cattivi odori, come fai di solito.»

«Non sarà necessario, vostra altezza» disse Zereel in modo categorico. «Se fossero maghi di qualsiasi tipo, li avrei riconosciuti all'istante. Abbiamo modi particolari per comunicare fra noi, sapete.»

Zia Pol stava guardando il mago con un sopracciglio leggermente inarcato. «Penso che dovresti avvicinarti un po' di più, Zereel» suggerì. «A volte si perdono delle cose.» Fece un gesto quasi impercettibile e a Garion parve di udire un debole scroscio.

Con gli occhi spalancati, il mago fissava l'aria di fronte a sé. Gli occhi cominciarono a ingrossarsi e il volto impallidì. Come se gli fossero state tagliate le gambe, il poverino cadde faccia a terra. «Perdonatemi, lady Polgara» gracchiò strisciando.

«Questo dovrebbe impressionarmi, mi par di capire» disse l'imperatore. «Ho già visto menti sopraffatte. Quella di Zereel non è poi così forte.»

«Mi sto stancando, Ran Borune» sbuffò lei sarcastica.

«Dovresti davvero crederle, sai» cantò il canarino con una minuscola voce di flauto. «L'ho riconosciuta subito. Ma, ovviamente, noi siamo molto più sensibili di voi rozze creature che strisciate sulla terra. Perché lo fate? Se solo provaste, riuscireste a volare. E per favore, smetti di mangiare tanto aglio... hai un alito orribile.»

«Zitto, adesso» disse gentile zia Pol all'uccellino. «Il resto glielo racconterai più tardi.»

L'imperatore era scosso da fremiti violenti e guardava il canarino come fosse un serpente.

«Perché non ci comportiamo come se credessimo che Polgara e io fossimo quelli che diciamo di essere?» propose messer Lupo. «Potremmo passare il resto della giornata a cercare di convincerti, ma non c'è tempo. Devo parlarti di cose importanti... non importa chi io sia.»

«Mi sembra giusto» convenne Ran Borune che tremava osservando il canarino ormai ridotto al silenzio.

Messer Lupo strinse le mani dietro la schiena e guardò un nugolo di passerotti sul ramo di un albero. «All'inizio dell'autunno scorso,» cominciò «Zedar l'Apostata è strisciato nella sala del trono di Riva e ha rubato il Globo di Aldur.»

«Ha rubato che cosa?» domandò Ran Borune drizzandosi nella poltrona. «Come?»

«Non lo sappiamo» rispose Lupo. «Quando lo cattureremo, forse glielo chiederemo. Sono sicuro, però, che anche tu capisci l'importanza dell'evento.»

«Ovviamente» disse l'imperatore.

«Gli Alorn e i Sendar si preparano in silenzio per la guerra» proseguì Lupo.

«Guerra?» chiese Ran Borune sconvolto. «Contro chi?»

«Contro gli Angarak, naturalmente.»

«Cosa c'entra Zedar con gli Angarak? Potrebbe agire anche da solo, non è vero?»

«Di certo non sei così ingenuo» insinuò zia Pol.

«Non dimenticare le buone maniere, signora» disse Ran Borune rigido. «Dov'è Zedar adesso?»

«È passato da Tol Honeth circa due settimane fa» rispose Lupo. «Se non riusciamo a fermarlo prima che superi il confine ed entri in un regno angarak, gli Alorn muoveranno guerra.»

«E con essi marcerà Arendia» disse Mandorallen con fermezza. «Anche re Korodullin è stato avvertito.»

«Spaccherete il mondo in due» protestò l'imperatore.

«Forse,» ammise Lupo «ma non possiamo lasciare che Zedar arrivi da Torak con il Globo.»

«Manderò subito degli ambasciatori» promise Ran Borune. «Manderò degli ambasciatori a negoziare prima che la situazione sfugga di mano.»

«È un po' tardi per queste cose» disse Barak torvo. «Ahneg e gli altri non sono in vena di diplomazia tolnedran, adesso.»

«I vostri agenti hanno una cattiva reputazione al Nord, altezza» spiegò Silk. «Sembra sempre che vogliano imporre qualche trattato commerciale. Ogni volta che Tolnedra media una disputa, qualcuno ci perde dei soldi. Non credo che potremo più permetterci i vostri buoni uffici.»

Una nube oscurò il sole e il giardino sembrò all'improvviso gelare in quell'ombra.

«Mi sembra un'esagerazione» protestò l'imperatore. «Alorn e Angarak litigano su quella pietra senza valore da migliaia di anni. Non aspettavate altro che una scusa per far guerra, e ora l'avete trovata. Bene, divertitevi. Finché sarò imperatore, Tolnedra non sarà coinvolta.»

«Non potrai rimanere neutrale, Ran Borune» disse zia Pol.

«Perché no? Il Globo non mi riguarda. Distruggetevi pure l'un l'altro se volete. Quando tutto sarà finito Tolnedra sarà sempre in piedi.»

«Ne dubito molto» disse Lupo. «L'impero brulica di Murgo. Potrebbero tentare di rovesciare il trono in una settimana.»

«Sono solo mercanti onesti... qui per condurre affari onesti.»

«I Murgo non sanno cosa sia l'onestà» dichiarò zia Pol. «Ogni Murgo in Tolnedra è qui per mandato dell'alto sacerdote grolim.»

«È solo un'esagerazione» ripeté Ran Borune testardo. «Il mondo intero sa che tu e tuo padre covate un odio ancestrale contro gli Angarak, ma i tempi sono cambiati.»

«Cthol Murgos è sempre governata da Rak Cthol» disse Lupo «e Ctuchik ne è il padrone. A differenza del mondo, Ctuchik non è cambiato. I mercanti di Rak Goska ti sembreranno educati e civili, ma scodinzolano a ogni fischio di Ctuchik, che è discepolo di Torak.»

«Torak è morto.»

«Davvero?» disse zia Pol. «Hai visto la tomba? Hai aperto la cassa e visto le sue ossa?»

«Il mio impero è molto costoso da governare,» grugnì l'imperatore «ho bisogno delle tasse che mi pagano i Murgo. Ho agenti a Rak Goska e lungo tutta la Strada Carrabile Meridionale. Lo saprei subito se i Murgo volessero attaccarmi. Ho il sospetto che tutto questo possa essere il risultato di qualche contenzioso interno alla fratellanza dei maghi. Voialtri avete le vostre ragioni e non vi lascerò usare il mio impero come pedina nelle vostre lotte di potere.»

«E se gli Angarak vincessero?» proseguì zia Pol. «In che modo tratteresti con Torak?»

«Non ho paura di lui.»

«Lo hai mai incontrato?» chiese Lupo.

«Ovviamente no. Ascolta, Belgarath. Tu e tua figlia non siete mai stati amici di Tolnedra. Dalla battaglia di Vo Mimbre ci trattate come un nemico sconfitto. Le vostre notizie sono interessanti, ma le considero nella giusta prospettiva. La politica di Tolnedra non può essere guidata dai pregiudizi degli Alorn. La nostra economia si fonda sul commercio lungo la Strada Carrabile Meridionale. Non ho intenzione di distruggere l'impero solo perché vi stanno antipatici i Murgo.»

«Allora sei un vero sciocco» tagliò corto Lupo.

«Lo credono in molti» rispose l'imperatore. «Forse avrai più successo con il mio erede. Se è un Vorduvian o un Honeth, potresti riuscire addirittura a corromperlo. I Borune, invece, non accettano nessun tipo di corruzione.»

«Né consigli» aggiunse zia Pol.

«Solo quando ci conviene, lady Polgara» disse Ran Borune.

«Penso che non ci sia altro da fare qui» decise Lupo.

Una porta di bronzo in fondo al giardino si aprì di colpo. Una ragazzina minuscola con i capelli rossi arrivò come una folata di vento, gli occhi in fiamme. All'inizio Garion pensò si trattasse di una bambina, ma quando si avvicinò vide che era più grande. Anche se era molto minuta, la tunica verde corta e senza maniche che indossava metteva in mostra un corpo vicino alla maturità. Quando la vide ebbe quasi l'impressione di riconoscerla. Aveva una gran massa di capelli, con riccioli elaborati che le ricadevano sopra il collo e le spalle. Erano di una tinta che Garion non aveva mai visto prima, un rosso profondo e scuro che sembrava brillare di luce propria. Aveva la pelle color dell'oro e, mentre correva veloce fra le ombre degli alberi vicino al cancello, sembrava quasi sfumata di verde. Era in preda a una rabbia indicibile. «Posso sapere perché mi tengono prigioniera qui?» domandò all'imperatore.

«Di cosa stai parlando?» chiese Ran Borune.

«I legionari non mi lasciano uscire da palazzo!»

«Ah,» disse l'imperatore «quello.»

«Esattamente. Quello.»

«Obbediscono ai miei ordini, Ce' Nedra» le disse l'imperatore.

«Così hanno detto. Di' loro di smettere.»

«No.»

«No?» La giovane non credeva alle sue orecchie. «No?» La

voce si faceva più acuta, di ottava in ottava. «Cosa vorresti dire con no?»

«È troppo pericoloso andare in città in questo momento» disse l'imperatore pacato.

«Sciocchezze» scattò lei. «Non ho intenzione di restarmene seduta in questo palazzo ammuffito solo perché hai paura della tua stessa ombra. Devo comprare delle cose al mercato.»

«Manda qualcuno.»

«Non voglio mandare qualcuno!» gridò Ce' Nedra. «Voglio andare io stessa.»

«Ebbene, non puoi» tagliò corto Ran Borune. «Potresti impiegare il tempo a studiare.»

«Non ho voglia di studiare» strillò la ragazza. «Jeebers è un idiota borioso e mi annoia a morte. Non ho voglia di stare seduta a parlare di storia e politica. Voglio il pomeriggio per me.»

«Mi dispiace.»

«Per favore, papà» implorò con il tono che cadeva verso una nota di lusinga. Afferrò un lembo del mantello e cominciò a pieghettarlo fra le dita piccine. «Per favore.» Da sotto le ciglia gli lanciò uno sguardo che avrebbe sciolto la pietra.

«Assolutamente no» ribadì l'imperatore rifiutandosi di guardarla. «I miei ordini restano validi. Non lascerai il palazzo.»

«Ti odio!» strillò lei. Poi corse via dal giardino in lacrime.

«Mia figlia» spiegò l'imperatore quasi per scusarsi. «Non potete immaginare cosa sia avere una bambina così.»

«Oh, posso ben immaginarlo» disse messer Lupo guardando zia Pol.

La donna ricambiò lo sguardo con espressione di sfida. «Forza, padre, dillo» gli disse. «Sono sicura che non sarai contento finché non l'avrai fatto.»

Lupo scrollò le spalle. «Lasciamo perdere.»

Ran Borune lo guardò pensieroso. «Stavo pensando che forse c'è un modo per negoziare» disse con gli occhi che si socchiudevano.

«Cos'hai in mente?» chiese Lupo.

«Avete una certa autorità fra gli Alorn» rammentò l'imperatore.

«Sì» ammise con cautela Lupo.

«Sono sicuro che se glielo chiedeste, rinuncerebbero a una delle clausole più assurde degli accordi di Vo Mimbre.»

«Quale clausola?»

«In realtà non c'è alcun bisogno che Ce' Nedra vada a Riva, giusto? Io sono l'ultimo imperatore della dinastia Borune, e quando morirò Ce' Nedra non sarà più una principessa imperiale. Date le circostanze, direi che la clausola non si applica. E in fondo è una sciocchezza. La discendenza reale di Riva si è estinta tredici secoli fa. Non ci sarà nessuno sposo ad aspettarla nella sala del trono del re di Riva. Avete visto anche voi, Tolnedra è un posto molto pericoloso. Ai sedici anni di Ce' Nedra manca solo poco più di un anno e la data è ben conosciuta. Se dovessi mandarla a Riva, la metà dei sicari dell'impero se ne starebbero acquattati dietro i cancelli ad aspettare che esca. Vorrei non correre quel rischio. Se riuscirete a convincere gli Alorn, forse potrei fare qualche concessione sui Murgo... diminuirne il numero, chiuderli in ghetti e cose del genere.»

«No, Ran Borune» disse zia Pol in modo brusco. «Ce' Nedra andrà a Riva. Forse non ti sei reso conto che gli accordi non sono solo una formalità. Se tua figlia è predestinata a diventare sposa del re di Riva, nessuna forza sulla terra riuscirà a impedirle di essere nella sala del trono a Riva nel giorno stabilito. Le raccomandazioni di mio padre sui Murgo sono solo suggerimenti... per il tuo stesso bene. Ciò che decidi di fare è affar tuo.»

«Allora credo che gli argomenti della conversazione siano esauriti» osservò con freddezza l'imperatore.

Due ufficiali dall'aspetto autorevole entrarono in giardino e parlarono brevemente con lord Morin.

«Altezza,» disse il ciambellano dai capelli grigi con deferenza «il ministro del Commercio desidera informarvi che ha raggiunto un accordo eccellente con la delegazione di Rak Goska. I gentiluomini di Cthol Murgos sono stati quanto mai accomodanti.»

«Sono felice di sentirlo» disse Ran Borune gettando un'occhiata carica di significato a messer Lupo.

«Il contingente di Rak Goska vorrebbe porgerle i suoi omaggi prima di partire» aggiunse Morin.

«Senz'altro» accettò l'imperatore. «Sarò onorato di riceverli qui.»

Morin si girò e fece un cenno ai due ufficiali vicino al cancello. Quelli si voltarono e parlarono con qualcuno che stava fuori. Il cancello si aprì.

Cinque Murgo entrarono in giardino. Avevano le tuniche nere, ma i cappucci erano tirati indietro. Sul davanti non avevano fibbie o cinghie ma le maglie di ferro che portavano rilucevano al sole. E il Murgo che veniva per primo era più alto degli altri e dall'andatura si capiva che era il capo della delegazione. Una folla d'immagini e di ricordi frammentari inondò la mente di Garion quando guardò in volto il nemico sfregiato che aveva conosciuto per tutta la vita. La strana forza del loro legame segreto lo toccava ancora. Era Asharak.

Qualcosa accarezzò la mente di Garion, in modo incerto... non con la forza potente che il Murgo gli aveva scagliato contro nei corridori cupi del palazzo di Anheg a Val Alorn. L'amuleto sotto la tunica divenne gelido eppure sembrava bruciare allo stesso tempo.

«Vostra altezza imperiale,» s'inchinò Asharak avanzando con un sorriso freddo «siamo onorati di essere ammessi alla vostra augusta presenza.» Si inchinò con rumore di ferraglia.

Barak stava trattenendo saldamente Hettar per il braccio destro mentre Mandorallen si avvicinava per bloccare anche il sinistro.

«Sono colmo di gioia nel vedervi di nuovo, nobile Asharak» lo accolse l'imperatore. «Mi è stato riferito che l'accordo è stato raggiunto.»

«Un accordo favorevole a entrambe le parti, vostra altezza.»

«Il migliore fra gli accordi» approvò Ran Borune.

«Taur Urgas, re dei Murgo, ti manda i suoi saluti» disse Asharak. «Sua Maestà desidera ardentemente cementare le relazioni fra Cthol Murgos e Tolnedra. Spera un giorno di poter chiamare vostra altezza imperiale con il nome di fratello.»

«Ammiriamo le intenzioni pacifiche e la saggezza leggendaria di Taur Urgas.» L'imperatore sorrise con un certo compiacimento.

Asharak si guardò attorno con occhi vacui. «Ebbene, Ambar,» si rivolse a Silk «sembra che tu sia tornato in possesso delle tue fortune dall'ultima volta che ci siamo incontrati da Mingan a Darine.»

Silk allargò le mani in un gesto innocente. «Gli dèi sono stati generosi... quasi tutti, perlomeno.»

Asharak fece un rapido sorriso.

«Vi conoscete?» chiese l'imperatore un poco sorpreso.

«Ci siamo già incontrati, vostra altezza» ammise Silk.

«In un altro regno» aggiunse Asharak. Guardò dritto in faccia messer Lupo. «Belgarath» disse con un cenno educato del capo.

«Chamdar» rispose il vecchio.

«Ti trovo bene.»

«Grazie.»

«Sembra che qui l'unico forestiero sia io» mugugnò l'imperatore.

«Chamdar e io ci conosciamo da molto, molto tempo» scandì messer Lupo. Guardò il Murgo con uno scintillio malizioso negli occhi. «Vedo che ti sei rimesso dalla tua recente indisposizione.»

Si poteva leggere sul volto di Asharak un certo turbamento. Guardò l'ombra sull'erba per tranquillizzarsi.

Garion ricordò quanto aveva detto messer Lupo al Pinnacolo dopo l'attacco degli Algroth... qualcosa che aveva a che fare con quell'ombra e con un viaggio travagliato. Per qualche ragione il fatto che Asharak il Murgo e Chamdar il Grolim fossero la stessa persona non lo sorprendeva in modo particolare. Come una melodia complessa e un po' stonata, la fusione dei due sembrava la sola cosa corretta. Questa consapevolezza scattò nella sua mente come una chiave nella serratura.

«Un giorno o l'altro dovrai spiegarmi come hai fatto» disse Asharak. «È stata un'esperienza interessante. Tuttavia il cavallo si è imbizzarrito.»

«Porgo le mie scuse al cavallo.»

«Come mai mi sfugge il senso di questa conversazione?» domandò Ran Borune.

«Perdonate, vostra altezza,» disse Asharak. «il Venerabile Belgarath e io stiamo rinnovando un'antica inimicizia. Di rado abbiamo avuto l'occasione di parlarci con civiltà.» Si girò e fece un inchino cortese a zia Pol.

«Mia cara lady Polgara. Siete bellissima come sempre.» Di proposito le lanciò uno sguardo provocante.

«Nemmeno tu sei cambiato molto, Chamdar.» Lei aveva un tono mite, quasi blando, ma Garion la conosceva bene e capì subito l'insulto mortale che aveva lanciato al Grolim.

«Incantevole» ripeté Asharak con l'ombra di un sorriso.

«È persino meglio del teatro» gridò l'imperatore deliziato. «Voialtri due grondate di malizia. Mi sarebbe tanto piaciuto vedere il primo atto.»

«Il primo atto è durato molto a lungo, vostra altezza» disse Asharak «ed è stato a volte noioso. Come avrete notato, Belgarath si fa trascinare dall'astuzia.»

«Sono certo che saprò farmi perdonare» disse messer Lupo con un leggero sorriso. «Ti prometto che l'ultimo atto sarà cortissimo, Chamdar.»

«Minacce, vecchio?» chiese Asharak. «Credevo fossimo d'accordo nel comportarci in modo civile.»

«Non ricordo di aver stipulato alcun accordo con te» sottolineò Lupo. Si girò verso l'imperatore. «Ora ce ne andiamo, Ran Borune» si congedò. «Col tuo permesso, si capisce.»

«Certamente» rispose l'imperatore. «Sono felice di avervi conosciuto, anche se... ancora non vi credo, naturalmente. Il mio scetticismo, comunque, è teologico e non personale.»

«Ne sono felice» disse Lupo e del tutto all'improvviso sorrise in modo malizioso all'imperatore.

Ran Borune si mise a ridere.

«Non vedo l'ora di incontrarti di nuovo, Belgarath» disse Asharak.

«Starei attento, se fossi in te» lo avvertì Lupo. Poi si voltò e condusse gli altri fuori dal giardino dell'imperatore.

17

Quando uscirono dal cancello del palazzo era pomeriggio inoltrato. Gli ampi prati si estendevano verdi sotto il tiepido sole primaverile mentre i cipressi frusciavano nella brezza leggera.

«Non credo sia il caso di rimanere a Tol Honeth» disse Lupo.

«Partiamo subito, allora?» chiese Mandorallen.

«Prima c'è una cosa che devo fare» rispose Lupo guardando verso la luce del sole. «Barak e suo cugino verranno con me. Gli altri tornino alla casa di Grinneg e aspettino lì.»

«Lungo la strada ci fermeremo al mercato centrale» disse zia Pol. «Mi occorrono un paio di cosette.»

«Non siamo qui per fare compere, Pol.»

«I Grolim sanno dove siamo, padre,» disse «non è necessario strisciare come ladri per la città.»

Il vecchio sospirò. «D'accordo, Pol.»

«Ero certa che l'avresti vista a mio modo» sorrise lei trionfante.

Messer Lupo scosse il capo e se ne andò con Barak e Grinneg. Gli altri scesero dalla collina dove sorgeva il palazzo e si diressero alla città sottostante. Le strade erano ampie e ai lati si ergevano abitazioni magnifiche... sembravano tutte regge.

«I ricchi e i nobili» indicò Silk. «A Tol Honeth, più abiti vicino alla reggia più sei importante.»

«Accade spesso in questa guisa, principe Kheldar» osservò Mandorallen. «La ricchezza e la posizione talvolta richiedono vicinanza al seggio del potere. Ostentando la prossimità al trono, i piccoli uomini riescono a evitare di affrontare la loro inadeguatezza.»

«Non avrei saputo esprimermi meglio» disse Silk.

Il mercato centrale di Tol Honeth era una vasta piazza piena di bancarelle e padiglioni che esponevano una porzione significativa delle ricchezze del mondo. Zia Pol smontò, lasciò il cavallo con una delle guardie cherek e cominciò a camminare di bancarella in bancarella comprando quasi tutto quello che vedeva. Silk impallidiva a ogni acquisto, visto che era lui a pagare. «Non puoi dirle qualcosa?» l'omino supplicò Garion. «Mi sta rovinando.»

«Cosa ti fa pensare che mi ascolterebbe?» chiese il ragazzo.

«Almeno potresti provare» insisté Silk disperato.

Al centro della piazza c'erano tre uomini con ricchi mantelli che litigavano animatamente.

«Sei pazzo, Haldor» borbottava uno magro con il naso camuso. «Gli Honeth depredaranno l'impero per il proprio profitto.» Aveva il volto paonazzo e gli occhi fuori dalle orbite.

«Kador dei Vorduvian farà di meglio?» disse quello robusto che si chiamava Haldor. «Il pazzo sei tu, Radan. Se mandiamo Kador al trono ci schiaccerà sotto i piedi. È fin troppo imperiale.»

«Come ti permetti!» quasi gridò Radan con la faccia accaldata che stava diventando paonazza. «Il granduca Kador è l'unica scelta possibile. Voterei per lui anche se non mi avesse pagato.» Parlava agitando le braccia in modo selvaggio e le parole sembravano inciampare nella lingua.

«Kador è un maiale» disse piatto Haldor. Osservò con attenzione l'impatto di quelle parole su Radan. «È un maiale arrogante e brutale che non ha più diritto al trono di un cane bastardo. Suo nonno si è comprato il posto nel casato dei Vordue. Preferirei tagliarmi le vene piuttosto che piegarmi al giogo di un ladro venuto dai moli di Tol Vordue.»

Gli occhi di Radan quasi schizzarono fuori dalle orbite di fronte a quegli insulti calcolati di Haldor. Aprì diverse volte la bocca come per parlare, ma la lingua era paralizzata dalla rabbia. Rosso come un peperone, diede delle grandi manate all'aria di fronte a sé. Il corpo si irrigidì e cominciò a curvarsi all'indietro.

Haldor lo guardava con cinico distacco.

Con un grido strozzato, Radan cadde di schiena sul selciato con le mani e le gambe che si agitavano. Gli occhi gli si voltarono indietro e, con la bava alla bocca, le convulsioni si fecero più violente. Cominciò a picchiare la testa sulle pietre mentre le dita ritorte si stringevano alla gola.

«Una potenza sorprendente» disse il terzo uomo col mantello a Haldor. «Dove l'hai trovato?»

«Un amico è tornato di recente da un viaggio a Sthiss Tor» raccontò Haldor, guardando con interesse le convulsioni di Radan. «La parte migliore è che è del tutto innocuo fino a che non ci si arrabbia. Radan non avrebbe mai bevuto il vino se prima non l'avessi assaggiato per mostrare che non era avvelenato.»

«Quindi hai lo stesso veleno nello stomaco?» chiese l'altro uomo sbigottito.

«Sono del tutto al sicuro» garantì Haldor. «Non perdo mai il controllo.»

Le convulsioni di Radan si erano fatte più deboli. I talloni battevano sulle pietre con rumore rapido e ticchettante. Poi si irrigidì, emise un lungo sospiro come un gorgoglio e morì.

«Per caso ti è avanzata un po' di droga?» chiese l'amico pensieroso. «Sarei disposto a pagarla bene.»

Haldor rise. «Perché non andiamo a parlarne da me? Magari davanti a un bicchiere di vino?»

L'altro uomo lo guardò sconvolto, poi si mise a ridere anche se con un certo nervosismo. I due si girarono e andarono via, lasciando il cadavere disteso sul marciapiede.

Garion aveva assistito alla scena con orrore. Il cadavere bluastro giaceva, grottesco e rattrappito, al centro della piazza del mercato. Tutto attorno, i Tolnedran parevano ignorarne l'esistenza. «Perché qualcuno non fa qualcosa?» domandò.

«Hanno paura» spiegò Silk. «Se mostrano qualche interesse, potrebbe essere confuso con partigianeria. La politica a Tol Honeth è una cosa seria.»

«Non bisognerebbe denunciare l'accaduto alle autorità?» suggerì Durnik col volto pallido e la voce tremante.

«Sono certo che già qualcuno se ne sta occupando» disse Silk. «Non restiamo qui a guardare. Non dobbiamo farci coinvolgere in queste cose.»

Zia Pol tornò verso di loro. La accompagnavano due guerrieri cherek della casa di Grinneg. Erano carichi di fagotti e avevano un'aria sottomessa.

«Cosa state facendo?» chiese a Silk.

«Stavamo solo guardando un po' di politica tolnedran in azione» disse l'omino indicando il morto al centro della piazza.

«Veleno?» chiese lei notando le membra contorte di Radan.

Silk annuì. «Uno insolito. Sembra agisca solo quando la vittima si infuria.»

«Athsat» spiegò Pol.

«Ne avevi già sentito parlare?» Silk pareva stupito.

La donna assentì.

«È molto raro e costoso. Non credevo che i Nyissan fossero disposti a venderlo.»

«Faremo meglio ad andare via da qui» suggerì Hettar. «Sta arrivando una squadra di legionari e potrebbero far domande ai testimoni.»

«Buona idea» approvò Silk e li condusse all'altro capo del mercato.

Vicino alla fila di case che segnava il confine della piazza, otto uomini nerboruti trasportavano una lettiga coperta di veli. Quando la portantina si avvicinò, una mano snella e ingioiellata uscì da dietro i veli e toccò uno dei portantini sulla spalla. Gli otto uomini si fermarono all'istante e appoggiarono a terra la lettiga.

«Silk,» chiamò una voce di donna «cosa ci fai di nuovo a Tol Honeth?»

«Bethra?» indovinò l'uomo dal volto di donnola. «Sei tu?»

La tenda si aprì e rivelò una donna prosperosa sdraiata su cuscini di seta purpurea. Aveva capelli scuri arricciati con cura e acconciati con file di perle. Indossava un abito di seta rosa. Le braccia e le dita erano cariche di anelli e bracciali. Era di una bellezza da togliere il fiato, ma gli occhi dalle lunghe ciglia erano malvagi. Sembrava un frutto maturo e corrotto. Per qualche strana ragione Garion si sentì arrossire.

«Credevo stessi ancora scappando» disse con tono astuto a Silk. «Gli uomini che ti avevo messo alle calcagna erano dei professionisti.»

Silk fece un inchino con uno svolazzo ironico. «Erano davvero bravi, Bethra» annuì con un sorriso subdolo. «Ma non abbastanza. Spero tu non ne abbia più bisogno.»

«Mi sono sempre chiesta come mai non fossero tornati indietro» rise. «Avrei dovuto immaginarlo, certo. Spero non te la sarai presa sul piano personale.»

«Certamente no, Bethra. Fa solo parte del mestiere, dopotutto.»

«Ero sicura che avresti capito» disse. «Dovevo sbarazzarmi di te. Stavi distruggendo il mio piano.»

Silk fece un sorriso malizioso. «Lo so» gongolò. «Dopo tutto quello che avevi passato per prepararlo... nientemeno che l'ambasciatore thull.»

La donna era disgustata.

«Cosa gli è accaduto?» chiese Silk.

«Si è fatto una nuotata nel Nedrane.»

«Non sapevo che i Thull fossero provetti nuotatori.»

«Infatti... soprattutto se hanno grandi pietre attaccate ai piedi. Dopo che avevi rovinato tutto, non avevo più bisogno di lui. Inoltre c'erano cose che preferivo non diffondesse in certi ambienti.»

«Sei sempre prudente Bethra.»

«E adesso cosa combini?» chiese lei curiosa.

Silk fece spallucce. «Un po' di questo, un po' di quello.»

«La successione?»

«Oh, no.» L'omino rise. «Sono troppo furbo per immischiarmi. Tu da che parte stai?»

«Vorresti saperlo?»

Silk si guardò attorno circospetto. «Qualche informazione mi farebbe comodo, Bethra... se sei libera di parlare.»

«Di che cosa, Silk?»

«La città sembra inondata di Murgo» disse lui. «Se non hai niente a che fare con loro, apprezzerai qualsiasi cosa potessi dirmi.»

La donna lo guardò, subdola. «E quanto sei disposto a pagare?» chiese.

«Non potremmo chiamarla cortesia professionale?»

Lei sorrise di nuovo in modo perfido, poi rise. «Perché no? Mi piaci, Silk. Mi piacerai ancora di più quando mi dovrai un favore.»

«Sarò il tuo schiavo» promise Silk.

«Bugiardo.» Bethra rifletté per un momento. «I Murgo non si sono mai interessati davvero del commercio» disse. «Ma qualche anno fa hanno cominciato ad arrivare, poco per volta. Poi l'estate scorsa ne sono arrivati carri interi provenienti da Rak Goska.»

«Pensi che siano immischiati nella successione?» chiese Silk.

«Quella è la mia ipotesi» affermò lei. «All'improvviso Tol Honeth è piena di oro rosso. I miei forzieri ne sono ricolmi.»

Silk sorrise. «È sempre denaro.»

«Infatti.»

«Sostengono un candidato in particolare?»

«Non che io sappia. Sembrano divisi tra due fazioni antagoniste fra loro.»

«Certo, potrebbe essere uno stratagemma.»

«Non credo. Penso che l'antagonismo abbia a che fare con la lotta fra Zedar e Ctuchik. Entrambe le fazioni vogliono avere il controllo sul prossimo imperatore. Spendono oro come fosse acqua.»

«Conosci quello che si chiama Asharak?»

«Ah... quello» rispose. «Gli altri Murgo lo temono. Al momento mi sembra che lavori per Ctuchik. Però ho l'impressione che voglia giocare un gioco più grande per conto suo. Al momento ha in mano il granduca Kador, che è il più vicino al trono adesso. Questo mette Asharak in una posizione di potere. Più o meno è tutto quello che so.»

«Ti ringrazio, Bethra» disse Silk con rispetto.

«Hai intenzione di fermarti a lungo a Tol Honeth?» chiese.

«Sfortunatamente no.»

«Che peccato. Speravo potessi farmi visita. Potevamo parlare dei vecchi tempi. Non ho più molti amici... o adorabili nemici come te.»

Silk rise sarcastico. «Chissà come mai» disse. «Non sono certo di saper nuotare meglio dell'ambasciatore thull. Sei una donna pericolosa, Bethra.»

«In molti modi diversi» ammise lei stirandosi languidamente. «La tua vita non corre pericoli, Silk. Non più.»

«Non è della vita che sono preoccupato.» Silk sorrise.

«C'è un'altra faccenda, certo» ammise la donna. «Non scordarti che mi devi un favore.»

«Non vedo l'ora di pagare il mio debito» disse Silk con impudenza.

«Sei impossibile.» Lei rise, poi fece un cenno ai portantini. Quelli alzarono la lettiga sulle spalle. «Addio, Silk» si congedò la donna.

«Addio, Bethra» rispose lui con un profondo inchino.

«Assolutamente disgustoso» blaterò Durnik con voce strozzata dall'oltraggio mentre i portantini se ne andarono con la lettiga. «Perché è consentito a una donna del genere di rimanere in città?»

«Bethra? È una delle donne più affascinanti e intelligenti di Tol Honeth. Uomini di tutto il mondo arrivano per passare con lei anche solo un'ora.»

«Al giusto prezzo» disse il fabbro.

«Non giudicare male, Durnik» lo redarguì Silk. «Con ogni probabilità, la sua conversazione vale più del...» Tossì e guardò verso zia Pol.

«Davvero?» chiese il fabbro con voce carica di sarcasmo.

Silk si mise a ridere. «Durnik,» disse «ti voglio bene come a un fratello, ma sei un terribile moralista. Lo sapevi?»

«Non importunarlo, Silk» disse zia Pol con fermezza. «Mi piace esattamente com'è.»

«Sto solo cercando di migliorarlo, lady Polgara» spiegò Silk con innocenza.

«Barak ha ragione su di te, principe Kheldar» commentò lei. «Sei un uomo davvero perfido.»

«È per motivi politici. Sacrifico i miei sentimenti più delicati per la salvezza del mio paese.»

«Ma certamente!»

«Non crederai che mi piacciano cose del genere?»

«Facciamola finita» tagliò corto la donna.

Grinneg, Barak e messer Lupo tornarono alla casa dell'ambasciatore non molto dopo gli altri.

«Ebbene?» chiese zia Pol quando il vecchio entrò nella stanza.

«È andato a sud» disse Lupo.

«Sud? Non si dirige verso Cthol Murgos?»

«No» disse Lupo. «Probabilmente vuole evitare la gente di Ctuchik. Cercherà un posto tranquillo per passare il confine. Oppure è diretto a Nyissa. Forse ha preso accordi con Salmissra. Per scoprirlo dobbiamo stargli dietro.»

«Al mercato ho incontrato una vecchia amica» disse Silk dalla sedia dove si era accomodato. «Dice che Asharak è immischiato nella successione. Sembra che sia riuscito a comprare il granduca di Vordue. Se i Vorduvian ascendono al trono, avrà Tolnedra nelle sue mani.»

Messer Lupo si grattò la barba, pensieroso. «Dovremo fare qualcosa prima o poi. Asharak sta cominciando a infastidirmi.»

«Potremmo fermarci un paio di giorni» suggerì zia Pol. «Occuparci della faccenda una volta per tutte.»

«No» decise Lupo. «Meglio non fare una cosa del genere in città. Potrebbe suscitare molto clamore e i Tolnedran si agitano se non capiscono cosa succede. Sono sicuro che avremo un'opportunità più tardi... in un posto meno popolato.»

«Allora partiamo subito?» chiese Silk.

«Aspettiamo fino al mattino» disse Lupo. «Probabilmente ci seguiranno, ma se le strade sono vuote sarà un po' più difficile non vederli.»

«Parlerò al cuoco, allora» disse Grinneg. «Il meno che possa fare è vedervi partire a stomaco pieno. E poi, c'è sempre quel barile di birra.»

Messer Lupo sorrise di cuore, poi notò lo sguardo di rimprovero della figlia. «Andrebbe a male, Pol» si giustificò. «Una volta aperta, bisogna berla in fretta. Sarebbe un peccato sprecarla, no?»

18

Il mattino seguente, di nuovo in abiti da viaggio, la compagnia lasciò la casa di Grinneg prima dell'alba. Sgusciarono fuori da un cancello secondario e si avviarono per i vicoli stretti e le viuzze nascoste che Silk sapeva sempre indicare. Quando raggiunsero il cancello di bronzo massiccio all'estremità sud dell'isola il cielo si stava schiarendo.

«Quanto manca all'apertura delle porte?» chiese messer Lupo a un legionario.

«Non molto» rispose quello. «Non appena l'altra riva sarà in vista.»

Lupo grugnì. La sera prima aveva alzato il gomito e ora aveva mal di testa. Smontò da cavallo, andò verso i bagagli e prese un sorso d'acqua da una borraccia.

«Non ti sarà d'aiuto» disse zia Pol compiaciuta.

Lupo non rispose.

«Sarà una giornata magnifica oggi» esultò lei guardando prima il cielo e poi gli uomini che si reggevano a malapena in sella.

«Sei una donna crudele, Polgara» disse Barak tristemente.

«Hai parlato a Grinneg di quella nave?» chiese messer Lupo.

«Penso di sì» rispose Barak. «Mi sembra di ricordare di avergli detto qualcosa.»

«È molto importante» affermò Lupo.

«Di che si tratta?» chiese zia Pol.

«Penso non sia una cattiva idea mandare una nave ad aspettarci alla foce del Fiume dei Boschi» spiegò Lupo. «Se dobbiamo andare a Sthiss Tor, meglio per mare che attraversando le paludi settentrionali di Nyissa.»

«È davvero un'ottima idea» approvò Pol. «Sono sorpresa che ti sia venuta in mente... viste le tue condizioni di ieri sera.»

«Credi che potremmo parlare di qualcos'altro?» chiese il vecchio quasi implorando.

Si faceva sempre più chiaro e la vedetta diede ordine di aprire il cancello. Con Mandorallen a fianco, Silk li condusse attraverso la porta e oltre il ponte che si stendeva sulle acque scure del Nedrane.

A mezzogiorno erano già dieci leghe a sud di Tol Honeth. Messer Lupo si era ripreso, anche se gli occhi sembravano ancora troppo sensibili alla luce brillante del sole primaverile. Ogni tanto, quando sentiva un uccello cantare troppo vicino, sobbalzava.

«Stanno arrivando dei cavalieri alle nostre spalle» segnalò Hettar.

«Quanti?» chiese Barak.

«Due.»

«Forse sono solo dei viaggiatori» ipotizzò zia Pol.

Le due figure a cavallo apparvero da dietro una curva e si fermarono. Parlarono qualche istante fra loro. Sembrava volessero prendere delle precauzioni. Erano una coppia davvero bizzarra. L'uomo indossava un mantello tolnedran verde, un indumento decisamente poco adatto per cavalcare. Aveva la fronte alta e i capelli erano acconciati in modo da nascondere la calvizie incipiente. Era pelle e ossa e le orecchie sembravano spuntare dal cranio come pinne. Il compagno sembrava una bambina. Indossava un mantello da viaggio e un fazzoletto attorno alla faccia per tener lontana la polvere.

«Buongiorno a voi» li salutò gentilmente l'uomo magro avvicinandosi.

«Buongiorno» rispose Silk.

«Caldo, vero, per questa stagione?» commentò il Tolnedran.

«L'abbiamo notato» concordò Silk.

«Mi chiedo» disse l'uomo ossuto «se non abbiate un po' d'acqua che vi avanza.»

«Certamente» disse Silk. Guardò Garion e fece un gesto indiretto agli animali da soma. Il ragazzo andò al fondo della fila e sganciò una borraccia da uno dei bagagli. Lo sconosciuto tolse il tappo di legno e pulì con cura l'apertura del contenitore. Poi la offrì alla compagna di viaggio, che si tolse il fazzoletto e osservò l'aggeggio, perplessa.

«Dovete fare così vostra... ehm... signora» spiegò l'uomo. Sollevò la borraccia e le mostrò come si beveva.

«Ho capito» rispose la ragazza.

Garion cercò di guardarla meglio. La voce era familiare e anche il volto. Non era una bambina anche se era molto minuta. Il visino aveva un'aria petulante. Garion era certo di averla già vista.

Il Tolnedran le porse l'acqua. Mentre beveva, lei fece una smorfietta perché il sapore resinoso non le piaceva. Aveva i capelli neri con riflessi prugna e gli aloni sul bavero del mantello indicavano che il colore non era naturale.

«Grazie, Jeebers» disse dopo aver bevuto. «E grazie a voi» disse rivolta a Silk.

Garion cominciò a insospettirsi.

«Andate lontano?» chiese l'uomo a Silk.

«Molto lontano» rispose lui. «Sono Radek di Boktor, un mercante drasnian, e sono diretto a sud con pezze di lana sendar. Il miglioramento del tempo ha rovinato il mercato a Tol Honeth così ho pensato di provare con Tol Rane. È in montagna, forse lì farà ancora freddo.»

«Allora avete preso la strada sbagliata» disse lo straniero. «La strada per Tol Rane è a est.»

«Ho avuto dei problemi su quella strada» mentì Silk. «Rapinatori, sapete. Ho pensato fosse più sicuro passare per Tol Borune.»

«Che coincidenza» si sorprese l'uomo. «Anche io e la mia allieva siamo diretti a Tol Borune.»

«Già» confermò Silk. «Proprio una coincidenza.»

«Forse potremmo fare la strada insieme.»

Silk era dubbioso.

«Non vedo perché no» decise zia Pol prima che Silk potesse rifiutare.

«Siete davvero gentile, graziosa signora» disse lo sconosciuto. «Io sono mastro Jeebers, membro della Società imperiale, tutore di professione. Forse avete sentito parlare di me.»

«In realtà no,» ribatté Silk «però noi siamo stranieri in Tolnedra.»

Jeebers parve un po' deluso. «Capisco» disse. «Questa è la mia allieva, lady Sharell. Suo padre è un grande mercante, il barone Reldon. La accompagno a Tol Borune a visitare dei parenti.»

Garion sapeva che non era vero. Il nome del tutore aveva confermato i sospetti.

Cavalcarono per diverse miglia, con Jeebers che chiacchierava animatamente con Silk. Parlava, senza fermarsi, dei suoi studi. Di continuo faceva precedere le sue osservazioni da riferimenti a persone importanti che si affidavano al suo giudizio. Anche se era una gran noia, sembrava del tutto inoffensivo. La ragazza cavalcava accanto a zia Pol, e parlava molto poco.

«Penso sia ora di fermarsi a mangiare un boccone» annunciò zia Pol. «Avreste piacere di unirvi a noi, mastro Jeebers? Abbiamo cibo in abbondanza.»

«Sono sopraffatto dalla vostra generosità» disse il tutore. «Ne saremo deliziati.»

Fermarono i cavalli vicino a un piccolo ponte su un ruscello. Sull'altro lato c'era un boschetto di salici ombrosi, non molto lontano dalla strada. Durnik accese un fuoco e zia Pol cominciò a scaricare pentole e fornelli.

L'allieva di mastro Jeebers rimase seduta in sella finché il tutore non si avvicinò per aiutarla a scendere. Guardava abbastanza disgustata il terreno melmoso. Poi rivolse un'occhiata imperiosa a Garion. «Tu... ragazzo» urlò. «Vammi a prendere una tazza d'acqua fresca.»

«Il ruscello è proprio lì» rispose Garion indicando il corso d'acqua.

Lei lo guardò sbigottita. «Ma il terreno è tutto fangoso» obiettò.

«Sembra proprio di sì» ammise Garion. Le voltò la schiena e andò ad aiutare la zia.

«Zia Pol» disse dopo averci pensato un po' su.

«Sì, tesoro?»

«Non credo che lady Sharell sia quella che dice di essere.»

«Oh?»

«Non ne sono del tutto certo ma credo che sia la principessa Ce' Nedra... quella che è entrata in giardino quand'eravamo a palazzo.»

«Sì, tesoro. Lo so.»

«Lo sai?»

«Certo. Mi passeresti il sale, per favore?»

«Non è pericoloso averla qui con noi?»

«Non molto» disse zia Pol. «Credo che ce la caveremo.»

«Ma sarà una grossa seccatura.»

«Una principessa imperiale deve essere una grande seccatura, tesoro.»

Dopo aver mangiato uno stufato saporito, che a Garion parve ottimo mentre agli ospiti disgustoso, Jeebers affrontò l'argomento che gli frullava nella testa fin da quando si erano incontrati. «Nonostante gli sforzi delle legioni, le strade non sono del tutto sicure» proclamò. «Non è prudente viaggiare da soli e lady Sharell è stata affidata alla mia custodia. Dal momento che sono responsabile per la sua sicurezza, mi chiedevo se fosse possibile viaggiare con voi. Non vi saremo d'alcun intralcio e saremo più che i felici di pagare per il cibo che mangiamo.»

Silk lanciò un'occhiata rapida a zia Pol.

«Certamente» accettò lei.

Silk parve sorpreso.

«Non c'è ragione perché non si possa viaggiare insieme» continuò Pol. «Dopotutto stiamo andando nello stesso posto.»

L'omino si strinse nelle spalle. «Come vuoi.»

Garion sapeva che quell'idea era un errore che li avrebbe portati al disastro. Jeebers non sarebbe stato un buon compagno di viaggio e la ragazza sembrava insopportabile. Chiaramente, era abituata a essere servita e riverita e le sue richieste venivano fatte senza pensare. Però erano sempre richieste, e Garion capì subito chi avrebbe dovuto esaudirle. Si alzò e andò all'estremità opposta del boschetto di salici.

I campi che si stendevano al di là erano di un verde pallido nel sole primaverile. Piccole nuvolette bianche si attardavano pigre nel cielo. Garion si appoggiò a un albero a fissare i campi con lo sguardo perso nel vuoto. Non sarebbe diventato un cameriere... non importa chi fosse la piccola ospite. Sperava ci fosse un modo per chiarire la faccenda fin dall'inizio... prima che le cose sfuggissero di mano.

«Hai perso il buonsenso, Pol?» diceva la voce di messer Lupo da lontano. «Ran Borune avrà già mandato tutte le legioni di Tolnedra a cercarla.»

«Questo è il mio territorio, Vecchio Lupo» gli ricordò zia Pol. «Non interferire. Farò in modo che le legioni non ci disturbino.»

«Non abbiamo il tempo per coccolarla» le fece notare il vecchio. «Mi dispiace Pol, ma la bambina si rivelerà davvero un mostriciattolo. Hai visto come si è comportata col padre?»

«Le brutte abitudini si possono cambiare» replicò lei, per nulla preoccupata.

«Non sarebbe più semplice farla ritornare a Tol Honeth?»

«È già scappata una volta» rispose zia Pol. «Se la rimandiamo indietro, scapperà ancora. Sarò molto più tranquilla se sua altezza imperiale sta a portata di mano. Quando verrà il tempo, non voglio mettere il mondo a soqquadro per trovarla.»

Lupo sospirò. «Come vuoi tu.»

«Naturale.»

«Solo, tienimi quella peste lontana» disse il vecchio. «Mi fa rizzare i capelli in testa. Qualcun altro sa chi è?»

«Garion.»

«Garion? Sorprendente.»

«Direi proprio di no» disse zia Pol. «È più sveglio di quanto sembri.»

Una nuova emozione cominciò a crescere in Garion. L'interesse di zia Pol per Ce' Nedra gli faceva venire i crampi. Con una certa vergogna capì che era geloso delle attenzioni tributate alla ragazzina.

Nei giorni che seguirono le teorie di Garion si rivelarono fondate. Un'osservazione involontaria sulla fattoria di Faldor aveva rivelato alla principessa la sua precedente condizione di sguattero. La ragazza, senza alcuna pietà, usò quell'informazione per impartirgli almeno un centinaio di ordini stupidi al giorno. A rendere le cose peggiori, ogni volta che lui cercava di resistere zia Pol gli ricordava con fermezza di comportarsi da persona educata. Fu inevitabile per Garion diventare burbero e scontroso.

Mentre viaggiavano verso sud, la principessa si era inventata tutta una storia per giustificare la partenza da Tol Honeth. Ogni giorno la storia cambiava e diventava sempre meno plausibile a ogni miglio. All'inizio si accontentò di dire che andava a visitare dei parenti. Poi lasciò cadere oscuri indizi che avevano a che fare con la fuga da un matrimonio con un vecchio mercante. Quindi fu la volta di un complotto misterioso per rapirla e chiederne il riscatto. Alla fine, a coronamento del tutto, gli confidò che il rapimento aveva ragioni politiche... faceva parte di un vasto schema per conquistare il potere in Tolnedra.

«È davvero una bugiarda matricolata» disse Garion a zia Pol una sera che poterono parlare da soli.

«Sì, caro» concordò la zia. «Mentire è un'arte. Una buona bugia non dovrebbe essere troppo complicata. Ha bisogno di più esercizio se vuole fare carriera.»

Alla fine, circa dieci giorni dopo aver lasciato Tol Honeth, arrivarono in vista della città di Tol Borune. Era un assolato pomeriggio di primavera. «Sembra che la compagnia si divida qui» disse Silk a Jeebers con un certo sollievo.

«Non entrate in città?» chiese Jeebers.

«Penso proprio di no» rispose Silk. «Non abbiamo affari qui. Le spiegazioni e le perquisizioni ci faranno solo perdere tempo... per non parlare delle mance. Gireremo attorno a Tol Borune e prenderemo la strada per Tol Rane dall'altra parte.»

«Allora possiamo cavalcare ancora un po' con voi» disse Ce' Nedra in fretta. «I miei parenti vivono in una tenuta a sud della città.»

Jeebers la guardò stupefatto.

Zia Pol fermò il cavallo e guardò la ragazzina con un sopracciglio alzato. «Sembra giunto il momento di fare una chiacchierata» decretò.

Silk la guardò e annuì.

«Ho l'impressione, signorina,» disse zia Pol alla ragazza quando tutti furono smontati da cavallo «che sia l'ora di dirci la verità.»

«Ma io l'ho fatto» protestò Ce' Nedra.

«Suvvia, bambina» disse zia Pol. «Quelle storielle erano molto divertenti ma non penserai che qualcuno ci abbia creduto, vero? Alcuni di noi già sanno chi sei, ma penso che dovresti dirlo chiaro e tondo.»

«Lo sanno?» balbettò Ce' Nedra.

«Ma certo, mia cara» disse zia Pol. «Vuoi dirlo tu, o devo farlo io?»

Ce' Nedra sbuffò per lo sconforto. «Di' loro chi sono, mastro Jeebers» ordinò sottovoce.

«Pensate davvero sia saggio, signorina?» chiese nervoso il tutore.

«Tanto già lo sanno.» Lei scosse il capo. «Se volevano farci del male l'avrebbero fatto già tempo fa. Possiamo fidarci.»

Jeebers trasse un profondo respiro poi proclamò: «Ho l'onore di presentarvi sua altezza imperiale, la principessa Ce' Nedra, figlia di Sua Maestà imperiale, Ran Borune XXIII e gioiello della casata di Borune.»

Silk fischiò e spalancò gli occhi per un istante. Anche gli altri mostrarono segni di stupore.

«La situazione politica a Tol Honeth è diventata troppo incerta, troppo minacciosa perché sua altezza possa rimanere al sicuro nella capitale» continuò Jeebers. «L'imperatore mi ha dato incarico di portare sua figlia in segreto a Tol Borune dove i membri della famiglia potranno proteggerla dai complotti e dalle macchinazioni dei Vordue, degli Honeth e degli Horbite. Sono orgoglioso di aver eseguito l'incarico con successo... col vostro aiuto, si intende. Menzionerò la vostra assistenza nel mio rapporto... una nota a piè di pagina, forse, o magari un'appendice.»

Barak si accarezzava la barba con sguardo meditabondo. «Una principessa imperiale che attraversa Tolnedra con la sola protezione di un maestro di scuola?» domandò. «In un periodo in cui si avvelenano e si accoltellano per le strade?»

«Sembra un po' rischioso, non è vero?» concordò Hettar.

«È stato l'imperatore stesso in persona ad affidarti l'incarico di compiere codesta missione?» chiese Mandorallen a Jeebers.

«Non è stato necessario» disse l'uomo irrigidendosi. «Sua Maestà rispetta molto il mio giudizio e la mia discrezione. Sapeva che sarei stato in grado di escogitare un travestimento e un modo sicuro per viaggiare. Inoltre, doveva essere tutto compiuto con la massima segretezza. Ecco perché la principessa è venuta nel mezzo della notte ad avvertirmi delle istruzioni di Sua Maestà. Ecco perché abbiamo lasciato il palazzo senza dire a nessuno chi eravamo...» Il volume della voce andava diminuendo e si mise a fissare Ce' Nedra con orrore.

«Tanto vale che tu gli dica la verità, mia cara» consigliò zia Pol alla principessina. «Credo che l'abbia già indovinata.»

Ce' Nedra alzò il mento con arroganza. «Gli ordini venivano da me, Jeebers» disse. «Mio padre non c'entra nulla.»

L'uomo divenne pallido come un morto e quasi svenne.

«Per quale stupida ragione sei fuggita dal palazzo di tuo padre?» chiese Barak alla ragazzina. «Probabilmente tutta Tolnedra ti sta cercando e noi ci siamo proprio in mezzo.»

«Cerca d'essere gentile» disse Lupo al gigantesco Cherek. «Sarà anche una principessa, ma è ancora una ragazzina. Non spaventarla.»

«Tuttavia la domanda è pertinente» osservò Hettar. «Se ci scoprono in compagnia della principessa imperiale avremo modo di vedere dall'interno una galera tolnedran.» Si girò verso Ce' Nedra. «C'è una risposta o stavi solo giocando?»

La ragazzina assunse un atteggiamento altezzoso. «Non sono abituata a spiegare le mie azioni ai servitori.»

«Penso che dovremo chiarire qualche malinteso prima o poi» disse Lupo.

«Rispondi solo alla domanda, cara» la invitò zia Pol. «Non preoccuparti di chi te l'ha fatta.»

«Mio padre mi ha imprigionata a palazzo» disse Ce' Nedra in tono distaccato come se quello spiegasse tutto. «Era intollerabile e me ne sono andata. Inoltre c'è un'altra questione, una questione politica. Non capireste.»

«Possiamo capire molte più cose di quanto credi, Ce' Nedra» affermò messer Lupo.

«La gente si rivolge a me chiamandomi mia signora,» puntualizzò lei sdegnosa «oppure vostra altezza.»

«Io invece sono abituato a farmi raccontare la verità.»

«Credevo fossi tu quello al comando» disse Ce' Nedra a Silk.

«Le apparenze sono ingannevoli» osservò l'omino con noncuranza. «Se fossi in te risponderei alla domanda.»

«Si tratta di un vecchio trattato» disse Ce' Nedra. «Non sono stata io a firmarlo, perciò non vedo il motivo di esserne vincolata. Mi obbliga a presentarmi nella sala del trono di Riva al sedicesimo compleanno.»

«Sì, lo sappiamo» disse Barak con impazienza. «Qual è il problema?»

«Non ho intenzione di andarci, ecco tutto» annunciò Ce' Nedra. «Non andrò a Riva e nessuno riuscirà a farmici andare. La regina del Bosco delle Driadi è mia congiunta. Mi offrirà protezione.»

Jeebers si era in parte ripreso. «Cosa avete fatto?» biascicò sconvolto. «Ho affrontato quest'impresa pensando che sarei stato ricompensato... forse promosso. Mi avete messo la testa sul ceppo, piccola idiota!»

«Jeebers!» gridò lei, sconvolta da quelle parole.

«Togliamoci dalla strada» suggerì Silk. «È ovvio che abbiamo diverse cose di cui discutere. Sulla via maestra potremmo venire interrotti.»

«Credo sia una buona idea» concordò Lupo. «Troviamo un posto per accamparci. Decideremo cosa fare domattina.»

Montarono di nuovo a cavallo e attraversarono i campi fino a una fila d'alberi che segnava il limitare di una strada di campagna lontana circa un miglio.

«Che ne dite?» suggerì Durnik indicando una grossa quercia di fianco alla stradina che iniziava a mettere le foglie nella luce dorata del sole pomeridiano.

«Può andare» disse Lupo.

Era davvero piacevole stare all'ombra dei grandi rami della quercia. La stradina era costeggiata da muretti di pietra, freschi e ricoperti di muschio.

Da uno dei muri spuntava una scaletta mentre un sentierino attraversava il campo sino a uno stagno che brillava sotto il sole.

«Possiamo accendere il fuoco dietro uno di quei muri» disse Durnik. «Dalla strada non sarà possibile vederlo.»

«Vado a prendere della legna» si offrì volontario Garion guardando i rami secchi sparsi sull'erba sotto gli alberi.

Ognuno aveva un ruolo nel preparare il bivacco notturno. Furono montate le tende, i cavalli vennero abbeverati e legati a dei picchetti. Nel giro di un'ora venne acceso anche il fuoco. Poi Durnik, che aveva notato delle increspature sulla superficie dello stagno, piegò sul fuoco un chiodo e ne fece un amo da pesca.

«A cosa serve?» chiese Garion.

«Pensavo che potremmo mangiare del pesce per cena» disse il fabbro strofinando l'amo sulla tunica di pelle. Lo mise da parte, poi tirò fuori, con un paio di pinze, un altro chiodo dal fuoco. «Vuoi tentare la sorte anche tu?»

Garion sorrise.

Barak, che stava seduto lì accanto a sciogliersi i nodi della barba, lo guardò con desiderio. «Non c'è tempo di fare un altro amo, vero?» chiese.

«Ci vogliono solo un paio di minuti.»

«Avremo bisogno di un'esca» meditò Barak alzandosi in fretta. «Dov'è la vanga?»

Non passò molto tempo e i tre attraversarono il campo fino al laghetto. Si tagliarono qualche giunco a mo' di canna e sedettero intenti alla pesca.

I pesci, così pareva, erano voracissimi, e attaccarono le esche in branchi. Nel giro di un'ora abboccarono quasi due dozzine di trote ben pasciute che furono distese in fila sulla riva erbosa del lago.

Quando al crepuscolo i pescatori fecero ritorno, zia Pol esaminò con attenzione le prede. «Molto bene,» commentò «ma vi siete dimenticati di pulirle.»

«Oh» disse Barak. Aveva l'aria depressa. «Noi credevamo... bene, voglio dire... visto che noi le abbiamo prese...» e lasciò in sospeso la frase.

«Forza» lo incitò lei guardandolo fisso.

Barak sospirò. «Ho capito, faremo meglio a pulirle» disse rassegnato a Durnik e Garion.

«Sì, faremo meglio a pulirle» concordò il fabbro.

Il cielo era ormai purpureo nella sera e le stelle cominciavano a far capolino quando si sedettero a cenare. Zia Pol aveva fatto friggere le trote che erano dorate e croccanti. Neppure la principessina trovò qualcosa da ridire.

Quand'ebbero finito, misero da parte i piatti e affrontarono il problema di Ce' Nedra e della fuga da Tol Honeth. Jeebers era sprofondato in uno stato di tale melanconia che non contribuiva molto alla conversazione. Ce' Nedra annunciò con chiarezza adamantina che se l'avessero consegnata ai Borune sarebbe fuggita di nuovo. Alla fine non conclusero nulla.

«Qualsiasi cosa decidiamo siamo nei guai» riassunse Silk. «Anche se la riconsegniamo alla famiglia, ci faranno domande imbarazzanti e sono certo che la piccola inventerà una storia colorita che ci metterà nella peggior luce possibile.»

«Ne riparleremo domattina» concluse zia Pol. Il tono placido indicava che aveva già preso una decisione, anche se doveva ancora perfezionarla.

Poco prima di mezzanotte Jeebers scappò. Si svegliarono tutti al rumore degli zoccoli. Videro il tutore preso dal panico che fuggiva al galoppo verso le mura di Tol Borune.

Silk stava in piedi nella luce tremolante del fuoco quasi spento. Il volto era livido di rabbia. «Perché non l'hai fermato?» chiese a Hettar che montava di guardia.

«Mi è stato detto di fare così» disse l'Algar dando un'occhiata a zia Pol.

«Questo risolve l'unico problema che avevamo» spiegò zia Pol. «Il tutore era solo bagaglio in eccesso.»

«Sapevi che sarebbe fuggito?» chiese Silk.

«Naturalmente. L'ho anche aiutato a prendere la decisione. Andrà dritto dai Borune e cercherà di salvarsi la pelle raccontando che la principessa è fuggita da palazzo e che adesso sta con noi.»

«Allora dobbiamo fermarlo» proclamò Ce' Nedra con voce squillante. «Inseguitelo! Riportatelo qui!»

«Dopo tutta la fatica che ho fatto per convincerlo a fuggire?» chiese zia Pol. «Non essere sciocca.»

«Come osi parlarmi così?» chiese la principessa. «Forse dimentichi chi sono.»

«Signorina,» disse Silk in modo risoluto «saresti sorpresa se sapessi quanto poco interessa a Polgara chi tu sia.»

«Polgara?» balbettò Ce' Nedra. «Quella Polgara? Credevo avessi detto che era tua sorella.»

«Ho mentito» disse Silk. «È un mio vizio.»

«Tu non sei un normale mercante» lo accusò la ragazza.

«È il principe Kheldar di Drasnia» disse Pol. «Anche gli altri hanno simili eccellenze. Sono sicura che capirai quanto poco ci impressiona il tuo titolo. Anche noi abbiamo i nostri, e sappiamo quanto siano vuoti.»

«Se tu sei Polgara, allora lui deve essere...» la principessa si girò a fissare messer Lupo che stava seduto su un gradino della scaletta a rimettersi una scarpa.

«Sì» confermò zia Pol. «Non si direbbe dall'aspetto, non è vero?»

«Cosa ci fate in Tolnedra?» chiese Ce' Nedra con voce sorpresa. «Userete la magia per controllare la successione?»

«E perché dovremmo?» intervenne messer Lupo alzandosi in piedi. «I Tolnedran credono che dalla loro politica dipendano le sorti del mondo. Ma il resto del mondo se ne infischia di chi ascenderà al trono a Tol Honeth. Ci sono questioni molto più urgenti.» Scrutò nell'oscurità in direzione di Tol Borune. «Ci vorrà un po' prima che Jeebers convinca la gente in città di non essere un pazzo» disse. «Ma credo sia comunque una buona idea lasciare la zona. Meglio stare lontani dalla via maestra.»

«Questo non è un problema» lo rassicurò Silk.

«E io?» chiese Ce' Nedra.

«Non volevi andare al Bosco delle Driadi?» disse zia Pol. «Stiamo andando in quella direzione. Vedremo cosa ti dirà la regina Xantha quando arriveremo.»

«Devo quindi considerarmi prigioniera?» chiese la principessa rigida.

«Se ti fa stare meglio, mia cara» disse zia Pol. Osservò con attenzione la ragazzina alla luce tremolante del fuoco. «Bisognerà fare qualcosa per quei capelli. Che tintura hai usato? Hai un aspetto orribile.»

19

Nei giorni successivi cavalcarono senza sosta verso sud, viaggiando spesso di notte per evitare le pattuglie di legionari che battevano la campagna alla ricerca di Ce' Nedra.

«Forse avremmo dovuto trattenere Jeebers» bofonchiò amareggiato Barak una volta che scamparono di poco un incontro con i soldati. «Ha allertato tutti i distaccamenti da qui al confine. Sarebbe stato meglio abbandonarlo in un luogo isolato o qualcosa del genere.»

«Quel 'qualcosa del genere' ha un suono molto definitivo, vecchio amico» rilevò Silk con un sorrisetto tagliente.

Barak si strinse nelle spalle. «È la soluzione a un problema.»

L'omino rise. «Non dovresti lasciare che il pugnale pensi al posto tuo. È una delle qualità che trovo meno attraenti nei cugini cherek.»

«Noi, d'altro canto, troviamo egualmente sgradevole l'ostinazione dei Drasnian a fare commenti arguti» gli disse Barak freddo.

«Davvero ben detto» ribatté Silk con ammirazione scherzosa.

Continuarono a cavalcare tenendo gli occhi aperti, sempre pronti a nascondersi o a fuggire. In quei giorni fecero grande affidamento sulla curiosa abilità di Hettar. Visto che le pattuglie erano quasi sempre a cavallo, l'Algar con faccia da falco sondava le vicinanze con la mente, alla ricerca degli animali. Con i suoi avvertimenti riuscivano a prevenire con sufficiente anticipo l'avvicinarsi delle pattuglie.

«Come ci si sente?» chiese Garion in una mattina nuvolosa mentre cavalcavano sul sentiero poco battuto e pieno di erbacce indicato da Silk. «Voglio dire, a essere capaci di ascoltare i pensieri di un cavallo?»

«Non so se riesco a descriverlo con precisione» rispose Hettar. «Sono sempre stato capace di farlo, quindi non so immaginarmi come sia senza. È come stabilire un contatto con la mente del cavallo... una specie di comunione. Un cavallo pensa come 'noi' non come 'io'. Forse perché allo stato naturale fanno parte di un branco. Una volta che ti conoscono pensano che anche tu sia parte del branco. A volte si dimenticano che non sei un cavallo.» Ruppe all'improvviso il trotto. «Belgarath,» annunciò brusco «sta arrivando un'altra pattuglia... proprio da dietro quella collina. Saranno venti o trenta.»

Messer Lupo si guardò in fretta attorno. «Abbiamo tempo di raggiungere quegli alberi?» Indicò una macchia di aceri quasi mezzo miglio più avanti.

«Dobbiamo sbrigarci.»

«Allora al galoppo!» ordinò Lupo. Diede di speroni e si misero a correre. Raggiunsero la macchia proprio quando la pioggia primaverile, che aveva minacciato tutta la mattina, cominciò a ticchettare sulle larghe foglie. Smontarono e si inoltrarono fra gli alberi per nascondersi portando i cavalli a mano.

La pattuglia tolnedran raggiunse la cresta della collina e scese nella valle sottostante. Il comandante frenò il cavallo non distante dal bosco d'aceri e ordinò brusco agli uomini di andare in ricognizione. Si spostavano in piccoli gruppi, perlustrando il sentiero invaso dalle erbacce e sorvegliando la campagna dalla cima della collina. L'ufficiale stava seduto a cavallo di fianco al sentiero insieme a un civile in abito grigio.

Il comandante, seccato, guardò di traverso nella pioggia. «Giornata bagnata» disse smontando di sella e stringendosi addosso il pastrano color cremisi.

Anche il compagno smontò. Quando si girò, la compagnia nascosta fra gli aceri poté vederlo in viso. Garion sentì che Hettar si irrigidiva all'improvviso. L'uomo col pastrano era un Murgo.

«Quaggiù, capitano» indicò il Murgo portando il cavallo al riparo degli alberi sul limitare del boschetto.

Il Tolnedran annuì e lo seguì.

«Avete pensato alla mia offerta?» chiese il Murgo.

«Credevo fosse tanto per dire» rispose il capitano. «Non sappiamo se gli stranieri sono in zona.»

«Le mie informazioni dicono che sono diretti a sud, capitano» dichiarò il Murgo. «Sono del tutto certo che sono da qualche parte nella vostra zona.»

«Non c'è garanzia di trovarli, però» gli fece notare il capitano. «E anche se li troviamo, sarà difficile fare ciò che proponete.»

«Capitano,» spiegò il Murgo con pazienza «si tratta della sicurezza della principessa dopotutto. Se torna a Tol Honeth, i Vorduvian la assassineranno. Avete letto i documenti che vi ho portato.»

«Con i Borune sarà al sicuro» assicurò il capitano. «I Vorduvian non verranno a sud per cercarla.»

«I Borune non faranno altro che restituirla al padre. Anche voi siete un Borune. Osereste mettervi contro l'imperatore del vostro stesso casato?»

Il capitano appariva turbato in volto.

«L'unica speranza di salvezza è con gli Horbite» insisté il Murgo.

«Che garanzie ho che sarà al sicuro?»

«La migliore fra tutte le garanzie... la politica. Gli Horbite stanno facendo tutto quanto in loro potere per bloccare il granduca Kador nella sua marcia verso il trono. Dal momento che il granduca vuole la principessa morta, è naturale che gli Horbite la vogliano viva. È il solo modo per assicurarle la salvezza... e nel frattempo diverrete un uomo ricco.» Fece tintinnare il borsellino in modo eloquente.

Il capitano, però, era ancora dubbioso.

«Supponiamo di raddoppiare il prezzo» disse il Murgo che pareva far le fusa come un gatto.

Il capitano deglutì. «È per la sua sicurezza, non è vero?»

«Certamente.»

«Non è come se stessi tradendo il casato dei Borune?»

«Capitano, voi siete un patriota» lo rassicurò il Murgo con un sorriso freddo.

Se ne stavano acquattati fra gli alberi e zia Pol teneva stretto il braccio di Ce' Nedra. Il visetto della ragazza era oltraggiato mentre gli occhi erano in fiamme.

Più tardi, quando i legionari e il Murgo se ne furono andati, la principessa esplose «Come osano?» urlò in preda alla rabbia. «E per denaro!»

«Eccoti servito un bel piatto di politica tolnedran» mormorò Silk mentre portava i cavalli fuori del boschetto in mezzo alla pioggia mattutina.

«Ma è un Borune,» protestò lei «un membro della mia stessa famiglia.»

«Un Tolnedran è leale prima di tutto al proprio borsellino» le dichiarò Silk. «Non ve ne eravate ancora accorta, altezza?»

Qualche giorno più tardi raggiunsero la cima di una collina da cui si vedeva il Bosco delle Driadi che si estendeva come una macchia verde fino all'orizzonte. Le piogge sparse erano finite e il sole brillava caldo.

«Una volta raggiunto il Bosco saremo al sicuro» disse la principessa. «Le legioni non ci seguiranno laggiù.»

«E cosa dovrebbe fermarle?» le chiese Garion.

«Il trattato con le Driadi» disse lei. «Sei proprio un ignorante.»

Garion si risentì.

«Non c'è nessuno in giro» riferì Hettar a messer Lupo. «Possiamo andare ora o aspettare il buio.»

«Andiamo adesso» decise Lupo. «Sono stufo di eludere le pattuglie.» Scesero dalla collina al galoppo e si diressero nella foresta di fronte a loro.

Non c'erano i soliti cespugli a segnare il confine fra i campi e la foresta. Il bosco cominciava e basta. Non appena oltrepassarono le prime piante ci fu un cambiamento brusco come se fossero entrati all'improvviso in casa di qualcuno. Il bosco era una foresta d'età immemorabile. Grandi querce si allargavano così ampie che il cielo era quasi invisibile. Il terreno era muscoso e fresco con un sottobosco molto rado. Garion sentì che erano tutti piccolissimi sotto quei vasti alberi e che la foresta era stranamente silenziosa. L'aria era immobile. Si sentivano gli insetti ronzare e, molto in lontananza, il canto degli uccelli.

«Strano» disse Durnik guardandosi attorno. «Non vedo segno di boscaioli.»

«Boscaioli?» fece Ce' Nedra con un grido strozzato. «Qui dentro? Non oserebbero entrare.»

«Il bosco è inviolabile, Durnik» spiegò messer Lupo. «La famiglia Borune ha un trattato con le Driadi. Nessuno ha mai toccato un albero qui da oltre tremila anni.»

«È un luogo davvero curioso» rilevò Mandorallen guardandosi attorno con un certo disagio. «Percepisco una presenza... una presenza per nulla amichevole.»

«Il bosco è vivo» gli disse Ce' Nedra. «Non ama molto i forestieri... ma non preoccuparti, Mandorallen. Sei al sicuro finché sei con me.» Aveva un tono compiaciuto.

«Sei certo che le pattuglie non ci seguiranno?» chiese Durnik a messer Lupo. «Dopotutto Jeebers sapeva che eravamo diretti qui e sono certo che l'abbia detto ai Borune.»

«I Borune non violeranno il trattato con le Driadi» lo rassicurò Lupo. «Per nessuna ragione al mondo.»

«Non ho mai conosciuto un Tolnedran che non violasse qualcosa se gli tornava comodo» blaterò Silk scettico.

«Questa volta la situazione è differente» disse Lupo. «Le Driadi hanno concesso una delle loro principesse a un giovane nobile del casato di Borune. Divenne madre dell'imperatore della prima dinastia Borune. Le fortune dei Borune sono intimamente connesse al trattato. Non è una cosa con cui scherzare... per nessuna ragione.»

«Di preciso cos'è una Driade?» chiese Garion. Quella strana presenza nel bosco vivo lo spingeva a parlare per rompere il silenzio oppressivo e pieno d'occhi.

«Sono un piccolo gruppo» spiegò messer Lupo. «Molto gentili. Mi sono sempre piaciute. Non sono umane, certo, ma non è importante.»

«Io sono una Driade» disse Ce' Nedra con orgoglio.

Garion la fissò.

«Dal punto di vista tecnico ha ragione» convenne Lupo. «Le donne della famiglia Borune sono quasi Driadi pure. È un'altra ragione per la quale i Borune sono fedeli al trattato... altrimenti, le madri e le mogli se ne andrebbero, tutte.»

«Ma sembra umana» obiettò Garion guardando la principessa.

«Le Driadi sono così strettamente imparentate agli umani che le differenze sono poco significative» disse Lupo. «Questo forse spiega perché non sono impazzite come gli altri mostri quando Torak ha spaccato il mondo in due.»

«Mostri!» protestò Ce' Nedra ad alta voce.

«Le mie scuse, principessa» disse Lupo. «È un termine Ulgo per descrivere i non umani che sostennero Gorim a Prolgu quando incontrò il dio Ul.»

«Sembro un mostro?» domandò lei agitando nervosamente la testa.

«Probabilmente ho scelto male le parole» mormorò Lupo. «Chiedo perdono.»

«Davvero un mostro!» ripeté Ce' Nedra.

Lupo si strinse nelle spalle. «C'è un torrente non lontano da qui, se non ricordo male. Ci fermeremo e aspetteremo che la notizia del nostro arrivo giunga alla regina Xantha. Non è una buona idea entrare nel territorio delle Driadi senza chiedere il permesso. Riescono a essere molto cattive se provocate.»

«Hai detto che erano gentili» si preoccupò Durnik.

«Nei limiti del ragionevole» disse Lupo. «Non è una buona idea irritare persone che parlano con gli alberi quando si è nel mezzo di una foresta. Potrebbero accadere cose spiacevoli.» Aggrottò le sopracciglia. «Adesso che ci penso, dovresti nascondere l'ascia. Alle Driadi non piacciono le asce e i fuochi. Soprattutto i fuochi le rendono del tutte irragionevoli. Dovremo accenderne di piccolissimi e solo per cucinare.»

Si avvicinarono a una quercia gigantesca di fianco a un torrente che gorgogliava sulle rocce ricoperte di muschio. Scesero da cavallo e montarono le tende. Dopo mangiato Garion fece una passeggiata per ammazzare la noia. Messer Lupo stava sonnecchiando e Silk aveva trascinato gli altri in una partita di dadi. Zia Pol aveva messo a sedere la principessa su di un ceppo e le stava togliendo la tinta dai capelli.

«Se non hai niente di meglio da fare, Garion,» disse «perché non ti fai il bagno?»

«Bagno?» chiese. «Dove?»

«Sono certa che troverai un punto adatto nel ruscello» disse pulendo con cura i capelli di Ce' Nedra.

«Vuoi che mi faccia il bagno in quell'acqua? Non hai paura che mi prenda un raffreddore?»

«Sei sano come un pesce, caro,» replicò lei «ma sei davvero sporco. Fila a lavarti.»

Garion le lanciò un'occhiataccia e si diresse verso i bagagli. Prese degli abiti puliti, sapone e asciugamano. Poi si mise a risalire il torrente brontolando a ogni passo.

Una volta da solo sotto gli alberi, ebbe di nuovo la forte sensazione d'essere osservato. Non era niente di definibile. Non c'era niente di particolare, ma pareva che le querce fossero consapevoli della sua presenza. Sembrava si passassero informazioni sui suoi movimenti con una sorta di comunicazione vegetale che non riusciva a capire. Non sembravano minacciose, solo guardinghe.

A qualche distanza dalle tende trovò una pozza abbastanza ampia dove il ruscello faceva una piccola cascata. L'acqua era limpida e si vedevano i ciottoli sul fondo. Alcune grosse trote lo osservavano preoccupate. Provò a mettere una mano nell'acqua e rabbrividì. Pensò di escogitare un sotterfugio... un tuffo rapido e una passata di sapone sullo sporco più evidente. Poi, pensandoci meglio, abbandonò l'idea. Zia Pol non si sarebbe accontentata. Cominciò a togliersi i vestiti.

Il primo impatto fu tremendo, ma dopo pochi minuti si accorse che poteva sopportarlo. Dopo un po' divenne anche divertente. La cascata serviva a perfezione per sciacquarsi il sapone. Scoprì che era una vera meraviglia.

«Stai facendo troppo chiasso» lo rimproverò Ce' Nedra. Stava in piedi sulla riva e lo osservava con attenzione.

Garion si immerse subito fin sul fondo della pozza. Ma, dal momento che pesce non era, non poteva rimanere sott'acqua per sempre. Dopo un minuto tornò in superficie e mise la testa fuori ansimando e sputando.

«Si può sapere cosa stai facendo?» chiese Ce' Nedra. Indossava una tunica bianca, corta e senza maniche, legata in vita. Portava sandali con dei lacci che le si incrociavano sulle belle caviglie e sui polpacci legandosi dietro alle ginocchia. Sul braccio aveva un asciugamano.

«Va' via» strillò Garion.

«Non fare lo sciocco» disse lei sedendosi su una roccia. Cominciò a slacciarsi i sandali. I capelli bronzei erano ancora umidi e ricadevano pesanti sulle spalle.

«Cosa fai?»

«Voglio farmi il bagno» disse la principessa. «Ci impieghi ancora molto?»

«Va' da un'altra parte» rispose Garion cominciando a tremare. Rimase accucciato nell'acqua con solo la testa che spuntava.

«Questo posto è proprio grazioso» osservò Ce' Nedra. «Com'è l'acqua?»

«Gelida,» grugnì lui «ma non ho intenzione di uscire finché non te ne andrai.»

«Non fare l'idiota» disse la ragazza.

Garion scosse la testa testardo, col volto rosso come un peperone.

Lei sospirò esasperata. «Oh, molto bene» si arrese. «Se vuoi non guardo, ma mi sembra stupido. Ai bagni di Tol Honeth nessuno bada a queste cose.»

«Questa non è Tol Honeth» le fece notare Garion.

«Mi giro dall'altra parte, se ti fa stare meglio» disse Ce' Nedra alzandosi e voltandosi di spalle.

Garion non si fidava completamente ma uscì dall'acqua e, ancora gocciolante, si infilò i calzoni. «Bene» disse «La pozza è tutta tua adesso.» Si asciugò faccia e capelli con l'asciugamano. «Torno alle tende.»

«Lady Polgara ha detto che devi restare con me» gli comunicò Ce' Nedra slacciandosi con calma la cintura alla vita.

«Zia Pol ha detto che cosa?» chiese del tutto sconvolto Garion.

«Devi rimanere con me per proteggermi» spiegò lui afferrando un lembo della tunica, ovviamente in procinto di togliersela.

Garion fece una piroetta e si mise a fissare con determinazione gli alberi. Aveva le orecchie in fiamme e le mani che tremavano.

La ragazza si mise a ridere, una risata argentina. La sentì tuffarsi in acqua. Si udirono dei gridolini all'impatto con l'acqua fredda, poi altri tuffi.

«Portami il sapone» ordinò lei.

Senza pensarci, Garion si chinò a prendere quanto richiesto. Intravide la principessa nell'acqua. Chiuse subito gli occhi. Si avvicinò camminando come un gambero verso la pozza e allungò all'indietro il sapone.

La ragazza rise di nuovo e gli prese il sapone dalle mani.

Sembrava passata un'eternità. Alla fine la principessa terminò il bagno, uscì dall'acqua, si asciugò e si rimise i vestiti. Per tutto il tempo Garion aveva tenuto gli occhi chiusi.

«Voi Sendar avete idee davvero buffe» considerò lei mentre stavano seduti sul prato soleggiato di fianco alla pozza. Si stava pettinando i capelli rossi e aveva la testa inclinata di lato e con il pettine si scioglieva i nodi spessi e umidi. «I bagni a Tol Honeth sono aperti a tutti. Le gare di atletica si svolgono senza vestiti. Proprio l'estate scorsa anch'io ho corso con una dozzina di altre ragazze allo stadio imperiale. Gli spettatori erano molto contenti.»

«Posso bene immaginarlo» sogghignò Garion ironico.

«Che cos'è quello?» chiese Ce' Nedra indicando l'amuleto che lui portava sul petto.

«Me lo ha regalato il nonno la scorsa Erastide» rispose Garion.

«Posso vederlo?» La principessa allungò una mano e si chinò in avanti. «Toglilo, così posso vederlo» ordinò poi.

«Non posso» scosse la testa. «Messer Lupo e zia Pol dicono che non devo levarlo mai, per nessuna ragione. Credo che c'entri un incantesimo di qualche tipo.»

«Che idea bizzarra» osservò lei mentre esaminava l'amuleto. «Non sono davvero dei maghi?»

«Messer Lupo ha settemila anni» disse Garion. «Ha conosciuto il dio Aldur. Una volta l'ho visto far crescere un albero da un bastoncino di legno in pochi minuti. Un'altra volta ha incendiato delle rocce. Zia Pol ha curato una donna cieca con una sola parola. Sa anche trasformarsi in gufo.»

«Non credo in queste cose» dichiarò Ce' Nedra. «Sono sicura che c'è un'altra spiegazione.»

Garion si strinse nelle spalle, poi indossò la camicia di lino e la tunica. Scosse la testa e si passò le dita fra i capelli umidi.

«Stai combinando un pasticcio» osservò la ragazza con spirito critico. «Qui.» Si alzò e gli andò accanto. «Lascia fare a me.» Gli passò il pettine fra i capelli e cominciò a tirare piano piano. «Hai dei bei capelli per essere un uomo» gli fece un complimento.

«Sono solo capelli» disse lui con indifferenza.

Ce' Nedra si mise a pettinarlo in silenzio per qualche istante poi gli prese il mento fra le mani, gli girò la testa e lo guardò con attenzione. Diede qualche colpettino ai capelli sulle tempie finché fu soddisfatta. «Così è molto meglio» decise.

«Grazie.» Il giovane era un po' confuso al cambiamento nei modi di lei.

La ragazza si sedette sull'erba e, tenendosi un ginocchio abbracciato, rimase a fissare l'acqua scintillante. «Garion» disse alla fine.

«Sì?»

«Come ci si sente a crescere come una persona normale?»

Il ragazzo alzò le spalle. «Non sono mai stato altro che una persona normale,» disse «per cui mi manca il termine di paragone.»

«Sai cosa intendo dire. Raccontami di dove sei cresciuto... di cosa facevi e tutto il resto.»

Così lui le parlò della fattoria di Faldor, della cucina e della fucina di Durnik, di Doroon, Rundorig e Zubrette.

«Eri innamorato di Zubrette, vero?» chiese la principessa in tono quasi accusatorio.

«Pensavo di sì, ma sono successe così tante cose da quando abbiamo lasciato la fattoria che a volte non ricordo nemmeno che aspetto aveva. Penso di poter fare a meno dell'amore comunque. Da quanto ho visto, si sta male e basta.»

«Sei impossibile» s'imbronciò Ce' Nedra. Poi gli sorrise, il visino incorniciato dalla massa ardente dei capelli rossi baciati dal sole.

«Forse» ammise lui. «D'accordo, adesso mi racconti come si cresce quando si è una persona speciale.»

«Io non sono speciale.»

«Sei una principessa imperiale» le ricordò Garion. «Per me significa essere speciali.»

«Oh, quello» ridacchiò lei. «Sai, da quando mi sono unita alla vostra compagnia a volte dimentico di essere una principessa imperiale.»

«A volte,» disse il giovane con un sorriso «ma non sempre.»

«No,» convenne lei «non sempre.» Guardò di nuovo dall'altra parte della pozza d'acqua. «Per la maggior parte del tempo essere una principessa è un'autentica noia. Solo cerimonie e formalità. Bisogna stare in piedi ad ascoltare discorsi e ricevere ospiti importanti. Ci sono guardie dappertutto ma a volte sguscio via così posso starmene da sola. Li fa diventare matti.» Ridacchiò ancora. Poi lo sguardo si fece pensieroso. «Posso leggerti il futuro?» disse prendendogli la mano.

«Sei capace?» chiese Garion.

«È solo suggestione» ammise la principessa. «A volte gioco con le mie damigelle. Ci promettiamo l'una all'altra mariti di grande nobiltà e molti bambini.» Rigirò la mano di Garion col palmo in su: il segno argenteo era ben visibile adesso che la pelle era pulita. «Che cos'è questo?» chiese.

«Non lo so.»

«Non sarà una malattia, vero?»

«No» disse lui. «Ce l'ho sempre avuto. Penso che abbia a che fare con la mia famiglia. Zia Pol non vuole che la gente lo veda, non so perché. Così cerca di tenerlo nascosto.»

«Come si fa a nascondere una cosa del genere?»

«Mi trova tanti di quei lavoretti da fare che per la maggior parte del tempo ho le mani luride.»

«Che strano» mormorò Ce' Nedra. «Anch'io ho una voglia fin dalla nascita... proprio sul cuore. Vuoi vederla?» Portò le mani al colletto della tunica.

«Ti credo sulla parola» si affrettò ad assicurare Garion arrossendo visibilmente.

Lei rise di nuovo con quella piccola risata argentina. «Sei un ragazzo davvero strano, Garion. Diverso da tutti quelli che ho incontrato fino adesso.»

«Gli altri erano tutti Tolnedran, forse» fece notare Garion. «Io sono un Sendar... o perlomeno sono stato cresciuto così... devono esserci per forza delle differenze.»

«Non sembri molto sicuro di ciò che sei.»

«Silk dice che non sono un Sendar» spiegò Garion. «Non sa per certo cosa sono e questo è molto strano. Lui sa riconoscere subito le persone. Tuo padre credeva che fossi un Rivan.»

«Dal momento che Belgarath è tuo nonno e Polgara tua zia, devi essere un mago» ragionò Ce' Nedra.

Garion scoppiò a ridere. «Io? Che sciocchezza. E poi, i maghi non sono una razza... non come i Cherek o i Tolnedran o i Rivan. Si tratta più di una professione, credo... qualcosa come essere un avvocato o un mercante. Solo che adesso non ce ne sono più. I maghi hanno tutti migliaia di anni. Messer Lupo dice che le persone sono cambiate e che non possono più diventare maghi.»

Ce' Nedra teneva la testa appoggiata al gomito e lo guardava. «Garion?»

«Sì?»

«Me lo daresti un bacio?»

Il cuore di Garion cominciò a battere forte.

Poi sentì la voce di Durnik che lo chiamava da non molto lontano. Per un solo istante, Garion detestò con ardore il vecchio amico.

20

«La signora Pol dice che è ora di tornare alle tende» dichiarò il fabbro quando raggiunse il prato. Su quel volto semplice e affidabile c'era l'ombra di un sorriso divertito. Guardò i ragazzi con l'aria di chi la sapeva lunga.

Garion arrossì. Poi si arrabbiò con sé stesso per essere arrossito. Ce' Nedra invece non era per nulla imbarazzata.

«Non sono ancora arrivate le Driadi?» chiese la ragazza alzandosi in piedi e scuotendosi l'erba dalla tunica.

«Non ancora» rispose Durnik. «Lupo dice che ci troveranno presto. Sembra che da sud si stia addensando un temporale e la signora Pol pensa che dovreste tornare indietro.»

Garion guardò il cielo e vide uno strato di nubi nere come l'inchiostro che arrivava dal meridione oscurando il cielo blu. Aggrottò le sopracciglia. «Non ho mai visto nubi come quelle, e tu Durnik?»

Il fabbro guardò verso l'alto. «Davvero strane» convenne.

Garion piegò i due asciugamani bagnati e cominciò a ridiscendere il torrente. Le nubi oscuravano il sole e, all'improvviso, il bosco si fece scuro. Avevano ancora la sensazione di essere osservati, quella consapevolezza inquietante che provavano tutti da quando erano entrati nel Bosco delle Driadi. Ma adesso c'era qualcosa di più. I grandi alberi si agitavano quasi con apprensione e con il fruscio delle foglie si scambiavano milioni di piccoli messaggi.

«Hanno paura» sussurrò Ce' Nedra. «C'è qualcosa che li spaventa.»

«Chi?» chiese Durnik.

«Gli alberi... hanno paura di qualcosa. Non riesci a sentirlo?»

Lui la fissò perplesso.

All'improvviso gli uccelli cessarono di cantare. Si alzò un vento gelido carico dell'odore di acqua stagnante e di vegetazione putrefatta.

«Cos'è che puzza così?» chiese Garion guardandosi in giro nervoso.

«Nyissa è poco più a sud» disse Ce' Nedra. «Sono quasi tutte paludi.»

«È così vicino?» domandò il ragazzo.

«In realtà no» disse lei aggrottando un poco le sopracciglia. «Saranno almeno sessanta leghe se non di più»

«La puzza può arrivare così lontano?»

«Penso di no» ragionò Durnik. «In Sendaria, almeno, non ci riuscirebbe.»

«Le tende sono molto lontane?» chiese Ce' Nedra.

«Circa mezzo miglio» rispose il fabbro.

«Forse dovremmo correre» suggerì la principessa.

Durnik scosse il capo. «Il terreno è irregolare» disse «e correre in questa luce fioca è pericoloso. Possiamo camminare più veloci, però.»

Si affrettarono mentre il buio avanzava. Il vento cominciò a soffiare più forte e gli alberi tremavano e si piegavano alla sua forza. La strana paura che sembrava agitare il bosco crebbe.

«C'è qualcosa che si muove laggiù» sussurrò Garion preoccupato e indicò oltre gli alberi oscuri all'altro capo del ruscello.

«Non vedo niente» disse Ce' Nedra.

«Là, dietro quell'albero con i rami bianchi. È una Driade?»

Una forma indistinta scivolò nell'ombra dietro gli alberi. C'era qualcosa che non andava. Ce' Nedra la guardò disgustata. «Non è una Driade» disse. «È qualche cosa di alieno.»

Il fabbro raccolse un ramo caduto e l'afferrò con entrambe le mani come fosse un manganello. Garion si guardò in giro e vide un altro ramo. Si armò anche lui.

Un'altra figura strisciò fra due alberi, più vicina questa volta.

«Dobbiamo tentare la sorte» disse Durnik serio. «State attenti, ma correte. Andiamo dagli altri. Adesso!»

Garion prese la mano di Ce' Nedra e cominciarono a correre lungo la riva del ruscello inciampando nei loro stessi piedi. Durnik rimase indietro per coprirli, con il manganello bene alzato pronto all'attacco.

Le strane forme li avevano circondati e Garion si sentì prendere dal panico.

Poi Ce' Nedra si mise a gridare. Una delle figure si era alzata da dietro una siepe proprio di fronte a loro. Era gigantesca, deforme e senza volto. Al posto degli occhi aveva due buchi che fissavano nel vuoto. Avanzava strisciando e le mani, solo parzialmente formate, si allungavano in avanti per afferrarli. Tutta quella cosa era del colore del fango. Uno strato di muschio marcio e puzzolente ricopriva quel corpo che trasudava liquido.

Senza pensare, Garion spinse Ce' Nedra dietro di sé e si lanciò all'attacco. Il primo colpo della clava raggiunse la creatura al fianco. Il tronco affondò nel corpo senza avere alcun effetto. Una mano gli sfiorò il viso ed egli si ritrasse con disgusto da quel tocco viscido. Nella disperazione, cercò di colpire ancora, questa volta al braccio. Con orrore vide che l'arto si era spezzato all'altezza del gomito. La creatura si fermò e lo raccolse. Si muoveva ancora.

Ce' Nedra gridò di nuovo e Garion si voltò. Un altro uomo di fango era spuntato da dietro e l'aveva afferrata alla vita con entrambe le mani. Cercava di girarsi, sollevando da terra la principessa che si divincolava. Allora Garion colpì con tutta la forza. Il colpo non era diretto alla testa o alla schiena, ma piuttosto alle caviglie. Privato di entrambi i piedi, l'uomo di fango cadde all'indietro. Teneva ancora stretta Ce' Nedra e non la lasciava andare.

Garion fece un passo avanti, gettò il tronco ed estrasse la spada. La cosa era fatta di una sostanza molto dura. Nell'argilla erano mischiati viticci e rami secchi che servivano a darle forma. Febbrile, Garion tagliò una delle braccia e cercò di trarre in salvo la principessa terrorizzata. L'altro braccio non aveva lasciato la presa. Quasi singhiozzando per la fretta, Garion si mise a segare anche quello.

«Attento!» strillò Ce' Nedra. «Dietro di te!»

Garion si guardò rapido alle spalle. Il primo uomo di fango stava per catturarlo. Sentì una stretta gelida alla caviglia. Il braccio che aveva appena tagliato si era fatto strada sul terreno e lo aveva afferrato.

«Garion!» ruggì la voce di Barak a poca distanza.

«Quaggiù!» urlò il giovane. «Sbrigati!»

Si udì un rumore provenire dalle siepi e il grande Cherek dalla barba rossa apparve con la spada in mano. Subito dopo arrivarono Hettar e Mandorallen. Con un colpo potentissimo Barak staccò la testa del primo uomo di fango che volò in aria e atterrò con un tonfo inquietante qualche metro più in là. La creatura decapitata si girò avanzando a tentoni. Cercava di mettere le mani sull'assalitore. Barak impallidì visibilmente, tranciò di netto entrambe le braccia. Ma la cosa avanzava ancora.

«Le gambe» indicò Garion in fretta. Si chinò e segò via la mano di fango che gli teneva la caviglia.

Barak mozzò le gambe dell'uomo di fango e quello cadde. I pezzi smembrati strisciarono verso di lui.

Ne apparvero degli altri. Hettar e Mandorallen si scagliarono contro di essi con le spade e l'aria fu piena di pezzi e brandelli di fango vivente. Barak si chinò e rimosse l'ultimo pezzo di braccio che avvinghiava Ce' Nedra. Poi rimise in piedi la ragazza e la spinse verso Garion. «Riportala alle tende!» ordinò. «Dov'è Durnik?»

«È rimasto indietro» disse Garion.

«Andiamo noi ad aiutarlo» lo incitò Barak. «Corri!»

Ce' Nedra era in preda a una crisi isterica e Garion dovette trascinarla fino alle tende.

«Cosa succede?» chiese zia Pol.

«Ci sono dei mostri nei boschi» disse Garion spingendo Ce' Nedra verso la zia. «Sono fatti di fango e non si riesce a eliminarli. Hanno preso Durnik.» Si girò verso gli alberi con la spada in mano e il cervello in fiamme.

«Garion!» urlò zia Pol cercando di togliersi di dosso la principessa che singhiozzava. «Cosa stai facendo?»

«Vado ad aiutare Durnik» disse lui.

«Tu resti dove sei.»

«No!» gridò. «Durnik è mio amico.» Detto questo sfrecciò verso la battaglia brandendo la spada.

«Garion! Torna indietro!»

Lui la ignorò e corse attraverso i boschi oscuri.

La zuffa infuriava a circa un centinaio di metri dall'accampamento. Barak, Hettar e Mandorallen stavano facendo a pezzi tutti gli uomini di fango mentre Silk guizzava dentro e fuori dalla mischia producendo con la spada grossi buchi nei mostri coperti di muschio. Garion si gettò in mezzo alla lotta. Le orecchie gli fischiavano e dentro di lui sentì crescere un'esaltazione disperata.

Poi arrivarono messer Lupo e zia Pol, con la povera Ce' Nedra bianca come un cencio dietro di loro. Lupo aveva gli occhi in fiamme e, mentre cercava la concentrazione, sembrò torreggiare su tutti loro. Allungò in avanti una mano col palmo rivolto verso l'alto. «Fuoco!» ordinò. Un lampo di luce rovente si levò dalla sua mano e si alzò in una nuvola sopra le loro teste. La terra tremò per la violenza del fulmine e per il fragore del tuono. Garion quasi annaspò per la forza del frastuono scrosciante che sentì nella mente.

Poi zia Pol alzò la mano. «Acqua!» ordinò con voce imperiosa.

Le nubi si aprirono e la pioggia cadde così forte che sembrò che l'aria stessa si fosse tramutata in acqua.

Gli uomini di fango stavano ancora camminando quando cominciarono a dissolversi nell'acquazzone. Con una specie di fascinazione morbosa, Garion li guardò disintegrarsi fino a ridursi in una poltiglia di melma e vegetazione marcia.

Barak li raggiunse. Con la punta della spada grondante agitò il mucchietto di terra bagnata che una volta era la testa di un assalitore. La zolla si ruppe a metà e ne uscì un serpentello. Si alzò come per scagliarsi e mordere, ma Barak lo tagliò in due.

Mano a mano che il fango si scioglieva nel diluvio apparvero altri serpenti. «Quello là» disse zia Pol indicando un brutto rettile verdastro che cercava di liberarsi dall'argilla. «Vai a prenderlo per me, Garion.»

«Io?» ansimò il giovane con la pelle d'oca.

«Lo farò io» disse Silk. Trovò un ramo biforcuto e bloccò la testa del serpentello. Con molta cautela, lo afferrò per il collo e lo sollevò.

«Portalo qui» ordinò zia Pol asciugandosi l'acqua dal volto.

Silk le portò il rettile. La lingua biforcuta fremeva nervosamente e gli occhi vacui erano fissi su di lei.

«Cosa significa questo?» chiese al serpente.

Quello soffiò. Poi, con una voce che pareva un sibilo, rispose: «Questo, Polgara, è un affare della mia padrona.»

Silk impallidì quando sentì parlare il serpente, e aumentò la stretta.

«Capisco» disse zia Pol.

«Abbandona questa ricerca» sibilò il rettile. «La mia padrona non ti consentirà di andare oltre.»

Zia Pol rise sprezzante. «Consentire?» disse. «La tua padrona non ha il potere di consentire nulla.»

«La mia padrona è la regina di Nyissa» disse il serpente con un sibilo. «Il suo potere è assoluto. Le vie dei serpenti non sono quelle degli uomini e la mia padrona è la regina dei serpenti. Entrerete a Nyissa a vostro rischio. Noi siamo pazienti e non abbiamo paura. Saremo sempre in agguato. Il nostro morso produce una ferita piccola, che si vede a malapena ma che significa la morte.»

«Perché a Salmissra interessa questa faccenda?» chiese zia Pol.

La lingua biforcuta del serpente era tesa verso di lei. «La regina non ha ritenuto di dovermelo rivelare e la curiosità non è nella mia natura. Ho consegnato il messaggio e ricevuto la ricompensa. Fa' di me ciò che vuoi.»

«Molto bene» approvò zia Pol. Lo guardò con occhi gelidi mentre la pioggia le rigava il volto.

«Devo ucciderlo?» chiese Silk. Aveva ancora le mani strette attorno al serpente che si aggrovigliava.

«No» disse tranquilla. «Non c'è ragione di distruggere un messaggero così capace.» Poi guardò il rettile con occhi che facevano scintille. «Torna con gli altri da Salmissra» disse. «Dille che se interferirà ancora andrò da lei, e neppure il pozzo fangoso più profondo di tutta Nyissa riuscirà a nasconderla dalla mia furia.»

«E la mia ricompensa?» chiese il serpente.

«Hai la vita come ricompensa.»

«Questo è vero» sibilò il serpente. «Riferirò il messaggio, Polgara.»

«Mettilo giù» disse zia Pol a Silk.

L'omino si chinò e avvicinò il braccio al terreno. Il serpente, che gli stava attorcigliato attorno al braccio, si sciolse e se ne andò. Lo guardò una volta, poi strisciò via.

«Penso che basti così con l'acqua» interloquì Lupo asciugandosi la faccia.

Zia Pol agitò la mano con noncuranza e la pioggia si fermò, come se il secchio si fosse svuotato.

«Dobbiamo trovare Durnik» ricordò Barak.

«Era dietro di noi.» Garion indicò il torrente a monte. Era terrorizzato all'idea di cosa avrebbero potuto trovare, ma si sforzò di fare strada fra gli alberi.

«Il fabbro è un buon compagno» disse Mandorallen. «Non vorrei perderlo.» C'era un non so che di sottomesso e strano nella voce del cavaliere. Aveva il volto troppo pallido nella luce fioca. La mano che reggeva lo spadone, però, era forte come una roccia. Solo negli occhi si agitava l'ombra di un dubbio che Garion non aveva mai visto prima.

La foresta gocciolava al loro passaggio. «Doveva essere più o meno qui» disse Garion guardandosi attorno. «Non vedo nessuna traccia.»

«Sono quassù.» La voce di Durnik proveniva dall'alto. Si era arrampicato fra i rami della quercia e stava guardando in basso. «Se ne sono andati?» cominciò a scendere con attenzione lungo il tronco scivoloso. «La pioggia è arrivata giusto in tempo» disse saltando. «Cominciavo ad avere difficoltà a tenerli lontani dall'albero.»

All'improvviso, senza una parola, zia Pol abbracciò il brav'uomo e, come fosse imbarazzata da quel gesto inconsueto per lei, cominciò a rimproverarlo.

Durnik sopportò le parole con pazienza e con una bizzarra espressione sul volto.

21

Quella notte Garion dormì un sonno agitato. Si svegliò spesso, tremando al ricordo del tocco degli uomini di fango. Ma come tutte le notti, anche quella finì e la mattina albeggiò chiara e luminosa. Rimase a sonnecchiare per un po' avvolto nelle coperte fino a che Ce' Nedra non andò a svegliarlo.

«Garion,» disse dolcemente toccandogli la spalla «sei sveglio?»

Aprì gli occhi e la guardò. «Buongiorno.»

«Lady Polgara dice che ti devi alzare» dichiarò la principessa.

Garion fece uno sbadiglio, si stiracchiò e si mise a sedere. Guardò fuori dal lembo della tenda e vide che era una bella giornata.

«Mi sta insegnando a cucinare» lo informò Ce' Nedra con un certo orgoglio.

«Che cosa simpatica» le sorrise Garion togliendosi i capelli dagli occhi.

La ragazza lo fissò a lungo con il viso serio e gli occhi verdi intenti. «Garion.»

«Sì?»

«Sei stato molto coraggioso ieri.»

Lui si strinse solo un poco nelle spalle. «Con ogni probabilità oggi mi prenderò un bel rimprovero per quel che è successo.»

«Perché?»

«Zia Pol e il nonno non gradiscono quando cerco di fare il coraggioso» spiegò. «Pensano che sono ancora un bambino e non vogliono che mi faccia male.»

«Garion!» chiamò zia Pol dal fuoco dove stava cucinando. «Ho bisogno di altra legna da ardere.»

Lui sospirò e rotolò fuori dalle coperte. Si infilò gli stivali bassi, agganciò la spada alla cinta e uscì in mezzo al bosco.

Era ancora umido sotto le querce a causa dell'acquazzone di zia Pol. Era difficile trovare legna secca. Gironzolò un po' tirando fuori dei rametti da sotto gli alberi caduti e da sotto le rocce. Le piante silenziose lo guardavano, ma quel mattino sembravano meno ostili.

«Cosa stai facendo?» giunse una vocina dall'alto.

Lui alzò in fretta lo sguardo con la mano che correva alla spada.

Su un ampio ramo, proprio sopra la sua testa, stava seduta una ragazzina. Indossava una tunica legata in vita e dei sandali. Aveva i capelli color del bronzo e gli occhi grigi erano curiosi. La pelle bianca aveva quella debole tinta verdastra che la identificava come Driade. Nella mano sinistra teneva un arco mentre nella destra una freccia era pronta a essere scagliata. Era puntata direttamente su Garion.

Il giovane tolse con cura la mano dalla spada. «Raccolgo della legna» disse.

«Perché?»

«Ne ha bisogno mia zia per il fuoco» spiegò lui.

«Fuoco?» Il volto della ragazzina si irrigidì. Stava quasi per scagliare la freccia.

«Un fuocherello» si corresse in fretta Garion. «Per cucinare.»

«I fuochi non sono permessi qui» dichiarò la ragazza severa.

«Dovrai spiegarlo a zia Pol» le disse Garion. «Io faccio solo quel che mi si comanda.»

La ragazza fischiò e da dietro un albero vicino arrivò un'altra ragazzina. Anche questa aveva un arco. I capelli erano rossi quasi come quelli di Ce' Nedra e la pelle del colore delle foglie.

«Dice che raccoglie legna» riferì la prima ragazza «per fare un fuoco. Devo ucciderlo?»

«Xahnta dice che dobbiamo scoprire chi sono» le ricordò meditabonda quella coi capelli rossi. «Se non sono qui per un motivo importante, allora puoi ucciderli.»

«Oh, molto bene» disse quella coi capelli di bronzo con ovvia delusione. «Ma non dimenticare che questo l'ho trovato io. Quando arriva il momento, sarò io a ucciderlo.»

Garion sentì un brivido corrergli lungo la schiena.

La rossa fece un fischio e altre Driadi uscirono da dietro gli alberi. Erano tutte piuttosto minute, con i capelli di varie sfumature rosse e oro, come le foglie d'autunno. Si riunirono attorno a Garion ridacchiando e chiacchierando mentre lo esaminavano.

«Quello è mio» ribadì la Driade dai capelli bronzei scendendo dall'albero. «L'ho trovato io e Xera dice che posso ucciderlo.»

«Sembra in buona salute,» osservò una delle altre «e anche abbastanza mansueto. Forse potremmo tenerlo. È un maschio?»

Anche un'altra si mise a ridere con quella risata sciocca. «Perché non diamo un'occhiata e lo scopriamo?»

«Sono un maschio» si affrettò a dire Garion diventando rosso senza volere.

«Sarebbe un peccato sprecarlo» osservò una. «Forse possiamo tenerlo per un po' e poi ucciderlo.»

«È mio» disse la Driade con i capelli color bronzo, testarda. «Se voglio ucciderlo, lo farò.» Afferrò il braccio di Garion con una stretta possessiva.

«Diamo un'occhiata agli altri» suggerì quella chiamata Xera. «Stanno accendendo dei fuochi e bisogna fermarli.»

«Fuochi?» strillarono preoccupate le nuove venute. Tutte si misero a fissare Garion con aria d'accusa.

«Solo uno piccolino» si giustificò lui.

«Prendetelo» ordinò Xera e si diresse rapida verso le tende. In alto, gli alberi mormoravano.

Zia Pol le aspettava, tranquilla, quando raggiunsero la radura dell'accampamento. Guardò le Driadi che accerchiavano Garion senza cambiare espressione. «Benvenute, signore» le salutò.

Le Driadi cominciarono a sussurrare fra loro.

«Ce' Nedra!» esclamò quella che si chiamava Xera.

«Cugina Xera» rispose la principessa. Le due si corsero incontro e si abbracciarono. Le Driadi avanzarono verso il centro della radura guardando con un certo nervosismo il fuoco.

Ce' Nedra parlò in fretta con Xera spiegando alla cugina chi erano. La Driade fece cenno alle altre di avvicinarsi. «Sembra che siano amici» disse. «Li porteremo da mia madre, la regina Xantha.»

«Significa che non lo posso uccidere questo qui?» disse la Driade coi capelli color bronzo facendo i capricci e indicando Garion con il ditino.

«Temo proprio di no» rispose Xera.

Allora l'altra se ne andò pestando i piedi e tenendo il broncio.

Garion tirò un sospiro di sollievo.

Poi messer Lupo uscì da una delle tende e guardò il gruppo di Driadi con un ampio sorriso.

«È Belgarath!» squittì una delle Driadi e corse verso di lui tutta allegra. Gli gettò le braccia al collo, girò la testa verso di lui e gli diede un bel bacio. «Ci hai portato le caramelle?» chiese.

Il vecchio fece la faccia seria e cominciò a frugarsi nelle molte tasche. Poco a poco comparvero caramelle su caramelle. Le Driadi, tutte intorno a lui, le facevano sparire non appena le toglieva dalle tasche.

«Hai qualche nuova storia?» chiese una Driade.

«Molte storie» disse Lupo toccandosi con aria furbetta la punta del naso. «Ma dobbiamo aspettare, così le sentiranno anche le vostre sorelle, giusto?»

«Ne vogliamo una solo per noi.» Una Driade batté i piedi.

«Che cosa mi dai se ti racconto questa storia speciale?»

«Baci» promise subito lei. «Cinque baci da ciascuna di noi.»

«La mia è una storia proprio bella» contrattò Lupo. «Vale più di cinque. Facciamo dieci?»

«Otto» ribatté la Driade.

«D'accordo» decise Lupo. «Otto mi sembra onesto.»

«Vedo che sei già stato qui prima, Vecchio Lupo» osservò zia Pol caustica.

«Faccio una visitina di tanto in tanto» ammise lui con espressione blanda.

«Le caramelle non fanno bene, lo sai» lo rimproverò Pol.

«Qualcuna non può fare del male, Pol,» disse il vecchio «e poi ne sono golose. Una Driade farebbe qualsiasi cosa per una caramella.»

«Sei disgustoso» disse lei.

Le Driadi stavano tutte intorno a messer Lupo. Sembravano un giardino di fiori primaverili. Ma quella che aveva catturato Garion era rimasta in disparte. Teneva il broncio e accarezzava col dito la punta della freccia. Alla fine si avvicinò a Garion. «Non stai pensando di scappare, per caso?» chiese speranzosa.

«No» negò il giovane con enfasi.

Lei sospirò per la delusione. «Neanche per farmi un favore personale?»

«Mi dispiace» disse Garion.

La Driade sospirò ancora, tutta amareggiata questa volta. «Non riesco mai a divertirmi» si lamentò e andò a unirsi alle altre.

Silk uscì da una tenda facendo movimenti lenti e cauti. Dopo che le Driadi si furono abituate a lui, comparve Durnik.

«Sono come bambine, non è vero?» disse Garion alla zia.

«All'aspetto sì,» disse «ma sono molto più vecchie di quanto sembrano. Una Driade vive quanto il suo albero e le querce vivono davvero a lungo.»

«Dove sono i Driadi maschi?» disse lui. «Vedo solo ragazze.»

«Non ci sono maschi, caro» spiegò zia Pol mentre tornava a cucinare.

«E allora come... Voglio dire...» balbettò e sentì le orecchie che diventavano rosse.

«Per quella cosa catturano dei maschi umani» spiegò lei. «Viaggiatori e simili.»

«Oh!» esclamò Garion lasciando cadere il delicato argomento.

Dopo colazione spensero con cura il fuoco con l'acqua del ruscello. Sellarono i cavalli e si diressero verso il centro del bosco. Messer Lupo camminava davanti tutti con le piccole Driadi attorno che ridevano e chiacchieravano come bambine felici. Il mormorio degli alberi non era più ostile. Avanzavano in mezzo a un fruscio di benvenuto di milioni di foglie.

Era tardo pomeriggio quando raggiunsero un'ampia radura al centro del bosco. In mezzo si ergeva una quercia enorme. Garion a stento riusciva ad accettare l'idea che una cosa così gigantesca potesse essere viva. Qua e là nel tronco muschioso c'erano delle aperture come caverne. I rami bassi erano larghi come strade e si estendevano ombreggiando quasi per intero la radura. L'albero sembrava molto vecchio e paziente. Garion sentì che qualcuno cercava di toccargli la mente, quasi una lieve carezza di foglie contro il volto. Era qualcosa che non aveva mai sentito prima. Sembrava dargli il benvenuto.

L'albero era reso vivo dalle Driadi che si ammassavano sui rami come germogli. Le loro risate e chiacchiere di fanciulle riempivano l'aria come canti d'usignolo.

«Dirò a mia madre che siete arrivati» dichiarò Xera dirigendosi verso un albero.

Garion e gli altri scesero di sella e rimasero incerti vicino ai cavalli. Da sopra le loro teste, le Driadi li osservavano curiose, sussurrando fra loro e ridacchiando.

Per qualche ragione gli sguardi schietti e gioiosi delle Driadi mettevano Garion in imbarazzo. Si avvicinò a zia Pol e notò che anche gli altri avevano fatto lo stesso. Tutti, imbarazzati, cercavano la sua protezione.

«Dov'è la principessa?» chiese la donna.

«Proprio laggiù, signora Pol» rispose Durnik. «Sta salutando un gruppo di Driadi.»

«Tienila d'occhio» raccomandò zia Pol. «Dov'è quel vagabondo di mio padre?»

«Vicino all'albero» rispose Garion. «Le Driadi ne vanno pazze.»

«Che vecchio sciocco» disse zia Pol misteriosa.

Poi, da una cavità nell'albero sopra i primi rami, apparve un'altra Driade. Non indossava la tunica corta delle altre. Portava un lungo abito verde e i capelli dorati erano raccolti con un diadema di vischio. Scese a terra con grazia.

Zia Pol si avvicinò per incontrarla mentre gli altri la seguivano a rispettosa distanza.

«Cara Polgara,» la salutò la Driade «da quanto tempo...»

«Tutti abbiamo i nostri doveri, Xantha» spiegò zia Pol.

Le due si abbracciarono con affetto.

«Ce li hai portati in dono?» chiese la regina Xantha guardando con ammirazione gli uomini in piedi dietro Zia Pol.

Lei si mise a ridere. «Temo di no, Xantha. Sarei davvero felice di regalarteli, ma temo che ne avrò bisogno più tardi.»

«Ah, molto bene» disse la regina con un sorriso furbetto. «Benvenuti a tutti» li salutò. «Cenerete con noi, certamente.»

«Ne saremo deliziati» disse zia Pol. Poi prese il braccio della regina. «Possiamo discutere per un momento, Xantha?»

Le due si fecero da parte e parlarono tranquillamente mentre le Driadi portavano fuori dall'albero pacchi e sacchetti. Cominciarono a imbandire la tavola sotto la chioma dei rami.

Il pasto aveva un aspetto davvero particolare. Il cibo delle Driadi sembrava consistere interamente di frutta, noci e funghi, tutti crudi. Barak si mise a sedere e guardò con profonda tristezza ciò che aveva davanti. «Niente carne» bofonchiò.

«Fa bene al sangue, comunque» gli disse Silk.

Barak sorseggiò con sospetto la zuppa. «Acqua» disse schifato.

«Forse ti piacerà, per una volta, andare a letto sobrio» osservò zia Pol avvicinandosi a loro.

«Sono certo che mi farà male alla salute» disse Barak.

Ce' Nedra si sedette accanto alla regina Xantha. Era ovvio che voleva dirle qualcosa di privato, ma dal momento che non c'era speranza di intimità, alla fine parlò davanti a tutti. «Devo chiederti un favore, altezza.»

«Puoi farlo, bambina» sorrise la regina.

«È solo una cosa piccina» spiegò Ce' Nedra. «Ho bisogno di un rifugio per qualche anno. Mio padre diventa irragionevole con l'età. Devo restare lontana da lui finché non torna in sé.»

«In che senso Ran Borune è irragionevole?» chiese Xantha.

«Non mi fa uscire da palazzo e insiste che io vada a Riva nel giorno del mio sedicesimo compleanno» raccontò Ce' Nedra in tono oltraggiato. «Si è mai sentita una cosa del genere?»

«E perché vuole che tu vada a Riva?»

«Per via di uno stupido trattato. Nessuno ne ricorda la ragione.»

«Se è un trattato, deve essere onorato, tesoro» disse la regina con gentilezza.

«Non andrò a Riva» annunciò Ce' Nedra. «Rimarrò qui fin dopo il mio sedicesimo compleanno. E così sarà tutto finito.»

«No, amore mio,» disse la regina con fermezza «non lo farai.»

«Che cosa?» Ce' Nedra era sbigottita.

«Anche noi abbiamo un trattato» spiegò Xantha. «I nostri accordi con la casa di Borune sono particolarmente espliciti. Il bosco rimane inviolabile solo fino a quando una discendente femmina della principessa Xoria resta con i Borune. È tuo dovere rimanere con tuo padre e ubbidirgli.»

«Non andrò a Riva» protestò Ce' Nedra. «È umiliante.»

Xantha la guardò con severità. «Non fare la sciocca» la redarguì. «Il tuo dovere è chiaro. Il tuo dovere come Driade, come Borune e come principessa imperiale. I capricci sono fuori luogo. Hai l'obbligo di andare a Riva e quindi ci andrai.»

Ce' Nedra era turbata dal tono definitivo della regina. Dopo questo tenne il broncio in silenzio.

Poi la regina si girò verso messer Lupo. «Corrono molte voci» disse «e alcune sono arrivate fin qui. Credo che qualcosa di molto importante stia accadendo nel mondo degli umani. Forse potrà toccare anche il nostro bosco. Penso che abbiamo il diritto di sapere di cosa si tratta.»

Lupo annuì molto serio. «Credo proprio di sì» disse. «Il Globo di Aldur è stato rubato dalla Sala del Re di Riva da Zedar l'Apostata.»

A Xantha si fermò il respiro. «Come?» domandò.

Lupo allargò le braccia. «Non lo sappiamo. Zedar sta cercando di raggiungere i regni degli Angarak con il Globo. Una volta lì, userà il potere per svegliare Torak.»

«Questo non deve accadere» disse la regina. «Che provvedimenti state prendendo?»

«Gli Alorn e i Sendar si stanno preparando alla guerra» rispose Lupo. «Gli Arend hanno promesso aiuto e Ran Borune è stato avvisato, anche se non ha fatto promesse. A volte è difficile trattare con i Borune.» Lanciò un'occhiata a Ce' Nedra che teneva il broncio.

«Questo significa guerra?» chiese la regina con tristezza.

«Temo di sì, Xantha» disse. «Sto inseguendo Zedar con questi miei compagni. Spero di catturarlo e di recuperare il Globo prima che raggiunga Torak. Se avremo successo, credo che gli Angarak attaccheranno l'Ovest comunque, per disperazione. Certe antiche profezie si avvicinano al loro compimento. Se ne scorgono i segni ovunque e anche le percezioni deviate dei Grolim possono leggerli.»

La regina sospirò. «Io stessa ho visto dei segni, Belgarath» disse. «Speravo di essermi sbagliata. Che aspetto ha Zedar?»

«È del tutto simile a me» le disse Lupo. «Abbiamo servito lo stesso Maestro per molto tempo e questo impone un marchio ben preciso.»

«Una persona simile ha attraversato le estremità settentrionali del bosco la settimana scorsa ed è entrata a Nyissa» disse Xantha. «Se l'avessimo saputo, avremmo potuto trattenerla.»

«Siamo più vicini di quanto credevo, allora. Era da solo?»

«No» riferì Xantha. «Con lui c'erano due servi di Torak e un ragazzino.»

Lupo era stupefatto. «Un bambino?»

«Sì, di circa sei anni.»

Il vecchio si accigliò, poi spalancò gli occhi. «Ecco come ha fatto» esclamò. «Non ci avevo mai pensato.»

«Possiamo mostrarti il luogo dove ha attraversato il fiume per passare in Nyissa» si offrì la regina. «Ma ti devo avvertire: sarà molto pericoloso con una compagnia così grande. Salmissra ha occhi dappertutto in quelle paludi.»

«Ho già in mente un piano» la rassicurò messer Lupo. Poi si girò verso Barak. «Sei sicuro che quella nave ci aspetterà alla foce del Fiume dei Boschi?» chiese.

«Sarà lì» garantì Barak. «Il capitano è un uomo affidabile.»

«Molto bene» disse Lupo. «Silk e io seguiremo le tracce di Zedar. Gli altri percorreranno i fiumi fino al mare. Costeggiate le rive fino al Fiume del Serpente e poi risalite verso Sthiss Tor. Ci incontreremo là.»

«Ritieni davvero saggio separare la compagnia in un posto periglioso come Nyissa?» chiese Mandorallen.

«È necessario» disse Lupo. «Il Popolo del Serpente è di casa nella giungla. Non amano i forestieri. Silk e io possiamo muoverci più rapidamente se siamo da soli.»

«Dove ci incontreremo?» chiese Barak.

«C'è un'enclave commerciale drasnian presso i moli di Sthiss Tor» disse Silk. «Molti dei mercanti sono miei amici. Chiedete di Radek di Boktor. Se non potremo venire, farò avere notizie ai mercanti.»

«E che ne sarà di me?» chiese la principessa.

«Rimarrai con noi» rispose zia Pol.

«Non c'è ragione che io venga a Nyissa» disse Ce' Nedra.

«Tu verrai perché lo dico io» spiegò zia Pol alla ragazzina. «Non sono tuo padre, Ce' Nedra. Il tuo musetto imbronciato non mi spezza il cuore e le tue ciglia che battono non mi fanno alcuna impressione.»

«Scapperò» minacciò la principessa.

«Sarebbe una vera sciocchezza» disse zia Pol fredda. «Ci costringerai a riportarti indietro, e non sarà così piacevole. Ci sono affari nel mondo troppo importanti per dare retta ai capricci di una bambina. Starai con me, e il giorno del tuo sedicesimo compleanno sarai nella Sala del Re di Riva... anche se ti ci dovessi portare in catene. Abbiamo troppo da fare per vezzeggiarti oltre.»

Ce' Nedra la fissò e all'improvviso scoppiò a piangere.

22

La mattina successiva, prima che il sole sorgesse dietro una patina di foschia, e mentre la nebbia indugiava ancora fra i rami delle grandi querce, Silk e messer Lupo erano pronti a partire per Nyissa. Garion stava seduto su un tronco e guardava triste il vecchio che impacchettava del cibo.

«Perché quell'aria afflitta?» chiese Lupo.

«Non mi piace l'idea di dividerci» biascicò Garion.

«Si tratta solo di un paio di settimane.»

«Lo so, eppure...» Garion si strinse nelle spalle.

«Tieni d'occhio la zia mentre non ci sarò» raccomandò Lupo legando il fagotto.

«Certo.»

«E porta sempre addosso l'amuleto. Nyissa è un posto pericoloso.»

«Me ne ricorderò» promise Garion. «Anche tu farai attenzione, vero nonno?»

Il vecchio lo guardò serio. La barba bianca sembrava quasi brillare nella luce nebbiosa. «Io sono sempre prudente.»

«Si fa tardi, Belgarath» lo chiamò Silk mentre si avvicinava coi cavalli.

Lupo fece un cenno col capo. «Ci rivedremo fra due settimane a Sthiss Tor.»

Garion abbracciò in fretta il nonno, poi si girò per non vederli partire. Attraversò la radura e raggiunse Mandorallen che stava in piedi a scrutare nella nebbia.

«Le partenze sono simili all'estremo distacco della morte» disse cupo il cavaliere. Poi sospirò.

«C'è anche qualcos'altro, vero Mandorallen?» chiese Garion.

«Sei un ragazzo sensibile.»

«Cosa ti preoccupa? Ti comporti in modo strano da due giorni.»

«Ho scoperto dentro di me un curioso sentimento, Garion, e non mi piace.»

«Ah, che cos'è?»

«La paura» disse Mandorallen in fretta.

«La paura? Di che cosa?»

«Gli uomini d'argilla. Non so perché ma la loro stessa esistenza mi ha raggelato l'anima.»

«Tutti ne siamo stati terrorizzati, Mandorallen» disse Garion.

«Non avevo mai avuto paura prima» disse sottovoce il cavaliere.

«Mai?»

«Neppure da bambino. Gli uomini d'argilla mi hanno fatto accapponare la pelle e desideravo disperatamente fuggire.»

«Ma non l'hai fatto» osservò Garion. «Sei rimasto e hai combattuto.»

«Questa volta sì» ammise Mandorallen. «Ma cosa accadrà la prossima? Ora che la paura ha trovato le sue vie dentro il mio spirito, chi può dire che non farà ritorno? Nell'ora più disperata, quando l'esito della nostra impresa sarà in bilico, forse la vile paura poserà la mano gelida sul mio cuore e mi renderà meno che uomo. Questo pensiero mi rode l'anima. Mi vergogno con dolore della mia debolezza e della mia colpa.»

«Vergognarsi? Solo perché sei un essere umano? Sei troppo duro con te stesso, Mandorallen.»

«Sei gentile, ragazzo, a perdonarmi, ma la mia mancanza è troppo importante. Ho sempre lottato per la perfezione e non ero molto lontano dal raggiungerla. Ora quella perfezione, che era la meraviglia del mondo, è incrinata. È una cosa amara da accettare.» Si girò e Garion vide con sorpresa che aveva le lacrime gli occhi. «Mi assisterai mentre indosso l'armatura?» chiese.

«Certo.»

«Sento la profonda necessità d'avere attorno un involucro di metallo. Forse rafforzerà il mio cuore codardo.»

«Non sei un codardo» insisté Garion.

Mandorallen sospirò triste. «Solo il tempo potrà dirlo.»

Al momento della partenza, la regina Xantha parlò a tutti quanti. «Vi auguro ogni bene» disse. «Vi aiuterò nella ricerca se possibile, ma una Driade è legata al suo albero e il legame non può essere rotto. Il mio albero è molto vecchio e devo occuparmi di lui.» Guardò con amore l'ampia quercia che sorgeva nella nebbia mattutina. «Siamo legati l'uno all'altra con un vincolo d'amore.»

Ancora una volta Garion sentì quel lieve tocco nella mente che aveva provato il giorno prima quando aveva visto l'albero per la prima volta. Sembrava dirgli addio, ma anche metterlo in guardia.

La regina Xantha lanciò un'occhiata sorpresa a zia Pol, poi guardò Garion da vicino. «Alcune delle mie figlie più giovani vi guideranno al fiume che segna il confine a sud del bosco» continuò. «Da quel punto in poi la strada verso il mare è libera.» Il tono di voce non era cambiato ma gli occhi erano pensierosi.

«Ti ringrazio, Xantha» disse zia Pol con affetto abbracciando la regina delle Driadi. «Se riuscirai a far giungere notizia ai Borune che la principessa è al sicuro con me, forse l'imperatore ne sarà sollevato.»

«Lo farò senz'altro, Polgara» promise Xantha.

Montarono a cavallo e seguirono la mezza dozzina di Driadi che svolazzavano davanti a loro come farfalle. Li guidarono a sud dentro la foresta. Per qualche ragione Garion si sentiva profondamente depresso e non prestò molta attenzione ai dintorni. Cavalcava di fianco a Durnik lungo il sentiero tutto curve.

Verso metà mattina raggiunsero una parte folta e scura del bosco. Continuarono a cavalcare in silenzio. L'avvertimento che Garion aveva udito nella radura della regina Xantha sembrava echeggiare nel fruscio degli alberi e delle foglie.

«Il tempo sta cambiando» disse Durnik guardando verso l'alto. «Vorrei poter vedere il cielo.»

Garion annuì e cercò di scrollarsi di dosso quel senso di pericolo imminente.

Mandorallen in armatura e Barak con la cotta di maglia cavalcavano nella retroguardia. Hettar, con la giubba di pelle e placche d'acciaio, non era molto distante. Quel presagio oscuro sembrava aver raggiunto anche loro. Avanzavano guardinghi, tenendo una mano sulla spada, mentre gli occhi cercavano il pericolo.

Poi, tutto a un tratto, i legionari Tolnedran li circondarono. Erano usciti da dietro le siepi e gli alberi. Non tentarono di attaccare, ma rimasero fermi nelle loro corazze lucenti con le lance in resta.

Barak imprecò e Mandorallen fermò il cavallo. «Fatevi da parte!» ordinò ai soldati abbassando la lancia.

«Attenzione» lo avvertì Barak.

Le Driadi, dopo aver dato un'occhiata sorpresa ai soldati, si dileguarono nei boschi oscuri.

«Qual è il tuo pensiero, lord Barak?» chiese Mandorallen gaio. «Non sono certo più di un centinaio. Li attacchiamo?»

«Un giorno o l'altro tu e io dovremo fare una chiacchierata» disse il gigante. Si guardò alle spalle e vide Hettar che si avvicinava, poi sospirò. «Va bene, penso che ce la potremo cavare.» Strinse le cinghie dello scudo e afferrò la spada nel fodero. «Cosa ne dici, Mandorallen? Gli lasciamo una possibilità per scappare?»

«Una proposta davvero caritatevole, lord Barak» concordò il cavaliere.

Un gruppo di uomini a cavallo uscì dalla macchia di alberi poco più a monte del sentiero. Il comandante era un uomo grosso che indossava un mantello blu ricamato d'argento. La corazza e l'elmetto avevano inserti d'oro e montava uno stallone baio inquieto che sollevava zolle di terra a ogni passo. «Splendido» disse mentre si avvicinava. «Assolutamente splendido.»

Zia Pol fissò i nuovi venuti con occhi di ghiaccio. «Le legioni non hanno niente di meglio da fare che fermare i viandanti?» chiese.

«Questa è la mia regione, signora,» disse l'uomo col mantello blu in tono arrogante «e le legioni fanno ciò che ordino io. Vedo che avete la principessa Ce' Nedra con voi.»

«Dove vado, e con chi, è solo affar mio, vostra Grazia» disse Ce' Nedra altezzosa. «Non riguarda certo il granduca Kador della casa di Vordue.»

«Vostro padre è molto preoccupato, principessa» proseguì Kador. «Tutta Tolnedra vi sta cercando. Chi sono queste persone?»

Garion cercò di avvertire la ragazza dandole un'occhiataccia. Fece un movimento brusco col capo, ma era troppo tardi.

«I due cavalieri che guidano la compagnia sono sir Mandorallen, barone di Vo Mandor, e lord Barak, conte di Trellheim» annunciò. «Il guerriero algar che sorveglia la retroguardia è Hettar, figlio di Cho-Hag, capo dei capiclan di Algaria. La signora...»

«Parlo io per me, tesoro» la prevenne zia Pol tranquilla. «Sono curiosa di sapere cosa porta il granduca di Vordue così a sud.»

«Ho degli interessi qui, signora» disse Kador.

«È evidente» rispose zia Pol.

«Tutte le legioni dell'impero cercano la principessa e io l'ho trovata.»

«È sorprendente vedere un Vorduvian così desideroso di contribuire alla ricerca di una principessa Borune» osservò zia Pol. «Soprattutto considerando i secoli d'inimicizia fra le due famiglie.»

«Possiamo mettere fine a questo inutile chiacchiericcio?» suggerì gelido Kador. «Le mie ragioni sono affar mio.»

«Senz'altro un affare sporco» aggiunse lei.

«State dimenticando le buone maniere, signora» disse Kador. «Dopotutto io sono chi sono e... soprattutto quello che diventerò.»

«Di grazia, che cosa diventerete?»

«Diventerò Ran Vordue, imperatore di Tolnedra» annunciò Kador.

«E posso sapere che cosa ci fa il futuro imperatore di Tolnedra del Bosco delle Driadi?»

«Proteggo i miei interessi» spiegò Kador rigido. «Al momento è essenziale che la principessa stia sotto la mia custodia.»

«Mio padre avrebbe qualcosa da ridire in proposito, duca Kador,» disse Ce' Nedra «e anche riguardo alle vostre ambizioni.»

«Ciò che dice Ran Borune non mi riguarda, vostra altezza» disse Kador. «Tolnedra ha bisogno di me e nessun trucchetto borune mi porterà via la corona imperiale. È ovvio che il vecchio vuole farvi sposare un Honeth o un Horbite per reclamare un diritto spurio al trono. Questo potrebbe complicare le cose, ma io le renderò il più semplice possibile.»

«Sposandomi tu stesso» intuì Ce' Nedra con disprezzo. «Non vivrai abbastanza.»

«No» disse Kador. «Non mi interessa una moglie driade. A differenza dei Borune, la casa di Vordue vuole mantenere la discendenza pura e incontaminata.»

«Allora mi terrai prigioniera?» chiese Ce' Nedra.

«Questo sarebbe impossibile, mi dispiace» disse il duca Kador. «L'imperatore ha orecchie dappertutto. È davvero un peccato che siate scappata proprio in questo momento, altezza. Avevo affrontato grandi spese per introdurre un agente nelle cucine imperiali e ottenere una quantità di raro veleno nyissan. Mi ero dato anche la pena di scrivere una lettera d'addio per vostro padre.»

«Che pensiero squisito» disse Ce' Nedra impallidendo.

«Sfortunatamente, ora dovrò essere più diretto» continuò Kador. «Un coltello affilato e qualche metro di terra metteranno fine al vostro coinvolgimento nella politica tolnedran. Mi dispiace molto, principessa. Non c'è niente di personale in questo. Capite, devo proteggere i miei interessi.»

«Il tuo piano, duca Kador, ha solo un leggero difetto» disse Mandorallen poggiando con cura la lancia contro un albero.

«Mi dispiace, ma non lo vedo» rispose Kador compiaciuto.

«L'errore consiste nell'esserti messo a portata della mia spada» disse Mandorallen. «La tua testa è un trofeo adesso: un uomo senza testa non ha bisogno di corona.»

Garion sapeva che la spavalderia di Mandorallen nasceva dal disperato bisogno di provare a sé stesso che non aveva paura.

Kador lo guardava preoccupato. «Non lo faresti mai» dichiarò, non molto sicuro. «Siete troppo inferiori di numero.»

«È una vera imprudenza pensarla così» controbatté Mandorallen. «Sono il più potente fra guerrieri e i tuoi soldati sono come fili d'erba di fronte a me. Il tuo destino è segnato, Kador.» E con questo estrasse la grande spada.

«Sapevo che sarebbe successo» disse Barak a Hettar sfoderando la spada.

«Non credo sia il momento della battaglia» annunciò una voce sguaiata. L'uomo dal mantello nero spuntò da dietro un albero. Montava un cavallo morello. Farfugliò qualche parola e fece un gesto con la mano destra. Garion sentì nella mente un fruscio oscuro e uno strano frastuono. A Mandorallen cadde di mano la spada.

«I miei ringraziamenti, Asharak» disse Kador in tono sollevato. «Non lo avevo previsto.»

Mandorallen si tolse il guanto di ferro. Pareva che la mano avesse subìto un gran colpo. Gli occhi di Hettar si strinsero fino a diventare due fessure, poi divennero stranamente vuoti. Il cavallo nero del Murgo lo guardò una volta, poi distolse lo sguardo quasi con disprezzo.

«Molto bene, Sha-Dar,» gongolò Asharak con un sorriso orribile sul volto sfregiato «vuoi provarci ancora?»

Il volto di Hettar era disgustato. «Non è un cavallo» disse. «Sembra un cavallo, ma è qualcos'altro.»

«Sì» confermò Asharak. «Del tutto diverso in realtà. Puoi tuffarti nella sua mente quanto vuoi, ma quello che trovi è affare tuo.» Smontò di sella e avanzò verso di loro con gli occhi in fiamme. Si fermò davanti a zia Pol e fece un inchino ironico. «Ci incontriamo di nuovo, Polgara.»

«Sei stato occupato, Chamdar» rispose lei.

Kador, sul punto di smontare da cavallo, parve sbigottito. «Conosci questa donna, Asharak?»

«Il suo nome è Chamdar, duca Kador» disse zia Pol. «È un sacerdote grolim. Credevi che comprasse il tuo onore, ma ha comprato molto di più.» Si drizzò in sella e il ricciolo sulla fronte divenne all'improvviso luminoso e incandescente. «Sei stato un avversario interessante, Chamdar. Quasi mi mancherai.»

«Non farlo, Polgara» avvertì il Grolim. «Ho le mani attorno al cuore del ragazzo. Nell'istante in cui ti concentrerai, sarà morto. So chi è e quanto vale.»

Lei lo guardò con attenzione. «È una cosa piuttosto facile da dire, Chamdar.»

«Vuoi mettermi alla prova?» le disse beffardo il Grolim.

«Scendete da cavallo» ordinò Kador in tono brusco. I legionari fecero un passo avanti con aria minacciosa.

«Fate come dice» ordinò zia Pol sottovoce.

«È stato un lungo inseguimento, Polgara» chiese Chamdar. «Dov'è Belgarath?»

«Non lontano» disse lei. «Forse se cominci a correre riesci a scappare prima che torni qui.»

«No, Polgara» rise il Grolim. «Se fosse così vicino lo saprei.» Si girò e guardò con attenzione Garion. «Sei cresciuto, bambino. È da un po' che non abbiamo occasione di parlare, vero?»

Anche Garion fissava il volto sfregiato del nemico. Era teso, ma stranamente non aveva paura. Il confronto diretto che aveva aspettato tutta la vita stava per cominciare. Qualcosa nel profondo della mente gli diceva che era ora.

Chamdar lo guardò negli occhi, alla ricerca di qualcosa. «Non lo sa, vero?» chiese a zia Pol. Si mise a ridere. «Sei proprio una donna, Polgara. L'hai tenuto segreto solo per proteggerlo. Avrei potuto portartelo via già anni fa.»

«Lascialo stare, Chamdar» ordinò lei.

Il Grolim la ignorò. «Qual è il suo vero nome, Polgara? Glielo hai già detto?»

«Questi non sono affari tuoi» disse zia Pol in tono piatto.

«Direi proprio di sì, Polgara. L'ho sorvegliato con la stessa tua attenzione.» Chamdar rise di nuovo. «Tu sei stata la madre, io il padre. Abbiamo cresciuto un bravo figlio... ma ancora voglio sapere il suo nome.»

Lei si irrigidì. «Hai passato il limite, Chamdar» disse fredda. «Che accordo proponi?»

«Nessun accordo, Polgara» rispose il Grolim. «Tu, il ragazzo e io andremo nel luogo dove Torak attende il risveglio. Terrò il pugno stretto attorno al cuore del ragazzo per tutto il tempo. Ti renderà più docile. Zedar e Ctuchik stanno cercando di distruggersi l'un l'altro per avere il Globo... a meno che Belgarath li trovi e li distrugga lui. Il Globo non mi interessa in realtà. Io cercavo te e il ragazzo fin dall'inizio.»

«Non stavi tentando di fermarci, allora?» chiese.

Chamdar si mise a ridere. «Fermarvi? Cercavo di aiutarvi. Sia Zedar sia Ctuchik hanno degli uomini qui in Occidente. Li ho intralciati e ingannati a ogni angolo perché poteste arrivare fin qui. Sapevo che prima o poi Belgarath avrebbe inseguito il Globo da solo. Quando l'avesse fatto, avrei potuto prendere te e il ragazzo.»

«Per quale motivo?»

«Ancora non capisci?» chiese lui. «Le due cose che Torak vedrà quando si sveglierà saranno la sua sposa e il suo mortale nemico in ginocchio in catene di fronte a lui. Questo dono lo esalterà.»

«Allora lascia andare gli altri» patteggiò Pol.

«Gli altri non mi interessano,» disse Chamdar «li lascerò con il nobile Kador. Non credo che troverà utile tenerli in vita, ma questo dipenderà da lui. Io ho ciò che voglio.»

«Sei un porco!» gridò zia Pol al colmo della rabbia, disorientata. «Sei un porco schifoso!»

Con un blando sorriso sulla bocca Chamdar la schiaffeggiò. «Devi davvero controllare la lingua, Polgara» disse.

Il cervello di Garion parve esplodere. Notò confusamente che Durnik e gli altri erano trattenuti dai legionari, ma nessuno pareva considerarlo un pericolo. Cercò il pugnale e si scagliò contro il nemico senza pensare.

Non così! Era la voce secca della sua mente. Ma ora non era più passiva e disinteressata.

Lo ucciderò!, disse Garion senza parlare fra i meandri del suo cervello.

Non in quel modo!, lo avvertì di nuovo la voce. Non te lo lasceranno fare... non con il coltello.

E come allora?

Ricordati quanto ha detto Belgarath... la volontà e la parola.

Non so come si fa. Non lo so fare.

Tu sei quel che sei. Te lo mostrerò io. Guarda!

Si dispiegò davanti ai suoi occhi come se stesse davvero osservando la scena. Scorse l'immagine del dio Torak che ardeva nel fuoco del Globo di Aldur. Vide il volto di Torak sciogliersi mentre le dita erano in fiamme. Poi quel volto mutò fino a diventare quello del cavaliere oscuro cui la sua mente era stata legata per tanto tempo. Sentì crescere in sé una forza terribile mentre l'immagine di Chamdar avvolta dalle fiamme si stagliava di fronte a lui.

Adesso!, comandò la voce. Fallo!

Doveva colpirlo. Serviva a soddisfare la rabbia. Balzò contro il Grolim che ancora rideva, e si mosse a una velocità tale che nessun legionario riuscì a fermarlo. Lo colpì con il braccio destro e quando il palmo della mano toccò la guancia sfregiata di Chamdar, Garion sentì che tutta la forza che si era accumulata in lui sgorgava dal segno argenteo sul palmo della mano. «Brucia!» ordinò la volontà.

Colto di sorpresa, Chamdar fece un passo indietro. Una rabbia improvvisa gli si dipinse sul volto poi gli occhi si spalancarono per la terribile consapevolezza. In quell'istante fissò Garion in preda all'orrore assoluto con il volto contratto nell'agonia. «No!» gridò con voce roca mentre la guancia cominciava a fumare e sfrigolare nel punto in cui Garion l'aveva toccato. Anche il mantello nero cominciò a mandare fumo come se all'improvviso fosse stato posato su un fornello. Poi il Murgo gridò e si afferrò il viso. Anche le dita erano avvolte dal fuoco. Strillò di nuovo e cadde contorcendosi sul terreno umido.

Continua così! Non fermarti! Questa volta era la voce di zia Pol che risuonava inesorabile dentro la testa di Garion.

L'intera faccia di Chamdar era avvolta dalle fiamme e le sue grida echeggiavano nel bosco cupo. I legionari si allontanarono e Garion si sentì all'improvviso nauseato. Era sul punto di distogliere lo sguardo.

Non indebolirti!, disse la voce di zia Pol. Tieni la volontà su di lui!

Garion torreggiava sul Grolim che bruciava. Le foglie bagnate sul terreno fumavano e si incenerivano a contatto con Chamdar, che lottava contro il fuoco che lo stava consumando. Le fiamme gli sgorgarono dal petto e le grida si affievolirono. Con sforzo enorme si alzò in piedi e tese le mani ardenti per implorare Garion. Il volto era distrutto e un fumo nero e unto avvolgeva il corpo e la terra tutto attorno. «Maestro,» gracchiò «abbi pietà!»

Il cuore di Garion era straziato. Tutti quegli anni di intimità segreta lo impietosivano.

No!, comandò la voce severa di zia Pol. Se lo lasci andare ti ucciderà!

Non posso farlo, disse Garion. Devo fermarmi.

Come già aveva fatto prima, raccolse la volontà perché sentiva dentro di sé una grande ondata di compassione. Stava quasi per raggiungere Chamdar concentrandosi sul pensiero della guarigione.

Garion! risuonò la voce di zia Pol. È stato Chamdar a uccidere i tuoi genitori!

Il pensiero che gli si stava formando nella mente si congelò.

Chamdar ha ucciso Geran e Ildera. Li ha bruciati vivi... proprio come brucia lui ora. Vendicali, Garion! Mantieni il fuoco su di lui!

Tutta la rabbia e la furia che lo avevano accompagnato fin da quando Lupo aveva raccontato della morte dei suoi genitori gli ardevano nel cervello. Il fuoco, che un momento prima era quasi estinto, all'improvviso non fu più sufficiente. La mano tesa nel gesto compassionevole si irrigidì. Sopraffatto da una rabbia terribile, Garion la sollevò con il palmo rivolto all'insù. Sentì uno strano pizzicore e anche il palmo cominciò a bruciare. Non c'era dolore, neppure calore, ma una fiamma blu brillante era sgorgata dal segno sulla mano e aveva avvolto le dita. Il fuoco blu diventava sempre più luminoso... tanto luminoso che non si poteva guardare.

Anche negli ultimi momenti dell'agonia mortale, Chamdar il Grolim cercò di sottrarsi da quella mano ardente. Con un ultimo grido roco e disperato cercò di coprirsi il volto ustionato, barcollò indietro qualche passo poi, come una casa in fiamme, crollò su sé stesso e sprofondò a terra.

Giustizia è stata fatta! Era di nuovo la voce di zia Pol. Sono stati vendicati! E ancora la voce echeggiava nelle volte della mente del giovane, esultando. Belgarion!, diceva, squillante. Il mio Belgarion!

Col volto pallido come un cencio e in preda a un folle tremore, Kador si ritrasse inorridito da quel fagotto di ceneri che ancora ardevano e che una volta erano state Chamdar il Grolim. «Stregoneria!» ansimò.

«Proprio così» disse zia Pol fredda. «Non credo tu sia pronto per questo tipo di gioco, Kador.»

I legionari terrorizzati indietreggiarono con gli occhi sgranati.

«Credo che l'imperatore prenderà questa faccenda molto sul serio» disse zia Pol. «Quando sentirà che volevate uccidere sua figlia, è facile che la prenda sul personale.»

«Non è stata colpa nostra» farfugliò uno dei legionari. «Eseguivamo solo degli ordini.»

«Forse potrà accettare quella scusa» disse lei dubbiosa. «Se posso dare un suggerimento, gli porterei un regalo in segno di lealtà... qualcosa di appropriato date le circostanze.» Rivolse un'occhiata eloquente a Kador.

Molti legionari capirono ciò che intendeva. Sguainarono le spade e circondarono il granduca.

«Cosa state facendo?» chiese Kador.

«Hai perso molto più del trono oggi, Kador» sentenziò zia Pol.

«Non potete fare questo» si oppose Kador ai legionari.

Uno dei soldati puntò la spada alla gola del granduca. «Noi siamo leali all'imperatore, mio signore» disse truce. «Sei in arresto per alto tradimento e, se ci darai problemi, non faremo altro che consegnare la tua testa a Tol Honeth... non so se mi spiego.»

Uno dei legionari si inginocchiò con rispetto davanti a Ce' Ne-dra. «Altezza imperiale,» le disse «al vostro servizio.»

La principessa, ancora pallida e tremante, tornò in sé. «Portate questo traditore a mio padre» disse con voce argentina «e ditegli cos'è accaduto qui. Informatelo che avete arrestato il granduca Kador su mio ordine.»

«Immediatamente, altezza» obbedì l'ufficiale balzando in piedi. «Incatenate il prigioniero!» ordinò brusco, poi si voltò verso Ce' Nedra. «Possiamo scortarvi a destinazione, altezza?»

«Non sarà necessario, capitano» disse. «Toglietemi solo dalla vista questo traditore.»

«Come vostra altezza desidera» disse il capitano con un inchino profondo. Fece un rapido gesto e i soldati portarono via Kador.

Garion fissava il segno sul palmo della mano. Non c'era traccia di fuoco o bruciatura.

Durnik, non più trattenuto dai soldati, guardava il ragazzo con gli occhi spalancati. «Credevo di conoscerti» sussurrò. «Chi sei, Garion, e come hai fatto?»

«Caro Durnik» disse zia Pol con affetto toccandogli un braccio. «Ancora vuoi credere solo a ciò che vedi. Garion è sempre lo stesso.»

«Vuoi dire che non è stato lui e che sei stata tu?» il fabbro rivolse al corpo di Chamdar una rapida occhiata.

«Certamente» disse lei. «Conosci Garion. È il ragazzo più normale del mondo.»

Ma Garion sapeva la verità. La volontà era stata la sua e anche la parola veniva da lui.

Zitto!, disse la voce della zia all'interno della mente. Nessuno deve sapere.

Perché mi hai chiamato Belgarion?

Perché quello è il tuo nome, rispose zia Pol. Ora cerca di comportarti in modo naturale e non seccarmi con le domande. Ne parleremo più tardi. La voce della zia scomparve.

Gli altri rimasero in piedi disorientati finché i legionari partirono con Kador. Poi, quando furono scomparsi alla vista e non ci fu più bisogno di mantenere le apparenze, Ce' Nedra scoppiò in un pianto dirotto. Zia Pol prese la ragazzina fra le braccia e cominciò a consolarla.

«Credo sia meglio seppellire questa cosa» disse Barak controllando coi piedi ciò che era rimasto di Chamdar. «Le Driadi potrebbero offendersi se lo lasciamo qui che ancora fuma.»

«Vado a prendere la vanga» si offrì Durnik.

Garion si voltò e si allontanò da Mandorallen e Hettar. Le mani tremavano ancora con violenza ed era così stanco che a malapena le gambe lo reggevano.

Lo aveva chiamato Belgarion. Quel nome gli echeggiava nella mente come se avesse sempre saputo che era il suo... come se in tutti quegli anni fosse stato incompleto. In quell'istante era stato il nome stesso a completarlo. Ma Belgarion era una creatura che poteva trasformare la carne in fuoco con la volontà e la parola.

Sei stato tu a farlo!, disse accusando la voce secca nella sua mente.

No, rispose la voce. Ti ho solo mostrato il modo. La volontà, la parola e il tocco erano tutti tuoi.

Garion sapeva che era vero. Con orrore ricordò la supplica finale del nemico e quella mano incandescente con la quale aveva schiacciato l'appello agonizzante alla sua pietà. La vendetta che aveva atteso con tanta disperazione nei mesi precedenti si era orribilmente compiuta. Il sapore, però, era amaro, amarissimo.

Poi le ginocchia cedettero e Garion cadde a terra, piangendo come un bambino disperato.

Parte terza

Nyissa

23

Il mondo era ancora lo stesso. Gli alberi non erano cambiati e neppure il cielo. Era ancora primavera perché le stagioni non avevano alterato il loro corso. Ma per Garion nulla sarebbe mai più stato come prima.

Cavalcarono attraverso il Bosco delle Driadi fino alle rive del Fiume dei Boschi che segnava il confine meridionale di Tolnedra. Di tanto in tanto, mentre cavalcavano, Garion si accorse che gli amici lo guardavano in modo strano. Erano sguardi pensierosi che sembravano giudicarlo. Durnik, il buon solido Durnik, pareva quasi avere paura. Solo zia Pol non era cambiata. La faccenda non l'impensieriva affatto. Non ti preoccupare, Belgarion, gli mormorò la voce della zia nella testa.

Non chiamarmi così, rispose lui con un pensiero irritato.

È il tuo nome, disse la voce di zia Pol. Tanto vale che ti abitui.

Lasciami solo.

Il senso di quella presenza lo abbandonò.

Ci vollero parecchi giorni per raggiungere il mare. Il tempo era nuvoloso, anche se non pioveva. Quando raggiunsero la foce del fiume, la brezza salmastra soffiava forte. Le onde crestate di bianco s'infrangevano contro la sabbia.

Al largo c'era una nave da guerra cherek che aspettava all'àncora. Tutto attorno l'aria era resa viva dai gabbiani. Barak fermò il cavallo e guardò lontano schermandosi gli occhi. «Ha un aspetto familiare» brontolò osservandola con attenzione.

Hettar si strinse nelle spalle. «A me sembrano tutte uguali.»

«Sono una diversa dall'altra» disse Barak in tono offeso. «Come ti sentiresti se ti dicessi che i cavalli sono tutti uguali?»

«Penserei che sei cieco.»

Barak gli sorrise con una smorfia. «È esattamente la stessa cosa» disse.

«Come facciamo ad avvertirli che siamo qui?» chiese Durnik.

«Lo sanno già,» assicurò il gigante «a meno che non siano ubriachi. I marinai sorvegliano sempre le coste nemiche molto attentamente.»

«Nemiche?» chiese Durnik.

«Tutte le coste sono nemiche quando una nave da guerra cherek è in vista» rispose Barak. «Credo che sia una sorta di superstizione.»

La nave levò l'àncora. Dai fianchi uscirono i remi come lunghe zampe di ragno. Sembrava quasi camminare sulla schiuma delle onde. Raggiunse la foce del fiume. Barak fece strada fino a un punto in cui la nave poteva attraccare vicino alla spiaggia.

Il marinaio impellicciato che gettò la cima a Barak aveva un aspetto familiare. Quello che saltò a riva era Greldik, il suo vecchio amico.

«Cosa ci fai così a sud?» disse Barak come se non si fossero mai lasciati.

Greldik si strinse nelle spalle. «Ho sentito che avevi bisogno di una nave. Non avevo impegni così ho pensato di venire qui a vedere cosa stavi combinando.»

«Hai parlato a mio cugino?»

«Grinneg? No. Siamo scesi da Kotu fino al porto di Tol Horb con alcuni mercanti drasnian. Ho incontrato Elteg... ti ricordi... barba nera, un occhio solo?»

Barak annuì.

«Mi ha detto che Grinneg lo pagava per venirti a prendere qui. Mi sono ricordato che tu ed Elteg non andavate molto d'accordo e mi sono offerto di venire al posto suo.»

«E lui ha accettato?»

«No» rispose Greldik accarezzandosi la barba. «In realtà mi ha detto di farmi gli affari miei.»

«Non mi sorprende» disse Barak. «Elteg è sempre stato un uomo avido, e Grinneg gli avrà offerto un sacco di soldi.»

«Più che probabile» sorrise Greldik. «Elteg non ha detto quanti, però.»

«Come hai fatto a convincerlo a cambiare idea?»

«Aveva qualche problema con la nave» disse Greldik espressione seria.

«Che tipo di problema?»

«Sembra che una notte, quando lui e l'equipaggio erano ubriachi, un mascalzone si sia infilato a bordo e abbia segato l'albero maestro.»

«Accidenti, dove arriveremo di questo passo?» mormorò Barak scrollando la testa.

«Proprio quello che ho pensato io» concordò Greldik.

«E lui come l'ha presa?»

«Non bene, temo» disse Greldik triste. «Mentre uscivamo dal porto, l'abbiamo sentito inventarsi bestemmie colorite. Si sentiva anche da lontano.»

«Dovrebbe imparare a controllare le emozioni. È il tipo di comportamento che fa guadagnare ai Cherek una cattiva reputazione in tutti i porti del mondo.»

Greldik annuì serio e si girò verso zia Pol. «Mia signora,» disse con un inchino educato «la mia nave è al vostro servizio.»

«Capitano,» chiese lei, ricambiando il saluto «quanto ci vorrà per arrivare a Sthiss Tor?»

«Dipende dal tempo» rispose il marinaio scrutando il cielo. «Forse una decina di giorni. Abbiamo raccolto del fieno per i cavalli lungo la strada. Ma dovremo fermarci per l'acqua di tanto in tanto.»

«Allora partiamo» disse zia Pol.

«Ci vorrà un po' a far salire cavalli» precisò Greldik.

Ma Hettar riuscì a compiere l'operazione senza troppa difficoltà. Si allontanarono dalla riva attraversando la foce del fiume e raggiunsero il mare aperto. L'equipaggio issò le vele e navigarono verso sud lungo la costa grigio verde di Nyissa.

Garion si avviò al solito posto a poppa della nave. Rimase seduto lì a fissare miseramente il mare mosso. Non riusciva a scacciare dalla mente l'immagine dell'uomo che ardeva nella foresta.

Sentì dei passi alle spalle e un profumo familiare. «Ne vuoi parlare?» chiese zia Pol.

«Parlare di cosa?»

«Di molte cose» disse lei.

«Tu sapevi che potevo fare una cosa del genere, vero?»

«Lo sospettavo» annuì la donna sedendosi di fianco a lui. «C'erano molti indizi. Però non si può mai essere sicuri fino a che il potere non viene usato per la prima volta. Ho conosciuto molte persone che l'avevano e non l'hanno mai usato.»

«Vorrei non averlo mai fatto» si rammaricò Garion.

«Non avevi molta scelta. Chamdar era il tuo nemico.»

«Ma perché in quel modo?» chiese Garion. «Perché con il fuoco?»

«La scelta è stata tua» rispose zia Pol. «Se il fuoco ti angoscia, usa qualcos'altro la prossima volta.»

«Non ci sarà una prossima volta» dichiarò fermamente il ragazzo. «Mai più.»

Belgarion, la voce di zia Pol fece irruzione nella sua mente, *smettila di fare lo sciocco. Smettila di dispiacerti per te stesso.*

«Falla finita» esclamò lui ad alta voce. «Stai fuori dalla mia testa... e non chiamarmi Belgarion.»

«Tu sei Belgarion» insisté lei. «Che ti piaccia o meno, userai ancora il potere. Una volta che è liberato, non si può più ingabbiare. Quando ti arrabbierai o sarai spaventato o eccitato, lo userai senza neppure pensarci. Non puoi decidere di farne a meno, così come non puoi decidere di non usare più una mano. Ora la cosa importante è imparare a controllarlo. Altrimenti andrai in giro per il mondo sradicando alberi e spianando colline senza volerlo. Devi imparare a controllare il potere e te stesso. Non ti ho allevato perché diventassi un mostro.»

«Troppo tardi» disse lui. «Sono già un mostro. Non hai visto cosa ho fatto laggiù?»

Tutta questa autocommiserazione è noiosa, Belgarion, disse la voce della zia. *Ho l'impressione che non arriveremo da nessuna parte.* Si alzò in piedi. «Cerca di crescere un po', tesoro» disse poi ad alta voce. «È molto difficile insegnare a qualcuno che è così ripiegato su sé stesso da non ascoltare.»

«Non lo farò mai più» le disse in tono di sfida.

Oh sì, lo farai, Belgarion. Imparerai, farai esercizio e svilupperai la disciplina che questo richiede. Se non lo farai di tua spontanea volontà allora dovremo trovare un altro modo. Pensaci, tesoro, e prendi una decisione... ma non metterci molto. È troppo importante per rimandare. Allungò una mano e gli accarezzò una guancia. Poi si girò e andò via.

Lo sai che ha ragione, gli disse la voce nella testa.

Tu stanne fuori, ordinò Garion.

Nei giorni seguenti evitò il più possibile zia Pol, ma si sentiva sempre gli occhi di lei addosso. Dovunque andasse, sapeva che la zia lo stava guardando con i suoi occhi calmi e meditabondi.

Poi il terzo giorno, quand'ebbero finito la colazione, la zia lo guardò in volto da vicino come se notasse qualcosa per la prima volta. «Garion,» disse «hai la barba lunga. Perché non ti radi?»

Lui arrossì furiosamente e si portò le dita al mento. Sì, c'era proprio un pizzetto... più una lanugine soffice che non una barba, ma comunque era lì.

«Stai diventando un uomo, giovane Garion» lo rassicurò Mandorallen con aria di approvazione.

«È una decisione che non deve prendere subito, Polgara» disse Barak accarezzandosi la barba rossa e folta. «Lasciala crescere per un po'. Se non viene bene, c'è sempre tempo per radersi.»

«La tua opinione mi sembra sospetta, Barak» osservò Hettar. «Non è forse vero che quasi tutti i Cherek portano la barba?»

«Nessun rasoio ha mai toccato il mio volto» ammise Barak. «Comunque, non vedo perché ci si dovrebbe affrettare a radersi. È difficile incollarsi i baffi una volta che si sono tagliati.»

«Penso che sia abbastanza buffo» disse Ce' Nedra. Prima che Garion potesse fermarla, la ragazza gli aveva già messo le mani addosso toccandogli la barbetta sul mento. Lui ebbe un sussulto e arrossì di nuovo.

«Sarà rasata all'istante» ordinò con fermezza zia Pol.

Senza parlare, Durnik scese sottocoperta. Quando tornò aveva con sé un catino, un pezzo di sapone scuro, un asciugamano e un frammento di specchio. «Non è affatto difficile, Garion» disse disponendo le cose sul tavolo di fronte al giovane. Poi prese un rasoio ben pulito che teneva in una tasca della cintura. «Devi solo stare attento a non tagliarti, ecco tutto. Il segreto sta nel non avere fretta.»

«Fa' attenzione quando giri attorno al naso» consigliò Hettar. «Gli uomini non sono belli senza naso.»

L'operazione di rasatura procedette con consigli che piovevano da tutte le parti, ma alla fine l'esito fu più che discreto. Il sangue dei pochi taglietti si fermò dopo pochi minuti e, a parte il fatto che si sentiva come fosse stato sbucciato, Garion era soddisfatto.

«Molto meglio» approvò zia Pol.

«Adesso sentirà freddo alla faccia» vaticinò Barak.

«Vuoi farla finita?» disse la zia.

La costa di Nyissa scivolava alla loro sinistra: un'insormontabile barriera di vegetazione intricata con rampicanti e lunghi brandelli di muschio sospesi come festoni. Di tanto in tanto qualche folata di vento portava l'odore marcescente delle paludi. Garion e Ce' Nedra erano insieme a prua della nave e guardavano verso la giungla.

«Che cosa sono quelli?» chiese Garion, indicando delle grosse cose con le zampe che scivolavano lungo le rive fangose di un torrente che si gettava in mare.

«Coccodrilli» rispose Ce' Nedra.

«Cos'è un coccodrillo?»

«Una grossa lucertola» disse lei.

«Sono pericolosi?»

«Molto pericolosi. Mangiano le persone. Non hai mai letto niente a riguardo?»

«Non so leggere» ammise Garion senza pensarci.

«Che cosa?»

«Non so leggere» ripeté lui. «Nessuno mi ha mai insegnato.»

«Ma è ridicolo!»

«Non è colpa mia» disse il giovane sulla difensiva.

La ragazza lo guardò pensierosa. Da quando avevano incontrato Chamdar aveva quasi paura di lui e quell'insicurezza era accresciuta dal fatto che, dopotutto, non lo aveva mai trattato con troppa educazione. Avendolo da principio scambiato per uno sguattero, la relazione tra i due era partita col piede sbagliato. La principessa, però, era troppo orgogliosa per ammettere quell'errore iniziale. Garion sentiva quasi le rotelline che le giravano in testa.

«Ti piacerebbe se ti insegnassi?» si offrì la ragazza.

Era quasi come se gli chiedesse scusa.

«Ci vorrà molto?»

«Dipende da quanto sei intelligente.»

«Quando possiamo cominciare?»

La ragazza aggrottò le sopracciglia. «Ho un paio di libri, ma abbiamo bisogno anche di qualcosa su cui scrivere.»

«Non credo di aver bisogno di imparare a scrivere per il momento.»

La ragazza rise. «È la stessa cosa, sciocco.»

«Non lo sapevo» disse Garion arrossendo lievemente. «Io credevo...» e si aggrovigliò dentro quel pensiero. «In realtà credo di non averci mai pensato» concluse un po' abbattuto. «Cosa serve per scrivere?»

«La pergamena è la cosa migliore,» disse la ragazza «e uno stilo di legno... così possiamo cancellare e scrivere più volte.»

«Andrò a parlare a Durnik» decise Garion. «Riuscirà a escogitare qualcosa.»

Durnik suggerì di usare un pezzo di vela e un bastoncino bruciacchiato. Nel giro di un'ora Garion e Ce' Nedra stavano seduti in un angolo tranquillo a poppa. Avevano la testa chinata su un pezzo di stoffa inchiodato a una tavola. Garion alzò gli occhi e guardò zia Pol non molto lontano. Lo fissava con espressione indecifrabile. Poi lei abbassò di nuovo gli occhi verso quegli strani simboli interessanti che la ragazza scriveva sulla stoffa.

L'istruzione proseguì nei giorni successivi. Visto che aveva le dita agili per natura, Garion imparò in fretta a scrivere le lettere.

«No, no» disse Ce' Nedra un pomeriggio «L'hai scritto sbagliato... hai usato le lettere sbagliate. Il tuo nome è Garion, non Belgarion.»

Guardò il pezzo di stoffa e si sentì rabbrividire. Il nome era scritto con chiarezza... Belgarion.

Alzò in fretta lo sguardo. Zia Pol era in piedi al solito posto e lo osservava.

Sta' fuori dalla mia mente! Le urlò quel pensiero con stizza.

Studia, mio tesoro, raccomandò la voce di lei in silenzio. L'istruzione è sempre utile e tu hai molto da imparare. Prima ti abitui meglio è. Poi sorrise, si girò e andò via.

Il giorno successivo la nave di Greldik raggiunse la bocca del Fiume del Serpente, al centro di Nyissa. Gli uomini ammainarono le vele e si misero ai remi preparandosi a risalire il fiume fino a Sthiss Tor.

24

Non c'era aria. Sembrava che il mondo si fosse trasformato in una gigantesca pozza d'acqua stagnante. Il Fiume del Serpente aveva centinaia di bocche e rami secondari e ciascuno strisciava lento attraverso il fango marcio del delta come se non volesse incontrare le tumultuose onde del mare. I giunchi che crescevano nella palude smisurata raggiungevano l'altezza di sei metri ed erano fitti come tessuto. Si sentiva il suono del vento che ne accarezzava le cime, ma al di sotto qualsiasi pensiero o ricordo di brezza era perduto. Non c'era aria. Il delta ribolliva e puzzava sotto il sole. Ogni respiro sembrava per metà fatto d'acqua. Nuvole d'insetti si sollevavano dai giunchi e si depositavano con ingordigia indifferente su ogni centimetro di pelle mordendo e succhiando sangue.

Avevano viaggiato fra i giunchi un giorno e mezzo prima di raggiungere i primi alberi. Erano bassi, poco più che siepi. Il canale principale del fiume cominciò a prendere forma mentre si muovevano lenti nell'entroterra di Nyissa. I marinai ai remi sudavano e imprecavano. La nave si muoveva lenta controcorrente, quasi lottasse contro una marea d'olio che la afferrava come una colla ripugnante.

Gli alberi crebbero fino a diventare immensi. Gigantesche radici nodose spuntavano e si attorcigliavano fuori dall'acqua lungo le rive. Sembravano gambe grottescamente deformi. I tronchi, vasti come castelli, si innalzavano verso il cielo offuscato dal vapore. Rampicanti ricadevano dai rami superiori e si muovevano, quasi si contorcevano, con una sorta di volontà propria nell'aria ferma. Brandelli di muschio grigiastro ricadevano come un torrente dagli alberi mentre il fiume, noncurante, continuava il suo corso ricurvo in grandi anse rendendo il viaggio dieci volte più lungo del necessario.

«Un posto davvero sgradevole» brontolò Hettar guardando oltre la prua verso la vegetazione superficiale del fiume. Si era tolto il giustacuore di pelle e la sottotunica di lino. Snello, a torso nudo, riluceva per il sudore. Come la maggior parte di loro, era ricoperto di punture di insetti.

«Il mio stesso pensiero» fu d'accordo Mandorallen.

Uno dei marinai gridò e saltò in piedi dando calci al girone. Qualcosa di lungo, viscido e molle si era arrampicato, non visto, sul remo e cercava carne con voracità cieca.

«Sanguisughe» disse Durnik con un brivido mentre quella cosa orribile cadeva nel fiume puzzolente con un tonfo umido. «Non ne ho mai vista una così grossa. Saranno stati almeno trenta centimetri, forse anche di più.»

«Non è certamente un buon posto per farsi una nuotata» osservò Hettar.

«Non ci pensavo proprio» disse il fabbro.

«Bene.»

Zia Pol, con un abito leggero di lino, uscì dalla cabina sotto prua dove Greldik e Barak facevano i turni al timone. Si stava prendendo cura di Ce' Nedra che era avvilita e appassita come un fiore nel clima brutale del fiume.

Non puoi fare qualcosa?, domandò Garion alla zia.

A che proposito?

A proposito di tutto questo. Si guardò attorno con occhi disorientati.

Cosa vorresti che facessi?

Se non altro mandare via tutti questi insetti.

Perché non lo fai tu, Belgarion?

Lui serrò la mascella. No! Era quasi un grido silenzioso.

In realtà non è molto difficile.

Ho detto di no!

La zia si strinse nelle spalle e se ne andò lasciandolo a ribollire nella frustrazione.

Ci vollero tre giorni per raggiungere Sthiss Tor. La città era adagiata in un'ampia ansa del fiume ed era costruita tutta in pietra nera. Case e palazzi erano bassi e quasi tutti senza finestre. Al centro si ergeva un insolito edificio a forma di spirale, con cupole e terrazze. Pareva estraneo al resto. Moli e banchine si protendevano nel fiume torbido e Greldik guidò la nave verso quello che sembrava più grande degli altri. «Dobbiamo fermarci alla frontiera» spiegò.

«È inevitabile» assentì Durnik.

Le formalità furono sbrigate in fretta. Il capitano Greldik annunciò che portava merci di Radek di Boktor fino all'enclave drasnian. Poi allungò un borsellino tintinnante al doganiere rasato e la nave poté proseguire senza essere ispezionata.

«Quei soldi me li restituirai, Barak» disse Greldik. «Ti ho offerto il viaggio in amicizia, ma il denaro è un'altra cosa.»

«Prendine nota da qualche parte» gli disse il gigante. «Te li restituirò non appena tornerò a Val Alorn.»

«Se mai ci tornerai» disse cupo Greldik.

«Sono certo che avrò un posto nelle tue preghiere, allora» mugugnò Barak. «So che già preghi per me continuamente, questo è solo un piccolo incentivo in più.»

«Tutti gli impiegati del mondo sono corrotti?» chiese Durnik irritato. «Non c'è nessuno che fa il suo lavoro senza prendere mance?»

«Il mondo cadrebbe a pezzi se anche uno solo facesse così» rispose Hettar. «Io e te siamo troppo onesti per questo genere di affari, Durnik. Meglio lasciare queste cose agli altri.»

«È disgustoso, ecco tutto.»

«Forse è vero,» concordò Hettar «ma sono contento che i doganieri non abbiano ispezionato la stiva. Avremmo potuto avere dei problemi a spiegare la presenza dei cavalli.»

I marinai avevano di nuovo spinto la nave in mezzo al fiume e remavano in direzione di una serie di moli dall'aspetto solido. Si accostarono alla banchina esterna, fecero rientrare i remi e gettarono le cime per attraccare.

«Non potete fermarvi qui» disse una guardia sudata dal molo. «Questo è per le navi drasnian.»

«Attracco dove mi pare» replicò Greldik tagliando corto.

«Chiamerò i soldati» minacciò una guardia. Prese una gomena e tirò fuori un lungo coltello.

«Se provi a tagliare quella fune, amico, vengo lì e ti taglio le orecchie» lo mise in guardia Greldik.

«Avanti, diglielo» suggerì Barak. «Fa troppo caldo per combattere.»

«La mia nave trasporta merci drasnian» disse il marinaio cherek alla guardia sul molo. «Appartengono a un uomo di nome Radek... viene da Boktor, penso.»

«Oh» disse la guardia mettendo via il coltello. «Perché non l'hai detto subito?»

«Perché non mi piaceva il tuo atteggiamento» rispose Greldik brusco. «Dove trovo il responsabile dei moli?»

«Droblek? La sua casa è su per quella strada oltre i negozi. È quella con lo stemma di Drasnia sulla porta.»

«Devo parlargli» spiegò Greldik. «Ho bisogno di un documento per uscire dal molo? Ho sentito cose strane su Sthiss Tor.»

«Sei libero di muoverti all'interno dell'enclave» lo informò la guardia. «Hai bisogno di documenti solo per andare in città.»

Greldik grugnì e scese giù. Un momento più tardi tornò con vari pacchetti di pergamena piegata. «Vuoi parlare tu con questo impiegato?» chiese a zia Pol. «O preferisci che ci pensi io?»

«Verrò anch'io» decise lei. «La ragazza si è addormentata. Di' ai tuoi uomini di non disturbarla.»

Greldik fece un cenno affermativo con la testa e parlò brevemente col secondo in comando. I marinai allungarono una passerella fino al molo e Greldik fece strada una volta a terra. Nubi spesse si addensavano nel cielo oscurando il sole.

La strada che scendeva al molo era disseminata di botteghe di mercanti drasnian. I Nyissan si muovevano intorpiditi di negozio in negozio e si fermavano di tanto in tanto per contrattare con i mercanti. Gli uomini indossavano tutti vestiti larghi di un tessuto leggero e iridescente. Le teste erano completamente rasate. Mentre camminavano dietro a zia Pol, Garion notò con disgusto che i Nyissan portavano un trucco pesante attorno agli occhi e che sulle labbra e le guance c'era del belletto. Il modo di parlare somigliava a un sibilo.

Le nuvole avevano ormai del tutto oscurato il cielo e le strade parevano all'improvviso buie. Una dozzina di poveracci quasi nudi stava riparando un pezzo dell'acciottolato. I capelli spettinati e le barbe incolte indicavano che non erano Nyissan. Attaccati alle caviglie avevano catene e ceppi. Un Nyissan dall'aspetto brutale torreggiava su di loro con in mano una frusta. Le sferzate e i tagli sul corpo degli uomini indicavano chiaramente che il carceriere non esitava a usarla. Uno schiavo lasciò cadere incidentalmente il carico di ciottoli che aveva in mano. Gli colpirono il piede e il miserabile ululò dal dolore. Con orrore, Garion vide che lo schiavo aveva la lingua tagliata.

«Riducono gli uomini al livello delle bestie» grugnì Mandorallen con occhi che bruciavano di una rabbia terribile. «Perché questa latrina non è ancora stata ripulita?»

«Lo fu una volta» disse Barak feroce. «Subito dopo che i sicari nyissan uccisero il re di Riva, gli Alorn calarono a sud uccidendo ogni Nyissan che trovavano.»

«Il numero non pare diminuito» osservò il cavaliere guardandosi in giro.

Barak scrollò le spalle. «È stato tredici secoli fa. Perfino una coppia di ratti riuscirebbe a creare di nuovo una razza in un così lungo lasso di tempo.»

Durnik, che camminava di fianco a Garion, rimase senza fiato all'improvviso e distolse gli occhi arrossendo furiosamente. Una donna nyissan era appena scesa da una lettiga portata da otto schiavi. Il tessuto dell'abito era così impalpabile da essere trasparente e lasciava ben poco spazio all'immaginazione. «Non guardarla, Garion» sussurrò il fabbro con voce roca tutto paonazzo. «È una donna di malaffare.»

«Me ne ero dimenticata» disse zia Pol con uno sguardo pensieroso e accigliato. «Forse sarebbe stato meglio lasciare Durnik e Garion sulla nave.»

«Perché è vestita a quella maniera?» chiese Garion guardando la donna mezza nuda.

«Svestita, vorrai dire.» La voce di Durnik era soffocata dall'oltraggio.

«È l'usanza» spiegò zia Pol. «Ha a che vedere con il clima. Ci sono altre ragioni, certo, ma non è il caso di parlarne ora. Tutte le donne nyissan si vestono a quel modo.»

Anche Barak e Greldik guardavano la donna con lascivi sorrisi di apprezzamento.

«Lasciate perdere» disse loro zia Pol con fermezza.

Non molto distante un Nyissan dalla testa rasata era appoggiato al muro e si fissava la mano ridendo senza motivo. «Riesco a vedere fra le dita» annunciò in un sibilo strascicato. «Proprio attraverso.»

«È ubriaco?» chiese Hettar.

«Non esattamente» rispose zia Pol. «I Nyissan hanno divertimenti particolari... foglie, bacche, certe radici strane. Le loro percezioni sono modificate. È una cosa un po' più seria dell'ubriachezza comune fra gli Alorn.»

Un altro Nyissan con l'espressione vacua arrivò camminando dinoccolato.

«È questa la condizione prevalente?» chiese Mandorallen.

«Non ho mai incontrato un Nyissan che non fosse anche solo parzialmente drogato» affermò zia Pol. «Per questo è difficile parlare con loro. È quella la casa che cerchiamo?» Indicò un solido edificio dall'altra parte della strada.

Mentre attraversavano si sentì il rombo di un tuono provenire da sud. Un cameriere drasnian con la tunica di lino andò ad aprire la porta, li condusse in un'anticamera mezza buia e disse di aspettare.

«È una città corrotta» disse Hettar sottovoce. «Non vedo perché un Alorn sano di mente verrebbe a viverci.»

«Denaro» rispose il capitano Greldik in fretta. «Il commercio Nyissan fa fare buoni guadagni.»

«Ci sono cose più importanti del denaro» bofonchiò Hettar.

Un uomo straordinariamente grasso fece il suo ingresso nella stanza male illuminata. «Più luce» ordinò con stizza a un cameriere. «Non devi lasciarli qui al buio.»

«Avete detto che le lampade facevano solo più caldo» protestò il servitore, scontroso. «Perché non vi decidete una volta per tutte.»

«Non importa ciò che ho detto. Fa' solo come ti dico.»

«Il clima ti rende incoerente, Droblek» notò il servo acido. Accese varie lampade e lasciò la stanza bofonchiando fra sé.

«I Drasnian sono i servi peggiori del mondo» brontolò Droblek. «Vogliamo parlare d'affari?» E calò la sua vasta mole in una poltrona. Il sudore gli grondava di continuo dalla faccia e cadeva sul colletto umido dell'abito di seta marrone.

«Il mio nome è Greldik» disse il marinaio barbuto. «Sono appena arrivato con un carico di merci appartenenti a Radek di Boktor.» Poi gli porse la pergamena piegata.

Gli occhi di Droblek si socchiusero. «Non sapevo che Radek fosse interessato al commercio meridionale. Pensavo avesse affari soprattutto in Sendaria e Arendia.»

Greldik fece spallucce con indifferenza. «Non gliel'ho chiesto. Mi paga per portare la merce con la nave non per fare domande sui suoi affari.»

Droblek li guardò uno a uno con il volto sudato senza espressione. Poi cominciò a muovere le dita nel linguaggio segreto. C'è qualcuno qui che è quello che dice di essere? Il linguaggio segreto rese le sue dita all'improvviso agilissime.

Si può parlare senza rischi qui? I gesti di zia Pol erano maestosi, quasi arcaici. Sembravano più formali di quelli che Garion aveva visto fino ad allora.

Qui come in qualsiasi altro punto di questa fogna, rispose Droblek. Avete un accento strano, signora. Mi ricorda qualcosa...

Ho imparato questo linguaggio molto tempo fa, rispose la donna. Conosci Radek di Boktor e la sua reale identità, non è vero?

«Certamente» disse Droblek ad alta voce. «Tutti lo sanno. A volte si fa chiamare Ambar di Kotu quando vuole immischiarsi in affari, diciamo così, non troppo legittimi.»

«Smettiamola di duellare, Droblek» propose zia Pol sottovoce. «Sono certa che avrai già ricevuto le istruzioni da re Rhodar. Tutti questi balletti sono stancanti.»

Il volto di Droblek si scurì. «Mi dispiace» disse rigido. «Ho bisogno di qualche verifica in più.»

«Non fare l'idiota, Droblek» ruggì Barak al grassone. «Usa gli occhi. Sei un Alorn e sai perfettamente chi è questa signora.»

Droblek guardò all'improvviso zia Pol con gli occhi che gli si spalancavano. «Non è possibile» boccheggiò.

«Vuoi che te lo provi?» suggerì Hettar. La casa fu scossa all'improvviso dal fragore di un tuono.

«No, no» rifiutò in fretta Droblek con gli occhi sempre fissi su zia Pol. «È solo che non avevo mai... voglio dire, non ho mai...» Inciampava nelle parole.

«Hai avuto notizie del principe Kheldar o di mio padre?» chiese zia Pol.

«Padre? Vuoi dire... È coinvolto anche lui in tutto questo?»

«Davvero, Droblek» disse sarcastica «non credi alle comunicazioni che re Rhodar ti invia?»

Droblek scosse la testa come per chiarirsi le idee. «Mi dispiace, lady Polgara» si scusò. «Sono stato colto di sorpresa, ecco tutto. Ci vuole un po' di tempo per abituarsi. Non pensavo sareste arrivati così a sud.»

«È ovvio che non hai avuto notizie né da Kheldar né dal vecchio.»

«No, mia signora» disse Droblek. «Niente. Dovevano essere qui?»

«Così avevano detto. Sarebbero venuti qui oppure avrebbero dato notizie.»

«È molto difficile mandare messaggi a Nyissa» spiegò Droblek. «La gente non è molto affidabile. Vostro padre e il principe potrebbero essere vicini ma forse il messaggero si è perso lungo la strada. Una volta ho inviato un messaggio a non più di dieci leghe dalla città e ci ha impiegato sei mesi per essere consegnato. Il Nyissan che avevo mandato ha trovato un cespuglio di bacche lungo la via. L'abbiamo trovato seduto nel mezzo di una radura che rideva.» L'espressione di Droblek si inasprì. «Gli stava crescendo addosso del muschio» aggiunse.

«Morto?» chiese Durnik.

Droblek scrollò le spalle. «No, solo molto felice. Le bacche gli avevano messo allegria. L'ho licenziato subito, ma sembrava non gli interessasse. Per quello che so, potrebbe ancora essere seduto là.»

«Quanto è estesa la tua rete a Sthiss Tor?» chiese zia Pol.

Droblek allargò le mani piccole e tozze con modestia. «Raccolgo qualche informazione qua e là. Qualche uomo a palazzo e un impiegato minore all'ambasciata tolnedran. I Tolnedran sono molto precisi.» Fece un sorriso astuto. «Costa meno fargli fare il lavoro e comprare informazione una volta che l'hanno ottenuta.»

«Sempre che tu creda a quel che dicono» suggerì Hettar.

«Non accetto mai nulla senza controllare» assicurò Droblek. «L'ambasciatore tolnedran sa che ho comprato il suo uomo. A volte mi fa seguire piste false.»

«L'ambasciatore sa che tu sai?» si stupì Hettar.

«Certo» rise il grassone. «Ma non sa che io so che lui sa.» Rise di nuovo. «È tutto terribilmente complicato, vero?»

«Tutti i giochi drasnian lo sono» osservò Barak.

«Il nome di Zedar ti dice niente?» chiese zia Pol.

«Naturalmente l'ho sentito» disse Droblek.

«Ha avuto contatti con Salmissra?»

Droblek aggrottò le sopracciglia. «Non posso dirlo con sicurezza. Non ho sentito che l'abbia fatto, ma non posso escluderlo. Nyissa è un posto oscuro e il palazzo di Salmissra è il luogo più tenebroso di tutto il paese. Stentereste a credere cosa succede là dentro.»

«Invece ci credo» disse zia Pol. «Probabilmente accadono cose che non hai nemmeno cominciato a immaginare.» Si girò verso gli altri. «Penso che siamo a un punto morto. Senza avere notizie degli altri non possiamo fare nessuna mossa.»

«Posso offrire la mia casa?» chiese Droblek.

«Rimarremo a bordo della nave del capitano Greldik» rispose la donna. «Come dici giustamente, Nyissa è un posto oscuro e sono certa che gli ambasciatori tolnedran avranno prezzolato alcuni dei tuoi servi.»

«Questo è naturale» concordò Droblek. «Ma io so chi sono.»

«Meglio non rischiare» disse. «Abbiamo più di una ragione per evitare i Tolnedran in questo momento. Rimarremo a bordo della nave e non ci faremo vedere. Facci sapere non appena il principe Kheldar si mette in contatto con te.»

«Certamente» disse Droblek. «Però dovrete aspettare finché cessa la pioggia. Sentite?» Si udiva il rumore dei tuoni e lo scroscio dell'acqua sul tetto sopra le loro teste.

«Durerà a lungo?» chiese Durnik.

Droblek fece spallucce. «Di solito un'ora o poco più. Piove ogni pomeriggio di questa stagione.»

«Immagino aiuterà a rinfrescare l'aria» disse il fabbro.

«Non in modo significativo» disse il Drasnian. «Di solito peggiora la situazione.» Si asciugò il sudore dal volto pingue.

«Come si fa a vivere in un posto così?» chiese Durnik.

Droblek fece un sorriso blando. «Gli uomini grassi non si muovono molto. Faccio un sacco di soldi e i giochetti con l'ambasciatore tolnedran mi tengono la mente occupata. Non è così male una volta che ci si abitua. Se continuo a ripetermelo, sembra quasi vero.»

Rimasero tutti seduti tranquilli ad ascoltare la pioggia cadere.

25

Nei giorni successivi rimasero a bordo della nave di Greldik aspettando notizie da Silk e messer Lupo. Ce' Nedra si riprese dalla sua indisposizione e salì sul ponte indossando la pallida tunica delle Driadi. A Garion parve che quell'indumento fosse solo di poco meno trasparente degli abiti delle donne nyissan. Quando le suggerì di coprirsi un po' di più, la ragazza gli rise in faccia. Con una caparbietà che gli faceva venir voglia di digrignare i denti, la ragazza riprese a fare lezioni di lettura e scrittura. Stavano seduti in disparte sul ponte, concentrati su un noiosissimo libro di diplomazia tolnedran. A Garion tutta la faccenda sembrava troppo lunga, anche se era molto sveglio e imparava davvero in fretta. Ce' Nedra era troppo incurante per complimentarsi con lui e sembrava aspettare che sbagliasse, solo per metterlo in ridicolo. La vicinanza della ragazza e il suo profumo speziato lo distraevano. Di tanto in tanto si sfioravano accidentalmente una mano, un braccio o una gamba e a Garion pareva di sudare più per quel contatto che per il clima. E dal momento che erano entrambi giovani, lei era intollerante e lui testardo. La calura umida e appiccicosa li rendeva irritabili e di cattivo umore. Per questo spesso le lezioni sfociavano in una lite.

Un mattino, quando si alzarono, videro nel molo vicino una nave nyissan nera e dalle vele quadrate. La brezza mattutina ne portava il fetore orribile.

«Che cos'è questo odoraccio?» chiese Garion a uno dei marinai.

«Una nave di schiavi» rispose torvo l'uomo indicando la nave nyissan. «Quando sei in mare ne senti la puzza a venti leghe.»

Garion guardò l'orribile nave nera e rabbrividì.

Barak e Mandorallen attraversarono il ponte e lo raggiunsero alla murata. «Assomiglia a una chiatta» notò Barak guardando la nave nyissan. La voce vibrava per il disprezzo. Era nudo fino alla vita e il torso peloso era madido di sudore.

«È una nave di schiavi» spiegò Garion.

«Puzza come una cloaca» si lamentò Barak. «Un bell'incendio la migliorerebbe molto.»

«È un commercio doloroso, mio caro lord Barak» disse Mandorallen. «Nyissa commercia nelle miserie umane da secoli innumerevoli.»

«Quello è un molo di Drasnia?» chiese Barak strizzando gli occhi.

«No» rispose Garion. «I marinai dicono che dall'altra parte è tutto Nyissan.»

«È una vergogna» brontolò Barak.

Un gruppo di uomini in maglia di ferro e mantello nero uscirono sul molo dov'era attraccata la nave e si fermarono accanto alla prua del vascello.

«Oh, oh» esclamò Barak. «Dov'è Hettar?»

«È ancora sottocoperta» rispose Garion. «C'è qualche problema?»

«Tienilo d'occhio. Quelli sono Murgo.»

I marinai rasati nyissan aprirono una botola e gridarono qualche ordine brusco giù nella stiva. Lentamente, una fila di uomini disperati salì sul ponte. Portavano tutti un collare di ferro ed erano legati gli uni agli altri con una catena.

Mandorallen si irrigidì e cominciò a imprecare.

«Cosa c'è che non va?» chiese Barak.

«Sono Arend» esclamò il cavaliere. «Ne avevo sentito parlare ma non ci credevo.»

«Sentito parlare di cosa?»

«Un'orribile diceria si è diffusa da qualche anno in tutta Arendia» rispose Mandorallen col volto sbiancato per l'ira. «Si diceva che alcuni nobili all'occasione si fossero arricchiti vendendo i loro servi ai Nyissan.»

«Mi sembra più di una diceria» disse Barak.

«Là» grugnì Mandorallen. «Vedi lo stemma sulla tunica di quello laggiù? È lo stemma di Vo Toral. Conosco il barone di Vo Toral come un noto scialacquatore, ma non credevo fosse un uomo indegno. Quando tornerò in Arendia lo denuncerò pubblicamente.»

«Che cosa ne ricaverai?» chiese Barak.

«Sarà costretto a sfidarmi» disse Mandorallen feroce. «Pagherà la sua malvagità con la vita.»

Barak si strinse nelle spalle. «Servi o schiavi... che differenza fa?»

«Quegli uomini hanno dei diritti, mio signore» osservò Mandorallen. «Il loro signore deve proteggerli e prendersene cura. Il giuramento della cavalleria lo richiede. Questa vile transazione macchia l'onore di ogni cavaliere arend. Non avrò pace finché non avrò privato quel perfido barone della sua miseranda vita.»

«Un'idea interessante» considerò Barak. «Forse verrò con te.»

Hettar salì sul ponte. Barak gli si avvicinò immediatamente. Cominciò a parlare sottovoce con lui tenendolo per un braccio.

«Falli saltare un po'» ordinò un Murgo dall'accento sguaiato. «Voglio vedere quanti sono zoppi.»

Un Nyissan dalle spalle ampie srotolò una frusta e cominciò a sferzare le gambe degli uomini incatenati. Gli schiavi presero a danzare febbrilmente sul molo accanto alla nave.

«Sangue d'un cane!» imprecò Mandorallen. Le nocche delle dita si fecero bianche per la forza con cui stringeva il parapetto.

«Calmati» lo avvertì Garion. «Zia Pol dice che non dobbiamo dare nell'occhio.»

«È una cosa che non può essere tollerata!» gridò Mandorallen.

Le catene che legavano gli schiavi erano vecchie e arrugginite. Quando uno schiavo inciampò e cadde, un anello della catena non resse allo sforzo e si ruppe. L'uomo si trovò all'improvviso libero. Con la forza della disperazione, si rimise in piedi e fece qualche passo. Poi si tuffò nell'acqua tenebrosa del fiume.

«Da questa parte, uomo!» gridò Mandorallen allo schiavo che nuotava.

Il corpulento Nyissan con la frusta rise con crudeltà indicando lo schiavo che fuggiva. «Guardate» disse a un Murgo.

«Fermalo, idiota» scattò uno dei Murgo. «Ho pagato oro per quello lì.»

«È troppo tardi.» Il Nyissan continuò a guardare con un ghigno sinistro sul volto. All'improvviso il nuotatore strillò e sprofondò sott'acqua. Quando riemerse il volto e le braccia erano coperte dalle sanguisughe viscide che infestavano il fiume. Cercò di strapparsele di dosso, gridando, e con esse venivano via brandelli di pelle e carne.

I Murgo cominciarono a sghignazzare.

La mente di Garion esplose. Si concentrò con forza, tese una mano verso il molo proprio dietro alla nave di schiavi e disse: «Va lì!» Si sentì percorso da un'onda enorme come se una marea sgorgasse da lui. Barcollò all'indietro quasi privo di sensi contro Mandorallen. Nelle orecchie aveva un rumore assordante.

Lo schiavo, coperto di sanguisughe e in preda alle convulsioni, all'improvviso stava disteso sul molo. Garion era distrutto dalla stanchezza. Se Mandorallen non l'avesse afferrato, sarebbe caduto.

«Dov'è andato?» domandò Barak fissando il punto della superficie del fiume dove fino a un attimo prima c'era il nuotatore. «È andato sotto?»

Senza dire una parola e con mani tremanti, Mandorallen indicò lo schiavo sul molo drasnian. Era sdraiato a circa venti metri dalla poppa della nave e lottava ancora debolmente.

Barak guardò prima lo schiavo poi il fiume. Sgranò gli occhi per la sorpresa.

Una barchetta con quattro Nyissan ai remi si allontanò dall'altro molo diretta alla nave di Greldik. A bordo c'era un Murgo rabbioso.

«Avete qualcosa che mi appartiene» gridò dall'acqua. «Restituitemi lo schiavo immediatamente.»

«Perché non vieni a reclamarlo, Murgo?» rispose Barak. Lasciò andare il braccio di Hettar. L'Algar costeggiò il fianco della nave e si fermò a raccogliere un grosso rampone.

«Non sarò importunato?» chiese il Murgo un po' dubbioso.

«Se accosti, ne discutiamo» lo invitò Barak con tono affabile.

«State negando il mio diritto di proprietà» si lamentò il Murgo.

«Proprio per nulla» disse Barak. «Certo, potrebbe esserci qualche cavillo legale. Il molo è territorio drasnian e in Drasnia la schiavitù è illegale. Visto che questo è il punto, l'uomo non è più uno schiavo.»

«Mi riprenderò il mio uomo» affermò il Murgo. «Con la forza se necessario.»

«Penso che possa essere considerata come un'invasione del territorio alorn» lo avvertì Barak molto dispiaciuto. «In assenza dei nostri cugini drasnian, saremmo quasi costretti a difendere il molo per loro. Cosa ne pensi, Mandorallen?»

«Le tue osservazioni sono oltremodo acute, mio signore» disse Mandorallen. «Per tradizione gli uomini onorevoli sono obbligati moralmente a difendere il territorio degli amici assenti.»

«Ecco» indicò Barak al Murgo. «Questo è quanto. Il mio amico qui è un Arend e quindi totalmente neutrale. Credo che accetterò la sua interpretazione dei fatti.»

I marinai di Greldik si erano arrampicati sul sartiame. Stavano appesi alle corde come giganteschi gorilla dall'aspetto inquietante agitando le armi e irridendo il Murgo.

«Oppure c'è un altro modo» disse quello minaccioso.

Garion sentì crescere una forza e udì una debole eco nella testa. Si sollevò afferrandosi al parapetto di legno che aveva di fronte. Era debolissimo, ma si sforzò e cercò di raccogliere le forze.

«Basta così» ordinò zia Pol uscendo sul ponte con Durnik e Ce' Nedra dietro di lei.

«Stavamo solo discutendo» disse Barak con aria innocente.

«So benissimo cosa stavate facendo» scattò lei. Era arrabbiatissima. Guardò fredda il Murgo dall'altro lato del canale. «Faresti meglio ad andartene» consigliò.

«Devo recuperare qualcosa prima» disse l'uomo sulla barca.

«Fossi in te me ne scorderei!»

«Vedremo» la sfidò lui. Si raddrizzò e cominciò a farfugliare fra sé muovendo le mani in una serie di gesti rapidi e intricati. Garion sentì qualcosa che lo spingeva, una specie di vento anche se l'aria era totalmente ferma.

«Assicurati di farlo bene» gli consigliò zia Pol tranquilla. «Se te ne dimentichi anche un pezzettino, ti esploderà in faccia.»

L'uomo sulla barca si fermò e un'espressione accigliata corse sul suo viso. Il vento segreto che stava spingendo Garion cessò. L'uomo ricominciò, con le dita che tessevano l'aria e il volto intento per la concentrazione.

«Si fa così, Grolim» disse zia Pol. Mosse leggermente la mano e Garion sentì un fruscio improvviso come se il vento avesse cambiato direzione. Il Grolim alzò le mani e indietreggiò. Mise un piede in fallo e cadde sul fondo della barca. Come se avesse ricevuto una forte spinta, l'imbarcazione percorse alcuni metri all'indietro.

Il Grolim cercò di rialzarsi. Aveva gli occhi spalancati e il volto pallido come la morte.

«Cane, torna dal tuo padrone» disse zia Pol con asprezza. «Digli di punirti perché non hai imparato bene la lezione.»

Il Grolim parlò brevemente con il Nyissan ai remi. Girarono subito la barca e tornarono verso la nave di schiavi.

«Ci stavamo organizzando una rissa deliziosa, Polgara» si lamentò Barak. «Perché ce l'hai rovinata?»

«Cerca di crescere» tagliò corto la donna. Poi si girò verso Garion. Aveva gli occhi in fiamme e il ricciolo bianco sulla fronte sembrava una lingua di fuoco. «Tu sei un idiota! Rifiuti qualsiasi istruzione poi esplodi come un toro furioso. Hai una vaga idea di quale trambusto causi una translocazione? Ora tutti i Grolim di Sthiss Tor sanno che siamo qui.»

«Stava morendo» protestò Garion indicando confuso lo schiavo sdraiato sul molo. «Dovevo fare qualcosa.»

«Era già morto non appena ha toccato l'acqua» disse lei senza emozione. «Guardalo!»

Lo schiavo si era irrigidito in una posizione ricurva d'agonia mortale. Aveva la testa rivoltata all'indietro e la bocca spalancata. Era chiaramente morto. «Cosa gli è successo?» chiese Garion. All'improvviso gli venne la nausea.

«Le sanguisughe sono velenose. Il loro morso paralizza le vittime così possono nutrirsi indisturbate. Gli hanno fermato il cuore. Hai avvertito i Grolim della nostra presenza solo per salvare un uomo morto.»

«Non era morto quando l'ho fatto!» le gridò Garion. «Urlava e chiedeva aiuto.» Era più arrabbiato di quanto fosse mai stato in tutta la vita.

«Non potevi aiutarlo.» La donna aveva una voce fredda, quasi brutale.

«Che razza di mostro sei?» chiese Garion coi denti serrati. «Non hai dei sentimenti? L'avresti lasciato morire e basta, vero?»

«Questo non è né il momento né il luogo per discuterne.»

«No! Questo è il momento... proprio adesso, zia Pol. Non sei nemmeno umana, lo sapevi? Ti sei dimenticata dell'umanità talmente tanto tempo fa che non ricordi più nemmeno dove l'hai lasciata. Quando si hanno quattromila anni, le vite degli uomini scorrono in un battito di ciglia. È solo un divertimento per te, il passatempo di un'ora. Sai una cosa, sono stufo di essere manipolato come un burattino per il tuo divertimento. Io e te abbiamo chiuso!»

Probabilmente gli aveva preso la mano, ma la rabbia si era finalmente sfogata e le parole erano sgorgate prima che potesse fermarle.

Zia Pol lo guardò con il volto sbiancato come se Garion l'avesse colpita. Poi riprese il contegno. «Sei un ragazzo stupido» mormorò con voce tanto più terribile perché così calma. «Chiuso? Tu e io? Ma se non hai neppure la più pallida idea di che cosa ho dovuto passare per portarti in questo mondo! Sei stata la mia sola preoccupazione per mille anni. Ho sopportato angosce, perdite e dolore che vanno al di là della tua immaginazione... solo per te. Ho vissuto nella povertà e nello squallore per secoli... solo per te. Ho rinunciato a una sorella che amavo più di me stessa... e tutto solo per te. Ho affrontato incendi e una disperazione peggiore di dozzine di incendi... e tu dici che questo è stato un divertimento? Un giochetto ozioso? Credi che la cura che ti ho dedicato per mille anni non costi niente? Tu e io non chiuderemo mai, Belgarion. Mai! Saremo per sempre uniti. Mi devi troppo!»

Ci fu un silenzio terribile. Gli altri, sconvolti dall'intensità delle parole di zia Pol, stavano in piedi e fissavano alternativamente lei e Garion.

Senza aggiungere altro Polgara si girò e andò sottocoperta.

Garion si guardò intorno disorientato. All'improvviso provava una vergogna terribile e si sentiva completamente solo.

«Dovevo farlo, non è vero?» chiese senza rivolgere la domanda a nessuno in particolare. Non era neppure sicuro di cosa volesse dire.

Tutti lo guardavano, ma nessuno gli rispose.

26

A metà pomeriggio le nuvole si erano addensate di nuovo e, in lontananza, si sentivano il rombo del tuono e la pioggia che cadeva a inondare ancora una volta la città riarsa. Ogni giorno sembrava che il temporale arrivasse alla stessa ora. Si erano quasi abituati. Stavano sottocoperta e rimanevano seduti, oppressi dal caldo mentre la pioggia ruggiva sul ponte sopra di loro.

Garion sedeva tutto impettito, con la schiena appoggiata a un'ordinata di quercia. Osservava zia Pol con un'espressione testarda sul volto e con occhi che non perdonavano.

La zia lo ignorava e stava seduta tranquilla a parlare con Ce' Nedra. Il capitano Greldik arrivò attraverso la porticina che dava sulla scaletta interna, grondando acqua dalla folta barba. «Il Drasnian... Droblek... è qui» disse. «Dice che ha delle notizie.»

«Fallo entrare» replicò Barak.

Droblek pigiò il suo corpo immenso attraverso la porticina. Era completamente zuppo per la pioggia e rimase lì in piedi a sgocciolare sul pavimento. Si pulì la faccia. «Umido là fuori» commentò.

«Abbiamo notato» disse Hettar.

«Ho ricevuto un messaggio» disse Droblek a zia Pol. «Viene dal principe Kheldar.»

«Finalmente.»

«Lui e Belgarath stanno discendendo il fiume» riferì Droblek. «Per quanto mi riesce di capire dovrebbero essere qui fra qualche giorno... al massimo una settimana. Il messaggero non era molto coerente.»

Zia Pol lo gli lanciò uno sguardo interrogativo.

«Febbre» spiegò Droblek. «L'uomo è un Drasnian, quindi è affidabile... uno dei miei agenti in una stazione commerciale dell'entroterra... purtroppo si è preso una delle malattie che infestano queste paludi puzzolenti. In questo momento delira. Speriamo di poter debellare la febbre in un paio di giorni per poter ricavare qualcosa di sensato. Sono venuto non appena ho avuto un'idea generale del messaggio. Pensavo avreste gradito.»

«Apprezziamo il tuo interessamento» disse zia Pol.

«Avrei mandato un servitore,» spiegò Droblek «ma a volte a Sthiss Tor i messaggi si perdono e i servi si ingarbugliano.» Fece all'improvviso un sorriso. «È ovvio che questa non è la vera ragione.»

«Ovviamente no» sorrise zia Pol.

«Un uomo grasso tende a rimanere fermo in un posto e a far camminare gli altri. Dal tono del messaggio di re Rhodar, mi pare di capire che stiamo parlando della cosa più importante che sta accadendo nel mondo. Volevo farne parte.» Fece una faccia furbetta. «Torniamo tutti bambini di tanto in tanto, penso.»

«Quanto sono serie le condizioni del tuo messaggero?» chiese zia Pol.

Droblek scrollò le spalle. «Chi può dirlo? Metà delle febbri di Nyissa non ha neppure un nome. Non si riesce a distinguerle una dall'altra. A volte la gente muore in fretta, altre volte agonizza per settimane. Di tanto in tanto qualcuno si riprende. Tutto quello che possiamo fare è mettere comodo il malato e aspettare per vedere cosa succede.»

«Verrò subito» disse zia Pol alzandosi in piedi. «Durnik, puoi prendermi la borsa verde dai bagagli? Avrò bisogno delle erbe che contiene.»

«Non è sempre una buona idea esporsi a quelle febbri, mia signora» la mise in guardia Droblek.

«Non correrò alcun pericolo» lo tranquillizzò lei. «Voglio interrogare il messaggero e l'unico modo per farlo è guarirlo dalla febbre.»

«Io e Durnik verremo con te» si offrì Barak.

La donna lo guardò.

«La prudenza non è mai troppa» disse l'omone legandosi la spada in vita.

«Come desideri.» Polgara si mise il mantello e si calò in testa il cappuccio. «Potrebbe volerci tutta la notte» disse a Greldik.

«Ci sono in giro dei Grolim. Dovete stare all'erta. Mettete i marinai più sobri di vedetta.»

«Sobri, mia signora?» chiese Greldik con aria innocente.

«Ho sentito qualcuno cantare negli alloggi dei marinai, capitano» replicò lei compassata. «I Cherek non cantano se non sono ubriachi. Metti il tappo alla botte questa notte. Andiamo, Droblek?»

«Subito, mia signora» annuì il grassone lanciando un'occhiata subdola a Greldik.

Dopo che furono partiti Garion si sentì sollevato. Lo sforzo di tenere il broncio a zia Pol cominciava a stancarlo. Si trovava in una posizione difficile. L'orrore e il disprezzo che lo avevano attanagliato da quando aveva scagliato il fuoco contro Chamdar nel Bosco delle Driadi erano cresciuti al punto che non riusciva più a sopportarli. Temeva l'arrivo di ogni notte perché i sogni erano sempre i medesimi. Vedeva sempre Chamdar, il volto consumato dalle fiamme, che implorava: «Maestro, abbi pietà.» Vedeva sempre la terribile fiamma blu che scaturiva dalla sua stessa mano in risposta a quella agonia. L'odio che covava nel cuore da Val Alorn si era consumato in quella fiamma. La vendetta era stata così assoluta che non aveva la possibilità di evitare o scaricare le proprie responsabilità. Lo scoppio di quella mattina era diretto più a sé stesso che non a zia Pol. L'aveva chiamata mostro, ma il mostro che odiava si annidava dentro di lui. L'elenco orrendo di ciò che la donna aveva sofferto nel corso degli anni per lui, e la passione con la quale aveva parlato, erano la prova del dolore che le sue parole avevano generato. La mente gli si contorceva a quel pensiero. Si vergognava, si vergognava moltissimo. Non riusciva nemmeno a sopportare di guardare in faccia gli amici. Stava seduto da solo, con gli occhi persi nel vuoto. E le parole di zia Pol risuonavano nella sua mente ancora, e ancora.

Il rumore della pioggia sul ponte si affievolì mentre il temporale scemava. Qualche vortice di pioggia correva sopra la superficie fangosa del fiume nel vento intermittente. Il cielo si schiarì e di nuovo il sole si tuffò fra le nubi macchiandole di un rosso furioso. Garion salì sul ponte tormentato dal rimorso di coscienza.

Dopo qualche attimo udì un passo leggero alle sue spalle. «Penso sarai orgoglioso di te stesso!» lo apostrofò Ce' Nedra acida.

«Lasciami solo.»

«Non ci penso neanche. Ho intenzione di dirti che cosa abbiamo provato tutti quanti quando stamattina hai fatto quel discorsetto.»

«Non voglio sentire.»

«Pazienza. Te lo dirò lo stesso.»

«Non ascolterò.»

«Oh sì, caro mio, lo farai.» Lo prese per il braccio e lo fece voltare. La ragazza aveva gli occhi in fiamme e il suo visetto era colmo di una rabbia indicibile. «Ciò che hai fatto non può essere scusato in alcun modo» disse. «Tua zia ti ha allevato fin da quando eri un bambino. È stata una madre per te.»

«Mia madre è morta.»

«Lady Polgara è l'unica madre che tu abbia mai conosciuto. E in che modo l'hai ringraziata? L'hai chiamata mostro. L'hai accusata di non essersi presa cura di te.»

«Non ti sto ascoltando» strillò Garion. Sapeva che era davvero molto infantile, ma si mise le mani sopra le orecchie. La principessa Ce' Nedra riusciva sempre a estrarre il peggio da lui.

«Togli le mani!» comandò lei con voce squillante. «Tu ascolterai anche se dovrò urlare.»

Garion, preoccupato che lo facesse davvero, abbassò le mani.

«Ti ha portato in braccio quand'eri bambino» continuò la principessa. Sembrava sapere con precisione quali erano i punti più dolorosi. «Ha sorvegliato ogni tuo passo. Ti ha nutrito, si è presa cura di te, ti ha abbracciato quando avevi paura o ti eri fatto male. Ti sembra un mostro questo? Non ti perde mai d'occhio un momento, lo sapevi? Se anche solo inciampi, è pronta a prenderti. L'ho vista rimboccarti le coperte mentre dormivi. Ti sembra il comportamento di qualcuno al quale non importa nulla di te?»

«Parli di cose che non capisci» le disse Garion. «Per favore, ti pregherei di lasciarmi solo.»

«Come dici? Per favore?» ripeté lei con ironia. «Non è un po' tardi per ricordarsi delle buone maniere? Non ti ho sentito chiedere 'per favore' questa mattina. Non ho sentito un singolo 'per favore'. Non ho sentito nemmeno un grazie. Sai cosa sei, Garion? Un bambino viziato, ecco cosa sei.»

Questo passava il limite! Che quella principessina capricciosa e coccolata lo chiamasse bambino viziato era più di quanto potesse sopportare.

Cominciò a gridarle contro infuriato. La maggior parte delle parole che gli uscirono di bocca erano del tutto incoerenti, ma urlare lo faceva sentire meglio.

Cominciarono con le accuse, ma il litigio degenerò presto negli insulti. Ce' Nedra strillava come una pescivendola di Camaar mentre la voce di Garion gracchiava e gorgheggiava fra l'ottava del baritono e quella di una voce bianca da tenore. Agitavano le mani e gridavano. Ce' Nedra pestava i piedi e Garion usava le braccia a mo' di ventaglio. Dopotutto, era una splendida, piccola battaglia. Garion si sentì molto meglio quando ebbero terminato. Urlare insulti a Ce' Nedra era un divertimento innocente se confrontato alle cose orribili che aveva detto alla zia quella mattina. Inoltre, gli dava l'occasione per sfogare la confusione e la rabbia senza fare del male.

Alla fine, Ce' Nedra dovette ricorrere alle lacrime. Scappò. Garion rimase lì sentendosi più stupido che imbarazzato. Era arrabbiato e bofonchiò un assortimento di insulti che non aveva avuto modo di gridarle in faccia. Poi sospirò e si appoggiò al parapetto a guardare la notte che calava sulla città umida.

Anche se non voleva ammetterlo, neppure con sé stesso, era davvero grato alla principessa. Quella discesa nell'assurdo gli aveva chiarito le idee. Ora capiva che doveva chiedere scusa a zia Pol. L'aveva attaccata perché si sentiva in colpa e cercava qualcuno su cui scaricare le responsabilità. Ma era evidente che non poteva. Una volta accettato questo fatto, si sentì meglio quasi senza sapere perché.

Si faceva sempre più buio. La notte tropicale pesava sulla testa e l'odore della vegetazione marcia e dell'acqua stagnante arrivava a zaffate dalle paludi nascoste.

Un insetto molesto era scivolato sotto la tunica e lo stava mordendo da qualche parte fra le spalle. Non riusciva ad acchiapparlo.

Non ci fu alcun segnale premonitore... non un suono né una rollio della nave o un sentore di pericolo. Venne afferrato per le braccia da dietro. Uno straccio umido gli fu schiacciato contro la bocca e il naso. Cercò di lottare, ma le mani che lo tenevano erano molto forti. Cercò di voltare il capo per poter gridare aiuto. Lo straccio aveva un odore strano, nauseabondo e dolce. Aveva un non so che di intenso. Si sentì girare la testa e il suo divincolarsi si fece più debole. Fece un ultimo sforzo prima che la vertigine lo sopraffacesse. Scivolò nell'incoscienza.

27

Si trovavano in un lungo corridoio. Garion vedeva con chiarezza il pavimento lastricato. Tre uomini lo portavano a faccia in giù in una posizione scomoda che lo costringeva a tenere la testa ciondoloni. Aveva la bocca secca e l'odore dolce e intenso dello straccio che gli avevano premuto sul naso aleggiava ancora. Sollevò la testa per cercare di guardare attorno.

«È sveglio» annunciò l'uomo che lo reggeva per un braccio.

«Finalmente» esclamò uno degli altri. «Hai tenuto premuto il fazzoletto troppo a lungo, Issus.»

«So quel che faccio» disse il primo. «Mettilo giù.»

«Ce la fai a stare in piedi?» chiese a Garion. La testa rasata era ispida e aveva una lunga cicatrice che gli solcava il volto dalla fronte al mento direttamente attraverso un occhio. Il vestito legato in vita era macchiato e sporco.

«Alzati» ordinò Issus con voce sibilante. Toccò Garion col piede. Garion si sforzò di alzarsi, le ginocchia erano deboli e appoggiò una mano sul muro per reggersi. Le pietre erano bagnate e coperte da una patina vischiosa.

«Portatelo qui» disse Issus agli altri. Afferrarono Garion per le braccia e lo trascinarono attraverso il cunicolo bagnato dietro all'uomo senza un occhio. Alla fine del corridoio si ritrovarono in un'area con il soffitto a volta. Non sembrava tanto una stanza quanto un cortile coperto. Colonne enormi, piene di intagli, sostenevano il soffitto e piccole lampade a olio pendevano da lunghe catene o erano appoggiate su piccoli ripiani scavati nelle colonne. C'era un confuso senso di movimento come se i gruppi di uomini in abiti multicolori si spostassero da luogo a luogo in una sorta di languido torpore.

«Tu» disse brusco Issus a un uomo paffuto con gli occhi sognanti. «Di' a Sadi, il capo eunuco, che abbiamo il ragazzo.»

«Diglielo tu» rispose il giovane con una voce che sembrava un fischio. «Non prendo ordini da quelli come te, Issus.»

Issus gli diede uno schiaffo.

«Mi hai colpito!» piagnucolò quello paffuto portandosi la mano alla bocca. «Mi hai fatto sanguinare il labbro... vedi?» Tese la mano per far vedere il sangue.

«Se non fai quello che ti dico ti taglierò quella tua gola grassa» minacciò Issus in tono freddo e senza emozione.

«Dirò a Sadi ciò che hai fatto.»

«Vai pure. E una volta che sarai là digli che abbiamo preso il ragazzo che la regina voleva.»

L'uomo paffuto si allontanò in fretta.

«Eunuchi!» Uno degli uomini che reggeva Garion sputò.

«Anche loro servono a uno scopo» disse l'altro con una risata roca.

«Portate il ragazzo» ordinò Issus. «A Sadi non piace aspettare.»

Trascinarono Garion attraverso l'area illuminata.

Un gruppo di miserabili con capelli e barbe arruffati stavano seduti in catene sul pavimento. «Acqua» gracchiò uno di loro. «Per favore.» Tese una mano implorante.

Issus, sorpreso, si fermò a fissare lo schiavo. «Perché questo ha ancora la lingua?» domandò a una delle guardie che sorvegliavano gli schiavi.

La guardia si strinse nelle spalle. «Non abbiamo ancora avuto il tempo di pensarci.»

«Trovatelo» gli disse Issus. «Se uno dei sacerdoti lo sente parlare, ti interrogheranno. Non è una cosa piacevole.»

«Non ho paura dei sacerdoti» ribatté la guardia. Però si guardò nervosamente alle spalle.

«Dovresti invece» gli consigliò Issus. «E date da bere a questi animali. Morti non servono a nessuno.» Si avviò per fare strada a quelli che portavano Garion, poi si fermò di nuovo. «Togliti di mezzo» intimò a qualcosa che stava acquattato nell'ombra. Brontolando, la cosa cominciò a muoversi. Disgustato, Garion si rese conto che si trattava di un grande serpente.

«Vai laggiù insieme agli altri» disse Issus al serpente. Indicò un angolo debolmente illuminato dove una grande massa ondulata sembrava muoversi con una sorta di ribollire indolente. Garion poteva appena percepire il sibilo secco delle scaglie che si strofinavano le une sulle altre. Il serpente che gli aveva sbarrato la strada schioccò la lingua nervoso in direzione di Issus, poi strisciò nell'angolo scuro.

«Un giorno o l'altro ti morderanno, Issus» lo mise in guardia uno degli uomini. «Non amano prendere ordini.»

Issus fece un gesto di indifferenza con le spalle e proseguì.

«Sadi vuole parlarti» disse sprezzante l'eunuco paffuto quando si avvicinarono a un'ampia porta lucida. «Gli ho detto che mi hai colpito. Maas è con lui.»

«Bene» disse Issus. Aprì la porta. «Sadi,» chiamò con voce tagliente «di' al tuo amico che sto entrando. Non voglio che commetta errori.»

«Ti conosce, Issus» replicò una voce all'altro lato della porta. «Non fa niente per sbaglio.»

Issus entrò e si chiuse la porta alle spalle.

«Ora puoi andare» ordinò all'eunuco uno degli uomini che reggeva Garion.

Quello tirò su col naso. «Vado dove mi dice Sadi.»

«E arrivi quando Sadi fischia.»

«Questo riguarda me e Sadi, non è vero?»

«Portatelo dentro» ordinò Issus riaprendo la porta.

I due uomini spinsero Garion nella stanza. «Aspetteremo qua fuori» disse uno di loro nervoso.

Issus rise in modo sguaiato, chiuse la porta col piede e trascinò Garion di fronte al tavolo. Solo la debole luce di una lampada a olio teneva lontane le tenebre. Un uomo magro con gli occhi vacui stava seduto al tavolo carezzandosi con leggerezza la testa rasata con le lunghe dita della mano.

«Riesci a parlare, ragazzo?» chiese a Garion. Aveva il timbro di contralto e l'abito che indossava era color cremisi e non multicolore.

«Posso avere un sorso d'acqua?» chiese Garion.

«Fra un attimo.»

«Voglio i miei soldi, Sadi» pretese Issus.

«Non appena sono sicuro che sia il ragazzo giusto» rispose Sadi.

«Chiedigli come si chiama» sussurrò un sibilo dalle tenebre dietro Garion.

«Ora lo farò, Maas.» Sadi sembrava seccato da quel suggerimento. «Non è la prima volta che lo faccio.»

«Ci stai mettendo troppo» rimbrottò il sussurro.

«Di' il tuo nome, ragazzo» ordinò Sadi a Garion.

«Doroon» mentì in fretta lui. «Ho davvero molta sete.»

«Mi prendi per stupido, Issus?» chiese Sadi. «Credevi che un ragazzo qualsiasi andasse bene?»

«Questo è il ragazzo che mi hai detto di prendere» ribadì Issus. «Non posso farci niente se la tua informazione era sbagliata.»

«Dici che il tuo nome è Doroon?» chiese Sadi.

«Sì» confermò Garion. «Sono un mozzo sulla nave del capitano Greldik. Dove siamo?»

«Sono io che faccio le domande» disse Sadi.

«Sta mentendo» disse il sussurro sibilante da dietro Garion.

«Lo so, Maas» rispose Sadi con calma. «Lo fanno tutti all'inizio.»

«Non abbiamo tempo per questo» gli fece notare il sibilo. «Dagli l'oret. Dirà subito la verità.»

«Come vuoi tu, Maas» acconsentì Sadi. Si alzò e scomparve un attimo nelle ombre dietro al tavolo. Garion udì uno scatto e poi il suono di acqua versata. «Ricordati che questa è stata una tua idea, Maas. Se lei si arrabbia, non voglio che dia la colpa a me.»

«Capirà, Sadi.»

«Ecco, ragazzo» Sadi tornò alla luce e gli offrì una tazza di terracotta.

«Oh... no, grazie» disse Garion. «Forse non ho poi così tanta sete.»

«Tanto vale che tu lo beva, ragazzo» intimò Sadi. «Se non lo fai, Issus ti terrà fermo mentre io te lo caccio giù per la gola. Non ti farà del male.»

«Bevi» ordinò il sibilo.

«Meglio fare come dicono» suggerì Issus.

Disorientato Garion prese la tazza. L'acqua aveva un sapore amaro e sembrava bruciargli la lingua.

«Ora va molto meglio» disse Sadi tornando a sedere dietro al tavolo. «Dunque, dici di chiamarti Doroon?»

«Sì.»

«Da dove vieni, Doroon?»

«Sendaria.»

«Dove esattamente in Sendaria?»

«Vicino a Darine, sulla costa settentrionale.»

«Cosa ci facevi sulla nave cherek?»

«Il capitano Greldik è un amico di mio padre» raccontò Garion.

All'improvviso sentì la necessità di spiegare meglio le cose. «Mio padre voleva che imparassi qualcosa sulle barche. Dice che fare il marinaio è meglio che fare il contadino. Il capitano Greldik ha accettato di insegnarmi. Dice che sarò molto bravo perché non mi viene neanche il mal di mare. E poi non ho paura di arrampicarmi sulle corde che tengono le vele e sono quasi tanto forte da reggere i remi e...»

«Come hai detto di chiamarti, ragazzo?»

«Garion... voglio dire... oh... Doroon. Sì, Doroon, e...»

«Quanti anni hai Garion?»

«Quindici la scorsa Erastide. Zia Pol dice che chi nasce a Erastide è molto fortunato solo che io non mi sono mai accorto di essere più fortunato di...»

«Chi è zia Pol?»

«È mia zia. Viveva alla fattoria di Faldor ma è arrivato messer Lupo e...»

«Hai mai sentito qualcuno chiamarla in modo diverso da zia Pol?»

«Re Fulrach la chiamava Polgara... poi il capitano Brendig ci ha portati tutti al palazzo a Sendar. Poi siamo andati da re Ahneg a Val Alorn e...»

«Chi è messer Lupo?»

«Mio nonno. Lo chiamano Belgarath. Io non ci credevo, ma penso sia vero perché una volta...»

«Perché hai lasciato la fattoria di Faldor?»

«All'inizio non lo sapevo ma poi ho scoperto che era perché Zedar aveva rubato il Globo di Aldur dal pomo della spada del re di Riva e allora dobbiamo riprendercelo prima che Zedar lo porti a Torak e lo svegli e...»

«È il ragazzo che cerchiamo» sussurrò la voce sibilante.

Garion si girò attorno lentamente. La stanza sembrava più luminosa adesso come se la minuscola fiamma mandasse più luce. Nell'angolo, c'era un serpente enorme dagli occhi lucenti e dallo strano collo piatto. Si sollevava dritto sulle sue stesse spire.

«Adesso possiamo portarlo da Salmissra» sibilò il serpente. Si abbassò sul pavimento e strisciò verso Garion. Il ragazzo sentì il muso freddo e asciutto che gli toccava un piede. Poi, anche se una parte della sua mente urlava, rimase fermo mentre il corpo squamoso gli saliva lungo la gamba. Si attorcigliò verso l'alto fino a che il muso gli fu davanti al viso. Il serpente lo sfiorò con la lingua biforcuta. «Fa' il bravo, ragazzo,» sibilò nell'orecchio di Garion «molto, molto bravo.» Il rettile era pesante e le sue spire erano spesse e fredde.

«Da questa parte, ragazzo» indicò Sadi a Garion alzandosi in piedi.

«Voglio i miei soldi» chiese Issus.

«Ah,» si ricordò Sadi con disprezzo «sì. Sono nella borsa sul tavolo.» Poi si girò e portò Garion fuori dalla stanza.

Garion. La voce secca che abitava nella sua mente gli parlò sottovoce. Voglio che mi ascolti con attenzione. Non dire niente e non far trapelare nessuna emozione dal tuo viso. Stammi a sentire e basta.

C... chi sei? chiese Garion in silenzio cercando di scacciare la nebbia che aveva in testa.

Tu mi conosci, gli disse la voce secca. Adesso stammi a sentire. Ti hanno dato una cosa che ti fa fare quello che vogliono loro. Non devi cercare di resistere. Rilassati e non lottare.

Ma... ho detto cose che non avrei dovuto... io...

Adesso non importa. Fa' come ti dico. Se succede qualcosa di pericoloso, non lottare. Me ne occupo io... ma non posso farlo se tu resisti. Deve rilassarti affinché io possa fare ciò che è necessario. Se ti ritrovi all'improvviso a fare o dire cose che non capisci, non avere paura e non cercare di resistere. Non saranno loro... sarò io.

Confortato da quella rassicurazione silenziosa, Garion camminò obbediente di fianco a Sadi l'eunuco mentre le spire del serpente Maas erano avvinghiate attorno al suo petto e alle sue spalle. Il muso aguzzo del rettile era appoggiato, quasi accoccolato, contro la sua guancia.

Entrarono in una stanza ampia con drappi ai muri e lampade a olio di cristallo appese a catene d'argento luccicante.

Su un lato della stanza un'enorme statua di pietra incombeva titanica. Si perdeva nell'ombra tanto che non se ne scorgeva la fine. Proprio di fronte alla statua c'era una bassa piattaforma di pietra coperta di tappeti e cuscini. Sulla piattaforma c'era un pesante divano che non era esattamente né una poltrona né un letto.

Sul divano era sdraiata una donna. Aveva capelli corvini che le ricadevano in morbidi riccioli sulla schiena e sulle spalle. Sulla testa portava una corona d'oro finemente cesellata e incastonata di gemme preziose. Indossava un abito bianco di velo. Non nascondeva in alcun modo il corpo, anzi sembrava essersi vestita solo per potersi meglio agghindare con gioielli e ornamenti. Sotto il tessuto di garza, la pelle era bianca come il gesso e il volto era di una bellezza straordinaria. Aveva gli occhi pallidi, quasi incolori. Su un lato del divano c'era uno specchio con la cornice d'oro in cui la donna, languida, si rimirava.

Due dozzine di eunuchi rasati con le tuniche cremisi erano inginocchiati di lato alla piattaforma e guardavano la donna, e la statua dietro di lei, con adorazione religiosa.

Sui cuscini a fianco del divano si cullava pigramente un giovane dall'aria viziata. La sua testa non era rasata, anzi aveva dei boccoli accuratamente pettinati. Sulle guance portava il belletto e gli occhi erano truccati in modo fantasmagorico. Indossava solo un perizoma e aveva l'espressione annoiata e imbronciata. La donna, con aria assente, gli passava le dita fra i riccioli mentre si guardava allo specchio.

«Visitatori per la regina» salmodiò uno degli eunuchi inginocchiati.

«Ah,» fecero eco gli altri «visitatori.»

«Salute a te, Eterna Salmissra» disse Sadi prostrandosi davanti alla piattaforma di fronte alla donna dagli occhi bianchi.

«Cosa succede, Sadi?» chiese lei. La voce vibrante aveva un timbro strano e oscuro.

«Il ragazzo, mia regina» annunciò l'uomo con il volto ancora sul pavimento.

«Inginocchiati di fronte alla regina serpente» sibilò il rettile nell'orecchio di Garion. Le spire si strinsero attorno al corpo e il ragazzo cadde in ginocchio per quella morsa stritolante.

«Vieni qui, Maas» disse Salmissra al serpente.

«La regina chiama l'amato serpente» intonò l'eunuco.

Il rettile si srotolò dal corpo di Garion e ondeggiò fino ai piedi del divano. Si sollevò per quasi metà della sua lunghezza sopra la regina sdraiata, poi si adagiò sul corpo di lei in modo da combaciare perfettamente. La testa smussata si avvicinò al volto della donna e lei la baciò con affetto. La lunga lingua biforcuta guizzò rapida davanti al viso candido e Maas cominciò a sibilarle qualcosa nell'orecchio. Salmissra giaceva nell'abbraccio del serpente e ascoltava la voce guardando Garion con gli occhi socchiusi.

Poi, spinto da parte il serpente, si alzò e si mise in piedi di fronte a Garion. «Benvenuto nella terra degli uomini serpente, Belgarion» disse con una voce da ragazza.

Il nome, che fino ad allora aveva sentito pronunciare solo da zia Pol, gli fece venire i brividi. Cercò di scacciare la nebbia dalla mente.

Non ancora, lo avvertì la vocina secca.

Salmissra scese dalla piattaforma ondeggiando il corpo sinuoso sotto i veli trasparenti. Prese il braccio di Garion e fece alzare il ragazzo con dolcezza. Poi gli carezzò il viso. La mano pareva freddissima. «Un giovane davvero grazioso» sospirò quasi fra sé. «Così giovane, così caldo.» Aveva uno sguardo quasi affamato.

Garion si sentì sopraffatto da una confusione strana. La bevanda amara che gli aveva dato Sadi ottenebrava la coscienza come una coperta. Ebbe all'improvviso paura e si sentì stranamente attratto verso la regina. La pelle color del gesso e gli occhi privi di vita erano repellenti. Eppure percepiva un invito lascivo, la promessa matura di delizie ineffabili. Senza volere fece un passo indietro.

«Non avere paura, mio Belgarion.» La regina faceva le fusa. «Non ti farò male... a meno che tu non me lo chieda. I tuoi compiti qui saranno molto piacevoli e io ti insegnerò cose che Polgara non ha mai nemmeno sognato.»

«Allontanati da lui, Salmissra» ordinò il giovane che stava sulla piattaforma con tono petulante. «Sai che non mi piace quando dedichi le tue attenzioni ad altri.»

Un'ombra di fastidio attraversò gli occhi della regina. Si girò e guardò freddamente il giovane. «Ciò che ti piace o non ti piace in realtà non mi riguarda più, Essia» disse.

«Cosa?» gridò Essia incredulo. «Fa' come ti dico immediatamente!»

«No, Essia» si oppose la donna.

«Ti punirò» minacciò il giovane.

«No, non lo farai,» disse lei «quel genere di cose non mi diverte più. Le tue smorfie e le tue scenate mi stanno annoiando. Adesso vattene.»

«Andarmene?» Essia aveva gli occhi spalancati per l'incredulità.

«Sei congedato, Essia.»

«Congedato? Ma tu non puoi vivere senza di me. L'hai detto tu stessa.»

«A volte si dicono cose in cui non si crede.»

L'arroganza scomparve dal volto del giovane come l'acqua versata da un secchio. Deglutì con forza e cominciò a tremare. «Quando vuoi che torni?» frignò.

«Non voglio, Essia.»

«Mai più?» annaspò lui.

«Mai più» confermò la regina. «Ora vai e smettila di fare scene.»

«Cosa ne sarà di me?» urlò Essia. Aveva cominciato a piangere e il trucco attorno agli occhi colava in strisce grottesche giù per la faccia.

«Non stancarmi, Essia» disse Salmissra. «Raccogli le tue cose e vattene... ora! Ho un nuovo consorte.» Fece un passo indietro e tornò sulla piattaforma.

«La regina ha scelto un consorte» intonò un eunuco.

«Salute al consorte dell'Eterna Salmissra, il più fortunato fra gli uomini» cantarono gli altri.

Il giovane afferrò singhiozzando una veste rosa e uno scrigno intagliato. Scese inciampando dalla piattaforma. «Tu hai fatto questo» accusò Garion. «È tutta colpa tua.» All'improvviso, dalle pieghe della veste drappeggiata sul braccio, estrasse un piccolo pugnale. «Ti punirò» urlò sollevando il pugnale pronto a colpire.

Non ci fu pensiero questa volta, nessuna volontà. L'impeto di forza arrivò senza preavviso, spingendo lontano Essia, ricacciandolo indietro. Il giovane sferzò l'aria invano con il piccolo coltello. Poi l'ondata passò.

Essia si scagliò di nuovo in avanti con lo sguardo folle e il pugnale teso. L'ondata crebbe di nuovo, più forte questa volta. Il ragazzo fu sbalzato via. Cadde e il pugnale rotolò sul pavimento.

Salmissra, con gli occhi in fiamme, indicò il giovane sdraiato per terra e schioccò le dita due volte. Tanto veloce da sembrare una freccia scoccata, un serpentello verde sgusciò da sotto il divano con la bocca aperta sibilando rabbioso. Colpì una volta la gamba di Essia. Poi si ritrasse rapido da un lato e lo guardò con occhi vitrei.

Essia ansimò e divenne bianco dal terrore. Cercò di alzarsi

in piedi ma all'improvviso perse il controllo sulle braccia e le gambe. Emise un unico grido soffocato poi cominciarono le convulsioni. I calcagni scivolavano sul pavimento e le braccia compivano movimenti inconsulti. Gli occhi si fecero vacui e fissi e un fiotto di bava verde gli sgorgò dalla bocca come una fontana. Il corpo si incurvò e ogni muscolo si tese. Cominciò a picchiare la testa contro il pavimento. Ebbe un ultimo, convulso sussulto e precipitò con un tonfo di nuovo sul pavimento. Quando toccò terra, era morto.

Salmissra lo guardò morire. Gli occhi pallidi e inespressivi non erano affatto curiosi, né mostravano ombra di rabbia o rimorso.

«Giustizia è fatta» annunciò l'eunuco.

«Rapida è la giustizia della regina del Popolo del Serpente» risposero gli altri.

28

Gli fecero bere nuovi intrugli, alcuni amari, altri di una dolcezza nauseabonda. La mente sembrava sprofondare sempre più ogni volta che avvicinava una tazza alle labbra. Gli occhi cominciarono a giocargli strani scherzi. Sembrava che il mondo fosse affondato e che tutto ciò che vedeva avvenisse sott'acqua. I muri tremolavano e le figure degli eunuchi inginocchiati ondeggiavano come alghe trascinate dal moto infinito della marea e della corrente. Le lampade luccicavano come gioielli, spargendo quella che sembrava una lenta pioggia di colori brillanti. Garion, stupefatto, era accasciato sulla piattaforma accanto al divano di Salmissra. Aveva gli occhi inondati di luce e dalla sua mente era stato lavato via ogni pensiero. Non c'era senso del tempo, né desideri o volontà. Si ricordava in modo vago gli amici, ma la consapevolezza che non li avrebbe più rivisti causò solo l'ombra di un rimpianto, una malinconia passeggera, quasi piacevole. Versò anche una lacrima di cristallo per quella perdita, ma la lacrima gli cadde sul polso e brillò di una bellezza non terrena tanto che il ragazzo si perse a contemplarla.

«Come ha fatto?» chiese la regina da qualche parte alle sue spalle. Aveva una voce così bella e musicale che il suono stesso toccava l'anima di Garion.

«Ha il potere» rispose Maas. La voce del serpente tendeva i nervi di Garion e li faceva vibrare come le corde di un liuto. «È un potere inesperto e senza guida, ma molto forte. Stai attenta a questo ragazzo, amata Salmissra. Può distruggere anche senza volere.»

«Lo controllerò» disse lei.

«Forse» rispose il serpente.

«La stregoneria richiede volontà» fece osservare Salmissra. «Io gliela porterò via. Il tuo sangue è freddo, Maas, e non hai mai sentito il fuoco che ti corre nelle vene quando assapori l'oret, l'athal o il kaldiss. Anche le tue passioni sono fredde e non sai come si può usare il corpo per rendere schiava la volontà. Manderò la sua mente a dormire e lo piegherò con l'amore.»

«Amore, Salmissra?» chiese il serpente quasi divertito.

«Il termine va bene come qualsiasi altro» rispose lei. «Puoi chiamarlo appetito, se preferisci.»

«Questo lo capisco meglio» disse Maas. «Ma non sottovalutarlo o... non sopravvalutare il tuo potere. Non ha una mente normale. C'è qualcosa di strano, non riesco a penetrarla.»

«Vedremo» disse la donna. «Sadi» chiamò l'eunuco.

«Sì, mia regina?»

«Prendi il ragazzo. Fallo lavare e profumare. Puzza di barche, pece e acqua salmastra. Non mi piacciono questi odori alorn.»

«Subito, Eterna Salmissra.»

Garion fu condotto in un luogo dove c'era dell'acqua calda. Gli tolsero i vestiti. Lo immersero nell'acqua, lo insaponarono e lo immersero di nuovo. Lo spalmarono di oli fragranti e gli fecero indossare un perizoma. Gli afferrarono il mento con mano ferma e gli spolverarono le guance di cipria. Si accorse che la persona che lo truccava era una donna. Con grande lentezza e quasi senza curiosità lasciò vagare lo sguardo per la stanza da bagno. Si accorse che, fatta eccezione per Sadi, nella stanza c'erano solo donne. Ebbe la confusa sensazione di doversi preoccupare di qualcosa... era qualcosa che aveva a che fare con l'essere nudo di fronte a delle donne, ma non riusciva a ricordare con precisione.

Quando la donna finì di dipingergli il volto, Sadi lo prese per un braccio e lo condusse attraverso corridoi bui e interminabili fino alla stanza dove Salmissra giaceva sul divano guardandosi allo specchio.

«Molto meglio» approvò scrutando Garion dall'alto in basso con un certo apprezzamento. «Ha molti più muscoli di quanto avessi immaginato. Portalo qui.»

Sadi accompagnò Garion vicino al divano e lo spinse con delicatezza sui cuscini dove una volta si sdraiava Essia.

Salmmissra allungò una mano languida e gli toccò il volto con le dita gelide. Gli occhi bianchi sembravano in fiamme e la bocca era socchiusa. Garion guardava fisso quel braccio diafano. Non c'era ombra di peluria sulla pelle bianca.

«Liscio» biascicò lui in modo vago cercando di mettere a fuoco quel che c'era di strano.

«Ma certo, Belgarion» mormorò lei. «I serpenti sono glabri e io sono la regina dei serpenti.»

Con lentezza, il ragazzo sollevò gli occhi stupefatti e guardò le trecce corvine che le ricadevano sulle spalle candide.

«Tranne i capelli, certo» disse lei toccandosi i riccioli con un gesto sensuale e vanitoso.

«Come?» chiese il ragazzo.

«È un segreto.» Salmissra rise. «Forse un giorno te lo rivelerò. Vorresti?»

«Penso di sì.»

«Dimmi, Belgarion,» lo stuzzicò lei «mi trovi bella?»

«Penso di sì.»

«Quanti anni mi daresti?» La regina allargò le braccia per mettere in mostra il corpo sotto il velo sottile.

«Non lo so» disse Garion. «Più di quanti ne ho io, ma non sei tanto vecchia.»

Un'ombra di fastidio trasparì dal viso della regina. «Indovina» ordinò in modo aspro.

«Trenta... forse» decise lui un po' disorientato.

«Trenta?» Salmissra aveva un tono affranto. Si voltò rapida verso lo specchio e si esaminò minuziosamente il viso. «Sei cieco, piccolo idiota!» sbottò guardandosi sempre fissa nel vetro. «Non è la pelle di una donna di trent'anni. Ventitré... al massimo venticinque.»

«Come vuoi tu» disse Garion.

«Ventitré» ripeté lei con fermezza. «Non un solo giorno in più.»

«Certo» assentì il giovane in tono mansueto.

«Ci crederesti che ne ho quasi sessanta?» chiese all'improvviso la regina con occhi duri come selce.

«No» disse Garion. «Sessanta non l'avrei mai detto.»

«Ma che fanciullo affascinante sei, Belgarion» sussurrò lei addolcendo lo sguardo. Riprese ad accarezzare il volto del giovane, a sfiorarlo, a vezzeggiarlo.

Poco a poco, sotto la pelle candida delle spalle e della gola cominciarono ad apparire delle macchie colorate, chiazze verdastre e purpuree che si muovevano e pulsavano. Crescevano d'intensità, poi si affievolivano. Le labbra si dischiusero nuovamente e il respiro si fece più rapido. Le chiazze si allargarono a tutto il corpo velato. I colori sembravano quasi contorcersi sotto la pelle.

Maas si avvicinò strisciando. Il disegno vivido delle scaglie era così simile alle chiazze della regina che, quando Maas si distese su di lei, a stento si poteva dire dove cominciasse la donna e dove finisse il serpente.

Se Garion non fosse stato mezzo drogato si sarebbe allontanato. Gli occhi senza colore e la pelle chiazzata la rendevano uguale a un rettile. L'espressione lussuriosa, però, tradiva una fame spaventosa. Eppure Garion ne era attirato, non poteva evitare di essere affascinato da quella sensualità appariscente.

«Vieni più vicino, mio Belgarion» ordinò lei con voce flautata. «Non ti farò male.» Gli occhi della donna guardavano con avidità la nuova preda.

Non lontano dalla piattaforma Sadi si schiarì la gola. «Divina sovrana» disse «l'emissario di Taur Urgas desidera parlarti.»

«L'emissario di Cthuchik, vuoi dire?» chiese Salmissra leggermente seccata. Poi sembrò che un pensiero le attraversasse la mente e sorrise maliziosa. Le chiazze della pelle sbiadirono. «Fai entrare il Grolim» disse.

Sadi si inchinò e tornò subito dopo con un Murgo sfregiato.

«Sia dato il benvenuto all'emissario di Taur Urgas» cantò l'eunuco.

«Benvenuto» ripeté il coro.

Adesso fa' attenzione, disse la voce secca. È quello che c'era al porto.

Garion guardò il Murgo con maggiore attenzione e si accorse che era vero.

«Salute a te, Eterna Salmissra» disse il Grolim in modo frettoloso e inchinandosi prima davanti alla regina poi alla statua alle sue spalle. «Taur Urgas, re di Cthol Murgos, invia i suoi saluti allo spirito di Issa e alla sua ancella.»

«Non ci sono saluti da parte di Ctuchik, alto sacerdote dei Grolim?» chiese Salmissra con gli occhi scintillanti.

«Certamente,» disse il Grolim «ma per tradizione vengono riferiti in privato.»

«Sei in missione da parte di Taur Urgas o di Ctuchik?» si informò lei voltandosi a esaminare il proprio riflesso nello specchio.

«Possiamo parlare in privato, altezza?» chiese il Grolim.

«Siamo in privato» gli fece notare la donna.

«Ma...» Lui si guardò attorno e vide gli eunuchi inginocchiati.

«Le mie guardie del corpo» spiegò Salmissra. «Una regina nyissan non viene lasciata mai da sola. Ormai dovresti averlo capito.»

«E quello lì?» Il Grolim indicò Garion.

«Anche lui è un servitore... di genere differente.»

Il Grolim si strinse nelle spalle. «Qualsiasi cosa tu desideri. Ti porgo i saluti in nome di Ctuchik, alto sacerdote dei Grolim e discepolo di Torak.»

«L'ancella di Issa saluta Ctuchik di Rak Cthol» rispose lei con formalità. «Cosa desidera l'alto sacerdote grolim da me?»

«Il ragazzo, altezza» disse brusco il Grolim.

«Quale ragazzo?»

«Il ragazzo che hai rapito a Polgara e che ora siede ai tuoi piedi.»

La regina rise con disprezzo. «Riferisci il mio rammarico a Ctuchik» disse «ma ciò che chiede è impossibile.»

«Non è saggio contravvenire ai desideri di Ctuchik» l'avvertì il Grolim.

«Ancora meno saggio è fare richieste a Salmissra nel suo stesso palazzo» precisò la donna. «Cosa offre Ctuchik in cambio del ragazzo?»

«La sua eterna amicizia.»

«La regina serpente non ha bisogno di amici.»

«Oro allora» offrì il Grolim seccato.

«Conosco il segreto dell'oro rosso degli Angarak» disse lui. «Non desidero diventarne schiava. Tieniti il tuo oro, Grolim.»

«Posso dire che il vostro gioco è molto pericoloso, altezza?» le fece notare il Grolim freddo. «Polgara è già vostra nemica. Potete affrontare anche l'inimicizia di Ctuchik?»

«Polgara non mi fa paura» fece la donna. «E nemmeno Ctuchik.»

«La spavalderia della regina è notevole» dichiarò secco il Grolim.

«Sto cominciando a stancarmi. Le mie condizioni sono chiare. Di' a Ctuchik che ho il nemico di Torak e che lo terrò con me... a meno che...» Salmissra fece una pausa.

«A meno che... altezza?»

«Se Ctuchik parlerà a Torak da parte mia potremo raggiungere un accordo.»

«Che tipo di accordo?»

«Darò il ragazzo a Torak come dono di matrimonio.»

Il Grolim strabuzzò gli occhi.

«Se Torak mi prenderà come sua sposa e mi conferirà l'immortalità, gli consegnerò Belgarion.»

«Tutti sanno che il dio drago degli Angarak è sprofondato nel sonno» obiettò il Grolim.

«Il suo sonno non durerà in eterno» obiettò Salmissra brusca. «I sacerdoti degli Angarak e i maghi di Aloria sembrano dimenticare che anche l'Eterna Salmissra sa leggere i segni del cielo. Il tempo del risveglio di Torak è vicino. Di' a Ctuchik che il giorno in cui sposerò Torak, Belgarion sarà nelle sue mani. Fino a quel momento il ragazzo è mio.»

«Riferirò il messaggio a Ctuchik» obbedì il Grolim con un inchino rigido e gelido.

«Sei congedato, allora» disse lei. Con un segno della mano fece cenno di andare.

Dunque è così, disse la voce della mente di Garion quando il Grolim se ne fu andato. Avrei dovuto saperlo, credo.

Il serpente Maas sollevò all'improvviso la testa. Il gran collo si allargò e gli occhi erano in fiamme. «Stai attenta!» sibilò.

«Al Grolim?» rise Salmissra. «Non ho niente da temere da lui.»

«Non al Grolim» disse Maas. «Attenta a quello» e sferzò la lingua in direzione di Garion. «La sua mente è sveglia.»

«Impossibile» obiettò la donna.

«Eppure la mente è sveglia. Credo abbia a che fare con quella cosa di metallo attorno al collo.»

«Togli l'ornamento» ordinò la regina al serpente.

Maas si dispiegò in tutta la sua lunghezza sul pavimento e girò attorno al divano in direzione di Garion.

Resta completamente immobile, disse la voce interiore di Garion. Non cercare di resistere.

Intorpidito, il ragazzo guardò avvicinarsi la testa smussata.

Maas alzò la testa. La lingua sferzava nervosamente. Si piegò in avanti e sfiorò con il naso l'amuleto d'argento appeso al collo di Garion.

Quando la testa del rettile toccò l'amuleto ci fu una luminosa scintilla blu. Garion sentì quell'ondata familiare, ma ora era controllata e diretta contro un unico punto. Maas si ritrasse. La scintilla balzò fuori sfrigolando nell'aria, congiungendo il disco d'argento al naso del serpente. Gli occhi del rettile si contrassero. Dalle narici e dalla bocca spalancata uscì del vapore.

Poi la scintilla scomparve e rimase il corpo del serpente morto che si contorceva sul pavimento di pietra lucida.

«Maas!» strillò Salmissra.

Gli eunuchi si allontanarono dal corpo abbattuto del serpente.

«Mia regina!» farfugliò un funzionario rasato dalla porta. «È la fine del mondo!»

«Che cosa?» disse Salmissra distogliendo lo sguardo dalle convulsioni del serpente.

«Il sole si è spento! Il mezzogiorno è scuro come la mezzanotte! La città impazzisce dal terrore!»

29

Durante il tumulto che seguì quell'annuncio, Garion rimase seduto tranquillo sui cuscini di fianco al trono di Salmissra. La voce nella sua mente, comunque, gli stava parlando concitata. Rimani immobile, diceva. Non dire niente e non fare niente.

«Chiamate subito i miei astronomi!» ordinò Salmissra. «Voglio sapere come mai non mi avevano avvertito di questa eclissi.»

«Non è un eclissi mia regina» piagnucolò il funzionario calvo prono sul pavimento non distante dalle carni di Maas ancora in preda agli spasmi. «Le tenebre sono arrivate come una grande cortina. Sembrava una parete che si muoveva... niente vento, né pioggia, né tuoni. Si è ingoiata il sole senza un suono.» Cominciò a singhiozzare. «Non rivedremo mai più il sole.»

«Smetti di frignare, idiota» sbottò Salmissra. «Alzati in piedi. Sadi, porta questo sciocco farneticante fuori di qui e va' a guardare il cielo. Poi torna da me. Devo sapere cosa succede.»

Sadi si scrollò quasi come un cane che esca dall'acqua e distolse gli occhi rapiti dalla smorfia mortale sul muso di Maas. Rialzò il funzionario che singhiozzava e lo portò fuori dalla stanza.

Salmissra si girò verso Garion. «Come hai fatto?» chiese indicando la forma aggrovigliata di Maas.

«Non lo so» disse lui. La mente era ancora sprofondata nella nebbia. Solo l'angolino dove viveva la voce era sveglio.

«Togliti quell'amuleto» ordinò.

Obbediente, Garion portò le mani al medaglione. All'improvviso si raggelò. Le mani non si muovevano. Le lasciò cadere in grembo. «Non ci riesco» disse.

«Levaglielo» ordinò la donna a uno degli eunuchi. L'uomo guardò verso il serpente morto poi fissò Garion. Scrollò la testa e indietreggiò terrorizzato.

«Fa' come ti dico!» ordinò con voce cruda la regina serpente.

Da qualche punto nel palazzo giunse un rumore leggero ed echeggiante. Si sentì il suono di unghie che grattavano contro il legno. Poi il fragore di un muro che crollava. Dopo, in un punto lontano dei corridoi scuri, qualcuno gridò in preda all'agonia.

La distaccata coscienza della sua mente si estese all'esterno alla ricerca di qualcosa.

Finalmente!, esclamò con ovvio sollievo.

«Cosa sta succedendo là fuori?» si infiammò Salmissra.

Vieni con me, disse la voce nella mente di Garion. Ho bisogno del tuo aiuto.

Garion si appoggiò sulle mani cercando di alzarsi.

No. In questo modo. Una strana immagine di separazione si formò nella mente di Garion. Senza pensare, il ragazzo volle quella separazione e si sentì sollevare anche senza muoversi. All'improvviso non aveva più percezione del proprio corpo, niente braccia o gambe, eppure sembrava spostarsi. Vide sé stesso dall'alto seduto stupidamente sui cuscini ai piedi di Salmissra.

«Sbrigati» gli disse la voce. Ora non sembrava più dentro ma accanto a lui. Una figura sfocata era lì, non aveva forma ma sembrava familiare.

La nebbia che aveva offuscato la mente di Garion era sparita e ora lui si sentiva estremamente all'erta. «Chi sei?» chiese alla forma accanto a sé.

«Non c'è tempo di spiegare. Sbrigati, dobbiamo riportarli indietro prima che Salmissra abbia il tempo di fare qualcosa.»

«Riportare indietro chi?»

«Polgara e Barak.»

«Zia Pol? Dov'è?»

«Vieni» lo incitò la voce. Garion e la strana presenza sembrarono effondersi attraverso la porta chiusa. La oltrepassarono come se non fosse altro che foschia priva di consistenza ed emersero nel corridoio dall'altra parte. Stavano volando, fluttuavano giù per il passaggio senza che ci fosse la percezione di uno spostamento d'aria o di un movimento. Un attimo dopo uscirono nella sala grande dove Issus aveva portato Garion una volta entrati a palazzo. Si fermarono lì, sospesi nell'aria.

Zia Pol, con i meravigliosi occhi in fiamme e circondata da un'aureola lucente, attraversava a grandi passi la sala. Accanto a lei, c'era l'orso irsuto che Garion aveva già visto prima. Il volto di Barak sembrava dentro quello della bestia e non pareva più umano. Gli occhi dell'animale fiammeggiavano di rabbia folle e la bocca era spalancata in modo orribile.

Guardie disperate cercavano di tenere l'orso a distanza con delle picche. Ma la bestia le sbaragliò con un fiero colpo e attaccò gli uomini. Il vasto abbraccio li stritolò mentre gli artigli li dilaniavano da parte a parte. Alle spalle di zia Pol e dell'orso la strada era disseminata di corpi mutilati e di brandelli di carne tremante.

I serpenti prima accucciati negli angoli strisciavano sul pavimento, ma quando venivano in contatto con la luce che circondava zia Pol morivano allo stesso modo di Maas.

Con regolarità metodica zia Pol spalancava le porte con un gesto e una parola. Un muro spesso le sbarrava la strada e lei lo sgretolò come fosse stato una ragnatela.

Barak infuriava nella sala mezza buia e ruggiva come un pazzo distruggendo tutto quanto trovava sul suo cammino. Un eunuco urlante cercò disperatamente di arrampicarsi su una colonna. L'enorme bestia si rizzò sulle zampe posteriori e gli conficcò gli artigli nella schiena tirandolo giù. Le grida cessarono all'improvviso trasformandosi in schizzi di sangue e cervello: le possenti mascelle dell'orso si erano chiuse con uno scrocchio orribile attorno alla testa dell'eunuco.

«Polgara!» gridò senza rumore la presenza accanto a Garion. «Da questa parte!»

Zia Pol si girò in fretta.

«Seguici» disse la presenza. «Veloce!»

Poi Garion e quell'altra parte di sé stesso volarono di nuovo attraverso il corridoio in direzione di Salmissra e del corpo semincosciente che avevano appena abbandonato. Dietro di loro venivano zia Pol e il feroce Barak.

Garion e lo strano compagno passarono di nuovo attraverso la pesante porta chiusa.

Salmissra, con il corpo chiazzato dall'ira più che dalla lussuria sotto l'abito trasparente, campeggiava sopra la forma incosciente sui cuscini. «Rispondimi!» stava gridando. «Rispondimi!»

«Quando saremo tornati» disse la presenza senza forma «lascia fare a me. Dovremo prendere tempo.»

E all'improvviso tornarono. Garion sentì il corpo rabbrividire, poi guardò di nuovo fuori attraverso i suoi occhi. La nebbia che l'aveva offuscato stava tornando. «Cosa?» dissero le sue labbra senza che lui formasse consapevolmente la parola.

«Ho detto, è opera tua?» domandò Salmissra.

«È opera mia che cosa?» La voce che usciva dalle labbra sembrava la sua, ma c'era una piccola differenza.

«Tutto questo» indicò la donna. «Le tenebre. L'attacco contro il mio palazzo.»

«Penso di no. Come potrei? Sono solo un ragazzo.»

«Non mentirmi, Belgarion» ordinò. la regina «So chi sei. So che cosa sei. Devi essere stato tu. Nemmeno Belgarath può oscurare il sole. Ti avverto Belgarion, ciò che hai bevuto oggi è morte. Anche in questo momento il veleno nelle vene ti sta uccidendo.»

«Perché mi hai fatto questo?»

«Per tenerti qui con me. Dovrai berne ancora o morirai. Solo io posso darti la pozione e ne dovrai bere tutti giorni della tua vita. Tu sei mio, Belgarion, mio!»

Grida disperate giunsero da oltre la porta.

La regina serpente sollevò lo sguardo, stupefatta, poi si voltò verso l'enorme statua alle sue spalle. Si inginocchiò con uno strano cerimoniale e iniziò a muovere le mani nell'aria tessendo gesti intricati. Cominciò a pronunciare una formula involuta in un linguaggio che Garion non aveva mai udito prima, un linguaggio carico di sibili gutturali e cadenze strane.

Il portone esplose verso l'interno e si infranse in mille schegge. Zia Pol era in piedi in mezzo alla soglia. La ciocca bianca sulla fronte ardeva e gli occhi avevano un'espressione terribile. Il grande orso al suo fianco ruggì: le zanne grondavano sangue e dagli artigli pendevano ancora brandelli di carne umana.

«Ti avevo avvertito, Salmissra» parlò zia Pol con voce mortale.

«Ferma dove sei, Polgara» ordinò la regina. Non si voltò e le dita continuarono i disegni sinuosi nell'aria. «Il ragazzo sta morendo» proclamò. «Niente potrà salvarlo se mi attacchi.»

Zia Pol si fermò. «Che cosa hai fatto?» chiese in tono perentorio.

«Guardalo» disse Salmissra. «Ha bevuto athal e kaldiss. Anche in questo istante il fuoco gli percorre le vene. Ne avrà bisogno ancora molto presto.» Le mani continuavano a muoversi nell'aria e il volto era fisso per la concentrazione estrema. Di nuovo le labbra cominciarono a muoversi con quei sibili gutturali.

È vero?, echeggiò la voce di zia Pol nella mente di Garion.

Pare proprio di sì, disse la voce secca. Gli hanno fatto bere delle cose e adesso sembra diverso.

Gli occhi di zia Pol si spalancarono. Chi sei?

Sono sempre stato qui, Polgara. Non lo sapevi?

Garion lo sa?

Sa che sono qui ma non sa cosa significa.

Ne parleremo più tardi, decise lei. Osserva con attenzione. Devi fare così. Immagini confuse e offuscate si addensarono nella mente di Garion. Hai capito?

Certo. Gli farò vedere come deve fare.

Non puoi farlo tu?

No, Polgara, disse la voce secca. Il potere è suo, non mio. Non ti preoccupare. Io e lui ci capiamo.

Garion si sentì all'improvviso solo mentre le due voci parlavano dentro la sua testa.

Garion. La voce secca parlava con calma. Voglio che ti concentri sul sangue.

Il mio sangue?

Lo cambieremo per qualche istante.

Perché?

Per bruciare il veleno che ti hanno dato. Adesso concentrati sul sangue.

Garion lo fece.

Devi volere che sia fatto in questo modo. Nella mente di Garion si formò un'immagine gialla. Hai capito?

Sì.

Allora fallo. Adesso.

Garion si toccò il petto con la punta delle dita e con la volontà disse al sangue di mutare. All'improvviso si sentì ardere da un fuoco. Il cuore cominciò a battere forte e rivoli di sudore gli percorsero il corpo.

Ancora un istante.

Garion stava morendo. Il sangue alterato gli ustionava le vene. Cominciò a tremare con violenza. Il cuore gli martellava forte nel petto. Gli occhi si oscurarono e il ragazzo barcollò in avanti.

Ora!, ordinò perentoria la voce. Cambialo di nuovo.

Poi tutto finì. Il cuore di Garion ebbe un sussulto e riprese il ritmo normale. Era stanchissimo ma il cervello non era più annebbiato.

Tutto è stato compiuto, Polgara, disse l'altro Garion. Adesso puoi fare ciò che deve essere fatto.

Zia Pol aveva osservato la scena con ansia, ma ora il volto divenne terribile e severo. Attraversò il pavimento lustro fino alla predella. «Salmissra,» disse «voltati e guardami.»

Le mani della regina erano sollevate sopra la testa e i sibili le sgorgavano dalle labbra finché divennero un grido roco.

Poi, in alto vicino al soffitto scuro, gli occhi della statua enorme si aprirono e cominciarono a brillare di una profonda luce verde smeraldo. Una gemma sulla corona di Salmissra cominciò ad ardere della stessa luce.

La statua si mosse con un cigolio assordante. La pietra solida di cui era costituita si piegava a ogni passo.

«Perché... mi... hai... chiamato?» chiese una voce roboante attraverso le labbra di pietra. Echeggiava rimbombando nel torace immenso.

«Difendi la tua ancella, grande Issa» gridò Salmissra girandosi trionfante verso zia Pol. «Questa strega malvagia ha invaso il tuo regno per uccidermi. Il suo potere è così grande che nessuno può fermarla. Io sono la tua promessa sposa e mi pongo sotto la tua protezione.»

«Chi osa profanare il mio tempio?» chiese la statua con un ruggito senza fine. «Chi osa sollevare la mano contro la mia prescelta e amata?» Gli occhi di smeraldo rilucevano di una rabbia terribile.

Zia Pol era in piedi al centro del pavimento e l'immensa statua campeggiava su di lei. Ma sul volto della donna non c'era alcun segno di paura. «Sei andata troppo oltre, Salmissra» disse. «È proibito.»

La regina serpente rise con disprezzo. «Proibito? Cosa significano le tue proibizioni per me? Fuggi ora o affronta l'ira del divino Issa. Confronta la tua volontà con quella di un dio!»

«Se devo» disse zia Pol. Si raddrizzò e pronunciò una sola parola. Garion fu sopraffatto dal fragore che gli invase la mente a quella parola. Poi, all'improvviso, la donna cominciò a crescere. Metro dopo metro si innalzava, crescendo come un albero, e si espandeva fino a diventare gigantesca di fronte agli occhi stupiti di Garion. In pochi istanti era faccia a faccia con il dio di pietra come fosse una sua pari.

«Polgara?» la voce del dio parve sorpresa. «Perché hai fatto questo?»

«Vengo per realizzare la profezia, Issa» dichiarò. «La tua ancella ha tradito i tuoi fratelli.»

«Non può essere» disse Issa. «È la mia prescelta. Il suo volto è quello della mia amata.»

«Il volto è lo stesso,» disse zia Pol «ma questa non è la Salmissra amata da Issa. Centinaia di Salmissre ti hanno servito in questo tempio da quando la tua amata è morta.»

«Morta?» chiese il dio incredulo.

«Mente!» gridò Salmissra. «Sono io la tua amata o mio signore. Non lasciare che queste menzogne ti strappino a me. Uccidila.»

«La profezia si avvicina al giorno del compimento» disse zia Pol. «Il ragazzo ai piedi di Salmissra ne è il frutto. Deve essermi restituito o la profezia non potrà compiersi.»

«Così presto arriva il giorno della profezia?» chiese il dio.

«Non è presto, Issa» disse zia Pol. «È molto tardi. Il tuo sonno è durato per secoli e secoli.»

«Sono tutte menzogne! Tutte menzogne!» gridò disperata Salmissra afferrando una caviglia del dio di pietra.

«Devo controllare la verità» ponderò il dio. «Ho dormito a lungo e profondamente e ora il mondo viene verso di me senza preavviso.»

«Distruggila, mio signore!» implorò Salmissra. «Le sue sono menzogne abominevoli e profanano la tua divina presenza.»

«Io voglio trovare la verità, Salmissra» disse Issa.

Garion sentì che la sua mente veniva toccata da qualcosa di enorme. Qualcosa lo aveva accarezzato... qualcosa di così vasto che l'immaginazione rabbrividiva e si allontanava al pensiero di quella immensità. Poi quel tocco lo oltrepassò.

«Ahhh...» quel sospiro veniva dal pavimento. Maas, il serpente senza vita, si stava muovendo. «Ahhh... lasciatemi dormire» sibilò.

«Fra un momento» disse Issa. «Qual è il tuo nome?»

«Mi chiamavano Maas» rispose il serpente. «Ero consigliere e compagno dell'Eterna Salmissra. Riportami indietro, signore. Non posso sopportare di vivere ancora.»

«Questa è la mia amata Salmissra?» chiese il dio.

«Colei che le è succeduta.» Maas sospirò. «La tua amata sacerdotessa è morta migliaia di anni fa. Ogni nuova Salmissra è scelta perché le somiglia.»

«Ah» sospirò Issa addolorato. «Qual è lo scopo che ha spinto questa donna a sottrarre Belgarion dalle cure di Polgara?»

«Cercava alleanza con Torak» raccontò Maas. «Voleva consegnare Garion al Maledetto per averne in cambio l'immortalità che l'amplesso di Torak dona.»

«Amplesso? La mia sacerdotessa vuole sottomettersi all'abbraccio malvagio del mio fratello pazzo?»

«Di sua volontà, signore» confermò Maas. «È nella sua natura cercare l'amplesso di ogni uomo, dio o bestia che incontra.»

Un'espressione disgustata attraversò il volto di pietra di Issa. «È sempre stato così?» chiese.

«Sempre, mio signore» disse Maas. «La pozione che la mantiene giovane e simile alla tua amata le accende il sangue di lussuria. Il fuoco non si spegne fino alla sua morte. Lasciami andare, signore. Soffro!»

«Dormi, Maas» concesse tristemente Issa. «Porta con te i miei ringraziamenti nel silenzio della morte.»

«Ahhhh....» Maas sospirò e sprofondò di nuovo.

«Tornerò anch'io al sonno» disse Issa. «Non rimarrò perché la mia presenza potrebbe sollevare Torak a quella guerra che distruggerebbe il mondo.» La grande statua fece un passo indietro fino al luogo dove era rimasta immobile per migliaia di anni. Lo scricchiolio assordante e il rumore della pietra che si piegava riempirono di nuovo la stanza. «Fa' di questa donna ciò che vuoi, Polgara» concesse il dio di pietra. «Solo, risparmiale la vita perché somiglia così tanto alla mia amata.»

«Lo farò, Issa» assicurò zia Pol inchinandosi di fronte alla statua.

«E porta tutto il mio amore a mio fratello Aldur» mormorò la voce cupa scemando nel silenzio.

«Dormi, signore» disse zia Pol. «Possa il sonno lavarti via il dolore.»

«No!» gridò Salmissra, ma il fuoco verde si era già estinto e il gioiello sulla corona tremolò e divenne scuro.

«È ora, Salmissra» annunciò zia Pol, enorme e terribile.

«Non uccidermi, Polgara» implorò la regina cadendo in ginocchio. «Per favore non uccidermi.»

«Non ho intenzione di farlo, Salmissra» le disse zia Pol. «Ho promesso a Issa che ti avrei risparmiato la vita.»

«Io però non ho fatto promesse del genere» disse Barak dalla soglia. Garion guardò il grosso amico che ora sembrava un nano accanto all'immensità di zia Pol. L'orso era scomparso e al suo posto c'era il grande Cherek con la spada sguainata.

«No, Barak. Risolverò il problema di Salmissra una volta per tutte.» Zia Pol si girò verso la regina prostrata a terra. «Tu vivrai, Salmissra. Vivrai una vita lunga... forse eterna.»

Una speranza impossibile balugino negli occhi di Salmissra. Si alzò lentamente in piedi e guardò in alto verso la figura che si ergeva sopra di lei. «Eterna, Polgara?» chiese.

«Però ti dovrò mutare» disse zia Pol. «Il veleno che hai bevuto per rimanere giovane e bella ti sta uccidendo. Anche ora se ne vedono le tracce sul tuo viso.»

La regina si toccò le guance e si voltò per guardarsi allo specchio.

«Deperisci, Salmissra» le fece notare zia Pol. «Ben presto sarai vecchia e brutta. La lussuria che ti scorre nelle vene si consumerà e tu morirai. Il tuo sangue è troppo caldo, questo è il problema.»

«Ma come...» balbettò Salmissra.

«Un piccolo cambiamento» la rassicurò zia Pol. «Solo un piccolo cambiamento e vivrai per sempre.» Garion percepì la forza della volontà che si concentrava. «Ti renderò eterna, Salmissra.» Zia Pol sollevò la mano e pronunciò una singola parola. La forza terribile di quella parola scosse Garion come una foglia nel vento.

All'inizio parve non accadere nulla. Salmissra era immobile nella sua nudità pallida che riluceva attraverso il vestito. Poi le chiazze della pelle si fecero più pronunciate e i fianchi si restrinsero. Il volto cambiò diventando aguzzo. Le labbra scomparvero e la bocca si allargò in un ghigno da rettile.

Garion guardava sopraffatto dall'orrore e incapace di distogliere lo sguardo dalla regina. Il vestito scivolò a terra quando le spalle scomparvero e le braccia furono assorbite dai lati del corpo. Cominciò ad allungarsi, e le gambe, ora completamente attaccate, cominciarono ad avvoltolarsi in spire. La chioma lussureggiante sparì e le ultime vestigia di umanità scomparvero per sempre dal suo volto. La corona d'oro, però, rimase ferma sulla testa. La lingua biforcuta sferzò l'aria e la regina discese in una massa di spire. Il collo si allargò e guardò con occhi vitrei zia Pol che, durante la trasformazione, era tornata alla sua altezza normale.

«Ascendi al trono, Salmissra» disse zia Pol.

La testa della regina rimase immobile ma le spire si srotolarono e salirono sul divano. Il rumore delle scaglie che strisciavano le une sulle altre era aspro e stridente.

Zia Pol si girò verso Sadi l'eunuco. «Guarda l'ancella di Issa, regina degli uomini serpente, il cui regno durerà fino alla fine dei giorni perché ella è immortale e regnerà su Nyissa per sempre.»

Il volto di Sadi era di un pallore spettrale e gli occhi erano gonfi e fuori dalle orbite. Deglutì con fatica e annuì col capo.

«Ti lascio con la tua regina, allora» gli disse. «Preferirei andarmene in pace, ma, in un modo o nell'altro, io e il ragazzo ce ne andremo.»

«Ordinerò che nessuno vi sbarri la strada.»

«Saggia decisione» annuì Barak sarcastico.

«Salute alla regina serpente di Nyissa» pronunciò un eunuco con la veste cremisi. Cadde in ginocchio di fronte alla piattaforma, con voce tremante.

«Lode alla regina» intonarono gli altri secondo il rituale, anch'essi in ginocchio.

«La gloria della regina ci viene rivelata.»

«Adoratela.»

Garion si girò indietro per un istante mentre seguiva zia Pol oltre la porta infranta. Salmissra giaceva sul trono con le spire chiazzate simili a un mucchio di anelli e la testa rivolta allo specchio. La corona d'oro era ancora al suo posto e gli occhi piatti di serpente guardavano il riflesso nel vetro. Non c'era espressione su quel volto da rettile. Era impossibile dire cosa stesse pensando.

30

Zia Pol lasciò la sala del trono dove gli eunuchi in ginocchio cantavano lode alla regina serpente. Condusse gli altri attraverso i corridoi e le sale con i soffitti a volta. Spada alla mano, Barak camminava truce attraverso la carneficina che segnava la strada percorsa all'entrata. L'uomo aveva il volto pallido e distoglieva spesso gli occhi dai cadaveri mutilati in modo selvaggio che ingombravano la via.

Quando uscirono da palazzo trovarono le strade di Sthiss Tor ancor più buie che di notte. Una folla isterica gridava in preda al terrore. Barak, con la spada in una mano e una lampada presa a palazzo nell'altra, li condusse attraverso le vie. Anche se erano in preda al panico i Nyissan si spostavano per lasciarlo passare.

«Cos'è questo, Polgara?» grugnì voltandosi indietro e facendo dei movimenti con la torcia come per spazzare via le tenebre. «È una qualche magia?»

«No» rispose lei. «Non si tratta di magia.»

Minuscoli fiocchi grigi cadevano alla luce della lampada.

«Neve?» chiese Barak incredulo.

«No» scosse il capo Polgara. «Cenere.»

«Che cos'è che sta bruciando?»

«Una montagna» rispose Pol. «Torniamo alla nave il più in fretta possibile. La folla potrebbe diventare pericolosa.» Posò il suo mantello leggero sulle spalle di Garion e indicò una stradina illuminata da qualche torcia qua e là. «Da quella parte.»

La cenere cominciò a cadere più fitta. Era come se una farina sporca e grigia filtrasse attraverso l'aria umida. C'era una tremenda puzza di zolfo.

Quando raggiunsero i moli, l'oscurità aveva cominciato a schiarirsi. La cenere continuava a cadere leggera infiltrandosi fra le fessure dei ciottoli e radunandosi in piccoli mucchietti ai bordi degli edifici. Anche se adesso c'era più luce, la cenere, come nebbia, impediva di vedere più in là di qualche metro.

I moli erano in preda a una confusione totale. Folle di Nyissan gridavano e piangevano cercando di salire sulle navi. Volevano fuggire dalla cenere soffocante che permeava l'aria umida con un silenzio mortale. Pazzi per il terrore, alcuni si gettavano nelle acque velenose del fiume.

«Non riusciremo mai a superare quella gente, Polgara» disse Barak. «Restate qui un momento.» Sfoderò la spada, fece un salto e afferrò la grondaia di un tetto basso. Si tirò su e a malapena si riusciva a distinguerne il contorno nella nebbia.

«Ehi, Greldik!» ruggì con voce tanto potente che superò il clamore della massa.

«Barak!» rispose la voce del marinaio. «Dove siete?»

«Ai piedi del molo» urlò il gigante. «Non possiamo passare fra la folla.»

«Rimanete lì» strillò di nuovo Greldik. «Vengo a prendervi.»

Dopo qualche istante si sentì il trapestio di passi pesanti sul molo e, di tanto in tanto, il rumore di qualche colpo. Poi Greldik, Mandorallen e una mezza dozzina di marinai nerboruti armati di clava emersero dalla pioggia di cenere aprendosi un varco con efficienza brutale.

«Vi eravate persi?» gridò Greldik a Barak.

Barak saltò giù dal tetto. «Ci siamo dovuti fermare a palazzo» rispose tagliando corto.

«La preoccupazione per la vostra incolumità, mia signora, cresceva a dismisura» disse Mandorallen a zia Pol, dando uno spintone a un Nyissan che gli ostruiva la strada. «Il buon Durnik è tornato qualche ora fa.»

«Siamo stati trattenuti» spiegò lei. «Capitano, puoi farci salire a bordo?»

Greldik le lanciò un sorriso perfido.

«Allora andiamo» lo incitò Pol. «Non appena saremo a bordo, faremo meglio a spostarci al centro del fiume e ancorare lì. La cenere si depositerà fra un po', ma fino ad allora la gente sarà come pazza. Sono arrivate notizie di Silk o di mio padre?»

«Ancora niente mia signora» disse Greldik.

«Cosa diamine starà facendo?» borbottò lei irritata.

Mandorallen sguainò la spada e marciò diritto contro la folla senza dar cenno di volersi spostare. I Nyissan si dileguarono al suo passaggio.

La ressa che premeva sulla banchina accanto alla nave di Greldik era anche maggiore. Durnik, Hettar e il resto dei marinai stavano allineati al parapetto e cercavano di spingere via la gente presa dal panico.

«Via dalla passerella» gridò Greldik quando raggiunse il molo.

«Nobile capitano» balbettò un Nyissan calvo afferrandosi alla veste di pelliccia. «Ti darò cento pezzi d'oro se mi lasci salire a bordo.»

Disgustato, Greldik lo spinse via.

«Mille pezzi d'oro» promise il Nyissan avvinghiandosi al braccio di Greldik e facendo tintinnare il portamonete.

«Toglietemi immediatamente di dosso questo babbuino» ordinò il capitano.

Con noncuranza uno dei marinai tirò una manganellata in testa al Nyissan e gli fece perdere i sensi. Poi si chinò e gli prese il borsellino. Lo aprì e si versò le monete sulla mano. «Tre pezzi d'argento» disse disgustato. «Tutto il resto è di rame.» Si girò e diede un calcio nello stomaco all'uomo svenuto.

Raggiunsero la nave mentre Barak e Mandorallen trattenevano la folla con la minaccia della violenza.

«Tagliate gli ormeggi» gridò Greldik quando furono a bordo.

I marinai mozzarono le funi e un grido di disperazione si levò dalla folla di Nyissan sul molo. La corrente pigra li trascinò via, mentre urla e gemiti di sconforto continuavano ad arrivare da terra.

«Garion,» disse zia Pol «perché non vai sottocoperta e ti metti dei vestiti decenti? E lavati quel belletto disgustoso dalla faccia. Poi torna quassù. Ti devo parlare.»

Garion si era dimenticato dei vestiti succinti e arrossì leggermente prima di sfrecciare sottocoperta.

Quando tornò sul ponte il cielo era schiarito visibilmente, e lui indossava di nuovo la tunica e i calzoni. La cenere grigia filtrava ancora attraverso l'aria immobile e rendeva il mondo caliginoso. Tutto era coperto da uno spesso strato di sabbia fine. Si erano allontanati abbastanza verso il centro del fiume e i marinai di Greldik avevano calato l'àncora. La nave ondeggiava nella debole corrente.

«Quaggiù, Garion» chiamò zia Pol. Era in piedi vicino alla prua e guardava la nebbia polverosa. Garion andò da lei un po' esitante. Il ricordo di ciò che era accaduto a palazzo era ancora forte.

«Siediti, tesoro» disse zia Pol. «C'è qualcosa di cui dobbiamo parlare.»

«Sì signora» obbedì il ragazzo sedendosi sulla panca accanto a lei.

«Garion.» La donna si girò per guardarlo in volto. «È successo qualcosa mentre eri al palazzo di Salmissra?»

«Cosa vuoi dire?»

«Lo sai benissimo» disse lei piuttosto seccata. «Non avrai intenzione di mettere entrambi in imbarazzo facendo certe domande?»

«Oh.» Garion arrossì. «Quello! No, non è successo niente del genere.» Ricordò il corpo florido e maturo della regina con un certo rimpianto.

«Bene. Era ciò di cui ero preoccupata. Non puoi farti coinvolgere da cose del genere. Su quelli come te ha un effetto particolare.»

«Non sono sicuro di capire.» Garion si corrucciò.

«Tu hai determinate capacità particolari» spiegò zia Pol. «Se cominci a sperimentare quell'altra cosa prima che queste abilità siano sviluppate, i risultati potrebbero essere imprevedibili. Meglio non confondere le cose a questo punto.»

«Allora forse sarebbe stato meglio se fosse successo qualcosa» esclamò Garion. «Così magari si sistemava tutto e non avrei più fatto del male alla gente.»

«Ne dubito» replicò zia Pol. «Il tuo potere è troppo grande per essere neutralizzato così facilmente. Ti ricordi cosa abbiamo detto il giorno che abbiamo lasciato Tolnedra? Riguardo all'istruzione?»

«Non ho bisogno di istruzione» protestò lui in tono imbronciato.

«Sì, ne hai bisogno,» ribadì zia Pol «e ne hai bisogno ora. Il tuo potere è enorme, il più grande che abbia mai visto, e per molti versi così complesso che non so neppure comprenderlo. Bisogna cominciare l'istruzione prima che accada qualche disastro. Sei completamente fuori controllo, Garion. Se davvero non vuoi far del male alla gente, devi imparare a evitare gli incidenti.»

«Io non voglio essere un mago» obiettò il giovane. «Voglio solo sbarazzarmi di questa cosa. Non puoi aiutarmi?»

La zia scosse il capo. «No. E non lo farei nemmeno se potessi. Non puoi rinunciarci, mio Garion. Fa parte di te.»

«Allora diventerò un mostro?» chiese Garion amareggiato. «Andrò in giro per il mondo bruciando viva la gente o trasformando gli altri in rospi e serpenti? E forse, quando mi ci sarò abituato, non sarò più nemmeno sconvolto. Vivrò per sempre, come te e il nonno, ma non sarò più umano. Zia, preferirei essere morto.»

Non puoi farlo ragionare?, la voce della zia nella sua mente parlava direttamente a quell'altra coscienza.

Non per il momento, Polgara, ribatté la voce secca. È troppo occupato a piangersi addosso.

Deve imparare a controllare il potere che possiede, disse lei.

Lo terrò lontano dai guai, promise la voce. Non credo ci sia molto altro da fare finché non arriva Belgarath. Sta attraversando una crisi morale e non possiamo intrometterci finché non avrà trovato da solo le risposte.

Non mi piace vederlo soffrire così.

Hai il cuore troppo tenero, Polgara. È un ragazzo forte e un po' di dolore non gli farà male.

«Ehi...voi due! La smettete di trattarmi come se non fossi nemmeno qui?» s'intromise Garion arrabbiato

«Signora Pol,» disse Durnik raggiungendoli sul ponte «fareste meglio a venire. Barak sta per suicidarsi.»

«Sta facendo che cosa?» si allarmò zia Pol.

«Dice che ha a che fare con una maledizione» spiegò Durnik. «Dice che si getterà sulla spada.»

«Che razza di idiota! Dov'è?»

«Da quella parte» indicò il fabbro. «Ha sguainato la spada e non fa avvicinare nessuno.»

«Venite con me.» Si diresse verso poppa assieme a Garion e Durnik.

«Abbiamo tutti avuto esperienza della follia durante la battaglia, mio signore» diceva Mandorallen cercando di farlo ragionare. «Non è una cosa di cui essere orgogliosi, ma neppure bisogna abbattersi in questa cupa disperazione.»

Barak non rispondeva. Stava in piedi a poppa della nave con gli occhi vuoti per l'orrore. Faceva ondeggiare la spada descrivendo un arco basso e minaccioso e teneva tutti lontani.

Zia Pol attraversò la folla di marinai e si piazzò dritta di fronte a lui.

«Non cercare di fermarmi, Polgara» la avvertì il gigante.

La donna tese la mano con tranquillità e toccò la punta della spada con un dito. «È un po' smussata» disse pensierosa. «Non sarebbe meglio farla affilare da Durnik? Ti si infilerà più facilmente fra le costole quando ti ci getterai sopra.»

Barak era un po' sorpreso.

«Hai dato tutte le disposizioni necessarie?» chiese.

«Quali disposizioni?»

«Per eliminare il corpo» disse lei. «Davvero, Barak, pensavo che fossi una persona educata. Un uomo rispettabile non secca gli amici con questo tipo di incombenza.» Ci pensò su un attimo. «Secondo la tradizione ti dovremmo bruciare ma i boschi di Nyissa sono molto umidi. Ci vorrebbero un paio di settimane per consumare il cadavere. Penso che alla fine bisognerà scaricarti nel fiume. Le sanguisughe e i gamberi ti divoreranno le carni in un paio di giorni.»

Ora Barak sembrava offeso.

«Vuoi che facciamo recapitare lo scudo e la spada a tuo figlio?» chiese Pol.

«Io non ho un figlio» rispose Barak imbronciato. Era ovvio che non era pronto per la brutale praticità della donna.

«Oh! Non te l'ho detto? Che smemorata!»

«Di cosa stai parlando?»

«Non farci caso» disse lei. «Adesso non è importante. Pensi di buttarti sulla spada o preferisci correre contro l'albero maestro tenendo la lama in mano? In entrambi i modi dovrebbe funzionare.» Si girò verso i marinai. «Fate un po' di spazio di modo che il conte di Trellheim possa prendere la rincorsa.»

I marinai la fissavano ammutoliti.

«Cosa volevi dire quando parlavi di mio figlio?» domandò di nuovo il gigante abbassando la spada.

«È una cosa che non farebbe altro che sconvolgerti, Barak» rispose Pol. «Se te lo dicessi non riusciresti ad ammazzarti per bene. Capisci che non abbiamo intenzione di vederti rantolare per settimane intere perché non hai fatto un buon lavoro. È una cosa molto deprimente, sai?»

«Ho detto che voglio sapere di cosa stai parlando!»

«D'accordo, molto bene» accondiscese Pol con un profondo sospiro. «Tua moglie Merel è incinta... il risultato di alcune cortesie che le hai rivolto durante l'ultima visita a Val Alorn, immagino. Sembra una luna crescente al momento e il monello le rende la vita un inferno con tutti quei calci.»

«Un figlio?» disse Barak con gli occhi che gli si spalancavano.

«Ma certo, Barak» confermò la donna. «Cerca di fare attenzione. Non combinerai mai nulla di buono se continui ad agire stupidamente senza prestare ascolto a nessuno.»

«Ho un figlio?» ripeté lui lasciando scivolare la spada fra le dita.

«Adesso l'hai fatta cadere» lo rimproverò Pol. «Raccoglila subito e vediamo di farla finita. È davvero irriguardoso nei nostri confronti impiegarci una giornata intera per uccidersi.»

«Non mi voglio uccidere» le disse Barak indignato.

«Come no?»

«Ovviamente no» farfugliò lui in fretta. Poi scorse un sorriso aleggiare sulle labbra di Polgara. Abbassò la testa umiliato.

«Sei uno stupidone» disse Pol. Poi gli prese la barba con le mani, avvicinò la testa e lo baciò sulla faccia coperta di polvere.

Greldik cominciò a ridacchiare. Mandorallen avanzò e diede un ruvido abbraccio a Barak. «La mia felicità è la tua felicità, amico caro» disse. «Il mio cuore si innalza per te.»

«Portate su una botte» ordinò il capitano ai marinai dando qualche colpo sulla spalla dell'amico. «Saluteremo l'erede di Trellheim con la famosa birra scura dell'immortale Cherek.»

«Scommetto che adesso cominceranno a far chiasso» disse zia Pol sottovoce a Garion. «Vieni con me.» Ritornarono verso la prua della nave.

«Non sarà mai più come prima, vero?» affermò Garion quando furono di nuovo soli.

«Cosa?»

«La regina, voglio dire» spiegò Garion. «Non tornerà più come prima?»

«Col tempo nemmeno lo desidererà» rispose la zia. «La forma che assumiamo comincia a influire sui nostri pensieri dopo un po'. Col passare degli anni sarà sempre più serpente e meno donna.»

Garion rabbrividì. «Sarebbe stato più pietoso ucciderla.»

«Avevo promesso a Issa che non l'avrei fatto» disse lei.

«Quello era davvero il dio?»

«Il suo spirito» rispose zia Pol guardando la pioggia di cenere. «Salmissra ha infuso la statua con lo spirito di Issa. Per qualche istante la statua è diventata un dio. È tutto molto complicato.» Pareva un po' preoccupata. «Ma chissà dove sarà?» All'improvviso sembrò irritata.

«Chi?»

«Mio padre. Avrebbe dovuto essere qui da giorni.»

Rimasero insieme a guardare il fiume fangoso. Alla fine Polgara girò le spalle al parapetto e cominciò a pulirsi il mantello con disgusto. La cenere si alzava in nuvole sotto le dita. «Scendo di sotto» disse con una smorfia. «È davvero troppo sporco qui.»

«Credevo che mi volessi parlare» si stupì Garion.

«Non credo che tu sia pronto ad ascoltare. Possiamo aspettare.» Si girò, poi all'improvviso si fermò. «Ah, Garion.»

«Sì?»

«Se fossi in te non berrei la birra che stanno trangugiando i marinai. Con quello che ti hanno fatto ingurgitare a palazzo, daresti di stomaco.»

«Ah» mormorò lui con una nota di rimpianto nella voce. «D'accordo.»

«Ma è ovvio che puoi fare quel che vuoi» aggiunse zia Pol. «Solo pensavo fosse giusto avvertirti.» Poi si voltò di nuovo, infilò la botola e scomparve per le scale.

Garion era tormentato dalle emozioni. Durante quella giornata gli eventi si erano susseguiti veloci e nella sua testa si addensavano un mucchio di immagini confuse.

Sta' zitto, disse la voce nella sua mente.

«Cosa?»

Sto cercando di sentire qualcosa. Ascolta.

«Ascoltare cosa?»

Laggiù, non senti?

Debole, come se venisse da molto lontano, Garion udì dei colpi attutiti.

«Che cos'è?»

La voce non rispose ma l'amuleto che portava al collo cominciò a pulsare al ritmo dei colpi lontani.

Sentì un fruscio di piedini dietro di sé.

«Garion!» Si voltò e fu catturato dall'abbraccio di Ce' Nedra. «Ero così preoccupata per te. Dove sei stato?»

«Degli uomini sono saliti a bordo e mi hanno rapito» raccontò lui cercando di divincolarsi dall'abbraccio della fanciulla. «Mi hanno portato a palazzo.»

«È tremendo!» disse la principessa. «Hai incontrato la regina?»

Garion annuì e poi rabbrividì ricordando quel serpente incappucciato che giaceva sul divano guardandosi allo specchio.

«Cosa c'è che non va?» chiese la ragazza.

«Sono successe molte cose» rispose Garion. «Alcune non sono state affatto piacevoli.» In qualche punto, nel profondo della coscienza, continuava a sentire i colpi.

«Vuoi dire che ti hanno torturato?» chiese Ce' Nedra spalancando gli occhi.

«No, niente del genere.»

«E allora, che cos'è successo?» chiese lei. «Dimmelo.»

Garion sapeva che la ragazza non l'avrebbe lasciato in pace finché non raccontava qualcosa, così descrisse ciò che era accaduto come meglio poteva. Il rumore dei colpi sembrava crescere mentre stavano parlando. Il palmo della mano destra cominciò a pizzicargli. Lo grattò senza pensare.

«Ma è davvero terribile» esclamò la principessa dopo che lui ebbe finito. «Non hai avuto paura?»

«In realtà no» disse Garion grattandosi il palmo della mano. «Con tutto quello che mi hanno fatto bere sono rimasto intontito per la maggior parte del tempo. Non provavo nessuna sensazione.»

«Hai davvero ucciso Maas?» chiese. «Facendo così?» Schioccò le dita.

«Non proprio così» cercò di spiegare lui. «C'era qualcosa di più.»

«Lo sapevo che eri un mago» s'infervorò Ce' Nedra. «Ti ricordi che te l'avevo detto quella volta vicino al fiume?»

«Io non voglio esserlo» protestò il ragazzo. «Non l'ho chiesto.»

«Neanch'io ho chiesto di essere una principessa.»

«Non è la stessa cosa. Essere re o principessa riguarda ciò che si è. Essere mago ha a che vedere con ciò che si fa.»

«Non ci vedo poi questa grande differenza» obiettò lei testarda.

«Posso far accadere delle cose» disse Garion. «Di solito sono cose terribili.»

«E allora?» chiese arrabbiata la fanciulla. «Anch'io posso far accadere cose terribili... almeno potevo quando ero a Tol Honeth.

Una mia parola poteva far frustare un servo o tagliare la testa a un uomo. Non l'ho mai fatto, ma avrei potuto. Il potere è potere, Garion. I risultati sono gli stessi. Non sei costretto a far del male alla gente se non vuoi.»

«Solo che a volte accade. Non è che io lo voglia.»

Il rumore dei colpi era diventato un tormento, quasi un mal di testa.

«Allora devi imparare a controllarti.»

«Adesso mi sembri zia Pol.»

«Sta' solo cercando di aiutarti» spiegò la principessa. «Cerca solo di farti compiere quello che è comunque il tuo dovere. Quanta gente vuoi ardere viva prima di darle retta?»

«Non parlarmi così.» Garion era profondamente colpito da quelle parole.

«Invece credo proprio di doverlo fare» insisté. «Sei fortunato che non sono tua zia. Non accetterei le tue bravate come fa lei.»

«Tu non capisci» bofonchiò Garion imbronciato.

«Capisco molto meglio di quanto credi, Garion. Sai qual è il tuo problema? Non vuoi crescere. Vuoi rimanere per sempre un ragazzo. Però non puoi. Nessuno può. Non importa quanto potere tu abbia, se sei un imperatore o un mago, non si possono fermare gli anni che passano. Io l'ho capito molto tempo fa, ma forse è perché sono molto più intelligente di te.» Poi senza una parola di spiegazione si alzò sulla punta dei piedi e lo baciò con delicatezza sulle labbra.

Garion arrossì e chinò la testa imbarazzato.

«Dimmi,» fece Ce' Nedra giocherellando con il lembo della tunica «la regina Salmissra era bella come dicono?»

«La donna più bella che abbia mai visto» rispose Garion senza pensare.

Alla principessa si fermò il respiro. «Ti odio» sibilò a denti stretti. Poi si girò e, piangendo, si mise alla ricerca di zia Pol.

Garion la fissò perplesso. Quindi si voltò a scrutare il fiume e la cenere che cadeva. Il formicolio sul palmo della mano era diventato intollerabile e adesso se lo grattava scavando con le unghie.

Ti farai del male e basta, disse la voce nella mente.

«Prude. Non lo sopporto.»

Smettila di fare il bambino.

«Cos'è che lo provoca?»

Vuoi dire che davvero non lo sai? Devi fare più strada di quanto pensassi. Metti la mano destra sull'amuleto.

«Perché?»

Metticela e basta, Garion.

Garion infilò la mano sotto la tunica e la mise sul medaglione bruciante. Era come se una chiave si inserisse nella serratura per cui era stata costruita. Il contatto fra la mano e l'amuleto pulsante sembrò qualcosa di profondamente giusto. Ora il formicolio divenne quell'ondata familiare e il pulsare cominciò a echeggiargli sordo nelle orecchie.

Non troppo, lo avvertì la voce, non devi prosciugare il fiume, sai.

«Cosa sta succedendo? Che cos'è tutto questo?»

Belgarath sta cercando di trovarci.

«Il nonno? Dove?»

Sii paziente.

Le pulsazioni sembrarono diventare più forti fino a che il corpo di Garion cominciò a tremare a ogni battito. Guardò oltre il parapetto scrutando nella nebbia. La cenere caduta, così leggera che copriva la superficie fangosa del fiume, rendeva tutto indistinto. Era impossibile scorgere la città, e le grida e gli urli che provenivano dalle strade sembravano attutiti. Si sentiva solo lo sciabordio delle onde contro lo scafo.

Poi, a grande distanza, in mezzo al fiume, si mosse qualcosa. Non era molto grande, sembrava solo un'ombra scura che avanzava spettrale con la corrente.

I colpi divennero fortissimi.

L'ombra si avvicinò e Garion cominciò a distinguere la sagoma di una barca. Un remo colpì la superficie dell'acqua provocando degli schizzi. L'uomo ai remi si girò per guardarsi alle spalle. Era Silk. Aveva il volto sporco di cenere grigia e minuscoli rivoli di sudore gli rigavano le guance.

Messer Lupo sedeva a poppa, infagottato nel mantello e con il cappuccio calato in testa.

Bentornato Belgarath, disse la voce secca.

Chi sei? Sei tu, Belgarion?

Non esattamente, rispose la voce. Non ancora, almeno, ma ci stiamo avvicinando.

Mi stavo proprio chiedendo chi fosse a fare tutto quel rumore.

Tende a strafare. Prima o poi imparerà.

Un grido giunse da uno dei marinai radunati attorno a Barak a poppa. Tutti si girarono a guardare la barchetta che arrivava.

Zia Pol salì sul ponte e si avvicinò alla balaustra. «Sei in ritardo» gridò.

«Ci sono stati degli imprevisti» replicò il vecchio mentre la barca accostava. Si tirò indietro il cappuccio e si scosse la cenere dal mantello. Poi Garion vide che il braccio sinistro era fasciato e tenuto al collo con uno straccio sporco.

«Cosa è successo al braccio?» chiese zia Pol.

«Preferirei non parlarne.» Su una delle guance di messer Lupo c'era una profonda escoriazione che arrivava fino alla barba, mentre gli occhi sembravano rossi e irritati.

Il sorriso sul volto coperto di cenere di Silk era malizioso. Calò i remi in acqua e con abilità avvicinò la barchetta alla nave di Greldik con un tonfo leggero.

«Non credo che potrei convincerti a tacere» disse Lupo irritato al compagno.

«Secondo te direi qualcosa, potente mago?» chiese Silk con tono beffardo e gli occhi da furetto che fingevano innocenza.

«Aiutami solo a salire a bordo» disse Lupo. Aveva l'aria di chi era stato mortalmente insultato.

«Qualsiasi cosa tu desideri, Venerabile Belgarath» lo schernì Silk. Era ovvio che cercava di trattenersi dallo sghignazzare. Aiutò il vecchio mentre cercava goffamente di scavalcare il parapetto.

«Andiamocene da qui» disse brusco messer Lupo al capitano Greldik che li aveva raggiunti.

«In che direzione, Venerabile?» chiese Greldik con cautela perché non voleva irritarlo oltre.

Lupo lo fissò.

«Verso il mare o l'entroterra?» chiese Greldik.

«Verso l'entroterra, ovviamente» scattò Lupo.

«E come facevo a saperlo?» si giustificò Greldik rivolto a zia Pol. Poi si voltò e, visibilmente arrabbiato, cominciò a gridare ordini ai suoi marinai.

L'espressione di zia Pol era un singolare miscuglio di sollievo e curiosità. «Sono certa che avrai una storia affascinante da raccontare, padre» disse mentre i marinai levavano l'àncora. «Non vedo l'ora di ascoltarla.»

«Posso fare a meno del sarcasmo, Pol» le disse Lupo. «Ho avuto una cattiva giornata. Cerca di non peggiorarla.»

Questo fu troppo per Silk. L'omino, nell'atto di scavalcare il parapetto, crollò all'improvviso in una risata disperata. Caracollò sul ponte in preda a un attacco di ilarità.

Messer Lupo fissò il compagno ridanciano con l'espressione profondamente offesa. I marinai di Greldik corsero ai remi e cominciarono a muovere la nave nella corrente pigra.

«Cosa ti è successo al braccio?» Lo sguardo di zia Pol era penetrante e il tono diceva con chiarezza che non voleva aspettare oltre.

«Si è rotto» disse Lupo piatto.

«E come è successo?»

«È stato solo uno stupido incidente, Pol. Cose che ogni tanto succedono.»

«Fammi vedere.»

«Fra un attimo.» Il vecchio si voltò verso Silk, che ancora si sbellicava dalle risate, e lo guardò con occhi torvi. «Vuoi farla finita? Va' a dire ai marinai dove stiamo andando.»

«Dove stiamo andando, padre?» chiese zia Pol. «Hai trovato tracce di Zedar?»

«Ha passato il confine di Chtol Murgos. Ctuchik lo stava aspettando.»

«E il Globo?»

«Ora ce l'ha Ctuchik.»

«Riusciremo a fermarlo prima che arrivi a Rak Cthol?»

«Ne dubito. Comunque prima dovremo andare alla Valle.»

«Alla Valle? Padre, non stai ragionando.»

«Il Maestro ci ha convocato, Pol. Ci vuole subito alla Valle. È lì che andremo.»

«Che ne sarà del Globo?»

«Ora ce l'ha Ctuchik e so dove trovarlo. Non sta andando da nessuna parte. Per adesso, noi andremo alla Valle.»

«D'accordo, padre» lo placò lei. «Non agitarti.» Poi lo guardò da vicino. «Hai fatto a pugni, padre?» chiese in tono minaccioso.

«No, non ho fatto a pugni.» Lupo sembrava disgustato.

«E allora cos'è successo?»

«Mi è caduto addosso un albero.»

«Che cosa?»

«Mi hai sentito perfettamente.»

Silk esplose in un ululato di gioia quando il vecchio confessò. Dalla poppa della nave, dove Greldik e Barak stavano al timone, cominciò il lento battito dei tamburi. I marinai calarono i remi in acqua. La nave scivolò sulla superficie piatta diretta nell'entroterra, controcorrente, con la risata di Silk a far da scia nell'aria carica di cenere.

Qui finisce il secondo libro della Belgariad

Dal catalogo Fanucci Editore

TIF Extra

La Ruota del Tempo vol. 1 - L'occhio del mondo di Robert Jordan
L'arte del delitto – Omaggio a Ellis Peters a cura di Maxim Jakubowski
Ai confini della realtà di Rod Serling
Elric di Melniboné vol. 1 di Michael Moorcock
Il ciclo di Belgariad vol. 1 di David Eddings
Il ciclo di Belgariad vol. 2 di David Eddings
Il ciclo di Belgariad vol. 3 di David Eddings
La Spada della Verità vol. 1 di Terry Goodkind
La Spada della Verità vol. 2 di Terry Goodkind
La Spada della Verità vol. 3 di Terry Goodkind
La Spada della Verità vol. 4 di Terry Goodkind
La Ruota del Tempo vol. 2 - La Grande Caccia di Robert Jordan
La Ruota del Tempo vol. 3 - Il Drago Rinato di Robert Jordan
Elric di Melniboné vol. 2 di Michael Moorcock
Visioni dal futuro di Philip K. Dick
La saga di Peggy Sue di Serge Brussolo
La Ruota del Tempo vol. 4 - L'ascesa dell'Ombra di Robert Jordan
Il Signore dei Tranelli di The Harvard Lampoon
La Ruota del Tempo vol. 5 - I fuochi del cielo di Robert Jordan
Lila Black - Comincia la sfida di Justina Robson
Debito di ossa di Terry Goodkind
La Spada della Verità vol. 5 di Terry Goodkind
Elric di Melniboné vol. 3 di Michael Moorcock
Il bacio di mezzanotte di Kim Harrison
La Ruota del Tempo vol. 6 - Il Signore del Caos di Robert Jordan
La Spada della Verità vol. 6 di Terry Goodkind
La Spada della Verità vol. 7 di Terry Goodkind
La Spada della Verità vol. 8 di Terry Goodkind
La Spada della Verità vol. 9 di Terry Goodkind
La Spada della Verità vol. 10 di Terry Goodkind
La morte ci sfida di Joe R. Lansdale
In fondo alla palude di Joe R. Lansdale
Anche i diavoli piangono di Sherrilyn Kenyon
Io sono leggenda di Richard Matheson
Atto d'amore di Joe R. Lansdale
Blade Runner di Philip K. Dick
La spada spezzata di Poul Anderson
Fuoco nella polvere di Joe R. Lansdale
Incubo a seimila metri di Richard Matheson
La settima strega di Paola Zannoner
Ubik di Philip K. Dick
Elric di Melniboné vol. 4 di Michael Moorcock
Nessun dove – nuova edizione di Neil Gaiman
L'apprendista assassino di Robin Hobb
L'assassino di corte di Robin Hobb
Freddo a luglio di Joe R. Lansdale
Il viaggio dell'assassino di Robin Hobb
La svastica sul sole di Philip K. Dick
La Ruota del Tempo vol. 7 – Corona di spade di Robert Jordan
Un oscuro scrutare di Philip K. Dick
Per amore del sangue di Charlie Huston
Tre millimetri al giorno di Richard Matheson
I guerrieri del silenzio di Pierre Bordage

Il risveglio dell'assassino di Robin Hobb
L'eredità Scarlatti di Robert Ludlum
Il valzer dell'orrore di Joe R. Lansdale
Fuga impossibile di George R.R. Martin, Gardner R. Dozois e Daniel Abraham
Io sono Helen Driscoll di Richard Matheson
La Roma degli illuminati di James B. Winter
Il libro senza nome di Anonymous
Il demone malvagio di Kim Harrison
Straniero in terra straniera di Robert H. Heinlein
Trilogia del Sicario di Laura Iuorio
Fantasy lover di Sherrilyn Kenyon
Sette chiese di Miloš Urban
Flashforward – Avanti nel tempo di Robert J. Sawyer
Notte di piaceri di Sherrilyn Kenyon
La figlia della luna di Patricia Briggs
La furia dell'assassino di Robin Hobb
La cacciatrice della notte di Jeaniene Frost
L'Occhio di luna di Anonymous
La Ruota del Tempo vol. 8 – Il sentiero dei pugnali di Robert Jordan
Toccata dalle tenebre di Karen Chance
Le creature della notte di Kim Harrison
Il lato oscuro dell'anima di Joe R. Lansdale
L'abbraccio della notte di Sherrilyn Kenyon
Londra tra le fiamme di Joe R. Lansdale
La regina della notte di Jeaniene Frost
Rivendicata dalle tenebre di Karen Chance
Unione di sangue di Patricia Briggs
Danza con il diavolo di Sherrilyn Kenyon
L'urlo della notte di Jeaniene Frost
I migliori racconti di Richard Matheson
La Spada della Verità vol. 11 di Terry Goodkind
L'abbraccio delle tenebre di Karen Chance
Il nome del vento di Patrick Rothfuss
La Ruota del Tempo vol. 9 – Il cuore dell'inverno di Robert Jordan
L'odore della notte di Jeaniene Frost
Il bacio della notte di Sherrilyn Kenyon
La maledizione delle tenebre di Karen Chance
Il fascino della notte di Kim Harrison
Il ciclo di Belgariad vol.1 di David Eddings
Io sono leggenda di Richard Matheson
Miniature di Paola Rondini
Perdido Street Station di China Miéville
Sotto un cielo cremisi di Joe R. Lansdale
Lo specchio di Dio di Andreas Eschbach
La trilogia di Valis di Philip K. Dick
Ubik di Philip K. Dick
L'ultima profezia del mondo degli Uomini di Silvana De Mari

Per consultare il nostro catalogo
visita il sito www.fanucci.it
e iscriviti alla newsletter
per essere continuamente aggiornato
sulle nostre pubblicazioni.

Questo libro è stampato col sole

GRAFICA VENETA

Azienda carbon-free

Finito di stampare nell'ottobre 2011 presso
Grafica Veneta - via Malcanton, 2 - Trebaseleghe (PD)
Printed in Italy